GOLDMANN

Autor

David L. Lindsey lebt und arbeitet in Turin, Texas. Er war lange Jahre Lektor und hatte einen kleinen Verlag, bevor er selbst zu schreiben begann. Detective Stuart Hayden ist die sympathische Hauptfigur seiner Romane. »Amaranta« wurde mit dem Edgar-Allan-Poe-Preis nominiert.

»Lindsey ist ein herausragender Stilist, ein Meister der knappen, perfekten Charakterisierung und ein genauer Kenner seiner Schauplätze, der es schafft, einen literarischen Raum Wirklichkeit werden zu lassen.«

Dallas Morning News

»*Kalter Amok* hat mich hingerissen. Unglaublich hart, brutal und realistisch, besitzt der Roman zugleich Szenen von ungewöhnlichem menschlichen Verständnis und Gefühl. Manchmal war ich gezwungen, das Buch aus der Hand zu legen wegen seiner unglaublich schockierenden Wirkung – aber ich konnte nicht widerstehen, es gleich danach wieder weiter zu lesen ...«

Ruth Rendell

»Großartige Charaktere, packende Handlung, ich wollte, diese Romane wären von mir.«

Tony Hillerman

»Mordaufklärung auf höchstem Niveau, extrem gut geschrieben und genau recherchiert.«

Elmore Leonard

Von David L. Lindsey sind folgende Romane
als Einzelausgaben im
Goldmann Taschenbuchverlag lieferbar:

Abgründig (42097)
Amaranta (41214)
Kalter Amok (41045)
Sog der Gewalt (9765)
Todesspirale (9908)

DAVID L. LINDSEY

Kalter Amok

Zwei Thriller
in einem Band

Sog der Gewalt

GOLDMANN VERLAG

Umwelthinweis:
Alle bedruckten Materialien dieses Taschenbuches
sind chlorfrei und umweltschonend.
Das Papier enthält Recycling-Anteile.

Der Goldmann Verlag
ist ein Unternehmen der Verlagsgruppe Bertelsmann

Umschlaggestaltung: Design Team München
Umschlagfoto: Terry von Bibra, München
Druck: Elsnerdruck, Berlin
Verlagsnummer: 13144
UK · Herstellung: Peter Papenbrok
Made in Germany
ISBN 3-442-13144-8

1 3 5 7 9 10 8 6 4 2

Kalter Amok

Aus dem Amerikanischen
von Friedrich A. Hofschuster

Titel der amerikanischen Originalausgabe:
A Cold Mind

Für Joyce

Auf keinen Fall jedoch sollte eine klinische Analyse dazu benutzt werden, das moralische Problem des Bösen zu verdunkeln. Genauso wie es bösartige und gutartige »geistig gesunde« Menschen gibt, gibt es auch bösartige und gutartige Geisteskranke. Man muß die Bösartigkeit als das nehmen, was sie ist, und unser moralisches Urteil wird durch die klinische Diagnose nicht aufgehoben. Aber auch noch der bösartigste Mensch ist ein Mensch und hat Anspruch auf unser Mitgefühl.

Erich Fromm: Anatomie der menschlichen Destruktivität

Aber die Grenze, die gut und böse trennt, verläuft mitten durch das Herz eines jeden menschlichen Wesens. Und wer will schon einen Teil seines eigenen Herzens zerstören.

Alexander Solschenizyn: Der Archipel Gulag

1

Roland Silva steuerte den Wagen, eine Hand lässig auf dem Lenkrad liegend. Er saß gegen die Tür gelehnt, um den vollen Strahl der kalten Luft aus dem Ventilator der Klimaanlage auf sein Gesicht zu bekommen. Aus einem Pepsi-Becher fischte er zerstoßenes Eis.

»Kothman muß den Wagen während seiner Schicht gefahren haben«, sagte er mürrisch. »Die Luft, die da rauskommt, riecht wie aus der Kloake.«

Peter Walther schüttelte das blonde Haupt. Auch sein schlaksiger Körper lehnte an der Tür, während seine Augen in der schmutzigen Dunkelheit die kleinen Fachwerkhäuser kritisch prüften. Selbst gegen Ende seiner Schicht, wo er sich am wenigsten wünschte, einem Betrunkenen zu begegnen oder zu einer Familienstreitigkeit gerufen zu werden, beobachtete er sehr bewußt die Ränder der Schatten, wo neunzig Prozent dessen stattfand, was eigentlich nicht stattfinden durfte.

Es war nur noch eine knappe Stunde bis zu ihrer Ablösung, und Walthers und Silvas Fahrt durch das Mexikanerviertel im Magnolia Park entfernte sie nie allzuweit von den Lichtern des Navigation Boulevards, der Nabelschnur, die sie mit der annähernd fünf Meilen entfernten Polizeistation in der Innenstadt verband.

Die beiden Männer waren seit neun Monaten Kollegen beim Einsatz – lange genug, um ein Kind zu bekommen, dachte Walther –, und sie hatten ihre Launen und ihre empfindlichen Punkte kennengelernt. Erst kürzlich war Lenny Kothman, ein zigarrenrauchender Bär von Streifenbeamten, der einen Softball wie eine Kanonenkugel schleudern konnte, für Silva zu einem Dorn im Fleisch geworden. Und seit Kothman wußte, daß Silva, der bei ihren Spielen am Samstagnachmittag bis dahin jeden kaltstellen konnte, nicht mit den Bällen fertig wurde, die Kothman als »geschmiert« bezeichnete, hatte sich dieser Dorn tiefer eingegraben und war zu einem schwärenden Dauerschmerz geworden.

»Ist dir eigentlich klar«, sagte Walther, und seine Stimme wurde von dem Fenster vor seinem Gesicht reflektiert, »daß du inzwischen so weit bist, Kothman für alles und jedes die Schuld zu geben?«

Silva schaute Walther scharf an und drehte das Radio leiser.

»Was willst du damit sagen?« fuhr er ihn an.

»Ich sage nur, daß es mir auffällt«, erwiderte Walther.

»Scheiße.« Silva kippte sich den letzten Rest der zerkleinerten Eiswürfel in den Mund und warf dann den leeren Becher auf den Sitz. Er kaute wütend und schaute verdrießlich drein, während sie an der katholischen Marienkirche vorbeifuhren.

Walther lächelte vor sich hin. Wenn sie diesmal den Navigation Boulevard erreichten, würde Silva scharf nach links einbiegen, in das Licht der Hauptdurchgangsstraße brausen und in einem ungestümen Versuch, die aufgestauten Frustrationen loszuwerden, die Nadel des Tachos auf hundertzwanzig jagen, ehe er den Wagen wieder auf die vorgeschriebene Höchstgeschwindigkeit verlangsamte. Dabei würden sie schweigend ein Drittel des Weges zum Streifenwagen-Depot zurücklegen, und Silva würde sich wohler fühlen. Kleinigkeiten bedeuteten ihm eine Menge.

Aber statt einzubiegen, fuhr Silva weiter durch die 76. Straße in Richtung auf die stinkenden Werften, die den Wendeplatz des Schiffskanals von Houston säumten. Als ihn Walther fragend anschaute, zuckte Silva mit den Schultern und sagte: »Abwechslung macht das Leben süß.«

Die Straßen wurden enger, als sie sich den Werften näherten. Tanker und Frachter mit flimmernden Lichtern lagen in den Docks oder warteten am Wendeplatz; ihre exotischen Fahrten hatten ein Ende gefunden im ranzigen Gestank der Chemiefabriken jenseits des Hafens und in den öligen Dieselwolken aus den Barkassen, die das Wasser durchpflügten. Jenseits des Kanals stöhnte eine Schiffssirene.

»Du hast zur Abwechslung wirklich eine idyllische Route gewählt«, sagte Walther. »Und du hast einen großen Fehler gemacht.«

»Nee. Wir werden gleich umdrehen. Und dann halten wir nur noch an, wenn wir zufällig auf eine wilde Schießerei stoßen.«

Sie krochen die mit Schlaglöchern übersäte Straße entlang, wo sich Ladenfronten mit stillen Bars abwechselten, deren Neonreklamezeichen dunkel waren in dieser letzten Stunde vor dem Tagesanbruch. Eine einzelne Hure, ein müdes, eingefallenes Gesicht, beobachtete sie mit den Augen einer Rauschgiftsüchtigen aus einer Tür, durch die weiches, bläuliches Licht auf die Straße fiel.

Silva folgte der Straße bis zum letzten Lagerhaus am westlichen Ende des Hafenbeckens und fuhr dann an der Vorderseite der Werften entlang zurück, ließ dabei den Suchscheinwerfer über die verrosteten, gußeisernen Fronten gleiten, dort, wo selbst die neueren Bauten alt und verfallen aussahen, den ständigen Angriffen der säurehaltigen Luft und des Salzwassers ausgesetzt. Am Ende des Lichtkegels sahen sie, wie sich in dem hoch wuchernden Gras am Fuße eines der Ladedocks etwas bewegte. Silva schaltete das Fernlicht ein und beschleunigte, während sich Walther aufrichtete. Die beiden sahen, wie ein streunender Köter aus dem Schatten trat, vor ihnen mit erhobenem Kopf, das Maul voll Eingeweide, die ihm aus den Lefzen hingen, die Straße überquerte und dann über die Böschung hinunter zum Kanal verschwand.

»Heilige Jungfrau«, sagte Silva angewidert. »Das schöne Amerika.«

Und dann plötzlich kam die Frau auf sie zu, von der entgegengesetzten Seite des Lagerhauses. Ihre Augen waren weit aufgerissen und rollten in den Höhlen, ihr Mund stand offen und bildete ein schwarzes Loch, dort, wo ihr Gesicht hätte sein müssen.

»Verdammt!« schrie Silva und trat auf die Bremse. Er fühlte ein leichtes Erschüttern des rechten vorderen Kotflügels; Walther sprang aus dem Wagen, und ließ die Tür offen, während Silva den Rückwärtsgang einlegte.

Bevor Silva aussteigen konnte, sah er, wie Walther im Schein des Lichts zurücksprang, wie seine Hand nach dem Dienstrevolver griff. Ein dunkler Riß glitzerte auf seiner linken Wange; sein Gesicht drückte Überraschung aus. Dann war die Frau auf den

Beinen und stürmte mit zerzaustem Haar und wehendem Rock durch das staubige Gras auf einen Zaun zu, der sich vom letzten Lagerhaus bis zum Rand der sandigen Böschung über dem Kanal erstreckte.

Silva drehte den Suchscheinwerfer in ihre Richtung und sprang aus dem Wagen, während Walther, der seine Geistesgegenwart wiedergewonnen hatte, das Schulterhalfter zuknöpfte und dann hinter der Frau herlief.

Die Frau prallte mit dem Gesicht gegen den Zaun, als ob sie ihn nicht gesehen hätte. Durch den Aufprall stürzte sie zu Boden, doch gleich danach war sie wieder auf den Beinen und lief weiter. Und dann prallte sie erneut wie blind gegen den Zaun.

»Was, zum Teufel, ist mit der los?« brüllte Silva.

Walther war bei ihr und hielt sie fest, bevor sie sich ein zweites Mal aufrichten konnte; er hatte sichtlich Mühe, sie nach unten ins Gras und in den Sand zu drücken.

»Fessle ihre Füße«, rief Walther Silva zu, während er selbst sich auf einen ihrer Arme kniete und Handschellen um das freie Handgelenk schnappen ließ. Blut lief ihm über die Wange und tropfte von seinem Kinn in das Haar der Frau.

Silva knurrte, nachdem er ihre Füße gefesselt und sich wieder erhoben hatte.

»Scheiße, Mann. Die hat dich ganz schön erwischt!« keuchte er und schaute auf Walther hinunter. »Wo ist das Messer?«

Walther schüttelte den Kopf. »Kein Messer«, sagte er und überprüfte die Handschellen. »Sie hat mich gebissen.«

»Gebissen?«

»Ja, verdammt«, sagte Walther ungeduldig. Er hatte sich auf seine Knie zurückgehockt, um die sich windende Frau zu betrachten und inzwischen Luft zu schöpfen.

»Was die wohl genommen hat! Wette zehn zu eins, es war *Angeldust.«*

»Keine Ahnung«, keuchte Walther. Er nahm sein Taschentuch heraus und tupfte sich damit das Gesicht ab. Dabei fühlte er die offene Wunde. Die Frau hatte tatsächlich ein Stück aus seiner Wange herausgebissen. Walther fühlte sich benommen, außerdem war ihm übel.

Die beiden beobachteten, wie die junge Frau zu keuchen und heftig zu zucken begann. Walther rollte sie rasch auf die Seite und strich ihr behutsam das Haar aus dem Gesicht. Schleim bedeckte seine Hände und verklebte ihr Haar, zusammen mit seinem Blut.

Jetzt konnten sie sie erstmals richtig sehen. Eine Mexikanerin, vielleicht fünfundzwanzig Jahre alt, mit starken indianischen Gesichtszügen. Schwer zu sagen, ob sie hübsch war. Ihr Gesicht war verzerrt, während sie fast an ihrem eigenen Schleim erstickte, der ihr aus dem Mund lief. Plötzlich riß sie den Kopf nach hinten, und ihre Halsmuskeln traten hervor.

»He, Mann!« Silva trat zurück. »Die geht hopps!« Er drehte sich um und rannte zurück zum Wagen, zum Funkgerät.

Walther, der noch immer rittlings auf der Frau saß, beobachtete sie aufmerksam. Er versuchte, ihre Zunge zu prüfen, aber sie schnappte wieder nach ihm, und eine Stelle unter dem kleinen Finger an seinem Handrücken begann zu bluten. Er fluchte, war verwirrt. Versuchsweise legte er ihr die andere Hand auf die Schulter und packte sie dann mit aller Kraft, als wollte er sie beruhigen und ihr auf diese Weise zu verstehen geben, daß sie nicht allein war. Silva hatte die Blinklichter eingeschaltet, damit es der Krankenwagen leichter hatte, die Stelle zu finden, und das kirschrote Licht streifte das Gesicht der jungen Frau alle zwei Sekunden wie ein pulsierendes inneres Feuer, das sie zu verzehren drohte.

»Ich weiß nicht«, sagte Walther laut ins Leere. »Ich habe keine Ahnung.« Er hatte seine Verletzung vergessen; dabei war die ganze linke Seite seines Gesichts blutverschmiert. Das Blut tropfte immer noch auf das verzerrte Gesicht und das Haar der jungen Frau.

Die Stimmen aus dem Funkgerät bellten teilnahmslos, durchsetzt vom Knacken der Statik. Weit entfernt im Zentrum der funkelnden Stadt war jetzt eine Sirene zu hören, die sich ihnen näherte.

In der Dunkelheit, zwanzig Meter vor ihnen, wo der Zaun endete und sich die Böschung hinunter zum schmutzigen Wasser des Kanals senkte, tauchte der Köter wieder auf. Halb ins hohe

Gras geduckt, hob er leicht seine blutige Schnauze und suchte in der Nachtluft nach einem Hinweis, der ihm die seltsame Szenerie mit den roten Lichtblitzen erklären konnte. Plötzlich schnupperte er etwas, das kurze Haar auf seinem knochigen Rücken stellte sich auf, dann drehte er sich bedächtig um und verschwand in die Deckung der Dunkelheit, hinunter zum Wasser.

2

Stuart Haydon trat einen Schritt vom schmierig-grünen Wasser des Buffalo-Sumpfsees zurück und beobachtete die Strahlen des ersten Sonnenlichts, die durch die Kiefern brachen und auf den weißen Overalls der drei Männer spielten, welche sich bemühten, den Körper der Frau auf die Sandbank zu ziehen. Ein dünner Dunstschleier hing über dem Wasser. Haydon mußte an eine moderne Version der *Frau vom See* denken.

Er warf einen Blick über die Schulter auf die drei Gestalten, die schweigend im feuchten Gras standen, ein paar Meter weiter oben auf dem sanft geneigten Abhang. Leo Hirsch sollte die Aussagen der beiden Jungen festhalten, welche die Tote gefunden hatten, aber jetzt, wo die Frau ausgestreckt auf der Sandbank lag, hatten sich die drei umgedreht, um den tropfnassen Leichnam zu betrachten. Eine cremeweiße Brust hing verführerisch aus dem Ausschnitt der Hemdbluse, und der nasse Rock bauschte sich um ihre Taille, so daß man eine Stelle festgeklatschten, schwarzen Haars zwischen den langen, wächsernen Beinen sehen konnte. Ein Schenkel war dunkel beschmiert mit dem öligen Schlamm des Sees.

Der Polizeifotograf, der die Leiche bereits mehrmals fotografiert hatte, als sie noch im Wasser trieb, umkreiste die Tote wie ein Geier und konzentrierte sich mit voyeuristischer Genauigkeit darauf, während er näher herankam, um Großaufnahmen zu machen. Als er damit fertig war, legte der Assistent des Coroners, mit einer merkwürdigen Vorstellung von Schicklichkeit, ein kleines Handtuch auf das Gesicht der Toten.

Haydon schaute sich wieder um. »Sprich jetzt mit ihnen, Leo«, forderte er Hirsch auf, ging dann zu dem Leichnam hin und hockte sich davor nieder. Der Assistent des Coroners versuchte der Toten den Rock auszuziehen.

»Laßt sie doch, wie sie ist«, sagte Haydon. »Oder haben Sie etwas gesehen? Blutergüsse oder so? Etwas, das wir untersuchen sollten?«

»Nichts.« Er war ein junger Mann, etwas untersetzt, mit kurzem Messerhaarschnitt, einer vom Haarspray steifen Frisur und einem buschigen Schnauzbart, der trotz aller Bemühungen buschig blieb. »Es sieht auch nicht so aus, als ob sie zuvor in einen Kampf verwickelt gewesen wäre.« Er strich durch ihr strähniges Haar. »Sie hat wahrscheinlich nicht länger als drei oder vier Stunden im Wasser gelegen. Ihre Finger und die Fußsohlen sind faltig, aber sie ist noch kaum aufgequollen.«

»Okay, macht weiter und schafft sie in den Wagen, bevor die Reporter hier auftauchen.«

Haydon schaute zu, wie man die Tote auf die Bahre legte und sie mit einem Papierlaken bedeckte, das rasch das Wasser aufsog, da, wo es am Körper oder an der Kleidung anlag. Dann schnallten sie die Leiche fest und stiegen mit der Bahre den Hang hinauf durch eine Kiefernschonung, die den See von den Häusern abgrenzte; der Ambulanzwagen parkte oben in einer Sackstraße. Haydon drehte sich wieder um und schaute hinunter zum Ufer des brackigen Wassers, dort, wo es in dickes Schilf überging. Seine Augen verengten sich gedankenabwesend; sie sahen nicht das, worauf sie blickten, während er allein auf dem nassen Gras stand, dort, wo die Frau eben noch gelegen hatte, wo ihr Leichnam ausgestreckt gewesen war in einer Art stummer Provokation.

Plötzlich bückte er sich nach einem trockenen Kiefernzweig, der zu seinen Füßen lag, und ging dann am Ufer entlang, wobei er im dichten Gras und im Schilf herumstocherte. Man konnte nicht sehen, wo sie ins Wasser gegangen war. Vermutlich nicht hier, sondern an einer ganz anderen Stelle. Er schaute hinüber zu den dichten Wäldern auf der anderen Seite des Sees. Vor ihm lag der riesige Memorial Park von Houston. Er hörte den Verkehr von Loop 610 herüber, einer Straße, die sechs oder acht Blocks entfernt den Wald am Westrand des Parks durchschnitt.

Haydon warf den Stock weg und ging hinüber zu Leo und den beiden Kindern. Die Jungen waren etwa zwölf Jahre alt und trugen die »Uniform« der jungen Leute in Tanglewood, einem Viertel, wo die obere Mittelschicht wohnte: Adidas-Joggingschuhe, Tennisshorts von Izod und nachgemachte Fußball-Trikots der »Oilers«.

»Rickey war gerade dabei zu erklären, wie sie hierherkamen und die Tote gefunden haben«, sagte Leo und blinzelte Haydon zu. »Das ist Detective Haydon«, bemerkte er zu den Jungen. »Erzähl doch noch einmal, Rick, wie das war.«

»Jawohl, Sir«, sagte der Junge. Er schaute Haydon durch ein Gestrüpp von wolligem, blondem Haar an, das dringend hätte geschnitten werden müssen, und grinste altklug. Haydon konnte den Burschen auf Anhieb nicht leiden. »Wir haben Frösche fangen wollen.« Er hielt einen angespitzten Bambusstock hoch. »Im Bayou gibt es eine ganze Menge davon. Wir brauchen sie für Experimente.«

»Was für welche?«

»Nur gewöhnliche alte Kröten.«

»Ich meine, was für Experimente?«

»Wissenschaftliche«, sagte der zweite Junge. Seine Stimme klang tief und melancholisch. Er grinste auch nicht.

»Das ist Doug«, erklärte Leo.

»Wir sind da unten entlanggekommen«, fuhr der erste Junge fort, »und haben uns nach Fröschen umgeschaut, als wir diesen Papiermond unter Wasser entdeckt haben. Wir haben mit unseren Speeren danach gestochert, bis wir ihn erwischt haben.«

»Nur, daß es kein Papiermond war«, sagte Doug grimmig. »Es war ihr Hintern.«

»Der Hintern?« Leo zog die Augenbrauen hoch.

»Genau«, sagte Rick. »Ich hab' ihren Hintern aufgespießt.«

Leo Hirsch machte sich eine Notiz und schüttelte dazu den Kopf.

»Natürlich haben wir gleich gewußt, daß es kein Papiermond war«, fuhr Rick fort. Er wollte sich die Geschichte nicht wegnehmen lassen. »Also hab' ich noch mal danach gestochert und dann fest zugestoßen. Da ist ihr Hinterkopf aus dem Wasser aufgetaucht.« Er führte vor, wie das gewesen sein mußte, indem er sich steif nach hinten beugte und einen erstarrten Gesichtsausdruck zeigte. »Ihr Haar hatte sich im Schilf verfangen, und als ich den Speer bewegte, muß sie freigekommen sein, oder so.«

»Dann sind wir hinaufgegangen zu uns, weil meine Mama zum Flugplatz gefahren ist, und haben die Polizei angerufen«, sagte Doug.

»Warum seid ihr nicht in Ricks Haus gegangen?« fragte Hirsch. Er warf einen Blick auf seine Notizen. »Das wäre doch näher gewesen.«

»Ausgeschlossen«, sagte Rick.

»Seine Mama ist super-streng«, erklärte Doug. »Sie hätte uns bestimmt nicht mehr zurückkommen lassen, um zuzuschauen.«

»Habt ihr euch das Gesicht der Frau angeschaut, als sie dort auf der Sandbank gelegen hat?« fragte Haydon.

Sie nickten, waren ein wenig betroffen, weil es nicht das Gesicht war, das sie am meisten beeindruckt hatte.

»Habt ihr sie schon einmal gesehen?«

Nur Doug nickte.

»Kennst du sie?« fragte Leo. Er zog einen Strich quer über die Seite seines Notizblocks.

»Nein, Sir; aber ich weiß, wo sie wohnt.«

»Wo denn?«

»Da oben an der Pinewold.«

»Ist das die Sackstraße?«

»Jawohl, Sir.«

»Und ihr lebt in der Nähe?«

»Ja, Sir. In der Pine Hollow.«

»Hat sie eine Familie, Kinder?«

»Ich glaube nicht. Ich glaube, sie ist nicht verheiratet.«

»Warum glaubt ihr das?«

»Na ja . . . Ich habe viele Männer gesehen, die sie besucht haben. Sie verstehen schon. Ich glaube, sie ist vielleicht geschieden.«

»Vielleicht«, sagte Haydon. Den Kindern entgeht nichts,

dachte er. »Dann haben wir ja genau vor ihrem Haus geparkt, oder?«

»Jawohl, Sir.«

Ohne noch etwas zu sagen drehte sich Haydon um und ging der dunklen Spur nach, welche die Sanitäter im taufeuchten Gras hinterlassen hatten. Die anderen folgten ihm.

Als sie die Sackstraße erreichten, filmte ein Kameramann vom Fernsehen gerade die Assistenten des Coroners, wie sie die Tür an der Rückseite des Wagens schlossen und dann vorne einstiegen. Der Kameramann folgte ihnen und filmte, wie sie abfuhren. Eine junge Frau in einem flotten Sommerkostüm schaute dem Wagen nach, die Hände in herausfordernder Haltung in die Hüften gestemmt. Hinter ihr lehnte ein Mann mit zerzaustem Bart an einem rostigen Volvo und grinste. Als er hörte, wie sich die beiden Kriminalbeamten und die Jungen näherten, drehte er sich zu ihnen um. Sein Grinsen wurde breiter, als er Haydon erblickte.

»Dachte mir doch, daß Sie es sind«, sagte er zu Haydon, der ihn ignorierte und einfach weiterging.

Die junge Frau drehte sich ebenfalls um, und Haydon erkannte in ihr die neue Moderatorin einer lokalen Fernsehstation. Sie kam mit entschlossenen Schritten auf ihn zu und stellte sich vor, während sie Haydon die Hand entgegenstreckte. Haydon blieb stehen, schüttelte ihr die Hand und nickte.

»Sie sind Detective Haydon?« fragte sie.

Wieder nickte er.

»Können Sie mir sagen, was hier passiert ist?« Sie deutete mit ihrem Stenoblock hinunter auf den Sumpfsee.

Haydon schüttelte den Kopf.

»Ach, kommen Sie«, sagte sie und zeigte ein gekünsteltes Lächeln. »Sie glauben doch nicht, daß Sie das geheimhalten können. Was ist passiert?«

»Sie wissen momentan genauso viel wie ich«, antwortete er.

»Sergeant Haydon«, erklärte sie, »ich weiß nicht einmal, ob ein Mann oder eine Frau unter diesem Tuch gelegen hat. Und die Assistenten des Coroners wollten mir kein Wort verraten.« Sie konnte ihren Ärger kaum verbergen.

»Das war auch gut so«, sagte Haydon und ging an ihr vorbei zu seinem neutralen Dienstwagen.

Der bärtige Reporter begann zu lachen. »Hab' ich dir doch gesagt«, erklärte er der Frau. »Haydons Fälle sind immer streng geheim.«

»Jetzt warten Sie mal eine Minute, verdammt noch mal«, rief die Frau Haydon nach. »Was haben Sie mit dem Büro des Coroners zu tun? Sie haben gar keine Amtsbefugnis.« Sie lief ihm ein paar Schritte nach, bis Leo Hirsch und die beiden Jungen an ihr vorbeikamen, um Haydon zu seinem Wagen zu folgen.

»He, ihr Jungs – habt ihr gesehen, was da unten passiert ist? Wollt ihr euch heute abend im Fernsehen sehen? He!« Sie wandte sich an den Kameramann. »Bennie, so schieß sie doch wenigstens von hinten!« fuhr sie ihn an.

Die Scheinwerfer leuchteten auf, und Haydon wirbelte herum.

»Bennie! Lieben Sie Ihren Beruf? Möchten Sie ihn behalten?«

Die Scheinwerfer gingen aus.

»Bennie!« kreischte die Frau. »So schieß sie doch! Schalt das verdammte Ding schon an!«

»Es gibt nichts zu schießen«, verteidigte sich der Kameramann. »Vier Rücken. Was ist das schon?«

»Du mieses, kleines Arschloch!« schrie die Frau. »Das kostet dich deinen Job.«

Der Zeitungsreporter warf den Kopf in den Nacken, lachte und schlug mit der Hand gegen die Motorhaube des Volvos.

Die Frau stürmte am Kameramann vorbei und stieg in den weißen Übertragungswagen des Fernsehsenders ein, der mit riesigen roten Lettern an beiden Türen markiert war. Dann rammte sie den Rückwärtsgang hinein, stieß ein Stück zurück und fuhr mit aufheulendem Motor davon.

»Du blöde Ziege!« rief ihr der Kameramann nach und zeigte ihr den Mittelfinger, als sie ihn nicht mehr sehen konnte. »Die kann noch nicht mal ihr Loch von einem Mäuseloch unterscheiden«, fügte er dann hinzu.

Der Reporter lachte immer noch, als er den Kameramann mit einer Geste einlud, zu ihm in den Wagen zu steigen. Sie fuhren gemeinsam weg und winkten Hirsch zu, als sie an den beiden Kriminalbeamten und den Jungen vorbeikamen, welche keineswegs die Bedeutung dessen übersehen hatten, was hier geschehen war. Als sich Haydon jetzt an sie wandte, hörten sie mit besonderer Aufmerksamkeit zu.

»Ist das ihr Haus, das dort drüben?«

Doug nickte. Genau wie Rick, obwohl der es angeblich nicht wußte.

Haydon öffnete die Fahrertür und kletterte hinter das Lenkrad. Er setzte sich per Funk mit der Polizeistation in Verbindung, um sich die Namen der Hausbewohner geben und sie per Computer überprüfen zu lassen, dann schaute er hinüber zu dem Haus, während er auf die Information wartete. Leo dankte den beiden Jungen für ihre Hilfe. Er gab jedem von ihnen eine seiner Visitenkarten und sagte ihnen, sie sollten ihn anrufen, falls ihnen noch etwas einfiele, was die Polizei interessieren könnte. Danach gingen die beiden Jungen die leichte Steigung der Straße hinauf und schauten sich noch einmal um, ehe sie um die Ecke verschwanden.

»Was glaubst du?« fragte Leo, während er die dichten Bäume und Büsche betrachtete, welche die einzelnen Häuser schützend umgaben. Diese Grünzonen waren ein Vorzug, der von den Grundstücksmaklern nicht stark genug hervorgehoben werden konnte.

»Sie hatte keine Unterwäsche an«, sagte Haydon und betrachtete immer noch das Haus.

»Ja. Ich hatte schon fast damit gerechnet, daß man sie ihr als Knebel in den Mund gesteckt hätte.«

»Lewis meint, sie hat nicht sehr lange im Wasser gelegen. Vielleicht sollten wir das Ufer in dieser Gegend genauer ins Auge fassen.«

Leo zuckte mit den Schultern.

Die Kühle der Nacht wich rasch der Wärme des Vormittags. In einer halben Stunde würde es heiß werden, und in einer weiteren Stunde drückend und schwül. Vom Golf, der achtzig Kilometer entfernt war, zogen Wolken herauf. Es würde nicht zum Regnen kommen, aber bis gegen Mittag würde man sich bei der Schwüle nach einem erfrischenden Guß sehnen.

Leo zog sein Sportsakko aus und warf es auf die Motorhaube des Wagens. Er wischte sich die fettige Stirn mit einem Taschentuch und nahm eine Packung Pfefferminzbonbons heraus. Er fraß diese Bonbons gegen Mundgeruch, seit er zu rauchen aufgehört hatte.

Haydon blieb im Wagen sitzen und starrte durch die offene Tür ins Freie. Er trug einen pergamentfarbenen Sommeranzug von Uomo, dazu ein blütenweißes Hemd und eine dunkle, graubraune Krawatte. Später am Tag, wenn die Hitze unerträglich wurde, würde er vielleicht das Sakko ausziehen, aber die Krawatte würde keinesfalls auch nur gelockert werden. Sein sandfarbenes Haar wies an den Schläfen graue Strähnen auf, und wenn man ihn genauer ansah und sich auf die braunen Augen mit den ambrafarbenen Flecken konzentrierte, sah man erste Fältchen in den äußeren Augenwinkeln, die sich nach unten zogen, wenn er lächelte – was in letzter Zeit freilich nur selten vorkam. Sein Gesicht hatte einen leichten Olivton, eine schöne, gerade Nase und Lippen, die man weder als schmal noch als voll bezeichnen konnte. Er war genau einsachtzig groß und schlank.

Leo wandte sich an Haydon. »Warum hast du eigentlich das Angebot zur Beförderung nicht angenommen?«

Haydon starrte immer noch über die Straße auf das Haus, aber Hirsch sah die Andeutung eines Lächelns auf dem Gesicht des Kollegen, das rasch wieder erstarb.

»Ich habe mich offenbar in dir geirrt«, sagte Haydon. »Ich dachte, du würdest mich schon auf der Fahrt hierher danach fragen.«

»Ich habe gelernt, mich zu beherrschen«, erklärte Hirsch und grinste. Mit seinen Sechsundzwanzig war er zehn Jahre jünger als Haydon und sah sogar noch jünger aus mit seiner Vorliebe für Designer-Jeans und Leinenhemden mit Button-down-Kragen. Er trug noch immer dieselbe Pilotenbrille wie auf dem College und war in gewisser Weise typisch für die neue Generation, der man immer häufiger auf den Polizeiakademien begegnete. Er war nicht durch Zufall zur Polizei gekommen wie viele der Altersgenossen von Haydon, hatte seine Karriere vielmehr sehr sorgfältig vorbereitet und ein Diplom in Psychologie und zwei

Jahre Strafrecht an der Universität von Texas studiert, ehe er in die Akademie eingetreten war. Seine Einstellung gegenüber der Legislative glich mehr der Haltung des Friedenskorps aus der Kennedy-Ära als der jener Männer, die aus der Akademie gekommen waren, um in den sechziger und frühen siebziger Jahren die Rebellionen der jungen Leute zu bekämpfen.

Haydon antwortete nicht auf die Frage von Hirsch; es schien, als habe er sie völlig vergessen. Dann, gerade als Hirsch nachhaken wollte, erklärte Haydon: »Ich dachte, ich warte erst mal, bis ich vierzig bin.«

»Was?«

Der Lautsprecher zischte; Haydon beugte sich vor und drehte die Lautstärke auf. Die Frequenz des Morddezernats befand sich auf einem anderen Kanal als die der üblichen Abteilungen; normalerweise waren die Übertragungen sehr deutlich und recht informell.

»Haydon?« Lieutenant Dystal sprach langsam und klar, mit dem Tonfall eines stiernackigen Südstaatlers. »Ich habe eine Hausbewohnerin für Sie. Eine Puppe namens Sally Steen, ich buchstabiere: S-T-E-E-N, zweiundvierzig Jahre alt. Hat eine lange Latte wegen Prostitution. Meistens als Callgirl, für die besseren Freier. Ich glaube, Ed Mooney hat mit ihr mehr zu tun gehabt als alle anderen bei der Sitte. Er könnte Ihnen einen genauen Überblick verschaffen.«

»Können Sie mir einen Ausdruck über sie besorgen und bei Mooney hinterlassen, daß er sich bei mir melden soll?«

»Wird gemacht.«

»Und könnten Sie den Papierkram für einen Durchsuchungsbefehl in die Wege leiten, damit wir ihr Haus filzen können?«

»Okey-dokey.«

»Wir sehen erst mal nach, ob jemand zu Hause ist. Wenn nicht, fahren wir hinunter zum Ben Taub und sehen nach, was mit ihr passiert ist.«

»Bis später«, sagte Dystal, und der Lautsprecher verstummte.

Als sie an der Tür klingelten, rührte sich nichts drinnen. Leo schlich um das Haus herum und versuchte, durch die Fenster hineinzuschauen – ohne Ergebnis. Es war ein luxuriöses Haus.

Wenn Sally Steen es mit dem Lohn ihres Berufs bezahlt hatte, konnte man davon ausgehen, daß sie nicht in dunklen Ecken auf die Freier gewartet hatte.

Zögernd verließen die beiden Kriminalbeamten die Gegend, ohne auch nur einen Blick in das Haus geworfen zu haben.

3

Das Allgemeine Krankenhaus Ben Taub befand sich am Nordrand des ausgedehnten Klinikzentrums von Texas gegenüber der Rice-Universität und des ausgedehnten Hermann-Parks. Als Wohlfahrtseinrichtung behandelte es die meisten Notfälle der Stadt, darunter auch die Mehrzahl der Gewaltopfer in Houston. Der grüne Saal im Ben Taub war nächst einem Kriegslazarett der beste Ort, wo junge Internisten und Chirurgen die Behandlung traumatischer Fälle erlernen konnten.

Die beiden Kriminalbeamten fuhren zum Hintereingang des Krankenhauses und bogen in die Auffahrt ein, die zur Notaufnahme und zur Leichenhalle führte. Sie parkten in zweiter Reihe hinter einem Wagen, der so aussah, als gehörte er einem diensthabenden Arzt, und gingen dann zu der Rampe, wo die Leichenwagen be- und entladen wurden. Die Luft war bereits drückend geworden; sie wurde vom heißen Asphalt reflektiert und stand unbewegt zwischen den Betonmauern der Auffahrt. Die grauen Stahltüren des Lifts glitten auf, und die beiden Männer betraten eine Kabine, die sich gleich danach fast geräuschlos in die Leichenhalle, einer Welt aus weißen Kacheln und rostfreiem Stahl, senkte. Sie blieben an einem Schreibtisch innerhalb der blankpolierten Schwingtür stehen und machten sich mit einem Mädchen bekannt, das nach Hirschs Ansicht zu hübsch war, um in einer Leichenhalle zu arbeiten. Haydon sagte ihr, was er wollte, und fragte nach Dr. Vanstraten.

»Er ist momentan in der Autopsie«, sagte das Mädchen, nahm einen Block, der an der Wand klemmte, und blätterte ihn mit ihren schlanken Fingern durch. Ihr schulterlanges, rötliches Haar war an den Seiten zurückgekämmt und wurde mit Schildpattkämmen festgehalten. Sie sprach ein wenig geziert, und ihre Lippen schnitten jedes Wort mit berechneter Genauigkeit ab. Hirsch verliebte sich auf der Stelle in diesen Mund.

»Mal sehen«, sagte sie. »Es ist eine Unbekannte, unsere zweite heute vormittag aus der Kategorie ›Mord nicht ausgeschlossen‹. Es dürfte ein Fall für Sie sein. Sie können hineingehen. Ich nehme an, Dr. Vanstraten ist bald fertig damit. Er hat sie, gleich nachdem sie eingeliefert wurde, drangenommen.«

Hirsch zuckte bei ihrer Wortwahl zusammen.

»Wir besorgen uns eine Tasse Kaffee und kommen dann zurück«, sagte Haydon. »Würden Sie ihm bitte Bescheid sagen?«

»Gern«, antwortete sie und lächelte.

»Sie ist neu«, stellte Hirsch beim Hinausgehen fest.

»Fast jedesmal, wenn wir hierherkommen, sitzt eine Neue am Schreibtisch«, sagte Haydon.

»Stimmt.«

Sie fuhren mit dem Lift nach oben zu einer Automaten-Imbißbar, wo sie Kaffee aus Pappbechern tranken. Als sie danach wieder hinunterkamen, hatte Vanstraten die Autopsie beendet und war beim Telefonieren. Er saß auf der Schreibtischkante und sprach in der vertraulichen Weise, wie sie Haydon von allen Ärzten kannte und die für den selbstbewußten Coroner typisch war. Als Vanstraten das Gespräch beendet hatte, stand er auf, schüttelte den beiden Kriminalbeamten die Hände und lächelte.

»Ihre Proben sind bald fertig«, sagte er. »Ich hoffe nur, Sie erwarten nichts Besonderes bei diesem Fall.« Vanstratens feine, nordische Züge erinnerten Haydon stets an den glücklosen deutschen Theologen Dietrich Bonhöffer. Vanstraten war größer als Haydon, mindestens um sechs Zentimeter, und hatte eine solide Statur, die ihm die nötige Kraft zum täglichen Umgang mit Leichen verlieh. Er kleidete sich sehr sorgfältig und liebte Anzüge mit Westen in europäischem Schnitt, welche die Aufmerksamkeit in Houstons schnellebiger *haut monde* erregten, wo er eine Art makabrer Popularität besaß.

»Ich versuche, möglichst gar nichts zu erwarten«, sagte Haydon.

»Eine sehr sichere Philosophie«, erwiderte Vanstraten, ohne die Bemerkung allzu ernst zu nehmen, und fuhr fort: »Der Bericht wird gleich nach der Mittagspause getippt, aber ich kann Ihnen schon einmal ein paar Hinweise geben.«

Er verschränkte die Arme vor der Brust, zeigte dabei seine Manschettenknöpfe aus Porzellan und eine neue, superdünne Concord Delirium an seinem kräftigen, behaarten Handgelenk. Einige der Kriminalbeamten beim Morddezernat bezeichneten Vanstraten als den »geschniegelten Dämon vom Ben Taub«, aber Haydon sah ihn ein wenig anders. Er mußte wohl, denn der Leiter der Gerichtsmedizin war kaum eleganter gekleidet als er selbst. Sie konnten sich gut leiden und hatten mehr Gemeinsamkeiten als das ungewöhnliche Interesse für Leichen.

»Diese Frau ist wahrscheinlich eine Prostituierte. Sie ist Mitte Vierzig, obwohl sie den Körper einer um zehn Jahre jüngeren Frau besitzt. Ihr Cervix ist vernarbt von Abtreibungen, vermutlich hat sie mehrere hinter sich, und sie hat Herpesschäden um die Genitalien und an ihrem rechten Mundwinkel. Es muß nicht unbedingt der gleiche Virustyp sein. Sie hat einen Bluterguß an der Innenseite des linken Oberschenkels und einen kleineren an ihrer linken Wade. Ich nehme an, diese Blutergüsse sind in Bezug auf die Todesursache nicht von Belang. Die einzigen anderen Anzeichen einer Gewaltanwendung sind mehrere merkwürdige Wunden an ihrem Gesäß, die ihr erst nach ihrem Tod zugefügt wurden . . .«

»Zwei Jungen haben sie gefunden«, erklärte Leo. »Sie haben auf ihr herumgestochert, bevor ihnen klarwurde, was sie da entdeckt hatten.«

»Hm. Nun, sie scheint an einer akuten Asphyxie mit fataler Hypoxie gestorben zu sein«, sagte Vanstraten. »Ist sie ertrunken? Ich weiß es nicht. Vielleicht.«

»Vielleicht? Sie können es nicht mit Sicherheit feststellen?«

Vanstraten zog die Stirn in Falten, eine leicht indignierte Reaktion auf Haydons Ungeduld. »So einfach ist das nicht zu bestimmen«, sagte er.

»Das haben Sie mir noch nie zuvor bei einem Ertrunkenen gesagt.«

»Durchaus möglich. Ich erinnere mich freilich nicht, daß Sie mir jemals zuvor einen Leichnam gebracht haben, der ertrunken ist«, erwiderte Vanstraten pointiert. »Es gibt keine anatomischen oder chemischen Anzeichen, die eindeutig auf den Tod durch Ertrinken hinweisen. Das kann man nur durch die Umstände beim Tod feststellen und durch eine komplette Autopsie, bei der man alle anderen Todesursachen ausschließt. Es handelt sich dabei um einen Eliminationsprozeß. Aber es gibt nichts, was Tod durch Ertrinken beweisen könnte.«

Vanstraten deutete mit verschränkten Armen nach draußen. »Sie ist im Wasser dahingetrieben, ihre Lungen waren ödematös. Aber es gibt vieles, was eine pulmonäre Ödemie hervorruft. Zum Beispiel eine Pneumonie. Häufig findet man bei Ertrunkenen größere Mengen von Schaum, der aus Mund und Nase des Opfers quillt. Doch das ist auch der Fall bei Todesfällen, die durch gewisse Gifte verursacht werden. Übrigens war das hier nicht der Fall. Allerdings habe ich eine beträchtliche Menge hochviskosen Speichels gefunden. Etwa sechzig Prozent der Todesfälle durch Ertrinken werden durch Blutungen im Mittelohr verursacht. Hier gab es keine Anzeichen dafür. Sie hatte kein Wasser im Magen, was auch ein häufiges Anzeichen für Tod durch Ertrinken ist. Wir entdeckten nur eine Spur von Alkohol. Kurz gesagt, wir haben zwar Symptome gefunden, die auf den Tod durch Ertrinken hinweisen, während andere bei dieser Todesart häufige Anzeichen fehlten. Außerdem war sie eine Prostituierte, was alles mögliche nahelegt. Das ist Teil der Patientengeschichte, von der ich vorhin sprach.« Vanstraten hielt inne. »Soll ich sie weiter untersuchen?«

Haydon ignorierte die rhetorische Frage. »Und was ist mit Gift?«

»Ich glaube kaum, daß das eine Rolle spielt. Aber ich habe Gewebeproben genommen, und wir lassen sie durch die toxikologischen Tests laufen.« Wieder lächelte er. »Danach werde ich Ihnen eine ›mögliche‹ Todesursache nennen können.«

Einer von Vanstratens Helfern kam aus dem Autopsieraum mit einem kleinen Behälter aus Schaumstoff, der die Proben, die das Polizeilabor benötigte, enthielt, und einem Umschlag mit den Fotos aus der Pathologie. Hirsch nahm den Behälter in Empfang, setzte sich an den zweiten Schreibtisch und überprüfte den Inhalt anhand der Liste für die Proben, die bei einer Autopsie des Morddezernats nötig waren. Dann spannte er ein Formblatt in die Schreibmaschine und begann es auszufüllen.

»Wir erhielten einen kurzen Bericht über die Frau, bevor wir hierhergekommen sind«, sagte Haydon und trat einen Schritt von Hirsch weg. »Sie haben recht, die Frau war eine Prostituierte. Leo wird alles, was wir bisher wissen, in das Formular eintragen. Was ist mit Rauschgift?«

»Wenn sie welches genommen hat, dann nicht mit einer Spritze«, erklärte Vanstraten. »Sie war ›sauber‹. Kein Hinweis auf alte Narben. Und keine auffallenden Hinweise auf den Genuß von Kokain oder andere Rauschgifte.« Er las Haydons Gedanken. »Ihre Anatomie war in Ordnung. Wenn mit ihrem Tod etwas faul ist, können wir das nur im Labor feststellen, nicht an ihrem Körper bei einer anatomischen Untersuchung.«

»Das ist ja reizend«, sagte Haydon.

»Betrachten Sie es von meinem Standpunkt, Stuart. Solche Fälle unterbrechen das, was zum Langweiligsten auf der Welt gehört: die einfallslose Todesart. Es ist erstaunlich: Nach der Geburt ist das Ende eines Lebens zweifellos das bedeutendste Ereignis. Dennoch werde ich immer wieder daran erinnert, wie wenig ernst die Menschen dieses Ereignis nehmen. Wenn Hannah Arendt der Meinung ist, das Böse sei banal, dann sollte sie sich mal ein paar Wochen mit dem Tod befassen.«

Haydon wartete geduldig, während Vanstraten eine theatralische Pause einlegte.

»Jeden Tag sehe ich Menschen, die ihre Existenz beendet haben und dabei nicht mehr Kreativität aufwandten, als sie erforderlich ist, um einen Hahn aufzudrehen und ein Glas mit Wasser zu füllen. Wenn diese arme Frau an einer Krankheit, durch einen Unfall oder durch Selbstmord gestorben ist, kann ich den tieferen kosmischen Sinn respektieren. Wenn andererseits jemand ihren Tod verursacht hat, ohne sich dabei des Naheliegendsten zu bedienen, dann kann ich für diese Abwechslung nur dankbar sein. Solange die Sache Vergangenheit bleibt«, fügte er rasch hinzu und absolvierte sich damit von dem moralischen *faux pas,* gerade das allzu sehr zu genießen, was eigentlich hätte verhindert werden sollen.

Das alles sagte er in einer Mischung aus Scherz und Ernst, die nicht genau zu definieren war. Harl Vanstraten war der einfallsreichste Wissenschaftler, den Haydon jemals kennengelernt hatte.

Haydons Piepser meldete sich. Er schaltete das Gerät ab, das an seinem Gürtel hing, und schaute sich nach einem Telefon um. Das Mädchen, das zu hübsch war, um in der Leichenhalle zu arbeiten, schob ihm das ihre über den Schreibtisch hinweg zu. Es war Ed Mooney. Haydon berichtete ihm, was geschehen war, und sie verabredeten sich in einem Drugstore an der Montrose, in einer halben Stunde.

Hirsch war fertig mit dem Ausfüllen des Formblattes und gab die gelbe Kopie dem Mädchen mit dem rötlichen Haar. Er ließ sich Zeit dabei, fragte, ob die Korrekturen auf der Kopie lesbar seien und ob sie etwas entdeckt habe, was fehlte.

»Okay«, sagte Haydon zu Vanstraten. »Wann können Sie mir Nachricht über die Untersuchungen geben?« Er kannte die Antwort: fünf oder sechs Tage – aber Leo war gerade dabei, bei dem Mädchen einen guten Eindruck zu hinterlassen. Dazu konnte er ein paar Minuten zusätzlicher Zeit gut gebrauchen.

»Die Resultate im Hinblick auf Rauschgift – morgen. Die Gewebeproben in fünf Tagen, vielleicht in einer Woche. Die toxikologischen Tests dauern zwei bis vier Wochen, wenn sie im normalen Ablauf durchgeführt werden. Falls es dringend ist, könnte ich dafür sorgen, daß sie eher in zwei als in vier Wochen fertig sind.«

Haydon schüttelte den Kopf. »Es ist nicht dringend.« Dann: »Wirklich schade, nicht wahr?«

»Was?«

»Daß es nicht dringend ist.«

Auf Vanstratens Gesicht zeigte sich ein amüsiertes Lächeln, während er in die Brusttasche seines Mantels griff und ein goldenes Zigarettenetui herausnahm. Er bot Haydon eine Zigarette an und nahm selbst eine heraus, dann zündete er beide mit einem zum Etui passenden Feuerzeug an.

»Das war aber eine melancholische Bemerkung«, sagte er.

Haydon inhalierte den Rauch der filterlosen Dunhill. Dann schaute er hinüber zu Hirsch und dem Mädchen, das zu hübsch war, um in der Leichenhalle zu arbeiten.

»Nichtsdestotrotz . . .«, sagte er.

4

Das Drugstore war in der Mitte des Blocks zwischen der Montrose und der Roseland und grenzte an einer Seite an einen Waschsalon, an der anderen an ein Buchantiquariat. Hirsch ließ Haydon aussteigen und fuhr dann ins Präsidium, um den Papierkram über Sally Steen zu erledigen, die jetzt zum Fall Nummer 6-14-82-01 geworden war.

Ed Mooney wartete an einem Tischchen mit schwarzem Plastiküberzug im Coffeeshop und Grillroom an der Rückseite des Drugstores. Er kaute an einem ausgetrockneten Krapfen und trank Milch dazu. Haydon setzte sich, und Mooney hob sein Milchglas salutierend, um danach einen Klumpen des zähen Teigs hinunterzuspülen.

»Hol dir ruhig auch einen«, sagte er und streckte beim Schlukken den Hals. »Frischer als jetzt werden sie wohl nie mehr.«

Im Coffeeshop standen nur vier Tische und eine Theke mit sechs Hockern. Haydon warf einen Blick über die Theke, der von den starren Augen eines mondgesichtigen Mädchens mit einem Teint wie rohe Buletten erwidert wurde. »Kaffee«, sagte er.

»Ich kann das Zeug nicht mehr trinken«, sagte Mooney. »Ein Geschwür.« Er drückte die Finger seiner Hand auf die Magengegend, und Haydon stellte überrascht fest, daß Mooney fett wurde. Das war ihm bisher noch gar nicht aufgefallen.

»Ich dachte, Milch ist schlecht bei Magengeschwüren. Es macht zuviel Magensäure, oder so.«

»Da gehen die Ansichten auseinander«, sagte Mooney sachverständig. »Mir scheint sie gut zu bekommen.«

Das Mädchen brachte Haydons Kaffee, und Mooney aß den

letzten Bissen seines Krapfens, während er sich mit seinem Stuhl herumdrehte und sich gegen ein Regal mit Schuheinlagen von Dr. Scholl lehnte. Die Plastikpackungen raschelten, wenn er sich bewegte.

»Also was gibt's?« fragte er, während er kaute. »Was ist mit Sally passiert?« Mooneys buschige, braune Augenbrauen zogen sich fragend nach oben, und Haydon bemerkte, daß sein natürlich geröteter Teint unter der intensiven Sonne von Texas zu leiden begann. Auf der Oberseite der Wangen war plötzlich ein ganzes Netz winziger roter Äderchen zu sehen.

»Zwei Jungen haben sie gefunden, als sie in der Buffalo Bayou lag. Vorläufig gibt es nichts, womit wir etwas anfangen könnten. Vanstraten hat gerade erst mit seinen Untersuchungen begonnen.«

»Du meinst, sie ist nicht erschossen, erstochen oder sonstwie umgebracht worden?«

»Nein. Van hat auf Anhieb nichts dergleichen feststellen können.«

Mooney richtete seinen Blick auf die weißen Kacheln des alten Drugstores. »Weißt du, manchmal, wenn diese Mädchen in das Alter von Sally kommen, sehen sie mehr Probleme vor sich als gute Zeiten. Ihnen stehen schlimme Dinge von Zuhältern und Freiern bevor; sie leben von schlechten Trips mit Drogen, leben von der Erniedrigung durch Kerle, die sie eigentlich für immer zu lieben versprochen hatten – es geht ihnen im Grunde noch schlechter als jedem Vietnam-Veteranen –, und dann plötzlich entschließen sie sich, selbst die Kerze auszublasen. Vielleicht hatte Sally das Leben einfach satt.«

»War sie der Typ, der in so einem Fall leicht aufgibt?«

Mooney hielt vorsichtig seine Unterlippe zwischen zwei Finger und schüttelte dann den Kopf. »Eigentlich nicht.«

»Wie lange war sie schon im Geschäft?«

»Oh, eine lange, lange Zeit. Es ist ihr nicht gelungen, einen zu finden, der sie da rausholt und heiratet, wie es jenen passiert, die Glück haben. Sie war immer eine von den besten, hat nur in den größeren Hotels gearbeitet. Aber der Callgirl-Markt ist hart. Man muß immer aussehen, als ob man grade einer Doppelseite des *Penthouse* entstiegen wäre. Straffe, volle Titten, glatte Haut, keine Falten. Das heißt, man muß zwischen achtzehn und fünfundzwanzig sein.«

»Vanstraten meint, daß sie sich sehr gut gehalten habe.«

»Das war ihr Glück. Sally hat sich länger behaupten können als die meisten, weil sie sich wirklich nach allen Regeln der Kunst getrimmt hat, in einem Studio drüben in San Felipe. Sie war mutig, aber dann hat es sie anscheinend doch eingeholt. Sie war eine Weile verschwunden. Ich glaube, sie hat es auf dem gleichen Gebiet in Dallas versucht. Als sie wieder hier auftauchte, war sie bereits eine Sprosse heruntergestiegen auf der Leiter und hat sich mit Anzeigenkunden begnügen müssen.«

»Wie hat sie sich das Haus leisten können? Oder hat es ihr nicht gehört?«

Mooney grinste. »Sie war schlau, Stuart. Wenn man nach Anzeigen arbeitet, ist das sicher ein hartes Leben; man muß von einer Stadt in die andere fahren zu einer Kundschaft, die man nicht kennt, aber wenn ein Mädchen gut ist, kann es dabei ohne weiteres zweitausend pro Woche verdienen. Sally hatte sich vorgenommen: zehn Monate, und keinen Tag länger. Zum erstenmal in ihrem Leben hat sie das Geld zusammengehalten wie ein Geizhals. Am Ende der zehn Monate hatte sie ein schönes Bündel auf die Bank gebracht. Sie kaufte sich das Haus in der Pinewold Street wegen der ruhigen, abgeschirmten Lage und der guten Adresse.«

»Aber sie hat sicher nicht so viel verdient, daß sie das Haus kaufen und sich gleichzeitig zurückziehen konnte. Was hat sie noch gemacht?«

»Wenn man mit Anzeigen arbeitet, bringt das neben dem Geld eine Menge Kontakte.« Mooney unterdrückte ein Rülpsen. »Als Sally zurückkam nach Houston und sich dieses Haus kaufte, ließ sie das Hurenleben hinter sich. Jetzt war sie eine gutaussehende Frau mit einer guten Adresse und vielen Männern, die ihr gern Gesellschaft leisteten. Wenn ihre alten Freier nach Houston kamen, was so oft der Fall war, daß sie ihren Terminkalender voll hatte, dann empfing sie sie als Gäste. Genau wie jede andere alleinstehende Frau, die einen Freund bei sich hat, der sie bumst. Nur daß diese Freunde ein paar Scheinchen auf ihrer

Hausbar liegenließen, wenn sie gingen. Es war alles Spaß und Vergnügen.«

Mooney trank die Milch aus und zuckte dann zusammen, während er die Hand auf seinen Magen preßte. »Nein, wenn ich darüber nachdenke, ist es eigentlich sehr gut gelaufen für die alte Sally. Ich glaube nicht, daß sie vorhatte, ihr Leben in dieser stinkenden Bayou zu beenden.«

»Mit wem hat sie gearbeitet, wenn sie eine Wochenendparty gab?«

»Nur mit einem Mädchen. Judith Croft. Judith, nicht Judy. Sally hat sie oft geholt, wenn was Größeres anlag. Sie arbeiteten prima zusammen, waren gute Freundinnen.«

Das Mädchen mit der fortgeschrittenen Akne kam herüber und schenkte Haydon Kaffee nach. Er hätte gar keinen mehr gewollt, dankte ihr aber trotzdem. Dann schüttete er aus zwei Päckchen Zucker hinein und rührte den Kaffee um.

Ein junges vietnamesisches Mädchen, das einen kleinen Jungen fest an der Hand hielt, kam herein und näherte sich schüchtern der Eßtheke. Die beiden standen schweigend hinter den Hockern und studierten die Speisekarte über dem Grillrost. Die Kellnerin musterte sie, ohne ein Wort zu sagen. Nach einer kurzen, leisen Beratung mit dem kleinen Jungen bestellte das Mädchen: »Einen Speck-Sandwich.«

»Zum Mitnehmen oder Hieressen?« fragte die Kellnerin.

Das vietnamesische Mädchen nickte.

Die Bedienung zögerte einen Moment, wollte etwas sagen, zuckte dann mit den Schultern und ging weg, um das Sandwich zuzubereiten.

Als der Speck auf dem Grill zischte und der Geruch von gesalzenem Schweinefleisch die beiden Kriminalbeamten erreichte, schaute Mooney Haydon an und sagte: »Ich habe gehört, du hast deine Beförderung zum Lieutenant abgelehnt.«

Haydon wußte nicht, was er antworten sollte. Er rutschte auf seinem Stuhl hin und her.

»Ein anderer Takt, eine andere Melodie . . .« sagte Mooney. In seiner Stimme lag mehr als die Andeutung von Bitterkeit. Seine dickliche Hand zerknüllte eine Papierserviette.

Haydon trank einen Schluck des schrecklichen Kaffees. Das war noch besser, als etwas sagen zu müssen.

»Sechs Jahre sind eine lange Zeit«, bemerkte Mooney.

Sie waren gemeinsam von der Kriminalpolizei übernommen worden. Mooney war stets hitzköpfig gewesen, schlau und aggressiv. Er wurde rasch befördert und ließ Haydon zunächst einmal hinter sich. Dann stieß Mooneys Karriere plötzlich gegen eine Mauer. Junge Männer, die in einer hierarchischen Organisation zu rasch nach oben kommen, machen sich Feinde, die sie für den Rest ihrer Karriere scharf beobachten, und die Polizei bildet da keine Ausnahme. Jemand hatte offenbar die Bremse gezogen bei Mooneys schnellem Nachobendrängen auf der Leiter.

Zurückblickend erkannten beide die Unausweichlichkeit dessen, was da geschehen war. Mooney war schlau, aber er hatte keine Beziehungen, keine persönlichen Freunde in höheren Positionen, die sich um ihn kümmerten, wenn er mit seiner Aggressivität die falschen Leute verärgerte. Er war zu sehr mit dem beschäftigt, was er am besten konnte, als daß er sich zudem noch um interne Politik hätte kümmern können, und plötzlich war er ganz allein. Man schob ihn von einer Abteilung in die andere, bis er mehr oder weniger auf Dauer bei der Sitte landete.

»Diese Arschlöcher«, sagte Mooney. »Ich glaube, wenn ich nicht so ein Trottel gewesen wäre, hätte ich es auch schaffen können.« Er seufzte – das Seufzen eines fetten Mannes. »Aber sieh dir Dystal an. Verdammt, der war auch nicht gerade ein schüchternes Veilchen. Doch er ist nach oben gekommen. Dabei brauchte er nicht einmal gute Freunde.« Er schüttelte den Kopf. »Diese Arschlöcher.«

In all den Jahren hatte Haydon beobachtet, wie Mooneys stagnierende Karriere an ihm fraß wie starke Säure, und dennoch hatte sich Mooney stets geweigert, das wilde, irische Temperament zu zügeln, das zu seiner Unbeliebtheit bei der Verwaltung beitrug, die sehr empfindlich reagierte im Hinblick auf Beamte, welche eines Tages die Polizei wegen brutaler Handlungen in die Schlagzeilen bringen konnten. Haydon borgte sich Mooney für seine Abteilung aus, wann immer er konnte, aber ansonsten ging es mit Mooneys Karriere nicht voran. Seine

Kriege waren fröhlich und seine Lieder traurig; er war sich selbst sein ärgster Feind.

»Warum hast du es abgelehnt?« fragte Mooney jetzt. »Ich bin einfach neugierig.«

»Ich weiß es selbst nicht genau«, antwortete Haydon. »Aber es schien mir nicht der richtige Zeitpunkt zu sein.«

Er starrte auf den Kaffee und fühlte Mooneys Blick auf sich. Als er hochschaute, wandte sich Mooney ab, ein spöttisches Lächeln auf den Lippen.

5

Judith Croft lebte in einer teuren Wohnanlage, keine zwei Meilen von dem Haus entfernt, wo Leo Hirsch, ausgerüstet mit einem Durchsuchungsbefehl, die Besitztümer von Sally Steen durchforstete. Haydon hielt vor dem unbesetzten Pförtnerhaus und warf einen Blick auf den bunten Lageplan hinter Plexiglas, der die dorfartigen Straßen zeigte, welche alle mit Briar- begannen: Briarwood, Briarlane, Briargrove. Sehr hübsch.

Er fand die Adresse Briarcliff am Ende einer Sackstraße auf der entgegengesetzten Seite der Anlage. Das Haus war in dezentem französischen Stil gebaut, also immerhin eine Stufe besser als die imitierten elisabethanischen Halbfachwerkbauten, die von den Architekten vor ein paar Jahren bis zur Erschöpfung errichtet worden waren. Haydon folgte einem gepflasterten Seitenweg durch ein Tor in einer Hecke und um ein paar Oleanderbüsche herum in einen kleinen, abgeschlossenen Vorgarten. Das Pflaster des Vorgartens war erst kürzlich abgespritzt worden, und die Blumenbeete strömten einen feuchten, schweren Duft aus. Haydon stand unter der zurückgesetzten Tür und drückte auf die Klingel.

Es dauerte einen Augenblick, dann öffnete sich die Tür ein paar Zentimeter. Haydon hielt seine Dienstmarke hoch.

»Miss Croft?«

»O mein Gott!«

Haydon konnte nur ein blaßblaues Auge und kurzgeschnittenes, schwarzes Haar sehen. Dazu witterte er den Geruch von Shampoo.

»Miss Croft?« wiederholte er.

»Ja, ja«, sagte sie resignierend.

»Ich bin Stuart Haydon von der Kriminalpolizei. Darf ich reinkommen?«

Die Tür öffnete sich etwas weiter und enthüllte ein Gesicht mit bemerkenswert schönen Zügen und einem marmorweißen Teint.

»Haben Sie einen Durchsuchungsbefehl?«

»Nein, aber ich habe auch nicht die Absicht, irgend etwas zu suchen. Sie brauchen mich nicht einzulassen, aber ich glaube, sie sollten es tun.«

»Dann kommen Sie schon, verdammt.«

Die Tür wurde geöffnet, und Haydon trat in einen hellen, sonnigen Raum, dessen Fenster hinausgingen auf einen gepflegten Rasen. Dahinter war die Bayou zu sehen. Der Raum war in Gelb- und Grüntönen eingerichtet, mit gepflegten Grünpflanzen in Weidenkörben, die hier und da auf den Möbeln standen.

Judith Croft schloß die Tür hinter Haydon und führte ihn zu einer Sitzgruppe, die aus einem Sofa und drei bequemen Sesseln bestand. Die Frau war groß und trug ein Hauskleid, gelb wie Teerosen, das bis zum Boden ging und so dünn war, daß es in der Helle des Raums fast durchsichtig wirkte. Während Haydon ihr folgte, sah er, daß sie nirgends am Körper von der Sonne gebräunt war. Er konnte sogar die Grübchen über den Hüften erkennen. Sie drehte sich um, war sich der Wirkung ihrer hohen Brüste mit den dunklen Brustwarzen bewußt, die man durch den dünnen Stoff erkennen konnte, und ließ sich auf einen der Sessel nieder, die mit weizenfarbigem Stoff bezogen waren. Haydons Blick fiel auf das dunkle Dreieck zwischen ihren Schenkeln, bevor sie die Falten des Hauskleids über dem Schoß zusammenzupfte.

Sie deutete auf das Sofa. »Setzen Sie sich doch«, sagte sie ungeduldig.

Er ließ sich ihr gegenüber nieder, während sie ein beschlagenes Glas mit einer Orangenscheibe auf Eis und Wodka oder Gin in die Hand nahm. Er schätzte sie auf Anfang Zwanzig. Sie war reizend anzusehen; ihr glänzendes Haar umrahmte ihr schönes Gesicht. Ihre Bewegungen waren elegant, und sie strömte das Selbstbewußtsein einer Frau aus, die schon lange über die Macht ihrer Schönheit Bescheid weiß. Sie war kultiviert, *très chic.* Es gab vermutlich keinen Kriminalbeamten außer ihm selbst, der es sich hätte leisten können, eine Nacht mit ihr zu verbringen.

Sie zog ein Bein hoch und schaute Haydon über den Rand ihres beschlagenen Glases hinweg an, den sie an ihre weichen, blassen Lippen drückte.

»Sie arbeiten, soviel ich weiß, mit Sally Steen«, sagte Haydon.

Sie antwortete nichts und trank einen Schluck.

Haydon fand es wenig sinnvoll, um den Brei herumzureden. Er kam direkt zur Sache.

»Sie wurde heute morgen tot aufgefunden. Sie trieb in der Buffalo Bayou, nicht einmal hundert Meter von ihrem Haus entfernt.«

Das Eis im Glas klimperte, und der passive Ausdruck, hinter dem sich Judith Croft verbergen wollte, erfror zu betäubter Ausdruckslosigkeit.

»Wir wissen bis jetzt noch nicht, woran sie gestorben ist. Wir hoffen, der Gerichtsmediziner kann uns die Todesursache nennen. Aber das kann noch eine Weile dauern. Inzwischen versuchen wir, soviel wie möglich über ihr Leben in den letzten paar Tagen zu erfahren.«

Judith Croft stellte ihr Glas auf einen kupfernen Abstelltisch, der mit Jade eingelegt war. »Sind Sie sicher, daß es Sally ist?« Sie mußte sich erst räuspern, ehe sie die Frage stellen konnte.

Haydon nickte. Merkwürdig, wie oft die Leute diese Frage stellten.

Sie warf den Kopf nach hinten, um sich die Locken aus der Stirn zu schütteln. »Das ist nicht zu fassen.« Sie schluckte. »Großer Gott!«

»Haben Sie sie in letzter Zeit gesehen?«

Haydon wartete, während die Gedanken des Mädchens versuchten, den Begriff Tod zu verarbeiten. Sie hörte seine Frage wie ein verzögertes Echo von jenseits des langen Schweigens.

»Nein.« Jetzt richteten sich ihre Augen wieder auf ihn. »Nein, ich habe sie seit drei oder vier Tagen nicht gesehen.«

»Wann haben Sie sie zuletzt gesehen?«

»Wann – mein Gott, ich muß überlegen.« Sie strich sich mit der Hand über das glatte pechschwarze Haar. »Vor drei Tagen.«

»Ein – Arbeitsbesuch?«

»Welche Rolle spielt das?« fragte sie kalt. »Oder sind Sie von der Sittenpolizei?«

»Nein.«

»Dachte ich's doch. Mordkommission?«

»Stimmt.«

»Dann haben Sie mit Ed Mooney gesprochen.«

»Ja.«

»Mooney ist nett. Er ist kein Spießer.«

Haydon fragte sich, was das aus Mooneys Perspektive bedeutete.

»Warum waren Sie dort?«

»Sie hat mich angerufen. Hatte Magenschmerzen und leichtes Fieber; sie brütete irgend etwas aus. Wir tranken etwas und sahen uns einen Redford-Film im Fernsehen an. Als er vorbei war, hatte sie Kopfschmerzen, also bin ich nach Hause gefahren.«

»Und bei diesem Besuch haben Sie sie zuletzt gesehen?«

»Richtig. Das war das letztemal, daß ich sie gesehen habe. Aber ich hab' am nächsten Tag mit ihr telefoniert. Das war vorgestern.«

»Um welche Zeit?«

»Vormittags, gegen zehn. Sie fühlte sich noch immer nicht wohl und bat mich, einen ihrer Leute zu empfangen.«

»Und das haben Sie getan?«

»Ja. Ich habe sie gestern nicht angerufen; es – es paßte nicht.« Ihr Blick wandte sich von ihm ab und wurde wieder nachdenklich. »Aber heute habe ich sie angerufen, um mich zu erkundigen, wie es ihr geht. Als sie nicht an den Apparat ging, dachte ich, es geht ihr besser und sie ist ausgegangen.«

»Wissen Sie von irgend jemandem, der sie nach Ihnen besucht haben könnte? Jemand, der vielleicht gestern bei ihr gewesen ist?«

»Nein. Ich kenne nicht ihren – Terminkalender.«

»Wissen Sie, ob sie mit irgendeinem ihrer Bekannten Schwierigkeiten hatte? Ob sie von jemandem belästigt wurde?«

»Sally hat in solchen Fällen nicht lange gefackelt. Wenn einer ihr auch nur ein bißchen grob kam, war sie für ihn einfach nicht mehr zu sprechen. Das hat sie denen überlassen, die mehr für S und M übrig haben.«

»Und wie lange kennen Sie sie?«

»Zwei, das heißt, fast drei Jahre.«

»Haben Sie all diese Zeit mit ihr zusammengearbeitet?«

»So ungefähr.«

»Und Sie können sich niemanden denken, der ihr etwas Böses antun wollte? Vielleicht jemand mit – sagen wir – unstetem Charakter?«

»Unstet, mein Gott . . . Ist sie – ist sie erschossen worden oder so? Ich dachte, Sie wissen nicht, woran sie gestorben ist.«

»Wir wissen es nicht. Aber ich nehme an, es hat jemanden gegeben, der etwas gegen Sally hatte. Vielleicht einer, der hitzköpfig genug war, um sie zu töten. Wenn die Fakten fehlen, stellt man eine Menge Vermutungen an und sieht zu, wohin sie einen bringen.«

Sie dachte darüber nach. »Nun ja, man lernt alle möglichen Menschen kennen. Es ist zwar nicht vergleichbar mit den Anzeigen oder dem Geschäft auf der Straße, aber man lernt trotzdem alle möglichen Leute kennen. Die Wahrscheinlichkeit ist groß, daß auch mal ein merkwürdiger Typ darunter ist. Aber ich könnte Ihnen keinen Namen nennen, niemanden, den sie wegen Mordes an Sally ausquetschen könnten. Ich kann mir niemanden denken, der dafür in Frage käme.«

Zwischen Judith Crofts Augenbrauen waren zwei Falten entstanden, das einzige Anzeichen dafür, daß sie die Stirn runzelte. Sie hatte beide Hände in den Schoß gelegt und knipste gedankenverloren mit ihren rosa lackierten Daumennägeln.

»Das ist unglaublich«, wiederholte sie. »Und Sie meinen wirklich, daß sie ermordet wurde?«

»Das habe ich nicht behauptet. Wir wollen nur herausfinden, was da passiert ist.« Er beobachtete ihr Gesicht. »Sie hätte auch durch einen unglücklichen Zufall ertrinken können.«

Judith Croft schaute ihn verständnislos an.

»Sie war übrigens nicht betrunken«, sagte er. »Sie hatte nicht genug Alkohol im Blut. Aber vielleicht hat sie Selbstmord begangen.«

»Nein. Ich kenne sie gut genug, um das behaupten zu können. Das halte ich für ausgeschlossen.«

»Oder sie hat die falsche Kombination von Medikamenten genommen.«

»Ebenfalls ausgeschlossen«, sagte die Croft. »Sie hat grundsätzlich kein Rauschgift genommen. Sie hatte etwas dagegen. Nicht aus moralischen Gründen, aber sie machte viel Geld, mehr als genug, und wollte noch eine Weile weiterarbeiten. Sie hätte solches Zeug niemals angerührt. Alkohol, ja, in ziemlichen Mengen. Und hier und da ein Beruhigungsmittel, um über Depressionen hinwegzukommen. Aber das war alles.«

Haydon wartete.

»Und was war das für eine Krankheit? Ist es möglich, daß sie daran gestorben ist?« fragte sie.

»Es wäre durchaus möglich. Aber warum schwamm sie dann im Wasser?«

»Ist sie vergewaltigt worden?«

»Wenn das der Fall war, hat sich das bei der Autopsie nicht gezeigt. Und in Anbetracht ihres Berufes hätte ein bißchen Samen, den man findet, gar nichts zu bedeuten.«

Judith Crofts Augen waren wieder in die Ferne gerichtet, während sie über die Richtung nachdachte, welche das Gespräch genommen hatte. Haydon schaute sich in dem hellen, sauberen Raum um, der sich in ein sehr unpersönliches Eßzimmer und in eine Küche fortsetzte. Judith Croft war eine ordentliche Frau mit hervorragendem Geschmack. Er schaute sie wieder an. Sie sah großartig aus. Dann fühlte er ihren Blick auf sich.

Er nahm das Notizbuch aus der Tasche seines Jacketts.

»Können Sie mir die Namen der Klubs nennen, die Miss Steen häufiger besuchte?«

Miss Steen. Mein Gott! Er amüsierte sich. Unpersönlichkeit war immer seine Reaktion, wenn man ihn bei einer menschlichen Regung überrascht hatte.

»Der Club Bragança. Maxie's. Der Boulevard. Copa's. La Brasilia.«

»Drei lateinamerikanische Klubs?«

»Brasilianische. Sie liebte brasilianische Musik. Dort gibt es noch Live-Bands.«

»Haben Sie sie manchmal in diese Klubs begleitet?«

»Ja, manchmal. Wir beide mögen brasilianische Musik.«

»Haben Sie in den Klubs Freier kennengelernt?«

»Manchmal.«

»Kennen Sie ihre Stammgäste?«

»Ja, das kann ich sagen.«

»Wären Sie bereit, ihre Liste der Freier mit uns durchzugehen und uns die Männer so zu beschreiben, wie Sie sie sehen? Es wäre natürlich vertraulich.«

»Woher haben Sie eine Liste ihrer Freier?« Sie schaute ihn scharf an.

»Falls wir eine solche Liste finden sollten.«

Sie nahm ihr Glas vom Tisch, trank langsam daraus, bis die klare Flüssigkeit zur Hälfte weg war. Haydon wußte, worum er sie da bat. Das konnte das Ende ihrer lukrativen Karriere bedeuten. Sie und Sally Steen forderten Honorare, welche die Mehrzahl der Männer, die in Houston lebten oder hier durchreisten, von vornherein ausschlossen. Unter ihren Klienten gab es prominente Männer, die bereit waren, hohe Summen zu bezahlen, nicht nur für ihr Vergnügen, sondern auch für die Sicherheit, daß dieses Vergnügen streng diskret behandelt werden würde. Kein Kriminalbeamter konnte einem Callgirl, das Namen und Adresse bekanntgab, garantieren, daß sie vor der Presse geschützt blieb. Geheimnisse, die im Zusammenhang mit Morden stehen, lassen sich nicht leicht bewahren. Wenn der Name Judith Crofts erst in den Zeitungen stand, würden die Freier nicht einmal zugeben, je ein Callgirl gekannt zu haben, geschweige daß sie sie weiterhin wie üblich besuchen würden. Wenn es erst bekanntwurde, war Judith Crofts leichtes, süßen Leben augenblicklich zu Ende.

»Ich muß darüber nachdenken«, sagte sie.

»Gut.« Haydon stand auf und steckte sein Notizbuch ein.

Dann reichte er ihr eine seiner Visitenkarten. »Würden Sie mich anrufen, falls Ihnen etwas einfällt, das uns helfen könnte?«

Sie nickte, erhob sich ebenfalls und folgte ihm zur Tür. Er öffnete sie, trat ein paar Schritte hinaus und drehte sich um zu einer letzten Frage.

»Sie hatte keine Angehörigen?«

Das Mädchen schüttelte den Kopf. »Ihre Eltern sind tot. Das heißt, soviel ich weiß. Und über andere Verwandte hat sie nie gesprochen.« Dann, tastend: »Was ist mit einem Begräbnis?«

»Wenn es keine Familie gab, keine Freunde –« Er schaute sie an. »– dann wird das County das Begräbnis übernehmen. Man wird die Kosten dafür von ihrem Vermögen bestreiten.« Das düstere Ende eines Lebens auf der Sonnenseite der Straße.

Judith Crofts Augen wurden rot, als sie vor ihm stand; ihr nackter Körper schimmerte im Licht, das aus dem hellen Wohnraum fiel, als Silhouette durch das dünne Hauskleid.

»Mein Gott«, sagte sie mit rauher Stimme. »Wenn man gewußt hätte, daß es einmal so endet ...«

Die Situation, dieses Mädchen und ihre Bemerkung trafen Haydon überraschend tief, und er sprach, bevor er wußte, was er darauf sagen wollte.

»Wie hätte es denn Ihrer Meinung nach enden sollen?« fragte er ziemlich scharf. »Haben Sie gedacht, Sie beide würden immer so weitermachen, immer dieses leichte Leben, und in Glanz und Gloria altern?«

Judith Croft schaute ihn erst schockiert und verwirrt, dann plötzlich nüchtern an, in rascher Folge. Ihr Blick traf sich mit dem seinen, und ihre Augen wurden undurchsichtig wie Lapislazuli, während sie langsam die Tür schloß.

6

»Sally Steen war eine sehr ordentliche Frau«, sagte Hirsch und stellte den Pappkarton mit den Sachen, die er aus dem Haus in der Pinewold Street gebracht hatte, auf einen der Schreibtische.

Leo hatte den Durchsuchungsbefehl von Lieutenant Dystal erhalten und den Nachmittag damit verbracht, das Haus zu durchsuchen. Als er schließlich mit seinen Kartons zurück ins Büro kam, war es später Nachmittag. Haydon hatte Mooney im Sittendezernat angerufen und ihn gebeten, ihm beim Durchsehen der Sachen von Sally Steen zu helfen. Mooney konnte am besten die Dinge interpretieren, die Hirsch gefunden hatte.

Haydon und Mooney schoben die überquellenden Aktenkörbchen an die Wand, stapelten sie übereinander und stellten das Telefon obendrauf. Haydon nahm ein großes Blatt Papier und einen Stift heraus, um die einzelnen Gegenstände aufzulisten, die Hirsch vor den beiden Kriminalbeamten auf den Tisch legte.

Als erstes kam ein dicker Umschlag. »Die Krankenversicherung bei der American National. Eine gute Versicherung. Die Prämien haben sie ein Vermögen gekostet, aber sie hätte keinen Cent zu bezahlen brauchen, wenn sie mal ins Krankenhaus gemußt hätte.«

Dann holte er einen zweiten Umschlag heraus und legte ihn auf den Tisch. »Eine Police von der Metropolitan World Lebensversicherung. Über zwanzigtausend Dollar. Begünstigter: Judith Croft. Eine Police der TransContinental, über hunderttausend Dollar. Begünstigter: Judith Croft.«

Mooney pfiff durch die Zähne.

Hirsch legte ein Dokument auf den Tisch. »Die Fotokopie ihres Testaments. Es ist ziemlich einfach: Alles, was sie besitzt, geht an Judith Croft.«

»Im Ernst?« Mooney streckte die Hand nach dem Umschlag aus und zog das Dokument heraus. Er las es rasch vor, wobei er die gesetzlichen Floskeln wegließ. »Ist das nicht 'ne tolle Sache?«

Ein weiterer Umschlag klatschte auf den Schreibtisch. »Drei Verträge, die die Mitbesitzerschaft der Steen an drei Klubs belegen: ›Copa's‹, ›La Brasilia‹ und ›Club Bragança‹. Die Anteile sind verschieden und nicht hoch. Den größten hatte sie am ›La Brasilia‹: zwanzig Prozent. Die beiden anderen lauten über jeweils zehn.«

Hirsch zog einen länglichen, dicken Fensterumschlag aus dem Karton. »Und sie besaß Immobilien. Das hier ist der Mietvertrag über ein Haus, das sie vermietet hat. Das Haus befindet sich am West University Place.«

»Ich habe Sallys Geschäftssinn unterschätzt«, bemerkte Mooney. »Das ist in der Nähe der Rice Street, in deiner Gegend, Stuart.«

Haydon blätterte in den Papieren. »Sieht aus, als ob sie es vor etwas mehr als einem Jahr gekauft hätte.«

»Und nun kommt das Dessert«, sagte Hirsch. Er langte mit beiden Händen in den Karton, holte zwei schwere Fotoalben heraus und knallte sie auf den Tisch. Obendrauf legte er ein schwarzes Adreßbuch im Oktavheftformat.

Die ersten Fotos zeigten keine sexuellen Aktivitäten, aber es bestand wenig Zweifel daran, bei welchen Gelegenheiten sie entstanden waren. Auf vielen der Fotos gab es nackte Frauen zu sehen, und während Sally selbst nur auf wenigen zu erkennen war, erkannte Haydon häufig den köstlichen, nackten Körper und das Lächeln von Judith Croft.

Die drei Kriminalbeamten schauten das Album gemeinsam durch. Nach den Kleidern und den Autos im Hintergrund auf einigen der Fotos zu urteilen, waren diese erst vor kurzem aufgenommen worden. Die Hintergründe wechselten: Skihänge, Swimming-pools, Strände, Innenräume. Die Kriminalbeamten studierten genau die Gesichter der Männer. Das war der Teil, den Haydon am meisten haßte. Eine Scheu, die er seit seinen Tagen beim Sittendezernat nicht verloren hatte. Zu oft hatte er bekannte Gesichter entdeckt, Gesichter, die man aus dem Fernsehen kannte, die als Förderer von Stiftungen zugunsten verkrüppelter Kinder, als Bauherren neuer Gebäudekomplexe oder als Leiter wichtiger Ämter aufgetreten waren. Gesichter, die in diesem Zusammenhang nicht zu ihrem öffentlichen Image paßten; und Gesichter, die unvertraut waren, aber prominenten Männern gehörten, von denen man zwar vernommen, die man aber nie gesehen hatte, bis sie unter den kleinen, bunten Vierecken in der Privatkollektion einer Prostituierten auftauchten.

Inzwischen waren sie beim zweiten Album angekommen, und Haydons Halsmuskeln waren genügend verspannt, um ihm das bekannte Stechen anzukündigen, das den Kopfschmerzen vorausging. Mooney, der rechts von ihm saß, blätterte durch die Seiten und schaute erwartungsvoll auf das, was noch kommen würde.

»Okay, Jungs, und jetzt die Soße zum Fleisch«, sagte er und blätterte die nächste Seite um, ein breites Grinsen auf dem Gesicht. In einer Serie von einem Dutzend sieben-mal-zehn-Fotos waren drei verschiedene Gruppen nackter Frauen und Männer durch jeweils rote, blaue oder gelbe Filter aufgenommen. Die Fotos waren alle aus einem Winkel geschossen, der über den Nackten lag, die sich in Verrenkungen auf einem großen, runden Bett wälzten. Auf einem Nachttisch standen Flaschen mit Alkoholika, und das Blitzlicht der Kamera wurde von den vielen Spiegeln an den Wänden und an der Decke reflektiert, so daß an manchen Stellen der Fotos Sternreflexe der Kameralinse zu sehen waren und hier und da ein Gesicht verdeckten. Die nackten Körper schimmerten auf den mit Farbfiltern aufgenommenen Fotos in Rubinrot, Saphirblau oder Goldgelb.

»Schaut euch das mal genauer an«, sagte Hirsch.

»Hör schon auf zu sabbern«, erwiderte Mooney. »Für zwei Stunden mit solchen Mädchen müßtest du Dreiviertel deines Monatsgehaltes ausspucken, Leo.«

»Vielleicht wäre es die Sache wert«, meinte Hirsch.

»Worauf du dich verlassen kannst. Und dann hätte jeder Erpresser in der ganzen Stadt diese Fotos bei sich, um dich bei passender Gelegenheit ranzunehmen.«

»Du bist wirklich zu pingelig, Mooney.«

»Da kannst du recht haben. Näher wie jetzt kommen wir solchen Leuten nie, ohne ein gewaltiges Risiko einzugehen. Du darfst sie nur anschauen. Alles, was darüber hinausgeht, führt dazu, daß du dir nicht nur die Finger verbrennst.«

Haydon öffnete seine Schreibtischschublade und nahm eine Lupe heraus. Er ließ sie über die Fotos gleiten. »Ich möchte wissen, ob alle diese Bilder in ein und demselben Raum aufgenommen worden sind.«

»Wahrscheinlich.« Mooney beugte sich näher hin. »Du wärst überrascht, wie kreativ diese Püppchen mit der Kamera umgehen. Stroboskopblitze, Blacklight, Spiegel, reflektierendes Material. Ich weiß nicht, was es da noch alles gibt.«

»Leo, ist das ein Zimmer im Haus der Steen?«

»Nein. Ich habe keines gesehen, das diesem ähnelt.«

Mooney ließ sich von Haydon die Lupe geben und zog sich das Album näher heran, um besser sehen zu können. Er konzentrierte sich erst auf ein rotes, dann auf ein blaues und zuletzt auf ein gelbes Foto. Dann kehrte er zu dem roten zurück, atmete schwer, und sein Bauch preßte sich gegen die Schreibtischkante.

»Stuart«, sagte er nach längerem Schweigen, »vielleicht hast du da etwas, was dir weiterhilft. Ja.« Er rieb den fetten Daumen gegen eines der Fotos, als könnte er damit den Farbeffekt des Filters fortwischen, der das Erkennen der Details erschwerte. »Ja, das wäre möglich. Ich glaube nämlich, die Möbel sind von derselben Farbe wie der jeweilige Filter.«

Haydon und Hirsch betrachteten die Fotos, während Mooney erklärend fortfuhr. »Auf den roten Fotos ist die nackte Haut rosa, genau wie es sein soll, wenn man weiße Haut mit einem Rotfilter fotografiert. Aber die Möbel erscheinen in gleichmäßigem, dunklerem Rot. Wenn das ein gewöhnlicher Raum wäre, müßten Teile der Möbel dunkler und andere heller erscheinen, je nachdem, welche Farbe sich mit dem Rot des Filters mischte. Klar? Das gilt auch für die anderen. Hier zum Beispiel sind die Körper gelb, aber die Möbel schimmern gleichmäßig in dunklerem Gold; hier sind die Körper blau, und die Möbel, ja, der ganze Raum erscheinen in gleichförmig dunklerem Blau.«

»Das stimmt«, sagte Hirsch und deutete damit an, daß er Mooneys Folgerung kapiert hatte. »Wenn alles in dem Raum weiß gewesen wäre, würde es im Farbton ungefähr den Körpern entsprechen. Aber die Räume und die Möbel sind gleichmäßig dunkler.«

»Genau«, sagte Mooney. »Also haben wir hier einen roten Raum, hier einen blauen und hier einen gelben, und alle wurden mit den entsprechenden Filtern fotografiert.«

»Oder mit dem entsprechenden Licht beleuchtet und ohne Filter fotografiert«, ergänzte Haydon.

»Ich weiß nicht, ob das diesen Effekt hervorrufen würde.« Mooney betrachtete wieder die Fotos.

»Ich werde es bei Murray im Labor herausfinden. Wir brauchen ohnehin Vergrößerungen.«

»Moment mal«, sagte Hirsch. »Es ist derselbe Raum. Die Möbel sind identisch, sie stehen gleich, es sind dieselben Bilder an den Wänden, dieselben Kommoden, Kleiderschranktüren, alles.«

Wieder beugten sich die drei Kriminalbeamten über das Album, gaben sich die Lupe weiter und betrachteten nacheinander die Fotos. Schließlich richtete sich Haydon auf und warf die Lupe auf das Album.

»Es sind drei verschiedene Räume«, sagte er.

»Quatsch«, erwiderte Mooney zweifelnd.

»Schaut sie doch an.« Haydon zeigte mit dem Bleistift auf eine Kommode im roten Zimmer. Die Spitze wies auf den Griff der mittleren Schublade. »Die Griffe sind so geschwungen, daß man die Finger durchstecken kann.« Jetzt zeigte die Bleistiftspitze auf eine andere Schublade. »Hier ist es dasselbe, wie auch auf allen anderen roten Fotos, aber nicht auf den blauen und den gelben.« Er zeigte auf einen Wecker zwischen den Schnapsflaschen auf dem Nachttisch. »Das hier ist so ein altmodischer, den man aufziehen muß, mit der Klingel obendrauf. Schaut euch die in den anderen Räumen an. Das sind elektrische Uhren. Dann hier: Der Nachttisch im blauen Zimmer ist niedriger als das Bett. Bei den beiden anderen Zimmern ist er ein wenig höher.«

»Aber sie sollten identisch erscheinen«, sagte Hirsch.

Haydon nickte. »Wir haben jemanden unter uns, der schnell begreift.«

Mooney stieß ein zustimmendes Grunzen aus. »Und die Möbel sind nicht billig, das steht fest.«

Haydon stand auf und überließ die Fotos Mooney und

Hirsch, die versuchten, einander auszustechen beim Entdecken zusätzlicher Diskrepanzen in den verschiedenen Räumen. Haydon dachte einen Augenblick lang nach, dann nahm er das Adreßbuch und blätterte es durch. Es enthielt nur Vornamen, und alle Telefonnummern hatten auswärtige Vorwahlen. In dem Buch stand nicht eine einzige Nummer aus Houston.

»Leo, wo hast du das gefunden?« fragte er.

Hirsch blickte auf. »In einem Fach hinter einem Haufen von Kleidern in ihrem Schlafzimmerschrank. Das heißt, ich nehme an, es war ihr Schlafzimmer. Es gab noch zwei andere, aber sie sahen nicht so aus, als ob sie ständig bewohnt würden.«

»War es nicht abgesperrt?«

»Was – das Fach? Klar. Ich mußte hinaus zum Wagen und mir ein Brecheisen holen.«

»Ist das alles, was in dem Fach war?«

»Nein. Ich habe hier noch einen zweiten Karton mit Bankauszügen, Einkaufsquittungen und so weiter.«

»Ich glaube nicht, daß wir schon alles haben.« Haydon warf das Adreßbuch auf den Schreibtisch, und Mooney nahm es in die Hand. Er brauchte nicht lange, um zu verstehen, was Haydon meinte.

»Vielleicht ist das ihre alte Kundenliste, aus der Zeit, als sie Anzeigen aufgab. Vielleicht hat sie die für alle Fälle aufbewahrt.«

Haydon ging zu seinem Schreibtisch und setzte sich. Dann fummelte er geistesabwesend an den Tasten des Computers herum.

»Eine Menge dieser Fotos sind außerhalb von Houston aufgenommen«, sagte er. »Viele wahrscheinlich in einem anderen Bundesstaat. Glaubt ihr, es sind überhaupt irgendwelche hier in Houston entstanden?«

»Vielleicht nicht«, antwortete Mooney. Er warf einen Blick auf die Versicherungspolicen und die anderen Dokumente, die Hirsch in sorgfältig beschrifteten Mappen eingeheftet gefunden hatte. »Sie war ordentlich, kein Zweifel. Wenn sie keine hiesigen Kunden in Gefahr brachte, indem sie Adressen, Namen und Telefonnummern herumliegen ließ, dann erscheint es mir auch unwahrscheinlich, daß sie ein Album mit ihren Fotos besaß.«

»Gut, gehen wir einmal davon aus, daß keines der Fotos in Houston aufgenommen worden ist. Aber ich dachte, sie hätte aufgehört, außerhalb der Stadt zu arbeiten.«

»Wer behauptet denn, daß sie auf diesen Fotos gearbeitet hat?« sagte Mooney. »Verdammt, auch eine Hure macht mal Urlaub.«

»Die hier sehen aber nicht wie Urlaubsfotos aus.«

Mooney zuckte mit den Schultern und nahm wieder die Lupe zur Hand. Er begann mit der ersten Serie von einfarbigen Fotos.

Haydon blickte hoch und schaute Hirsch an. »Leo, ich schlage vor, du gehst diesen zweiten Karton durch und findest heraus, wer ihr Anwalt ist. Wenn Judith Croft noch nichts weiß von ihrem Glück, dann sollte man ihr das Testament möglichst noch eine Weile vorenthalten. Außerdem müssen wir wissen, wer das Haus am University Place gemietet hat.«

Hirsch streckte beide Arme aus. »Reicht es gleich morgen früh?«

Haydon warf einen Blick auf seine Armbanduhr. »Entschuldigung. Klar, morgen früh reicht. Danke, Leo.« Es war fast halb sieben.

Hirsch nahm sein Jackett, verabschiedete sich von den anderen und verschwand durch den fast leeren Bereitschaftsraum. Haydon schaute ihm nach und fühlte sich plötzlich sehr müde.

»Gesegnet sei mein Hinterteil«, sagte Mooney. Er hatte ein Knie auf einen Drehstuhl gestützt und beugte sich über eines der blauen Fotos. Haydon betrachtete ihn von der anderen Seite des Schreibtischs.

Mooney deutete mit seinem dicken Zeigefinger unter das lachende Gesicht einer Blondine, die sich auf dem runden Bett räkelte. Ein Mann ohne erkennbare Muskeln war auf allen vieren über ihr und drückte sein Gesicht gegen eine ihrer schweren Brüste. Die Körper eines anderen Paares schmiegten sich an ihre linke Seite, und ihr Gesicht war kaum zu erkennen zwischen dem Rücken des zweiten Mädchens und dem Rücken des Mannes ohne Muskeln.

»Die hier heißt Sandy Kielman. Sie ist erst vor kurzem an einer Überdosis gestorben. Sie war teuer und hat in den letzten

Jahren ganz schöne Leistungen erbracht. Ich kannte sie seit ungefähr einem Jahr, wußte aber nicht, daß sie mit Sally in Verbindung stand.«

»An einer Überdosis, sagst du?«

»Ja. Eigentlich hat sie nie viel genommen, was übrigens für die meisten dieser Callgirls gilt, aber eine Freundin sagte, sie sei seit Tagen krank gewesen – Atembeschwerden. Vermutlich hat sie es mit der Angst zu tun bekommen, als sie tagelang so dagelegen hat, und schließlich hat sie ein paar von den gelben Dingern genommen, um sich zu beruhigen.« Er schnippte mit den Fingern. »Das war's auch schon. Es war nicht viel, aber sie war ja auch kein sehr großes Mädchen.« Er schaute hinunter auf das Foto. »Bis auf ihre Titten.«

»Wann ist das passiert?«

»Ungefähr vor drei Wochen. Unsere Leute haben die Sache untersucht. Ich glaube, Wallace und Jenkins. Wallace hat es mir mitgeteilt.« Mooney nickte in Richtung auf die Fotos. »Sie ist auf allen vier blauen Fotos zu sehen, aber das hier ist das einzige, auf dem man ihr Gesicht erkennen kann. Ohne dieses Foto hätte ich sie nicht erkannt. Komisch.«

»Und die Freundin dieser Kielman hat gesagt, sie war ein paar Tage vor ihrem Tod krank?«

»Ja. Eine Erkältung, oder was weiß ich.«

»Genau das gleiche hat die Croft über die Steen gesagt. Sie hätte Fieber gehabt, Kopfschmerzen, so, als ob sie etwas ausbrütete.«

Mooney drehte sich herum, lehnte sich nach hinten und schaute Haydon an. »Was ist los? Glaubst du, daß du da auf was gestoßen bist?«

»Es wäre möglich. Wie viele Mädchen sind in den letzten paar Jahren hier in Houston gestorben?«

»Meinst du Callgirls? Keine Straßennutten?«

»Nur Callgirls.«

»Nicht, daß ich wüßte.«

»Jetzt haben wir immerhin zwei innerhalb von drei Wochen. Diese Fotos bringen mich auf den Gedanken, daß die Steen etwas viel Komplizierteres laufen hatte als nur exklusive, teure

Bumsereien mit Top-Managern. Ich fühle einfach, daß da noch etwas anderes dahinterstecken muß.«

»Etwas anderes.« Mooney zeigte sich unbeeindruckt.

»Du sagst, Sally hat ausschließlich mit der Croft gearbeitet, aber hier sind die Kielman zu sehen und ein paar andere Mädchen, die wir noch nicht identifiziert haben. Und ich erkenne die Croft auf keinem dieser einfarbigen Fotos.«

»Aber auch nicht Sally. Vielleicht hatte sie mit den Leuten auf den Fotos gar nichts zu tun. Vielleicht hat sie ihr jemand gegeben.« Mooney zeigte mit dem hinteren Ende seines Bleistifts auf eines der einfarbigen Fotos. »Verdammt, wie kommen wir eigentlich darauf, daß Sally etwas mit diesen Bildern zu tun hat?«

»Du sagst, du hättest nicht gewußt, daß die Kielman mit der Steen bekannt war, was bedeuten würde, daß sie sich kannten.«

»Ich habe es einfach so gesagt, ohne lange darüber nachzudenken.«

»Solche Gefühle sind oft sehr brauchbar«, erklärte Haydon. »Das ist noch besser als Logik. Und was sagst du dazu, daß die Kielman und die Steen ähnliche Symptome zeigten, bevor sie starben?«

»Stuart«, erwiderte Mooney, »diese Symptome sind so allgemein wie nur irgend etwas. Jede Krankheit vom Schnupfen bis zur schwarzen Pest beginnt mit Kopfschmerzen und Fieber.«

»Aber da ist noch mehr. Immerhin genug, daß man sich darüber Gedanken macht.« Haydon beugte sich in seinem Stuhl nach vorn und blickte auf das Fotoalbum, das vor Mooney auf dem Schreibtisch lag. Sandy Kielmans Gesicht lachte ihn an.

»Es stimmt: Hier ist genug, daß du dir darüber Gedanken machen kannst, Stuart. Dein Problem besteht darin, daß du anders denkst als die meisten. Damit kannst du dich in deinem Job halten. Aber ich werde dir was sagen: Eines Tages läßt du dich verleiten, und deine Intelligenz tritt zutage. Du überschätzt diese Leute, setzt bei ihnen zuviel voraus.«

»Ich möchte wissen, woran die beiden erkrankt sind.«

Mooney grinste. »Glaubst du vielleicht, daß sich in unserem Betondschungel ein unbekannter Bazillenträger herumtreibt, der unsere kleinen Mädchen mit TB infiziert?«

Haydon schwieg, dann langte er über den Tisch nach dem Album. »Ich glaube, ich leg' mir das da unters Kopfkissen.«
»Keine schlechte Idee«, sagte Mooney.

7

Haydons Heimweg erforderte es nicht, die Schnellstraßen zu benutzen, die Houston wie die Saugarme von Polypen umgeben und die Stadt vom Golf von Mexiko her mit ihren erstarrten Adern aus schimmerndem Beton erwürgen. Statt dessen verließ er die Canyons aus Stahl und Glas in der Innenstadt mit ihren ewig neuen Baustellen und erreichte bald das alte Viertel Montrose. Ein palmenbestandener Boulevard führt dort durch eine innerstädtische Kommune, die so exzentrisch und irreal wirkt wie wenige in dieser nach allen Seiten ausgeuferten Stadt.

In Houston gibt es so gut wie keine Baubeschränkungen. Die einzige Autorität ist das Geld. Es ist der Antrieb für manischen Größenwahn, für ein Wachstum, welches so unkontrolliert und ungehindert vor sich geht, daß es ans Obszöne grenzt. Die Stadt liegt weit geöffnet vor einem da wie ein gieriges, nymphomanes Weib, das sich jedem freigiebig darbietet, der es sich leisten kann und der es besteigen will. Viele können es und tun es. Montrose ist einer der zahllosen Abkömmlinge ihrer Seitensprünge.

In den dreißiger und vierziger Jahren war Montrose ein Wohnviertel der oberen Mittelklasse gewesen. Zweistöckige Häuser mit hübschen Veranden und viel Grün dazwischen; sauber getrimmte Rasenflächen; Eichenalleen, wo man an Sommernachmittagen nicht viel mehr als das Klappern einer Fliegengittertür oder das Geräusch von Rollschuhen auf den Gehsteigen hörte.

Erstaunlicherweise war das erhalten geblieben. Vieles war jedoch hinzugekommen. Aus den jungen Müttern der vierziger Jahre waren die Witwen der achtziger geworden. Um die Häuser nicht zu verlieren, die sie nicht mehr halten konnten, hatten sie sie in Pensionen und Apartments für wohlhabende Collegestudenten und junge Karrieremenschen verwandelt, die noch nicht genug verdienten, um sich eine der teuren Apartmentwohnungen in den großen Komplexen der Innenstadt leisten zu können. Mitten in den stillen Straßen entstanden Geschäfte, und einige der alten Häuser wurden in Kunstgalerien verwandelt, mit modischen Schönheitssalons in den oberen Stockwerken, oder in schicke Kanzleien junger, aufsteigender Anwälte, die der Innenstadt zwar nahe, aber nicht allzu nahe sein wollten.

Dazu hatten sich die Homosexuellen der Stadt auf Montrose gestürzt, wie sich ein bunter Schmetterling auf eine verbleichende Rose stürzt, und die Westheimer Straße, die Hauptarterie, die sich vom Westteil des Zentrums bis zum Loop 610 durch das Viertel zieht, war zu einem Boulevard mit Massagesalons, Knutschklubs, Läden für Body-Art, und »In«-Restaurants mit hängenden Grünpflanzen, Neonkunst und Oben-ohne-Bedienungen geworden. Auch die Kriminalitätsrate hatte sich verändert. In Montrose wurde jetzt ein wesentlicher Prozentsatz der Tötungsdelikte von Houston begangen.

Aber das Bohème-Leben von Montrose erstarrte unter dem festen, selbstgerechten Blick von Broad Acres, dem Nachbarviertel, wo Haydon in einer Welt lebte, die sich noch nicht verändert hatte und voraussichtlich auch nie verändern würde. Älter als River Oaks, die Enklave der *nouveau riche,* war Broad Acres exklusiv mit der Patina der Geschichte versehen, die das Protzige seiner Häuser milderte. Hier verstand man das Leben in Begriffen einer ganz anderen Realität. Es gab keine gequälte Humanität, die bis zum Wahnsinn nach dem so schwer zu fassenden Etwas suchte, das man nur durch unaufhörliche Veränderungen zu finden hoffte. Hier waren die Heiterkeit und die Gelassenheit zu Hause. Die Familien in ihren stattlichen Häusern wußten genau, wer sie waren, wohin sie gingen und vor allem, woher sie kamen. Alter Geldadel.

Als Haydon das Fenster herunterkurbelte, um durch den Duft der frischgemähten Rasenflächen die Hitze und die abgestandene Luft fortzuspülen, die sich bei der Fahrt durch das Zentrum im Wagen angesammelt hatte, tönte der Schlag der Turmglocken der Rice-Universität über die mit alten Eichen bestandenen Wiesen. Haydon hielt an der säulenbewehrten Einfahrt zu seinem Haus, drückte auf den Knopf der Fernbedienung und wartete darauf, daß sich die schmiedeeisernen Tore öffneten. Sein Blick fiel auf einen moosgrünen Fleck, der sich vom Schieferdach bis zu einem Sandstein-Fenstersturz im zweiten Stock ausbreitete. Er fragte sich, ob er das Dach hätte nachsehen lassen sollen. Wie lange hielten Schieferdächer? Wahrscheinlich ewig.

Er fuhr durch das Tor die ziegelgepflasterte Auffahrt entlang zur *porte cochère,* wo er den sandfarbenen Dienstwagen hinter seinem eigenen, königsblauen Jaguar Vanden Plas parkte. Nachdem er aus dem Wagen gestiegen war, ging er zum Rand des Rasens, um auf Cinco, den alten Collie, zu warten, der bereits dahertrottete von seinem Versteck hinter der verästelten Glyzinie, die über die ganze Vorderfront wucherte. Cinco fiel kurz in eine Art Trab, dann verlangsamte er zu einem gemäßigten Hoppeln. Obwohl jeder Sommer seinen Zoll von dem alten Hund forderte, stand seine Rute mit der weißen Spitze senkrecht nach oben und wedelte wie ein Metronom hin und her, als er sich Haydon näherte, der den Hund streichelte und mit ihm sprach. Haydon liebte den Collie mit einer Art melancholischer Zuneigung. Cincos Schnauze wurde in kauziger Weise grau, und an den Rändern der Nase und an den Spitzen der Ohren erschienen kleine Flecken, wie Leberflecke an den Händen alter Menschen.

Die beiden gingen halb um das Haus herum, vorbei an einer sanft geschwungenen Laube, die ganz mit Klematis überwuchert war, zu einem breiten, von Mauern begrenzten Rasen, auf dem Zitrusbäume wuchsen. In ihrem täglichen Ritual wanderten Herr und Hund durch die grasbewachsenen Baumreihen, während Haydon den Ansatz der Sommerfrüchte prüfte und sich vornahm, Pablo daran zu erinnern, daß er jetzt den Dünger wechseln sollte. Eine Lachtaube gurrte in den Ebenholzbäumen, als sie zum Haus zurückschlenderten. Sie gingen die Terrassentreppe hinauf, Cinco mit vorsichtigen, arthritischen Bewegungen, Haydon mit Rücksicht auf den alten Hund lässig und langsam. Oben angekommen, waren die riesigen Terracotta-Pflanztröge, die an der Balustrade standen an der Reihe. Cinco wartete schläfrig, während Haydon bei jedem Pflanztrog stehenblieb und eine einzelne Blüte von den üppigen Bougainvilleen zupfte, deren kirschrote Kelche im Schatten wie ein Feuerwerk wirkten.

Cinco streckte sich glücklich auf den kühlen Boden der Terrasse aus, während Haydon die Terrassentür aufschloß und hineinging in die große Diele, die quer durch das Haus bis zur Vorderfront verlief. Er nahm die Post von dem kleinen Tischchen in der Diele, wo Gabriela sie hingelegt hatte, und ging dann in die Küche. Auf einem Hackblock in der Mitte des quadratischen Raums stand ein Tablett, bedeckt mit einer gestärkten, weißen Leinenserviette. Haydon legte die Post und die Bougainvilleenblüten auf das Tablett, holte sich ein kleines Glas aus einem der Schränke und eine halbleere Flasche Chablis vom Weinregal und brachte dann alles hinüber in die Bibliothek. Dort stellte er das Tablett und das Glas auf einen Refektoriumstisch und öffnete die Türen, die von der Bibliothek auf die Terrasse führten. Dann trat er auf die Terrasse und füllte die kleine Schüssel, die neben Cincos Pfoten stand, mit Chablis. Die Rute des Collies bewegte sich in Vorfreude, ehe er den Wein zu schlabbern begann, ohne sich dabei auch nur aufzurichten. Haydon ging wieder hinein, nahm die Serviette vom Tablett und begann die rosa Krevetten zu schälen, die er, bevor er sie aß, in Gabrielas Remouladensauce tauchte.

Als er damit fertig war, lehnte er sich zurück, um die Post durchzugehen, während er gelegentlich an dem Wein nippte. Er fand einen großen Umschlag von seinem Anwalt. Es war Ende Juni; die Entscheidungen für das dritte Quartal mußten überdacht, Aktien neu bewertet und Finanzen arrangiert werden. Außerdem war eine Rechnung von Federico Sodi für die beiden letzten Anzüge gekommen und eine von der Gärtnerei für die neuen Sträucher, die Pablo bestellt hatte. Haydon starrte einen Moment auf die bunte Postkarte mit Kirschblüten, die sich in Tidal Basin spiegelten, mit dem Lincoln Memorial im Hintergrund. Er drehte sie um und sah, daß sie von Pearson stammte, einem Detektiv bei der Mordkommission, der diesmal schon früh Urlaub gemacht hatte und mit seiner Familie nach Washington gefahren war. Außerdem war ein Prospekt einer neuen

Pizzeria in der Audubon Street gekommen und ein Brief von der Polizei in Baton Rouge.

Er legte die Post beiseite, ohne sie zu öffnen, und schaute hinaus auf die Terrasse, wo Cinco jetzt auf der obersten Stufe der Treppe lag. Der alte Hund hatte die Vorderpfoten in der aristokratischen Weise der Collies gekreuzt, und die Ohren waren ein wenig aufgestellt, während er ein Eichhörnchen auf dem darunterliegenden Rasen beobachtete. Das durchdringende, zugleich einschläfernde Zirpen der Grillen kam durch die offene Terrassentür wie die Seele des Sommers, uralt und zeitlos.

Haydon dachte über die Frage nach, die sowohl Hirsch als auch Mooney gestellt hatten, und warum er sie nicht beantwortet hatte. Aber ihm war erst seit kurzem klargeworden, was die Veränderung, die in den letzten sechs Monaten mit ihm vorgegangen war, bedeutete, und er wußte noch nicht, was er dagegen unternehmen sollte. Es war wirklich eine Schande. Er war verdrossen und wütend. Wenn ein Mann zum Klischee wurde, war das der endgültige Abstieg. Vielleicht in diesem Moment bereits ein Abstieg, der nicht mehr rückgängig zu machen war. Lange Zeit hatte Haydon es nicht glauben wollen. Er hätte eigentlich anders sein müssen, eine Ausnahme unter den stereotypen, zynischen Polizeibeamten.

Aber er hatte es sich schließlich eingestehen müssen: Nach elf Jahren waren seine Gefühle ausgebrannt. Es gab keine Überraschungen mehr für ihn, keine Wunder, Geheimnisse oder bestürzenden Enthüllungen. Es gab nur die erstickende, vorhersehbare Endgültigkeit des Lebens, die er in fatalistischer Weise bedauerte, was ihm albern vorkam in der Weise, wie sich ein unbelehrbarer Raucher vorkommen mußte, wenn man ihm sagte, daß er an Lungenkrebs sterben würde: keine Hoffnung, und niemand daran schuld außer ihm selbst. Sein Idealismus war gestorben. An seine Stelle war ein analytischer Blick getreten; er kam sich vor wie vom grünen oder grauen Star befallen, der seine Sicht verschleierte und seine Sensibilität vor der unnachgiebigen Bösartigkeit der anderen schützte, vor den Messerstechereien, den Schlägereien, den Vergewaltigungen und Verstümmelungen. Eine alles beherrschende Enttäuschung hatte von ihm Besitz ergriffen, eine Enttäuschung, die so schwer auf ihm lastete, daß sie alles andere ausschloß.

Als das Telefon klingelte, verließ er die Terrasse und ging zu dem Apparat, der auf einem Teetisch neben einem roten, ledernen Sessel stand.

»Ich habe eine Einladung zu einer Weinprobe heute abend«, sagte eine Stimme. »Veranstalter ist die Stoffirma von Manuel Canovas. Punkt sieben. Wir könnten danach zu ›Bernie's‹ zum Essen gehen. Ich wäre in der Stimmung für ›Bernie's‹.«

Er stellte sich Nina vor, wie sie an ihrem Zeichenbrett stand, in ihrem Atelier in der Nähe der Universität. Ihr helles, zimtfarbenes Haar würde nach hinten frisiert sein wie bei Evita Perón, die Seidenärmel bis zu den Ellbogen hochgekrempelt, die Finger verschmiert mit den Pastelltönen der Buntstifte, während sie den Hörer mit einer Schulter ans Ohr klemmte und dabei weiterzeichnete, im Oberlicht des atriumartigen Raums. Das Nordlicht im Studio dieses Hauses wäre zu weich und zu schwach zum Arbeiten gewesen.

»Aber ›Bernie's‹ erfordert eine gewisse Konzentration«, sagte er.

»Genau«, antwortete sie. »Die sollten wir genießen.«

»Ein besonderer Anlaß?«

»Ja. Wir.«

»Ich muß heute arbeiten.«

»Ach, ver-, das soll wohl ein Scherz sein.«

»Nein, es ist ernst.«

»Ein dringender Fall?«

»Nicht unbedingt.«

»Dann laß da doch jemand anders ran.«

»Kann ich nicht«, sagte er, was der Wahrheit entsprach. Aber abgesehen davon wollte er weder zu einer Weinprobe noch zu »Bernie's« gehen. Er wußte, es war nichts Besonderes, kein Herzenswunsch von Nina. Sie versuchte nur, ihn auf sanfte Weise von zu Hause loszueisen.

»Vielleicht morgen abend«, sagte er und kam sich wie ein Schuft vor.

»Ja, vielleicht.« Ihre Stimme war ausdruckslos geworden, und er nahm an, daß sie mit dem Zeichnen aufgehört hatte und in das gleiche, schwächer werdende Licht hinausschaute, das er hinter der offenen Terrassentür sah.

»Es tut mir leid«, sagte er. »Schau, es wird nicht länger als bis Mitternacht dauern. Geh doch allein; es bringt nichts, wenn du hier herumsitzt. Wenn ich fertig bin, trinken wir zusammen ein Glas und können miteinander reden. Okay?«

»Nein. Ich will nicht allein zu ›Bernie's‹ gehen. Ich gehe zu der Weinprobe und besorge mir auf dem Nachhauseweg etwas zum Essen. Aber sieh zu, daß du vor Mitternacht zu Hause bist, ja?«

»Ich werde es versuchen«, sagte er. Dann legte er den Hörer auf und schaute sich in dem Raum mit den vielen Bücherregalen um. Es war ein großer Raum, der schönste im ganzen Haus. Die Gesetzesausgaben seines Vaters nahmen einen Großteil der Regale neben der Tür ein, die hinausging in die Diele des Westflügels. Wenn es nach Webster Haydon gegangen wäre, hätten die Gesetzbücher seines Sohnes einen ebenso großen Raum daneben beansprucht. Aber es war anders gekommen. Nach einem Jahr Jurastudium hatte sich Haydon entschlossen, Polizeibeamter zu werden. Ein Polizist mit einem Master-Diplom in englischer Literatur, was weit entfernt von den Vorstellungen seines Vaters gewesen war.

Als er sich zu einem anderen Beruf entschloß, hatte Haydon mit vier Generationen Familientradition gebrochen, aber es war eine Tradition, die schon sein Vater aufgeweicht hatte, als er als junger Mann Boston verlassen hatte, um sein Studium an der Columbia-Universität zu vollenden, statt in Harvard. Dann ging er, statt in die Familienfirma einzutreten, nach Großbritannien, um die englische Gesetzgebung zu studieren. Er heiratete eine Schottin, womit er die Träume seiner Familie zerstörte, die darauf abzielten, die Verbindungen in Boston zu stärken, und zog zuletzt auch noch nach Mexico City, um das mexikanische Rechtssystem zu studieren. Seine Familie hatte inzwischen die Hoffnung aufgegeben und konnte nur noch in familiärer Gemeinsamkeit die Köpfe schütteln, als er sich schließlich in der feucht-schwülen Golfstadt Houston niederließ. Das war Anfang der vierziger Jahre gewesen.

Rückblickend freilich schien Webster Haydon nur richtige Entschlüsse getroffen zu haben. Sein exzentrischer Intellekt und seine gesellschaftlichen Kontakte in Mexico City und Houston hatten es ihm ermöglicht, juristischer Berater der Ölmagnaten auf beiden Seiten der Grenze zu werden. Ganz nebenbei sammelte er ein gewaltiges Vermögen an. Ja, rückblickend war es eine brillant gesteuerte Karriere gewesen.

Aber Haydons völliger Verrat an der Tradition war zweifellos eine Enttäuschung gewesen, sogar für seinen Vater. Dennoch baute diese Enttäuschung keine Mauer auf zwischen Vater und Sohn. Der alte Herr erkannte zuviel von seiner eigenen, unabhängigen Denkweise bei seinem Sohn, als daß er sie für schlecht halten konnte. Er wurde nach und nach Haydons kreativer Helfer. In seiner Bibliothek, umgeben vom kollektiven Wissen ihrer beiden Berufe, hatten sie sich viele Nächte lang miteinander unterhalten, und in ihren Gesprächen war es oft bis an den Rand dessen gegangen, was sie wußten, und weit darüber hinaus – bis an die Grenzen von Theorie und Vermutungen.

Haydon vermißte ihn. Mehr als gleich nach seinem Tod und mehr, als er sich das jemals hätte träumen lassen.

8

Copa war ein kleiner Klub einen Block von der North Main Street entfernt, da, wo sie durch das sich ausbreitende lateinamerikanische Viertel nördlich des Zentrums verlief. Die weiße Gipsfassade wurde bis auf die grüne Neonschrift von einem Vorgarten kaschiert, der an der Straße lag und von Bananenstauden und großen, fächerförmigen Palmettos fast erstickte. Haydon parkte am Randstein und bahnte sich dann einen Weg durch den üppigen Dschungel zu der grünlackierten Tür des Klubs.

Drinnen blieb er an der Tür stehen und wartete, bis sich seine Augen an das grünliche Dämmerlicht gewöhnt hatten. Es gab ungefähr zwei Dutzend Tische mit Holzstühlen und Kerzen, die unter grünen Glaskugeln brannten, welche auf Kokosnußschalen steckten. In der Mitte des Raumes befand sich eine kleine, leere Tanzfläche. An ihrem Rand saß ein magerer junger Bursche in einem dunklen Anzug an einem Flügel und spielte launische Interpretationen von Bary-Manilow-Hits für ein verstreut herumsitzendes, desinteressiertes Publikum.

Haydon ging an die mit Bambus verkleidete Bar und bestellte sich Scotch mit Wasser. Der Barkeeper, ein kleiner, untersetzter Mann Ende Dreißig mit schütterem, schwarzem Haar und dunklen Rändern um die Augen, bereitete Haydons Drink mit gelangweilter Tüchtigkeit zu. Als er das Glas auf die Theke stellte, gab Haydon ihm einen Fünf-Dollar-Schein und beobachtete, wie er sich um das Wechselgeld bemühte.

»Ich dachte, es gibt hier lateinamerikanische Musik«, bemerkte Haydon.

»Täglich außer Dienstag«, sagte der Barkeeper verdrossen. »Am Dienstag ist hier normalerweise nicht viel los – wie Sie sehen.« Er deutete auf die Tische. »Also lassen wir diesen Burschen einfach dahinklimpern, was ihm Spaß macht. Lateinamerikanische Bands sind teuer. Der hier macht es praktisch umsonst.«

Haydon nippte an seinem Scotch. Zuviel Wasser. Der Barkeeper ging ans andere Ende der Theke und mixte drei Drinks – etwas mit Grenadine, einen Screwdriver und etwas mit Gin – für eine ungeduldige Kellnerin, deren Netzstrümpfe an den Oberschenkeln herunterhingen. Sie war hager und busenlos, mit den Nasenlöchern einer chronischen Kokainschnupferin.

Als der Barkeeper die Drinks fertig hatte, kam er zurück zu Haydon mit einer Handvoll Limonen, die er in Scheiben schnitt und in ein Glas mit gehacktem Eis gab.

»Wissen Sie, wo ich Larry Shaver finden kann?« fragte Haydon.

»Wer will das wissen?« erwiderte der Barkeeper. Er stemmte beide Hände mit gestreckten Armen auf die Theke und seufzte.

Haydon zog seine Dienstmarke hervor. Der Barkeeper beugte sich hinunter, schaute sie an, erkannte, was es war, und riß den Kopf angeekelt zur Seite.

»Was, zum Teufel, soll Larry angestellt haben?«

»Nichts. Ich möchte mich mit ihm über jemand anders unterhalten.«

»Und was hat dieser andere Jemand angestellt?«

»Ist er hier?«

Der Barkeeper musterte Haydon. »Sie ziehen sich nicht wie ein Bulle an.«

Haydon streckte ihm die Handflächen entgegen, als wollte er um Nachsicht dafür bitten.

»Okay. Ich bin es selbst.«

Haydons Lächeln zeigte, daß es Shaver nicht gelungen war, ihn hereinzulegen, und Shaver zeigte einen Ausdruck gelangweilter Herablassung.

»Kennen Sie Sally Steen?« fragte Haydon.

»Natürlich.«

»Haben Sie sie in letzter Zeit gesehen?«

»Vor zwei oder drei Abenden.«

»Wo?«

»Hier.«

»Wissen Sie genau, was das für ein Abend war?«

»Vielleicht. Worum geht's?«

»Man hat sie heute morgen gefunden. Sie lag in der Buffalo Bayou.«

Shaver riß die Augen auf, und sein Kopf schnellte nach vorn, fragend und erschreckt zugleich. Haydon fand, daß Shavers Reaktion echt war.

»Tot?«

»Wir wissen nicht, ob es sich dabei um einen Mord handelt. Aber das wird überprüft.«

Shaver schluckte. »Sind Sie sicher, daß es Sally ist?«

Haydon nickte und trank einen Schluck von seinem verwässerten Scotch.

»Das ist doch nicht zu fassen!« sagte Shaver zu Haydon, als ob dieser seine Skepsis teilen müßte. Er nahm eine Packung Zigaretten aus seiner Hemdtasche und zündete sich eine davon an. »Nun ja, ich kann genauer angeben, wann sie zuletzt hiergewesen ist. Es war – äh – am Samstagabend. Ja, vor drei Tagen.«

»Früh oder später?«

»Früh. Halb elf.«

»War sie in Begleitung?«

»Nein. Sie ist allein hergekommen und allein wieder gegangen. Als sie hier war, hat sie bei ein paar Leuten gesessen. Lauter unterschiedliche Typen. Sie war ... Na ja, sie versuchte, jemanden aufzutreiben.« Gleich danach schien er zu bedauern, das Wort ausgesprochen zu haben.

»Sie besitzt Anteile an diesem Klub, nicht wahr?«

Shaver verengte die Augen und legte den Kopf argwöhnisch zur Seite.

»Sie ist tot«, sagte Haydon, »und wir wissen nicht, warum. Daher müssen wir alles überprüfen.«

»Okay, ja, das verstehe ich«, erwiderte Shaver unsicher. »Sie besaß zehn Prozent.«

»Und wie kommt das?«

Shaver zog an seiner Zigarette. »Ich kenne Sally noch von der Zeit, als ich einen anderen Laden gehabt habe, draußen am Golf-Schnellweg. Das Geschäft ist gut gegangen, bis dieser verdammte Travolta-Film rausgekommen ist. Das hat damals alles verändert. Die Leute haben lauter Nachtklub-*Scheunen* gebaut. Und was haben sie reingestellt? Mechanische Stiere! Sechzig Quadratmeter, fünfhundert Tische! Zwei Bands, die gleichzeitig spielten. Scheiße. Das Ganze ist zu einem einzigen Karneval geworden. Mein Laden war klein, und die Großen haben mich ausgestochen wie ein Mauerblümchen.«

Er schüttelte den Kopf und dachte darüber nach. Es schien ihn noch immer zu wurmen.

»Und das Dümmste ist, daß diese neuen Schuppen auch schon im Sterben liegen«, sagte er. »Eine vorübergehende Narretei. Wird sich nicht halten. In dem Geschäft muß man immer auf Draht sein. Wer erinnert sich heute noch an Discos? Ich brauche etwas, was danach auch noch zieht. Lateinamerika, ja, das wird ganz groß. Ich meine, richtig groß.«

Haydon schaute ihn verständnislos an, bis Shaver das Schweigen brach.

»O ja, sicher, Sally. Na ja, sie kam immer ins ›Broken Spoke‹.

Das war mein Laden. Sie hat gemerkt, daß ich Schwierigkeiten hatte, und hat mir was angeboten, damit ich den Laden wieder zum Laufen bringe. Aber es war zu spät. Als ich das ›Copa‹ eröffnete, brauchte ich etwas Kapital, und ich erinnerte mich an ihr Angebot. Ich rief sie an und bot ihr zehn Prozent für eine kleine Finanzspritze.«

Haydon trank aus, und Shaver langte nach dem Glas.

»Nein, danke«, sagte Haydon. »Außer Ihnen und Sally gibt es noch zwei Geschäftspartner, nicht wahr?«

»Zwei, ja. Geschäftsleute. Beide sind mit fünfzehn Prozent beteiligt.«

»Dann gehören Ihnen sechzig Prozent?«

Shaver nickte.

»Seit wann kennen Sie Sally?«

»Schon lange.«

Haydon schaute ihn wieder fragend an.

»Okay. Seit – mal nachrechnen – seit sechsundsechzig. Damals hatte sie in Hotels gearbeitet. In den guten. Ich trainierte in einem Studio, wollte Gewichtheber werden. Ich weiß, heute sieht man das nicht mehr, aber damals dachten einige Leute, ich hätte das Zeug dazu. Sie hat auch dort trainiert. Scheiße, man kann es ja sagen: Sally und ich haben damals viel besser ausgesehen.«

»Kennen Sie jemanden, mit dem sie über Kreuz gewesen ist? Jemanden, der sie umlegen wollte oder es getan haben könnte?«

»Nee, Scheiße. Keine Ahnung. Ich meine, bei ihrem Beruf –«

Jetzt nickte Haydon. »Und was ist mit Sallys anderen geschäftlichen Interessen? Wissen Sie etwas über die beiden anderen Klubs, von denen sie Anteile besaß.«

»Was?«

»Die beiden anderen lateinamerikanischen Klubs.«

»Sie hat Anteile bei zwei anderen Klubs?«

»Haben Sie das nicht gewußt?«

»Verdammt, nein, ich hatte keine Ahnung davon«, antwortete Shaver indigniert, als hätte ihm Haydon etwas sehr Unanständiges vorgeworfen. »Was sagt man dazu! Was denn für Klubs? Nein, lassen Sie mich raten. Es kann nur der ›Club Bragança‹ und das ›La Brasilia‹ sein.«

Wieder nickte Haydon.

»Kann ein Mensch den Weibern trauen? Das ist ein echter Interessenkonflikt. Kein Wunder, daß sie nicht viel hier reingetragen hat. Verdammte Sauerei . . . Wette, ich hab' von allem nur die Samen und die Stengel gekriegt.«

»Kennen Sie die beiden anderen Klubs?«

»Klar, sicher. Der eine ist hübsch und der andere hübscher.«

»In welcher Reihenfolge?«

»›La Brasilia‹ ist der beste. Richtig fein. Ich meine, er ist immerhin drüben an der Post Oak. Besser kann man es sich kaum wünschen, oder?«

»Kennen Sie die Besitzer?«

»Nein, die kenne ich nicht«, sagte Shaver gepreßt. Seine Stirn furchte sich nachdenklich; er wischte die längst saubere Theke mit einem feuchten Lappen, den er in der Hand hatte. Er war wütend darüber, daß die Steen ihre Teilhaberschaft so freigiebig angeboten hatte wie ihren Körper.

»Kennen Sie Judith Croft?« Haydon brachte ihn in die Gegenwart zurück.

»Ja.«

»Und?«

»Ich weiß nur, daß sie manchmal mit Sally hier war.«

»In das ›Broken Spoke‹ ist sie nie gekommen?«

»Ja, doch, dorthin auch.«

»Waren sie eng befreundet?«

»Ja, ich glaube. Sie waren ein gutes Paar.«

»Sind Sie schon mal im Haus der Steen gewesen?«

»Ich weiß nicht mal, wo sie wohnt. Hören Sie, ich möchte eines klarstellen: So gut kannte ich sie auch wieder nicht. Nur durch die Klubs, Sie verstehen. Durch ihren Beruf ist sie viel herumgekommen. Okay, ich hab's ein paarmal mit ihr getrieben, damals, in meiner Muskelmann-Zeit. Umsonst, möchte ich hinzufügen. Ich hätte es mir nicht leisten können, sie zu bezahlen. Sie hat mich gemocht, aber es hat nicht lange gedauert, war nur eine kurze Freundschaft – ein paar Monate. Seitdem ist es eine reine Bekanntschaft, eine Beziehung über den Tresen. Und die geschäftliche Beziehung – aber das wissen Sie ja schon. Das ist alles. Sie hatte haufenweise Geld, also brauchte ich mir nichts zu denken, als ich ihr Angebot angenommen habe. Und das ist alles. Ehrlich.«

Die Barry-Manilow-Songs gingen Haydon allmählich auf die Nerven. Es war ohnehin Zeit zum Gehen: Shaver hatte sein Pulver verschossen.

»Kann ich eine von den Limonenscheiben haben?« fragte Haydon.

»Wie?«

»Limonenscheiben. Kann ich eine haben?«

»Klar. Eine Limonenscheibe«, sagte Shaver. Er stach mit seinem Barmesser in eine Scheibe und streckte sie dann Haydon hin, der sie mit spitzen Fingern vom Messer nahm und zugleich vom Hocker rutschte. Dann preßte er ein paar Tropfen von dem Saft in den Mund.

»Ich bin Ihnen für Ihre Hilfe dankbar«, sagte er.

»He, hören Sie«, Shaver streckte die Hand aus und legte sie auf Haydons Arm. »Wird das mein Geschäft berühren?«

»Ich glaube kaum. Ich nehme zumindest an. Sallys Anwalt wird sich demnächst bei Ihnen melden.«

»Ihr Anwalt?«

»Der Nachlaß muß geregelt werden.«

Shaver zog wieder den Kopf ein und schüttelte ihn, als könnte er seinem Glück noch nicht trauen. »Das kostet mich bestimmt eine Menge Gebühren oder so. Verdammt. Ein Ärger mehr. Bei diesem Geschäft kommt man wirklich nie raus aus der Scheiße. Ihr Anwalt. Mein Gott! Jedesmal, wenn ich einem Anwalt auch nur auf zehn Meter in die Nähe komme, muß ich blechen.«

Haydon ging auf die Tür zu und war schon fast dort, als ihm Shaver nachrief: »He, hören Sie!«

Haydon blieb stehen und drehte sich um.

Shaver verdrehte seltsam die Schultern und trat von einem Fuß auf den anderen. »Tut mir leid, daß sie tot ist, und so weiter. Es ist wirklich schade. Sie verstehen?«

Haydon nickte und ging dann hinaus in die heiße, feuchte Luft des Abends.

9

Sie saßen nebeneinander in der warmen, purpurnen Nacht, tranken Gin mit Zitronensaft auf etwas Eis und hatten die Beine ausgestreckt und auf das Geländer der Terrasse gelegt. Haydon lehnte seinen nackten Rücken an das kühle Gitter des schmiedeeisernen Stuhls und betrachtete den rötlichen Widerschein der Nacht auf den weiten, weißen, mexikanischen *calzones,* die er statt eines Pyjamas anhatte. Ninas nackte Beine waren dunkler und hoben sich deutlich vom Rand des perlweißen Seidenhemds ab, das nur knapp die Schatten ihres Schoßes verbarg.

»Ich habe nicht gedacht, daß du vor zwölf heimkommst«, sagte sie. »Ein Punkt für dich.« Sie drückte seine Hand.

»Ich habe es auch nur mit Mühe geschafft.«

»Mit Mühe ist gut genug für mich«, sagte sie, streckte ihr Bein aus und legte es quer über das seine, rieb dann die Innenseite seines Fußes mit den Zehenspitzen.

Es tat ihm gut. Manchmal, im Bett, wenn sie sich erschöpft hatten, schliefen sie, während sie die Innenseite seines Fußes mit den Zehenspitzen rieb, in dieser Stellung ein. Es war, fand er, eine einfache, aber unverwechselbare und von Herzen kommende Geste zwischen Menschen, die einander brauchten.

Das schwache, weit entfernte Summen der Stadt wurde durch die Bäume und Hecken gedämpft, die das Grundstück umgaben, und ging beinahe unter im rhythmischen Zirpen der Grillen im Gras. Glühwürmchen schaukelten wie die Laternen kleiner Boote über ihnen in den Zitronenbäumen.

Haydon fühlte, daß Nina mit ihm sprechen wollte. Sie war nicht zufrieden damit, hier zu sitzen, noch einen Gin mit Zitrone zu trinken und noch einen und noch einen, bis ihre Gedanken so feucht und gesättigt waren wie die Nacht. Er dagegen wollte genau das, bis alles davongetrieben war und es keinen Unterschied mehr gab zwischen der Wirklichkeit und etwas, das er vielleicht träumte. Der Morgen würde überraschend kommen, ohne daß er auf ihn zu warten brauchte.

Aber Nina liebte es nicht, die Kontrolle über sich zu verlieren. Ja, es war gerade ihre Beherrschung gewesen, die ihre Ehe so reich und erfüllt gemacht hatte. Leute, die sie beide kannten, hätten sie als vernünftige Menschen beurteilt, die sie beide auch waren. Aber die Vernunft war Ninas Seele; sie war so natürlich für sie wie ihre Sinnlichkeit, deren sie sich völlig bewußt war und die sie ganz beiläufig akzeptierte. Selbst ihre Leidenschaft war maßvoll, ein bewußter Appetit, und deshalb hatte Haydon nicht selten das Gefühl, daß sie eine weit tiefere, größere Dimension ihrer Liebe empfand als er. Sie ließ nichts in den Nebeln des Deliriums davontreiben, sondern genoß alles ganz bewußt und erreichte durch reine Konzentration eine fast metaphysische Erkenntnis, die auf ihn wie ein Aphrodisiakum wirkte. Ninas Vernunft war eine Gabe, ein seltenes Talent.

Für Haydon dagegen war Vernunft eine Disziplin, die man ihm beigebracht hatte. Für ihn war sie der beste Weg zum Überleben, für das Durchs-Leben-kommen, aber sie fiel ihm nicht leicht, und es gab Zeiten, wo er sie völlig verneinte. Diese Zeiten – seine »schwarzen Perioden«, wenn er allem, was sein Leben zusammenhielt, den Rücken zukehrte – waren sein Fluch und sein bestgehütetes Geheimnis. Seines – und das von Nina.

Sie hatte es zum erstenmal erlebt, nachdem sie schon zwei Jahre verheiratet gewesen waren. Sie hatten miteinander gestritten, daher täuschte sie sich über den Grund seines Verschwindens, hatte aber immerhin die Geistesgegenwart zu erklären, daß er einen Darmvirus erwischt habe, als sein Lieutenant anrief und fragte, warum Haydon nicht zum Dienst erschienen sei. Sie wollte nicht, daß ihre Streitigkeiten auch noch unter seinen Kollegen besprochen wurden. Als er auch nach dem zweiten Tag noch nicht zu Hause aufgetaucht war, wußte sie, daß etwas passiert sein mußte, und begann daran zu zweifeln, daß sein Verschwinden etwas mit ihrem Streit zu tun hatte.

Haydon war schließlich um drei Uhr morgens nach Hause gekommen, über die Terrassentreppe, gefolgt von einem mitleidsvoll-mürrischen Cinco, der seinen Schwanz zwischen die Beine geklemmt hatte. Haydon war beim Versuch, die Tür zur Bibliothek zu öffnen, zusammengebrochen, und Nina, die sich schon zuvor gefaßt hatte, was seinen Anblick betraf, hatte ihn nach oben gebracht. Obwohl er noch seinen Anzug anhatte, mit gelockerter Krawatte, sah er aus wie ein Penner. Unrasiert, verschwitzt, schmutzig und wegen unerträglicher Kopfschmerzen laut stöhnend. Mager, eingefallen, nicht in der Lage, seinen Blick auf irgend etwas zu richten, lag er hilflos auf dem Bett, während sie ihn auszog, ihn mit einem feuchten Handtuch abrieb und ihm schließlich das kühle Laken bis an die Hüfte zog. Sie gab ihm eine doppelte Dosis Fiorinal und blieb bei ihm sitzen, bis die Wirkung einsetzte. Alles, was er sagen konnte, war: »Das geht niemand etwas an«, dann schlief er ein.

Er schlief siebenundzwanzig Stunden ohne aufzuwachen. Nina war die ganze Zeit in seiner Nähe, rief den Arzt an, um sich zu erkundigen, ob es schlecht war, wenn er so lange schlief, und wartete. Er erwachte wie jeden Morgen um sechs und streckte die Arme nach ihr aus. Sie war bereits erwacht, als er sich zu bewegen begonnen hatte, und blickte ihn an. Als er sie sah, lächelte er mit seinen glänzenden Augen und strich mit seiner schmalen Hand über ihre nackte Brust bis zur Hüfte hinunter, wo er sie liegenließ.

»Das mache ich manchmal«, hatte er einfach gesagt. »Es hat nichts mit uns zu tun.« Sein Mund war trocken nach dem Fieber, und er schluckte.

»Manchmal?«

»Selten«, hatte er gesagt.

»Nicht, seit wir verheiratet sind.«

»Kurz vorher.«

»Und es wird wieder passieren?«

»Ja.« Er schloß die Augen, öffnete sie dann wieder. »Aber danach ist alles in Ordnung. Ich brauche nur ein paar Wochen, um die verlorenen Pfunde wieder zu ersetzen.« Er versuchte jetzt mit dem Mund zu lächeln. »Ich habe Hunger wie ein Wolf.«

Nina hatte etwas sagen wollen, aber dann füllten sich ihre Augen unwillkürlich mit Tränen. Seine langen, schmalen Finger strichen über ihren Mund.

»Wir können später darüber reden«, sagte er, und sie schlang die Arme um ihn und zog ihn an sich. Sie lagen beieinander, sprachen kein Wort, tauschten aber ihre Gefühle in der Umarmung, während die Morgensonne durch das Zimmer wanderte und das Bett vergoldete.

Sie hatten auch danach nicht darüber geredet, nicht so, wie er es versprochen hatte. Sie erfuhr nie, was in diesen zwei Tagen geschehen war, oder an einem der anderen Tage in den folgenden Jahren, wenn er unerwartet verschwunden war und dann zurückkehrte, zu krank und ausgezehrt, um irgend etwas anderes tun zu können als die Sache auszuschlafen wie ein Betrunkener nach einem Riesenrausch. Aber das konnte nicht der Grund sein. Sie hatte längst erfahren, daß Haydon einen höchst empfindlichen Magen geerbt hatte, der es verhinderte, daß er zum Alkoholiker geworden wäre. Sein System rebellierte längst, bevor er so viel getrunken hatte, daß es ihm schadete. Er trank jeden Abend ein paar Glas Gin mit Zitronensaft, hatte sich aber nie daran gewöhnt und brauchte die Menge nicht zu erhöhen. Manchmal trank er absichtlich zuviel als Ersatz für die Schlaftabletten, wenn er im Lauf einer langen Schicht mehr gesehen hatte, als er sehen wollte. Rauschgift kam aus demselben Grund nicht in Frage. Haydons metabolisches System reagierte rasch; das hielt ihn schlank, und er hatte eine niedrige Toleranzschwelle für Stimulanzien, die ihn wahrscheinlich gesund erhielt.

Sie waren nun schon über ein Dutzend Jahre verheiratet, und er hatte recht behalten. Diese Tage, an denen er verschwand, waren selten, aber sie kamen regelmäßig und offenbar unvermeidlich. Das Alter veränderte das in keiner Weise. Und Nina hatte sich stoisch darein gefügt, betrachtete sich als Verschworene, die sein Geheimnis kannte und bewahrte. Sie hatte sich geweigert, ihn zu bedrängen. Nach dieser ersten Episode hatte sie ihn eine Woche lang mit unbewußt gefurchter Stirn umhegt, und er hatte sie gelegentlich dabei ertappt, wie sie ihn mit sorgenvollen Blikken betrachtete. Grausamerweise hatte er ihr nie etwas erklärt, hatte ihre Sorgen nicht gemildert. Sein Schweigen in diesen Wochen hatte die Regeln gesetzt für die weiteren Perioden, die kommen würden und kamen. Beide litten darunter, aber Ninas schweigendes Mitgefühl war ein beredter Beweis für ihre uneingeschränkte Treue. Es war die eine, einzige Anomalie ihrer Ehe. Ihr Schweigen zu diesem Thema war das Ausnahmeopfer, das sie ihm brachte, trotz ihrer angeborenen Vernunft. Er hatte es angenommen mit all dem Ernst, in dem sie es darbrachte.

Das alles ging ihm durch den Kopf, während sie beisammensaßen in der Dunkelheit. Er fühlte, daß sie unruhig war.

»Einen Penny für deine Gedanken«, sagte sie plötzlich.

Er war überrascht. »Nichts«, wich er aus. »Ich entspanne mich nur.«

»Was macht dir Kummer?«

»Höchstens ein paar Mücken.«

»Komm schon«, sagte sie. Er fühlte, daß sie lächelte.

»Du meinst etwas anderes?«

»Ja, etwas anderes.«

»Es ist nichts.«

»Komm schon, Stuart.«

Er trank, bevor er sprach. Hatte mehr Zitrone in diesen Drink gepreßt, und die klare, scharfe Säure zog seinen Mund zusammen, ehe er den Schluck unten hatte.«

»Nun ja, ich fürchte, ich bekomme meinen Job nicht mehr in den Griff. Jetzt bringe ich schon die Arbeit mit nach Hause.«

»Das hast du immer getan. Du hast die Arbeit nie im Griff gehabt.« Sie rieb die Innenseite seines Fußes, und er sah ihre dunkle Gestalt aus den Augenwinkeln, als auch sie einen Schluck trank. Sie bewegte sich geschmeidig und weich und ein wenig traurig, wie er vermutete.

Cinco warf sich auf den Fliesen neben ihrem Stuhl zur anderen Seite.

»Dann ist es, weil ich zur Zeit etwas mehr als üblich mit nach Hause bringe.«

»Etwas Besonderes?«

»Alles ist besonders.«

»Hast du dich schon einmal gefragt, ob du nicht lieber etwas anderes tun möchtest?«

Es hatte bis dahin nie zur Diskussion gestanden, nicht einmal andeutungsweise, und es überraschte ihn, daß sie es jetzt in Betracht zog.

»Nein«, sagte er.

»Keinen flüchtigen Augenblick lang?«

»Ich glaube, es gibt nichts auf dieser Welt, was ich nicht mindestens für einen flüchtigen Augenblick lang in Frage gestellt hätte.«

»Aber nicht jetzt?«

»Nein, nicht jetzt.« Er wußte nicht, warum er log.

»Ich dachte, du hättest in letzter Zeit darüber nachgedacht.« Sie strich wieder mit den Zehenspitzen über seinen Fußrücken, dann glitten die Zehen weiter über die Sohle bis zu seinen Zehen und zurück zum Knöchel.

Er sah, wie sich dabei ihr langes, festes Bein abwinkelte, und es verlangte ihn plötzlich danach, sie zu lieben – mehr als alles andere auf der Welt. Er betrachtete sie in der kobaltblauen Nacht mit einem Gefühl, das so neu und erregend war wie in ihrer ersten Nacht. Er stellte sein Glas auf den Boden, beugte sich zu ihr hinüber, wischte ihr das lange Haar aus dem Gesicht und küßte sie leicht. Sie rutschte ein wenig näher und neigte den Kopf, so daß seine Lippen das weiche Haar an ihrem Nacken berührten. Es duftete nach *Je reviens.*

»Gehen wir hinein«, sagte sie.

10

Die Kassettenfenster waren für die Nacht geöffnet, und der Ventilator an der Decke zog die schwere Meeresluft herein und tränkte sie mit dem Duft von Ninas Parfüm. Sie schlief in Haydons Armbeuge, während er auf dem Rücken lag und das gleichmäßige Heben und Senken ihrer weichen Brüste an seinem Körper fühlte. Sie war warm und verschwitzt – sie beide waren es, aber es machte ihm nichts aus. Er hatte das Schlafzimmer offen haben wollen in dieser Nacht, um die schleichende Angst abzuwehren, die ihn zu erdrücken schien. Er beobachtete den Spinnenschatten der Ventilatorblätter und wunderte sich über die sich in ihm ausbreitende Trauer in der süßen Luft, die sie beide umgab. Sein Herzschlag wechselte den Takt; der unregelmäßige Rhythmus war so laut, daß er dachte, Nina müßte es hören. Ein deutliches Anzeichen von Streß, wie immer. Er mußte an irgend etwas anderes denken; schlafen würde er ohnehin in den nächsten Stunden nicht können.

Langsam drehte er sich auf die Seite und wartete, bis sich Nina auf den Rücken gelegt hatte, während er seinen Arm unter ihr hervorzog. Mehr als tausendmal war er schon dankbar gewesen für ihren tiefen, gesunden Schlaf. Er stand auf, schnürte seine *calzones* enger und ging barfuß aus dem Zimmer und über die breite, geschwungene Treppe nach unten. Ging in die Küche, preßte den Saft zweier Zitronen in ein Glas mit zerstoßenem Eis und goß Wasser dazu. Er nahm den Drink mit in die Bibliothek und schaltete eine Stehlampe mit grünem Schirm ein, die über dem Refektoriumstisch hing. Dann zog er das Telefon zu sich her und rief bei der Sittenpolizei an. Mooney war unterwegs. Sie würden versuchen, ihn per Funk zu erreichen und ihm sagen, daß er zurückrufen solle.

Haydon schaltete die Lampe aus, stand im Dunkeln und blickte hinaus auf die Terrasse. Die weiße Spitze von Cincos Schwanz leuchtete hell auf den Bodenfliesen neben Ninas Sessel. Haydon trank den Zitronensaft und genoß das Geräusch des zerstoßenen Eises im Wasser, das so angenehm war in der tropischwarmen Nacht wie der Drink selbst. Er wartete.

Als das Telefon klingelte, nahm er den Hörer ab, ehe das erste Rufzeichen zu Ende war.

»Stuart? Hier spricht Ed. Was machst du – schläfst du auf dem Telefon?«

»Das hat aber schnell geklappt.«

»Was?«

»Ich habe gerade mit der Zentrale gesprochen.«

»Du hast mich gerade angerufen? Ich bin nicht im Wagen. Was wolltest du?«

»Und was wolltest du?«

»Na ja – okay. Ich wollte dir nur sagen, daß ich deine Theorie gar nicht mehr für so verrückt halte.«

»Eine fabelhafte Zeit, um mir das mitzuteilen, Ed.«

»Ja. Aber ich glaube, ich habe noch was anderes für dich.«

»Und was?«

»Ich stehe ungefähr zwei Meter vor einem der hübschesten Callgirls, das ich je gesehen habe; sie ist nackt.« Er ließ eine Pause entstehen, um den Effekt zu verstärken.

»Und?«

»Sie ist tot.«

Haydon tastete auf dem Tisch nach einer Zeitschrift und stellte das angelaufene Glas darauf, um die Holzplatte zu schützen.

»Wo bist du?« fragte er.

»Überraschung: Ich bin in Sally Steens vermietetem Haus am West University Place.«

»Wie bitte?«

»Du hast richtig gehört.«

»Was, zum Teufel, geht da vor, Mooney?«

»Es ist eine ziemlich lange Geschichte, und ich möchte nicht länger allein in der Wohnung bleiben mit der toten Frau. Komm doch rüber, okay?«

»Du bist allein?«

»Richtig. Komm her, ja?«

»Hast du schon jemand angerufen?«

»Nee. Aber ich glaube, ich sollte die Zentrale anrufen und mitteilen, daß ich dich schon erreicht habe, sonst schicken sie noch jemanden her.«

»Es weiß also niemand außer mir, daß du dort bist?«

»Eine alte Frau von gegenüber weiß es. Ich erzähle dir davon, sobald du hier bist.«

»Okay. In einer Viertelstunde.«

Haydon drückte auf den Knopf und wählte dann Hirschs Nummer an. Er war zu Hause und sah angeblich einen Film im Fernsehen. An der Art, wie er sprach, konnte Haydon erkennen, daß er ein Mädchen bei sich hatte.

»Tut mir leid, Leo«, sagte er, nachdem er es erklärt hatte.

»Macht nichts.«

»Aber bring eine gute Kamera mit, ja? Du sollst die Fotos diesmal selbst machen.«

Vanstraten war nicht zu Hause, aber seine Frau Jean teilte Haydon mit, daß er noch im Labor sei. Als Haydon im Büro des Coroners anrief, kam ein Assistent an den Apparat und bat ihn, eine Minute zu warten. Es dauerte etwa fünf Minuten, bis Vanstraten sich meldete.

»Haydon hier. Tut mir leid, aber ich habe schon wieder eine Prostituierte. Es wäre mir lieb, wenn Sie sie persönlich anschauen könnten.«

»Die Adresse?«

Haydon nannte sie ihm.

»Ich bin dort, so schnell ich es schaffe.«

Als Haydon aufgelegt hatte, merkte er, daß Nina hereingekommen war.

»Ich dachte, du schläfst«, sagte er.

»Ich habe geschlafen.«

»Entschuldige.«

»Ach, hör schon auf, dich zu entschuldigen. In den letzten drei Minuten hast du dich insgesamt dreimal entschuldigt.«

»Wir reden beim Frühstück darüber«, sagte er und küßte sie – zu hastig, dachte er später, als er Zeit hatte, darüber nachzudenken –, dann lief er nach oben, um sich anzuziehen.

Sally Steens Haus war eine Doppelhaushälfte in der Viertelmillion-Preisgruppe. Ed Mooney wartete neben einer Gaslaterne, die bleiches Licht verstreute und eine Glyzinie beleuchtete, deren lila Blüten im Schein der Laterne einen wächsernweißen Schimmer erhielten. Haydon parkte am Randstein und stieg aus. Mooney führte ihn an dem beleuchteten Vorgarten vorbei, dann standen sie einen Augenblick im Dunkeln, während Mooney die Sachlage erläuterte.

»Okay. Erstens wirst du froh darüber sein zu erfahren, daß ich im Dienst bin. Ich habe heute abend die Schicht von Simpson übernommen, der am nächsten Wochenende für mich einspringt. Nachdem du heute nach Hause gefahren bist, habe ich über unser Gespräch nachgedacht, bin zurückgegangen ins Büro und habe herumtelefoniert. Erst mit Judith Croft, dann habe ich hier angerufen, um zu sehen, ob da etwas läuft. Es stellte sich heraus, daß die Wohnung seit drei Wochen überwacht wird. Ein

Team von unserem Dezernat hat versucht, ein bißchen Klarheit zu gewinnen über ein paar Ladys aus besseren Kreisen, die sich tagsüber ein Taschengeld dazuverdienen, während der Mann im Büro oder auf Geschäftsreise ist.

Ich war neugierig, also kam ich hierher, um mit den Bewachern zu reden. Es waren zwei von der Spezialeinheit, echte Spinner. Sie sagten, ein Mädchen namens Theresa Parmer hätte die Wohnung gemietet, aber mehr könnten sie nicht sagen, außer daß sie sich um die Besucher gekümmert hätten. Aber sie wüßten nichts. In den letzten drei Nächten ist hier weder jemand gekommen noch jemand gegangen. Ich habe ihnen vorgeschlagen, sie eine Weile zu vertreten, damit sie etwas essen gehen können. Sie sind gerade zehn Minuten weg, da hält ein Streifenwagen an und zwei Männer gehen auf die Tür zu. Ich springe aus dem Wagen und frage, was los ist. Sie sagen, die Frau im Haus nebenan hätte angerufen. Sie glaubt, es sei was Verdächtiges im Gange.«

»Und das ist die ältere Frau, die du am Telefon erwähnt hast?«

»Richtig. Ich komme gleich dazu. Also, zunächst erklärte ich den Leuten, daß das Haus hier überwacht wird und daß ich die Sache erledige. Es sieht so aus, als ob Mrs. Vine – das ist die Nachbarin – heute früh aus dem Haus gekommen ist, um die Zeitung zu holen. Sie sah, daß die Tür des Hauses von Miss Parmer einen Spalt offenstand, dachte sich aber nichts dabei. Als sie kurz vor Mittag einkaufen ging, stand die Tür noch immer offen. Den Nachmittag verbrachte sie bei ihrem Sohn in Piney Point, und als sie kurz nach Einbruch der Dunkelheit zurückkam, war es immer noch dasselbe. Sie hat zu Abend gegessen und danach ferngesehen. Die Nachrichten, dann Jimmy Carson, und als der späte Film etwa halb zu Ende war, hat sie noch mal nachgesehen. Alles unverändert. Also hat sie die Polizei angerufen.«

»Warum ist das den Bewachern nicht aufgefallen?«

»Von der Straße aus kann man die Haustür nicht direkt sehen. Sie ist hinter einem Spalier und einem Gebüsch versteckt. Aber man kann sehen, wer über den Weg vom Gehsteig zur Tür geht.«

»Du hast das demnach überprüft.«

»Richtig.«

»Okay, dann wollen wir mal sehen.«

Sie gingen über den gewundenen Plattenweg vorbei an blühenden Myrtenbüschen, die den Blick von der Straße völlig abschirmten. Durch die fein gerippten Zweige sah man eine zweite Gaslaterne blinken. Die Haustür stand immer noch offen, und Mooney stieß sie mit dem Fuß weiter auf, schaltete dann ein Licht in der Diele ein. Das Haus war mit viel Einfallsreichtum entworfen, wie es ein Architekt nennen würde; auf mehreren Ebenen, was dem Ganzen einen höhlenartigen Eindruck vermittelte.

Die Eingangsdiele befand sich im Parterre, und von dort aus ging es ein paar Stufen hinauf in den Wohnraum. Der Boden bestand aus Terrazzofliesen, die Einrichtung war ausgesucht gutes Art Deco, stilgetreu bis zu den Aschenbechern. Der Kamin war mit einer Glaseinfassung umrahmt, durch die man die Ziegel sehen konnte, und stand im Wettstreit mit einer alten Wurlitzer-Musikbox, die eine Ecke beherrschte und deren knallbunte Farben und Lichter grüne, rosa und blaue Reflexe auf die schneeweißen Wände und die Decke warfen. Die Möbel waren neu, aber im Stil der dreißiger Jahre nachgebaut: hochgepolsterte Sessel und Diwans mit plissierten Überzügen und viel Stahlrohr. Die Stoffe zeigten bunte Blumenmuster, die an einer Wand als Fresco wieder auftauchten, das an eine mexikanische Straßenszene auf einer gemalten Kunstpostkarte aus den dreißiger Jahren erinnerte.

Den Wohnraum umgab eine Galerie, deren Wände mit Neonkunst, Spiegeln und dem Kitsch aus dieser Epoche vollhingen. Kleine Palmen in bemalten, mexikanischen Keramiktöpfen warfen Dschungelschatten des Pastellichts auf die weißlackierte Balustrade.

Sie blieben einen Augenblick lang stehen, während Haydon sich umblickte und das ausgesuchte Ambiente auf sich wirken ließ. Dann ging er hinüber zu der Musikbox und schaute auf die handgeschriebenen Schildchen neben den beleuchteten Plastiknummern. Alle Titel waren in Portugiesisch. Die Interpreten waren ihm weitgehend unbekannt, aber er erkannte ein paar der berühmtesten Namen: Chico Buarque, Maria Bethania, Gal Costa, Antonio Carlos Jobim, Simone, Vinicius de Moraes, Elis Regina, Alcione. Die Künstler und die Musik stammten ausschließlich aus Brasilien. Ein Lied war in Großbuchstaben geschrieben und rot unterstrichen: EU TE AMO, die Themamusik eines brasilianischen Films mit demselben Titel, der seinerzeit, als er nach Nordamerika und Europa exportiert worden war, eine Sensation bewirkt hatte. Noch eine zweite Nummer war rot unterstrichen, der englische Titel klang geheimnisvoll: »Burundi Black«.

»Dort drüben ist eine Küche«, sagte Mooney und zeigte auf einen Durchgang. »Und ein Bad. Das ist alles auf dieser Ebene. Die Galerie bildet eine eigene Etage. Die drei Schlafzimmer gehen alle auf die Galerie hinaus, aber man muß drei Stufen hinaufgehen. Sie haben alle ein eigenes Bad. Ihr Schlafzimmer ist das letzte.«

Er ging die Treppe hinauf. Haydon folgte ihm, wobei er das Haus aus verschiedenen Blickwinkeln sehen konnte, während er auf die Galerie und zu den Schlafzimmern ging. Als sie vor dem letzten in der Reihe standen, ging Mooney ihm die drei Stufen voraus. Dann langte er hinein und berührte einen Dimmer, den er langsam aufdrehte. Der Raum dahinter schimmerte erst dunkel-golden, dann begann er flammend zu leuchten, als das Licht voll aufgedreht war.

Alles in dem Raum war mandarinrot: der Teppich, die Wände, die Möbel, das runde Bett in der Mitte. Und mitten auf dem Bett lag Theresa Parmer; ihr nackter Körper war eine zarte Narbe in der weitgeöffneten Scharlachblüte der Bettdecke. Sie hatte das eine Bein ausgestreckt, das andere in embryonaler Weise angezogen. Ihr Oberkörper lag fast flach auf dem Bett; ein Arm war unter dem Körper, der andere hing über die Bettkante. Ihr langes, schwarzes Haar lag ausgebreitet auf dem Bett, als ob sie für einen Fotografen posiert hätte.

Haydon schaute erst das Mädchen und dann Mooney an. »Und die anderen Schlafzimmer?«

Mooney nickte. »Blau und gelb«, sagte er.

Haydon ging auf die andere Bettseite und fand eine rote

Lampe, die vom Nachttisch gefallen war; der Schirm klemmte zwischen dem Bett und dem Nachttisch. Eine halbleere Flasche Johnnie Walker lag auf dem durchweichten Teppich, der größte Teil ihres Inhalts hatte sich dort ergossen. Neben der Flasche lag ein rotes Glas – zerbrochen. Eine Spur zerknüllter und durchnäßter, roter Papiertaschentücher führte über den roten Teppich vom Bett bis zum Bad.

Haydon stieg vorsichtig darüber und ging ins Bad. Rote Fliesen, rotes Waschbecken, rote Toilettenschüssel, rotes Bidet. Eine in den Boden eingelassene, rote Badewanne, groß genug für mehrere Leute und voll von schmutzigen, roten Handtüchern, die allmählich zu schimmeln begannen. Ein roter Slip lag in der Ecke neben der Toilettenschüssel, und ein rotes Negligé war um die Säule geschlungen, auf der das Waschbecken ruhte. Der Arzneischrank stand offen; man sah eine zerknautschte Zahnpastatube, eine Flasche mit Mundwasser, eine Packung Antibabypillen, Visine, Leukoplast. Im untersten Regal befanden sich sieben viereckige Plastikbehälter, wie man sie in Geschenkläden bekommt. In jedem befanden sich Pillen von verschiedenen Farben.

»Ed, komm und sieh dir das mal an.«

Der Ire kam vorsichtig herüber ins Bad zu Haydon, warf einen Blick in das Schränkchen auf die farbigen Pillen und begann zu zitieren:

»Gelbe Jäckchen, Purpurherzen, rote Vögel, Pfirsiche, Speed, Fußbälle. Barbiturate und Amphetamine.« Er steckte den Finger in eine offene Medizinflasche, die auf dem Waschbecken stand, hob sie hoch. Es war Emetrol, von Behrmanns Apotheke.

»Emetrol?« fragte Haydon.

»Vermutlich hatte sie einen verkorksten Magen.«

»Hast du nicht mal was gesagt von Callgirls, die normalerweise kein Rauschgift nehmen?«

Mooney zog die Mundwinkel nach unten und zuckte mit den Schultern.

Als sie wieder ins Schlafzimmer zurückkehrten, ging Mooney weiter durch die Galerie, während Haydon die Hände in die Hosentaschen steckte und noch einmal an die Bettkante trat. Er beugte sich über die Tote und blickte auf ihr Gesicht. Schaumiger Speichel war ihr aus dem halboffenen Mund gedrungen und über den Hals bis aufs Kissen gelaufen. Ein Teelöffel voll war in dem Grübchen am Hals getrocknet.

Mooneys Stimme kam aus der Galerie, dann hörte man Hirsch und Vanstraten, letzterer klang besonders kurz angebunden.

»Ich werd' verrückt«, sagte Hirsch, als er das Zimmer betrat.

»Laßt euch nichts davon entgehen«, sagte Haydon, als er an Hirsch vorbeikam, der sich bückte, um den Film in die Kamera einzulegen und die richtige Empfindlichkeit einzustellen.

Haydon gesellte sich zu Mooney und Vanstraten auf der Galerie.

»Soll ich jetzt den Laborwagen rufen?« fragte Mooney.

»Es wird sich nicht vermeiden lassen«, antwortete Haydon. Der erste Blitz erhellte die Galerie. »Ja, ruf an.«

Vanstraten lehnte geduldig an der Balustrade. Haydon bot ihm eine Zigarette an, aber der Pathologe schüttelte den Kopf.

»Das ändert die Sachlage natürlich«, sagte Haydon. »Jetzt brauche ich das Ergebnis der Tests so schnell wie möglich.«

»Natürlich«, erwiderte Vanstraten. Und dann: »Sehr interessant.« Er nickte in Richtung auf die offenstehende Tür des roten Schlafzimmers.

»Ja. Im Bad ist ein Medizinschränkchen voller Zeug. Ich hab' noch nicht viel herumgekramt in dem Zimmer.«

»Nichts Schauderhaftes?«

»Nein. Sie ist einfach tot.«

»Genau wie die beiden anderen?«

»Genau wie sie.«

Sie warteten schweigend, jeder mit seinen Gedanken beschäftigt.

11

Als Hirsch fertig war, kam er die drei Treppen herunter und verpackte seine Kamera und das übrige Gerät. Vanstraten nahm seine schwarze Tasche und betrat das Zimmer, gefolgt von Haydon und Hirsch. Er stellte die Tasche auf das Bett neben das tote Mädchen, nahm einen hellgrünen Chirurgenkittel heraus und schlüpfte hinein. Die elastischen Ärmelenden bedeckten seine weißen Hemdmanschetten. Dann nahm er ein Paar Chirurgenhandschuhe heraus und streifte sie sich über.

»Kann ich den Dimmer auf groß stellen?« fragte er. Dann ging er langsam um das Bett, um das nackte Mädchen von allen Seiten betrachten zu können. Als er in Höhe ihres Kopfes angekommen war, beugte er sich abrupt hinunter und näherte sein Gesicht dem ihren. Er schnüffelte an ihrem Mund, an der Schläfe, dem Haaransatz. Dann ging er wieder um das Bett herum und blieb vor ihren Füßen stehen.

Mit beiden Händen faßte er vorsichtig den Knöchel des hochgezogenen Beins, zog dann den Fuß langsam nach unten und fühlte so nach der Spannung in den steifwerdenden Muskeln. Anschließend griff er nach ihrem Kopf und bewegte ihn von der einen Seite auf die andere, wobei er darauf achtete, daß die Schleimspuren nicht verwischten, während er die Nackenmuskeln testete.

Er trat wieder zurück und betrachtete das Mädchen, bückte sich erneut, schob seine Hände unter ihre nackten Hüften und drehte sie ein wenig, so daß die Tote danach flach auf dem Rükken lag. Er prüfte an der Innenseite ihres rechten Schenkels und der Hüfte den *livor mortis,* nahm die Abdrücke der zerknüllten Decke auf dem verfärbten Fleisch wahr, begutachtete dann ihre Hände, die Fingernägel, die Innenseiten ihrer Arme und Handgelenke. Er nahm ein kleines Fläschchen aus seiner Tasche, kratzte ein wenig von dem getrockneten Speichel ab und nahm dann noch eine Probe aus dem Mundwinkel, wobei er die Lippen auseinanderzog und den Mund mit einer Hand offenhielt.

Dann steckte er wieder die Hände unter den Körper und drehte die Tote mit erfahrenen Griffen um, so daß sie nun auf dem Bauch lag. Er hob das Haar hoch und betrachtete ihren Hals. Er überprüfte die Totenflecken auf der Rückseite und an dem Bein, das ausgestreckt gewesen war. Dann drehte er die Tote wieder auf den Rücken, sah sich den Hals an und schaute in ihre leblosen Augen.

Schließlich richtete er sich auf, und seine Arme hingen schlapp an den Seiten, während er gedankenverloren die Augenbrauen hochzog.

Aus der Tasche nahm er zwei Einweg-Thermometer und riß die Zellophanhülle ab. Dann rollte er die Tote auf die Seite und steckte das eine Thermometer in ihren Anus, um die Rektaltemperatur zu messen. Das zweite war von einer Aluminiumhülle umgeben; er steckte das spitze Ende etwa zehn Zentimeter tief unter die rechte Brust und drückte es dann mit der Handfläche der rechten Hand durch die Bauchdecke direkt in die Leber.

Vanstraten hatte noch mehr zu tun, aber Haydon wollte nicht länger zusehen. Er trat vom Bett zurück und zog sich seine eigenen Latex-Handschuhe an. Hirsch folgte seinem Beispiel, dann durchsuchten sie die Schränke und Kommoden.

»Sie hatte teure Garderobe«, sagte Hirsch. Er schob ein paar Kleiderbügel zur Seite und besah sich die Etiketten und durchsuchte die Taschen. »Das sind Geschäfte, von denen ich noch nie was gehört habe. Verdammt, schau dir die Schuhe an. Wie lange hat die wohl zum Anziehen gebraucht?«

Er fuhr in seiner Arbeit fort und redete dabei mit sich selbst, während er den Schrank von oben bis unten durchsuchte. Das Gemurmel gehörte zum Programmieren von Hirschs Computer-Gehirn. Wenn er sich später an seinen Schreibtisch setzte, um den Bericht abzufassen, würde sein Computer die Informationen mit erstaunlicher Genauigkeit wiedergeben. Niemand in der ganzen Abteilung, ausgenommen vielleicht Pete Lapier, konnte Hirschs Berichte an Detailgenauigkeit übertreffen. Als Haydon begonnen hatte, mit dem jungen Kriminalbeamten zusammenzuarbeiten, war ihm das Gemurmel auf die Nerven gegangen. Inzwischen bemerkte er es kaum noch.

In der ersten Kommode befand sich nur Unter- und Reizwäsche, aber in der obersten Schublade der zweiten Kommode entdeckte er erotische Spielsachen, und in der Schublade darunter fand er das unvermeidliche Notizbuch über die Klienten. Er steckte sich das Ringbuch in die Tasche und suchte dann weiter in der Schublade, förderte aber nichts außer Unterwäsche und Strümpfen ans Tageslicht. Dann ging er zur Badezimmertür.

»Hast du gute Fotos geschossen, Leo – auch hier drinnen?«

»Ja, klar.«

Haydon ging ins Bad und nahm die Handtücher aus der Badewanne, eines nach dem anderen. Es lag nichts darunter, aber er fand lange, kastanienbraune Haare, die an den öligen, feuchten Wänden der Wanne klebten, und lockige Schamhaare in den Handtüchern und rings um den Ausfluß der Wanne. Er schaute hinter die Tür und kam dann ins Schlafzimmer zurück. Vanstraten stand neben dem Bett, zog sich die Gummihandschuhe aus und betrachtete das Mädchen. Dann blickte er auf.

»Ich werde Proben von den Medikamenten im Bad mitnehmen«, sagte er und ging mit einem Päckchen kleiner Glasröhrchen hinüber.

»Irgendwas in den Schränken und Kommoden?« fragte Haydon seinen Kollegen.

»Nichts außer Kleidung und ein paar kessen kleinen Gummi- und Lederkostümen«, antwortete Hirsch.

Die beiden gingen hinaus auf die Galerie, gerade als Mooney die Leute des Coroners und die Labortechniker hereinließ. Haydon und Hirsch schritten zur nächsten Tür und betraten das blaue Schlafzimmer. Dort setzten sie die Durchsuchung fort, in der gleichen Weise wie im roten Zimmer, und gingen dann auch noch das gelbe Zimmer durch. Keines der beiden Zimmer schien in letzter Zeit benützt worden zu sein. In den Medizinschränkchen befand sich nur das Übliche, und in den Schränken hingen nur ein paar erotische Lederkostüme und Gummikleidung.

»Sieht so aus, als wäre das rote Zimmer das Hauptquartier gewesen«, sagte Hirsch, als sie zum drittenmal hinaustraten auf die Galerie.

»Vermutlich«, antwortete Haydon. Er hörte, daß die Leute

vom Labor noch im roten Zimmer herumhantierten, und als er hinüberschaute über die Balustrade, sah er Vanstraten auf einem Diwan mit Blumenmuster sitzen und Notizen machen. Den grünen Chirurgenkittel hatte er inzwischen ausgezogen. Haydon ging die Treppe hinunter und ließ sich in einem Sessel gegenüber dem Coroner nieder. Er wartete und schaute zu, wie rosa und grüne Blasen in den Plastikröhren der Musikbox hochstiegen.

Nach ein paar Minuten klappte Vanstraten sein Notizbuch zu und steckte den Kugelschreiber in die äußere Brusttasche seines Anzugs.

»Der *rigor mortis* beginnt jetzt allmählich am Hals und an den oberen Extremitäten«, sagte er. »Dort setzt er üblicherweise zuerst ein. Die Glieder sind noch beweglich. Ich würde schätzen, sie ist seit sechs oder sieben Stunden tot. Wenn ich die Temperatur hier drinnen richtig schätze, beträgt sie ungefähr zweiundzwanzig Grad – das jedenfalls zeigt der Thermostat am Treppenabsatz –, und ihre Körpertemperatur sollte demnach dreißig bis zweiunddreißig Grad betragen. Beträgt sie aber nicht. Sie ist fast normal, knapp siebenunddreißig, was darauf hindeutet, daß sie hohes Fieber hatte, als sie starb.

Die Stellung des Körpers zeigt, daß sie sich im Todeskampf gewunden hat. Nicht so, als ob sie mit jemand kämpfte; man erkennt keinerlei blaue Flecken oder Blutergüsse, die sonst unvermeidlich gewesen wären. Es ist, als ob sie sich bei hohem Fieber im Delirium hin- und hergeworfen hätte. Ich glaube nicht, daß sie in den letzten vierundzwanzig Stunden Geschlechtsverkehr hatte. Genauer werde ich das allerdings erst später sagen können. Ist Ihnen der Speichelfluß aufgefallen?«

»Ja.«

»Ich habe keinerlei Parfüm an ihr bemerkt. Das könnte darauf hinweisen – ich weiß, damit pfusche ich Ihnen ins Handwerk –, aber es könnte darauf hinweisen, daß sie schon mehrere Tage lang krank war und sich keine Mühe mehr machte, Parfüm zu benützen. Wenn es sich um einen plötzlichen, überraschenden Tod gehandelt hätte, dann würde man vermutlich Parfüm an ihr wahrgenommen haben.«

Haydon nickte. »Und was glauben Sie?«

»Meine Mutmaßungen erfolgen nach der Autopsie. Wollen Sie bei dieser dabeisein?«

»Muß ich denn?«

»Nicht unbedingt.«

Haydon schlug seine langen Beine übereinander. »Vor drei Wochen haben Ihre Leute eine Autopsie vorgenommen, an einem Callgirl namens Sandy Kielman. Ich weiß nicht, wer es gemacht hat. Aber ich bitte Sie, die Proben zu teilen und sie denselben Tests zu unterwerfen wie bei Sally Steen und bei diesem Mädchen hier.«

»Dann müssen Sie uns einen Spezialantrag schicken. Sie wissen, der Papierkram.«

»Ich komme morgen vormittag vorbei. Außerdem beantrage ich Dringlichkeit in allen drei Fällen.«

Vanstraten fuhr sich mit der Hand über die Stirn. »Ja, ich glaube, Sie haben recht. Die Fälle sind sonderbar genug, daß so etwas gerechtfertigt ist. Allerdings nur rückblickend. Nur wegen der Anzahl von Toten innerhalb einer kurzen Zeitspanne. Medizinisch, und in sechs- oder achtmonatigen Intervallen, wären sie keineswegs als ungewöhnlich aufgefallen.«

»Erinnern Sie sich an die Kielman?«

»Ja. So viele Nutten kommen bei uns wieder nicht herein.«

»Und was geht Ihrer Ansicht nach vor?«

»Ich weiß es nicht, Stuart. Es kann alles möglich sein. Vielleicht irgendein verrückter, unbekannter Virus, der alle drei Frauen befallen hat. Also eine Sache ohne kriminellen Hintergrund. Wenn kriminell, denkt man natürlich als erstes an Gift. In diesem Fall müßte es freilich ein sehr exotisches Gift sein. Wenn es etwas Gewöhnliches gewesen wäre, hätten wir es längst. Und wenn es sich um Mord handelt, dann wurden die Drogen im Fall Kielman und in diesem nur dazu benützt, die Sache zu verschleiern. Sie komplizieren die chemischen Reaktionen der Körpergewebe und der Körperflüssigkeiten, mit denen wir arbeiten müssen. Wenn es wirklich Morde sind, dürfte Sally Steen das beste Untersuchungsobjekt sein.«

»Es sind Morde«, bekräftigte Haydon. »Und irgend etwas daran ist merkwürdig.«

»Merkwürdig ...« sagte Vanstraten und schien über den Klang des Wortes nachzudenken.

»Wenn jemand Streit hat mit einer Prostituierten, ist es meistens ein Zuhälter, der mit einem rebellischen Mädchen sein Geschäft machen will, oder in Fällen von Callgirls ein verängstigter Freier, der glaubt, daß sie ihn reingelegt hat und erpressen will. Dabei benützen die Täter als Waffe ein Messer, einen Revolver, oder sie erschlagen die Frau. Nichts, was auf besonderen Einfallsreichtum hinweisen würde. Es ist die Banalität des Todes, von der wir gestern gesprochen haben. Hier haben wir es mit recht unauffälligen Todesursachen zu tun. Da scheint jemand kreativ zu sein, sehr kreativ, in der Tat. Es kann vielleicht lange dauern, bis wir dahinterkommen, was da passiert ist.«

Vanstraten wollte noch etwas sagen, aber er wurde abgelenkt von Geklapper und von den Bewegungen der Männer, die ihre Ausrüstung oben in der Galerie einpackten. Die Assistenten von der Leichenhalle, beide in Weiß, kamen aus dem roten Schlafzimmer mit dem Leichnam von Theresa Parmer, den sie mit einem Papiertuch bedeckt und auf eine Leichtmetallbahre geschnallt hatten. Ihnen folgten die Spezialisten vom Erkennungsdienst der Polizei, die in Beuteln und Aktentaschen ihre Beweise forttransportierten. Dieser makabre Gänsemarsch bewegte sich am blauen und am gelben Schlafzimmer vorbei und dann die Treppe hinunter durch die karnevalistisch bunten Farbreflexe der Blasen in den Plastikröhren der Musikbox.

12

Der junge Mann saß allein an der Theke und schaute die Frau über die gläsernen Zuckerspender und die Serviettenhalter aus Chrom hinweg an. In Reno Sweeney's »Tenth Street Diner« waren nur diese zwei Personen außer Reno selbst, der emsig seinen knochigen Körper von der Küche in den Speiseraum und wieder zurück bewegte. Es war genau vier Uhr morgens. In ein paar Stunden würde der Himmel auf der gegenüberliegenden Straßenseite hell werden, über den großen vorhanglosen Fenstern von »Divas Tanzakademie«, und die Frühstücksstammgäste würden nach und nach eintreffen und erwarten, daß der alte Reno zehn Dinge gleichzeitig schaffte. Also bereitete er sich jetzt schon auf den Ansturm vor.

Genau genommen hatte die Frau damit angefangen, den jungen Mann zu beobachten. Sie war von der dunklen Straße hereingekommen, erschöpft nach einer Marathon-Nacht, und das erste, was sie im hellen Licht des Lokals gesehen hatte, waren die Schultern des Mannes gewesen, als er auf einem Hocker an der Theke saß. Sie hatte die müden Augen gerade auf ihn gerichtet, als er die Hand ausstreckte, blitzschnell über die Plastiktheke gleiten ließ und eine Fliege fing. Sie sah es, aber das einzige, was sie dabei empfand, war die Erleichterung darüber, daß er ihr den Rücken zugekehrt hatte. Nein, um diese Zeit brauchte sie niemanden mehr anzumachen. Sie wandte den Kopf ab und ging zu einer der Nischen neben dem Fenster, durch das man auf die graue Straße hinausschauen konnte.

Reno sah sie von der Küche aus durch die runden Fenster in der Klapptür und kam heraus mit einer Speisekarte und einer Tasse Kaffee.

»Verdammt lange Nacht«, sagte er. Es war eine Feststellung, keine Frage, und sie antwortete: »Da können Sie recht haben«, und bestellte Bratkartoffel und zwei Rühreier mit Toast, ohne auf die Speisekarte zu schauen. Reno ging im Krebsgang zurück in die Küche, und die Frau streifte sich unter dem Tisch die Schuhe von den Füßen und zündete sich eine Zigarette an. Dann wanderte ihr Blick zu dem Mann an der Theke. Es gab ja sonst nichts zu tun.

Sie sah ihn jetzt im Profil. Er war jung, höchstens sechsundzwanzig, und sah gut aus, eher wie ein Italiener als ein Mexikaner, obwohl seine Hautfarbe dunkel war. Sein Haar war modisch kurzgeschnitten, wie bei den männlichen Mannequins in *Vogue* und *Mademoiselle* frisiert und rings um die Ohren ausrasiert. Er trug gute Kleidung, eine Hose mit einem beigen Hemd, dessen oberster Knopf offen war, dazu ein helles, europäisches Sportsakko. Von ihrem Platz aus konnte sie nur einen Fuß sehen, einen sportlichen Schuh, der aussah wie ein geflochtener Sommerslipper.

Sein ausgeprägtes Kinn war glattrasiert, hatte ein Grübchen, und die vollen Lippen darüber wirkten verdammt sexy. Aber es war sein Ausdruck, der sie dazu verführte, ihn zu beobachten und das, was er tat. Es war ein sonderbarer Ausdruck; sie würde ihn erst viel später verstehen. Seine Oberlippe war an einem Mundwinkel leicht angehoben, was der Beginn eines spöttischen Grinsens sein konnte, während sich die Nasenlöcher leicht blähten, als hätten sie etwas Unangenehmes und Empörendes entdeckt. Seine Augen wirkten ruhig, sie schienen Selbstsicherheit auszudrücken oder Gedanken, die seine Teilnahme so sehr erforderten, daß er darin aufzugehen schien.

Auf der verkratzten, ehemals roten Plastiktheke hatte der junge Mann eine Pfütze aus Wasser und Zucker entstehen lassen. Als die Fliegen kamen – und es gab keinen Mangel an Fliegen bei Reno – fing er sie und zerdrückte sie bedächtig in seiner Handfläche. Sie wußte es nicht, hatte aber den Tod der fünften Fliege miterlebt, als sie hereingekommen war. Jetzt schubste er die kleinen Leichen mit einem Zahnstocher herum, arrangierte sie erst so und dann wieder anders. Manchmal im Kreis und manchmal in einer Reihe und experimentierte damit herum, als wollte er eine ganz besondere Wirkung erzielen, die im Einklang stand zu seinem seltsamen Gesichtsausdruck.

Erst als Reno das Essen brachte, blickte der junge Mann auf und sah die Frau an. Er richtete den Blick auf sie und beobachtete sie die ganze Zeit, während sie aß. Sein Blick war ungeniert und intensiv wie der eines geistig Behinderten, der etwas Interessantes sieht und es gierig und offen beobachtet.

Ihr war es egal. Es gab eine Menge viel schlechter aussehender Kerle, die sie mit den Augen ausgezogen hatten. Als sie fertig war und sich zum Kaffee eine Zigarette anzündete, rutschte er vom Hocker und kam zu ihr herüber. Sie ignorierte ihn, bis er direkt vor ihrem Tisch stand, dann blickte sie zu ihm hoch. Verdammt, in manchen Nächten hätte man keinen Freier auftreiben können, und wenn man nackt durch die Straßen gegangen wäre, und ein andermal standen sie geradezu Schlange.

»Entschuldigen Sie«, sagte er höflich, »ich wollte Sie fragen, ob ich mich ein paar Minuten zu Ihnen setzen darf.«

»Meinetwegen«, antwortete sie und deutete mit der Zigarette auf den Stuhl, der ihr gegenüberstand. Na wenn schon, dachte sie, wenigstens sieht er gut aus.

Er trat in die Nische, und sein Ausdruck war noch immer unverändert. Jetzt, als sie ihn genauer sah, bemerkte sie, daß er einen zu langen Hals und abfallende Schultern hatte. Seine Hände wirkten alles andere als kräftig, als er die Finger auf dem Tisch verschränkte. Sie war etwas enttäuscht, weil sie fand, daß er homosexuell wirkte.

»Wir sehen uns nicht zum erstenmal«, begann er. »Wohnen Sie hier in der Gegend?«

»Vielleicht.« Sie merkte, daß sie einen unerwartet zurückhaltenden Ton angeschlagen hatte.

Er versuchte zu lächeln, aber statt dessen wurde es ein Grinsen. »Ich habe ja nur gefragt«, sagte er. »Ich wollte Ihnen nicht zu nahe treten.«

Seine Stimme war nicht die eines Schwulen. Er hatte einen leichten Akzent, aber sie konnte ihn nicht identifizieren.

Und sie entgegnete nichts.

Sein Grinsen verschwand, und sein Blick richtete sich auf ihre Brüste, verweilten dort. Sie fühlte sein Starren, als wäre es spürbar, als würde er ihre Brüste berühren, liebkosen, kneten. Dabei vermutete sie ein geheimes Gefühl hinter seinen Augen, etwas, das seltsam verwandt mit Erschütterung zu sein schien.

»Hören Sie«, sagte er, »ich will aufrichtig sein mit Ihnen. Ich weiß, wo Sie wohnen.« Er sprach präzise, so, als fürchtete er, etwas Falsches zu sagen. Das hatte sie nicht erwartet. Er war ihr so selbstsicher vorgekommen. Vielleicht hatte sie sich getäuscht.

»Ich . . . Ich bin Ihnen sogar einmal nachgegangen.« Er hob eine Hand, als wollte er sie davon abhalten, zu denken, was eine Frau in einem solchen Fall denkt. »Aber . . . Ich wollte nur wissen, wo Sie wohnen. Sonst nichts.«

»Wozu haben Sie das getan?« Sie schaute ihn mit gefurchter Stirn an und strich sich mit unruhiger Hand über ihr Haar, fühlte plötzlich, wie drahtig es geworden war vom Haarspray.

Zuviel Wasserstoffsuperoxid, in zu vielen Jahren, aber sie mußte es tun – blond kam sie immer noch am besten an.

»Ich habe Sie in Montrose gesehen«, wiederholte er. »Ich habe immer mit Ihnen gehen wollen, aber es sollte nicht so – so gewöhnlich sein. Nicht so, wie Sie es mit den anderen machen.«

Er sprach mit den Händen, versuchte ernsthaft, ihr Verständnis zu gewinnen. »Nicht in einem billigen Motelzimmer, sondern so, als wenn sie eine ganz normale Frau wären, eine Durchschnittsfrau, wenn Sie verstehen, was ich meine. Eine Freundin. Also bin ich Ihnen nachgegangen. Und ich sah Sie einfach als eine Frau, die in dieser Straße, in diesem Apartment wohnte. Ich wußte, daß Sie oft hierherkommen. Ich bin gestern und vorgestern um diese Zeit hiergewesen, habe darauf gewartet, daß ich mit Ihnen sprechen kann.«

Sie schaute ihn an. Dieser Bursche hatte ein Problem, und in ihr keimte der Verdacht, daß sie wußte, worin es bestand. Armer Teufel. Es war wirklich eine Schande, ansehen zu müssen, wie sich diese Kerle dazu zwangen. Sie hatte es schon früher ein paarmal erlebt, und wenn der Mut den Mann zum Manne macht, dann konnte sie diesen Kerlen nur bestätigen, daß sie trotz allem Männer waren. Man hätte denken können, heutzutage wäre so etwas nicht mehr nötig. Verdammt, manchmal sah es so aus, als ob die halbe Welt schwul wäre, und da war nun dieser arme Teufel und dachte, er müßte sich dazu zwingen, es mal mit einer Frau zu versuchen. Sie wußte nicht, ob sie ihn bemitleidete, oder was.

»Ich bin für heute fertig«, sagte sie kalt. Und außerdem betreibe ich keine Praxis für Psychotherapie, fügte sie in Gedanken hinzu.

»Bitte – bitte sehen Sie das doch nicht als – als Arbeit. Versuchen Sie, es so zu sehen, als ob wir uns hier ganz einfach und ganz zufällig kennengelernt hätten.«

Plötzlich wurde sie wütend. »Ich weiß schon selbst, wie ich darüber denken soll«, fuhr sie ihn an. »Und Sie müssen den Verstand verloren haben. Bei mir gibt's kein Freibier, für niemanden, und schon gar nicht für irgendwelche verdammten Schwulen, die mich auf diese Weise –«

»Nein, nein, sagen Sie das nicht. Ich will ja bezahlen. Sie verstehen nicht.«

»Psst, verdammt, reden Sie doch nicht so laut.« Sie strich sich nachdenklich über das strohige Haar. »Vergessen Sie's«, flüsterte sie rauh. »Ich denke nicht daran, Sie mit nach Hause zu nehmen. Und Sie sollten jetzt lieber gehen.«

»Ich bezahle das Doppelte.« Er beugte sich über den Tisch, imitierte unbewußt ihr Flüstern. »Zweimal so viel wie Sie normalerweise bekommen.«

Sie sah, wie sich auf seiner Oberlippe Schweißperlen bildeten. Seine Augen hielten sie fest bei dem Versuch, sich verständlich zu machen. Doppelt? Würde er wirklich doppelt bezahlen? Bei Gott, das mußte er auch, denn für weniger würde sie ihn nicht anfassen – eher noch für das Dreifache. Nein, so etwas hatte sie nicht nötig.

»Ich erhalte normalerweise hundert Dollar«, spottete sie, »für die halbe Stunde.« Es war eine Lüge, und sie diente dazu, die Knaben von den Männern zu trennen, sozusagen.

»Zweihundert? Und in Ihrer Wohnung? Nicht in einem Motel?«

»Genau«, sagte sie steif und glaubte nicht, daß er darauf eingehen würde. »Bei mir.«

»Und was darf ich tun?« fragte er. Seine Stimme klang zitternd und nachdrücklich zugleich.

»Für zweihundert Dollar können Sie, verdammt noch mal, tun, was Sie wollen.« Jetzt lächelte sie. Es konnte nicht besonders viel sein.

Ohne zu antworten, langte er in seine Jackettasche und zog seine Brieftasche heraus. Sie schaute zu, wie er an einer Reihe von Zwanzigern vorbeiblätterte, um zu den Fünfzigern zu kommen. Dann nahm er vier davon heraus und legte sie fächerförmig auf den Tisch.

Sie schaute ihn an, warf dann rasch einen Blick auf die Küchentür. »Die halbe Stunde beginnt mit der Sekunde, in der wir mein Schlafzimmer betreten«, sagte sie und sammelte das Geld ein.

»Das ist mir recht.« Er versuchte wieder zu lächeln, aber es gelang ihm nicht. Ein krankhafter Ausdruck trat in sein Gesicht.

Sie gingen drei Blocks weit nebeneinander her in ein stilles, altes Viertel nicht weit vom Cherryhurst Park und bogen dann in die Einfahrt eines zweistöckigen Doppelhauses ein. Hinter einem Oleandergebüsch mit weißen Blüten, die im grauen Licht des frühen Morgens wie kleine Rauchwölkchen aussahen, führte eine Außentreppe zu einem Apartment auf der Rückseite. Er folgte der Frau über die Treppe und sah zu, wie sich ihre Hüften unter dem dünnen Kleid bewegten. Dann blieb er mit ihr auf dem Treppenabsatz stehen, während sie den Schlüssel herausnahm und aufsperrte.

Drinnen brannte ein Licht, in einer Wandfassung: ein einziges, schwaches Birnchen, eine Art Nachtbeleuchtung, die mit ihrem Schein die völlige Dunkelheit abzuwehren versuchte.

»Sehr hübsch«, sagte er zu rasch, während er sich umschaute.

»Dänische, moderne Möbel.«

»Sieht teuer aus«, sagte er freundlich.

Es sah nicht teuer aus, und sie wußte es. »Das Schlafzimmer ist hier«, sagte sie.

Er folgte ihr durch eine Diele in einen verdunkelten Raum. Hier brannte gar kein Licht, und sie schaltete auch keines an. Tastete sich statt dessen langsam zum Fenster und öffnete die Jalousie. Das bleiche Licht der Laterne draußen vor dem Haus fiel auf das Bett, dünne Streifen pulverblauen Lichts.

Er schaute sich um, betrachtete alles, sobald sich seine Augen an das schwache Licht gewöhnt hatten. Dann begann er zu schnüffeln. Sie konnte es zunächst kaum glauben, aber er schnüffelte wie ein Hund und schaute sich dazu um.

»Ich schalte die Klimaanlage nicht ein, wenn ich nicht hier bin«, erklärte sie verteidigend. »Es ist zu teuer. Aber natürlich ist die Luft dann recht dumpf.«

»Ich mag es so«, sagte er.

Sie schaute ihn an. Scheiße. Ein Spinner. Ohne ein Wort zu sagen, langte sie durch die Lamellen der Jalousie und schob das Fenster hoch. Das Zimmer würde nicht allzu schnell auskühlen. Die Luft, die durch das Fenster hereindrang, war feucht und roch nach Meer.

Sie drehte sich um und schaute ihn an. »Wie wollen Sie es denn?«

»Haben Sie Körperpuder hier?« fragte er.

»Körperpuder?«

»Ja.«

»Ja, ich habe Körperpuder.«

»Den werden wir brauchen.«

Sie schüttelte den Kopf, ging ins Bad und kam zurück mit einer Dose Fabergé.

»Ist sie voll?«

»Ja. Ich hab' seit langem keinen Puder benützt.«

»Gut«, sagte er. »Dann werden wir uns ausziehen.«

Aber er rührte sich nicht. Stand da mit den Armen an den Seiten, während er zusah, wie sie ihre Bluse aufknöpfte und auszog. Sie achtete nicht auf ihn, als sie den Rock und danach den Slip fallenließ, machte eine Schulterbewegung und nahm sich den Büstenhalter ab, dann ließ sie ihn fallen, streifte die Stumpfhose ab, ließ alles auf dem Boden liegen und wandte sich dann ihm zu.

Während sie ihn anschaute, begann er sich auszuziehen. Sie nahm an, das war ein Teil dessen, was ihn besonders aufregte. Er hatte keineswegs einen unattraktiven Körper. Sein olivfarbener Teint war gleichmäßig und hatte die Straffheit der Jugend. Sie sah, daß er etwas tat für seine Figur, und wenn er sich bewegte, dann mit der Gelenkigkeit eines Tänzers, grazil und selbstsicher. Vielleicht wurde es doch keine schlechte Sache.

Er legte die Hose sorgfältig auf einen Stuhl, wobei er sich bemühte, die Bügelfalte zu erhalten und keine anderen Falten entstehen zu lassen. Die Schuhe stellte er nebeneinander vor den Stuhl, die Socken legte er zusammen und steckte sie in die Schuhe hinein. Als alles ordentlich hingelegt war, langte er in eine seiner Jackentaschen und nahm einen Parfümzerstäuber heraus. Er ging zum Bett und stellte den Zerstäuber auf den kleinen Glastisch. Ohne ein Wort zu sagen, setzte er sich auf das Bett, legte sich dann langsam nieder im Schein des Lichts von draußen, streckte die Beine aus, preßte sie zusammen und drückte auch die Arme und Hände steif an die Seiten.

Sie stand da und wartete auf seine Anweisungen.

»Streu den Puder über mich«, sagte er. Er hatte die Augen geschlossen.

»Wohin?« fragte sie dümmlich.

»Überall.« Seine Stimme klang leise und unbewegt.

»Auch auf das Gesicht?«

»Überall hin.«

Sie begann, überstäubte ihn mit einer dünnen Schicht Puder, wobei sie an den Füßen begann und sich allmählich nach oben arbeitete. Als sie bei den Schenkeln angekommen war, hielt sie einen Augenblick lang inne und gab dann eine besonders dicke Lage auf seine Lenden, weil sie dachte, daß ihm das Spaß machte, dann fuhr sie fort, bis sie den Oberkörper, das Gesicht und den Kopf bestäubt hatte.

»Okay«, sagte sie.

»Mach weiter, bis ich ganz weiß bin.«

Sie zögerte.

»Du vergeudest meine Zeit«, fuhr er sie an. »Na los, mach schon weiter.«

Sie begann wieder, streute diesmal größere Mengen von Puder auf ihn, bis er sich in den Haaren an den Beinen, auf der Brust und zwischen den Beinen gehäuft hatte. Sie puderte ihn, bis alle kleinen, drahtigen Härchen begraben waren, während er still dalag, bis auf einen Teil von ihm, der sich wie eine lepröse Schlange erhoben hatte aus der weißen Fläche. Sie fuhr fort, ihn zu pudern, bis sein Körper zu zittern begann mit einer sexuellen Intensität, die sie als lange aufgestautes Verlangen erkannte.

»Stop«, sagte er plötzlich, und sie zuckte zusammen.

Er lag absolut ruhig da und schwitzte heftig unter der Puderschicht. Danach, ganz langsam bewegte er erst die Beine, dann die Arme, und erhob sich vom Bett in der steifen Art einer Leiche, die in einem Horrorfilm aus einer Kalkgrube gezogen wird. Er blieb neben dem Bett stehen; der Puder war an seinem Körper festgeklebt wie Gips, bis auf zwei dunkle Stellen, wo er das Weiß weggeblinzelt hatte: Seine Augen starrten sie an.

»Leg dich auf das Bett«, sagte er.

Seine Stimme hatte sich deutlich verändert. Die Unterwürfigkeit war hinter der Schicht aus Puder verschwunden, und an ihrer Stelle gab ein herrischer Leichnam die Kommandos in grausamem, hartem Befehlston. Sie ging zögernd zum Bett, wußte instinktiv, daß sie es jetzt mit einer völlig veränderten Persönlichkeit zu tun hatte. Das war nicht der Mann, der ihr die zweihundert Dollar bezahlt hatte. Sie legte sich in die weißen Umrisse, die seine Position andeuteten, und nahm seine vorherige Stellung ein. Sie versuchte, seine Gedanken zu lesen, und um ihm zu Gefallen zu sein, nahm sie die Dose und begann ihren Körper zu pudern.

»Nein!« keuchte er, und sein Mund war ein schwarzes Loch im Puder, als er sich bewegte. Er nahm ihr die Dose ab und stellte sie auf den Boden. »Mach die Beine breit. Die Arme auch.«

Sie wollte nicht. Es war eine ungeschützte Position, vor allem unter diesen Umständen – fast eine Art Opferung.

»Tu schon, was ich dir sage!«

Sie begann langsam die Beine zu spreizen.

»Weiter.«

Es war ein schwerer Fehler gewesen. Das war nicht in einer halben Stunde vorbei. Es würde erst vorbeisein, wenn er das erreicht hatte, was er tun mußte. Sie versuchte, an die zweihundert Dollar zu denken.

»Schließ die Augen!« befahl er.

Sie schloß sie nur teilweise und beobachtete ihn nervös durch die Wimpern. Er streckte einen weißen Arm aus, nahm den Zerstäuber vom Glastisch und ging damit ans Fußende des Betts, so, daß sie ihn nicht sehen konnte.

Plötzlich traf ein kühler Schauer ihre Fußsohlen. Er sprühte auf die Zehen und langsam die Beine nach oben; der kühle Spray traf ihren Schoß und füllte den Raum mit dem süßlichen Duft von Lavendel. Zwischen den Beinen wartete er kurz; sie hatte es geahnt. Der kühle Nebel erreichte ihren Bauch, kroch weiter nach oben bis zu ihren Brüsten. Als sie glänzten und sich kleine, parfümierte Bächlein bildeten, sprühte er weiter nach oben bis zu ihrem Gesicht.

»Atme es ein«, sagte er, und sie fühlte den Nebel. Der Duft bewirkte Übelkeit. »Einatmen – tief . . .« forderte er und sprühte den Nebel auf ihr Gesicht. Sie atmete das Zeug ein, fühlte, wie es in ihren Mund und in die Lungen drang, bis sie befürchtete, daß sie daran ersticken würde. Als sie gurgelnde Geräusche von sich gab, hörte er auf.

»Laß die Augen zu«, warnte er sie.

Sie sah durch die parfümverklebten Wimpern, wie er sie umkreiste, sie von hoch oben besprühte, sich dann duckte und rhythmisch flüsterte. Er bewegte sich wie bei einer gespenstischen Samba, so nahe, daß sie das Zischen des Zerstäubers hörte, zusammen mit ihren tiefen Atemzügen, während sie in dem Lavendelduft dahintrieb. Sie sah ihn, weiß wie ein Gespenst, im Schein des bläulichen Lichts, als er sie in einem geheimen Ritual umtanzte, das ihn völlig beherrschte und sie vor Angst erstarren ließ.

Plötzlich hörte er auf. Er stellte den Zerstäuber auf den Boden neben die Puderdose, und sie fühlte, wie das Bett unter seinem Gewicht nachgab, als er sich direkt über sie beugte. Dann, langsam wie ein Insekt, das sich aus dem Kokon schält, kratzte er sich den Puder mit den Fingernägeln ab. Er begann mit dem Gesicht, ließ die Brösel des schweißverklebten Puders auf ihr Gesicht fallen, wo es sich im Lavendelparfüm auflöste und in den Tränen, die sie nun nicht mehr zurückhalten konnte. Seine Lepra wurde die ihre, als er sich nach unten arbeitete, den festgebackenen Puder von seinem Hals auf ihren Hals fallen ließ, von seiner Brust auf die ihre, von seinem Bauch auf den ihren . . .

13

Lieutenant Bob Dystal hatte zwei identische schokoladenbraune Anzüge. Beide hatte er erst kürzlich gekauft, als er seinen einzigen anderen, einen rostfarbenen Freizeitanzug mit weißen Nähten, schließlich hatte ausmustern müssen, weil seine Schäbigkeit allmählich Aufsehen erregte. Er kaufte sich die zwei gleichen Anzüge aus drei Gründen: erstens, weil sie im Ausverkauf billig zu erhalten waren, zweitens, weil er die Farbe mochte, und drittens, weil es zu jeder Zeit schwer genug war, in irgendeinem Geschäft zwei Anzüge Größe achtundvierzig zu finden, die so sehr nach Mittelklasse aussahen, daß Dystal sich darin wohlfühlte.

Vom ersten Tag an, als Dystal einen seiner neuen Anzüge getragen und Haydon gesagt hatte, daß er sich noch einen zweiten, identischen gekauft habe, fragte sich Haydon, wie das zu verstehen war. Wieso, zum Teufel, kaufte sich jemand zwei identische Anzüge? Würde Dystal den einen tragen, bis er zur Reinigung mußte, und dann den anderen anziehen? Würde er wochenweise die Anzüge wechseln oder vielleicht täglich? Oder würde er einen beiseitelegen in einer Art Vorratsaktion, bis der andere abgetragen war wie der rostfarbene Freizeitanzug?

Glücklicherweise entdeckte dann Haydon an der rechten Schulter des einen Anzugs einen der bei Double-knit-Stoffen unvermeidlichen Knoten im Material. Von nun an beobachtete Haydon die Sache mit verstärktem Interesse. In den sechs Wochen, seit Dystal die Anzüge besaß, hatte er sie in keiner festen Folge getragen. Der Knoten war nur unregelmäßig zu sehen. Es schien, als ob Dystal jeden Morgen einfach in den Schrank langte und einen Anzug zu fassen bekam, wobei es ihm egal war, ob er dabei den, der rechts oder den, der links hing, erwischte. Es hätte Haydon auch sehr gewundert, wenn der Lieutenant methodisch vorgegangen wäre.

An diesem Morgen trug Dystal den Anzug ohne Knoten im Stoff, als er sich in seinem Drehstuhl zurücklehnte und gelassen Haydons Bericht las. Die beiden Männer tranken dampfenden Kaffee, Haydon aus einem Pappbecher vom Automaten in der Bereitschaft, und Dystal aus einer plumpen Thermoskanne.

Haydon rieb sich die Augen, hatte viel zu wenig geschlafen und wünschte, er könnte das winzige Hitachi-Radio, das hinter Dystal auf einem Aktenschrank stand, zum Fenster hinauswerfen. Es spielte unaufhörlich, und die Lautstärke war so schwach, daß man von der Country-und-Western-Musik nur hier und da einen Ton oder ein paar Fetzen vom Text verstehen konnte. Die nur stoßweise an sein Ohr dringenden Laute machten Haydon in einer Weise verrückt, wie es nur bei der chinesischen Wasserfolter der Fall gewesen wäre. Er versuchte verzweifelt, nicht darauf zu achten.

Ohne die Augen von dem Bericht abzuwenden, langte Dystal nach der Thermoskanne und trank einen langen, tiefen Schluck vom, wie Haydon wußte, stärksten und schwärzesten Kaffee, den man sich denken konnte. Dystal schlürfte vernehmlich und mit Genuß, dann legte er in einer Geste, die fast kindlich wirkte, eine seiner riesigen Bärenpranken an seinen Kopf, während er weiterlas.

Haydon betrachtete die gewaltige Pranke und erinnerte sich an eine Nacht in einer schmalen, dunklen Gasse im strömenden Regen, als Dystal, stumm vor Zorn, einen kopulierenden Rauschgifthändler vom halbnackten Körper einer vierzehnjährigen Süchtigen riß, die der Dealer mit einer heftigen Dosis Heroin gefügig und bewußtlos gemacht hatte. Der stämmige Kriminalbeamte hatte das Gesicht des völlig überraschten Dealers mit einer Hand gepackt und auf Armeslänge vor sich gehalten, als er zu drücken begann.

Das Gesicht des Mannes erwies sich als erstaunlich elastisch; es dehnte sich wie eine Gummimaske, bis alle Züge von Dystals Hand bedeckt waren. Der Dealer hatte sich gewehrt und dabei gequiekt wie ein sterbendes Schwein. Als Dystal schließlich sein Opfer losließ, drehte er zuvor noch die Faust herum, so daß die Gesichtshaut des Dealers von der Stirn bis zum Kinn aufriß. Danach fiel der Mann schlapp und bewußtlos in den Dreck der Gasse.

Der Pflichtverteidiger des Dealers hatte später erreicht, daß die Stadt dem Mann fünftausend Dollar für das Honorar des Gesichtschirurgen bezahlte. Es hatte dem Dealer jedoch wenig geholfen. Die Spuren von Dystals grotesker Selbstjustiz würden den Mann bis ans Ende seiner Tage begleiten.

»Das ist ja recht interessant«, sagte Dystal mit seinem lauten, schleppenden Südstaatenakzent, als er jetzt den Bericht auf seinen Schreibtisch knallte und Haydon anschaute. Er nahm eine glatte, weiße Packung No-Name-Zigaretten aus der Hemdtasche und zündete sich eine davon mit einem altgedienten Feuerzeug mit Bulldozer-Zeichen an. Dann steckte er das Feuerzeug in die Brusttasche unter dem Stars-and-Stripes-Abzeichen, das er sich stets ansteckte. »Und was wollen Sie unternehmen?«

»Ich brauche Ihre Unterschrift auf dem Antrag für die beschleunigte Behandlung der drei Autopsien . . .«

»Drei?«

»Sandy Kielmans Körperflüssigkeiten und Gewebe. Sie sollten genauso untersucht werden wie die beiden anderen.«

»Okay.«

»Und ich möchte mich in der nächsten Woche ausschließlich dieser Sache widmen. Ich arbeite zur Zeit an nichts, was nicht eine Weile aufgeschoben werden könnte. Das gilt auch für Leo.«

»Ja, ich glaube, das könnte gehen. Was noch?«

»Und ich möchte mir Mooney für diese Zeit vom Sittendezernat ausborgen.«

Dystal runzelte die Stirn und kratzte sich mit dem Daumen am Haaransatz. Er trug sein schmutzigbraunes Haar so, wie er es schon in seiner Schulzeit getragen hatte. Mitte der fünfziger Jahre in der kleinen Stadt Bronte im Westen von Texas: an den Seiten so kurz, daß die Haut durchschimmerte, mit einem sorgfältigen Scheitel und mit Brillantine frisiert.

»Ich werde sehen«, sagte er und schnippte die Asche mit dem Nagel des kleinen Fingers von der Zigarette. Dann seufzte er tief, als er eine der Schreibtischschubladen mit der Spitze seines Stiefels Größe sechsundvierzig herauszog, sich dann zurücklehnte und beide Füße auf die Schublade legte. Danach kniff er nachdenklich die Augen zusammen und fragte: »Was, glauben Sie, ist da im Gange?«

Haydon schüttelte den Kopf. »Van meint, sie könnten an einer Art von Virusinfektion gelitten haben, die enorm ansteckend ist.«

»Aber das kaufen Sie ihm nicht ab.«

»Nein, und ich glaube auch nicht, daß Van der Meinung ist. Wenn diese Mädchen Straßennutten gewesen wären, mit hohen Freierzahlen und nachlässiger Hygiene, vielleicht. Aber diese Mädchen sind den Straßennutten nicht einmal entfernt ähnlich. Sie sind hochklassig, genau wie ihre Klienten.« Haydon ließ eine Pause entstehen, dann fügte er hinzu: »Und das bedeutet, daß wir sofort eine gnadenlose Media-Show erwarten können, sobald auch nur das Geringste durchsickert.«

»Ja, darüber habe ich auch schon nachgedacht. Deprimiert Sie das nicht? Und wer ist der Täter?«

»Es könnte ein Dutzend Männer sein oder mehr, mit einem Dutzend Motiven.«

»Was meinen Sie mit Männern? Ich sehe momentan keinen besseren Verdächtigen als diese Croft.«

»Wenn sie über die Erbschaft Bescheid weiß. Und das würde nur den Tod der Steen erklären. Was ist mit den beiden anderen?«

»Vielleicht wußten sie etwas, was sie nicht wissen sollten.«

»Aber die Kielman ist fast drei Wochen vor der Steen gestorben.«

»Man kann nie wissen«, sagte Dystal.

»Was mich am meisten wurmt, sind die Umstände, unter denen alle drei gestorben sind. Auch wenn es entfernt an eine Virusinfektion erinnert, heißt das noch nicht, daß es irgendwie ungewöhnlich ist.«

»Gift?«

»Van meint, wenn Gift im Spiel wäre, müßte es ein sehr exotisches sein. Die üblichen hätten sie längst bei der vorläufigen Autopsie gefunden, und die Tests haben bisher auch noch keinen Hinweis darauf ergeben.«

Haydon zündete sich eine von seinen Fribourg & Trayer-Zigaretten an, damit er nicht den Gestank von Dystals Glimmstengeln ertragen mußte. »Nehmen wir einmal an, es handelt sich um ein ganz ausgefallenes Gift«, sagte er. »Wie viele Leute sind mit allen dreien bekannt gewesen, die über die technischen Möglichkeiten verfügten, ihnen dieses Gift eingeben zu können?«

Dystal stieß einen knurrenden Laut aus. »Ach, zum Teufel, Stu. Das kann sich ein schlauer Schüler aus den Büchern in der Bibliothek herausklamüsern. Verdammt, wenn sie heutzutage schon Atombomben bauen können nach den Büchern in den Bibliotheken . . .«

»Vorausgesetzt, sie haben Plutonium. Fragt sich, wie sie da drankommen. Ich weiß, was Curare bewirkt, und was Succinylcholin tut, aber ich kann weder das eine noch das andere in meiner Apotheke kaufen. Und wenn, dann sagen mir die Bücher in den Bibliotheken noch lange nicht, wie man Menschen so damit vergiftet, daß es bei der Autopsie nicht herauskommt. Die meisten würden ein einfacheres Gift verwenden – Zyankali, Nikotin, Strychnin –, und das hätte sich längst bei Vans Tests gezeigt. Denken Sie an die exotischen Giftmorde in der Kriminalgeschichte. Wer waren die Leute, die solche Gifte verwendet haben?«

Dystal überlegte kurz und atmete heftig durch den offenen Mund. »Ja, ich verstehe, was Sie meinen.« Er starrte auf seine Stiefelspitzen und bewegte die Zehen, daß das Leder knarrte.

»Wir wissen nicht, was Vanstraten finden wird, aber wir wissen, daß alle drei Frauen nach einer ähnlichen Krankheit gestorben sind, die mehrere Tage dauerte. Nach dem Wenigen, was wir wissen, scheint sich diese Krankheit durch ganz normale Symptome zu äußern. Wenn ich jemanden auf diese Weise umbringen müßte, würde ich genau das haben wollen.«

»Schon möglich«, sagte Dystal, nickte langsam und schaute noch immer seine Stiefel an.

»Nächste Frage«, fügte Haydon hinzu. »Wie viele Callgirls gibt es momentan, die Fieber haben, Kopfschmerzen bekommen und Erkältungssymptome zeigen, mitten im Sommer? Ich will gar nicht daran denken.«

Bob Dystal drückte seine Zigarette in einem Glasaschenbecher mit den Umrissen des Staates Texas aus, auf dessen Boden verfärbte Klapperschlangen zu sehen waren. Er stemmte beide Ellbogen auf die Schreibtischplatte, nahm die Füße von der Schublade und stieß sie zu. Dann ging er rasch einen Computerausdruck durch, der zwischen den beiden gelegen hatte.

»Worauf wollen Sie hinaus?« fragte er.

»Es gibt immer die Möglichkeit, daß da ein Psychopath am Werk ist. Wenn noch ein Mädchen in dieser Art und Weise gefunden wird, rechne ich sogar bestimmt damit.«

Dystal schaute Haydon an, ohne zu sprechen, sein bekanntes, katatonisches Starren, das die meisten Menschen unangenehm berührte. Der große Mann hielt einen mit Blicken fest, und während man selbst den Blicken zu entkommen versuchte, schaltete er auf ein ganz anderes Thema um. Wie bei vielen Menschen mit hoher Intelligenz waren solche Idiosynkrasien ein natürlicher Teil von Dystals komplizierter Tarnung. Sein alltäglicher Anzug und seine entsprechenden Manieren waren auf unschuldige Weise trügerisch, denn Dystals Erkenntnisse und Einsichten bei den Vorgängen im Gehirn krimineller Naturen stellten seine Ausbildung auf dem Gebiet der gesellschaftlichen Verhaltensweisen weit in den Schatten.

»Nun, Stu«, sagte er gedehnt und schob Haydons Bericht über den Schreibtisch auf ihn zu, »sieht so aus, als hätten Sie sich da eine Arbeit angelacht, die geradezu für Sie geschaffen ist.«

14

Peter Walther war größer, als Haydon angenommen hatte. Der junge Streifenbeamte saß unbequem auf dem Holzstuhl und hatte den Schlagstock und den 38er Dienstrevolver nach vorn geschoben, damit er sich anlehnen konnte. Seine rechte Wange war verpflastert; die Schwellung war bisher nicht zurückgegangen.

»Ich bin Ihnen dankbar dafür, daß Sie so schnell hergekommen sind«, sagte Haydon. »Und ich möchte mich dafür entschuldigen, daß ich Sie zu Hause angerufen habe, aber ich dachte, Sie kommen gar nicht zum Dienst.« Dazu warf er einen Blick auf Walthers verpflastertes Gesicht.

»Ich wäre auf alle Fälle gekommen«, sagte Walther.

»Gut. Ihr Bericht war ordentlich geschrieben und ungewöhnlich ausführlich in den Details, aber ich möchte dennoch ein paar zusätzliche Punkte mit Ihnen besprechen. Detective Hirsch und ich untersuchen eine möglicherweise miteinander in Verbindung stehende Serie von Todesfällen. Die Opfer – es handelt sich bisher um drei – sind alle Callgirls. Jede von ihnen ist nach einer mehrtägigen Krankheit gestorben. Die Symptome der Krankheit entsprachen weitgehend denen einer Bronchialerkältung. Vielleicht paßt auch Ihr Mädchen in dieses Schema. Wir können uns freilich nicht vorstellen, wie; wir tappen in der ganzen Sache noch ziemlich im dunkeln. Okay?«

Walther nickte.

»Wie gesagt, Ihr Bericht war sehr sorgfältig. Ich bin sicher, ich kenne alle Fakten, die Sie mir geben können. Was ich noch genauer erfahren möchte, ist Ihr persönlicher Eindruck von dem, was da passiert sein könnte. Teilen Sie mir Ihre diesbezüglichen Gefühle mit, also Dinge, die Ihnen nicht konkret genug erschienen, als daß Sie sie in Ihrem Bericht erwähnt hätten. Ich möchte Ihre gefühlsmäßige Reaktion auf das erfahren, was geschehen ist, Ihre Ansicht über das Mädchen, wie sie sich verhielt, wie die ganze Sache abgelaufen ist. Verstehen Sie, was ich meine?«

»Ich glaube, ja.«

»Gut. Haben Sie etwas dagegen, wenn ich unser Gespräch auf Band aufnehme? Ich mache das nur zu meiner Bequemlichkeit – sonst wäre ich gezwungen, mir Notizen zu machen.«

»Nichts dagegen.«

Haydon drückte die Knöpfe des Kassettenrekorders, der neben seinem rechten Ellbogen auf dem Schreibtisch lag.

»Haben Sie einen Autopsiebericht über die Frau?« fragte Walther.

»Nein. Ich habe erst heute früh von ihr gehört. Aber ich habe darum gebeten, und ich nehme an, er wird in Kürze hier sein.«

Walther überlegte einen Augenblick. »Wir haben in unserem Bericht geschrieben, daß wir annehmen, das Mädchen hätte eine ungünstige Reaktion auf irgendein Rauschgift gezeigt. Möglicherweise LSD oder Angel Dust. Aber ich selbst habe nie jemanden erlebt, der unter dem Einfluß von Drogen durchdreht. Sicher, ich habe auf der Akademie darüber gelesen, und wir haben einen Lehrfilm gesehen.«

»Ich verstehe. Aber ihre Reaktionen entsprachen dem, was Sie wußten?«

»Jawohl, Sir.«

»Wieso kamen Sie auf LSD oder Angel Dust?«

»Wir wußten, daß manche Leute so darauf reagieren; das, was man einen schlechten Trip nennt. Ich meine, das war uns bekannt.«

»Können Sie mir noch einmal beschreiben, wie sich die Frau verhielt? Ihre Eindrücke?«

Hirsch hatte Walthers Bericht am Schreibtisch nebenan gelesen und war gerade mit dem letzten Absatz fertig, als Haydon die Frage stellte. Jetzt faltete er den Bericht zusammen und hörte zu.

Walther berührte unwillkürlich die Pflaster auf seinem Gesicht und rutschte auf dem Stuhl mit der geraden Lehne hin und her.

»Es war ziemlich gespenstisch. Ich habe so etwas nie zuvor erlebt. Als sie aus dem Dunkeln auf uns zugeschossen kam, mit wehendem Haar und flatterndem Rock, die Augen und den Mund weit aufgerissen, war das ... Na ja, es war erschreckend. Aber ich habe in dem Augenblick eigentlich gar nichts gedacht. Es geschah alles so schnell, und das Adrenalin war wirklich sofort in unseren Adern. Aber ich habe seitdem viel darüber nachgedacht.« Er drehte den Kopf nachdenklich zur Seite. »Ich erinnere mich nicht genau daran, ob sie geschrien hat oder nicht, aber zurückblickend meine ich, sie hat geschrien.«

»Sie war wie eine Verrückte, haben Sie geschrieben. Sie sei wie blind auf die Scheinwerfer zugerannt.«

»Nein, sie ist nicht blind ins Licht gelaufen, wie das ein Hund oder ein Reh manchmal tut. Sie ist absichtlich darauf zugerannt. Sie hat das Licht natürlich gesehen. Und das war seltsam, denn nur Sekunden später, als ich ihr nachgelaufen bin, ist sie gegen einen Drahtzaun gerannt, zweimal, als ob sie ihn nicht gesehen hätte. Dabei war er fast zwei Meter hoch.«

»Und wie war das, als sie Sie gebissen hat?«

»Ich habe mich nach unten gebeugt, um nachzusehen, ob sie verletzt war nach dem Zusammenprall mit unserem Wagen. Sie schien irgendwie betäubt zu sein. Gerade als ich mich auf ein Knie stützte, ist sie auf mich losgegangen. Das Wort ›beißen‹ bezeichnet nicht ganz, was sie tat. Sie hat mich regelrecht angefallen.«

»Und daraufhin haben Sie sie geschlagen?«

Walther zögerte einen Herzschlag lang. »Ja, Sir, das habe ich. Es war eine reine Reflexhandlung. Ich habe ausgeholt und sie geschlagen. Dann bin ich aufgesprungen, habe meine Dienstwaffe gezogen – und dann bin ich allmählich wieder zu mir gekommen. Mir war klargeworden, daß sie verrückt ist und sich nicht beruhigen würde, wenn ich mit meinem Achtunddreißiger auf sie ziele. Gleich danach ist sie aufgesprungen und davongerannt, und ich bin ihr nachgelaufen.«

»Wie war ihr Zustand?«

»Schlecht. Ihr Laufen war mehr ein Taumeln, wie unter einem Zwang, hinter dem ungeheure Energie steckt. Ich meine, sie ist gut vorangekommen, aber sie schwankte immer zur Seite, als würde sie nur so schnell rennen, um das Gleichgewicht zu behalten. So, als würde sie in die Richtung fallen, in der sie lief. Ich weiß nicht, ob sie vielleicht durch meinen Schlag die Orientierung verloren hatte. Jedenfalls, als ich sie schließlich zu fassen bekam, hatte ich ziemlich zu tun, um sie festzuhalten, bis mir Silva geholfen hat.«

»Und was geschah, nachdem Sie ihr Handschellen angelegt hatten?«

»Sie wurde völlig steif. Sie hat sich nicht mehr gewehrt, bemühte sich auch nicht, die Fesseln zu zerreißen. Ihre Augen waren immer noch weit offen. Sie schien entsetzt zu sein. Vermutlich hatte sie Halluzinationen. Dachte vielleicht, ich würde sie töten, oder was weiß ich.«

»Und während alledem hat sie kein Wort gesagt?«

»O nein. Das konnte sie nicht.«

»Sie konnte nicht?«

»Ihr Hals war völlig zu, glaube ich.«

»Und warum glauben Sie das?«

»Sie hat durch den Mund geatmet, und selbst dabei schien sie nicht genug Luft zu bekommen. Ihre Halsmuskeln waren inzwischen stark hervorgetreten, und der Speichel, der ihr aus dem Mund lief, hat es ihr auch nicht leichter gemacht. Sie konnte nicht reden. Sie stieß zwar Geräusche aus, aber es war nur eine Art Gurgeln.«

»Wissen Sie, ob sie Fieber hatte?«

»Fieber? Das ist schwer zu sagen. Es war heiß, und wir waren gerannt. Ich schwitzte ganz schön und merkte, daß auch sie schwitzte. Vielleicht kam das vom Fieber. Jedenfalls hat sie geschwitzt, das steht fest.«

»Und dann?«

»Sie wurde immer steifer, und schließlich bekam sie das, was Roland und ich für Krämpfe und Zuckungen hielten. Ich habe so etwas schon öfters erlebt. Ich drehte sie auf den Bauch, versuchte, ihr irgendwie zu helfen. Aber ich konnte ihr nicht einmal den Speichel abwischen. Sie hat mich wieder gebissen.«

Er hielt seine rechte Hand hoch. Ein großes Pflaster bedeckte den Handrücken und einen Teil der Handfläche. »Roland und ich dachten, daß diese Krämpfe lebensbedrohend sein konnten. Epileptiker sehen auch so aus. Uns ist Angst geworden, und Roland hat einen Krankenwagen gerufen. Als er eintraf, war sie schon tot.«

Haydon lehnte sich zurück. »Haben Sie das Gefühl gehabt, daß sie vor jemandem davonlief, als sie auf Sie zukam?«

Walther schüttelte entschieden den Kopf. »Nein. Ich glaube, sie hat den Wagen angegriffen. Sie lief nicht vor etwas davon, sondern rannte voll auf uns auf.«

»Haben Sie sich in dem Gebüsch umgesehen, aus dem sie aufgetaucht war?«

»Jawohl, Sir. Während wir warteten, bis der Coroner mit seiner vorläufigen Untersuchung fertig war, nahm ich meine Taschenlampe und habe die Gegend abgesucht. Ich habe aber nichts gefunden. Man hätte vielleicht bei Tag genauer suchen sollen.«

»Sonst noch was? Irgend etwas, woran Sie sich im Zusammenhang mit diesem Vorfall erinnern? Sie haben vorhin gesagt, daß Sie lange darüber nachgedacht haben.«

»Das stimmt, weil es so unheimlich gewesen ist. Es kommt schließlich nicht oft vor, daß einem jemand mit voller Absicht in die Scheinwerfer rennt.«

Walther schaute erst Haydon und dann Hirsch an. Es gab nicht mehr viel zu sagen.

»Okay. Ich danke Ihnen«, sagte Haydon und schaltete das Tonbandgerät aus. »Ich bin Ihnen sehr dankbar. Hoffentlich verheilen die Wunden rasch, damit Sie die Sache vergessen können.«

Der schlaksige Streifenbeamte stand auf. »Ich wollte, das ginge so einfach.«

»Wie meinen Sie das?«

»Nun, sie hat immerhin ein Stück aus meiner Wange gebissen, das so groß ist wie ein halber Dollar. Der Gesichtschirurg meint, ich könnte mich auf eine Serie von Hautübertragungen gefaßt machen, damit das Loch allmählich aufgefüllt wird.«

»Mein Gott«, sagte Hirsch.

Walther ging zur Tür, blieb dann stehen und drehte sich um. »Da ist noch etwas. Sie haben vermutlich noch nicht die Fotos gesehen, die man im Leichenhaus von ihr gemacht hat.«

Haydon schüttelte den Kopf.

»Das Mädchen war – wunderschön. Wirklich wunderschön.« Er lächelte ironisch und ging.

Haydon schaute dem jungen Mann nach, wie er durch den Raum der Kriminalbereitschaft ging und verschwand. Dann drückte er auf den Rückspulknopf.

»Du weißt, um wen es da geht, Leo?«

»Die Unbekannte, die Vanstraten gestern früh seziert hat.«

»Stimmt.«

Die Kassette schaltete automatisch ab. Haydon nahm sie heraus, beschrieb sie mit dem Filzschreiber und warf sie dann Hirsch zu.

»Könntest du das auf der Heimfahrt beim Leichenhaus vorbeibringen? Aber sieh zu, daß Vanstraten persönlich das Band bekommt. Wenn er nicht da ist, kannst du ihm eine Nachricht hinterlassen, bei dem Mädchen, mit dem du gestern gesprochen hast. Dann rufst du ihn zu Hause an und hinterläßt auch eine Nachricht bei seiner Frau. Ich möchte, daß er das hört, bevor er weiterarbeitet an dem Fall. Und wenn du schon dort bist, kannst du auch die Papiere ausfüllen, damit die Unbekannte wie die anderen beschleunigt untersucht wird. Außerdem brauchen wir ein retuschiertes Foto. Sie sollen sich beeilen, wir müssen das alles morgen früh in Händen haben.«

15

Am Donnerstagmorgen ging Haydon durch den fensterlosen und trübe beleuchteten Korridor im zweiten Stock des Polizeipräsidiums von Houston an der Riesner Street. Am Ende des Korridors, der unerklärlicherweise in abscheulichem Grau gefliest war, konnte er die Schreibtische der Mordkommission sehen. Er trat beiseite, um zwei schwarzen Frauen auszuweichen, die die gelben Kunststofffliesen des Bodens wischten, mit dem gleichen Desinfektionsmittel, das sie im Stadtgefängnis verwendeten und das in die Augen stach, und ging an den Toiletten vorbei, wo zwei Klempner in Overalls bei offenen Türen ein Urinbecken mitten auf dem schmutzigen Boden zerlegten.

Er ging um den großen Entlüftungsschacht herum, der sich zwischen die beiden Glastüren drängte. Der Schacht blies einen Strom warmer, medizinisch riechender Luft aus dem Korridor in den ebenfalls fensterlosen Raum der Kriminalbereitschaft, der seine Trübseligkeit dem Architekturkonzept moderner Sachlichkeit aus den fünfziger Jahren verdankte.

Dann bahnte sich Haydon einen Weg durch das Labyrinth von Schreibtischen, vorbei an Kriminalbeamten, die zur Tagesschicht eintrafen und in Gruppen beisammenstanden, um die typische Morgenfaulheit zu vertreiben. Er ging direkt auf den Kaffeeautomaten zu, schenkte sich einen Becher ein, gab genug Milchpulver dazu, daß die Brühe die ölige Farbe von Klärschlamm annahm, und brachte den Becher mit in den Glasverschlag, den er mit Hirsch teilte. Hirsch und Mooney warteten bereits auf ihn.

Die beiden Kriminalbeamten, die eben noch über die neuesten Kürzungen im Etat der Stadt gemeckert hatten, blickten auf, sagten guten Morgen und kamen dann auf das Thema der verkommenen Straßen von Houston zu sprechen. Haydon nahm seine Beretta vom Gürtel und legte sie mit dem Halfter in die oberste Schublade des Aktenschranks, neben die Revolver von Hirsch und Mooney. Dann zog er sein Sakko aus und hängte es mit einem Drahtkleiderbügel an den Haken hinter der Tür. Als er schließlich an seinem Schreibtisch saß, nippte er an dem Kaffee, konnte kaum glauben, was die Maschine da ausgespien hatte, und trank es zuletzt doch.

»Eins nach dem anderen«, sagte er und schaute Hirsch an. »Hast du das Band zu Vanstraten gebracht?«

»Klar. Er war selbst noch da, also habe ich es ihm persönlich übergeben.«

»Gut.« Er schaute Mooney an. »Hat es Probleme gegeben, weil man dich für fünf oder sechs Tage hierher versetzt hat?«

»Ich glaube nicht. Dystal hatte schon alles vorbereitet, als ich heute morgen zum Dienst gekommen bin. Er sprach allerdings nicht von fünf oder sechs Tagen.«

»Noch besser. Ed, du solltest mit der Steen, der Parmer und der Kielman anfangen. Es muß da einen ziemlich guten Nachrichtendienst geben; Kunden, Bekannte, Freunde. Sieh zu, ob du irgendwas herausfinden kannst über diese farbigen Zimmer.«

»Okay, aber ich glaube, es wird ziemlich schwierig sein, nach gestern abend von den Mädchen was rauszukriegen«, erwiderte Mooney. »Die halten jetzt erst mal dicht. Soll ich auch mit der Croft reden? Die weiß bestimmt, was geschehen ist.«

»Nein. Das spare ich mir für später auf.«

»Glaubst du, daß sie in Gefahr ist? Sie hat bestimmt so eng mit ihnen zusammengearbeitet wie diese drei untereinander.«

»Und was denkst du?«

»Ich finde, sie ist schließlich erwachsen. Sie weiß, was gespielt wird. Wenn sie fürchtet, daß etwas faul ist, kann sie sich ja einschließen, bis sich die Situation geklärt hat.«

»Finde ich auch.«

»Habt ihr schon den *Chronicle* gelesen?« fragte Hirsch.

»Die haben viel Spaß gehabt mit dem roten Schlafzimmer, nicht wahr?« sagte Haydon. »Wer hat ihnen die Information gegeben?«

Hirsch schaute peinlich berührt drein. »Einer der Reporter hat einen neuen Labortechniker ausgequetscht. Der Bursche wußte noch nicht, wie man sich in einem solchen Fall verhält. Verständlich.«

»Aber nicht zu dulden. Hat schon jemand mit ihm gesprochen?«

Hirsch warf einen Blick auf Mooney. »Ich«, sagte er dann.

»Der Reporter hatte genug Details«, fuhr Haydon fort, »um die Geschichte saftig zu machen. Ich kann es ihm nicht verdenken. Es war ziemlich auffallend. Trotzdem ist es für die Presse bis jetzt ein einzelner Vorfall. Die Kielman war eine Frau, die krank wurde und starb. Die Geschichte der Steen erschien nur auf den hinteren Seiten, und von dem mexikanischen Mädchen hat überhaupt nichts in den Zeitungen gestanden. Solange niemand auf eine mögliche Beziehung zwischen den Fällen stolpert, ist es okay.«

Keiner sagte, was er dachte. Die Presse würde nicht lange stillhalten. Also mußten sie schnell arbeiten, bevor sie von den Schlagzeilen unter Druck gesetzt wurden.

Haydon schaute seine Kollegen an. »Leo, fahr im Leichenhaus vorbei und laß dir die Fotos von dem mexikanischen Mädchen geben. Dann fahr in den Magnolia Park und sieh zu, was du dort über sie herausfindest. Die anderen Mädchen haben vermutlich ein anderes Niveau, also könnte es sein, daß sie gar nicht in unsere Serie gehört. Andererseits stammt sie aus Lateinamerika.

Und damit wären wir bei den Klubs. Um die kümmere ich mich selbst. Man muß auch diese Burschen –«, Haydon langte nach einem Aktendeckel und schlug ihn auf, »– diesen Paolo Guimaraes und den Miguel de la Borda befragen. Das sind die zwei, deren Namen in den Verträgen mit der Steen auftauchen.«

Wieder nippte er an seinem Kaffee. Angewidert stellte er dann den Becher auf die andere Seite seines Schreibtisches, dicht vor die Wand.

Dann saßen sie schweigend da. Mooney betastete unwillkürlich den oberen Rand seines Magens mit der Hand, als versuche er auf diese Weise, mit seinem Geschwür zu sprechen, während es Hirsch insgeheim vor dem Klinkenputzen in den Seitenstraßen rings um den Magnolia Park graute. Er roch schon die ranzigen Chemiedüfte, die im Mexikanerviertel wie ein Industriefurz in der Luft hingen.

Mooney merkte als erster, daß Haydon nichts mehr sagen würde. Er schaute Hirsch an, der die Augenbrauen hochzog und dann mit den Achseln zuckte. Haydon war in Gedanken versunken und schien mit seinen Anweisungen am Ende zu sein.

Mooney ergriff die Initiative, stand auf und nahm seinen Dienstrevolver aus dem Aktenschrank. Er schaute Hirsch an, der nickte, sich ebenfalls erhob und sich seinen Revolver von Mooney geben ließ.

»Es ist uns peinlich, gleich nach dem Essen aufbrechen zu müssen ...« scherzte Mooney.

»Ed«, unterbrach ihn Haydon und schaute immer noch gedankenverloren ins Leere, »kannst du dir eine Kopie von dem Foto besorgen? Nimm es mit und zeig es herum. Es ist natürlich ein Schuß ins Blaue.«

»Wird gemacht.«

»Und laßt von euch hören«, sagte Haydon.

Wieder warfen sich Mooney und Hirsch Blicke zu.

»Wird gemacht«, wiederholte Mooney, dann gingen sie hinaus.

Bevor sie durch den langen, grauen Korridor zu den Aufzügen gekommen waren, hatte Haydon bereits die Schachtel hervorgeholt, in der die Fotoalben der Steen lagen. Er nahm die drei Seiten mit den Bildern heraus, die in den bunten Zimmern entstanden waren, und ging mit ihnen hinunter ins Fotolabor.

Nachdem er durch die Schwingtüren aus Milchglas gegangen war, drückte er auf den Klingelknopf auf der Theke, die den Warteraum vom Labor trennte. Auf der anderen Seite der Theke standen mehrere Schreibtische, alle verlassen, und eine Wand war mit fotografischen Kuriositäten vollgepflastert, manche alt und vergilbt, andere in überraschenden, unrealen Farben moderner, wissenschaftlicher Fotografie – Vergrößerungen, Luftaufnahmen, Mikrofotos und Kodak-Schnappschüsse. Der stechende Geruch der Entwickler-Chemikalien stach Haydon in die Nase.

Aus dem einen der beiden Gänge, die neben der Fotowand begannen, kam ein hagerer junger Mann in einer schlechtsitzenden Uniform und wischte sich die braunfleckigen Hände an einem

Papierhandtuch ab. Er schaute auf die leeren Schreibtische und schüttelte den Kopf.

»Ich glaube, Delores ist blasenkrank«, sagte er. »Sie ist ständig auf dem Klo.« Dann kam er zur Theke herüber. »Was haben Sie?«

Haydon legte die Blätter auf die Theke vor Randal Murray, dessen öliges, schulterlanges Haar die Regeln der Polizei aufs schwerste verletzte. Dieses Haar war Gegenstand eines fortgesetzten Kampfes gewesen, in dem Murrays Vorgesetzter den Kopfschmuck des Fotografen gegenüber dem Captain verteidigte, und zwar mit allem, was ein erwachsener Mensch als Rechtfertigung vorbringen konnte. Er erklärte, Murray sei ein »fotografisches Genie«, der beste Labormann zwischen New York und Los Angeles, und man müsse eben kreativen Persönlichkeiten gewisse Zugeständnisse machen, um den besten Mann für den Job zu bekommen. Er erklärte sogar, daß sich Murray ohnehin die meiste Zeit in der Dunkelkammer aufhalte und daß nach persönlicher Schätzung des Lieutenants nur neunzehneinhalb Prozent der Leute, die das Labor betraten, Murray zu sehen bekamen, und dann meist auch nur für Sekunden.

Der Captain hatte sich von alledem nicht rühren lassen. Er meinte, es sei ihm egal, ob Murray hundert Prozent seiner Zeit in der untersten Schublade eines Aktenschranks verbringe – wenn er die Uniform der Polizei trage, müsse er sich auch ihren Bestimmungen unterwerfen. Entweder er lasse sich das Haar schneiden, oder der Lieutenant könnte ihm den Kündigungsbrief schicken.

Der derart bedrängte Lieutenant versuchte den launischen Murray zu überreden, daß er sich doch das Haar schneiden ließ – drei Zentimeter, und dann vergeudete er eine Menge Energie mit dem Bemühen, den Fotografen und den Captain voneinander fernzuhalten. Diese Insubordination wurde immerhin dadurch belohnt, daß das Labor im Rufe stand, eines der besten Polizei-Fotolabors in den USA zu sein.

»Oh, gut, Bilder aus dem wirklichen Leben«, sagte Murray, während er die Abzüge betrachtete. »Sehr aus dem Leben gegriffen. Sind Sie nicht mehr beim Morddezernat?«

»O doch, sicher«, sagte Haydon.

»Dann ist das eine Untersuchung, wie?« fragte Murray mit unbewegter Miene.

»Richtig.«

Murray lachte. »Na, ihr habt es schön.«

»Ich brauche von jedem dieser Fotos Vergrößerungen im Format achtzehn mal vierundzwanzig. Glauben Sie, das geht?«

»Ich hoffe.« Murray betrachtete sie aus der Nähe. »Sie werden vielleicht ein bißchen körnig, aber nicht schlecht.«

»Außerdem möchte ich Dreizehn-achtzehn-Vergrößerungen von jedem Gesicht.«

»Auch von Teilprofilen?«

»Ja, sogar von Gesichtsteilen.«

»Hm. Und was ist mit besonderen Kennzeichen? Narben oder Muttermale an Arschbacken und Titten?« Er nahm ein Vergrößerungsglas aus einer Schublade und strich sich das strähnige Haar hinter die Ohren, damit es ihm nicht ins Gesicht fiel, wenn er sich hinunterbeugte.«

»Gut.«

»Sonst noch was?«

»Ja, ich brauche sie –«

»– so schnell wie möglich«, sagte Murray, nickte wissend und blickte dann hoch.

»Die Sache ist sehr eilig«, bekräftigte Haydon.

»Scheiße, das hab' ich nie bezweifelt.« Murray schüttelte sein fettiges Haupt und legte wieder das Vergrößerungsglas auf die Fotos.

Haydon ignorierte seine herausfordernde Art wie bei einem schlecht erzogenen Kind. »Wann kann ich sie haben?«

Murray warf noch einen kurzen Blick darauf und schätzte die Zahl der Vergrößerungen ab. Dann zog er die Mundwinkel nach unten.

»Übernehmen Sie die Verantwortung, wenn ich was anderes zurückstelle?«

»Haben Sie denn noch andere eilige Arbeiten?«

Murray bedachte Haydon mit einem Blick von sarkastischer Nachsicht.

»Okay«, sagte Haydon. »Ich übernehme die Verantwortung.«

»Morgen früh. Sagen wir, um halb elf.«

Als er wieder in seinem Büro war, machte sich Haydon an den Papierkram und füllte die Anträge aus, die er brauchte, um die Fingerabdrücke aus dem Reihenhaus in den Computer eingeben zu können. Dann beantragte er Daten von der Analyseabteilung über alle Personen, die eines Giftmords verdächtigt, oder überführt worden waren, Anschläge auf Prostituierte begangen zu haben, über Psychopathen, die gegen Prostituierte in irgendeiner Form tätlich geworden waren, und über Personen, die man verdächtigte, Massenmorde verübt zu haben.

Nachdem er den letzten Umschlag in die Hauspost gesteckt hatte, ging er zurück in sein Büro und rief Marvin Farris an, den Anwalt von Sally Steen, dessen Namen Hirsch in den Papieren der Steen entdeckt hatte. Er stellte sich telefonisch der Sekretärin von Farris vor, die ihn warten ließ, während im Hörer eine Streicherversion von »Moon River« ertönte. Als sich Farris schließlich meldete, war er zurückhaltend, aber höflich.

»Hier spricht Marvin Farris, Sergeant. Was kann ich für Sie tun?«

»Ich untersuche den Tod einer ihrer Mandantinnen, Mr. Farris. Sally Steen.« Haydon wartete einen Augenblick, erhielt aber keine Antwort. »Wußten Sie, daß Sally Steen tot ist?«

»O ja, das wußte ich. Aber ich hätte nicht gedacht, daß ihr Tod das Morddezernat interessieren könnte.«

»Ich habe nicht gesagt, daß ich vom Morddezernat bin.«

»Ach, sind Sie nicht aus dieser Abteilung?«

»Doch.«

Wieder herrschte ein paar Sekunden lang Schweigen, dann fuhr Haydon fort.

»Wir haben Kopien der Dokumente von Miss Steen, aus ihrem Haus . . .« Farris stieß einen Laut des Unwillens aus, den Haydon nicht interpretieren wollte. »Dabei haben wir festgestellt, daß eine Miss Judith Croft als Haupterbin von Miss Steen eingesetzt ist. Wir hätten gern gewußt, ob Sie sich deshalb bereits mit Miss Croft in Verbindung gesetzt haben.«

»Ich habe mit Miss Croft gesprochen, ja.«

»Wußte sie schon vor Ihrem Gespräch, daß sie die Haupterbin von Miss Steen war?«

»Das kann ich Ihnen wirklich nicht sagen, Sergeant.«

»Sie wissen es nicht?«

»Ich meine, ich kann es nicht sagen.«

»Dann muß ich anders fragen. Hat Miss Croft Sie deshalb angerufen, oder haben Sie sich mit ihr in Verbindung gesetzt?«

»Das ist ebenfalls eine Frage, die ich nicht beantworten kann – tut mir leid.«

»Mr. Farris«, sagte Haydon ungeduldig, »vertreten Sie inzwischen Miss Crofts Angelegenheiten?«

»Ja, das ist richtig.«

Haydon schüttelte den Kopf. Jetzt, wo offen darüber geredet wurde – obwohl Farris versucht hatte, auszuweichen –, schien sich der Anwalt ein wenig zu lockern.

»Haben Sie ein spezielles Interesse an Miss Croft, Sergeant? Ich bin sicher, sie ist bereit zu helfen, so gut sie kann. Sie ist zutiefst erschüttert über den Tod von Miss Steen. Ich bin sicher, Sie verstehen das. Die beiden waren eng befreundet.«

»Ja, das kann ich verstehen.«

»Offensichtlich sind Sie der Meinung, der Tod von Miss Steen habe möglicherweise keine natürlichen Ursachen. Ist das korrekt?«

»Nicht ganz.« Haydon fand, daß Farris kein Monopol auf Ausweichmanöver hatte.

»Ich glaube, das verstehe ich nicht ganz«, sagte Farris.

Haydon widerstand der Versuchung, sich mit dem Anwalt eine Sparring-Runde zu liefern.

»Wir haben noch nicht den endgültigen Bericht des medizinischen Sachverständigen, und bevor wir nicht die genaue Todesursache kennen, müssen wir alle Möglichkeiten untersuchen.«

»Ich verstehe.«

»Kennen Sie einen Paolo Guimaraes oder einen Miguel de la Borda?« fragte Haydon und wechselte damit sein Thema.

Farris zögerte einen Augenblick – er überlegt sich, wie er sich verhalten soll, dachte Haydon – und tat dann so, als ob ihm allmählich dämmerte, um wen es sich dabei handeln könnte.

»Ja ... Ja, ich glaube mich zu erinnern, daß Miss Steen an zwei Nachtklubs beteiligt war, die den beiden Männern gehören. Ihr Anteil war übrigens recht gering. Aber ich nehme an, das wissen Sie bereits.«

»Sind die beiden amerikanische Staatsbürger?«

»Ich glaube, weder der eine noch der andere. Mr. de la Borda stammt aus Panama, soviel ich weiß, und Guimaraes ist Brasilianer. Beide haben eine Menge Geld investiert, hier in Houston und im ganzen Süden.«

»Dann haben die beiden vermutlich geheime Telefonnummern. Ich habe sie jedenfalls nicht im Telefonbuch finden können. Könnten Sie mir die Nummern und die Adressen aus Ihren Unterlagen übermitteln?«

»Es ist Ihnen sicherlich klar, daß ich das nicht kann, Sergeant. Ich bin jederzeit bereit, Ihnen zu helfen, aber nur, solange es das Vertrauensverhältnis zwischen mir und meinen Klienten nicht stört.«

»Vielen Dank – aber ich glaube, das ist vorläufig alles. Ich bin Ihnen sehr dankbar.«

»Gern geschehen«, sagte Farris.

Zum Mittag ließ sich Haydon ein Sandwich bringen und verbrachte dann den Rest des Tages vor dem grünen Monitorschirm des Computers. Er stellte eine alphabetische Liste aller Namen zusammen, die bisher bei den Todesfällen der Callgirls aufgetaucht waren, und gab sie dem Computer ein, dann wählte er eine Vielzahl von Datensammlungen aus. Wenn die Antwort positiv ausfiel, ließ er sich einen Ausdruck anfertigen, den der Computer mit geschwätziger Tüchtigkeit ausspuckte. Haydon riß das perforierte Papier aus dem Rückteil des Geräts und heftete es der Akte bei, dort, wo der betreffende Name auftauchte.

Als er am Donnerstagabend nach Hause fuhr, hatte er bereits zwei Drittel seiner Liste erledigt und ein paar zusätzliche Namen herausgefunden. Am Freitagmorgen kam er früh ins Büro, bevor die Leitungen überlastet waren, und setzte seine Suche mit dem Computer fort, unterbrach sie nur, um mit Hirsch und Mooney zu sprechen, die mehrmals anriefen, um enttäuschende Ergebnisse mitzuteilen. Die Suche nach den Namen war am frühen Nachmittag zu Ende, und von da an ergänzte Haydon die Hauptakte durch Niederschriften der Berichte von Mooney und Hirsch. Er hatte die Akte einfach mit der Aufschrift CALL-GIRLS versehen. Als er am Freitagabend nach Hause fuhr, nahm er sich die Akte mit.

16

Cinco lag auf der Terrasse in einem Netzwerk aus Schatten und schnappte verärgert nach den Junikäfern, die vom Licht aus der Glastür zur Bibliothek angelockt wurden. Drinnen war Nina gerade aufgestanden, hatte eine Schallplatte mit den Nocturnes von Chopin umgedreht, und war zu ihrem Lehnsessel zurückgekehrt, wo sie die Füße unter sich zog und die neue Juliausgabe von *Town and Country* aufschlug. Haydon saß am Refektoriumstisch mit dem Rücken zu ihr und ging seine Akte zum zweitenmal durch.

Als der Türgong vom Vordereingang ertönte, hob Haydon den Kopf. Er wußte, daß Nina ihn ansah, um festzustellen, ob er jemanden erwarte, daher schüttelte er den Kopf und zog die Schultern hoch. Er hörte, wie Nina ihre Zeitschrift weglegte und zur Sprechanlage ging, die sich neben der Tür zur großen Diele befand.

»Ja?«

»Nina, meine Liebe – hier ist Harl.« Die Stimme klang tief, sogar über den Lautsprecher. »Sind Sie allein? Stehen uns ein paar schöne, gemeinsame Stunden bevor?«

Nina lachte. »Ich lasse Sie rein, Van, aber Sie werden mich teilen müssen. Er ist da.«

»Ach, verdammt.«

Sie drückte auf den Knopf, der das Tor an der Einfahrt öffnete, und Haydon drehte sich um.

»Er hat etwas, sonst würde er nicht persönlich vorbeikommen.«

»Ich lasse ihn rein«, sagte Nina. Sie lächelte, als sie hinausging in die Diele, auf die Haustür zu.

Vanstratens Stimme eilte ihm voraus; sie vermittelte seine gute Laune. Als sie in die Bibliothek kamen, hatte er einen Arm um Nina gelegt, und die beiden lachten.

»Ich verstehe das nicht«, sagte er, blieb an der Tür stehen und richtete die Augen auf Haydon. »Sie nimmt mich nie ernst. Ich weiß«, sagte er und schaute zu ihr hinunter, »bei einem Sherry gelingt es mir viel besser, jemanden zu überreden. Holen Sie uns einen, und ich stelle es unter Beweis. Alles sieht anders aus bei einem Glas Sherry.«

»Drei Sherrys?« fragte sie, lächelte noch immer und schaute Haydon an.

Haydon nickte; Vanstraten kam heran an den Refektoriumstisch und sah nach, was Haydon las.

»Hm«, machte er.

»Was haben Sie?« fragte Haydon. Er deutete auf einen der roten Ledersessel und drehte seinen eigenen Sessel herum, um den Pathologen ansehen zu können.

Vanstraten setzte sich und zündete sich eine Dunhill-Zigarette an. Er zupfte seinen Anzug zurecht, zog die weißen Hemdmanschetten nach vorn, bis sie aus den Ärmeln schauten, und verschränkte dann die langen Beine.

»Ich glaube, ich habe das, was Sie suchen. Aber ich sag's Ihnen gleich, Stuart, es ist bizarr.«

Haydon wartete.

Auf einmal war Vanstraten ernst und geschäftsmäßig. »Wie sich herausstellte, waren alle vier Mädchen verhältnismäßig in Ordnung. Keine hat Ihrem Körper zuviel zugemutet, aber die Diagnose der organischen Veränderungen durch die Krankheit wurde in den Fällen der Kielman und der Parmer beträchtlich verschleiert durch das Vorhandensein von Medikamenten. Nicht, daß es sich dabei um beträchtliche Mengen handelte, aber es reichte, um die Untersuchung zu komplizieren. Die Steen war, wie ich schon sagte, das beste Untersuchungsobjekt, weil sie sich in gutem Gesundheitszustand befand und keine Drogen genommen hatte. Aber sie hatte dafür ein paar Jährchen mehr auf dem Buckel, und die Abtreibungen und der Herpes hatten einiges verändert.

Danach entstand eine Pause, während der Vanstraten schweigend rauchte. Nina kam herein, und jeder nahm sich ein Glas. Nina ließ sich in ihren Sessel sinken, gegenüber von Vanstraten, der ihr das Profil zuwandte, während er mit Haydon sprach.

»Köstlich«, sagte er, nachdem er am Sherry genippt hatte. Dann gestattete er sich ein weiteres, verschwörerisches Lächeln für Nina. »Okay. Es stellte sich also heraus, daß das junge Mädchen das perfekte Untersuchungsobjekt ist. Ich glaube übrigens nicht, daß sie mexikanischer Abstammung ist. Sicher lateinamerikanisch, aber nicht mexikanisch. Abgesehen davon war sie so jung, daß man sie lesen konnte wie eine Landkarte. Ein wahrer Segen. Sie muß ungefähr um die dreiundzwanzig gewesen sein. Keine Drogen, kein Alkohol. Nichts. Sie war im dritten Monat schwanger. Keine Impfnarben, also besaß sie vielleicht nicht die amerikanische Staatsbürgerschaft. Aber gehört die Impfung nicht zu den Voraussetzungen für die Einwanderung? Jedenfalls, die Beschreibung des Polizisten über ihr Verhalten vor dem Tod war für uns von unschätzbarem Wert, als wir uns mit ihr beschäftigten. Das hat uns viel Zeit erspart.«

Als Vanstraten abbrach, um wieder einen Schluck zu trinken, zündete sich Haydon eine von seinen Zigaretten an. Nina schaute ihn an.

»Natürlich deuteten die Krämpfe und die Anfälle auf eine neurologische Störung hin. Schön, aber man kann sich monatelang mit den betreffenden Gehirnabschnitten befassen und noch immer auf eine ganze Bibliothek von Informationen stoßen, die zur Entscheidung wichtig sind. Die mikroskopische Überprüfung der Zellpartien aus verschiedenen Gehirnabschnitten erlaubten uns, eine Reihe von Möglichkeiten von vorneherein auszuschließen. Delirium tremens kam nicht in Frage. Wir testeten auf Tetanus. Nichts. Dann versuchten wir es mit Guillain-Barré, der progressiven Paralyse. Nichts. Kinderlähmung? Nichts. Wir machten weiter, arbeiteten uns die Skala möglicher Störungen rauf und runter. Eine Virus-Enzephalitis? Nichts . . .«

Vanstraten ging die Liste neurologischer Krankheiten durch, die sie bei ihren Untersuchungen überprüft hatten, ohne Ergebnis. Haydon inhalierte tief und hörte geduldig zu. Vanstraten hatte offensichtlich eine ganze Menge von Tests durchgeführt. Es war genau die Art von Herausforderung, wie sie der Pathologe liebte; sie erforderte ein Höchstmaß an Kreativität von ihm selbst und von seinen Mitarbeitern.

»Schließlich begannen wir mit Vermutungen zu spielen«, fuhr Vanstraten fort. »Es hatte uns schon von Anfang an gestört, daß wir uns zu sehr auf die Logik verließen. Jetzt versuchten wir zu bestimmen, was allen vier Fällen gemeinsam sein konnte. Dabei fiel uns auf, daß dieses junge Mädchen anders war als die drei anderen. Sie nehmen doch nicht an, daß sie ein Callgirl war, oder?«

»Nein.«

»Dann konnten ihr die anderen das Virus nicht übertragen haben, jedenfalls nicht aufgrund Ihrer Theorie. Aber vielleicht hatten es sich auch die drei anderen nicht gegenseitig übertragen. Als wir uns vorzustellen begannen, daß das Virus jedem von ihnen einzeln verpaßt worden sein konnte, mußten wir unsere Untersuchungsmethoden ändern.

Wieder hörten wir uns das Band an, das Sie uns gegeben haben – ich glaube, es war das viertemal –, und jemand hakte ein bei der Beschreibung des Streifenbeamten, wie sich das Mädchen vorwärtsbewegt hatte. Er sagte, sie hätte den Wagen angegriffen, sei gegen den Zaun gerannt, als hätte sie ihn nicht gesehen, und sei gelaufen wie aus einem Zwang, hinter dem viel Energie steckt. Das hat uns aufhorchen lassen. Wir begannen unter ganz anderen Voraussetzungen zu arbeiten. Jetzt beschäftigten wir uns mit einer anderen Serie von Tests und trafen ins Schwarze. Die kleinen, patronenförmigen Viren waren nicht schwer zu entdecken. Wir konnten es kaum glauben, dachten, wir hätten uns geirrt.«

»Patronenförmige Viren?«

»Ja«, sagte Vanstraten und war offenbar nicht bereit, es näher zu erläutern. »Um eine Gegenprobe zu machen, untersuchten wir die betreffenden Gehirnpartien der drei anderen Frauen und unterwarfen sie den gleichen spezifischen Tests: histologische Untersuchung, fluoreszierende Antikörper und Mäusetest. Alles positiv. Alles, Stuart. Sie hatten alle Hydrophobie.«

»Was?«

»Ich sagte es Ihnen doch, es ist bizarr. Aber es gibt keinen Zweifel. Sie litten alle an Tollwut. Jedes dieser Mädchen ist gestorben wie ein tollwütiger Hund.«

17

Haydon saß in verblüfftem Schweigen da und starrte Vanstraten an. Er fühlte, wie sich seine Rückenmuskeln gegen die gebogene Lehne des polierten Armsessels aus Kirschholz spannten. Der Rauch der Zigarette in seiner rechten Hand, die von der Armstütze nach unten hing, eine Stellung, die man fälschlich als entspannt hätte bezeichnen können, stieg absolut senkrecht nach oben. Mit seinen geschärften Sinnen konnte er das Trommeln seines beschleunigten Pulses fühlen und das Klatschen hören, wenn die Junikäfer gegen die Scheiben der Bibliothekstür prallten.

»Was sagen Sie da?« fragte er schließlich.

Vanstraten schlug mit übertriebener Geste die Augen auf. »Was ich Ihnen sage? Was für eine Frage! Ich erkläre Ihnen, wie sie gestorben sind, oder besser, aus welchem Grund.«

»Alle vier?«

»Genau.«

»Aber wie haben sie die Tollwut bekommen?«

Vanstraten schüttelte den Kopf.

»Also schön – wie *könnten* sie die Tollwut bekommen haben?«

»Von Tieren, nehme ich an.«

»Hunde? Katzen? Ratten?«

»Ratten scheiden meines Wissens aus. Sie sind keine Überträger. Aber Eichhörnchen und Skunks. Und natürlich Fledermäuse.«

Haydon schaute Nina an. »Tiere. Mein Gott!«

»Deine Zigarette«, sagte sie.

Er führte die Hand zum Aschenbecher, gerade bevor die

Aschensäule abfiel. Dann drückte er die Zigarette aus. Nahm das Sherryglas, trank einen Schluck, war aber in Gedanken ganz woanders, und wandte sich schließlich wieder Vanstraten zu.

»Also gut«, sagte er. »Ich weiß, daß Sie das studiert haben. Also möchte ich von Ihnen wissen, wie so etwas passieren kann. Nina, könntest du den Sherry hierher bringen? Ich möchte jetzt nicht mehr als unbedingt nötig gestört werden.«

Nina ging hinüber ins Eßzimmer und kam zurück mit einer Karaffe, stellte sie vor den beiden Männern auf den Tisch und ließ sich dann wieder in ihren Sessel sinken.

»Sie sind ein Schatz, Nina«, sagte Vanstraten, hob die Karaffe an und füllte sein Glas zur Hälfte mit der goldenen Flüssigkeit. Dann bot er Haydon die Karaffe an, doch der schüttelte den Kopf. Er warf einen Blick auf Nina, und auch sie schüttelte lächelnd den Kopf. Dann lehnte auch er sich wieder zurück.

»Tollwut ist eine akute Viruserkrankung des Zentralnervensystems. Das Virus selbst gehört zur Rhabdovirusgruppe, das heißt lediglich, daß es die Form einer Patrone hat, wenn man es unter dem Mikroskop betrachtet. Um eine Infektion auszulösen, muß das Virus mit Nervengewebe in Kontakt kommen – mit jeder Art von Nerven. Bei einem Hundebiß zum Beispiel wird die Haut aufgerissen, Nervengewebe liegen frei, und das Virus kommt über den Schleim in Kontakt. Wenn es soweit ist, bleibt das Virus zunächst bis zu sechsundneunzig Stunden ohne irgendwelche Veränderungen an Ort und Stelle und kann vernichtet werden, wenn man die Wunde sorgfältig mit Seife und Wasser wäscht. Nach dieser Zeitspanne beginnt sich das Virus im Muskelgewebe zu vermehren; es infiziert die neuromuskulären und neurotendinalen Stränge in seiner Umgebung.

Dann breitet sich das Virus in einer zentripetalen Bewegung durch die Nervenbahnen aus, erreicht die peripheren Nerven und die Rückenmarksganglien. Von dort aus gelangt es über den spinalen Strang ins Gehirn. Sobald das Virus das Gehirn erreicht hat, vermehrt es sich fast ausschließlich in der grauen Masse und verbreitet sich zentrifugal entlang autonomer Nervenstränge, um weitere Gewebe zu erreichen, zum Beispiel die Speicheldrüsen, die Augen, die Geschmacksknospen, die Nervenenden der

Haare, die Nebennierenrinde, das geruchsbezügliche Neuroepithel, die Bauchspeicheldrüse und so weiter. Dabei entsteht eine Enzephalitis, und ihre Symptome sind die ersten, die man deutlich erkennen kann. Von da an kann man gefährlich in die Irre geführt werden, wenn man die Geschichte der Infektion nicht kennt. Ein Arzt würde den Patienten höchstwahrscheinlich gegen eine der vielen Formen von Enzephalitis behandeln, die ich bei unserer ersten Untersuchung erwähnte.

Von dem Augenblick an, wo das Virus die ersten winzigen Gehirnpartikel befällt und die ersten Symptome hervorruft, ist die Krankheit irreversibel. Sie verläuft grundsätzlich tödlich. Das heißt, ganz stimmt das auch nicht. Neunzehnhundertsiebzig hat ein sechsjähriger Junge in Ohio überlebt, nachdem er durch einen Biß einer tollwütigen Fledermaus infiziert wurde. Man hatte sofort eine Serie von Inokulationen durchgeführt, die normalerweise nur erfolgreich sind, während sich das Virus noch in der Inkubationszeit befindet; doch dann zeigten sich trotz Behandlung die Symptome der Tollwut. Der Kampf dauerte sechs Monate. Es gibt noch ein paar Berichte über Heilungen, aber die sind nicht durch Dokumente belegt.

Die klinische Manifestation der Tollwut kann man in drei Stadien einteilen. Die prodromale Periode ist gekennzeichnet durch leichtes Fieber, um achtunddreißig Komma fünf, durch Kopfschmerzen, Übelkeit, Appetitlosigkeit, Erbrechen und Halsschmerzen. Häufig findet man auch ein juckendes Gefühl an der Ansteckungsstelle, dem Biß, oder was es auch war. Die enzephalitische Phase ist gekennzeichnet durch eine Art nervöser Erregtheit, die sich auch durch Konfusion, Halluzinationen, Muskelspasmen und Sehstörungen ausdrücken kann. Die Zeiten geistiger Gestörtheit wechseln mit völlig klaren Perioden, aber bei fortschreitender Krankheit werden die lichten Momente seltener, kürzer. Die betroffene Person entwickelt Überempfindlichkeiten gegen helles Licht, laute Geräusche, Berührungen und sogar leichten Luftzug. Dabei steigt die Temperatur auf ungefähr neununddreißig Grad. Im autonomen Nervensystem entwickeln sich abnorme Reaktionen: Die Pupillen erscheinen geweitet, die Augen tränen, der Speichelfluß wird verstärkt und unkontrollierbar. Das ist das klassische ›Mundschäumen‹. Die Stimmbänder werden gelähmt.

Das letzte Stadium überlappt sich mit dem zweiten oder setzt es fort, in Verstärkung dessen, was ich eben beschrieben habe. Von da an kann man von schweren Gehirnstörungen sprechen. Alle bisher erwähnten Symptome erscheinen verstärkt. Wenn der Patient in dieser Periode lichte Momente hat, vermeidet er, Wasser zu schlucken und zeigt die Symptome einer klassischen Hydrophobie. Von da an fällt er rasch in ein Koma, und die Beeinträchtigung des Atemzentrums führt zum Tod durch Atemstillstand. Die Zeit vom Auftauchen der Symptome bis zum Tod dauert durchschnittlich vier Tage.«

Vanstraten hielt inne, trank etwas Sherry, schluckte ihn mit großem Genuß und bewegte dann die Zunge, um den Nachgeschmack zu kosten. »Es ist eine fürchterliche Art zu sterben.«

»Können Sie die eigentliche Todesursache etwas genauer beschreiben?«

»Nun, es bricht eben alles zusammen. Es gibt Gehirnschwellungen, hormonale Störungen, Sauerstoffmangel, eine bakterielle Pneumonie, unregelmäßigen Puls, kongestives Herzversagen, einen starken Abfall des Blutdrucks, Blutgerinnsel, erst sehr niedrige, dann sehr hohe Körpertemperaturen, sekundäre bakterielle Infektionen, gastrointestinale Blutungen . . .« Vanstraten breitete die Hände aus; eine Geste der Hilflosigkeit.

»Und alle diese Frauen sind so gestorben?« fragte Nina.

»Ich fürchte, ja. Zumindest ist die Krankheit bei allen auf diese oder ähnliche Weise abgelaufen. Sie haben, fürchte ich, das alles durchgemacht, was ich gerade beschrieben habe.«

»Gibt es Variationen – ich meine, verschiedene Arten von Tollwut? Können Sie zum Beispiel sagen, ob das Virus von einem Hund, einer Fledermaus oder einer Katze stammt?« fragte Haydon.

»Auf die erste Frage kann ich mit Ja antworten. Auf die zweite nicht. Es gibt nur einen entscheidenden Unterschied. ›Stumme Tollwut‹ beschreibt eine Manifestation der Krankheit, bei der kein aggressives Verhalten auftritt. ›Rasende Tollwut‹ bezeichnet eine Form, in der der Patient überaus erregt erscheint. Bei der ›paralytischen Tollwut‹ ist die Paralyse das hervorstechendste Symptom. Die Krankheit wirkt sich bei verschiedenen Menschen unterschiedlich aus, und diese Typifizierung versucht nur, die äußeren Erscheinungen zu beschreiben.«

»Und Sie können nachher nicht feststellen, welche von den drei Formen vorgelegen hat?«

»Nein. Aber nach den Beschreibungen auf Tonband, die Sie mir gegeben haben, scheint dieses arme, lateinamerikanische Mädchen die Symptome der ›rasenden Tollwut‹ gezeigt zu haben.«

»Haben Sie eine Ahnung, wie viele Tiere um diese Jahreszeit in der Umgebung von Houston von Tollwut befallen sind?«

»Ja.« Vanstraten grinste. »Als mir klargeworden war, was wir da an der Hand hatten, habe ich unser Archiv gebeten, sich genau zu erkundigen.« Er brachte ein kleines Notizbuch zum Vorschein und schlug es auf. »Im Jahre neunzehnhundertneunundsiebzig hatten wir elf Tiere mit Tollwut. Das heißt, so viele wurden festgestellt und nachgewiesen. Drei Skunks, vier Fledermäuse, ein Hund, zwei Katzen und ein Pferd. Neunzehnhundertachtzig gab es vier Fälle: ein Skunk und drei Fledermäuse. Neunzehnhunderteinundachtzig achtzehn Fälle: vier Skunks und vierzehn Fledermäuse. Neunzehnhundertzweiundachtzig, also in diesem Jahre, bis jetzt neun Fälle: sechs Skunks, zwei Fledermäuse und eine Katze.« Er klappte das Notizbuch zu und steckte es wieder ein.«

»Sie kennen meine nächste Frage.«

»Ja – vermutlich. Wir hatten noch keinen einzigen Fall von Tollwut bei Menschen in Houston. Und nur ganz wenige in Texas. Ich habe zwanzig Jahre zurückgeblättert. Ein Fall neunzehnhundertzweiundsechzig, ohne weitere Details. Einer zweiundsiebzig, ein seltsamer Fall von zufälliger Ansteckung. Ein sechsundfünfzigjähriger Labortechniker, der bei einer pharmazeutischen Firma in Temple arbeitete, bereitete Rabies-Impfstoff vor, wobei er ein stabilisiertes Tollwutvirus benützte. ›Stabilisiert‹ bedeutet, daß das Virus in gewisser Weise verändert wurde, so daß es zwar nicht auf Menschen übertragen werden kann, aber dennoch ein lebendiges Virus bleibt. Das heißt, man nahm an, es sei nicht auf Menschen übertragbar, bis sich dieser Unglücksfall ereignete. Der Techniker homogenisierte Gehirnmasse einer tollwutbefallenen Ziege in einem Mixer. Offenbar hat er beim Umfüllen in der Luft befindliche Viren eingeatmet; jedenfalls infizierte er sich mit dem Virus und starb. Neunzehnhundertsechsundsiebzig starb ein dreizehnjähriger mexikanischer Junge, nachdem er in San Antonio von einem tollwütigen Hund gebissen worden war. Und neunundsiebzig starb ein siebenjähriges mexikanisches Mädchen an Tollwut, in Egale Pass, an der mexikanischen Grenze. Keine Details. Das ist alles.«

»Gibt es nationale Statistiken?«

»Im Durchschnitt ereignete sich in den letzten zwanzig Jahren rund ein Fall pro Jahr. Und das schließt Guam, Puerto Rico und die Jungferninseln ein, sowie die Fälle, wo sich der Patient die Tollwut außerhalb der Vereinigten Staaten zugezogen hat und hierhergebracht wurde zur Behandlung.«

»Also ist die tatsächliche Zahl von Tollwutfällen in den Vereinigten Staaten noch geringer.«

»Ja, etwas geringer. Es sind wirklich sehr, sehr wenige.«

Haydon trank seinen Sherry aus und stellte das leere Glas auf den Refektoriumstisch. Dann fiel sein Blick auf die Bücherregale. Das Licht kam von den drei Stehlampen auf den Beistelltischen neben den drei Anwesenden, und ihr Schein fiel auf die vielen Bücherrücken. Einige Bände mit Goldlettern funkelten im Licht, als wären sie in golddurchwirktes Leinen gebunden.

Haydon stand auf, ging um den Tisch herum und schaute dann hinaus auf die Terrasse. Cinco schlief; er hatte den Kampf mit den Junikäfern aufgegeben. Haydon sah, wie einer der Käfer über den Rücken des alten Hundes lief. Er hörte das Geräusch, wie Vanstraten sich noch einen Sherry einschenkte. Hörte das Schnappen des Dunhill-Feuerzeugs.

»Es ist fast zu gespenstisch, als daß man darauf kommen würde, nicht wahr?« sagte Vanstraten.

»Angesichts der Statistiken und der Situation werde ich nicht umhin können.« Haydon schaute immer noch durch die Terrassentür hinaus.

»Sicher gibt es noch etwas anderes – ich meine, eine andere

Erklärung für diese Fälle«, sagte Nina. »Wir sind hier in einem alten Teil der Stadt. In vielen Gebäuden hausen Fledermäuse. Und denkt mal an die vielen Türme rings um die Universität.«

Haydon drehte sich herum. »Und die Fledermäuse beißen nur Callgirls?«

»Aber wer könnte das sonst gemacht haben?«

»Eine gute Frage«, sagte Haydon und kam wieder zum Tisch. »Van, ist es eigentlich schwierig, jemanden mit Tollwut zu infizieren, so, daß er es nicht merkt?«

»Das habe ich nicht gemeint«, protestierte Nina.

»Sie meinen, daß jemand, der so etwas tut, verrückt sein muß.« Vanstraten lächelte Nina an. »Ein wenig Symbolismus ist immer angebracht, im Leben wie im Tode.«

»Nun, was ist Van?« drängte Haydon.

»Also, das Virus ist nicht allzu kräftig, wenn man von der Art der Infektion ausgeht. Seine Virulenz ist es, die unsere Angst davor entstehen läßt. Der sichere Tod. Und außerdem handelt es sich keineswegs um ein Virus, dessen Verhalten bereits ganz bekannt ist. Sagen wir, Sie wurden von einer Fledermaus gebissen und infiziert. Das Virus kann bis zu sechsundneunzig Stunden an der Ansteckungsstelle bleiben, wie ich sagte. Danach wandert es über die Nervenbahnen in Richtung auf das Zentralnervensystem, das Gehirn. Diese Periode bezeichnet man als die Inkubationszeit. Während der Inkubationszeit vermehrt sich das Virus nicht, es wandert nur. Und es bewirkt keinerlei Symptome. Im Verlauf dieser Reise durch den Körper verliert die Wissenschaft seine Spur. Es kann irgendwo unterwegs aufgehalten werden und eine Weile ruhen, dann weiterwandern und noch einmal ruhen. Man weiß nicht, wie es sich während dieser Zeit verhält. Es kann auch direkt ins Gehirn gelangen, auf dem kürzesten Weg. Aber sobald es das Gehirn erreicht hat – wenn es seinen Wirt befallen hat, wie man es medizinisch bezeichnet –, machen sich die ersten Anzeichen der Krankheit bemerkbar, vielleicht leichtes Fieber oder Kopfschmerzen. Von diesem Augenblick an ist man bereits dem Tode geweiht. Von da an hat man höchstens noch vier Tage zu leben.«

»Auch wenn man behandelt wird?«

»O nein. Bei medizinischer Intervention kann man das Leiden über fünfzehn bis zwanzig Tage hinziehen. Aber früher oder später erreicht das Versagen der Organe einen Punkt, bei der die Medizin nicht mehr in der Lage ist, ihr zu begegnen. *Finis.*«

»Und wie variiert die Inkubationszeit?«

»Sie reicht in seltenen Fällen von zehn Tagen bis zu einem Jahr und mehr.«

»Mein Gott.«

»Ja, das ist das Dumme für Sie. Bei diesen Todesfällen wird es keinen Tatort zu ermitteln geben. Selbst wenn Sie heute abend Ihren ›Verrückten‹ erwischen, können ein Jahr danach noch Menschen sterben, die er auf dem Gewissen hat. Hypothetisch.«

»Und wie könnte er seine Opfer infizieren?«

»Es gibt da unzählige Möglichkeiten. Er braucht nur das lebende Virus mit einem freiliegenden Nervengewebe in Kontakt zu bringen. Ein kreativer Geist kann sich da alles mögliche ausdenken, was ohne Schwierigkeiten zu bewerkstelligen ist.«

»Zum Beispiel?«

»Wenn man ein Magengeschwür hat, reichen ein paar Tropfen in einem Getränk. Ein paar Tropfen in einer Flasche Visine, einem Augenwasser, oder in irgend etwas, das mit einer Nadel injiziert wird; irgendein Aerosol, mit dem man die Viren einatmet, ein paar Tropfen in einem Nasenspray oder einem Vaginalspray, einem Mundwasser oder Gurgelwasser gegen Halsbeschwerden. Es gibt zahllose Möglichkeiten.«

Haydon setzte sich. Jetzt wußte er nicht mehr, wie er weiterfragen sollte. »Und die Prophylaxe?« fragte er.

»Es gibt zwei Möglichkeiten«, sagte Vanstraten und hielt die Zigarette am Filter, so daß sie senkrecht nach oben stand. »Für Tiermediziner, die ständig dem Risiko ausgesetzt sind, gibt es vorbeugende Spritzen, die sie gegen Infektionen immun machen. In postinfektiösen Situationen, also wenn jemand von einem tollwütigen Tier gebissen wurde, kann man die Infektion in den meisten Fällen verhindern, wenn man immunisiertes Tollwut-Globulin mit einem Wirkstoff injiziert, zu dessen Herstellung abgetötete Viren verwendet wurden. Sobald der Wirkstoff injiziert ist, verstärkt er das körpereigene Immunsystem. Die passiven Antikörper gegen Tollwut neutralisieren das Virus innerhalb des Körpers, während der Körper selbst durch den Wirkstoff weitere Antikörper produziert.«

»Und die Inkubationszeit – kann man die verändern?«

»Wie meinen Sie das?«

»Kann man sie verkürzen, also den Inkubationsprozeß beschleunigen?«

»Hm, da gehen die Meinungen auseinander. Bei den kürzeren Inkubationszeiten haben wir es offenbar mit einer gleichartigen Krankengeschichte zu tun. Dabei spielt auch die Anzahl der eingeführten Viren und der Zustand der Wunde eine Rolle. Ein Hundebiß zum Beispiel bewirkt häufig eine Verletzung, bei der größere Haut- und Gewebepartien zerstört werden, die einer höheren Menge von Viren den Einlaß ermöglichen und nicht so gut gereinigt werden können. Auch das Abwehrsystem des Wirts spielt eine Rolle. Wenn der Patient bereits krank war, wenn es sich um einen Rauschgiftsüchtigen mit geringen immunologischen Abwehrkräften handelt, läßt sich das Virus wahrscheinlich weniger leicht aufhalten bei seiner Wanderung ins Gehirn. Einige behaupten sogar, die Stelle der Infektion sei dafür maßgebend. Wenn jemand in den Fuß gebissen wurde, hätte er zum Beispiel eine längere Inkubationszeit als jemand, der ins Gesicht gebissen wurde, von wo aus es nicht weit ist bis zum Gehirn.«

Plötzlich beugte sich Haydon nach vorn. »Mein Gott! Walther! Was ist mit Walther?«

Danach entstand beunruhigtes Schweigen. Keiner rührte sich. Und dann wandte sich Vanstraten rasch dem Telefon zu.

»Ich schicke einen von meinen Leuten mit den Impfstoffen in die Notaufnahme des Ben-Taub-Krankenhauses.« Er wählte und sprach rasch, wobei er jedes seiner Worte mit germanischen Modulationen unterstrich. Es war ein Zeichen für Vanstratens Aufregung, wenn er begann, mit Akzent zu sprechen.

Danach knallte er den Hörer auf die Gabel und trank den Rest des Sherrys aus, der sich noch in seinem Glas befand. »Ich fahre gleich hin. Ich möchte mir sein Gesicht anschauen, wenn er hereinkommt. Ich muß sicher sein, was die Infektion betrifft. Stuart, bitte sorgen Sie dafür, daß er sofort hinkommt.«

Nina ging mit Vanstraten hinaus, wobei der Pathologe mit leicht gesenkten Schultern und großen Schritten durch die Diele eilte. An der Tür gab er Nina einen Abschiedskuß auf die Stirn, dann ging er hinaus zu seinem Wagen.

Haydon telefonierte, als Nina wieder hereinkam. ». . . und bringen Sie ihn selbst hin. Haben Sie verstanden, Silva? Vanstraten wartet bereits auf ihn. Sagen Sie ihm, wer Sie sind. Vielleicht sollten Sie auch geimpft werden. Vanstraten wird es Ihnen erklären. Wenn Sie mit Walther im Ben Taub sind, rufen Sie mich an. Ich will wissen, ob es geklappt hat. Gut. Gut.«

Haydon legte auf und fuhr sich mit den Fingern durchs Haar. Er drehte sich um, und da stand Nina, die die Arme um ihren Oberkörper geschlungen hatte. Haydon sah, daß sie Tränen in den Augen hatte.

»Kannst du das glauben?« sagte er und atmete schwer.

Nina wischte sich das Haar aus dem Gesicht und holte tief Luft. Haydon stand in der Ecke des Raums, die Hände in den Hosentaschen. Keiner von beiden wußte, was er tun sollte. Anschließend ging Haydon wieder zum Telefon und tippte eine andere Nummer ein.

Es dauerte eine Weile, ehe er sich meldete. »Tut mir leid, Bob – hier ist Stuart. Sind Sie wach genug? Okay. In der Sache Steen hat sich etwas ergeben, und ich muß mit Ihnen reden. Nein, nein – nicht jetzt. Aber wie wär's zum Frühstück? Sie haben alle eingeteilt? Gut. Ja, ich weiß. Gute Nacht.«

»Willst du hier warten oder oben?« fragte Nina.

»Ich bleibe hier. Ich muß nachdenken.« Er schaute sie an, und seine Züge wurden weicher. »Geh hinauf, Schatz. Du brauchst den Schlaf. Es besteht kein Grund . . .«

»Ich bleibe noch ein bißchen bei dir. Ich will auch wissen, was mit Walther ist. Ich mache uns Kaffee.«

»Gut«, sagte er und setzte sich wieder. Er zündete sich eine Zigarette an und schlug die Beine übereinander. Seine Augen zeigten, daß er in Gedanken schon bei einer anderen Sache war. »Das hört sich gut an«, sprach er geistesabwesend zu sich selbst.

18

Bob Dystal schmierte den letzten Happen seiner sechs Würstchen in den Überresten des Rühreis herum und polierte so den Teller, dann gab er einen Löffel Erdbeermarmelade auf die letzte Hälfte eines Toasts und aß ihn mit zwei Bissen. Er füllte sich die Tasse aus der Kanne, die auf dem Tisch stand, mit Kaffee und trank ihn, während er durch das vom Smog und von der Feuchtigkeit beschlagene Fenster des Restaurants hinausschaute. Draußen staute sich der Verkehr wie jeden Morgen.

Der untersetzte Lieutenant aß jeden Morgen im selben Kettenrestaurant. Er kam um halb acht, die beiden größeren Tageszeitungen von Houston unter den Arm geklemmt, saß immer am selben Fenstertisch und schaute hinaus auf die Schnellstraße. Die Kellnerin brachte ihm die Kaffeekanne, und der Koch gab die Eier und die Würstchen auf die Platte, nachdem er von der Kellnerin ein Zeichen erhalten hatte. Dystal aß, während er die Schlagzeilen und die wichtigeren Berichte las, dann lehnte er sich zurück, um geschäftliche Dinge zu besprechen, mit wem auch immer er sich zu seinem legendären Frühstück getroffen hatte. Manchmal kamen seine Frühstücksgäste selbst in den Schlagzeilen vor, waren darin vorgekommen oder wußten etwas über einen, der darin vorkam. Seine lockere Art hatte ihn zum erklärten Liebling von Informanten werden lassen, die keine Lust verspürten, sich für Informationen die Daumenschrauben anlegen zu lassen, um mehr mitzuteilen, als sie beabsichtigten.

Heute morgen war es Haydon, der zusah, wie sich Dystal zurücklehnte und in den noch heißen Kaffee blies.

»Verdammt und zugenäht, das ist wirklich gespenstisch«, sagte Dystal und schmatzte. Er gab immer Zucker in den Kaffee, den er nach dem Frühstück trank.

Haydon nickte. Sein Kopf fühlte sich schwer an, seine Halsmuskeln waren verspannt. Er hatte nur wenig geschlafen.

»Also bekommt Walther die Spritzen?«

»Und Silva. Walther wollte seine Schicht durcharbeiten, weil sie von heute an Tagesschicht haben. Sein Gesicht scheint zu heilen, jedenfalls nach der Auskunft von Silva. Mit Van habe ich nicht mehr gesprochen.«

»Vielleicht ist das Ganze gar kein Problem für uns, sondern für die Gesundheitsbehörde«, sagte Dystal. »Hatten diese Mädchen irgendwelche Hunde oder Katzen?«

»Nicht, daß ich wüßte.«

Dystal blickte hinaus auf die Straße. Es machte ihm Spaß, den Verkehr zu beobachten. Wenn niemand mit ihm frühstückte, schaute er einfach hinaus. Er betrachtete die Zulassungsschilder und überlegte sich, was für einen Beruf die Fahrer haben mochten.

»Ich finde, wir sollten trotzdem das Gesundheitsamt benachrichtigen.«

»Vanstraten macht das schon, heute vormittag.«

»Ich weiß nicht, ob da was für uns drin ist«, sagte Dystal. Er lehnte sich gegen das Fensterbrett und schaute sich in dem Lokal um. »Was hat Van gesagt?«

»Er sagt, aus einer Tollwutdiagnose kann man nicht sehr viel erkennen. Aber er will das Gesundheitsamt dazu bringen, daß es die Sache genau untersucht.«

»Ja, das wird das beste sein.« Dystal blies die Backen auf, während er den heißen Kaffee trank.

Haydon nickte.

»Haben Sie schon mal ein Tier mit Tollwut gesehen, Stu?«

Dystal war der einzige Mensch, der Haydon Stu nannte. Bei ihm klang es irgendwie nett und natürlich.

»Nie.«

»Wir haben sie gesehen, zu Hause. Meistens waren es Skunks. Skunks erwischt es am häufigsten. Dann Hunde und Füchse. Sieht ziemlich scheußlich aus. Und unheimlich. Tiere sind unheimlich, wenn sie aggressiv werden. Das merken sogar die anderen Tiere. Sie fühlen es, wenn ein Tier Tollwut hat, und gehen ihm aus dem Weg. Ziehen die Schwänze ein und bewegen sich sehr vorsichtig.«

»Und Tollwut bei Menschen?«

»Hab' ich nie gesehen. Aber ich hab' Geschichten darüber gehört. Die Leute auf dem Land erzählen sich solche Geschichten.« Er lächelte etwas scheu und ließ es dabei. »Hat Van schon eine Ahnung?«

»Er hat zuerst an ein Haustier gedacht, das alle vier bei sich hatten. Das war die erste logische Reaktion.«

»Und was ist die zweite logische Reaktion?« Dystal wußte ganz genau, was Haydon meinte.

»Unter diesen Umständen . . . Man erkennt, daß die erste logische Reaktion nicht richtig war.«

»Ja. Und was wollen Sie jetzt tun?«

»Es ist nicht das erstemal, daß mich das Ergebnis einer Autopsie überrascht. Und im Grunde ändert es nichts. Vier Mädchen sind ums Leben gekommen, in knapp drei Wochen. Drei davon kannten sich, vielleicht alle vier.« Haydon schüttelte den Kopf. »Ich möchte weitermachen wie geplant. Mal sehen, was das Gesundheitsamt zutage fördert, was Hirsch und Mooney herausfinden. Ich selbst werde mit der Croft sprechen, mit Guimaraes und de la Borda – mit anderen Worten, ich werde den Fall wie gehabt weiterverfolgen.«

»Dann lassen wir das Ende vorläufig offen.« Dystal trank den Kaffee aus und warf zwei Vierteldollar auf den Tisch. Er gab immer fünfzig Cents Trinkgeld, ganz gleich, wie hoch die Rechnung war. »Mal sehen, was dabei rauskommt. Vielleicht gar nichts.« Er hievte seinen wuchtigen Körper aus dem Stuhl und ging zur Kasse.

Haydon blieb einen Moment zurück, legte unauffällig einen Dollar zu den zwei Münzen und folgte Dystal dann zum Ausgang des Restaurants.

Die beiden Männer unterhielten sich noch kurz auf dem Parkplatz, wobei der Verkehr so laut war, daß sie fast schreien mußten, dann setzte sich Dystal in seinen Wagen und fuhr davon. Haydon ging zurück in das Restaurant und in die Telefonzelle neben den Toiletten.

Eine Frau mit der weichen, schleppenden Stimme einer Schwarzen meldete sich und erklärte in phlegmatischem Ton, daß Miss Croft ins »St. Rémy« gefahren sei.

Das »St. Rémy« war das exklusivste Gesundheitsbad in Houston und lag in einem bewaldeten Gelände nicht weit vom River Oaks Country Club entfernt. Es war, genau wie Judith Croft, *très chic.*

Nach ein paar Minuten fuhr Haydon über die Waldstraße zum Bad, das nach seiner Reklame für »Topmanager« und andere Reiche bestimmt war, die sich mit Luxus umgeben und zugleich ihrer Gesundheit dienen wollten. Das Angebot an Erholungsmöglichkeiten umfaßte alle Arten von Körperertüchtigung mit möglichst wenig Mühe und möglichst vielen Annehmlichkeiten. Designer-Sportkleidung war *de rigueur.*

Haydon hielt vor dem Portiershaus, stellte sich vor und fuhr dann auf die schmale Straße, die an riesigen Schirmkiefern vorbeiführte. Die Bäume bildeten ein Dach, das beinahe das ganze Gelände überdeckte. Eine Weile folgte die Straße einem Joggingpfad, der mit Superturf bedeckt war und sich wie ein moosiger Teppich durch den Wald wand. Hier und da öffneten sich die Pinien zu einer Lichtung, einer Wiese mit sauber gemähtem, smaragdgrünem Gras.

»St. Rémy« tauchte zur Linken auf, ein weißes Herrenhaus im Mittelmeerstil, das in den Streifen des Morgenlichts schimmerte, welches durch die Pinien brach. Haydon umrundete die elliptische Auffahrt, die sich vor dem palastartigen Gebäude befand, und entdeckte einen Parkplatz neben einem Gebüsch aus weißem Madagaskar-Jasmin. Die beiden Flügel des Gebäudes waren mit dem Haupthaus durch Pergolas aus Sandsteinsäulen verbunden, hinter denen man eine weite Rasenfläche erblickte. Der Rasen erstreckte sich über hundert Meter und grenzte an die Wälder des Memorial Parks. Die beiden Flügel enthielten die streng getrennten Bäder für Damen und Herren. Das Haupthaus mit der Turnhalle und dem überdachten Laufpfad, einem Restaurant, den Klubräumen und einer Handballhalle war gesellschaftlicher Treffpunkt für beide Geschlechter.

Haydon schlenderte an den Blumenbeeten vorbei zum Eingang des Hauptgebäudes, bog dann nach links ab und ging die Treppe hinauf zu der Pergola, die zum Damenflügel führte. Der zuckerweiße Portiko des Eingangs war flankiert von Kübelpalmen, die an Hollywoodfilme aus den dreißiger Jahren erinnerten. Haydon öffnete die Tür und wurde drinnen im Foyer vom Lächeln einer mageren Frau aufgehalten, die ein elegantes, kremweißes Seidenkostüm trug und hinter einem vergoldeten Louis-Seize-Schreibtisch saß.

»Kann ich Ihnen behilflich sein?« fragte sie. Ihre Stimme war glatt und gebieterisch zugleich.

»Ich bin mit Judith Croft verabredet.«

Die Frau zog ein Buch auf ihrem Schreibtisch zurate. »Sie ist beim Joggen.«

»Ja, ich weiß. Ich sollte hier auf sie warten.«

»Ach?«

»Ist das ein Problem?«

»Nun, normalerweise halten sich unsere Gäste nicht für präsentabel nach ihren anstrengenden Übungen – nicht für Besucher.«

»Wenn es wirklich ein Problem sein sollte, möchte ich mit Mrs. Arnault sprechen.«

Die Frau zögerte.

»Soll ich hinaufgehen zu Mrs. Arnault?« Er deutete auf die schön geschwungene Wendeltreppe zur Linken, die in den ersten Stock führte.

»Nein. Ich bin sicher, es geht in Ordnung . . .«

»Gut. Ich warte am Pool.«

»Oh . . . Besucher warten gewöhnlich im Aufenthaltsraum. Wir haben Gäste, die den Pool benützen.«

Haydon schaute ihr in die Augen.

»Es ist eigentlich nicht zulässig, daß Herren hinausgehen zum Pool, aber . . . Ich bin sicher, es geht in Ordnung.« Ihr Lächeln war angestrengt, als sie auf die Terrassentür zeigte, die sich zum Schwimmbecken jenseits des Aufenthaltsraums öffnete. Haydon drehte sich um und ging darauf zu.

Das ovale Schwimmbecken war eingefaßt mit glatten Fliesen, einem dichten Grasteppich und Kübelpalmen. Haydon ging zu einem der Glastische auf der Terrasse und setzte sich in den Schatten. Drei Frauen mit einteiligen Badeanzügen ruhten sich im sonnenbeschienenen, türkisfarbenen Wasser aus. Sie hatten die Arme auf den Rand des Beckens gelegt und die Beine vor sich ausgestreckt, wobei sie faul Wasser traten. Sie sahen Haydon und zeigten sich nicht sonderlich überrascht. Eine Frau kletterte aus dem Wasser und zog den Rand ihres Badeanzugs hoch, um die Sonnenbräune zu prüfen, die sie an den Schenkeln hatte. Haydon sah den dunklen Bogen, wo die Bräune an die weiße Haut grenzte. Zufrieden schob sie den Saum wieder zurück und langte nach einem Handtuch, das sie auf den Fliesen neben dem Becken ausbreitete. Dann legte sie sich hin und zog das Oberteil des Badeanzugs fast bis zu den Brustwarzen herunter, zupfte den Stoff so, daß er genau der Bräunungslinie entsprach, und legte sich dann auf ihr Handtuch.

Judith Croft tauchte unter einem Dach von Bananenblättern auf. Sie trug einen rosafarbenen Jogging-Anzug, der ihre hohen Hüften und die langen Beine vorteilhaft zur Geltung brachte. Sie tupfte ihr Gesicht mit einem gleichfarbigen, rosa Handtuch ab. Ihr schwarzes Haar glänzte seidig, aber zwischen den Brüsten waren dunkle Schweißflecken zu sehen. Sie zog die Stirn in Falten und schaute zu Haydon herüber. Er bemerkte nicht die Spur von Zurückhaltung, als sie ihn erkannte und auf ihn zukam.

Er stand auf, und sie setzte sich in den Boulevardstuhl gegenüber von Haydon. Sie warf das Haar in den Nacken, schaute auf die Frauen im Pool und schenkte Haydon dann ein kühles Lächeln.

»Nett, Sie zu sehen«, sagte sie.

»Guten Morgen.«

»Es freut mich, festzustellen, daß Sie diskret sein können, wenn auch nicht aufrichtig.« Jetzt wand sie sich das Handtuch um den Hals.

»Unter diesen Umständen kann ich kaum beides gleichzeitig sein.«

Ein schwarzer Angestellter in einer gestärkten weißen Jacke kam heraus, und die Croft bestellte sich eine Fruchtschale und einen Ananas-Orangendrink. Der Kellner wandte sich Haydon zu.

Haydon schaute die Croft an. »Was können Sie empfehlen?«

»Bringen Sie ihm doch einen Philippe«, sagte sie zum Kellner.

»Schöne Frauen«, murmelte Haydon und warf einen Blick hinüber zum Pool, als wartete er darauf, daß sich der Kellner außer Hörweite begab.

»Natürlich«, antwortete sie, folgte der Richtung seines Blicks und wandte sich ihm wieder zu. »Was wollen Sie?«

»Wir haben die Todesursache im Fall Sally Steen herausgefunden.«

Sie gab sich überrascht. »Und was war es?«

»Tollwut.«

Sie schauten sich an.

Ihr Gesicht veränderte keineswegs den Ausdruck, aber sie starrten einander noch längere Zeit schweigend an.

»Wie sagten Sie eben?« fragte die Croft zuletzt.

»Ich sagte Tollwut. Hydrophobie.«

Wieder schwiegen beide.

»Und was unternehmen Sie?« fragte die Croft gelassen.

»Ich werde Ihnen schildern, wie Sally gestorben ist.« Er hörte, wie er die Worte wiederholte, welche Vanstraten gesprochen hatte, um es ihm klarzumachen.

»Ich habe noch nie einen Polizeibeamten getroffen, der wirklich klug ist«, sagte sie. »Sie bilden da bestimmt keine Ausnahme.« Sie wandte sich ab und drückte sich den lose sitzenden Anzug gegen den Körper, was die dunklen Schweißstellen rasch vergrößerte.

»Und ich habe noch nie eine Hure kennengelernt, die nicht voller Argwohn steckt«, erwiderte er. »Sie bilden da auch keine Ausnahme.«

Die Croft riß den Kopf herum. »Sie Dreckskerl!«

Es war zu laut. Die Frauen am Schwimmbecken wandten ihnen die Köpfe zu.

Der Kellner kam heraus mit ihren Bestellungen: einem großen, grünen Limonengetränk für Haydon, der sich überlegte, was da drinnen sein mochte, und einem ebenso großen, gelblichen Drink mit einer Kirsche für die Croft. Ihre Fruchtschale war eine Mischung verschiedener, geeister Melonenbällchen mit einer Cocktailgabel und einer Serviette.

Sie tranken einen Schluck, wobei die Croft offenbar Mühe hatte, ihre Beherrschung wiederzugewinnen.

»Ich schlage vor, wir nehmen die Sache etwas gelassener«, sagte Haydon. »Ich versuche keineswegs, superschlau zu sein. Aber Sally ist wirklich an Tollwut gestorben. Es ist gestern abend endgültig festgestellt worden. Tollwut hat nichts mit der Mordkommission zu tun – das ist ein Problem für das Gesundheitsamt. An die haben wir den Fall übergeben.«

»Sie sind aber nicht hergekommen, um mit mir über die Probleme des Gesundheitsamtes zu sprechen.« Ihre Stimme zitterte noch ein wenig.

»Nein.« Haydon fragte sich, wie weit er bei ihr gehen durfte. Wahrscheinlich machte er jetzt einen Fehler. »Nein – aber es gibt da gewisse merkwürdige Umstände. Ich nehme an, Sie kannten Sandy Kielman, die vor ein paar Wochen gestorben ist.« Die Croft zeigte keine deutliche Reaktion. »Und natürlich kannten Sie Theresa Parmer.«

Bei jedem Namen veränderte sich Judith Crofts Ausdruck; schrittweise wich ihr Zorn einer spürbaren Nervosität. Es war deutlich zu sehen an den Augenbrauen, der erstaunlich ausdrucksvollen Stirn und den eleganten Händen, die mit dem Stiel der Kirsche spielten. Haydon erinnerte sich daran, wie sie ihren Drink in den Fingern gedreht hatte, damals bei seinem Besuch in ihrem Haus.

»Sie sind alle an Tollwut gestorben, ebenso wie eine vierte Person, eine junge, lateinamerikanische Frau, deren Beziehung zu den anderen uns noch unklar ist, vorausgesetzt, es hat überhaupt eine solche Beziehung bestanden.« Er ließ es dabei.

Die Frau, die neben dem Schwimmbecken in der Sonne lag, drehte sich auf den Bauch und legte ihren Kopf auf die verschränkten Arme. Dann spreizte sie die Beine V-förmig in Richtung auf Haydon. Eine der Frauen im Wasser schwamm auf dem Rücken durch den Pool, und ihre Bewegungen waren geschmeidig unter den kleinen, türkisfarbenen Wellen.

Haydon trank seinen Philippe und schaute den Frauen zu. Judith Croft blickte ins Nichts. Sie spielte mit der Kirsche. »Was wollen Sie?« fragte sie schließlich.

»Hat eine dieser Frauen Haustiere gehalten?«

»Nein. Das heißt, Theresa hatte mal einen Cockerspaniel,

aber sie hat ihn weggegeben. Sie wollte den Dreck nicht, den ein Hund mit sich bringt.«

»Und der Hund ist nicht gestorben?«

»Er starb jedenfalls nicht, bis sie ihn vor zwei Monaten weggegeben hat.«

»Wem hat sie ihn gegeben?«

»Barbara Sinclair.«

»Hat sie mit Theresa gearbeitet?«

»Nein, sie ist nicht im Geschäft. Barbara ist Friseuse.«

Haydon wartete einen Augenblick und betrachtete immer noch die Frauen am Schwimmbecken. »Was geht da Ihrer Meinung nach vor?«

»Zufall.«

»Wirklich?«

»Ich hätte es jedenfalls gedacht, wenn Sie nicht mit Ihren Zweifeln gekommen wären. Eine Pechsträhne.«

»Eine Pechsträhne – mit Tollwut?«

»Ich habe nichts von der Tollwut gewußt.«

»Aber jetzt wissen Sie es.«

»Hören Sie«, sagte die Croft, »das ist doch absurd.«

»Wie hat Sally die Eigentumswohnung am West University Place genutzt?«

»Sie hat sie gar nicht genutzt, sondern an Theresa vermietet.«

»Ein interessantes Haus.«

»Theresa war eine interessante Frau.«

»Mir kommt es vor wie ein Party-Haus.«

»Das war es auch.« Sie zupfte den Stiel von der Kirsche und aß sie auf. »Theresas Party-Haus.«

»Und was sollten diese einfarbigen Zimmer?«

»Ein Gag. Die Freier lieben solche Gags.«

»Ein teurer Gag.«

Die Croft lächelte. Sie schaute Haydon an, ließ ihren Blick über seine Jacke, das Hemd und die Krawatte gleiten. »Das hat euch die Augen rausgetrieben, was? Ich wette, Theresa hat in einer Nacht mehr verdient als Sie in zwei Wochen.«

»Sie haben recht. Das heißt, bis gestern abend. Jetzt habe ich den Rest meines Lebens Zeit zum Aufholen.«

Er wollte sie nach den Fotos fragen, aber andererseits brauchte sie nicht zu wissen, daß er sie hatte. Damit konnte er die Croft bei anderer Gelegenheit überraschen.

»Hat Theresa auch regelmäßig die lateinamerikanischen Klubs besucht?«

»Ich nehme es an.«

»Sie interessierte sich vermutlich mehr dafür als Sie.«

»Wie meinen Sie das?«

»Diese Musikbox, das Dekor. Sie scheint das brasilianische Ambiente sehr geliebt zu haben.«

»Sie hat es gemocht, ja.«

»Hat sie de la Borda und Guimaraes gekannt?«

»Weiß ich nicht.«

Ihre Antworten wirkten plötzlich wieder steif und geziert, aber vielleicht bildete er sich das nur ein.

»Seit wann wissen Sie, daß Sie Sallys gesamten Besitz erben?«

Zunächst reagierte sie nicht, dann atmete sie tief ein und hielt die Luft an, während sie sich umschaute in dem hübschen Innenhof, der von den Mauern des Hauses umgeben war, wobei das Schwimmbecken wie funkelnder Modeschmuck in der Mitte lag.

»Sie haben ganz schön um den Brei herumgeredet, bis Sie endlich darauf gekommen sind.«

Haydon wartete.

»Ich kenne sie fast drei Jahre. Seitdem weiß ich, daß sie mir ihr Vermögen vererben wollte.«

»Ich brauche mich nur bei ihrem Anwalt erkundigen.«

»Bitte sehr.«

»Es sieht nicht gut aus, daß Sie Marvin Farris angerufen haben, an dem Nachmittag, als ich bei Ihnen vorbeikam und Ihnen sagte, daß Sally tot ist.«

»Wieder mal eine voreilige Folgerung – die Achillesferse des Polizisten.«

»Und was ist mit Beobachtung und Deduktion?«

Die Croft lächelte, als ob sie ihn bei einem entscheidenden falschen Zug im Schachspiel erwischt hätte. Jetzt betrachtete sie sein Sportsakko von Armani, das maßgeschneiderte Hemd und die Seidenkrawatte, seine makellose Hose und die Bally-Schuhe.

»Ich würde sagen, Sie verschwenden jeden Cent, den Sie verdienen, auf Ihre Kleidung. Habe ich recht? Ist das jetzt eine voreilige Folgerung oder eine kluge Deduktion, die von meiner Beobachtung ausgeht?«

Touché. Um diese Pointe anzubringen, mußte die Croft wissen, daß ihre Deduktion falsch war. Kein Zweifel, sie hatte sich über ihn erkundigt. Es kommt selten vor, daß die Taktik von Kriminalbeamten umgekehrt wird, und wenn so etwas geschieht, ist das Gefühl einer gewissen Aggression unvermeidlich. Er war nicht sicher, warum sie sich entschlossen hatte, ihm klarzumachen, daß sie mehr über ihn wußte, als man annehmen konnte, aber er mußte zugeben, daß es ein Zeichen von bewundernswertem Mut war.

Der Kellner in der weißen Jacke kam über die Fliesen auf sie zu.

»Miss Croft, ein Anruf für Sie. Sie können ihn in der Lounge über der Squash-Halle entgegennehmen.«

Haydon und Judith Croft standen auf, und sie streckte ihm die Hand hin.

»Tut mir leid. Hätten Sie noch mehr Fragen gehabt?«

»Nichts, was wir nicht später besprechen könnten.«

»Davon bin ich überzeugt«, sagte sie, drehte sich um und ging weg.

Judith Croft betrat das Hauptgebäude und ging an dem Laden vorbei, wo es Designer-Sportkleidung zu kaufen gab, zum Innenlaufpfad mit terracottafarbenem Teppich. Sie hielt kurz an, um den muskulösen jungen Mann zu betrachten, der in der ovalen Mitte der Laufhalle zwei Frauen mit den Nautilus-Geräten behilflich war. Über den Laufbahnen blinkten zwei Lichter, welche die Schritte des Mannes und der Frau regelten, die über den Rundkurs joggten. Dann drehte sie sich um und ging die teppichbelegte Treppe hinauf, die in das obere Stockwerk führte. Sobald sie den Speisesaal des Restaurants erreicht hatte, konnte sie das Geräusch des Gummiballs gegen die Wand aus Plexiglas hören, die den Speisesaal auf einer Seite begrenzte. Sie schaute sich in dem fast leeren Raum um und sah einen Mann an einem

Tisch dicht an der Glaswand sitzen, der die Spieler beobachtete. Sie ging zu ihm hin, zog einen Stuhl heran und setzte sich.

»Ich dachte mir, daß du gerettet werden willst, meine Liebe«, sagte der Mann. Dabei hielt er den Blick auf die Spieler gerichtet. Sein dichtes, graues Haar war vorzüglich geschnitten, voll und wellig. Er trug einen stahlgrauen Jogging-Anzug mit dunkelrotem Schulterbesatz. Seine Stimme war ein gepflegter Bariton mit deutlichem Akzent.

»Du hast recht – wie üblich, Paolo.«

»Wer war das?«

»Ein alter – ein früherer Bekannter.«

Der Mann lachte leise und weich. »Von denen gibt es viele, was?«

Judith Croft gab keine Antwort, sondern legte ihre linke Hand auf den rechten Oberschenkel des Mannes. Während er immer noch die Spieler beobachtete, streckte er ebenfalls eine Hand aus und ließ sie unter das Oberteil ihres Jogging-Anzugs gleiten.

»Verschwitzt«, sagte er, lachte wieder leise und ließ die Hand dort.

19

Leo Hirsch ging zurück zum neutralen Dienstwagen, der an der East Canal Street parkte, im Herzen von Magnolia Park. Er sperrte die Tür auf, öffnete sie und ließ das Innere erst ein wenig abkühlen, bevor er einstieg. Dann knöpfte er sich den Kragen auf, lockerte die Krawatte und zog sie aus dem Kragen, der von Schweiß durchnäßt war. Jetzt schaute er sich um, blinzelte in die grelle Sonne und warf einen Blick auf die Mietskaserne Marsden Court. Ihre Zementblock-Architektur verstärkte das Gefühl der Hoffnungslosigkeit, welches das Mexikanerviertel wie eine sinnlose tropische Hitzewelle würgte und erstickte.

Es war später Nachmittag, und er hatte drei Stunden lang Klinken geputzt. Als er zurückblickte, fiel die Sonne schräg durch die Palmen und die Pekanbäume in zerrissenen Flecken auf die Innenhöfe der rechteckigen Wohnanlage. Er hörte noch entfernt *conjunto*-Musik und roch noch den fettigen Gestank abgestandener Zwiebeln, der durch die verbeulten Fliegengittertüren ins Freie drang. Mit dem Foto des lateinamerikanischen Mädchens in der schweißfeuchten Hand hatte er sich von Wohnung zu Wohnung durchgearbeitet, hatte Babys und Hunde geweckt und Ehemänner, die sich tagsüber ausschliefen, bevor sie zur Nachtschicht mußten – bis er gefühlt hatte, daß ihn aus jedem dunklen Gang auf beiden Seiten des Hofes Augenpaare anstarrten. Niemand hatte zugegeben, das Mädchen zu kennen.

Er schüttelte den Kopf und stieg in den Wagen. Das Lenkrad war noch zu heiß zum Anfassen, also nahm er sein Taschentuch heraus und drapierte es, nachdem er sich Stirn und Hände daran abgewischt hatte, um das Lenkrad. Er ließ den Motor an, wendete und fuhr in die Richtung der 69. Straße, der er bis zur Brücke über den Kanal folgte. An der Harbor Street bog er rechts ab und hielt dann einen Block vom Hidalgo Park entfernt an. Jetzt war er in der Nähe der Werften, wo man das Mädchen gefunden hatte.

Hier waren die Häuser klein und aus Holz, mit abblätternden Pastellfarben und nackten Vorgärten, die von Maschendraht umgeben waren. Der Straßenschmutz war zu Staub zermahlen an den Rändern, wo der Rinnstein hätte sein sollen, und ein leichter Staubfilm bedeckte die ausgebleichten Farben der Autos, die vor den Häusern standen, riesige Kakerlaken im Schatten der Mesquitebäume. In vielen Gärten zeugten üppige Bananenstauden und blühender Oleander vom tropischen Klima, und Geranien und Kakteen blühten auf den schattigen Veranden.

Hirsch parkte hinter der leeren Karosserie eines alten, radlosen Plymouth, der auf Holzblöcken aufgebockt war, dann starrte er die schmale Straße entlang. Eine Spottdrossel sang in einem Pyracanthusbusch, und im Hintergrund hörte man das rauhe Stöhnen der Hafenkräne, ein Geräusch, das man in der lastenden Hitze als besonders ärgerlich wahrnahm.

Er zog die Schwarzweiß-Vergrößerung aus der Tasche und schaute sie an. Vanstratens Fotografen war es irgendwie gelungen, ihr die Augen zu öffnen, so daß ihr Gesicht einen seltsam träumerischen Ausdruck erhielt, so, als ob sie tagträumte. Walther hatte recht gehabt; sie war wunderschön. Das hatte ihr der Tod nicht nehmen können. Wenn es sich um eine illegale Einwanderin handelte, wie er annahm, war sie eine von Tausenden, die über die mexikanische Grenze kamen, direkt in den großen Schmelztiegel des Barrios von Houston, wo sie die Anonymität suchten und fanden und den schweigenden Schutz aller mexikanischen Amerikaner genossen, die hier lebten. Auf diese Weise würde er sie nie finden; das wußte er ebensogut wie jeder Polizeibeamte, der sich jemals mit solchen Dingen beschäftigt hatte. Aber irgendwo mußte er anfangen.

Er stieg aus dem Wagen und knallte die Tür zu. Der Kolben seines Smith & Wesson hatte einen handtellergroßen Schweißfleck an seinem verlängerten Rücken hervorgerufen, dort, wo er unter dem Schoß seiner Anzugjacke verborgen war. Er ging durch ein Holztor, das in den rostigen Angeln knarrte, auf das erste Haus zu. Der ganze Garten, ohne Gras und glattgefegt wie Keramikfliesen, wurde von einem halben Dutzend gekrümmter und magerer Mesquitebäume beschattet. Zu beiden Seiten eines ausgetretenen Pfades, der zur Haustür führte, blühten malvenfarbene Petunien.

Hirsch ging zwischen Petunien hindurch und hinauf auf die Veranda. Am Rand des efeuüberwucherten Geländers wuchsen Tomatenpflanzen in Kaffeedosen, und aus den gefiederten grünen Blättern leuchteten die kleinen roten Früchte wie die Kirschen auf den Stechpalmen, mit denen man sich zu Weihnachten das Haus dekoriert. Plötzlich ertönte von der dunklen Seite der Veranda ein betäubendes, durchdringendes Pfeifen, und Hirsch brach der Schweiß aus, als hätte man einen nassen Schwamm über ihm ausgedrückt. Er wirbelte herum, seine Augen versuchten, das Dunkel zu durchdringen, und sein Verstand wollte das Geräusch, die Gefahr interpretieren. Adrenalin wurde in seine Adern gepumpt, als ein zweiter Schrei durch die Nachmittagshitze schnitt.

Dann sah er den Myna-Vogel. Er hüpfte vor und zurück in der Art von Mick Jagger, in einem Käfig, der dort herunterhing, stieß den Kopf nach vorne, riß ihn zurück und hüpfte nach einem inneren Rhythmus. Dann pfiff er wieder mit unglaublicher Klarheit und Lautstärke und trat dann plötzlich in die Mitte des Käfigs, der von seinem leimigen Kot verkrustet war. An seinem einen Bein war ein gelbes Band befestigt, das in einer Schleife von einem darüber befestigten Brett hing.

Eine Sekunde lang dachte Hirsch, er müsse sich übergeben, aber als er langsam die Hand von seinem Dienstrevolver nahm, wich auch seine Übelkeit. Er richtete sich auf, ging zu dem Vogel hin, schaute in die roten Augen, die ihn anblinzelten.

»Scheiße«, sagte er.

»Halt's Maul!« Die Stimme kam durch die dunkle Fliegengittertür hinter ihm. »Dich hab' ich gemeint, Vogel.« Womit das Objekt des Kommandos bezeichnet war.

Hirsch versuchte, sich seine Verwirrung nicht anmerken zu lassen. »Ich hab' mir Ihren Vogel angeschaut«, sagte er überflüssigerweise. »Ein Myna.« Er ging auf die Tür zu.

»Mein Wachhund«, sagte die Frau. »Hat Ihnen einen schönen Schreck eingejagt, wie?«

Hirsch grinste dümmlich. Er versuchte ohne Erfolg, hinter die Gittertür zu schauen, während er seine Plakette herausnahm und ihr sagte, weshalb er hier war.

»Haben Sie das Foto?« Ihre Stimme war rauh.

Hirschs Augen hatten sich jetzt an die Dunkelheit gewöhnt, und er sah die Frau hinter der Tür stehen, die Hände in die Hüften gestemmt, die Beine gespreizt. Sie war Anfang Fünfzig; ihr langes Haar hatte sie auf dem Kopf getürmt wegen der Hitze, und sie trug nur ein dünnes Baumwollkleid. Sie hatte ein weißes Taschentuch in der Hand, mit dem sie fortwährend um den Mund herumwischte.

Hirsch nahm das Foto heraus und hielt es vor das Gitter. Sie schaute es schweigend an.

»Ist die auf dem Foto tot?«

Hirsch nickte.

Die Frau hakte die Gittertür aus und langte hinaus, dann schnappte sie mit den Fingern; Hirsch sollte ihr das Foto geben. Er gab es ihr und kam sich vor wie ein kleiner Junge, der einer strengen Lehrerin gehorcht. Sie stand da, hielt die Gittertür mit dem Fuß auf und betrachtete das Foto sehr eingehend. Dann begann sie leicht den Kopf zu bewegen, nach einer Weile entschiedener, bis aus der Bewegung ein Nicken wurde.

Ein entschiedenes Nicken.

»Ich kenne sie, *sí*.«

Der Myna kreischte.

»Sie kennen sie?«

Die Frau sah ihn an. »Hab' ich das nicht gerade gesagt? Ja, ich kenne dieses Mädchen, dieses wunderschöne Mädchen.« Sie stieß die Tür ganz auf und trat heraus auf die Veranda. Jetzt schaute sie die Straße auf und ab und ging dann an Hirsch vorbei zurück ins Haus. »Kommen Sie rein«, sagte sie.

Er folgte ihr in ein kleines Wohnzimmer, dessen eine Seite als Eßzimmer diente, mit einem alten Tisch, in dessen Mitte ein gehäkeltes Deckchen drapiert war. Auf dem Deckchen stand eine Schüssel mit Mangos und Zitronen. Die Frau deutete ihm an, er solle sich an das eine Ende setzen, so, daß er direkt in die Küche schauen konnte.

»Sie brauchen Eistee«, sagte sie, und ging in die Küche, um ihn zuzubereiten. Hirsch blickte sich nach den spärlichen Möbeln um. An der Wohnzimmerwand befand sich der unvermeidliche Hausaltar, umgeben von Plastikblumen und Fotorähmchen mit den Bildern ihrer Familie. Der obere Teil des Altars war mit Alufolie bedeckt, damit er das Licht der Kerzen reflektierte, die halb abgebrannt waren. Maria schaute von ganz oben herab, mit geneigtem Haupt, eine blaue Mantilla um Kopf und Schultern drapiert.

In der gegenüberliegenden Ecke standen das Fernsehgerät, davor ein fleckiger Sessel mit Stoffbezug und im rechten Winkel dazu ein Sofa. Alle Fenster waren offen; zwei davon gingen auf die Veranda hinaus. Eine Tür führte ins Schlafzimmer, eine andere auf eine kleine Diele und ins Bad, wie Hirsch vermutete.

»Suchen Sie schon lange nach diesem schönen Mädchen?« rief die Frau von der Küche herüber. Er hörte, wie sie Eiswürfel aus dem Behälter nahm.

»Seit zwei Tagen«, antwortete Hirsch.

Er spürte den Wind aus dem grünen Ventilator, der auf einem Gestell in der Nähe der Küchentür stand. Die Frau kam herein mit einem riesigen Glas Tee, in dem die Eiswürfel schwammen. Sie stellte es vor ihn hin und legte ein Büschel grüner Blätter daneben.

»Minze«, sagte sie. »Die ziehe ich gleich draußen an der Tür. Ich hab' sie gewaschen, weil die Katzen manchmal draufpissen. Aber Minze ist gut zum Kochen, und man kann daraus wunderbaren Tee machen.« Sie trat zurück, nahm ihr Taschentuch aus dem Ärmel und wischte sich den Mund ab.

»Danke«, sagte Hirsch.

»Zerdrücken Sie die Blätter mit den Fingern und geben Sie sie dann in den Tee.«

Hirsch zerdrückte die Minzeblätter und gab sie in den Tee.

Sie schaute ihm zu, eine Hand in die Hüfte gestemmt, die andere mit dem Taschentuch vor dem Mund, während er den Tee mit dem Löffel umrührte, den sie ihm gegeben hatte.

»Gut«, sagte sie, nachdem Hirsch aufgehört hatte zu rühren und einen Schluck trank. Sie setzte sich in den Stuhl, der ihm gegenüberstand, wobei sie den Wind aus dem Ventilator blokkierte, und begann eine Orange zu essen, die halb geschält auf dem Tisch lag.

»Hat sie irgend jemand gekannt?« fragte die Frau dann.

»Sie sind die erste.«

»Ah, *pendejos.*« Sie lachte ohne Humor. »Keiner weiß etwas, wie?«

»Genau«, sagte Hirsch. Sie war auch heute noch keine unattraktive Frau, aber früher mußte sie hinreißend gewesen sein. Natürlich hatte sie ihre gute Figur längst verloren, und das Fleisch ihres Gesichts hing ein wenig schlapp nach unten, aber die Eleganz ihres Knochenbaus war noch deutlich zu erkennen.

»Zeigen Sie mir noch einmal das Foto«, bat sie.

Hirsch legte es auf den Tisch. Sie beugte sich darüber, um es genau anzusehen, ließ sich Zeit, dann schnalzte sie mit der Zunge.

»Was ist ihr passiert?«

»Wir nehmen an, sie hat eine Überdosis Rauschgift genommen.«

»Ja, klar. Rauschgift. Kommt immer mal vor. Das muß es gewesen sein«, sagte sie in einem Ton, der andeutete, daß sie nicht eine Sekunde lang daran glaubte.

»Wir warten noch auf den Bericht des medizinischen Sachverständigen. Woher kennen Sie sie?«

»Sie ist keine Mexikanerin, wußten Sie das?«

Hirsch zog die Augenbrauen hoch.

»Sie kommt aus San Salvador. Aber sie ist die Ausnahme. Die meisten sind was anderes.«

»Die meisten?«

»Schmeckt Ihnen die Minze?«

»Sehr gut«, antwortete Hirsch und trank wieder einen Schluck, um zu zeigen, wie gut ihm der Tee schmeckte. »Sie sagten, die meisten sind anders.«

»Die meisten!« Sie schüttelte den Kopf und aß eine Orangenspalte, zupfte dazu geistesabwesend die Schale in kleine Stückchen. »Ich kann sofort sehen, ob jemand mexikanisch ist oder nicht. Schauen Sie sich das Gesicht an.« Sie streckte das Kinn vor. »Glauben Sie, ich erkenne eine Mexikanerin, wenn ich sie sehe. Außerdem sprechen sie gar kein richtiges Spanisch. Und auch nicht Ex-Mex. Bis auf die aus Salvador. Ich konnte sie gut verstehen.«

Hirsch fand, es war das beste, wenn er von vorne anfing. Jetzt tippte er mit dem Zeigefinger auf das Foto. »Sie kennen also dieses Mädchen?«

»Nein.« Die Frau steckte sich wieder eine Orangenspalte in den Mund und betrachtete das Foto, während sie an der Orange kaute.

»Aber Sie sagten –«

»Ich habe sie getroffen, habe mit ihr gesprochen. Und auch die anderen, einige von ihnen.«

»Wer ist sie?«

Der Vogel stieß einen Pfiff aus.

»Es gibt tausend Möglichkeiten, etwas zu erfahren, hier im Barrio. Der Klatsch ist unsere Leidenschaft. Aber das beste ist es, und auch das sicherste, wenn man die *ojos* offenhält und die *boca* zumacht.

Sie grinste breit; das gefiel ihr. Hirsch fand ihre Zähne bemerkenswert. Sie waren außergewöhnlich weiß, gerade und kräftig. Er kannte viele junge Mädchen, die Tausende für solche Zähne ausgegeben hätten. Jetzt erhob sie sich von ihrem Stuhl und ging zu den schlappen Vorhängen, die neben den beiden vorderen Fenstern hingen. Sie bückte sich, hob etwas auf, das hinter den Vorhängen auf dem Boden lag, und kam zum Tisch zurück. Dann legte sie ein starkes Fernglas vor Hirsch auf den Tisch.

»Aus Armeebeständen«, sagte sie.

»Ja, Ma'am.«

»Vom Hidalgo Park aus kann ich die Schiffe sehen, die in den Kanal kommen. Ich kann ihre Namen lesen und das schmutzige Wasser sehen, das aus den Löchern läuft. Ich kann die Männer sehen, die auf den großen Tankern zwischen den Rohren und den Aufbauten herumgehen. Ich kann sehen, wie sie sich zuwinken und mit den Händen gestikulieren.

Und von meiner kleinen Veranda aus kann ich die ganze Straße überblicken. Warum sollte ich mich schämen, es zuzugeben? Ich kann nachts in die offenen Fenster schauen und sehen, wie sie schwitzen, auf der Stirn und unter den Kleidern. Ich kann sogar von ihren Lippen lesen. Harbor Street bei Nacht ist wie ein einziger, langer Stummfilm.«

Sie neigte den Kopf zur Seite und deutete hinaus zur Straße. In den Händen hatte sie die restlichen Orangenspalten.

»Etwas weiter unten, auf der anderen Seite, ist ein Haus mit drei Palmen davor, alte Bäume. Das Haus ist ein bißchen versteckt hinter Geißblattranken. Vorne ist ein Wohnzimmer wie dieses. Ich habe das Mädchen gesehen, in diesem Wohnzimmer. Sie und die anderen. Alle jung. Sie kommen hin und sehen aus, wie arme Mädchen aussehen, die aus Mexiko kommen. Einfach gekleidet. Enttäuscht und gedemütigt vom neuen Leben. Sie bleiben nicht lang, vielleicht eine Woche, dann verschwinden sie, und ich sehe sie nicht wieder. Das ist alles.«

Sie zupfte die Haut von einer Orangenspalte und aß.

»Sie sagten, sie hätten mit ihr geredet.«

»In der Hendrock Street, bei den Eisenbahngleisen, ist ein Waschsalon, gleich an der Kreuzung Navigation Street. Da kommt die ganze Nachbarschaft hin. Ich habe sie dort gesehen, und wir haben miteinander geredet. Nur so. Mehr war nicht zu erwarten, obwohl ich neugierig war.« Sie grinste. »Es ist vielleicht ein Laster, aber ich bin eine neugierige Frau. Sie war höflich, schaute aber immer auf einen Mann, der auf einem grünen Stuhl saß. Der Mann hat ein Pornomagazin angeschaut. Ich glaube, sie war ihm irgendwie verpflichtet.«

»Wie oft haben Sie sie dort gesehen?«

»Vielleicht dreimal. Sie hat gesagt, daß sie neu ist in den Staaten. Sie wollte sich einen guten Job besorgen, und ein paar Leute würden ihr dabei helfen. Das war schon alles. Nur noch, daß sie aus El Salvador war. Ich hab' ihr gezeigt, was für ein Waschpulver man verwendet und wie der Trockner funktioniert. Sie hat auch Männerkleidung gewaschen. Dreckarbeit. Wahrscheinlich für den Kerl mit den Pornomagazinen.«

Hirsch trank wieder einen kleinen Schluck Tee. »Wer wohnt in dem Haus?«

»Ich weiß nicht. Früher haben die Ramirez' dort gewohnt, aber die sind vor ein paar Jahren ausgezogen.«

»Haben Sie mit einem der anderen Mädchen gesprochen?«

»Ich hab' es versucht, mehrmals. Ich hab' sie nur im Waschsalon und nachts durch die Fenster gesehen.«

»Sie haben es versucht?«

»Ja. Sie haben so ein komisches Spanisch gesprochen. Kein Englisch. Es war nicht leicht. Ich wollte nur, daß sie Wörter wie ›Seife‹, ›Waschpulver‹, ›heiß‹, ›Baumwolle‹ und ›Nylon‹ verstehen. Sie verstehen schon, was man beim Waschen wissen muß.«

»War denn immer derselbe Mann bei ihnen?«

»Manchmal war es auch jemand anders.«

»Haben Ihre Bekannten in der Nachbarschaft über die Mädchen geredet, die dort kommen und gehen?«

»Klar. Zuerst haben wir befürchtet, daß die Huren von den Docks hierherziehen. Das hat keinem gepaßt, aber niemand wollte etwas sagen. Die Leute, die mit den Mädchen bei den Docks arbeiten, sind ziemlich gemein.«

»Aber Sie glauben nicht, daß es Prostituierte waren?«

»Ich weiß es nicht. Sie sind mir vorgekommen wie recht nette

Mädchen. Es hat nie irgendwelche Partys dort gegeben. Sie benahmen sich auch nicht wie Huren.«

»Was haben die Mädchen gemacht, wenn Sie sie durch die Fenster beobachtet haben?«

»Nichts. Ferngesehen.«

»Wie lange geht das nun schon mit diesem Haus?«

»Sechs oder sieben Monate vielleicht. So ungefähr, ja.«

»Und wann haben Sie dieses Mädchen hier zuletzt gesehen?«

Die Frau spuckte drei Orangenkerne in ihre Handfläche, dann schloß sie ein Auge.

»Vor ein paar Monaten.«

»Wieviele verschiedene Mädchen haben Sie gesehen, seit Sie das Haus beobachten?«

»Das ist schwer zu sagen.« Sie ließ den Kopf in den Nacken fallen, überlegte und kaute. Hirsch sah an ihrem Hals, wie sie den Saft aus der nächsten Orangenspalte schluckte und anschließend das Fruchtfleisch aß. Danach richtete sie den Kopf wieder geradeaus und schaute ihn an. »Ungefähr ein Dutzend.«

»Ein Dutzend?«

»Ja, so ungefähr. Zwölf. Das dürfte hinkommen.«

»Und wieviele sind gleichzeitig dort?«

»Normalerweise zwei. Aber nie mehr als drei.«

»Und Sie kennen von keiner den Namen?«

»Doch, sicher. Diese hübsche –«, sie deutete auf das Foto, »– ist Petra Torres. Sie ist die einzige, von der ich auch den Familiennamen kenne. Ich erinnere mich an eine Lydia, eine Lilia, eine Soyla. Mal sehen . . . Hm. Eine hieß Cecilia. An andere Namen erinnere ich mich nicht.«

Hirsch hatte schon eine ganze Weile sein Notizbuch vor sich liegen und machte sich Notizen. Die Frau sprach langsamer, wenn sie merkte, daß er nicht mitkam. Ihre Hilfe war natürlich, nicht gezwungen. Sie zögerte nicht, ihm alle Details zu berichten.

Er blätterte ein paar Seiten zurück, überprüfte seine Notizen und klärte hier und da einen Punkt durch Rückfragen. Trotz des Ventilators hinter der Frau an der Küchentür fühlte Hirsch, wie zwischen seinen Schulterblättern Schweißtropfen entstanden und rasch am Rückgrat entlang nach unten liefen. Sein Hosenbund war bereits feucht und juckte an der Haut. Das Lederhalfter mußte schon ganz durchnäßt sein. Von Zeit zu Zeit wischte er sich die Schweißtröpfchen auf der Stirn ab. Aber er zögerte, sein Taschentuch herauszunehmen und sich Gesicht und Hals abzuwischen, als wäre das eine Beleidigung für die Frau.

»Wie viele leben momentan dort?«

»Ich habe schon seit einem Monat kein Mädchen mehr in dem Haus gesehen.«

»Und welches Mädchen haben Sie zuletzt dort gesehen?«

»Wahrscheinlich Soyla.«

»Ist Ihnen sonst noch etwas in der Nähe des Hauses aufgefallen, was bemerkenswert war? Irgend etwas. Zum Beispiel ein bestimmter Wagen, der öfters dort auftauchte? Oder eine bestimmte Person?«

Darüber dachte sie eine Weile nach. Sie selbst zögerte keineswegs, sich mit dem Taschentuch abzuwischen, vor allem rings um den Mund, wo immer wieder kleine Schweißperlen entstanden.

»Nein. Nur der Kerl mit dem Pornoheft.«

»Könnten Sie ihn auf einem Foto identifizieren?«

»Klar.«

»Was für Wagen haben Sie dort gesehen?«

»Keine Ahnung. Ich achte nicht auf Wagen. Kann nicht einmal einen vom anderen unterscheiden. Buicks? Fords? Chevrolets?« Sie schüttelte den Kopf.

»Farben?«

Sie schüttelte wieder den Kopf.

Hirsch nahm das Glas mit Eistee und trank es aus. Die Minzeblätter blieben im Mund kleben.

»Sie müssen sie kauen«, sagte die Frau. »Das gibt Ihnen einen frischen Atem.«

Hirsch kaute sie. »Sie waren mir eine große Hilfe«, sagte er. »Vielleicht komme ich in den nächsten Tagen noch einmal vorbei.«

Die Frau hörte auf, sich den Mund zu wischen, und schaute ihn an. Dabei stützte sie den rechten Ellbogen auf den Tisch und deutete mit dem Zeigefinger auf ihn.

»Eines möchte ich klarstellen: Ich bin nicht blöd. Da unten geht bestimmt etwas vor. Ich weiß nicht, was. Aber diese Mädchen tun mir leid, und ich weiß, daß niemand anders mit Ihnen darüber reden wollte. Ich habe es gewagt und bin ein Risiko eingegangen. Aber ich muß Sie nun bitten, auch etwas für mich zu tun. Ich werde nicht mehr mit Ihnen reden. Ich bin nicht die einzige, die die Straße beobachtet. Inzwischen wissen mindestens drei oder vier Leute, daß Sie lange genug hier sind, um etwas von mir erfahren zu haben. Es wäre nicht schwer, herauszufinden, wer da geplappert hat, klar?«

Hirsch nickte.

»Also gehen Sie noch eine Weile durch die Straße und klopfen Sie an ein paar andere Türen. Versuchen Sie, in ein paar anderen Häusern genauso lange zu bleiben wie hier. Reden Sie meinetwegen über die Hitze oder über die Enkelkinder oder was weiß ich. Aber bleiben Sie eine Weile dort. Wenn die Leute später wissen wollen, worüber bei mir geredet wurde, und sie sagen, bei ihnen ging es um die Hitze und die Enkelkinder, kann ich sagen, bei mir war es das gleiche. Ich bin dann nicht die einzige, die Sie eine Weile hereingelassen hat. Okay?«

Hirsch stöhnte innerlich, aber er versprach es ihr. Er wußte, daß sie recht hatte. Er erhielt einen Zettel mit ihrem Namen und ihrer Telefonnummer und den nochmaligen Hinweis, daß sie nicht mehr mit ihm reden würde. Zumindest nicht hier in ihrem Haus. Er dankte ihr noch einmal und ging dann wieder hinaus auf die Veranda, wo der Myna sofort zu pfeifen begann und nervös auf und ab hüpfte. Die Frau versuchte nicht, den Vogel zum Schweigen zu bringen, während Hirsch durch das Gartentor ging und sich dem nächsten Haus zuwandte. Er warf einen Blick auf das Haus mit den drei Palmen und fühlte ein Dutzend Augenpaare auf sich, bewaffnet mit Ferngläsern aus Armeebeständen, die ihn dabei beobachteten, wie er auf das nächste Haus zuging.

20

Ed Mooney stand in der dritten Etage unter der riesigen Kuppel und schaute hinunter auf die übrigen Stockwerke. Das Licht, das durch die Kuppel fiel, nährte die Kästen und Tröge mit Grünpflanzen und die Feigenbäume der Laubengänge, in denen es wimmelte von auswärtigen Käufern, Touristen, Gaffern, Geschäftsleuten und Bewohnern der Eigentumswohnungen in den oberen Stockwerken dieses Luxusgebildes unseres Kernzeitalters.

Die Galleria. Eine Stadt von 42 Morgen unter Glas. Die Temperatur hielt sich konstant bei 22 Grad, die Atmosphäre strahlte unverfrorenen Reichtum aus, die Leute, die sich durch die Gänge bewegten, zählten in Zehntausenden, die Arterien dieser Stadt pulsierten von Banken, Hotels, Büros, Restaurants, Boutiquen, Salons, Bars, Läden, einem Eisstadion, Kinos und Konfektionsgeschäften; von Klatsch, Sex, Romanzen und Intrigen. Die Quintessenz der Stadt Houston. So elegant, so intellektuell – eben die Galleria.

Von Mooneys Position aus konnte er ein halbes Dutzend funkelnder Lifts sehen, die sich in andere Ebenen bewegten, über und unter ihm. Es war ein fabelhafter Ort, um Menschen zu beobachten. In den zwanzig Minuten, die er jetzt wartete, hatte er einen Rauschgifthandel gesehen – auf Ebene eins –, einen arabischen Scheich, oder was auch immer, samt Gefolge – Ebene drei –, einen Taschendieb – Ebene eins –, einen Jagdleoparden an der Leine – Ebene drei –, Goldie Hawn – Ebene zwei –, einen Mann und eine Frau, die nebeneinander spazierten, wobei der Mann die Hand innerhalb der schwarzen Hose der Frau hatte – Ebene drei –, einen Mann in durchsichtiger Plastikhose und einem roten Bikinislip darunter – Ebene zwei –, eine Modeschau russischer Pelze – Ebene zwei –, und seinen Hausbesitzer, der eine Frau küßte, die nicht seine Frau war – Ebene eins.

Dann, inmitten dieses Karnevalszugs, den Mooney für das reichste und abwechslungsreichste Straßentheater der ganzen

Welt hielt, sah er das bekannte Gesicht, auf das er gewartet hatte. Sie war – voraussehbar – vor den funkelnden Schaufenstern von Fred Joaillier stehengeblieben – kurz: Fred; Houston, Rodeo Drive; Paris, Saint Tropez, Monte Carlo. – Im Fenster lag ein Smaragd, so groß wie eine Walnuß, umgeben von Brillanten, die nicht kleiner waren als die Knöpfe an Mooneys Kaufhaushemd. Sie betrachtete die Steine, und Mooney wußte, daß sie sich dabei so erregte, als ob sie sich für Burt Reynolds ausziehen würde. Ihr Puls beschleunigte sich, ihre Körpersäfte flossen schneller, und ihre Phantasie wurde angefeuert von Gott weiß was für Gedanken – Gedanken, die kühn genug waren, um den alten Burt in Panik zu versetzen, kühn genug, um den Smaragd zu sprengen, kühn genug, um Mooney ein Kopfschütteln abzuringen. Er lächelte über die Absurdität der verdammten, weiten Welt, in der er herumwandern mußte.

Schließlich riß sie sich von den Schaufenstern los und ging, langsamer als die Menge, an einem Schuhgeschäft vorbei, vorbei an einem Geschäft für feine Unterwäsche, zu Tiffany's. Dort blieb sie wieder stehen. Das dunkelgrüne Seidenkleid hing ihr von den Schultern und Hüften bis dicht über die Knie in Falten, die so starr waren wie bei einer Marmorstatue.

Maureen Duplissey war eines von jenen Mädchen, für die Texas berühmt war. Sie war blond, langbeinig, mit schlanken, hohen Hüften, und sie war schlau. Sie sprach mit deutlichem Texas-Akzent und hätte jeder Miss Texas den Titel streitig machen können, die ihn in den letzten zehn Jahren erobert hatte. Sie war in Nord-Dallas aufgewachsen, wo Daddy ein paar Hunderttausender pro Jahr gemacht hatte, weil er unter einem Mikroskop an Computerchips herumfummelte, und wo Mama ihre Tennisbräune zeigte, wenn sie in »Capezios« und den »Junior League Follies« tanzte. Maureen hatte angefangen, sich Make-up aufzulegen, bevor sie ihre erste Periode bekam, hatte Antibabypillen genommen, bevor sie den Führerschein erwarb – Mama wollte »realistisch darüber reden« – und nannte den Geschlechtsverkehr »Liebe«, nachdem sie in der vorletzten Highschoolklasse ihre erste Abtreibung hinter sich gebracht hatte.

Sie schrieb sich in der Universität von Texas in Austin ein, verbrachte vier Jahre in Polohemden und Lacostes als grinsende Pi-Beta-Phi-Studentin und studierte Betriebswirtschaft. Sie lernte rasch und verstand es, die verborgenen Werte ihrer natürlichen Vorzüge bei Bilanzen und Amouren einzusetzen. Bald wurde ihr klar, daß fast jeder Mann bereit war, den Staat auf tausend verschiedene Arten zu betrügen und sogar eine strafrechtliche Verfolgung zu riskieren, um fünfhundert Dollar Einkommenssteuer zu sparen, die er ihr dann ohne Zögern anbot als Preis für eine Nacht zwischen ihren Beinen. Es war eine Lektion, die sie nie mehr vergaß.

Als sie ihr Diplom gemacht hatte und nach Houston gezogen war, konzentrierte sie sich auf angewandte Betriebswirtschaft. Was ihr die Natur geschenkt und was sie akademisch aufpoliert hatte, entfaltete sie nun mit der Disziplin und dem Flair einer guten Geschäftsfrau.

Sie verlangte fünfhundert Dollar als Grundgebühr. Mehr, wenn es die ganze Nacht dauern sollte, und fünfzehnhundert bis zweitausend, wenn es ein ganzes Wochenende dauerte, wobei sie immerhin ein Köfferchen packen und achtundvierzig Stunden lang die gute Gesellschafterin spielen mußte. Sie machte jedes Jahr einen Monat Ferien, meistens an der mexikanischen Pazifikküste. Es war ein sehr angenehmes Leben, das gekrönt wurde durch die Tatsache, daß sie über den libidinösen Appetit eines Gourmets und die spielerische Erfindungsgabe eines Epikuräers verfügte.

Jetzt wandte sich Maureen abrupt von der kleinen Tiffany-Auslage ab und ging auf die nächste Rolltreppe zu. Als sie auf die unterste Stufe trat, schaute sie rasch auf die Uhr. Mooney lächelte. Frauen, die stundenweise arbeiten, kannten den Wert der Zeit. Pünktlichkeit war ein Nebenprodukt ihres Berufs.

Er stieß sich vom Geländer ab, das den Atriumhof umgab, und bahnte sich einen Weg durch den Strom der entgegenkommenden Galleria-Besucher zum Eingang von Zucchinis Naturkost-Café – »Von der Farm direkt auf den Tisch« –, neben der Tür von Neiman-Marcus. Er wartete unter dem grünen, ovalen Schild auf die Geschäftsführerin und folgte ihr zu dem gewünschten Tisch neben dem grünen Eisengeländer, das den Restaurantteil des Cafés vom Gehsteigbetrieb trennte. Zucchini erinnerte an ein europäisches Freiluft-Café mit seinem schwarzweiß gemusterten Keramikboden, den kleinen Tischchen mit weißen Decken und dem handgetöpferten Geschirr.

Mooney bestellte sich ein Guinness Stout und wartete auf Maureen. Es dauerte nicht lange. Sie kam herein, und die Köpfe drehten sich nach ihr um, aber sie schien es gar nicht zu bemerken. Sie hatte Mooney bereits gesehen und kam auf ihn zu, ohne den Blick nach den Seiten schweifen zu lassen. Ihr Lächeln wirkte echt.

Er stand auf, als sie herankam, und sie küßte ihn auf die Lippen. Dazu mußte sie sich ein wenig nach unten bücken.

»Gott, schau dich doch an«, sagte sie, während sie sich setzte und Mooney Einblick in ihr Decolleté gönnte, gerade so, daß es noch diskret wirkte, »du mußt mindestens zwanzig Pfund zugenommen haben.«

»Vielleicht fünfzehn, seit ich dich zuletzt gesehen habe.«

»Ach, Moon, komm schon!« Sie lachte. »Zuviel davon.« Sie zeigte auf die Flasche dunkles Bier.

»Ja. Ich brauche mehr Bewegung, um es abzuarbeiten.«

»Momentan bist du eher dabei, es anzusetzen.«

»Klar«, sagte er. »Was möchtest du?«

Sie überflogen die Speisekarte und bestellten. Maureen eine Flasche Artesia und die Quiche Coquille, und Mooney noch eine Flasche Stout und den Zitronenpfefferburger, den er in einer Mischung aus Freßlust und schlechtem Gewissen bestellte. Nach drei Uhr brauchte er dann wieder seine Maalox.

Maureen stützte die Ellbogen auf den Tisch und ließ ihn noch einmal die hübschen, straffen Brüste sehen.

»Und welchem Umstand verdanke ich das Vergnügen? Als du das letztemal jemanden zum Essen eingeladen hast, mußtest du Beverly Thorp sagen, sie sollte nicht mehr mit dem Sohn des Senators bumsen, sonst würde ihr der alte Herr sämtliche Finger brechen.«

»Es war keine Kleinigkeit. Sie verlor damit praktisch ihr Einkommen und brauchte Trost.«

»Und sie war verliebt.«

»Sie dachte, sie sei verliebt.«

»Wirst du mir auch etwas ähnliches sagen?«

Mooney schüttelte den Kopf. »Du wirst mir etwas sagen.«

»Zum Beispiel?«

Mooney nahm das Foto aus der Tasche und reichte es ihr über den Tisch. »Zum Beispiel, wer das ist.«

Maureen schaute das Foto an und erkannte sofort, daß es das Bild einer Toten war. »Oh, verdammt.« Sie schnitt eine Grimasse und gab ihm das Foto zurück. »Keine Ahnung«, sagte sie.

»Keine Ahnung?«

Sie schüttelte den Kopf.

Mooney drehte das Foto herum und gab es ihr wieder. »Schau es genau an. Du kennst sie nicht?«

»He, Moon.« Sie wandte den Kopf ab. »Hör mal – wir haben gerade etwas zu essen bestellt, nicht wahr?«

Mooney steckte das Foto wieder ein. »Ich hätte nie gedacht, daß du so pingelig bist.«

»Du liebe Güte! Wer schaut sich schon gern vor dem Essen Leichen an?«

»Du hast recht. Es war ein Fehler«, sagte Mooney verständnisvoll.

Maureen zog die Schultern hoch, als wolle sie damit den Busen anders arrangieren, der durch den Anblick eines solchen Fotos irgendwie gelitten zu haben schien.

»Okay«, sagte Mooney. »Dann kannst du mir vielleicht die nächste Frage beantworten. Was war das für eine Sache, die Sally Steen und Theresa Parmer am West University Place laufen hatten?«

»Ach.«

»Ach?«

»Ich habe nicht gewußt, daß du darüber mit mir reden willst.«

»Das glaube ich dir.«

»Es ist wirklich schade um die beiden. Hast du gewußt, daß Theresa zur gleichen Zeit wie ich auf der Uni gewesen ist? Ja. Wir hatten ein paar gemeinsame Bekannte, aber wir sind uns hier nie begegnet. Allerdings waren wir manchmal auf derselben Party.«

»Reizend.«

Maureen blickte hinunter auf die Tischdecke und zupfte mit ihren roten Fingernägeln an einer Noppe.

»Moon, ich weiß nicht, was da gelaufen ist. Aber ich glaube, die Polizei hält es für möglich, daß diese Todesfälle in einem gewissen Zusammenhang stehen.«

»Du weißt ja, was die Polizei so denkt.«

»Aber ich weiß nichts darüber.« Ihre spielerische Leichtigkeit war verflogen.

»Du sollst mir nur einen kleinen Überblick geben, Maury. Ich frage nicht nach Namen und Nummern. Worum ging's bei der Geschichte?«

Das Essen kam, und Maureen war merklich erleichtert über die Unterbrechung des Gesprächs. Sie aßen ein paar Minuten lang schweigend, wobei Mooney dem Essen mehr Aufmerksamkeit schenkte, als es verdiente. Er ließ Maureen Zeit zum Nachdenken. Sie wußte jetzt, worüber sie reden sollte.

Schließlich sagte sie: »Du mußt mich erst einweihen, Moon. Wie schlimm ist diese Sache? Rede ich da über eine Haupt- und Staatsaffäre? Soviel solltest du mir zumindest verraten.«

Mooney schluckte einen Mundvoll Stout hinunter. »Im Mai ist Sandy Kielman gestorben. Vor ein paar Tagen starben diese zwei, und dann das Mädchen auf dem Foto. Die ersten drei sind im Geschäft gewesen, über die vierte wissen wir gar nichts. Wir versuchen gerade herauszufinden, ob da irgendeine Beziehung besteht. Wir wissen nicht einmal, wer sie ist. Das Morddezernat ist der Ansicht, daß in neunzig Tagen zu viele Callgirls ins Gras beißen mußten, und befaßt sich mit den Fällen. Das ist alles. Theresa hatte das Haus von der Steen gemietet, deshalb fingen wir da an. Das Haus war etwas ungewöhnlich, also nahmen wir an, daß auch die Vergnügungen dort ein bißchen ungewöhnlich gewesen sein müssen. Ist das der Fall?«

»Warum fragst du nicht Judith Croft?«

»Ach, darauf wären wir nie gekommen.«

»Schlaumeier. Ich weiß nicht, warum du mich da hineinziehen willst.«

»Weil du diese drei Mädchen gut genug gekannt hast, Maury.

So einfach. Wenn es dich tröstet: Du bist nicht die erste und nicht die einzige, mit der wir sprechen. Okay? Wir hören uns alle möglichen Geschichten an und vergleichen sie dann miteinander. Okay?«

»Und – habt ihr bisher Glück gehabt?«

»Du würdest dich wundern.« Er hatte kein Glück gehabt. Aus irgendeinem Grund empfanden die Mädchen dieses Berufs einen gesunden Respekt vor Sally und vor allem vor dem, was in ihrem Haus vor sich gegangen sein mochte. Die Mädchen, mit denen Mooney gesprochen hatte, waren bereit gewesen, über alles mögliche zu reden, nur nicht über das Geschäft von Sally Steen. Jede hatte den Zeitungsbericht über die Parmer gelesen, aber es gab einige, die noch nicht wußten, daß Sally tot war. Und wenn sie schon zögerten, über Sally zu reden, solange sie annahmen, daß sie noch lebte – ihr Tod verschloß eine Stahltür. Er schien ihnen etwas zu beweisen. Ein Gespräch über irgend etwas im Zusammenhang mit Sally Steen war einfach tabu.

»Ja, es stimmt, eine Menge Leute sind sehr nervös, weil die drei so rasch hintereinander gestorben sind.«

Mooney nickte.

Maureen legte die Gabel hin und schob die halbgegessene Quiche weg. Dann nahm sie eine Zigarette aus ihrer Handtasche und zündete sie an.

»Was ist denn mit Theresa geschehen?«

»Wir wissen es noch nicht. Sie hat einfach tot im Bett gelegen. Nackt. Wir warten noch auf den endgültigen Bericht des Coroners.«

»Und Sally ist ertrunken?«

»So sieht es aus.«

»Und Sandy hatte Lungenentzündung?«

»So ähnlich, ja.«

Maureen schnitt eine Grimasse, die andeutete, daß keine der drei Todesarten verdächtig wirkte. Sie stützte wieder einen Ellbogen auf den Tisch, das Handgelenk nach hinten gedreht, und hielt die Zigarette in der anderen Hand. Mooney hatte das immer für eine billige Pose gehalten. Um den Filter der Zigarette war ein roter Ring.

Sie senkte ihre Stimme. »Wenn du versuchst, mich als Zeugin zu benennen, werde ich schwören, daß alles eine Lüge ist, etwas, das du dir aus den Fingern gesogen hast, weil ich nicht mit dir ins Bett gehen wollte. Damit mach ich dich fertig.«

»Willst du damit sagen, daß du mir nicht traust?«

»Du wirst schon sehen, was ich damit sagen will.« Sie steckte sich die Zigarette zwischen die Lippen und paffte. »Und ich wette die Einnahmen einer ganzen Woche, daß du noch gar nichts erfahren hast – von allen, mit denen du darüber gesprochen hast. Habe ich recht?«

»Du würdest dich wundern.«

»Mein Gott.« Maureen hatte die Beine übereinandergeschlagen und ließ nervös den Fuß wippen, während sie sich in dem Café umschaute und überlegte. Sie blickte hinaus auf die Passanten, hinauf zu der Kuppel, dann wieder auf Mooney. »Du weißt natürlich von dieser brasilianischen Geschichte.« Es war eine Feststellung.

»Ich weiß, daß sie brasilianische Musik mochten, und daß Sally an einigen Klubs Anteile besaß.«

»Bist du in Sallys Haus gewesen – das sie Theresa vermietet hat?«

»O ja; in der Musikbox waren nur brasilianische Nummern.«

»Aber das ist nur der Schaum auf dem Bier.«

»Aha.«

»Vor einem Jahr hat sich für Sally einiges verändert. Zum Guten. Sie machte zwar noch weiter wie bisher, aber sie kam allmählich in eine Puffmutter-Situation, und das fing alles damit an, daß sie diese Brasilianer kennenlernte. Genau gesagt, vor allem diesen einen. Ein reicher Kerl. Sehr, sehr reich. Er wohnt in Shelbourne Tower. So reich. Ein Geschäftsmann. Besitzt einen Teil des Amazonas, oder so. Hat ein Vermögen gemacht mit Holz. Hartholz. Seine Familie hat noch immer das Geschäft unten in Brasilien, und er ist vermutlich nach Houston gekommen, um sich zu zerstreuen. Es gibt so etwas wie eine brasilianische Kolonie, und dieser Kerl, den Sally kannte, ist der Mittelpunkt dieser Gesellschaft.

Er hat sie sehr gut leiden können und ihr eine Menge Chancen geboten. Finanztips, Klienten mit guten Dollars. Eine Goldmine für Sally, denn jetzt lief alles so, wie sie es sich wünschte. Wenn man in Sallys Alter kommt, schaut man sich nach so etwas um, etwas, das Geld einbringt, ohne daß man jeden Abend auf den Strich gehen muß. Sally ist schlau gewesen und erkannte, was da für sie drin war. Sie selbst ist sozusagen zurückgetreten. Aber sie hat die tollsten Mädchen aus der ganzen Branche zusammengeholt und sich entsprechend Anteile gesichert, während sie der brasilianischen Gemeinde das Beste bot, was es je im »Sonnengürtel« gegeben hat. Sie sind ganz wild gewesen danach.

Es hat nicht lange gedauert, da war Sally ganz oben. Ich meine, sie schwamm im Geld. Auf einmal war alles *carioca,* verstehst du? Das ›La Brasilia‹ ist der Treffpunkt dieser Leute. Ich glaube, es gehört dem großen Mann.«

»Und wie heißt dieser große Mann?«

»Du hast gesagt, ich brauche keine Namen zu nennen.«

»Du hast recht. Fein.«

»Schau, das Mineralwasser ist nett für ein tête-à-tête, aber ich glaube, wir könnten zu etwas anderem übergehen.«

Mooney winkte dem Kellner, und Maureen bestellte einen Martini. Mooney ließ sich noch ein Stout bringen. Als die Getränke kamen, zündete sich Maureen noch eine Zigarette an und trank einen Schluck von dem klaren Cocktail. Der Kellner servierte ab, und sie entspannte sich ein wenig.

Mooney drängte: »Also hat alles in diesem Haus angefangen?«

»Nicht ganz. Diese Männer sind ein bißchen raffinierter als der große Haufen. Aber es gab besondere Gelegenheiten – und dafür hatte sie das Haus.«

»Zum Beispiel?«

»Du hast das Haus gesehen. Ideal für Orgien. Nichts war so ausgefallen, daß man es dort nicht erleben konnte.«

»Bist du jemals dort gewesen? Ich meine, zu einer der – Sitzungen?«

»Einmal. Eine Gruppensexnummer.«

»Und?«

»Nichts und.«

»Okay. Hat Theresa ständig dort gewohnt?«

»Genau. Jemand mußte ja Schlummermutter spielen.«

»Schlummermutter? Haben denn auch andere Mädchen dort gewohnt?«

»Hier und da.«

»Hast du sie gekannt?«

»Nein.«

»Was meinst du mit hier und da?«

»Manchmal.«

»Wann? Kannst du mir Näheres darüber sagen?«

»Gar nichts«, sagte sie scharf.

»Okay, okay. Haben die Kielman, die Parmer, die Croft und Sally bei diesen besonderen Gelegenheiten teilgenommen?«

»O nein. Nur Sandy, Theresa und die, die dort wohnten.«

»Warum nicht die Croft und die Steen?«

»Hab' ich dir doch gesagt. Sally hatte sich ein für allemal zurückgezogen. Und Judith – die steht über solchen Dingen.«

»Wie ist ihr das gelungen?«

»Judith und Sally hatten eine besondere Beziehung zueinander. Sally hat sie sozusagen adoptiert, hat sie finanziell unterstützt und dafür gesorgt, daß sie das Beste bekam, was zu haben war. Du weißt schon – sie wollte sie nicht in dieser Situation sehen, wollte sie eher in die Kategorie einer ausgehaltenen Frau bringen, einer Geliebten. Judith ist erst spät ins Geschäft eingestiegen, und Sally hat sie als *crème de la crème* behandelt.«

Mooney stieß ein wenig weiter vor. »Weißt du irgend etwas über die Fotoabende dort?«

Maureen zögerte. »Ich weiß, daß dort gelegentlich Fotos gemacht wurden.«

»Wer hat fotografiert?«

»Theresa hat gesagt, daß sie es war.«

»Du meinst, während sie mitmachte?«

»Nein. Sie und Sandy haben sich beim Fotografieren abgewechselt.«

»Für die Klienten?«

»Nein, zu Sallys Sicherheit. Sally sah alles aus zwei Blickwinkeln. Sie dachte, es wäre gut, wenn man über gewisse Dinge Buch führt – mit den entsprechenden Beweisen.«

Gut gesagt, dachte Mooney und trank einen Schluck Stout.

Am Tisch nebenan sprachen ein Mann und eine Frau, die wie Mitte Fünfzig aussahen, über Krügerrands. Sollten sie mehr davon kaufen? Oder die verkaufen, welche sie bereits besaßen? Dazu tranken sie St.-Pauli-Bier, und jedesmal, wenn der Kellner neue Flaschen brachte, stießen sie mit den Gläsern an. Sie waren sehr mit sich und der Welt zufrieden.

Maureen warf ihnen einen vernichtenden Blick zu und trank ihren Martini aus. »Houston ist voll von solchem Gesindel«, sagte sie laut genug. Nachdem das Paar einige frostige Blicke mit ihr getauscht hatte, begannen die beiden wieder zu reden und drehten sich in eine andere Richtung.

»Ich glaube, wir sollten jetzt gehen, wie, Maury?«

»Ja, vermutlich.« Sie wirkte etwas hochnäsig.

»Nur noch eines: Sind alle Nummern der Musikbox in Sallys Wohnung portugiesisch?«

»Ja, ich glaube.«

»Aber niemand hat Portugiesisch gesprochen?«

»Doch; Sandy und Theresa.«

»Hast du nicht gesagt, die Brasilianer sind nur zu besonderen Gelegenheiten dort gewesen?«

»Überwiegend.«

»Aber nicht alle?«

»Ich glaube, du solltest dir die restlichen Informationen von Judith besorgen. Von mir hast du schon mehr, als dieses Essen wert war.«

Mooney machte eine beschwichtigende Geste. Irgend etwas im Zusammenhang mit den Mädchen, die in dem Haus wohnten, hatte bei ihr einen wunden Punkt berührt.

Er winkte nach der Rechnung und bezahlte, während Maureen in ihrer Handtasche kramte und ihr Make-up überprüfte. Sie verließen gemeinsam das Café und ließen sich dann treiben in dem Strom von Menschen, der sich zum entgegengesetzten Ende des Atriumhofs bewegte. Als sie die Rolltreppe erreichten, blieben sie stehen.

»Du warst mir eine große Hilfe, Maureen.«

Sie zuckte mit den Schultern.

»Ich weiß gar nicht, warum du überhaupt darüber gesprochen hast.« Jetzt schaute ihr Mooney in die Augen.

»Theresa und ich waren gute Freundinnen. Ich hab' sie gerngehabt. Falls da etwas faul ist, wäre es nicht recht, wenn es einfach unter den Teppich gekehrt würde.«

Sie schaute etwas betroffen drein, und Mooney wartete.

»Zwischen mir und Judith dagegen kann man nicht gerade von einem liebevollen Verhältnis sprechen. Diese brasilianische Sache war sehr lukrativ. Ich habe auch ein paarmal mitgemischt, aber dann hat mich Sally verscheucht. Theresa hat versucht, mich wieder reinzubringen, aber Sally wollte nichts davon wissen. Ich habe immer gedacht, daß Judith irgendwie ihre Finger im Spiel hatte. Doch das findet ihr sicher leicht heraus.«

»Danke«, sagte Mooney.

Sie warf ihr Haar in den Nacken und küßte ihn wieder auf die Lippen, bevor sie sich umdrehte, den Fuß auf die oberste Treppe stellte und nach unten glitt. Mooney schaute ihr nach und beobachtete die Köpfe auf der entgegenkommenden Rolltreppe, sah, wie sie sich nach Maureen umdrehten. Als sie unten angekommen war, schaute sie auf die Uhr. Ohne sich noch einmal umzudrehen, tauchte sie in der Menge unter.

21

Rafael steckte den Schlüssel ins Sicherheitsschloß und sperrte die Tür zum Labor auf. Die runde, elektrische Uhr über den Schränken zeigte auf einundzwanzig Uhr dreißig. Um diese Zeit würde er nicht mehr gestört werden. Und die Nachtwächter hatten sich daran gewöhnt, daß er noch spät arbeitete. Medizinstudenten hielten sich nicht an geregelte Arbeitszeiten. Alles drehte sich um ihr Studium und ihre Arbeit in den Seminaren. Essen, Schlafen und Privatleben kamen bestenfalls an dritter Stelle. Rafael bildete da keine Ausnahme. Die späten Stunden waren Routine für ihn, das Wort »spät« hatte jegliche Bedeutung verloren.

Es half allerdings, zu einer Gruppe zu gehören, der man wegen ihrer Fähigkeiten die Gelegenheit gegeben hatte, mit berühmten Professoren ihres Gebiets an Spezialprojekten zu arbeiten. Rafael tat dies bei einem Team unter Dr. Taylor Morton in der Abteilung Mikrobiologie und Infektionskrankheiten. Im Abglanz von Dr. Mortons Ruf wurden sie von den anderen Studenten respektiert, räumte ihnen die Verwaltung eine Menge Privilegien ein und vergaß das Krankenhauspersonal gewisse Verstöße, die es bei allen anderen Studenten streng geahndet hätte. Deshalb fragte ihn niemand, wenn er sich noch so spät im Labor aufhielt.

Er legte seine Bücher auf einen vollgepackten Schreibtisch neben dem Vorratsschrank und nahm seinen langen, weißen Laborkittel vom Kleiderständer. Zog ihn an, knöpfte ihn zu und schaute sich um. Das Labor eines modernen medizinischen Forschungszentrums war eine Umgebung, in der Präzision das wichtigste war, eine leidenschaftslose Präzision. Es gab keinen Platz für Unsicherheit oder Unaufmerksamkeit zwischen diesen Instrumenten der Exaktheit, keinen Platz für schlampiges Denken oder oberflächliche Theorien. Rafaels Augen richteten sich in die Runde, sein Blick berührte bewundernd die harten Chromflächen, das Glas der Probenröhrchen, Zylinder und Flaschen. Er lächelte innerlich, immer nur innerlich, die Meßgeräte an, die Linsen, die Skalen, die gebogenen Röhren und die Reagenzgläser, die sich auf der schwarzen, glatten Oberfläche der Labortische spiegelten. Das hier war seine Welt. Der Geruch von Alkohol und Formaldehyd war Ozon für seine Lungen.

Heute abend war es in besonderem Sinne seine Welt. Heute widmete er sich nicht der Lösung eines gemeinsamen Projekts, sondern seiner eigenen Besessenheit. Es paßte gut, dachte er, daß er seine Arbeit immer in den stillen Nachtstunden versah.

Er ging zur Rückseite des Labors und öffnete den verchromten Kühlschrank. Brummte ein wenig, langte hinein und nahm einen durchsichtigen Plastikbeutel heraus, den er auf einen der schwarzen Tische legte. Dann beugte er sich darüber und betrachtete den Hundekopf. Es war ein irischer Setter gewesen, und er hatte verdammtes Glück gehabt, das Tier zu bekommen. Die Köpfe von Tieren, bei denen man Tollwut vermutete, gingen normalerweise zum Gesundheitsamt in Austin, wo man das Virus bestimmte. Aber gelegentlich bekam er sie über seinen eigenen Schwarzmarkt. Es gab eine ganze Reihe von Tierärzten in der Stadt, die wußten, daß er dreihundert Dollar pro Kopf bezahlte, vorausgesetzt, das Tier war mit Tollwut infiziert.

Der Plastikbeutel lief an, und Rafael rieb ihn am Haar des Hundekopfs. Dann nahm er den Beutel und legte ihn wieder hin, so daß der Kopf auf dem Hals stand und ihn anstarrte. Es war ein guter Kopf. Bei großen Hunden war die Arbeit wesentlich leichter. Er tätschelte den Kopf und ging dann in den kleinen Sezierraum, den man durch eine Tür neben dem Kühlschrank betrat. Alles lag genauso da, wie er es sich früher am Abend zurechtgelegt hatte. Er kam immer vorher vorbei und legte sich die Instrumente zurecht. Es war angenehm, hereinzukommen und dann gleich mit der Arbeit beginnen zu können.

Als er wieder hinausging, schaltete er einen Deckenventilator an, der die Luft aus dem Labor herübersog. Im Sezierraum gab es keinen Geruchsabzug, eine Vorsichtsmaßnahme, die das Risiko einer Tröpfcheninfektion durch die Luft verminderte.

Rafael zog sich einen anderen, weiteren Laborkittel über den ersten, dann eine steife Gummischürze, die er am Rücken zuband. Er setzte sich das Schutzschild aus Plexiglas auf, das man wie einen Schutzhelm beim Schweißen nach unten klappen konnte, um das Gesicht vor Blut- und Gehirnspritzern zu schützen, dann zog er die schweren Gummihandschuhe an. Er nahm den Plastikbeutel, ging hinüber in den Sezierraum und schloß die Tür. Dann riß er den Beutel auf, ließ den Kopf auf den Seziertisch aus rostfreiem Stahl rollen, neben die glänzenden Instrumente, die auf einem sterilen Handtuch lagen.

Er befestigte den Kopf des Setters in einer Haltevorrichtung, die an den Schraubstock eines Klempners erinnerte. Die beiden Blöcke, die den Gegenstand festhalten sollten, waren mit scharfen Stahlnägeln versehen. Nachdem er den Kopf dazwischengelegt hatte, drehte Rafael die Blöcke zusammen, wobei sich die Nägel in beide Seiten des Kopfes bohrten und ihn auf diese Weise fixierten. Jetzt öffnete er das Maul des Setters, steckte eine Maulsperre hinein und befestigte sie auf beiden Seiten.

Dann packte er die Ohren des Setters und schüttelte den Kopf, um festzustellen, ob er sicher genug eingespannt war.

Mit einem Skalpell aus der Sammlung von Instrumenten schnitt Rafael eine Furche über den Schädel, beginnend zwischen den Augen, bis zum Hinterkopf. Dann zog er die Haut mit Pinzetten weg, schnitt sie vom Schädelknochen und legte sie über die Augen des Setters, damit kein Haar die Operation störte. Anschließend schnitt er die restlichen Muskelpartien weg, um den Schädelknochen bloßzulegen, der sich jetzt wie eine kleine, weiße Kuppel zwischen dem lachsfarbenen Muskelgewebe und der perlgrauen Lederhaut des rötlichen Fells erhob.

Rafael überprüfte noch einmal den festen Sitz des Kopfes und nahm dann die elektrische Autopsiesäge, die von einem kleinen Motor angetrieben wurde. Die Säge war von der Größe eines Mikrofons, und an ihrer Spitze befand sich ein Sägeblatt, das vor und zurück vibrierte, sobald man den Motor anschaltete. Er schaltete den Strom ein, und die Säge summte leise. Nun drückte er das Blatt gegen die Augenhöhlen und senkte sie in einem Winkel auf den Knochen, der einen Schnitt schräg zu seiner Position entstehen ließ. Die Säge jaulte, schnitt sich aber leicht und schnell durch den Knochen. Es roch nach verbrannter Knochenmasse. Danach legte Rafael die Säge an beiden Seiten des Schädels an und machte ähnliche Schnitte, denen der abschließende Schnitt auf dem Hinterkopf folgte, so daß schließlich ein viereckiges Stück des Schädelknochens frei dalag. Mit der Spitze des Skalpells nahm er das viereckige Knochenstück weg und enthüllte die glänzende Haut, die das Gehirn schützte.

Er legte die Instrumente, die er benützt hatte, beiseite, um zu verhindern, daß die folgende Prozedur in irgendeiner Weise infiziert wurde. Nun begann Rafael, den weißen Sack der Gehirnhaut aufzuschneiden und zu entfernen. Als das Gehirn freilag, löste er es aus dem Schädel, indem er es zuerst vorne anhob und die darunterliegenden Nervenstränge durchtrennte, dann den Gehirnstamm durchschnitt, dort, wo der Zentralnervenstrang des Rückenmarks ins Gehirn überging. Als das Gehirn freilag, hob er es mit einem hölzernen Zungenstäbchen und einer Pinzette heraus und legte es auf eine große Petrischale.

Jetzt klappte er den blutbespritzten Gesichtsschutz nach oben und betrachtete das Gehirn. Es war nicht allzu groß, paßte bequem in seine Hand. Er hob es an, fühlte das rundliche Gewebe durch den Handschuh. Er fühlte auch die Kälte des Kühlschranks. Rafael umschloß das Gehirn mit der Hand und drückte es leicht zusammen. Als er die Hand langsam öffnete, sah er, wie die Masse kurz an dem Gummi des Handschuhs klebenblieb, dann schabte er sie mit dem Zungenstäbchen in die Petrischale.

Anschließend wandte er sich wieder dem Hundekopf zu. Man sah nur die Schnauze, da die Augen zugedeckt waren mit dem Skalp des Hundes. Rafael hob die Haut auf allen Seiten an und legte sie zurück in die leere Höhle. Der Hund sah ihn an, körperlos, gehirnlos, passiv. Rafael nahm ein anderes, sauberes Skalpell vom Tuch und hielt es mit der rechten Hand, während er das Lid des rechten Hundeauges mit der Linken zurückzog. Er plazierte das Skalpell genau am oberen Rand des Auges und führte es mit einer raschen Bewegung hinter dem Auge vorbei, trennte so die Sehnerven und den Muskel, nahm es heraus und legte es auf den Tisch. Er beugte sich hinunter und schaute es an. Die Augen hob er immer auf. Er mußte schon vierzig Augen zu Hause haben, alle in Formaldehyd in einem Laborglas. Das hier waren besonders schöne Exemplare. Er entfernte rasch das zweite, legte beide in ein größeres Fläschchen, gab Formaldehyd dazu, verschloß die Flasche und stellte sie auf den Rand des Tisches.

Von nun an arbeitete er rascher: Er löste den Hundekopf aus der Halterung und warf ihn in einen Abfallbeutel aus Plastik, zusammen mit dem Handtuch, damit alles verbrannt wurde. Den Beutel gab er in einen Spezialkanister, den er hinausstellte auf den Gang. Jetzt rief er den Nachtdienst an. Der Abfall würde innerhalb einer Stunde fortgeräumt und verbrannt werden. Er wischte die Oberfläche des Seziertisches mit einer Desinfektionslösung ab, dann wusch er mit Seife und warmem Wasser nach. Die Instrumente, die er benützt hatte, steckte er in die Halterung des dickbäuchigen Autoklavs, schloß den Deckel und schaltete ein. Später würde er zurückkommen und die Instrumente noch zusätzlich mit Desinfektionsmittel, Wasser und Seife reinigen.

Er nahm den Gesichtsschutz ab und reinigte ihn, zog die Handschuhe und den zweiten Laborkittel aus und gab beides in einen Spezialwäschesack, den man in der Virologieabteilung benützte. Dann betrachtete er noch einmal die beiden Augen. Sie wurden von der Flüssigkeit und dem Glas vergrößert und schienen das Fläschchen fast zu sprengen. Er schüttelte die Flasche und steckte sie dann in die Tasche seines Labormantels. Anschließend nahm er das Gehirn in der Petrischale und brachte es hinaus ins Labor, schaltete das Licht im Sezierraum aus und schloß die Tür.

Nun ging er daran, festzustellen, ob der Hund tatsächlich Tollwut gehabt hatte. Er zog sich ein frisches Paar chirurgischer Handschuhe an und legte sich eine zweite Serie von Instrumenten auf ein steriles Tuch auf dem Labortisch. Den Inhalt der Petrischale ließ er vor sich auf den Tisch gleiten, dann schaltete er eine Leuchtstoffröhre ein. Er drehte das Gehirn in der Schale so, als stehe er über dem Hund, der von ihm wegschaute. Die Gewebeprobe mußte von dem Teil des Gehirns entnommen werden, der zur Tollwutbestimmung wichtig war. Mit einer Pinzette zog er die beiden Hemisphären des Gehirns auseinander, tauchte das Skalpell in die Spalte und entnahm einen Teil von beiden Hemisphären. Er legte beide Stücke in eine bereits zuvor beschriftete, kleinere Petrischale. Eine für jede Seite des Gehirns.

Dann drehte er das Gehirn um und entnahm in gleicher Weise Gewebsproben aus beiden Hemisphären des *cerebellums,* der Gehirnbasis hinter der Medulla, von der er zusätzlich eine Gewebsprobe entnahm.

Er legte auch diese Proben in vorbereitete Petrischalen. Es war wichtig, die verschiedenen Proben getrennt zu untersuchen, weil das Tollwut-Antigen häufig ungleich verteilt war und weil man alle Gehirnpartien überprüfen mußte, um das Ausmaß der Infektion erkennen zu können.

Mit sechs sterilen Mikroskopgläsern machte Rafael von jeder Gewebsprobe zwei Abdrücke auf das Glas, drückte es dabei fest gegen das Gewebe, damit eine feuchte Stelle zurückblieb. Die

Gläser legte er auf ein Tablett, das in eine Schale mit Azeton paßte, welches auf minus 20 Grad gekühlt war. Die Schale stellte er danach in ein Gefriergerät, das er bereits auf die entsprechende Temperatur eingestellt hatte, und schaute auf die Uhr. Die Proben mußten vier Stunden im Gefriergerät bleiben.

Nachdem er die Instrumente, die von ihm benützt worden waren, in den Sterilisator gesteckt hatte, ging er wieder in den Sezierraum und räumte auf. Dann kam er heraus ins Labor, nahm den kleinen elektrischen Wecker und stellte ihn auf zwei Uhr morgens. Nun schob er die Lehrbücher, die fotokopierten Artikel und die medizinischen Fachzeitschriften nach hinten, bis er genügend Platz hatte, um sich hinlegen zu können. Er überprüfte noch einmal das Schloß an der Tür, schaltete dann das Licht aus. Von draußen kam genügend Helligkeit herein, daß er sich zurechtfand. Er zog den Laborkittel aus, nahm das Fläschchen mit den Augen aus der Tasche und legte es oben auf die Bücher. Nachdem er den Kittel zu einem provisorischen Kissen zusammengerollt hatte, legte er sich auf den Schreibtisch und fiel fast augenblicklich in einen tiefen, gesunden Schlaf.

Als der Wecker läutete, schlug Rafael mit der Hand darauf. Eine Minute lang lag er still da und sah sich in dem Raum um. Das blasse Licht, das durch die Fenster fiel, verlieh allen Gegenständen auf der dem Fenster zugewandten Seite einen bläulichen Schimmer. Es war eine Welt aus schimmernden Hälften.

Er stand auf und schaltete das Licht ein, rollte den Kittel auseinander, zog ihn an, wusch sich das Gesicht in einem Stahlwaschbecken, trocknete es mit Papierhandtüchern ab. Jetzt galt seine ganze Aufmerksamkeit den Gläsern. Er holte die Schüssel aus dem Gefriergerät, nahm das Tablett heraus und stellte es zum Trocknen auf den Tisch. Nun waren die Gewebsabdrücke fixiert. Mit einem Filzschreiber umrandete er jeden Abdruck und formte so eine mikroskopisch kleine Mauer um die Proben, damit der Tropfen Flüssigkeit, den er dazugeben wollte, nicht nach allen Seiten verlief.

Aus dem Kühlschrank nahm er eines der Reagenzgläser mit Konjugaten, die durch Schockgefrieren und durch Dehydration im Vakuum stabilisiert worden waren. Das Konjugat bestand aus Antikörpern gegen Tollwutviren, die mit einer fluoreszierenden Lösung gefärbt waren. Wenn diese Antikörper mit dem Tollwut-Antigen in Berührung kamen, lief eine Antigen-Antikörper-Reaktion ab, die die Färbelösung zum Fluoreszieren brachte, sobald sie der feine Lichtstrahl des Mikroskops traf.

Er reaktivierte das Konjugat durch Beifügung von destilliertem Wasser, das er mit einer Injektionsspritze durch den Gummistopfen einführte. Dann gab er das Fläschchen in eine Zentrifuge, die er zehn Minuten lang laufen ließ. Anschließend benützte er wieder eine Spritze, um eine Portion des Konjugats aus dem Fläschchen zu saugen, und löste es in zwei Suspensionen von homogenisiertem Hundehirn – das eine normal, das andere von einem tollwütigen Tier. Wenn man die Ergebnisse genau haben wollte, war eine Kontrollreaktion erforderlich.

Mit Hilfe einer Pipette bedeckte er jeden der beiden Gewebsabdrücke auf den sechs Gläsern mit jeweils einem Tropfen der Suspensionen, die er präpariert hatte, wobei er sorgfältig darauf achtete, welches das normale und welches das infizierte Konjugat war. Er legte die Gläser in eine Feuchtkammer und ließ sie dort dreißig Minuten; danach spülte er sie in Phosphat-Salzlösung und wässerte sie anschließend zehn Minuten. Nun gab er ein paar Tropfen gepuffertes Glycerol auf die Stellen und legte vorsichtig eine zweite, dünne Glasscheibe darüber, wobei er darauf achtete, daß keine Bläschen entstanden.

Die Proben waren fertig zum Mikroskopieren. Er schaute auf die Wanduhr. Fast drei. Mit dem Tablett ging er zu einem anderen Tisch, auf dem ein Fluoreszensmikroskop stand. Er überprüfte den Filter und den dichromatischen Spiegel in der röhrenförmigen Kammer, die zum Lampengehäuse führte, wählte das Objektiv mit der geringsten Lichtstärke, schaltete das Licht ein und justierte die rote Nadel des Meßgeräts.

Langsam und bedächtig betrachtete er jedes der sechs Gläser, betrachtete sowohl die infizierte als auch die normale Gehirnsuspension, stellte die Brennschärfe, die Spiegel und die Irismembran ein. Er war hocherfreut über das, was er sah.

Die Gehirnprobe des Setters strahlte geradezu von den apfelgrünen Tollwut-Antigenen: ovale, glatte Einschlüsse in den Zytoplasmen der Zellen. Methodisch überprüfte er jedes Glas. Es gab nur ein Minimum an unspezifischen Proben, und das Antigen war hervorragend entwickelt. Er blickte vom Mikrospkop auf und schaute hinüber zu der Petrischale am anderen Ende des Tisches. Dieser Klumpen Gewebe, durchzogen von Adern und Spalten, war so gefährlich wie das Gift der Tigerschlange, so tödlich, wie er selten eines gesehen hatte.

Es wurde spät. Er hatte nur noch ein paar Stunden Zeit. Ruhig wandte er sich wieder dem Gehirn zu und schnitt große Teile aus den Gegenden, die er getestet hatte, gab sie in einen Mörser und zermahlte sie zu einer Paste. Dann kratzte er die Paste in einen Mischkanister aus Chrom, gab die erforderliche Menge an phosphatgepufferter Salzlösung mit Antibiotika und eine Konzentration aus Bovalbumin dazu, um das Virus zu stabilisieren. Danach schloß er den Kanister an das Mischgerät des Labors an, homogenisierte das Gewebe und die Lösungen und achtete sorgsam darauf, den Kanister mit einem Tuch zu umwickeln, damit sich keine Viren verflüchtigten. Nach dem Homogenisieren mußte er dreißig Minuten warten, bis sich alle Tröpfchen gesetzt hatten, dann goß er die Gehirnsuspension in ein verschraubbares Plastikröhrchen und stellte es in den Korb der Zentrifuge. Er schaltete die Zentrifuge ein und ließ das Röhrchen bei zweihundertfacher Schwerkraft fünf Minuten lang rotieren, schaltete die Zentrifuge schließlich ab. Mit einer Spritze entnahm er die klare Flüssigkeit, die über der milchigen in dem Röhrchen schwamm, und gab sie in ein anderes Fläschchen mit einem Gummistopfen, den er mit der Nadel durchstach und so das Gefäß mit der Gehirnsuspension füllte.

Um halb fünf hatte er dieses Fläschchen und das Fläschchen mit den Hundeaugen in Eis gepackt und in eine Thermosflasche mit großer Öffnung gegeben. Er brauchte noch eine halbe Stunde, um das Labor zu reinigen und alles wieder so hinzurichten, wie er es vorgefunden hatte.

Um fünf Uhr, als die Nachtschicht im Krankenhaus zu Ende ging, trat Rafael aus dem Labor und sperrte die Tür von außen ab. In der einen Hand hatte er seine Bücher, unter den anderen Arm hatte er die Thermosflasche geklemmt, als käme er von einer langen, ermüdenden Nachtschicht. Er ging durch den Hauptkorridor, vorbei an den durch Farben gekennzeichneten Korridoren, die den Studenten als Orientierungshilfen dienten. Als er die orangefarbene Abteilung erreicht hatte, betrat er einen der Aufzüge und fuhr hinunter ins Erdgeschoß, allein und schweigend.

Er blieb an der Wand mit den Briefkästen stehen und sah nach, ob für ihn etwas im Kasten lag. Nichts. Dann verließ er das Gebäude durch den Eingang des medizinischen Instituts und blieb kurz draußen stehen, um die frische Luft des frühen Morgens einzuatmen. Der Nachtwächter saß in seinem Plexiglaskiosk und unterhielt sich mit einem Fahrer der Zubringerbusse, dessen Wagen am Randstein stand. Rafael ging vorbei am alten Eingang zum Hermann-Krankenhaus und zur Parkgarage Nummer 4. Im Osten war ein erster Schimmer über den Pinien zu erkennen, der rosafarbene Vorbote des kommenden Tages. Aber für Rafael war er nicht rosa. Er schimmerte fluoreszierend und leuchtete apfelgrün.

22

Die vier saßen in Dystals Büro, Mooney und Hirsch auf Stahlrohrstühlen mit unbequemen, geraden Lehnen, die sie sich aus dem Bereitschaftsraum herübergeholt hatten. Die Konferenz lenkte einige Aufmerksamkeit auf sich: Blicke anderer Kriminalbeamte, ein Gespräch mit Mutmaßungen neben der Kaffeemaschine vor Dystals Büro.

Jeder von ihnen berichtete, was er herausgefunden hatte: erst Haydon, dann Hirsch, dann Mooney, der gerade damit zu Ende war. Dystal hatte seine Stiefel Größe vierundvierzig wie üblich auf eine herausgezogene Schublade gelegt, und das Radio murmelte auf dem Aktenschrank. Haydon hatte aufmerksam zugehört, die langen Beine übereinandergeschlagen; er hatte sein Sakko nicht ausgezogen; seine Krawatte war fest geknotet. Haydon hatte sich keinerlei Notizen gemacht, aber ihm war dennoch kein Detail, keine Andeutung entgangen. Hirsch, der Pfefferminzbonbons kaute, hatte sich Aufzeichnungen gemacht, während Mooney Milch aus einem Viertelliterkarton trank. Nachdem Mooney fertig war, schwiegen alle vier.

Schließlich begann Dystal zu sprechen. »Scheiße, Leute, ich weiß nicht. Bis jetzt haben wir nur etwas, um das sich das Gesundheitsamt kümmern sollte, vielleicht auch etwas für das Sittendezernat und möglicherweise für die Einwanderungsbehörde. Aber für eine Untersuchung der Mordkommission finde ich das alles ziemlich dünn.«

»Ich nehme an, du hast dich nach Walther erkundigt?« sagte Mooney zu Haydon.

»Er lebt«, antwortete Haydon.

»Leo«, begann Dystal wieder, »als du diese Petra Torres überprüft hast, bist du auf nichts bei den Kriminalakten gestoßen, auf nichts bei der Einwanderungsbehörde, und die Torres' im Telefonbuch haben dich auch nicht weitergebracht, habe ich recht?«

»Ja. Nun, mit den Eintragungen im Telefonbuch bin ich noch nicht fertig. Es gibt fünfhundertdreiundzwanzig Anschlüsse auf den Namen Torres. Bis jetzt haben mehr als hundert gesagt, daß sie kein Mädchen namens Petra kennen.«

»Hast du auch diesen Arturo Longoria überprüft, der das Haus in der Harbor Street besitzt?«

Hirsch nickte. »Nichts.«

»Und du hast das Haus überprüft und nichts gefunden?«

Hirsch nickte.

»Der Bursche arbeitet im Importgeschäft?«

Wieder nickte Hirsch.

»Er verkauft alles mögliche.«

»Und diese Guajardo sagt, daß sie seit ungefähr einem Monat keine Mädchen mehr dort gesehen hat?«

»Stimmt.«

Dystal schaute Haydon fragend an, doch der schüttelte nur den Kopf und starrte wie bisher auf den Boden.

Der Lieutenant wandte sich an Mooney.

»Können Sie denn nicht mehr aus dieser Dupissey herauskitzeln? Immerhin ist sie die einzige, die alles über dieses Haus weiß.«

»Sicher, ich könnte sie ausquetschen, wenn Sie das wollen.«

»Sie ist vermutlich noch das Beste, was wir haben.« Dann wandte er sich an Haydon. »Und dieser Guimaraes?«

»Ich warte auf etwas vom NCIC. Außerdem habe ich in São Paulo und bei Interpol nachgefragt. Wir wissen nicht, wie lange das dauern kann.«

»In jedem Fall zu lang«, sagte Dystal.

Haydon schlug die Beine anders übereinander. »Ed, Maureen sagte, die Steen hätte diesen Brasilianern das Beste geboten, was es im ›Sonnengürtel‹ gibt. Hast du eine Ahnung, was das sein könnte?«

»Keine Ahnung. Ein Callgirl dieses Kalibers steht weit über den üblichen Operationen des Sittendezernats, und wenn wir hier irgendwie fündig werden, dann nur durch einen Zufall. Es kommt kaum vor, daß solche Mädchen in eine ›Operation‹ einbezogen werden. Die gehen meist nur mit einem Kerl, und ihre Kunden haben das Gefühl, als kauften sie sich eine geheime Nacht bei einem schicken Mannequin oder Fotomodell. Also ein exklusives Erlebnis für den Freier. Eine wirklich tolle Sache, sozusagen.«

Er grinste, aber die anderen blieben ernst.

»Das stimmt nicht ganz mit dem überein, was Maureen sagte«, fuhr Haydon fort.

»Wieso?«

»Sie hat gesagt, daß dort von Zeit zu Zeit andere Mädchen gewohnt haben. Der Callgirl-Typ, den du beschreibst, steht im Widerspruch zu den Mädchen, die dort Schlafgäste gewesen sind. Damit hat Maureen sicher nicht das Beste gemeint, was der ›Sonnengürtel‹ bieten kann. Außerdem hat sie gesagt, daß sie sie nicht kennt. Ist denn nicht anzunehmen, daß sie alle besseren Callgirls kennt?«

»Vielleicht, vielleicht auch nicht. Sie würde sie kennen, wenn sie aus Houston stammten.«

»In dem Bericht über dein Gespräch mit ihr ist mir aufgefallen, daß sie nervös geworden ist, nachdem du sie gebeten hast, sie möchte dir Einzelheiten über diese Mädchen berichten.«

»Ja, das stimmt. Sie war von da an ziemlich verschlossen.«

»Vielleicht ging es dabei gar nicht um die Identität dieser Mädchen. Vielleicht wurde sie nur deshalb nervös, weil sie damit einer ganz anderen Art von Frauen in die Nähe rückte.« Haydon drehte sich um und nahm den Hörer von Dystals Telefon ab. Er wählte eine Nebenstelle im Haus und wartete.

»Hier Detective Haydon vom Morddezernat. Murray wollte für mich ein paar Vergrößerungen herstellen. Sie müßten inzwischen fertig sein. Können Sie sie raufschicken in Lieutenant Dystals Büro? Danke.«

Haydon gab keinerlei Erklärungen ab, sondern starrte wieder auf den Boden. Er wartete. Dystal war das angenehm, und seine Stiefelspitze begann im Takt eines Westernsongs zu wippen, den niemand außer ihm hören konnte. Hirsch sah etwas in seinen Notizen nach, und Mooney knetete seinen Magen.

Eine stämmige Frau in Uniform klopfte an das Fenster des Büroabteils und kam mit einem dicken, großen Umschlag herein. Haydon stand auf, nahm den Umschlag entgegen, bestätigte den Empfang und dankte der Frau. Sie verschwand und hinterließ einen deutlichen, beinahe sichtbaren Geruch nach Körperpuder und Lippenstift.

Haydon nahm die Gummibänder von der Umschlagklappe und zog das Bündel Fotos heraus. Die monochromatischen Bilder sahen im Format achtzehn mal vierundzwanzig noch bizarrer aus. Haydon betrachtete eines nach dem anderen sehr eingehend und gab es dann weiter. Es war, als hätten sie es mit völlig anderen Bildern zu tun. Jetzt sah man plötzlich Objekte und Personen, die einem beim Betrachten der kleineren Abzüge gar nicht aufgefallen waren. Die Fotos waren nach ihren Farben geordnet: je vier in rot, gelb und blau. Jedes Foto hatte eine Nummer auf einem Aufkleber in der rechten oberen Ecke. Jede Farbgruppe war von eins bis vier durchnummeriert. Am Ende des Stapels kamen die Vergrößerungen von Gesichtern und bemerkenswerten Details. Auch sie waren beziffert, aber nicht mit Zahlen, sondern mit Buchstaben. Und es waren keine gleichmäßigen Stapel in den drei Farben, weil einige der Fotos mehr Details lieferten als andere; dennoch hatte man sie nach Farben geordnet.

An der ersten Ausschnittsvergrößerung hing eine Notiz. »Das Korn hielt besser, als ich gedacht habe, daher habe ich für die Vergrößerungen auch das Format achtzehn-vierundzwanzig gewählt. Übrigens erledige ich keine Eilaufträge mehr für Sie, wenn Sie sie dann doch nicht zur vereinbarten Zeit abholen. RM.«

Haydon betrachtete die Ausschnitte genauer als die Gruppenfotos. Es gab sehr wenige vollständige und erkennbare Männerköpfe, aber die Frauen waren oft von vorne oder unverdeckt im Profil getroffen worden. Seltsamerweise bildete Sandy Kielman eine Ausnahme. Ihr Gesicht war nur halbverdeckt auf dem einen Foto im blauen Zimmer zu erkennen, wo Mooney sie identifiziert hatte. Aber es gab noch eine Ausnahme, und Murray hatte sie nicht übersehen: ein Mädchen mit einer dunkleren Haut als die der Kielman; ihr Körper war äußerst anmutig, selbst in den wildesten Verrenkungen des Geschlechtsverkehrs, die in den Archivfotos des Sittendezernats oft häßlich aussahen, so hübsch sie in gestellten Film- und Pornofotoszenen wirken mochten.

Da ihr Gesicht nie zu sehen war, hatte sich Murray auf ihren Körper konzentriert und einige Detailvergrößerungen geliefert. Vor allem ein Detail tauchte gleich dreimal auf: ein amöbenförmiger Fleck in der rechten Kniekehle des Mädchens. Murray hatte die Vergrößerungen aus der roten Serie gemacht, und zwar von den Nummern 1, 2 und 4. Er hatte auf jedem Foto die Stellen mit Filzschreiber angemerkt.

Auf dem ersten Foto lag das Mädchen auf einem Mann, der sie umarmte und mit den behaarten Händen ihre Hinterbacken festhielt. Das Mädchen stemmte sich mit den Armen nach hinten, und ihr langes, schwarzes Haar fiel über den Rücken. Ihre Beine waren gespreizt und boten den besten Blick der drei Fotos auf ihre Schenkel. Das zweite Foto war das schlechteste. Hier war sie auf Händen und Knien, und ein anderer Mann war hinter ihr. Nummer vier war ein einziges Durcheinander. Das Mädchen befand sich in einem Gewühl nackter Leiber und war nur durch das Mal auf der Rückseite des ausgestreckten Beins zu erkennen. Haydon stellte wieder einmal fest, wie raffiniert der etwas schwierige Polizeifotograf seine Arbeit meisterte.

Haydon hatte inzwischen alle Detailausschnitte herumgereicht bis auf die aus der roten Serie. Er hatte sich Dystals Schreibtisch zugewandt und die drei Fotos von den Beinen des Mädchens nebeneinandergelegt. Jetzt betrachtete er sie einen Augenblick, drehte sich um, stand auf und ging hinaus.

Als er zurückkam, standen Mooney, Hirsch und Dystal vor den roten Ausschnittvergrößerungen.

»Was ist das?« fragte Mooney.

»Ein Stück vom Puzzle«, antwortete Haydon. Er blätterte einen Ordner durch. »Das ist Vanstratens Untersuchungsbericht über Petra Torres.« Er nahm einen Bleistift von Dystals Schreibtisch und kreiste damit etwas ein. »Unter ›besondere Merkmale‹ steht hier: ›Rückseite des rechten Knies gekennzeichnet durch einen Nevus mit einem Querschnitt von etwa dreieinhalb Millimetern.‹ Ein Muttermal also.«

»Dann ist das Petra Torres?« Hirsch nahm die roten Gruppenfotos und legte sie der Reihe nach über die Ausschnittvergrößerungen des Muttermals. »Verdammt!«

Mooney schüttelte den Kopf, und Dystal schaute Haydon erwartungsvoll an.

»Ich hatte das schon fast vermutet, als Leo sagte, Mrs. Guajardo hätte das Spanisch der meisten Mädchen, die wie Petra vorübergehend in dem Haus wohnten, nicht verstanden«, sagte Haydon. »Die Torres war aus El Salvador, aber ich nehme an, die anderen, zumindest die, von denen Mrs. Guajardo sprach, waren Brasilianerinnen. Sie sprachen Portugiesisch, eine, man könnte sagen, linguistische Kollage aus Spanisch und Französisch. Wegen der französischen Anklänge ist ihr die Sprache sonderbar vorgekommen.«

»Wir sollten versuchen, jedes Mädchen, das auf diesen Fotos auftaucht, zu identifizieren«, schlug Mooney vor. »Und wir sollten sie sehr schnell finden.«

»Ich fürchte, wir werden einige von ihnen in den Akten des Coroners entdecken, unter der Rubrik ›unbekannt‹«, sagte Haydon.

Hirsch blickte auf. »Glaubst du, Longoria hat die Mädchen der Parmer ins Haus geliefert?«

»Ja, das glaube ich. Außerdem glaube ich, daß sie Brasilianerinnen waren und daß über das Haus eine Verbindung zu Guimaraes besteht.«

»Was für eine Verbindung?« fragte Dystal.

»Es ist durchaus möglich, daß er oder jemand anders ein System entwickelt hat, um die Mädchen illegal in die Staaten einzuschleusen. Vanstraten ist aufgefallen, daß die Torres keine Narben von der Pockenschutzimpfung aufwies. Wäre sie legal eingewandert, hätte sie solche Narben haben müssen. Weiß Gott, was aus ihnen wird, wenn sie erst einmal hier sind.«

Haydon setzte sich und schlug wieder die Beine übereinander. »Leo, bring die Porträtvergrößerungen dieser Frauen ins Leichenhaus und stelle fest, ob sie zu Fotos unbekannter Toter passen, die, sagen wir, in den letzten vier Monaten aufgetaucht sind. Nein – sechs Monate. Das können nicht allzu viele sein.«

»Wir haben hier fünf volle Porträts«, sagte Mooney. »Und sie sehen ganz und gar nicht lateinamerikanisch aus.«

»Das macht nichts«, erwiderte Haydon. »Nimm sie alle mit. Eine jede von ihnen könnte dort zu finden sein. Und außerdem glaube ich, Bob hat recht, Ed. Du solltest dich noch einmal mit dieser Duplissey unterhalten und sie ein wenig ausquetschen. Sie weiß etwas. Besorg uns die Informationen, oder bring das Mädchen her.«

»Und was ist mit der Croft?« fragte Hirsch. »Sollte man nicht mit ihr das gleiche machen?«

Haydon schüttelte den Kopf. »Sie ist bisher die einzige, die eine Beziehung zu diesem Haus aufweist und noch nicht tot ist. Vielleicht ist sie die Drahtzieherin der Sache. Ich möchte nicht direkt auf sie losgehen, bevor wir genau wissen, was wir da tun.«

»Besuchen Sie lieber diesen Guimaraes«, sagte Dystal zu Haydon. »Und wir sollten uns vielleicht auch ein bißchen um dieses Importgeschäft von Longoria kümmern.«

Haydon kaute an der Innenseite seiner Unterlippe. »Ja. Ich muß Guimaraes besuchen und außerdem das Partyhaus noch einmal durchsuchen.« Er schüttelte den Kopf. »Wegen dieser Tollwut-Geschichte.«

»Denken wir darüber ein bißchen nach«, sagte Dystal und

knurrte leise, als er sich zwischen den Schenkeln kratzte. »Wer kommt in Kontakt mit Tollwut? Wilde Tiere. Haustiere. Und wer kommt in Kontakt mit Haustieren und wilden Tieren? Veterinäre. Tierärzte. Das Personal im Tierpark.«

»Ach, praktisch jeder, der einen Pudel besitzt«, warf Mooney dazwischen.

»Stimmt«, räumte Dystal ein. »Aber wer kommt regelmäßig mit Tieren und Tollwut in Kontakt? Tierärzte.«

»Das Kundenbuch, das wir im roten Zimmer gefunden haben«, sagte Hirsch zu Haydon. »Wir könnten die Berufe überprüfen.«

»Gut. Es enthält zwar keine Familiennamen, aber die Telefonnummern. Wir könnten anrufen und durch irgendeinen Trick die entsprechenden Informationen bekommen. Könntest du damit anfangen, sobald du im Leichenhaus fertig bist, Leo?«

»Ich habe einen Freund, der zwei Bassets besitzt«, sagte Mooney. »Er ist ein Geizhals und bringt sie nicht zum Tierarzt. Er kauft das Tollwutserum in einer kleinen Apotheke in der Nähe seines Hauses und spritzt die Tiere selbst. Kann man vom Serum Tollwut bekommen?«

»Nach Auskunft von Van – ja. Unter Umständen.«

»Dann müßten wir praktisch alle Apotheken überprüfen, die das Zeug verkaufen. Nachsehen, wer es regelmäßig kauft. Vielleicht in größeren Mengen als üblich. Oder öfter als einmal im Jahr. Ein Hund braucht nur einmal jährlich geimpft werden.«

»Exzellent. Außerdem sollten wir jede Klinik, jede Notaufnahmestation und jedes Notkrankenhaus in der Stadt benachrichtigen und veranlassen, daß wir unverzüglich verständigt werden, sobald eine Person, die unter dem Verdacht steht, als Prostituierte zu arbeiten, dort wegen irgend etwas behandelt wird. Das gleiche gilt für das Sittendezernat, Ed. Sag deinen Leuten, sie sollen uns sofort benachrichtigen, wenn sie einer Prostituierten begegnen, die krank ist, auch wenn es aussieht wie eine Erkältung, ein Durchfall, oder was weiß ich. Schickt sie zum Arzt, bis man weiß, was ihr fehlt.«

Haydon wandte sich an Dystal. »Können Sie uns jemanden besorgen, der uns die Arbeit mit dem Tefonieren abnimmt? Da sind die Apotheken, die Krankenhäuser und Kliniken, die Torres' im Telefonbuch. So etwas nimmt viel Zeit in Anspruch. Und sollen wir Longorias Haus bewachen lassen?«

»Ich glaube, an diesem Punkt können wir alle diese Maßnahmen rechtfertigen«, sagte der Lieutenant. Er hatte sein Taschenmesser herausgenommen und benützte die Innenseite seines rechten Stiefels als Abziehleder. »Füttert die Informationen in den Computer, so schnell wie möglich. Ich setze einen Bericht auf und lasse den Captain wissen, was da vor sich geht. Die Sache könnte uns aus der Hand gleiten, ehe wir es merken, und er würde Himmel und Hölle in Bewegung setzen, wenn es ihn unvermittelt trifft. Okay?«

»Stuart«, begann Mooney wieder und schaute auf die Fotos auf Dystals Schreibtisch, »ich möchte Kopien davon machen lassen. Es wäre vielleicht sinnvoll, ein paar der Mädchen noch einmal zu besuchen, mit denen ich schon gesprochen habe.«

»Fein. Du und Leo, ihr geht hinunter und besorgt euch von Murray, was ihr braucht – jetzt gleich. Und sag ihm, ich bin ihm dankbar für seine hervorragende Arbeit.«

»Braucht ihr noch etwas von mir, bevor ich gehe?« fragte Hirsch.

»Nein, momentan nicht.«

Die drei Kriminalbeamten schauten Dystal an, der sich noch immer in seinem Sessel flezte und mit dem Messer kleine Härchen von seinem Unterarm säbelte. Er blickte hoch und schüttelte den Kopf.

»Nein, mir fällt nichts mehr ein. Ich kümmere mich um die Überwachung des Hauses und besorge Leute fürs Telefonieren. Aber haltet mich auf dem laufenden, ja? In sämtlichen Dingen.«

Sie standen auf, um zu gehen.

»Eines noch«, sagte Dystal. »Roland Silva hat vor einer Stunde angerufen und berichtet, daß Walther im Streifenwagen auf einmal zu kotzen angefangen hat. Silva hat ihn sofort ins Ben Taub gefahren. Mehr weiß ich nicht darüber.«

»Du lieber Gott«, sagte Mooney.

Haydon kehrte allein in sein Büro zurück. Es stank nach Metall von den schmutziggrauen Stahlschreibtischen und nach heißgewordenen elektrischen Leitungen, ein Geruch, der aus dem kleinen Ventilator stammte, welcher die heiße Luft der elektronischen Module des Computers kühlte. Außerdem stank es nach dem abgestandenen Rauch von Jahrzehnten und nach verschüttetem Kaffee, der nie ordentlich weggewischt worden war. Selbst jetzt entdeckte Haydon einen halbleeren Becher kalten Kaffee auf dem Boden hinter der Tür, den jemand aus irgendwelchen Gründen dort abgestellt hatte. Er mußte schon seit ein paar Tagen dort stehen; in der Mitte der Flüssigkeit schwamm grünlicher Schimmel. Haydon nahm den Becher und warf ihn draußen in einen Abfalleimer.

Dann kam er mit einem feuchten Handtuch an seinen Schreibtisch zurück und wischte damit die Ringe der Colaflaschen ab. Es gab keinen Privatbereich in einer Kriminalbereitschaft, und wenn nicht viel los war, besuchten sich die Kriminalbeamten in ihren Büros mit der ziellosen Kameraderie von gelangweilten jungen Burschen, die sich in ihren Wagen in einem Drive-in besuchten. Haydon trocknete die Schreibtischplatte mit einem Papierhandtuch ab und setzte sich dann mit dem Umschlag, in dem sich die Fotos befanden. Er nahm sie heraus und sortierte die Gruppenfotos von den Vergrößerungen aus, die Hirsch und Mooney dagelassen hatten. Man sah meist ziemlich undeutliche Viertelprofile und die Hinterköpfe der nichtsahnenden Freier.

Er konzentrierte sich darauf, unterbrach gelegentlich, um ein deutliches Gesicht zu studieren, ein Ohr, eine Kopfform, bevor er sich an das nächste Foto machte. Er fragte sich, welcher dieser Männer imstande sein mochte, so zu töten, wie in diesem Fall getötet wurde. Manchmal erschien es ihm noch immer sonderbar, daß Menschen, die so etwas taten, sich nicht von den anderen Menschen unterschieden; daß da nicht etwas war, irgend etwas, das sie unterschied von den Männern, mit denen er eben beisammengesessen hatte. Vielleicht war es da, war bei den meisten nur zu schwach zu erkennen, zumindest für die Allgemeinheit.

Es war die Anonymität des Schattens im Inneren dieses Mannes und all der gesichtslosen Menschen, die er in seinem Beruf suchen mußte, welche ihn ärgerte und ihm sogar Angst machte. Es war kein ungewöhnlicher Gedanke, sich zu fragen, ob man zu den Verbrechen fähig wäre, die von anderen begangen wurden – vorausgesetzt, man befände sich in ihrer Situation. Eine Frage, die er schon von anderen Kriminalbeamten gehört hatte, bei jenen seltenen Gelegenheiten, wo sie ernsthaft über solche Dinge sprachen. Aber wie viele Menschen fürchteten sich vor den Schatten in ihnen selbst, Schatten, die sie mit Menschen wie dem Mörder teilten, welchen Haydon suchte?

Letztlich ging es dabei um den Grad der Abweichung. Das wußte er, und jedesmal, wenn er einem abweichenden Verhalten begegnete, fragte er sich nach dem Grad dieser Abweichung. Es hatte nichts zu tun mit den Theorien kriminellen Verhaltens, wie sie die Legislative oder die Exekutive aufstellte. Es hatte mit ihm selbst zu tun, mit dem, was er sah und fühlte bei einer solchen Begegnung. Er wußte, daß das Verständnis der Grenzen des Normalen immer weiter gespannt wurde, seit die Wissenschaft mehr und mehr über das menschliche Gehirn und die menschlichen Verhaltensweisen erforschte. Inzwischen war man übereingekommen, daß das kranke und das gesunde Gehirn mehr miteinander gemein hatten als man bisher glaubte. Die moderne Psychiatrie hatte den modernen Menschen in die einzigartige Position versetzt, daß man ihm gewisse kleinere Perversionen in der einen oder anderen Form zugestand, ohne ihm deshalb schon den Makel eines geistig Kranken aufzuerlegen. Insgeheim konnte er viele Schatten beherbergen, sein Geist konnte ein Schlachthaus bruchstückhafter Realitäten sein, aber man ordnete ihn dennoch unter die Gruppe der Normalen ein. Und dort blieb er, solange er seine Schatten nicht freiließ, solange er sie nicht seinen Nachbarn vorführte, als rechnete er damit, daß sie daran ebenso viel Vergnügen finden würden wie er selbst. Das durfte er unter keinen Umständen tun, denn seine Nachbarn waren die reale Welt, und wenn es ihm nicht gelang, so zu handeln, daß es seine Nachbarn akzeptabel fanden, dann wurde er über den Grat gestoßen, hinter dem die Psychose beginnt. Dabei kam es nicht darauf an, ob seine Nachbarn vielleicht gleiche oder andere, aber ebenso seltsame Schatten beherbergten – vorausgesetzt, sie ließen sie nicht sehen.

Der Mann mit dem Tollwut-Schatten hatte den Fehler gemacht, ihn ans Tageslicht zu zerren. Sein Schatten wütete unter den Nachbarn, und seine Nachbarn hatten Angst davor. Eine Ironie des Schicksals, dachte Haydon, daß gerade das, was er vor der Welt verborgen hatte, jetzt das einzige war, was diese Welt von ihm wußte. Der Schatten war alles, was Haydon von ihm gesehen hatte. Der Mann selbst blieb unsichtbar. Aber würde er den Schatten in sich verschlossen haben, hätten ihn dann seine Nachbarn als Verrückten verdächtigt? Das war die Frage, die Haydon bedrückte, weil er die Antwort darauf bereits wußte. Sie lautete: nein. Es gab keine objektive Normalheit, nur die Erscheinungsform des Normalen. Und gerade die Erscheinungsform des Normalen, die den Schatten bis vor kurzem verborgen gehalten hatte, war es nun, die den Täter verborgen hielt.

Haydon dachte darüber nach in der beengten Umgebung seines Büros, mit den körnigen fotografischen Details von Männerköpfen auf dem Schreibtisch, die ausgebreitet waren wie die Abbilder losgelöster Seelen, welche wieder mit ihren Körpern zusammengesetzt werden mußten. Er merkte nicht, daß Bob Dystal am Ende des Arbeitstages vorbeikam und kurz an seiner Tür stehenblieb, ehe er hinausging, sah auch nicht, daß sich die Kriminalbereitschaft leerte und sich bald danach mit der kleineren Nachtschicht zur Hälfte wieder füllte. Er sah nichts als die goldgelben, saphirblauen und rubinroten Porträts namenloser Männer, hörte nichts als seine inneren Selbstgespräche, bis das Telefon klingelte und Nina ihn daran erinnerte, daß er zu Hause erwartet wurde.

23

Pauline Thomas lag auf dem Sofa und starrte teilnahmslos auf die angstverzerrten Gesichter der Schauspieler in der Serie »Die Jungen und die Ruhelosen«. Über den Bildschirm wanderten Schattenwellen, ließen das Bild in der Horizontalen verschwimmen und verzerrten die Köpfe von Ashley und Jack, die mit ihrer Haßliebe-Beziehung kämpften, welche sie für überwunden hielten, was jedoch nicht der Fall war. Es gab viele Großaufnahmen, die in Paulines Magen zusätzliche Übelkeit erzeugten.

Sie langte über den Kopf hinweg nach hinten und fand ein rosa Röhrchen mit Pepto-Bismol. Sie schraubte den Verschluß ab, und das Röhrchen schwankte wie eine Bierflasche. Sie zitterte. Eine Muskelschwäche kam in Wellen über sie, und sie stellte das Röhrchen neben das Sofa, ohne den Verschluß wieder anzubringen. Einen Augenblick lang lag sie absolut erschöpft und bewegungslos da. Ihr blaues Nylon-Negligé war offen, und sie warf einen Blick auf ihre hervortretenden Hüften, die die Taille in ihrer Schlankheit noch betonten. Scheiße, dachte sie, jetzt hatte sie sich drei Stunden lang fast pausenlos übergeben, und ihre Haut war schweißnaß und blaß. Der dunkelbraune Fleck ihres Schamhaars ließ sie an den wilden Schopf blondgefärbten Haars denken, den sie auf dem Kopf hatte. Er war tot bis auf die Wurzeln und stand ab wie bei einer Karikatur. Sie sah es im Spiegel des Bildschirms.

Beide Fenster ihres Schlafzimmers im oberen Stockwerk des Doppelhauses waren offen, und dennoch schwitzte sie. Ihr Unterleib war feucht davon, und der Schweiß lief ihr in großen, perligen Tropfen von den Seiten auf den Rücken. Ihre Lungen fühlten sich an, als ob sie gegen Würmer kämpften, und ihr schmerzender Hals war von außen mit einer gelatineartigen Schicht Wick Vaporub bedeckt, das sie gründlich einmassiert und dann noch einmal dick darübergegeben hatte. Bei jedem Atemzug drang der Mentholgeruch in ihre Lungen, und die Würmer bäumten sich auf. Sie hustete trocken und rasselnd.

Jetzt versuchte sie, sich auf Ashley und Jack zu konzentrieren. Jack war wütend, aber sie verstand nicht, was er sagte. Seine Stirn näherte sich Ashleys Kopf, berührte ihn, und dann schwoll Ashleys Kopf an, bis er gegen den oberen Rand des Bildschirms stieß. Aber nicht genug damit – er schwoll über das Gerät hinaus und stieß eine Nippesfigur um, die auf den Boden fiel und zerbrach. Pauline regte sich fürchterlich über die zerbrochene Figur auf und wollte aufstehen, gerade als Ashleys Kopf wieder zu schrumpfen begann, genau wie der Kopf von Jack. Pauline streckte den Hals, um die zerbrochene Figur zu sehen. Sie stellte mit Erschrecken fest, daß ihr nacktes, rechtes Bein vom Sofa gerutscht war und unkontrollierbar zuckte. Es hatte das Röhrchen Pepto-Bismol umgestoßen, und aus dem Röhrchen war rosa Schaum gedrungen, der bis zur Wand reichte. Das Bein blieb auf dem Boden und zuckte dabei auf und ab. Sie schloß die Augen, legte sich zurück und ließ das Bein zucken.

Verdammt und zugenäht! Noch nie war ihr so elend gewesen, nicht ohne Drogen. Es war so, als ob sie den schlechten Teil eines LSD-Trips erwischt hätte, ohne den guten Teil. Sie versuchte, es objektiv zu betrachten. Sie hatte Kopfschmerzen, und ihr war übel. Okay, das war immer so, wenn ein Trip umkippte. Also Aspirin, eine Menge davon. Aber nein, sie würde die Tabletten nicht hinunterbringen, würde sie gleich wieder auskotzen. Also schön, dann eben nicht. Sie hatte sich eines dieser daumengroßen Suppositorien in den Hintern gesteckt, bewahrte sie im Butterfach ihres Kühlschranks auf, weil ihr so etwas schon öfters passiert war und weil dann nur noch die Zäpfchen halfen. Sie hatte sie stets zur Hand. Die Zäpfchen würden sie erst einmal schlafen lassen. Aber diesmal schienen sie nicht zu wirken. Es wurde nur noch schlimmer.

Sie dachte über die Halluzinationen nach. So etwas war ihr noch nie zuvor passiert ohne Rauschgift. Es war richtig unheimlich. Sie hob den Kopf und schaute auf den Bildschirm. Ein perfektes Bild. Die Nippesfigur heil obendrauf. Jetzt schaute sie auf ihr rechtes Bein und stellte mit Entsetzen fest, daß es noch immer auf und ab zuckte. Sie versuchte, das Bein unter Kontrolle zu bringen. Es hüpfte regelrecht auf dem Fersenballen. Sie sah, wie die Muskeln an ihrer Hüfte zuckten.

Ihr Kopf sank ruckartig zurück auf das Kissen, und sie schloß die Augen. Jetzt fühlte sie, wie sich das Bein ganz von selbst bewegte, als gehörte es jemand anders. Und sie fühlte auch, wie der Schweiß von ihren Brüsten nach unten lief. Die Tropfen wurden immer dicker, hatten jetzt schon die Größe von Murmeln, dann von kleinen Eiern, als sie unter den Brüsten hervorkamen, so, als wären sie dort entstanden. Die Schweißtropfen nahmen die Größe von Zitronen an, dann von Orangen, bis Pauline nicht mehr das Gewicht der Schweißtropfen und das Gewicht ihrer Brüste unterscheiden konnte. Und dann, auf einmal, lösten sich auch die Brüste und rollten ihr über den Bauch und zwischen die Beine wie wassergefüllte Ballons, die platzten, sich über sie und das Sofa ergossen und sie völlig durchnäßten. Sie schlug die Augen auf und sah es. Was für eine Sauerei. Sie würde es wegputzen müssen.

Pauline Thomas erwachte. Sie wußte sofort, daß sie wieder Halluzinationen gehabt hatte und dann eingeschlafen war. Sie lag jetzt sehr ruhig da und hielt die Augen geschlossen. Ihr Bein zuckte nicht mehr, obwohl es noch immer unten auf dem Teppich ruhte, so daß sie fast vom Sofa rutschte. Als sie die Augen öffnete, sah sie zwei Laborflaschen, jede mit einer trüben Flüssigkeit gefüllt, die ein Mann in einem weißen Labormantel umrührte. Aus der einen Flasche entwichen die Blasen schneller als aus der anderen, was die Stärke des Antazids bewies, das er in der Hand hatte und ihr entgegenstreckte. Das war alles, was sie sah, bevor sie die Augen wieder schloß. Die Helligkeit des Bildschirms war nicht zu ertragen. Ihre Augen waren übersensibel, als hätte man ihr bei einer Untersuchung irgendeine Flüssigkeit hineingetropft. Sie versuchte, wieder auf den Bildschirm zu sehen, aber ihre Augen füllten sich mit Tränen.

Sie griff nach den Polstern des Sofas und zog sich hoch. Ihr Kopf schwankte auf dem Hals wie bei einem Neugeborenen. Sie versuchte aufzustehen und mußte zweimal Anlauf dazu nehmen. Schließlich stand sie unsicher da und stützte sich auf die Armlehne des Sofas, langte nach dem Fernsehgerät und schaltete es ab. Das Licht verblaßte zu einem phosphoreszierenden Strich, der sich quer über den Bildschirm erstreckte. Auch er war heller, als sie es ertragen konnte.

Die Luft aus der Klimaanlage juckte an ihrem Körper, sie verlieh ihr das Gefühl, als ob lauter Spinnen über sie krabbelten. Pauline bewegte sich, sank nach vorn wie eine alte Frau, ging zum Fenster und fummelte mit der Schaltung herum, bis der Kompressor erstarb, mit einem Zittern, das das Fenster in seinem Holzrahmen klappern ließ. Sie sah sich im Schlafzimmer um. Es war völlig verwüstet. Sie roch Erbrochenes, schmeckte es im Mund.

Während sie sich am Plastikrahmen der Klimaanlage festhielt, begann sie zu zittern. Ihr Kopf zuckte rhythmisch und fuhr schließlich so wild auf und ab, daß sie nichts mehr sehen konnte. Das Zittern lief vom Hals nach unten zu den Schultern, zum Oberkörper, zur Taille und brachte ihren Körper zum Beben wie den eines kleinen Kindes, das von einem wütenden Erwachsenen geschüttelt wurde. Sie grub die Finger in die Rippen der Klimaanlage, versuchte verzweifelt, auf den Beinen zu bleiben, riß die Rippen mit steifen Fingern heraus, während sie zu Boden fiel. Sie traf hart auf den Boden auf, ihr ganzer Körper war außer Kontrolle, obwohl sie völlig klar denken konnte und mit Entsetzen die Krämpfe beobachtete, die sie wie ein unsichtbarer Dämon auf dem Boden herumstießen.

Nach einer Zeit, die sie nicht abschätzen konnte, ließen die Krämpfe nach, und nun war sie so schlapp und hilflos wie der Morgenmantel, der sich um ihre Beine und Arme schlang. Unfähig, sich zu bewegen, begann sie vor Erschöpfung zu weinen. Dabei entstand kein Geräusch – ihre Kehle und die Stimmbänder ließen das nicht zu – aber sie öffnete weit den Mund und weinte in entsetztem Schweigen. Zum erstenmal in ihrem Leben fühlte sie sich völlig hilflos, eine Hilflosigkeit, die nicht mit einem langen, erholsamen Schlaf zu beheben war, mit einer Injektion, einer Nase voll Koks oder irgend etwas, das dieses Gefühl verscheuchte. Pauline fürchtete, daß sie sterben würde. Sie verstand nicht, was mit ihr geschah, aber sie hatte niemals gedacht, daß der Tod so über sie kommen würde, ohne Ursache und ohne Gnade. Allein. Die Tränen waren riesengroß, sie barsten aus ihren Augen und liefen ihr in den offenen Mund. Durch den Schleier der Tränen sah sie die andere Seite des Zimmers. Das

Sofa, das rosafarbene Röhrchen auf dem Boden – und das Telefon, auf einem kleinen Tisch neben dem Sofa. Langsam, ganz langsam, kroch sie darauf zu.

Vom Bett aus konnte er durch die offene Tür schauen, über den weißen, polierten Marmorboden zur Fensterwand des Wohnzimmers. Er konnte das Teleskop auf dem Stativ sehen. Jetzt schaute er auf die Frau, die neben ihm schlief. Sie hatte Puder im Haar und an der Schulter. Er empfand nichts. Sie war einfach da wie die Bettdecke und das Kissen, wie das Bett.

Er schlug die Decke zurück und stand auf. Als er nackt neben dem Bett stand, zündete er sich eine Zigarette an und schlenderte hinüber ins Wohnzimmer. Er inhalierte den Rauch und beugte sich über das Teleskop. Der einundzwanzigste Stock des Carrington-Apartmenthauses war ein guter, vorteilhafter Standpunkt. Er schwenkte das Objektiv über den dichten Baldachin alter Bäume entlang der Main Street und richtete es auf das medizinische Institut des Krankenhauses. Es war später Nachmittag; die Schatten der Gebäude fielen nach rechts. Er konnte das Stockwerk sehen, in dem sich das Labor befand, aber nicht die Fenster. Sie lagen auf der Ostseite, und er sah nur das nördliche Ende des Gebäudes. Nun schwenkte er das Teleskop ein wenig nach links und blickte über die Spitze des Astrodoms zum Südteil der Ringstraße 610 hinüber. Übler, gelber Smog hüllte die Schnellstraße ein und filterte die Strahlen der tief im Westen stehenden Sonne. Dieser gelbe Dunst erstickte die Stadt; er schien der Hauptgrund für das langsame Dahinkriechen des Verkehrsstroms zu sein, der durch Sauerstoffmangel geschwächt wurde.

Plötzlich rauschte aus allen Stereolautsprechern in der luxuriösen Wohnung die rauchige Stimme von Alcione mit »Forca do Amor«. Er schwang das Teleskop herum auf das Schlafzimmer und sah gerade noch einen ovalen Nabel, der im Undeutlichen verschwamm, als er sich näherte. Er blickte auf, und sie tanzte zur Sambamusik nackt auf ihn zu, während der Chor in den rauchigen, weiblichen Gesang von Alcione einstimmte in einem ratternden Rhythmus von Unisono-Stimmen, die anschwollen und wieder zurückgenommen wurden:

Eu sou tudo isso
E nada sou
Sem o teu amor
Viverei, viverei ... viverei ...

Rauchend sah er zu, wie sie sich auf die Zehenspitzen erhob und den Raum umkreiste im Takt der Samba, die Augen halb geschlossen, das Haar schwarz und wellig, in den messingfarbenen Strahlen der sinkenden Sonne, die sich durch die Fensterwand einen Weg bahnte und die Hälfte des länglichen Raums wie mit Feuer erfüllte. Obwohl er nicht durch das Teleskop schaute, blieb er müßig dahinter stehen und folgte ihren Bewegungen mit dem Rohr, als zielte er mit einem Maschinengewehr auf sie. Hinter ihr, jenseits der Fensterwand, reflektierten Chrom und Glas der Wagen auf der Schnellstraße das Sonnenlicht und warfen scharfe Lichtsplitter durch den Smog, die auf ihrer olivfarbenen Haut tanzten, während sie dem Rhythmus der Samba durch die messingfarbenen Strahlen folgte.

Sem o teu amor
Viverei, viverei ... viverei ...

Er steckte sich die Zigarette zwischen die Lippen und blinzelte sie durch den Rauch an, während er geistesabwesend die Puderflocken abzupfte, die noch an ihm klebten. Blöde Kuh! Der Sambagesang ließ die Fensterwand beben. Sie tanzte. Er schaute ihr zu, kniff die Augen zusammen, atmete den Rauch durch Mund und Nase ein. Die Zigarette war schon so kurz, daß sie fast seine Lippen verbrannte. Er nahm sie heraus, hielt sie zwischen Mittelfinger und Daumen und schnippte sie zu ihr hinüber. Sie hatte die Arme erhoben; die Zigarette traf sie dicht unter dem Brustkorb, ließ kleine Fünkchen über ihren Bauch sprühen und landete auf dem Boden. Sie achtete nicht darauf. Jetzt tanzte sie über den glimmenden Tabak auf dem Marmorboden und umkreiste immer wieder den Raum.

Noch nie hatte sie es so gut gehabt. Ein blödes, abgestumpftes Mädchen aus Rio, keine Erziehung, nur Schönheit. Große Schönheit. Mit achtzehn hatte man sie aus einem berüchtigten

Slum von Rio geholt, ausgewählt von einer Art Talentsucher, einer Mischung aus Professor Higgins und Zuhälter. In Houston verkaufte er sie an einen echten Professor Higgins. Bruno de Gravacão kaufte sie. Wie die meisten Professoren Higgins war er ein reicher brasilianischer Emigrant. Sein Vermögen machte er mit Bodenspekulationen in São Paulo. Obwohl Ninfa Pereira mehrere Wochen »Vorbereitungszeit« durchgemacht hatte, nachdem sie in Houston angekommen war, um auf diese Weise die Verwandlung vom Slumkind zur Dame der Gesellschaft zu schaffen, war Gravacão ein gründlicher Mann und begann noch einmal von vorn damit.

Als erstes brachte er Ninfa zu Dr. Gilson Gonzaga, ebenfalls ein Emigrant, und ließ sie genau untersuchen. Alles war in Ordnung – großartig, genau gesagt. Als nächsten wichtigen Schritt brachte er sie zu Jacques Descange, um sie so frisieren zu lassen, daß sie überall in der Stadt beneidet werden würde – hier, in Rio oder in Paris. Dann ging es zu Neiman's, wo man Garderobe kaufte, die dem natürlichen Stil der jungen Frau entsprach, zu Fred für ein paar passende Schmuckstücke, in ein Dutzend Schuhgeschäfte, in die Boutique »Intime Verführung« für Designer-Unterwäsche, die ihren Körper auf erstaunliche Weise unterstrich. Zuletzt zu einem Optiker – Dr. Gonzaga hatte festgestellt, daß sie kurzsichtig war, ihr einziger körperlicher Mangel – für Kontaktlinsen. Voilà! Eine Lady! Oder zumindest eine erstklassige Kurtisane. Und als Gegenleistung für dieses wundervolle neue Leben brauchte sie sich lediglich selbst zu zerstören, wann immer das verlangt wurde, zu Professor de Gravacãos persönlicher Befriedigung. Es war keine übertriebene Forderung. Jedes Mädchen aus einem Slum hätte das und noch viel mehr getan, um herauszukommen.

Jetzt beobachtete er sie wieder. Offenbar hatte sie eine Lunge voll von dem besten kolumbianischen Gras inhaliert, nachdem er das Bett verlassen hatte. Also war sie für die nächste Zeit davon in Anspruch genommen. Er sah, wie ihre Nase lief, sah den glitzernden Streifen bis hinunter zu ihrem Kinn, während sie nach dem Takt der Samba tanzte im immer dunkler werdenden Goldton der Sonne. Luder! Sogar von der Sonne ließ sie sich vögeln.

Viverei . . . viverei . . . viverei . . .

Er lachte. Sie hörte ihn und lachte ebenfalls. Er dachte an ihren Professor de Gravacão. Der Alte hatte keine Ahnung, daß er sie mit jemand anders teilte. Einige von ihnen wußten es, davon war er überzeugt, aber die Feiglinge würden es nicht wagen, ihn zu verraten. Er kam und steckte sie in die Tasche, wann immer er wollte, innerhalb gewisser Grenzen. Sie alle hungerten nach ihm; dafür hatte er gleich zu Beginn gesorgt. Sie trafen sich liebend gern mit ihm. Alle liebten Rafael.

Er ließ sie tanzen und ging hinüber ins Bad, duschte, wusch sich den Puder aus dem Haar, reinigte sich vom Grab, von der Leimgrube, von der Lepra, die an ihm fraß, wenn er sie zu nahe kommen ließ. Er seifte sich dreimal nacheinander sorgfältig ab, wusch sich dreimal mit minuziöser Aufmerksamkeit für jede einzelne Pore seines Körpers. Als er aus der Dusche trat, wickelte er sich in warme Handtücher aus dem elektrisch beheizten Handtuchschrank. Er benützte drei große, weiche Handtücher dazu. Für Ninfa waren nur noch zwei übrig. Er nahm sie aus dem Handtuchwärmer und steckte sie in die Kommode.

Als er sich angezogen hatte, war die Serie von Sambas mit Alcione vorüber. Er ging durch die Diele und schaute hinein ins Wohnzimmer. Die Fensterwand war ein schimmerndes Purpursegel; der ganze Raum schien zu brennen von der sterbenden Sonne. Ninfa saß mitten auf dem Boden; ihr goldener Körper schwamm im blasser werdenden, geschmolzenen Licht.

Er zuckte mit den Schultern und ging zum Plattenspieler. Nahm die Platte herunter, blies den Staub weg, besprühte die schwarze Scheibe mit einem Reinigungsmittel und wischte sie ab. Dann überprüfte er die Rillen nach Kratzern, stellte mit Befriedigung fest, daß keine zu sehen waren, steckte die Platte in eine Klarsichthülle und dann in den Cover. Jetzt stellte er sie neben die Wohnungstür in die Diele, damit er sie nicht vergaß, wenn er ging, und kehrte ins Schlafzimmer zurück.

Aus der Außentasche seines Valentino-Sportsakkos aus Rohseide nahm er einen kleinen, schwarzen Kalbslederbeutel. Er faltete ihn auf und holte ein Glasfläschchen mit Gummistopfen heraus, das er auf die Marmorplatte des Ankleidetisches im Vorraum des Badezimmers stellte. Dann nahm er eine Spritze aus dem Beutel, steckte die Nadel durch den Gummistopfen in das Fläschchen, sog soviel Flüssigkeit heraus, daß die Spritze zur Hälfte gefüllt war, und gab das Fläschchen wieder in den Beutel. Er brauchte einen Augenblick, um den flachen Behälter für ihre Kontaktlinsen zu finden, unter dem Durcheinander von Parfümflaschen und Fläschchen mit verschiedenen Kosmetikartikeln. Er öffnete ihn, nahm die beiden weichen Linsen heraus und goß die Flüssigkeit aus. Dann legte er die Linsen wieder in die zwei Behälter und spritzte den Inhalt der Injektionsspritze über die dünnen Scheiben, bis sie darin schwammen. Die wasserdurchlässigen Linsen würden das Virus-Destillat absorbieren. Nach dem Alkohol und den Drogen würden Ninfas Augen blutunterlaufen sein, aber sie würde die Linsen tragen. Das erwartete man von ihr. Er schraubte die beiden Kammern des Kontaktlinsenbehälters zu und legte ihn wieder dorthin, wo er ihn gefunden hatte. Dann gab er den Rest der Lösung aus der Spritze in die kleine Plastikflasche mit ihren Augentropfen. Danach spülte er die Spritze aus und steckte sie wieder in den Lederbeutel.

Im Schlafzimmer zog er sein Sakko an, steckte den Beutel in die Tasche und ging dann wieder hinüber in den Wohnraum. Ninfa lag auf dem Marmorboden; ihr Körper war jetzt gefleckt vom blutigen Tod der Sonne. Die Nacht mischte sich in das Licht wie schwarze Tinte, und all die glitzernden Lichter der Stadt durchbrachen die Schwärze und erstreckten sich bis zum Horizont wie eine Unendlichkeit ausgebreiteter Brillanten.

Er nahm seine Schallplatte und öffnete die Tür. Dr. Gravacão würde um neun Uhr fünfundvierzig bei den Hangars für Privatflugzeuge am Flughafen Hobby eintreffen. Um Viertel nach zehn würde er zu Hause sein. Ninfa Pereira sollte sich vor ihm rechtfertigen, so gut sie konnte.

24

Jeden Mittwochabend kochte und servierte Gabriela ein volles Dinner mit Hilfe eines Mädchens, das sie zu diesem Zweck mitbrachte. Manchmal gab es Gäste, aber häufiger dinierten Haydon und Nina allein. Diese Mittwochabend-Dinners waren schon von Haydons Mutter eingerichtet worden, als er noch ein kleiner Junge war; sie sollten der Familie Zeit geben, miteinander zu reden und »in zivilisierter Weise« zu essen, sie sollten dabei die Trivialitäten überwinden, aus denen ihr Leben bestand. Cordelia Haydon war auch groß gewesen in dem, was sie »kultivierte Konversation« nannte. Bei einem solchen Mittwochabend-Dinner war Nina von Haydon seinen Eltern vorgestellt worden. Sie verliebten sich beide vom ersten Augenblick an in sie, und so wurde Nina zum bevorzugten Gast bei diesen Abenden und ein Mitglied der Familie, schon bevor Haydon sie geheiratet hatte. Haydon war davon überzeugt, daß Nina auch zu diesen Dinners erschienen wäre, wenn er jemand anders geheiratet hätte. Sie wurde die Tochter, die seine Eltern nie gehabt hatten, ein besonderer und wichtiger Gast im Hause.

Gabriela, die ebenfalls zur Familientradition zählte und schon länger im Haus war als Haydon lebte, hatte eben Cinco indigniert aus dem Speisezimmer gewiesen, wo Haydon ihn verstekken wollte, indem er ihn still in einer Ecke liegen ließ. Aber sie hatte ihn gesehen – so schlecht waren ihre Augen wieder nicht – und scheuchte den Collie hinaus, wobei sie ihm mit ihrer weißen Schürze vor der Nase herumwedelte. Der Hund zog den Schwanz ein, senkte den Kopf und floh durch die Diele auf die Terrasse. Jetzt betrachtete er sie mit freudlosen Augen durch die Fenster des Speisezimmers, während Gabriela hinausdampfte in die Küche und laut genug, daß Haydon es hören konnte, vor sich hinmaulte. In diesem Haus seien noch nie Hunde bei Tisch zugelassen und das dürfe auch in Zukunft nicht geschehen.

»Es ist erst recht schlimm für ihn, wenn er so rausgeschmissen wird«, sagte Nina, die hinausschaute zu dem Collie.

Haydon grinste. »Sie weiß nicht, daß er sonst die meiste Zeit hier drinnen ist. Ich lasse ihn immer rein, wenn sie nicht da ist.«

»Sie weiß es genau«, sagte Nina und lachte. »Sie hat mir gesagt, daß sie *pelos de perro* in der Bibliothek gefunden hat.«

Sie beendeten ihr Dessert mit Gesprächen über das Haus, über die Arbeit, die Pablo mit den Zitronenbäumen vorhatte, und über die Frage, ob sie das Dach nachsehen lassen sollten oder nicht, nachdem Haydon den feuchten Fleck an der Fassade entdeckt hatte. Später servierte Gabriela frischen Kaffee. Haydon stand auf, nahm eine Zigarre aus dem Humidor auf der Anrichte, schnitt die Spitze ab und zündete die Zigarre an, während er zurückkam zum Eßtisch. Er inhalierte den weichen, dunklen Rauch der *Marca do Oro corona,* erlaubte sich nur einen einzigen, tiefen Zug; den Rest der Zigarre würde er nur kosten, nicht inhalieren. Zum erstenmal seit Vanstraten mit seiner erschrekkenden Diagnose hergekommen war, begann er sich zu entspannen.

»Gehst du heute mal früh zu Bett?« fragte Nina. Sie hatte den Kopf auf die Hände gestützt und lächelte ihn an.

»Nein, spät«, sagte er.

»Was? In der vergangenen Nacht hast du keine zwei Stunden geschlafen.«

»Ich werde das irgendwann nachholen. Jetzt muß ich noch mal in das Haus fahren, wo diese Parmer gewohnt hat.«

»Das kann bestimmt bis morgen vormittag warten.«

»Morgen gibt es andere Dinge zu tun.«

Nina schaute ihn an. Er erkannte ihre Miene und wußte, was sie dachte. Es war eine seltsame Symbiose, die sie miteinander verband. Er haßte die Angst in ihren Augen ebenso wie die Nervosität in sich selbst, die sich allmählich steigerte und die sie schon vor ihm erkannt hatte. Sie fürchteten sie beide, ohne jemals darüber zu reden. Er tat so, als wäre alles wie immer, und sie beobachtete ihn genauer und registrierte jeden Stimmungswechsel wie ein telepathisches Barometer. Gemeinsam beobachteten sie, wie die »dunkle Saison« herankam, bis Haydon plötzlich in sein schwarzes Vakuum verschwand, wo er Zeit und Raum verlor und zugleich und unausweichlich ein Stück von sich selbst. Und beide dachten mit zunehmender Sorge daran, was diese Verluste eines Tages bedeuten würden.

Wie ein schuldbewußter Alkoholiker, der sich weigert, an seinen letzten Exzeß zu denken, unterdrückte Haydon eine geheime Abneigung gegen Nina wegen ihrer gefestigten Haltung angesichts seiner eigenen, wiederkehrenden Schwäche. Den Erfolg beim Unterdrücken dieses Gefühls verdankte er seinem Talent zur gnadenlosen Selbstanalyse, bei der er kritisch sein konnte bis zur Aufgabe seiner Person, und einem Gefühl des tiefen Respekts und der Dankbarkeit für ihre absolute Treue.

»Wann werden wir je darüber reden?« fragte sie. Ihre Stimme war weich, und ihr Gesicht zeigte ein trauriges Lächeln.

»Nicht heute abend.«

»Warum nicht?«

Die Zigarre schmeckte gut. Er wollte nicht, daß Nina fortfuhr, hoffte, sie würde aufhören.

»Stuart?«

»Ich wüßte nicht, was ich dazu sagen sollte«, antwortete er wahrheitsgemäß.

»Ich habe es auch gar nicht erwartet. Aber wir könnten trotzdem reden. Du brauchst es gar nicht zu wissen. Es tut dir sicher nicht weh, wenn du es einmal ergründest.«

»Diese Sache?«

Sie zögerte. »Ja. So empfinde ich es jedenfalls.«

Er schaute sie an. Seine Augen sahen sie, aber seine Gedanken kehrten zu sich selbst zurück.

»Das kann ich verstehen«, sagte er. »Ich glaube, ich fühle das auch.«

»Dann laß uns darüber reden, Stuart. Ich mache mir Gedanken wegen dieser Untersuchung, wegen dem, was sie dir antut. Du brauchst Entspannung, Ferien – nicht verstärkten Einsatz für diesen Fall.«

»Aber ich kann nichts dagegen tun. Es ist nun einmal geschehen.«

»Du solltest wegfahren.«

Sie sagte es ganz rasch, als wäre es eine harte Wahrheit, die ihn verletzen würde, aber ausgesprochen werden mußte. Es war genau der Ton, den man gegenüber einem Herzpatienten anwandte, um ihm zu sagen, er müsse seinen Beruf aufgeben, sonst würde er nicht mehr lange leben. Herzpatient. Er erkannte den Symbolgehalt des Vergleichs, den er gewählt hatte.

Er trank seinen Kaffee aus, nahm die halbleere Flasche Chablis vom Tisch, schob den Stuhl zurück und stand auf.

»Laß uns hinausgehen«, sagte er.

Sie gingen durch die Diele und danach gemeinsam auf die Glastüren zu. Haydon hielt eine Tür auf, und sie betraten die Terrasse, wo Cinco sofort zu ihnen herkam, um sich ihrer Liebe zu versichern. Nina kniete sich hin, um den alten Hund zu streicheln, während Haydon Cincos Schüssel mit Chablis füllte und sie dann dem dankbaren Collie hinstellte. Während Cinco den Wein schlabberte, ging Haydon an die Balustrade und stützte die Ellbogen darauf, schaute hinunter auf die Zitrusbäume und blies einen dünnen Strom blauen Rauchs hinaus in die schwere, feuchte Nachtluft.

Als er Nina an seiner Seite fühlte, wie sie sich bei ihm unterhakte, sagte er: »Du zwingst mich dazu, das Ganze philosophisch zu verbrämen.«

Er spürte, wie sie mit den Schultern zuckte.

»Es stimmt«, sagte er. »Ich erkenne sie – die alten Symptome. Das war ein ehrliches, offenes Geständnis. Ich habe es nie vor mir selbst geleugnet. Wir haben nie darüber gesprochen, wie ich es dir einmal zugesagt habe, und ich möchte auch jetzt nicht darüber reden. Es ist ein Geheimnis, das ich lieber nicht ergründe, obwohl ich mir seines Bestehens bewußt bin und auch der Schmerzen und Schäden, die es bei uns beiden hervorruft. Aber jetzt ist nicht der richtige Zeitpunkt, um darüber zu reden.«

»Warum nicht?«

»Diese Untersuchung ist sehr wichtig. Dieser Mann – und ich bin sicher, daß es ein Mann ist – verhält sich ganz anders als jeder, dem ich zuvor begegnet bin. Ein wirklicher Verrückter. Rein zahlenmäßig ist er vielleicht nicht der Typ eines Massenmörders, obwohl sich das noch herausstellen könnte, wenn wir der Sache erst ganz auf den Grund gegangen sind. Aber mich irritiert seine – seine Art, wie er sich den Opfern nähert. Massenmörder haben normalerweise einen Generalnenner. Man findet eine Übereinstimmung der Syndrome, geschichtlich und psychologisch. Das erkennt man zwar meist erst in der Retrospektive und nicht, bevor man ihm Einhalt geboten oder ihn erwischt hat. In diesem Fall dagegen kann man von Anfang an etwas beobachten, was ihn von allen anderen seiner Art unterscheidet.«

Er drehte die Zigarre in seinem Mund, ließ sie mit den Fingern hin und herrollen, während er den Geschmack des Tabaks genoß. Er schien voller zu sein in der frischen Luft, als ob die tropische Feuchtigkeit das Aroma der dunklen, feuchten Blätter verstärken würde.

»Der Massenmörder handelt oft aus wildem Haß. Dieser Haß leitet ihn, er zwingt ihn dazu, wiederholt und brutal zu morden. Das Objekt seines Hasses soll leiden, und der Mörder genießt seine Macht, dieses Leiden hervorrufen zu können. Er will das Objekt leiden sehen, will es schreien und wimmern hören, will dieses Leiden buchstäblich mit Händen greifen und spüren, wie das Leben des Objekts ausgelöscht wird. Es ist eine innerliche Gewalt, unglaublich in ihrer Intensität und erschreckend. Er kann der klassische Fall des stillen, netten Kerls sein, dessen Nachbarn überaus erstaunt sind, daß es sich bei ihm um einen bösen Dämon handelt, aber diese Verstellung wird überwunden im großen Augenblick der Gewalt, die von Zeit zu Zeit befriedigt werden muß.

Der Mann, den wir suchen, hat offenbar keine solchen mörderischen Triebe. Er infiziert das Opfer so, wie es ihm gerade am günstigsten erscheint, und geht danach einfach weg. Sein Kontakt mit dem Opfer entbehrt des Elements von Schmerz und Furcht; er entbehrt vermutlich sogar jeglicher Gewalt. Da nicht genau festzustellen ist, wann das Opfer an der Krankheit zugrunde geht, hat er nicht einmal die Befriedigung, dessen Tod aus der Ferne zu beobachten. Ihm fehlt die weißglühende Hitze der Leidenschaft, die den typischen Massenmörder in jenen letzten Augenblicken verzehrt, wenn er sich körperlich seinem Opfer gegenübersieht und es zerstört.«

Haydon schwieg, und seine Gedanken schweiften in eine Vielzahl von Richtungen, klammerten sich an Ideen, an die Spuren von Ideen, Erinnerungen und Abwandlungen dieser Ideen, versuchten sie mit den Konzepten zu vergleichen, von denen er gehört, gelesen und geträumt hatte. Sein ruhiges Verhalten, das gelegentliche Ziehen an der Zigarre, strafte seine innere Erregung Lügen.

»Mir fällt da eine Stelle ein, die ich in einem der Bücher meines Vaters unterstrichen habe. Es war ein Zitat von Richter Brandeis, das mir merkwürdig vorgekommen war und das sonderbarerweise in Konflikt steht mit den ganz anderen Ideen von Carl Jung. Brandeis schreibt von der Gefahr, bei der wir uns von unseren Vorurteilen so sehr täuschen lassen, daß wir ihnen den Status gesetzlicher Prinzipien verleihen. Er schreibt: ›Wenn wir uns vom Licht der Vernunft leiten lassen, müssen wir in Gedanken kühl und gelassen sein.‹ Ich fragte mich und frage mich heute noch, ob ein kühler Kopf wirklich so erstrebenswert ist. Ich vermute, daß wir hinter diesen Morden einen sehr vernünftigen Mann entdecken werden, einen, dessen Kopf so kühl ist, daß ihn nicht einmal die Leidenschaft des Mordes zu erwärmen vermag.«

Nina schwieg eine ganze Weile. Sie stand einfach neben ihm, ihren Arm unter dem seinen, den Kopf leicht nach vorn geneigt. Im Licht, das durch die Fenster des Speisezimmers herausfiel auf die Terrasse, kam ein dicker Frosch aus dem Schatten hervor. Er setzte sich gelassen ins Licht, als ob er aus der Kulisse auf die Bühne gehüpft wäre, der erste Schauspieler auf der Szene, der allein darauf warten muß, daß das Spiel beginnt. Auch Cinco sah ihn, aber er hatte schon oft mit Fröschen gespielt und keine Lust, sich in seinem Alter noch damit zu befassen. Außerdem war er schläfrig vom Wein. Der Frosch quakte einmal, ein seltsames Selbstgespräch im Rampenlicht, das beim Collie, der mit gekreuzten Pfoten in den Schatten der gegenüberliegenden Kulisse lag, nur ein Gähnen hervorrief. Da keine weitere Aktion und auch kein Dialog zu erwarten waren, sprang der Frosch an Cinco vorbei wieder ins Dunkel.

»Es ist also ein außergewöhnlicher Fall«, sagte sie, und es war keine Frage.

»Ja, außergewöhnlich.«

»Und warum?«

Er schaute einem Rauchwölkchen nach, das sachte von ihm wegtrieb, bis es in der Dunkelheit aufging.

»Ich spüre, daß von dieser Person Übel ausgeht«, sagte er. »Ein Gefühl, das man nicht ignorieren kann. Es folgt einem wie eine Vorahnung, ein drohendes Unwohlsein, das einen mitten in der Nacht aufwachen und mit klopfendem Herzen daliegen läßt, wobei man sich fragt, warum man aufgewacht ist, und ganz genau weiß, daß etwas im Dunkeln steht und auf einen lauert. Es ist die beste Gelegenheit, einem Aspekt des eigenen Ichs zu begegnen, den man nicht leugnen oder unterdrücken sollte. Die Begegnung mit dem Bösen in solcher Reinheit ist so, wie wenn man sich einem Meilenstein in der Psychoanalyse nähert. Es ist archetypisch: Man sieht sich Auge in Auge mit einem Teil von sich selbst.«

»Ein Teil von dir selbst?«

»Ja. Ich weiß nicht, wie ich es erklären soll, aber so kommt es mir vor.«

»Das ist erschreckend.«

»Genau.«

»Hast du mit Leo und Ed darüber gesprochen?«

»Natürlich nicht.«

»Mit Van?«

»Wir haben schon früher dieses Thema berührt.«

»Und was meint er dazu?«

Haydon stieß ein amüsiertes Brummen aus. »Das willst du bestimmt nicht wissen.«

»Es ist sonderbar«, sagte sie nach einer Pause. »Je länger ich dich kenne, desto weniger verstehe ich dich. Eigentlich sollte es genau entgegengesetzt laufen.«

»Ich habe oft dasselbe von dir gedacht.«

»Wirklich? Das kann ich nicht glauben.«

»Es ist wahr. Und es beweist nur, wieviel an uns allen dran ist. Ich bin sicher, es gibt größere Dimensionen, als wir sie uns vorstellen können, aber uns fehlt der Blick dafür.«

Sie drückte sich an ihn, kuschelte sich beinahe an seinen Körper.

»Stuart, sitzt du jemals da und denkst an gar nichts?«

»Wie meinst du das?«

»Ich meine, gestattest du jemals deinen Gedanken, daß sie sich entspannen?«

Er schnippte den Rest seiner Zigarre hinaus auf das feuchte Gras, wo die Glut ein paar Sekunden lang wie ein brennendes Auge zu sehen war, bevor sie erlosch.

»Niemals«, sagte er.

»Das habe ich befürchtet.« Sie lachte.

Er wandte sich ihr zu und küßte sie leicht auf die Lippen. Sie stieß ein wohliges Stöhnen aus und erwiderte den Kuß, dann riß sie sich los.

»Du stinkst«, sagte sie.

»Nicht ich, die Zigarre.«

»Das habe ich gemeint.«

»Ach.«

»Ich weiß nicht, ob ich dich jetzt dazu verführen soll, hierzubleiben, und damit riskiere, daß du in den frühen Morgenstunden, wenn ich eingeschlafen bin, aufstehst – oder ob ich dich lieber gleich aus dem Haus jagen soll, in der Hoffnung, du kommst früh genug zurück, daß ich dich verführen kann, bevor du am Morgen wieder weg mußt.«

»Und da fragst du noch, wessen Gedanken Überstunden machen!«

»Ich versuche nur, mit den deinen Schritt zu halten.«

Er hielt den Arm mit der Armbanduhr hoch, um die Zeit im Licht aus dem Speisezimmer ablesen zu können. »Es ist zehn. Laß mir zwei Stunden Zeit. Es ist nicht weit von hier, und ich kann dir die Telefonnummer geben.«

»Für den Fall, daß jemand anruft.«

»Ja, das auch.«

Sie drehten sich um und gingen zusammen hinein in die weite Diele. Er nahm die Schlüssel für den Dienstwagen vom Tischchen mit der Marmorplatte und küßte Nina noch einmal.

»Es dauert nicht sehr lange«, sagte er.

»Davon bin ich überzeugt.«

Er fühlte, wie sie ihm nachschaute, als er hinausging und sich in den Wagen setzte. Er winkte ihr zu, bevor er aus dem Licht fuhr. Als seine Scheinwerfer auf das Tor trafen, drückte er den Knopf des elektronischen Schalters, und das Tor öffnete sich langsam. Nachdem er draußen war, schaltete er das Radio ein, das stets auf die Station mit klassischer Musik eingestellt war. Man spielte Mozarts »Eine kleine Nachtmusik«.

25

Haydon parkte auf der Straße, einen Block vom Haus der Parmer entfernt, und ging zurück über den Gehsteig, dann den Weg, der durch das Trauermyrtengebüsch nach oben zur Haustür führte. Er richtete das Licht seiner Taschenlampe auf die Tür und sah das rote, schwarz umrandete Siegel, welches anzeigte, daß das Haus polizeilich überwacht wurde und nicht ohne ausdrückliche Genehmigung des Morddezernats betreten werden durfte. Er sah, daß man das neue Sperrschloß der Polizeibehörde angebracht hatte, und fischte in seinen Taschen nach dem Schlüssel. Bevor er die Tür aufsperrte, schaute er in den Briefkasten. Er war leer.

Sobald er drinnen war, schaltete er die Lichter ein und versperrte die Tür hinter sich. Dann sah er sich um, und wieder fiel ihm die Tiefenwirkung auf, die durch die Maisonette-Bauweise erzielt wurde. Außerdem fühlte er die Leere, die in unbewohnten Häusern herrschte, selbst wenn sie noch voll möbliert waren.

Er ging hinauf in den Wohnraum, warf einen Blick auf die Galerie und hinüber zur Küche, dann auf den glasgefaßten, offenen Kamin und die alte Wurlitzer-Musikbox, die danebenstand. Er ging zur Musikbox hin: ein hufeisenförmiges, buntes Gebilde mit einem Bogen, der es krönte; zwischen den beiden Armen des Hufeisens befand sich ein reichverziertes Lyra-Symbol aus Plastik und Chrom, und aus dem Bauch der Maschine fiel buntes Licht. Das Ganze umrahmten die vielfarbigen Plastikröhren, in denen Blasen aufstiegen, die ganz oben, hinter einem weiteren Filigran-Fries in einer Krone aus buntem Licht zerplatzten. Hinter der Glaskuppel steckten rund fünfzig Schallplatten in ihren Chromarmen.

Wieder sah er die Titel und die Interpreten durch, dann drückte er auf die beiden ersten Plastiktasten. Er sah zu, wie der Arm nach vorne kippte, um die Schallplatte zu greifen, wie er sie aus ihrem Schlitz zog, um neunzig Grad drehte und auf den Plattenteller legte. Rasch, aber genau senkte sich der Arm mit dem Saphir auf die sich drehende Scheibe. Als das Lied begann, erkannte Haydon rasch den mitreißenden Rhythmus einer Karnevals-Samba.

Er hörte ein paar Sekunden lang zu, dann machte er sich auf einen Entdeckungsgang durch das Haus. Im Wohnraum war nichts, was ihm helfen konnte, außer einem kleinen Schreibsekretär. Er schaute ihn durch, fand aber nur ein paar Briefmarken, das Briefpapier mehrerer Hotels und Ansichtskarten aus Mazatlán. Anschließend blätterte er in einem Stapel Zeitschriften, die auf einem Couchtisch zwischen den beiden Sofas lagen.

Dann ging er in die Küche und durchsuchte die beiden Küchenschränke, in denen die üblichen Konserven standen. Es gab eine Auswahl von Küchenutensilien, außerdem Porzellan, Steingut und Besteck. Die Spülmaschine war voll ungewaschenem Geschirr und Kakerlaken. Eine Tür führte in einen kleinen Waschraum mit einer Waschmaschine und einem Wäschetrockner, und eine weitere Tür führte in die Garage, von der aus man auf eine Zufahrt von der Hinterseite des Hauses gelangte. Die Garage war leer, und es gab keine Anzeichen dafür, daß sie regelmäßig oder in jüngerer Zeit benützt worden war.

Er kam durch den Waschraum zurück in die Küche, überprüfte zuvor kurz den Inhalt der Waschmaschine und des Trockners und rührte in der schmutzigen Wäsche mit dem vorderen Ende seiner Taschenlampe. Nachdem er wieder im Wohnzimmer war, ging er zur Wurlitzer und drückte noch ein paar Tasten. Als er die Treppe zur Galerie hinaufstieg, war das Haus erfüllt vom heiteren, raffinierten Arrangement eines Songs mit dem Titel »India«, gesungen von einer Frau mit klarer Stimme namens Gal Costa.

Er ging an den Kübelpalmen vorbei zum roten Zimmer. Als er

auf der obersten der drei Treppen war, die in das Zimmer führten, fiel ihm die Dicke der Wand zwischen Galerie und Zimmer auf, die für den ganzen Korridor galt. Die Wand war, schätzte er, ungefähr einen Meter dick, entsprach also den eingebauten Kleiderschränken. Das Zimmer war noch immer ein einziges Durcheinander; niemand hatte hier aufräumen dürfen.

Haydon ging zur gegenüberliegenden Wand in der Nähe des Badezimmers und drehte sich um, blickte hinauf zu der Stelle oberhalb der Schranktür. Zwei Ventilatoren der Klimaanlage mündeten hier in den Raum. Zwei weitere Lüftungsschächte mündeten an der Wand zu seiner Linken. Er ging um das Bett herum zum Schrank und öffnete die beiden Falttüren. Nachdem er auf einer Seite die Kleider beiseitegeschoben hatte, untersuchte er die Ränder der Wand an der Seite, dann die Rückwand, und schob die Kleider auf die Gegenseite, bis er das andere Ende erreicht hatte, wo ein Schuhregal eingebaut war. Er schaltete die Taschenlampe ein und leuchtete damit an die Decke. Es dauerte ein paar Sekunden, ehe er die haarfeinen Spalten entdeckte, die über dem Regal ein Viereck bildeten. Er berührte die Regalbretter. Sie waren massiv und fest eingebaut. Als er genauer hinschaute, sah er, daß die Mitte eines jeden Bretts leicht abgewetzt war. Nun räumte er die Schuhe aus.

Er benützte die Bretter als Treppe, erreichte die Luke, die in die Decke eingepaßt und leicht hochzudrücken war. Er schob sie hoch und steckte dann den Kopf samt der Taschenlampe in die Öffnung. Es war ein länglicher, leerer Raum, etwa neunzig Zentimeter breit und einszwanzig hoch; Platz genug, daß man hineinkriechen konnte. Haydon betrachtete die zwei Ventilatoren, die er von unten gesehen hatte. Sie konnten leicht entfernt werden, und die Öffnungen waren groß genug, daß man durch sie hindurch fotografieren konnte. Er kroch zu den beiden anderen Lüftungsschächten, die in gleicher Weise benützt werden konnten. Ansonsten war der Raum leer.

Haydon kehrte zur Luke zurück, und nachdem er heruntergeklettert war, klappte er sie wieder zu. Er hatte das Schlafzimmer verlassen und war auf halbem Weg durch die Galerie, als eine weitere Samba auf der Wurlitzer begann und das Telefon klingelte. Er nahm nach dem vierten Klingelzeichen ab. Es war Hirsch.

»Stuart, du solltest hierherkommen, ins Ben Taub. Wir haben eine Frau mit Tollwut.«

»Wo?«

»Intensivstation.«

»Kann sie sprechen?«

»Sie ist mal weg, dann wieder bei Sinnen.«

Haydon knallte den Hörer auf die Gabel und lief zur Tür, schaltete die Lichter aus und trat hinaus. Der stampfende Rhythmus der Samba drang durch die Tür, als er den Schlüssel ins Schloß steckte und ihn umdrehte.

Hirsch und Mooney standen innerhalb des Glaskastens der Schwesternstation und schauten über einen hochpolierten Boden hinweg in einen anderen, verglasten Raum, wo mehrere Ärzte und Schwestern sich um einen Patienten bemühten, den Haydon nicht sehen konnte. Er klopfte gegen das Glas, und eine Schwester ließ ihn ein, während sich Hirsch und Mooney umdrehten.

»Wie ist die Lage?« fragte Haydon.

»Ein Notarztwagen hat sie heute kurz nach Mittag hergebracht, nachdem sie selbst neun-elf angerufen hatte. Sie heißt Pauline Thomas, eine Prostituierte aus der Montrose-Gegend. Die Ärzte wußten nichts mit ihr anzufangen und begannen zu experimentieren, als die Nachricht von uns hier eintraf. Sie ist in ziemlich schlechtem Zustand. Ed hat versucht, mit ihr zu sprechen, während ich mit dir telefonierte, und als ich fertig war, hat man ihn hierher zurückgescheucht, weil da drüben ein paar Summer in Aktion getreten sind.«

»Scheiße, du solltest sie sehen, Stuart«, sagte Mooney. »Unheimlich. Sie haben sie auf das Bett geschnallt. Sie beginnt zu geifern, und sie müssen ihr den Speichel absaugen, damit sie nicht erstickt. Sie beißt in den Aspirator, kaut daran herum. Verdammt.«

»Und ihr habt nichts rausgekriegt?«

»Nein. Gar nicht dran zu denken.«

»Was sagt der Arzt?«

»Wir sollen warten, ob sie noch mal ein paar lichte Momente hat. Sobald das der Fall ist, lassen sie jemanden rein – das heißt, bis sie wieder ausflippt.« Er wandte sich dem Fenster zu. »Warte nur, bis du hörst, was Leo erzählt.«

Haydon schaute Hirsch an.

»Also erstens: Walther ist gestorben. Hier, in derselben Abteilung, heute abend um halb sieben. Lieutenant Freed hat bereits seine Frau verständigt. Silva bekommt noch die Spritzen und steht natürlich Todesängste aus.«

Haydon entging nicht die kleinste Nuance. »Und die Medien?«

»In unserem Rundschreiben war eine offizielle Warnung an die beteiligten Ärzte und Schwestern enthalten. Ed und ich haben mit dem leitenden Personal hier gesprochen, und sie zeigen Verständnis, aber es ist unvermeidlich, daß –«

»Ja, das weiß ich. Was noch?«

»Ich habe noch zwei im Leichenhaus gefunden. Vanstratens Leute haben ihnen Proben abgenommen und die Tollwut bestätigt. Es sind beide junge Mädchen aus lateinamerikanischen Ländern.«

»Unglaublich. Seit wann sind sie dort?«

»Die eine seit sechs, die andere seit acht Wochen.«

»Wer geht hinein, wenn sie einen lichten Moment hat?« fragte Mooney und schaute noch immer durch das Glas.

Haydon warf einen Blick auf ihn. Er sah, daß Mooney selbst mit ihr reden wollte. Die Sache ging dem rauhbeinigen Beamten vom Sittendezernat allmählich an die Nerven, so sehr, daß es ihm nicht mehr gelang, es zu überspielen.

»Warum gehst du nicht, Ed?«

»Und was soll ich sie fragen? Ich werde nicht viel Zeit haben.«

»Sieh zu, ob du irgendeine Verbindung mit den Partys bei der Parmer feststellen kannst. Frag sie, ob sie eine der Frauen kennt, die schon gestorben sind. Frag sie nach Brasilianern, nach südamerikanischer Musik oder so. Zum Teufel, frag, wie sie krank geworden ist, und ob sie weiß, was mit ihr nicht in Ordnung ist.«

»Das nennt man gegen den Wind pissen, nicht wahr?« sagte

Mooney. »Die Frau ist verdammt schlecht beisammen. Du hättest sie sehen sollen.«

Haydon merkte, daß sein alter Freund sich den Magen massierte, mit beiden Händen im Hosenbund.

»Hast du schon mit der Duplissey gesprochen?« fragte er.

»Ich hab' sie erst heute abend erwischt. Morgen früh bin ich mit ihr verabredet.«

Haydon hatte seine Umgebung vergessen, aber jetzt, als sie aufhörten zu sprechen und warteten, wurde ihm das Blinken der Elektrokardiographen hinter ihm bewußt. Die Station wirkte wie ein Kontrollraum der NASA, mit blinkenden Lichtern, Meßgeräten, Computerausdrucken und pulsierenden roten LEDs.

In Pauline Thomas' Zimmer reagierte eine der Schwestern auf eine Bemerkung der Ärzte und ging zur Tür, wo sie sich ihre Isoliermaske und den grünen Kittel auszog. Als sie hinaustrat, trug sie einen hellgelben Pullover über ihrer weißen Uniform. Sie schob die Ärmel bis zu den Ellbogen hoch, als sie durch den von Leuchtstoffröhren erhellten Korridor ging, der das Zimmer von der Station trennte. Sie war jung, vielleicht Ende Zwanzig, und hatte ein fröhliches Gesicht. Sie öffnete die Tür und streckte den Kopf herein; dabei baumelte ihr ein Stethoskop um den Hals.

»Der Doktor sagt, zwei von Ihnen können jetzt reinkommen.«

Haydon warf einen Blick auf Hirsch, der den Kopf schüttelte.

Daraufhin folgten Haydon und Mooney der Schwester durch das blendende Licht und blieben vor der Tür zum Zimmer von Pauline Thomas stehen, wo zwei chromblitzende Wagen mit grüner Kleidung und mit Packungen steriler Gummihandschuhe standen.

»Sie müssen das anziehen«, sagte die Schwester, lächelte und nahm zwei grüne Chirurgenkittel von einem der Wagen. Dann half sie den zwei Kriminalbeamten hinein. Die Kittel wurden hinten zusammengebunden. Die Schwester vergewisserte sich, daß die elastischen Ärmel über ihre Kleidung gezogen wurden, dann war sie ihnen mit den Chirurgenhandschuhen behilflich, die über die Ärmel bis in die Mitte des Unterarms reichten.

»Drinnen ist eine graue Tonne mit einem roten Plastiksack,

gleich neben der Tür«, sagte sie und befestigte ihre Gesichtsmasken. »Wenn Sie hinausgehen, ziehen Sie dort die Mäntel aus und werfen Sie sie in den Sack. Achten Sie darauf, Ihre eigene Kleidung nicht mit den Handschuhen zu berühren. Ziehen Sie die Mäntel einfach umgekehrt aus, dann kann man die Handschuhe samt den Ärmeln des Mantels entfernen. Werfen Sie alles in die Tonne.«

Sie öffnete ihnen die Tür, und die beiden Männer traten ein.

Als sich die Tür hinter ihnen geschlossen hatte, kam der Arzt zu ihnen herüber und schüttelte ihnen die Hände. »Doktor Hammond«, sagte er, dann verschränkte er die Arme vor der Brust und betrachtete die Frau auf dem Bett. Er hatte einen kurzärmeligen Overall an, über dem er einen Isolierkittel trug, genau wie die Kriminalbeamten, nur daß der seine aus durchsichtigem Plastikmaterial war. Haydon fiel auf, daß die blassen Unterarme des Arztes keinerlei Muskelstruktur aufwiesen und mit dichten, schwarzen Haaren bewachsen waren. Er wirkte unglaublich sauber. Obwohl Haydon die Züge des Mannes hinter der Gesichtsmaske nicht erkennen konnte, fiel ihm auf, daß die dunklen, buschigen Augenbrauen die glatte Stirn eines jungen Mannes begrenzten.

»Sie können es noch einmal versuchen«, sagte Hammond und nickte dabei in Richtung auf seine Patientin. »Wir geben ihr etwas, das sie vielleicht zu sich bringt, aber es wird nicht lange dauern, und wir werden die Prozedur vermutlich nicht mehr wiederholen können.«

»Haben Sie schon einmal jemanden mit Tollwut behandelt?«

»Einen. Den jungen Polizisten, der heute gegen abend gestorben ist. Ich werde mich um alle weiteren Fälle kümmern, die möglicherweise hier eingeliefert werden, und habe bereits mit Doktor Vanstraten gesprochen.«

Sie sahen zu, wie eine Schwester der Frau im Bett einen Gummischlauch um den Oberarm schnürte. Die Schwester wartete, bis die große Vene angeschwollen war, dann hob sie eine Spritze gegen das Licht und ließ danach die Nadel in die Vene gleiten. Als sie langsam die klare Flüssigkeit in den Blutkreislauf der Patientin preßte, warf Haydon einen Blick auf die Frau im Bett. Ihr strohiges, gebleichtes Haar stand ihr vom Kopf ab, steif und matt. Ihr Gesicht war gerötet, und die Augen, halb geöffnet und unruhig, waren geschwollen und rot. Sie war auf das Bett geschnallt, und eine Reihe wurmartiger Schläuche bohrten sich in ihren Körper von Plastikbeuteln aus, die an Aluminiumstativen hingen.

Eine zweite Schwester, die dicke Gummihandschuhe trug, stand am Kopfende des Betts. Als sich die Augen der Patientin ganz geöffnet hatten, schaltete die Schwester rasch eine Maschine ein und drückte dann mit Erfahrung und Kraft gegen den Kiefer der Frau, damit sich ihr Mund öffnete. Sie steckte einen durchsichtigen, blauen Aspirator hinein, der mit lautem Schmatzen den Überfluß an Speichel absaugte. Die Patientin versuchte Widerstand zu leisten, aber die Schwester handelte rasch und entschlossen. Dann wurde das Gerät abgeschaltet und stand nach kurzem Heulen still.

Die Frau schaute sie mit blicklosen Augen an. »O Gott«, sagte sie. Dabei bewegte sie kaum die Lippen.

Mooney trat heran. »Wissen Sie, wo Sie sind?«

Haydon vernahm so viel Güte in seinem Ton, wie er es nie für möglich gehalten hätte.

Die Frau nickte.

»Wir wollen Ihnen helfen. Wissen Sie, was mit Ihnen los ist?«

Sie schüttelte erschöpft den Kopf.

»Jemand hat sie krank gemacht, hat Ihnen etwas gegeben. Wissen Sie das?«

Sie schüttelte den Kopf.

»Sie brauchen nicht den Kopf zu bewegen, es sei denn, Sie wollen mit Ja antworten. Okay?«

Ein kurzes Nicken.

»Kennen Sie eine Frau namens Sally Steen?«

Nichts.

»Judith Croft ... Theresa Parmer? ... Sandy Kielman? ... Petra Torres?«

Nichts.

»Kennen Sie irgendwelche Brasilianer? Männer oder Frauen?«

Nichts.

»Gehen Sie in Nachtklubs, wo brasilianische Musik gespielt wird?«

Die Frau zog die Stirn in Falten.

»Wissen Sie, was brasilianische Musik ist?«

Sie furchte noch immer die Stirn.

Mooney warf einen Blick auf Haydon, der ans Bett herantrat.

»Samba, Bossa nova . . .«

Sie nickte.

»Wo?« fuhr Haydon fort.

Ihr Stirnrunzeln wich einem harten Blick, der von einem leichten Zittern begleitet wurde. Sie kämpfte gegen einen Krampf an.

»Wo haben Sie die Musik gehört?« drängte Haydon. »Es ist sehr wichtig.«

Sie begann zu zittern; ihr Mund wurde ganz schmal, während sie kämpfte.

»Sss – ah – sss . . . Ssshsss . . .« Ihr Kopf zuckte auf dem Kissen, und die Adern an ihrem Hals traten hervor. »Ssss . . . Shssshh.« Ihr Blick richtete sich auf einen Punkt am Fußende ihres Betts, als sie sich gegen die Gurte auflehnte, mit denen sie festgeschnallt war.

»Brasilia? Club Havana? Mein Gott!« sagte Haydon, als sich die Augen der Frau mit Tränen füllten, die ihr übers Gesicht liefen, während sie sich gegen die Gurte zu wehren versuchte.

»Copa?«

Ihr Kopf begann wild zu zucken.

»Copa?« wiederholte er.

Sie riß den Kopf vor und zurück, schlug ihn gegen das Bett.

Der Arzt kam heran und trat dicht neben die Frau. Er hielt ihren Kopf von beiden Seiten fest und studierte die Muskelanspannung.

»Scheiße«, sagte Mooney. »Ist das ein Nicken? Kann sie sich noch so weit beherrschen?«

»Sie kann nicht mehr aufhören damit«, sagte der Arzt. Er ließ den Kopf los, der wieder zu zucken begann.

»Wenn es das Copa ist, stoßen Sie irgendein Geräusch aus«, sagte Haydon.

Das Geräusch setzte ein wie ein dunkles Grollen in ihrer Brust, ein unwirklicher, tiefer Laut wie aus einem Synthesizer, der allmählich noch oben stieg in die Kehle, wo er höher wurde und an die Geräuschkommunikation von Walen erinnerte. Die Tränen strömten ihr buchstäblich aus den Augen, und sie zerrte an den Gurten, während ihr eine dicke, klare, sirupartige Flüssigkeit zwischen den zusammengebissenen Zähnen herauslief.

»Das wär's«, sagte der Arzt rasch. »Entschuldigen Sie mich.« Er schubste die beiden Kriminalbeamten zurück, und er und die zwei Schwestern beugten sich über die Patientin. Das Heulen des Aspirators setzte wieder ein, aber er konnte nicht das Klappern der Gurte und die hysterischen Laute übertönen, die aus Pauline Thomas' Brust drangen.

Haydon und Mooney zogen sich rasch die Schutzkleidung aus und warfen sie in den Plastiksack, dann gingen sie hinaus.

»Tut sie das absichtlich?« fragte Mooney, als sie hinüberkamen in das Stationszimmer.

»Wer weiß«, antwortete Haydon. Seine Stimme klang tief und wütend.

»Was sollte dieses Zischen bedeuten?«

Haydon schüttelte den Kopf. Hirsch hatte gerade von der freundlichen Schwester eine Tasse Kaffee bekommen.

»Gehen wir«, sagte Haydon und verließ ohne noch einmal anzuhalten die gläserne Zelle durch die Tür gegenüber, die hinausführte auf den Korridor. Als er draußen war, blieb er stehen und wandte sich zu Hirsch und Mooney um.

»Leo«, sagte er und sprach jetzt sehr leise, »bring diese Fotos von den zwei unbekannten Toten zu Mrs. Guajardo. Wenn sie sie identifizieren kann, fahrt ihr beide zu den Docks und sprecht mit Longoria. Die übliche Routine. Ich möchte erfahren, wieviel er weiß. Tut, was nötig ist, um ihn auszuquetschen. Ich möchte etwas hören von ihm, was uns weiterhilft – wenn nicht, buchten wir ihn ein. Laßt nicht zu, daß er euch den Rücken zukehrt und weggeht. Ed – ich werde selbst mit der Duplissey sprechen. Wo wolltet ihr euch treffen?«

»Im unterirdischen Fußgängergeschoß, am Shale-Restaurant unter dem Pennzoil Place. Um zehn.«

»Wie erkenne ich sie?«

»Ich gebe dir morgen früh ein Foto.«

»Gut. Ich rufe jetzt Dystal an. Also dann, bis morgen.«

Er drehte sich um und ging rasch weg zu einer Reihe von Telefonen an der Wand. Es dauerte eine Weile, bis sich Dystal meldete; er schlief offenbar tief. Als er an den Apparat kam, wartete Haydon erst, bis er ganz wach war.

»Ich höre«, sagte Dystal.

»Haben Sie schon erfahren, daß Walther tot ist?«

»Sie haben mich angerufen.«

»Hirsch hat zwei weitere Unbekannte in den Akten des Leichenhauses gefunden, die an Tollwut gestorben sind. Lateinamerikanische Mädchen. Ich bin im Ben Taub; hier stirbt gerade eine Nutte aus Montrose an Tollwut in der Intensivstation.«

»Verdammter Mist! Okay, okay ... Ich setze mich gleich morgen früh mit dem Captain zusammen. Und Sie überlegen sich lieber, was Sie unternehmen wollen. Jetzt sind wir nämlich dran.«

»Danke«, sagte Haydon.

»Versuchen Sie, ein bißchen zu schlafen.«

26

Das Morgengeläute der Marienkirche jenseits des De-Zavala-Parks drang durch die offene Tür des Lebensmittelladens im Stadtviertel Los Chinos, während Hirsch den gestapelten Vierliterdosen La-Padrino-Olivenöl den Rücken zuwandte und Mrs. Guajardo die zwei Fotos in die Hand drückte. Ein rotes Plastikeinkaufsnetz hing an ihrem Arm. Sie nahm die Fotos, warf einen Blick in den Gang zwischen den Regalen und betrachtete dann die Bilder, die sie einzeln in beiden Händen hatte. Sie schaute erst das eine, dann das andere an, während sich ihr Gesicht verdüsterte.

Jetzt schüttelte sie den Kopf. »Mein Gott«, sagte sie.

»Sie haben Sie also gesehen?«

»O ja.« Mrs. Guajardo gab ihm das eine zurück. »Sie hieß – es war Soyla, glaube ich. Ja«, sagte sie und schaute immer noch auf das Foto, das jetzt wieder Hirsch in der Hand hatte. »Soyla.« Dann warf sie einen Blick auf das zweite Foto. »Diese habe ich ein paarmal im Waschsalon gesehen, aber ich kannte sie nicht weiter.« Sie gab auch dieses Bild zurück.

»Sind Sie sicher?« fragte Hirsch. »Sie müssen ganz sicher sein.«

Sie nickte. »O ja. So jung, so jung ...« Wieder schüttelte sie den Kopf. Dazu machte sie das Kreuzzeichen – so vage, als scheuchte sie eine Fliege weg.

»Es war sehr nett von Ihnen, daß Sie sich hier mit mir getroffen haben«, sagte Hirsch. »Ich melde mich wieder.«

Sie nickte und drehte sich dann um und begutachtete einen Haufen Orangen in einem Korb, als hätte sie nie mit Hirsch gesprochen. Hirsch ging nach vorne und hinaus in die helle Morgensonne, dann überquerte er die Straße. Nach der nächsten Ecke, einen halben Block weit auf der Querstraße, parkte der staubige, beigefarbene Wagen des Dezernats im Schatten eines Chinabeerenbaums. Hirsch stieg auf der Beifahrerseite ein und ließ die Tür offen, um frische Luft hereinzulassen. Mooney angelte nach seinem dritten Krapfen; der Schweiß stand ihm bereits auf der Stirn.

»Nun?«

Hirsch langte in den Pappkarton und nahm sich die letzte Bisquitrolle. »Sie kennt sie.«

»Sicher?«

»Genau das habe ich auch gefragt. Sie hat ja gesagt.«

Mooney rülpste lautstark. Hirsch wandte sich ab und schaute durch die Windschutzscheibe hinaus auf den Schiffskanal. Er war an seiner nächsten Stelle höchstens fünf Blocks entfernt, jenseits dem Ende der Straße, hinter einem Block von Holzhäusern, den Eisenbahnschienen und einem freien Gelände mit vertrocknetem, dünnem Gras. Aber bis zum Wendebecken waren es zwölf Blocks, und dort mußten sie hin.

»Riecht gut hier«, sagte Mooney. »Das hab' ich sogar an den Krapfen geschmeckt.« Er langte nach vorn und nahm einen

Viertelliterkarton mit Milch vom Armaturenbrett. Trank die Milch und warf den Karton hinaus in den Rinnstein. Dann zückte er sein Notizbuch. »Lagerhaus Nummer einundvierzig. Könnte passen. Was noch? Vielleicht trägt er sogar Krawatte.«

»Es ist nicht sein eigenes Lagerhaus, Ed. Er hat die Räume gemietet für die Waren, mit denen er handelt. In der nächsten Woche könnten dort Bananen lagern, Gerät zum Ölbohren, Baumwolle oder Gewürze. Kommt ganz darauf an, was an- und abtransportiert wird und wer als erster die Lagerräume mietet.« Hirsch aß seine Bisquitrolle auf, wischte sich die Finger an der Papierserviette ab und stopfte diese in den leeren Karton. »Fertig?« fragte er.

Mooney ließ den Motor an. »Dann dürfte er zur Zeit wohl dort sein, oder?«

»Das hat man mir wenigstens in seinem Büro gesagt. Er ist dabei, die Lagerhäuser zweiundvierzig und dreiundvierzig mit Leder vollstapeln zu lassen. Und er selbst ist angeblich heute vormittag dort, den ganzen Vormittag, weil er Papierkram erledigen muß oder so. Und zwar in einem Büro über der Rampe eins.«

Mooney fuhr langsam an, hatte das Fenster auf seiner Seite heruntergekurbelt und den Arm auf den unteren Rand gelegt, während er die schmutzigen Vorgärten der Holzhäuser hinter den ausgewachsenen Ligusterhecken und Chinabeerenbäumen betrachtete. An der Fünfundsiebzigsten Straße bog er nach rechts ab und fuhr die paar Blocks bis zur Navigation Street, die am Morgen leer und verlassen wirkte. Er überquerte die Navigation, fuhr über den Gleiskörper der Houston-Belt- und Terminal-Bahn und näherte sich dem Wendebecken. Es roch nach dem öligen Wasser des Schiffahrtskanals. Ein Netz von elektrischen Drähten spannte sich an schiefen Masten über die Straße; einer davon wurde gerade von einem Penner und seinem Hund als Pissoir zweckentfremdet. Kein Stück Metall in der Gegend, das nicht verrostet gewesen wäre. Das Gras entlang den Gehsteigen war mit Unrat durchsetzt.

Die Straße senkte sich jetzt abrupt, und der Wagen fuhr durch ein Tor zum Becken. Das Wendebecken selbst war eine Art Leistenbruch im Bauch der Buffalo Bayou, deren Wurmfortsatz sich durch das Zentrum von Houston schlängelte und von der Mülldeponie an der Lockwood Street an Schlepperkanal genannt wurde. Dort, wo der Schlepperkanal das Wendebecken erreichte, wurde er offiziell zum Houston-Schiffahrtskanal. Er führte noch zweiundzwanzig Meilen durch Verladungszonen, ehe er bei der Galveston Bay in den Golf von Mexiko mündete.

Nachdem sie hinter dem Tor kurz angehalten hatten, fuhr Mooney auf einen freien, großen Parkplatz auf der Kaiseite. Die beiden ersten Lagerhäuser am Becken waren rechts davon, die anderen umgaben das Becken auf der linken Seite und setzten sich am Nordufer des Kanals fort, so weit man sehen konnte. Die beiden Männer stiegen aus dem Wagen, gingen wie kleine Jungen instinktiv erst einmal zum Rand des Kais und blickten hinüber auf die andere Seite. Das Wasser war grau und von milchiger Konsistenz. Abfall hüpfte wie Bojen auf den kleinen Wellen, und ein Büschel Bananen lag am unteren Ende einer Betontreppe, die im Wasser verschwand.

Mooney gab seinen Kommentar. »Scheiße.«

Sie drehten sich um und gingen zum Seitentor von Lagerhaus dreiundvierzig, schauten an der Front des Gebäudes entlang zu seinem anderen Ende, gegenüber dem Eingang von Lagerhaus zweiundvierzig. Der Boden des riesigen Bauwerks aus angerostetem Wellblech war betoniert, und das Dach wurde von Stahlträgern getragen. Es gab einen Mittelgang, flankiert von Holzpaletten, die mit Rohlederstapeln beladen waren. Die feuchte Luft verstärkte den animalischen Geruch und ließ bei Hirsch ein flaues Gefühl im Magen entstehen.

Sie betraten den Mittelgang und kamen alle fünf oder sechs Meter an Quergängen und Öffnungen nach den beiden Seiten des Lagerhauses vorüber. Rechts von ihnen standen schwarze Eisenbahn-Tankwagen und luden Talg ab, wobei man heißen Dampf verwendete, um das restliche Fett aus den Tankwagen zu entfernen. Auf der anderen Seite lag ein brasilianischer Frachter am Kai. Brüllende und schwitzende Hafenarbeiter beluden das Schiff mit Gabelstaplern, und Hunderte von Paletten mit Rohleder verschwanden in seinem Bauch. Der Frachter hieß *Filomena;* sein Heimathafen war Recife.

Als sie das entgegengesetzte Ende des Lagerhauses erreicht hatten, schauten sie durch das Tor in das nächste hinein. Wieder Paletten mit Rohleder, wieder Hafenarbeiter. Rechts vom Tor führte eine hölzerne Wendeltreppe an der Außenseite zu einer Plattform mit einer Eisentür, einem Fenster und einer darunter angebrachten Klimaanlage, deren Kondenswasser auf die Haube eines funkelnden, grünen Lincolns tropfte.

»Ich hätte ihn ein bißchen weiter rechts geparkt«, bemerkte Mooney und ging die Treppe hinauf.

Die Bürotür stand offen, und sie kamen in einen kleinen Raum, der fast kalt war durch die Wirkung der Klimaanlage, welche auf Hochtouren lief. Zwei Männer saßen an Schreibtischen; der eine führte ein ernstes Gespräch per Telefon und hielt sich dabei die freie Hand an die Stirn, als erfahre er schreckliche Neuigkeiten, während der andere einen Stapel rosa Frachtscheine durchging. Beide Männer waren Mexikaner Anfang der Vierzig. Ein dritter Mann, ein Angloamerikaner Ende Fünfzig, trug die graue Arbeitsuniform der Hafenbehörde von Houston; er saß auf der Platte eines dritten Schreibtischs, hatte die Füße auf einem hölzernen Drehstuhl und trank Kaffee aus einem roten Thermosbecher. Er war der einzige, der von den beiden Ankömmlingen Notiz nahm.

»Howdy«, sagte er etwas spöttisch, eine filterlose Zigarette zwischen gelben Fingern, und schaute sie mit wäßrigen Augen an, die in einem unglaublich faltigen Gesicht saßen. »Was kann ich für Sie tun?«

»Ich möchte mit Mr. Longoria sprechen«, erwiderte Mooney und nickte in Richtung auf die beiden Mexikaner, wartete dann, um zu sehen, welcher von ihnen auf den Namen reagierte. Der Mann mit den Frachtbriefen blickte hoch.

»Ja, dann ...« sagte der Mann.

»Arturo Longoria?« fragte Mooney den Mexikaner.

Einen Augenblick lang zögerte der Mann, dann stand er langsam auf, überlegte sich wohl, wie er die Sache anpacken sollte. Dadurch hatte Mooney Zeit, ihn genauer zu betrachten. Sein dichtes, schwarzes Haar war von einem teuren Coiffeur geschnitten, und sein buschiger Schnauzbart hing an den Mundwinkeln ein wenig nach unten. Als er sich zu einem Lächeln entschloß, enthüllte er dabei lange, große Zähne. Er trug ein langärmeliges, weißes Hemd, das am Kragen aufgeknöpft war, so daß man eine schwere Goldkette sah, die Mooney an ein Hundehalsband erinnerte. Das Hemd hing an einer Seite nach unten vom Gewicht eines halben Dutzends verschiedenfarbiger Kugelschreiber, die in der Hemdtasche steckten. In ein paar Jahren würde Longoria ein fetter Mann sein.

Jetzt streckte er ihnen die Hand entgegen. Mooney übersah sie geflissentlich, nahm seine Dienstmarke heraus und hielt sie so, daß Longoria sie betrachten konnte, während er sich und Hirsch vorstellte.

»Polizei?« Longoria zog die Hand zurück.

Mooney warf einen Blick auf die Dienstmarke. »Äh – ja, *policia«,* sagte er und überbetonte das Wort.

Die Benützung des spanischen Wortes verscheuchte die Reste des Lächelns, die noch auf Longorias Gesicht vorhanden waren.

»Haben Sie einen Augenblick Zeit?« fragte Mooney und setzte sich auf den einen der beiden Stühle vor dem Schreibtisch, an dem Longoria gesessen hatte.

»Und wenn ich nein sage?« fragte Longoria und schaute dabei Mooney an.

Mooney schüttelte den Kopf und grinste.

»Alberto.« Longoria wandte sich an den Mann am Telefon, hielt aber den Blick auf Mooney gerichtet. Alberto begann schneller zu sprechen, um das Telefonat zu Ende zu bringen. Er sprach Spanisch in einer Art Bühnengeflüster.

»Alberto!« bellte Longoria noch einmal.

»Chinga tu madre!« brüllte Alberto ins Telefon und knallte den Hörer so heftig auf die Gabel, daß der Apparat klingelte. Dann schaute er auf Longorias Rücken und versuchte herauszubekommen, was da vor sich ging.

»Geh raus und rauch eine Zigarette«, befahl Longoria.

Alberto betrachtete Mooney und Hirsch, schien allmählich zu begreifen und stand auf. Er war ungefähr wie Longoria gebaut, aber bulliger und rauher in seinen Manieren. Als er an dem alten Mann vorbeiging, gab er ihm einen Klaps auf den Rücken. Der

Alte kletterte von seinem Hochsitz auf dem Schreibtisch herunter und folgte Alberto durch die Tür ins Freie.

»Was wollen Sie?« fragte Longoria. Dabei setzte er sich nicht und richtete die Frage absichtlich an Hirsch, der ebenfalls noch stand.

Mooney antwortete. »Nur ein paar Routinefragen«, sagte er und ließ es wie bei einem Fernsehkriminaler klingen.

»Routinefragen – worüber?« fragte Longoria, noch immer an Hirsch gewandt.

Mooney drehte sich herum und blickte zu Hirsch hoch. »Stellst du die Fragen, Leo?«

»Nein.«

»Hab' ich auch nicht gedacht. Ich bin hier unten, Mr. Longoria.«

Longoria schaute ihn an, sagte aber kein Wort. Er sah drein, als wollte er sich entscheiden, ob er diese Art von Spiel mitmachen sollte oder nicht.

»Routinefragen über das Haus, in dem Sie wohnen – drüben in der Harbor Street.«

»Ich wohne nicht in der Harbor Street.«

»Ach, nein?« fragte Mooney mit gespielter Überraschung.

Longoria starrte ihn kalt an. Er überlegte. Jetzt nahm er eine Zigarettenpackung, steckte sich eine Zigarette zwischen die Lippen und zündete sie an. Das Streichholz warf er achtlos auf den Schreibtisch, und den Rauch blies er Mooney ins Gesicht.

»Lecken Sie mich am Arsch«, sagte er.

»Oho, ein ganz schlimmer Finger«, erwiderte Mooney und grinste. »Jesus und Maria.«

»Aber Sie besitzen doch das Haus in der Harbor Street«, sagte Hirsch rasch.

»Das wissen Sie vermutlich«, antwortete Longoria.

»An wen haben Sie es vermietet?«

»Das ist meine Angelegenheit.«

»In diesem Haus hat es einige fragwürdige Vorkommnisse gegeben, Mr. Longoria. Es wäre das beste für alle, wenn Sie sich entschließen könnten, mit uns zusammenzuarbeiten«, erklärte Hirsch.

Longoria langte nach unten und zog die Schreibtischschublade heraus.

»Vorsichtig damit . . .« sagte Mooney und beugte sich vor.

Longoria warf ihm einen spöttischen Blick zu und nahm eine Geschäftskarte heraus. Er warf sie Mooney über den Schreibtisch zu.

»Das ist die Karte meines Anwalts. Er weiß, wer in dem Haus wohnt.«

Mooney nahm die Karte und las sie langsam, wobei er die Worte tonlos nachsprach, als sei er ein schlichtes Gemüt.

»Daran erkenne ich, daß Sie ein großer Mann sind«, sagte er. »Große Männer haben ihre Anwälte.« Er drehte sich um und ließ Hirsch die Karte sehen. »Sein Anwalt.« Danach stand Mooney langsam auf und gab Longoria die Karte zurück, der sie jedoch nicht nehmen wollte. Also warf sie Mooney auf den Schreibtisch.

»Was, zum Teufel, soll das eigentlich?« Longoria schaute sie mit wütenden Blicken an.

Hirsch begann zu sprechen. »Ihr Haus in der Harbor Street ist mehrere Monate lang als vorübergehendes Quartier für junge Mädchen benützt worden, die illegal in die Vereinigten Staaten gekommen sind, und zwar aus verschiedenen lateinamerikanischen Ländern – zum Zweck der Prostitution. Drei von diesen Mädchen sind inzwischen im Leichenhaus der Stadt Houston aufgetaucht, und wir befürchten, daß wir dort noch weitere von den Mädchen entdecken. Wir hofften, Sie würden mit uns zusammenarbeiten, indem Sie uns ein paar Fragen beantworten. Wenn Sie sich weigern, müssen wir annehmen, daß Sie sich der Beihilfe und Komplizenschaft schuldig gemacht haben – und in diesem Fall müßten wir Sie festnehmen und ins Präsidium bringen.«

»Warum? Warum wollen Sie mich festnehmen?«

»Wegen Förderung der Prostitution, Verletzung der Einwanderungsgesetze und Mord ersten Grades.«

»Bockmist!« Longoria hatte den Kopf nach vorn gerichtet, und in seinem Ausdruck war ebensoviel Bestürzung wie Herausforderung zu erkennen.

Mooneys Hand schoß über den Schreibtisch, packte die Kette, die Longoria um den Hals trug, und drehte die Faust um, so daß sich seine Knöchel gegen Longorias Adamsapfel preßten.

»Du Scheiß-Taco«, sagte er durch die zusammengepreßten Zähne. Sein Gesicht war scharlachrot angelaufen. »Du vergeudest nur unsere Zeit.« Er ließ die Kette los und schubste Longoria rückwärts, während er zugleich eine kleine blaue Karte aus seiner Tasche nahm und daraus vorzulesen begann. »Sie haben das Recht, zu schweigen und keinerlei Erklärungen abzugeben, und wir weisen Sie darauf hin, daß jede Ihrer Erklärungen gegen Sie verwendet werden kann und bei Ihrem Prozeß vermutlich gegen Sie verwendet werden wird; jede Erklärung –«

»Was machen Sie da? He!« Longorias Stimme war rauh.

» –die Sie von nun an abgeben, kann als Beweis vor Gericht gegen Sie verwendet werden; Sie haben –«

»Verdammt noch mal, so warten Sie doch!«

»Laß dir Zeit, Ed«, sagte Hirsch.

»Hä?« Mooney blickte hoch.

Longoria ließ sich schwer auf seinen Schreibtischsessel sinken. Er nahm einen roten Plastikkamm aus seiner Tasche und fuhr sich damit durch das sorgfältig frisierte Haar. Dabei hielt er seine Zigarette mit den Schneidezähnen fest, als versuchte er verzweifelt, das Image des hartgesottenen Kerls zu bewahren.

»Was ist das mit Mord?« fragte er und atmete schwer.

»Wir haben Ihnen alles gesagt, was wir sagen wollen«, antwortete Mooney. »Sie sollen unsere Fragen beantworten, nicht umgekehrt.«

Longoria schaute sie an, und sein Mund wurde eine schmale Linie. »Scheiße. Ein Mann namens DeLeon hat das Haus gemietet.«

»Wie können wir mit ihm Kontakt aufnehmen?«

»Ich habe seine Karte.« Er schaute Mooney an und sagte, als versuche er einem begriffsstutzigen Kind etwas klarzumachen: »Sie ist in meiner Brieftasche. Ich lange hinein und hole sie raus, okay?«

Mooney bedachte ihn nur mit einem verächtlichen Blick. Während Longoria seine dicke Brieftasche durchsuchte, lehnte sich Mooney gegen den Schreibtisch und nahm das Streichholzbriefchen, mit dem sich Longoria die Zigarette angezündet hatte. Auf der Deckklappe war eine tanzende Carioca zu sehen, und darunter befand sich die erhaben geprägte Inschrift »Club Bragança«. Mooney zeigte es Hirsch und ließ es dann wieder auf den Schreibtisch fallen.

Longoria gab Hirsch eine weiße Besuchskarte. Der Name und die Adresse lauteten: »Robert J. DeLeon, Bahia-Immobilien, Houston Center 2.«

»Wie gut kennen Sie Mr. Guimaraes?« fragte Mooney.

Longoria senkte mit einem Ruck den Kopf und blickte dann auf Mooney, wobei er eine unschuldige Miene an den Tag legte.

»Hören Sie mal, ich kenne ihn kaum. Ich weiß nicht, was Sie gehört haben, aber ich verhandle nur mit DeLeon.« Er schüttelte den Kopf. »Guimaraes? Nie.«

»Wie oft haben Sie ihn getroffen?«

»Einmal. Ein einziges Mal.«

»Wann?«

»Ich glaube, vor sechs Monaten. DeLeon war hier. Ich bin mit ihm zu seinem Wagen hinausgegangen, und da saß der andere, in seinem großen Mercedes. Ein Riesenwagen mit getönten Scheiben. Ich hab' gelacht und einen Scherz gemacht – Sie verstehen, wegen dem Wagen –, und DeLeon sagte, er gehörte nicht ihm, sondern Mr. Guimaraes. Wir kamen zum Wagen, die Fenster gingen automatisch herunter, und er hat mich ihm vorgestellt. Wir haben uns die Hände geschüttelt, dann sind die Fenster wieder hochgegangen. Das war's.«

»Er hat Sie also die Hände schütteln lassen mit dem großen Boss, wie?«

Longoria zuckte mit den Schultern.

»Haben Sie bei dieser Gelegenheit den Plan ausgearbeitet, wie Sie die Mädchen durch den Zoll bekommen?«

Longoria schaute nervös von Mooney auf Hirsch und wieder auf Mooney. »He«, sagte er.

»He«, erwiderte Mooney.

»So etwas mache ich nicht.«

»Wir glauben aber, daß Sie so etwas tun.«

»Ausgeschlossen. Nie im Leben.«

»Nun, vielleicht haben wir uns geirrt. Aber Sie können uns sicher sagen, wie es wirklich läuft.«

Longoria nahm einen der Kugelschreiber aus der Hemdtasche und begann die Mine herauszudrücken und wieder zurückzuschieben. Er war einer von jenen Menschen, bei denen das Denken eine sichtbare Aktivität darstellt, welche ziemlich viel Mühe zu erfordern scheint. Harte Arbeit, nicht geistige Akrobatik, hatten ihm das goldene Halsband und den smaragdgrünen Lincoln verdient. Seine unteren Schneidezähne berührten den Schnauzbart.

»Ich leiste nur DeLeon einen Gefallen«, sagte er, dann wartete er, um zu sehen, wie das aufgenommen wurde. Mooney und Hirsch schauten ihn erwartungsvoll an.

»Sehen Sie, ich importiere alle möglichen Waren aus Brasilien. Es ist nicht viel, aber ich habe eine Lizenz. Man braucht eine Lizenz, wenn man Frachtraum auf einem Handelsschiff buchen will. Manchmal verleihe ich meine Lizenz an DeLeon. Manchmal. Verdammt, das ist doch kein Mißbrauch. Ich meine, es ist nicht illegal, soviel ich weiß.«

»Und DeLeons Firma gehört Guimaraes?« fragte Hirsch.

Longoria sah plötzlich aus wie ein kranker Mann. Er nickte.

»Gehört ihm auch Ihre Firma?«

»O nein. Nein. Das hier gehört alles mir. Ich habe es selbst geschaffen, und es gehört mir. Ich habe keine Hilfe dabei gehabt.«

»DeLeon hat also das Arrangement getroffen, wie die Mädchen mit den Frachtern herübergebracht werden?«

Wieder nickte Longoria.

»Und wie geht das vor sich?«

Agonie stand auf Longorias Gesicht geschrieben. Ob er nur ein wenig, ziemlich tief oder gar nicht in die Sache verwickelt war, würde sich zeigen; vorläufig hatte er sich entschlossen, den Kopf aus der Schlinge zu ziehen, indem er alles berichtete. Wenn man so in die Enge getrieben wird, versucht man als erstes, ihn zunächst einmal aus der Schlinge zu ziehen. Vielleicht macht man sich später Gedanken darüber, wie man das auf Dauer schaffen kann, wenn man mehr Zeit zum Nachdenken und mehr Bewegungsspielraum für geschickte Manöver zur Verfügung hat.

»Man muß eine Menge Leute bestechen«, sagte er. »Auf beiden Seiten. DeLeon kümmert sich um die *mordidas* in Rio oder Belém. Er fliegt dorthin. Auch hier kümmert er sich darum, aber er benützt meinen – ein paar Leute, die ich kenne.«

»Für einen Immobilienhändler ist dieser DeLeon ziemlich emsig. Was ist er wirklich? Der Handlanger des großen Bosses?« fragte Mooney.

»Viel mehr als das. Er ist sein Anwalt.«

Mooney grinste boshaft. »Im Ernst?«

»Er hat noch eine andere Besuchskarte, auf der das steht. Ich habe keine von diesen Karten hier. Die Grundstückssache ist nicht sein Hauptgeschäft. Er ist vor allem Anwalt.«

»Was sind das für ›Leute‹, die Sie kennen und die er benützt?« wollte Hirsch wissen.

»Ein Zöllner. Ein Angestellter einer Reederei. Leute, die die Fracht und die Frachtbriefe kontrollieren.«

»Und wie kommen die Mädchen nun tatsächlich herüber?«

»In großen Lattenkisten. Das ist nicht schlimm«, fügte er rasch hinzu. »Es sind einszwanzig mal einszwanzig mal einsfünfzig große Kisten, gut gepolstert, mit Griffen und Haltegurten innen, für den Fall, daß sie etwas herumgeworfen werden. Die Mädchen sind da höchstens sechs Stunden drinnen. Sobald sie an Bord sind und das Schiff sich auf internationalen Gewässern befindet, läßt sie einer von der Mannschaft heraus und kümmert sich um sie. Ich kann darüber keine Details nennen, weil ich sie nicht kenne. Aber auf jedem Frachter ist ein Schiffsoffizier und einer von der Mannschaft in die Sache eingeweiht. Es ist kein großes Risiko, und es geht ganz einfach.«

»Dann kommen sie wieder in die Kisten, um hier ausgeladen zu werden, Ihre Leute kümmern sich darum, und DeLeon holt seine ›Fracht‹ ab.«

»Ja. Bei Nacht.«

»Wieviele sind auf diesem Weg hierhergebracht worden?«

»Zwölf, vielleicht fünfzehn. Ich hab' sie nicht gezählt. Manchmal kommen zwei gleichzeitig an.«

»Und wie lange läuft das schon?«

»Ungefähr achtzehn Monate.«

»Woher stammen die Mädchen?«

»Ich nehme an, die meisten kommen aus Rio. Es sind Mädchen, die in den Slums aufgewachsen sind. In Rio gibt es Slums, in denen Millionen Menschen leben. Die Menschen tun alles, um von dort wegzukommen.«

»Was geschieht, wenn die Mädchen hier sind?«

»Sie kommen ein paar Tage in das Haus in der Harbor Street. Dort werden sie fotografiert, Porträtfotos. Sie sehen alle gut aus. Und Fotos ohne Kleidung, versteht sich. Sie sind alle jung. Die Fotos werden dann den Kunden gezeigt.«

»Wer macht die Fotos?« fragte Mooney rasch.

Longoria ließ eine Pause entstehen. »He, ich hab' jetzt schon genug ausgespuckt. Es gibt schließlich Grenzen.«

»Ach, wirklich?« fragte Mooney. »Grenzen? Sagen Sie das mal dem Richter: He, das geht zu weit! Zehn Jahre sind zuviel!«

Longoria schaute drein, als ob er Mooney in seine Einzelteile zerlegen wollte. Die Routine des Kriminalbeamten paßte ihm nicht.

»Woher will ich wissen, daß Sie mich nicht doch festnehmen?« fragte Longoria. »Oder glauben Sie, ich packe einfach aus, auf Ihr schönes Gesicht hin?«

»Bis jetzt haben Sie es recht gut gemacht«, sagte Mooney.

»Wir werden hier ohne Sie weggehen«, versicherte ihm Hirsch. »Aber Sie dürfen sich nicht nur die Informationen aussuchen, die Ihnen angenehm sind.«

»Nennen wir es ein Geschäft um Ihre Freiheit«, sagte Mooney. »Glauben Sie mir, wir haben Ihnen mehr anzubieten als der Staatsanwalt.«

Longoria überlegte wieder. Er stand auf, ging zur Klimaanlage und schaute durch das Fenster nach draußen. Er hatte beide Hände in den Hosentaschen und klimperte mit dem Kleingeld.

»DeLeon hat mir mal gesagt, daß Guimaraes' Neffe die Fotos aufnimmt. Er scheint ein guter Fotograf zu sein. Macht die Fotos so richtig auf sexy, Sie verstehen?«

»Arbeitet er für seinen Onkel?«

»Verdammt, nein. Er studiert.«

»Wo?«

»Auf der Universität. Medizin. Die medizinische Fakultät der Universität von Texas.«

»Wie heißt er?«

»Ich weiß nicht«, sagte Longoria und drehte sich um. »Ehrlich. Ich weiß nur, was ich von DeLeon gehört habe. Wenn er es mir nicht sagt, weiß ich es nicht.«

»Warum bringt man eigentlich die Mädchen von so weit her – bis aus Brasilien?«

»Nun, man kann amerikanische Mädchen nicht auf diese Art und Weise verkaufen. Außerdem sind viele von den Kunden Brasilianer. Sie mögen diesen Frauentyp. Manche sind wirklich 'ne Wucht. Und die alten Böcke putzen sie heraus, als wenn sie Damen der Gesellschaft wären. Halten sie wirklich nett, in schönen Eigentumswohnungen. Es ist eine große Sache.«

»Was muß ein Kunde für ein solches Mädchen bezahlen?«

»Fünfundzwanzigtausend.«

»Scheiße!« Mooney schüttelte den Kopf.

»Verdammt, die Kunden zucken dabei nicht mal mit der Wimper. Ich meine, für das Geld bekommen sie diese jungen, bildschönen Mädchen. Mädchen mit Klasse, die gebildet und sexy sind. Sie zeigen sie herum, zeigen sie ihren Freunden und Bekannten, und jeder fragt sich, wie das sein muß, wenn man mit so was ins Bett steigen darf. Es gibt mehr Interessenten als Angebote.«

»Diese Mädchen aus den Slums von Rio – die sind also gebildet, wie?«

»Nun, sie werden ja nicht direkt vom Frachter aus verkauft. Guimaraes hat einiges Geld investiert, um sie zu erziehen.«

»Zu erziehen?«

»Ja. Er kennt ein paar hochklassige Callgirls, die ihnen all die kleinen Dinge beibringen, damit sie sich wie echte Ladys benehmen. Sagen wir, die rauhen Ecken und Kanten werden abgeschliffen.«

»Und wer übernimmt diese Aufgabe?«

»Ich kenne keine Namen.«

»Haben Sie jemals solche Callgirls gesehen?«

»Einmal.«

»Sie treffen offenbar jeden, auf den es ankommt, nur einmal?« fragte Mooney.

Longoria ignorierte die Bemerkung.

»Könnten Sie diese – Erzieherinnen anhand von Fotos identifizieren?«

»Vermutlich.«

»Wo haben Sie sie gesehen?«

»Drüben in der Harbor Street. Sie kommen gelegentlich hin, um sich die neuen Mädchen anzusehen.«

»Werden die Mädchen dort – erzogen?«

»Nein, natürlich nicht. Sie bringen sie für ein paar Wochen irgendwohin. Das ist kein schnelles Geschäft. Sie arbeiten mit den Mädchen wirklich gut. Sie würden sie nicht wiedererkennen, nachdem sie von den Nutten erzogen wurden. Verdammt – es sind wirklich tolle Weiber, wenn sie verkauft werden.«

»Wieviel von den fünfundzwanzigtausend Dollar bleibt Guimaraes als Profit?«

»Ungefähr zwanzig, schätze ich. Er zahlt fünftausend in *mordidas.* Aber ich weiß nicht, was er hier noch für die Ausbildung investiert.«

Mooney saß still da, senkte den Kopf und starrte zu Boden, als denke er über das Schicksal eines gewissen Arturo Longoria nach, im Licht seiner ruchlosen Verbrechen und den mildernden Umständen seiner Bereitschaft zur Kooperation mit der Polizei. Hirsch rührte sich nicht. Der Kompressor der Klimaanlage schaltete sich ein, und das Fenster klapperte. Mooney lutschte lautstark an einem Krapfenstück in einer Zahnlücke.

»Jetzt werde ich Ihnen was sagen«, erklärte er plötzlich und schaute Longoria an, dessen weißes Hemd sich im Wind der Klimaanlage leicht bauschte. »Holen Sie sich Ihren tollen Anwalt, gehen Sie mit ihm in das Gebäude der Staatsanwaltschaft des Harris Countys in der Fannin Street und sprechen Sie dort mit einem gewissen Russ Million. Er ist Stellvertretender Staatsanwalt. Er wird über Ihr Kommen informiert sein, und ich werde das mit der Haftverschonung zuvor mit ihm besprechen. Ich glaube, ich brauche Ihnen nicht zu sagen, daß die Haftverschonung verwirkt ist, sobald sie auch nur einen Ton gegenüber DeLeon verlauten lassen. Außerdem befinden Sie sich dann in einer verdammten Klemme wegen Guimaraes, und der geht nicht streng nach dem Buchstaben des Gesetzes vor, wie Sie wohl wissen. Ich meine, von nun an sind Sie ein wichtiger Belastungszeuge, und wenn Guimaraes nicht will, daß Sie gegen ihn aussagen, wird er sich in ganz bestimmter Weise um Sie kümmern. Hypothetisch. Ich spreche rein hypothetisch, damit das klar ist.«

Longoria gab keine Antwort.

»Verstanden?« sagte Mooney.

Longoria nickte. Sein grimmiger Ausdruck machte klar, daß er sehr gut verstanden hatte.

27

Die Tunnels, die fast fünfzig Blocks der Innenstadt von Houston untergraben und eine Bruderschaft von Geschäftshäusern miteinander verbinden, stammen nicht von einem einzigen Dädalus, sondern von einer ganzen Reihe Architekten, die bei den miteinander verflochtenen Milliardenbetrieben angestellt waren. Da jeder Besitzer eines Geschäftshauses in Eigenverantwortung den Tunnel bauen ließ und ihn mit denen der anliegenden Blocks verband – die meisten Geschäftshäuser der Innenstadt nehmen einen ganzen Block ein –, entstand durch die Unterschiedlichkeit der Anlagen, die sich von Block zu Block ändern, ein echtes unterirdisches Labyrinth.

Man kann diese Tunnels durch ein Netzwerk von polierten Stahlrolltreppen betreten, die sich in der Vorhalle der jeweiligen Gebäude befinden, und durch Korridore aus Travertin-Marmor weitergehen, in unbegreiflichen Windungen, bis man zu den Tunnels des nächsten Blocks kommt. An dieser Stelle wechseln die Farben der Korridore, weisen die Wände zum Beispiel Teppichbespannung auf, und statt Ecken gibt es Serpentinen mit leichten Steigungen und Gefällen, bis man wieder in einer anderen Vorhalle, in einem anderen Block, herauskommt, durch Chromkapseln, die aus unsichtbaren Quellen mit Licht versorgt werden, durch Röhren, die nach oben stoßen und in einem Ziergehölz enden, zwischen gewölbeartigen Glasdächern. Manchmal laufen diese Tunnels geradeaus und sind kaum bevölkert, während sie an anderen Stellen von kleinen Plazas unterbrochen werden, an denen sich Tabakgeschäfte, Delikatessenläden, Drugstores, Friseure, Restaurants, Schnapsläden, Imbißstuben und Zeitschriftenkioske angesiedelt haben. Computerisierte Geldautomaten freilich sind der am häufigsten wiederkehrende Anblick.

Seltsamerweise gibt es nur wenige Zeichen oder Wegweiser, die dem unterirdischen Fußgänger sagen, wo er sich befindet und in welche Richtung er sich bewegt. Andererseits gibt es ein beständiges Element zu bestaunen: die Beweise für überströmenden Reichtum, der sich die neuesten Errungenschaften der Bautechniken und Gestaltungen leisten kann. Die Tunnels sind alle mit Klimaanlagen ausgerüstet, das Licht ist weich, und die Ausstattung ist stets geschmackvoll, modern, und alles ist makellos sauber. Die Stadt der Zukunft hat sich auf elegante Weise unter die Erdoberfläche begeben, weit entfernt vom Dröhnen und Donnern in den darüberliegenden Straßen, die in subtropischer Feuchtigkeit und Hitze vor sich hinschmoren.

Haydon parkte auf einem ebenerdigen Parkplatz neben dem Southwest Tower Ecke Milam und Walker Street. Er überquerte die Milam Street, betrat die Vorhalle der Bank of the Southwest und fuhr hinunter in die Tunnels. Dort kreuzte er unterirdisch die Walker Street zum Esperson Building, die Rusk Street zum Houston Club, wo er links abbog und wieder in Richtung auf die Milam Street ging. In der Mitte der Milam erreichte er die Rauchglastore am Eingang zu den Korridoren des Pennzoil Place. Hier waren die Korridore aus rotem Granit, und die Wände waren mit einem zimtbraunen Teppichmaterial bespannt, das den weichen Serpentinenkurven zusätzlich Weichheit verlieh. In die Decke eingelassene Spots und zwei an der Decke angebrachte Lichtschienen warfen leicht verschleierte Diamantenmuster an die Wände.

Als er die unterirdische Halle des Pennzoil Place betrat, wandte er sich sofort nach rechts in Richtung auf das Shale-Restaurant. Maureen Duplissey sollte an einem Tisch neben den bronzegetönten Glasscheiben sitzen, die das Restaurant von der Halle abtrennten. Er ging an der ganzen Front des Restaurants entlang, sah sie aber nicht und überquerte daraufhin den breiten Gang bis vor die Schaufenster eines gegenüberliegenden Reisebüros. Er betrachtete die Plakate, vor allem ein besonders großes, auf dem eine dunkelhäutige, junge Jamaikanerin mit großem Busen bis zur Hüfte im blauen Karibikwasser stand, in einem nassen T-Shirt und mit Wassertropfen auf dem lächelnden Gesicht. Ein paar Sekunden danach bemerkte er, daß ihn die beiden Mädchen hinter der Theke im Inneren des Reisebüros anlächelten, während er die üppig-verführerische Plakatschönheit betrachtete.

Er wandte sich ab und ging zu den Rolltreppen, fuhr hinauf in die Haupthalle, die sich vom Parterre zwanzig Stockwerke hoch erstreckte. Hinter den Glaswänden befanden sich Büros mit Blick auf die Halle und so gegeneinander versetzt, daß man von dem einen Büro nicht in das andere schauen konnte. Das Glasdach der Halle, gestützt von einem Netzwerk weißer Rohre, ließ das Licht für die Pflanzen und Blumen herein, das von den Chromstreben und den Glasscheiben der Texas Commerce Bank reflektiert wurde.

Haydon blickte auf und sah einen Arbeiter in Hemdsärmeln, fünf Stockwerke über der Halle, der vor der Glaswand stand und zu einem anderen Büro hinüberschaute. Das Ganze wirkte wie ein Szenenbild von Spielberg für eine Stadt in einer riesigen Raumfahrt-Station. Haydon schaute durch die Fenster hinaus in das funkelnd helle Tageslicht des Sommertags, dann trat er auf die Rolltreppe und kehrte in die Halle im Tiefgeschoß zurück.

Es war keine Kunst, sie zu finden. Sie hatte sich eben an einem der Tische am Fenster niedergelassen und kramte in ihrer Handtasche, als ein Kellner ein Glas Irish Coffee vor sie auf den Tisch stellte. Haydon betrat das Restaurant, ging um die Kasse herum und kam auf Maureen zu.

»Miss Duplissey?«

Sie blickte auf, eine Zigarette zwischen den Lippen, und kniff die Augen zusammen, während sie rasch seine Kleidung taxierte und ausschloß, daß es sich um einen Polizisten handelte. Dann nickte sie.

»Ich bin Detective Haydon. Ich arbeite mit Mooney zusammen. Darf ich mich setzen?«

Sie nahm die Zigarette zwischen die Finger, legte sie dann auf einen Aschenbecher, der neben dem dampfenden Glas stand. »Nein.«

Er setzte sich.

»Aber bitte, wenn Sie meinen . . .« Jetzt schaute sie ihm in die Augen. »Wo ist Mooney?«

»Ich fürchte, ich hab' ihn um seine Verabredung gebracht. Wir arbeiten am selben Fall, und nach zwei Unterredungen mit Judith Croft hatte ich das Bedürfnis, Ihr Gespräch mit Ed fortzusetzen.«

»Ich werde nicht mehr darüber reden. Punkt.«

»Dann muß ich Sie festnehmen und aufs Präsidium bringen.«

»Das soll wohl ein Scherz sein.«

»Nein.«

Sie trug ein taubengraues Qiana-Kleid mit einer Schleife am Hals, der sie in Gedanken mit dem Mittelfinger folgte, während sie Haydon betrachtete. Als sie zu der Stelle kam, wo die beiden Bänder miteinander verschlungen waren, zupfte sie sachte an dem Stoff, ohne zu wissen, was sie tat.

»Es ist also eine wirklich ernste Sache, wie?«

»Sie könnte nicht ernster sein.«

Sie wandte die Augen von ihm ab und zündete sich eine Zigarette an.

»Das ist heute meine erste«, sagte sie. »Und mein erster Kaffee«, fügte sie hinzu, dann trank sie einen Schluck. »Ich versuche, weder das Rauchen noch das Kaffeetrinken zu übertreiben. Auf lange Sicht bekommt man nur Falten davon.« Sie sah sich um. »Na schön, hier können wir doch gut miteinander reden, oder?« Dazu zog sie die Schultern hoch.

Haydon scheuchte den Kellner weg. »Ed hat mir gesagt, daß Sie nur einmal bei der Parmer gewesen sind, das heißt, zu einer ihrer großen Partys. Aber sie waren sonst doch gelegentlich dort, oder?«

»Hm – ja. Ich bin mit Judith nicht gut zurechtgekommen, und nachdem sie und Sally dicke Freunde geworden waren, lief es auch mit Sally nicht mehr so wie früher. Aber ich war gut befreundet mit Theresa. Sie lud mich gelegentlich zu Festen ein, kleine Partys, bis Sally dahinterkam und es Theresa verbot.«

»Gab es irgendwelche brasilianischen Mädchen dort, als Sie Theresa Parmer besuchten?«

Sie seufzte. »Ja, die gab es.«

»Haben sie dort gewohnt?«

»Die Mädchen, die ich sah, nicht, aber andere wohnten gelegentlich dort.«

»Was für andere, und wie gelegentlich?«

Sie zog die Stirn in Falten, und ihre Augen waren auf den Tisch gerichtet, als sie den Rauch durch die leicht offenen Lippen herausströmen ließ.

»Ed hat gesagt, ich bin nicht die einzige, mit der er darüber geredet hat. Ist das richtig?«

»Ja.«

»Dann erzähle ich Ihnen vermutlich Dinge, die Sie bereits wissen.«

»Möglich. Aber es hilft manchmal, wenn man dieselbe Geschichte aus verschiedenen Blickwinkeln geschildert bekommt.«

Sie schaute ihn an, überlegte, nickte dann. »Ich verstehe. Nun, ich nehme an, Sie wissen, daß man bei Theresa so etwas wie einen Benimmunterricht durchgeführt hat?« fragte sie tastend.

»Für brasilianische Mädchen, deren Benehmen aufpoliert werden sollte?«

»Ja. Sandy und Theresa haben sich damit befaßt, aber Judith hat die Sache geleitet. Sie hat die Arrangements getroffen und festgestellt, wann ein Mädchen soweit war, daß es auf die Allgemeinheit losgelassen werden konnte. Sie war sozusagen die Leiterin des Unternehmens und stand in direktem Kontakt zu diesem Brasilianer. Genau gesagt, nehme ich an, daß er und Judith zusammenarbeiten.«

»Judith und Guimaraes?«

»Ja. Ich nehme an, es handelte sich um ein Geschäft, aus dem Sally gleich zu Beginn ausgestiegen ist. Judith kümmerte sich praktisch um alles.«

»Ich bin mir noch immer nicht im klaren darüber, welche Mädchen bei Theresa wohnten und wann. Haben diese neuen Mädchen an Gruppentreffen mit möglichen Käufern teilgenommen?«

»Bestimmt nicht. Sie wurden gehütet wie Sakralgegenstände, während sie in der Ausbildung waren. Streng geheim. Bei den kleineren Partys war es allerdings ein bißchen anders. Sicher, in den zwei oder drei Wochen, wo die Mädchen dort wohnten, ging es nur um den Unterricht. Da gab es keine Dummheiten. Aber zwischen den ›Lehrgängen‹, wenn keine Mädchen dort wohnten, war alles möglich. Manchmal verabredeten sich diese alten Böcke dort mit ihren Mädchen, und dann war wie gesagt, alles möglich.«

»Sie meinen dieselben Mädchen, die man zuvor dort ausgebildet hatte und die inzwischen an Männer verkauft worden waren?«

»Genau. Es war wie ein Familienfest. Jeder fühlte sich irgendwie als dazugehörig. Und wenn es das nicht war, dann kam dieser Neffe von –« Sie machte eine Handbewegung, wollte den Namen nicht aussprechen.

»Guimaraes.«

»Ja. Der kam gelegentlich mit ein paar Mädchen vorbei, zu seinem Privatvergnügen.«

»Heißt das, er hat die Mädchen mitgebracht?«

»Stimmt.« Sie grinste. »Das ist 'ne heiße Sache, wie? Er ist ein hinterhältiger Bastard. Sehen Sie, diese Geschäftsleute waren oft verreist. Die Mädchen hatten nichts zu tun. Also kümmerte sich dieser Neffe um sie. Es war eines der offenen Geheimnisse, und wenn einer von den Männern dahinterkam, hat er nichts darüber gesagt. Der Onkel ist nun mal die große Banane in dieser brasilianischen Gesellschaft; ich glaube, der Neffe hat getan, was ihm beliebte, und niemand hat darüber gesprochen.«

»Haben Sie ihn kennengelernt?«

»O ja.«

»Was ist er für ein Mensch?«

»Ein Verrückter. Unheimlich. Wirklich ›verrückt, gemein und gefährlich‹.«

Haydon lächelte.

Die Duplissey streckte den Kopf nach vorn. »Sie kennen das Zitat?«

»Ja. Sie auch?«

Sie grinste, und dahinter war echtes Vergnügen zu erkennen. »Hören Sie, ich habe an der Uni studiert. Hauptfach Betriebswirtschaft, aber ich habe auch Literaturkurse belegt. Ich erinnere mich an das Zitat, weil es mir so verdammt schlau und zutreffend vorkam. Lady Caroline Lamb hat es in Bezug auf Lord Byron gesagt.« Sie lachte. »Gott, kaum zu glauben, daß Sie es kennen.«

»Und dieser Bursche ist wie Byron?«

Sie stieß eine Lunge voll Rauch aus. »Wohl kaum. Byron war vielleicht ein bißchen ausgefallen, aber dieser Kerl ist pervers. Er kam ungefähr dreimal die Woche, manchmal allein, manchmal mit einem oder zwei von diesen brasilianischen Mädchen. Wissen Sie, die Mädchen stammten zwar aus den Slums, aber sobald sie einen Happen vom süßen Leben erwischt hatten, versuchten sie es auch zu genießen, und zwar mit Stil. Sie waren Naturtalente. Angezogen wie die Mannequins. Großartig – jede von ihnen.«

»Und sie feierten Partys mit dem Neffen – wie heißt er noch?«

»Rafael. Oh, und wie sie Partys feierten! Sie ließen die alte Wurlitzer-Musikbox laufen, die Rafael mit der großartigsten brasilianischen Musik aufgefüllt hatte. Wir alle haben diese Musik geliebt. Sie hatten ihren eigenen brasilianischen Karneval, und die Champagnerkorken knallten. Rafael war süchtig auf diese Musik. Wenn er da war, lief die Musikbox ununterbrochen. Manchmal ganz romantische Sachen, dann Sambas, und wenn es heiß wurde, hat er diese Karneval-*batacudas* gedrückt. Wild! Und die Mädchen waren unersättlich. Der unheimliche Neffe hat nur mit ihnen gespielt. Er hat alle mit Rauschgift in Berührung gebracht, gleich von Anfang an, und auf diese Weise konnte er sie mehr oder weniger kontrollieren. Theresa fand, daß das alles zu weit ging. Sie bekam es mit der Angst zu tun. In solchen Situationen haben wir uns zurückgezogen. Manchmal sind wir sogar aus dem Haus gegangen.«

»War er derjenige, der das Rauschgift in das Haus der Parmer gebracht hat?«

»Natürlich. Theresa hatte nichts damit zu tun. Aber der Neffe hat das Zeug überall herumliegen lassen. Und er hatte auch die Idee mit den Schlafzimmern in den verschiedenen Farben, Möbel und so weiter.«

»Hat man Fotos von diesen Aktionen gemacht?«

»Ich weiß nicht. Ich habe nie welche gesehen.«

»Sie wissen, daß bei einigen der größeren – Sitzungen Fotos gemacht wurden, wenn die Freunde der Mädchen dort waren.«

»Ja.«

»Wissen Sie auch, von wo aus die Fotos aufgenommen wurden?«

»Ja.«

»Ich bin dort hinaufgekrochen und habe mich umgeschaut. Wissen Sie von dem Versteck?«

»Ja. Das war doch das Lieblingsversteck von diesem Verrückten. Er hatte diesen Tick mit dem Puder. Er hat von dort oben fotografiert und ... Na ja, er stand auf die Sache mit diesem Puder. Genau das war es, dieser verrückte unheimliche Fetischismus, der Theresa Sorgen machte.«

»Hat er den Puder jemals bei den brasilianischen Mädchen benützt?«

»Meines Wissens ja. Aber ich habe es nie gesehen.«

»Hat es Theresa gesehen?«

Die Duplissey nickte traurig mit dem Kopf. »Ja. Dieser Narr hat es auch einmal mit ihr gemacht. Und ist dabei ziemlich gemein geworden.«

»Wann war das?«

»Ich glaube, vor ein paar Monaten. Danach wollte sie nicht mehr allein sein mit ihm.«

»Was wollte er denn mit ihr machen?«

»Die Details kenne ich nicht. Sie hat gesagt, es war irgendwie rituell. Sie wollte nicht mitmachen, und ich weiß, sie war danach ganz erledigt.«

»Haben Sie Fotos von diesem Rafael?«

»Ich? Nein.«

»Kennen Sie jemanden, der Fotos von ihm hat?«

»Nein.«

»Wer war sonst noch da, als Sie in dem Haus waren – ich meine, außer diesem Neffen und den brasilianischen Mädchen?«

»Ein paar Männer, die Theresa kannte.«

»Brasilianer?«

»Nein.«

»Erinnern Sie sich an ihre Namen?«

Sie erinnerte sich, nach kurzem Überlegen, und Haydon notierte die Namen.

»Würden Sie die Mädchen wiedererkennen, wenn Sie sie sehen?« fragte er.

»Ich glaube schon . . . Moment mal. Sie wollen mir doch nicht wieder solche schrecklichen Fotos aus dem Leichenhaus zeigen?«

Haydon beugte sich zu ihr hin. »Maureen, wir haben noch zwei Mädchen identifiziert, die genauso gestorben sind wie die anderen. Ich möchte wissen, ob Sie sie bei Theresa gesehen haben. Wir müssen diese Sache irgendwie in den Griff bekommen. Und Sie sind dabei unsere beste Chance. Daß es keinem von uns angenehm ist, brauche ich nicht zu betonen.«

Sie zog die Stirn in Falten. »Mein Gott, habt ihr bei der Polizei scheußliche Dinge zu erledigen.« Sie streckte die Hand aus, und Haydon gab ihr die zwei Fotos.

Sie hielt sich eine Hand vor den Mund, betrachtete die Bilder, schaute erst das eine, dann das andere an.

»Sie sind sogar im Tod noch hübsch«, sagte sie hinter der vorgehaltenen Hand. Dann schob sie das eine Foto über den Glastisch auf Haydon zu und betrachtete das andere, das noch vor ihr lag. »Dieses Mädchen ist dagewesen. Ich erinnere mich an sie. Ein schönes Mädchen, der klassische Typ.« Sie nahm das Foto und gab es ihm zurück. Dann trank sie einen Schluck Irish Coffee und schnitt eine Grimasse, weil er kalt geworden war. Sie nahm sich eine Zigarette, und Haydon zündete sie ihr an.

»Diese ganze Geschichte kommt mir so vor, als ginge es hart

auf hart«, sagte sie. »Können Sie mir nicht wenigstens andeuten, was eigentlich los ist? Ich habe eine Menge Gerüchte gehört, seit Theresa gestorben ist. Jeder kannte sie, Sally und Sandy. Aber dann hat sich die Angst gelegt. Niemand weiß etwas von diesen brasilianischen Mädchen, und davon, daß – wie viele? – vier von ihnen gestorben sind.«

»Drei von ihnen, und eine Nutte aus Montrose.« Er wollte Walther nicht erwähnen.

»Aber sollten Sie da nicht die Leute warnen? Das heißt, die Mädchen?«

»Offen gestanden, wir wissen nicht, wen wir warnen sollen. Wir nehmen nicht an, daß alle Callgirls von Houston in Gefahr sind. Es sieht so aus, als wäre Theresas Haus ein gemeinsamer Nenner gewesen. Darüber hinaus wissen wir noch fast gar nichts. Deshalb haben wir ja gehofft, daß Sie uns helfen können. Sie wissen, wer die Opfer waren. Mit Ausnahme der Frau aus Montrose sind sie alle in diesem Haus gewesen.«

Er sah es in ihren Augen, sobald er es gesagt hatte. Fragte sich, wo er mit seinen Gedanken gewesen sein mochte.

»Hier.« Er nahm einen Montblanc-Füllfederhalter aus der Jackentasche und schrieb Dr. Hammonds Namen und Praxisadresse auf ein Stück Papier. »Ich rufe ihn an. Er beginnt mit einer Serie vorbeugender Impfungen. Ich glaube zwar nicht, daß Sie in Gefahr sind, aber ich würde Ihnen empfehlen, sich mit keinem von denen, die sich bei der Parmer getroffen haben, irgendwo allein aufzuhalten. Egal, ob Mann oder Frau.«

»Impfungen? Wie sind denn die Mädchen gestorben?«

»An einem seltenen Virus.«

»Mein Gott! Und wie wirkt sich das aus?«

Er beschrieb ihr die Symptome, ohne zu sagen, um welche Krankheit es sich handelte, und empfahl ihr, auf alle Fälle Kontakt aufzunehmen mit Dr. Hammond, falls sie sich irgendwie unwohl fühlte. Er beneidete sie nicht um die hypochondrische Angst, die sie durchstehen mußte, bis sie die Serie der Impfungen hinter sich hatte. Die Zigarette baumelte zwischen ihren Fingern.

»Bin ich in größerer Gefahr, weil ich mit Ihnen gesprochen habe?« fragte sie nüchtern.

Er schüttelte den Kopf. »Das glaube ich nicht.« Er hatte absolut keinen Grund, das zu behaupten. »Aber Sie sollten vorsichtig sein. Ich kann nicht ahnen, wie diese Person vorgeht.«

Sie nahm einen tiefen Zug aus ihrer Zigarette.

»Na, was sagt man dazu«, murmelte sie wie zu sich selbst. Dann schaute sie durch das Fenster hinaus auf die Halle im Tiefgeschoß.

Haydon tat dieses Mädchen leid. Sie war erschüttert bis zu dem Punkt, wo sie es nicht mehr verbergen konnte. Er beobachtete ihr Gesicht, während sie geistesabwesend die Geschäftsleute betrachtete, die aus den Tunnels auf den unterirdischen Platz strömten. Er hätte sie gern gefragt, was sie jetzt dachte.

Schließlich nahm er eine Karte aus seiner Brieftasche und legte sie vor Maureen Duplissey auf den Tisch.

»Wenn Sie mich anrufen möchten – aus welchem Grund auch immer, tun Sie es. Man kann mich jederzeit irgendwo erreichen.«

»Ja, das werde ich tun«, versprach sie. In Gedanken war sie immer noch weit weg.

Haydon stand auf und blieb neben dem Tisch stehen.

»Ach«, sagte sie. »Ich glaube, ich bleibe noch eine Weile hier sitzen.«

»Gut. Ich bin Ihnen sehr dankbar, daß Sie mit mir gesprochen haben.« Es klang so wie: »Vielen Dank – beehren Sie mich bald wieder.«

»Schon gut«, sagte sie. Sie war höflich, aber ganz weit weg von ihm, und ihre Blicke schweiften wieder hinaus in die Halle.

Er ging und bezahlte beim Hinausgehen an der Kasse den Irish Coffee. Sie sah ihm nicht nach, als er an der Glaswand vorbeikam und in einem der Tunnels verschwand.

28

Rafael Guimaraes saß allein in der lauten Cafeteria im Erdgeschoß des Hermann-Hospitals. Er aß und trank nichts und handelte sich damit vorwurfsvolle Blicke der Studenten ein, die mit Händen und Armen voll Büchern und Tabletts nach einem Platz zum Essen suchten, als sie aus der Schlange an der Essensausgabe herein in den dichtbesetzten Speisesaal kamen. Er schaute hinaus auf die Zufahrt von der Fannin Street, die überdacht durch das Gebäude des medizinischen Instituts führte und auf der anderen Seite, am Sterling Circle, wieder herauskam, von wo aus der Zubringerbus des medizinischen Zentrums seine Runden machte.

Rafael hatte selbst einen anderen Rundgang hinter sich, mit einem Team, das aus ihm selbst, einem anderen, begabten, älteren Studenten, einem Kollegen von der Abteilung Infektionskrankheiten, einem Assistenzarzt und Dr. Morton bestand. Es ging dabei um ein besonderes Projekt von Dr. Morton, das die Fähigkeiten der ungewöhnlich Begabten in einer Gesellschaft von Hochbegabten auf eine harte Probe stellte. Später hätte Rafael eine Vorlesung über Gastroenterologie besuchen sollen, aber er hatte sie sausen lassen und war in die Cafeteria gekommen, wo er nun schon seit einer Stunde saß. Mit einem Ausdruck völliger Geistesabwesenheit zupfte er an seiner Nase und schaute über den manikürten Rasen hinüber zum hohen Dreieck der Dunn-Interfaith-Kirche, die auf einer Anhöhe von der Größe eines Fußballplatzes stand. Zwei Leute in weißen Mänteln kamen aus der Tür der Kirche und gingen auf den alten, elliptischen Hintereingang des Hermann-Hospitals zu.

Es war unausweichlich, dachte er, daß sich irgendwann einmal die Polizei einschaltete. Immerhin hatte er inzwischen schon einige Mädchen getötet. Wäre er bei den kleinen Cariocas geblieben, hätten sie es nicht gemerkt. Aber auch die anderen mußten getötet werden – er mußte eben noch vorsichtiger vorgehen. Er fragte sich, ob die Polizei ahnte, womit sie es da zu tun hatte.

Wenn irgend jemand, der an der Sache arbeitete, etwas schlauer war als üblich, mußte er daraufkommen.

Und was würde die Polizei dann untersuchen? Sie würden viel Zeit vergeuden und versuchen, die Spur von tollwütigen Hunden oder Fledermäusen zu verfolgen. Die kleinen Cariocas würden vermutlich nie entdeckt werden, also mußte die Polizei zunächst annehmen, die Callgirls hätten einen tollwütigen Hund im Haus gehabt. – Man würde bestimmt dahinterkommen, daß alle Frauen in gewisser Beziehung zu dem Haus standen. Zu schade um die kleinen Partys. Er vermißte die farbigen Zimmer und die Wurlitzer-Musikbox. – Wenn keine weiteren Callgirls starben, würde die Polizei annehmen, daß der Hund an seiner Krankheit eingegangen war, allerdings erst, nachdem er diese Frauen infiziert hatte, und daß mit seinem Tod die Kette der Infektionen zu Ende war.

Aber Rafael mußte vom Schlimmsten ausgehen. Angenommen, sie verdächtigten ihn. Sie hatten nichts Greifbares gegen ihn in der Hand. Verdachtsmomente? Ja, sicher. Die gleichen Verdachtsmomente, die sie für fünfzig andere Männer hatten, welche in irgendeiner Beziehung zu diesen Frauen standen. In Dr. Mortons Labor gab es keine Spuren von Rafaels Tollwutarbeiten. Die Hundeköpfe wurden immer noch in derselben Nacht verbrannt, und die Geräte standen nicht nur ihm allein zur Verfügung. Der Vorrat an Viren, den er inzwischen gesammelt hatte, war gut versteckt im Virusschrank, unter der Bezeichnung eines anderen, tödlichen Virus, und zu diesem Schrank hatten nur er und Dr. Morton Zugang. Dr. Morton benützte niemals das Virus, unter dessen Namen sein Vorrat dort aufbewahrt war.

Er schaute auf die Uhr. Dann zog er seinen weißen Mantel aus, legte ihn über seine Lehrbücher auf den Tisch zum Zeichen, daß er belegt war, und ging hinaus zu den Telefonen in der Vorhalle. Er rief seinen Stationshelfer an, der ihm sagte, daß es zur Zeit keine Patienten zu betreuen gab. Großartig. Also war er für den Nachmittag frei, und in der kommenden Nacht hatte er keinen Bereitschaftsdienst. Er hatte bis nächsten Morgen um viertel vor acht Zeit. Nach dem Anruf kehrte er zu seinem Tisch zurück, zog sich den Mantel an, nahm seine Bücher und verließ die

Cafeteria durch die überdachte Zufahrt; dann ging er auf die Parkgarage Nummer 4 zu, auf der gegenüberliegenden Seite des Sterling Circle. Die meisten Studenten waren gezwungen, ihre Wagen in der glühenden Sonne zu parken, so weit von den Gebäuden entfernt, daß sie den Bus benützen mußten.

Als er den Mercedes 380 SL vom sechsten Stock des Parkhauses nach unten lenkte, wußte er bereits, was er tun wollte. Er wollte *Eu Te Amo* sehen, zum sechstenmal. Der Film lief in einem Kino an der Richmond Avenue, nicht weit von der Greenway Plaza. Er wollte Sonia Brage wiedersehen, beobachten, wie berechnend sie auf Gewalt reagierte, wollte das Tier in ihr sehen, das immer wieder die Oberhand zu gewinnen schien. Manchmal schaute sie direkt in die Kamera, und er sah, wie ihre Augen an den Rändern zuckten, und in Gedanken verweilte er länger bei der Szene, als sie zu sehen war, beobachtete, wie ihr Gesicht weiß wurde, dann ihre Schultern, und wie er imstande war, sie zu lieben.

Der Mercedes fuhr hinaus in die Sonne, und die Helligkeit riß ihn aus seinen Gedanken. Er trat gerade noch rechtzeitig auf die Bremse, um nicht gegen die hölzerne Schranke zu stoßen, die die Ausfahrt an der Ticketkontrolle versperrte.

Wie sich herausstellte, sah er sich den Film sogar zweimal hintereinander an. Er ging gern mitten am Nachmittag ins Kino, weil um diese Zeit nur wenig Zuschauer anwesend waren. Dadurch wurde man weniger abgelenkt. Er konnte sich in die Charaktere auf der Leinwand verwandeln, konnte ein Teil der Handlung werden, sich so tief in sie versenken, daß er danach nicht selten noch fünf Minuten sitzenbleiben mußte, um sich zu orientieren. Eine Fähigkeit, die ihm immer leichter vorkam, so daß es ihm inzwischen gelang, seinen Körper zu verlassen und in die Körper auf der Leinwand zu schlüpfen, kaum daß der Film begonnen hatte. Oft wurde diese Reinkarnation durch einen sichtbaren Tunnel eingeleitet: Sein Gesichtsfeld engte sich ein, so daß es zunächst das Publikum ausschloß, dann die Umrisse der Leinwand, bis es ganz schmal geworden war, wobei seine Anziehungskraft zunahm, so daß er geradezu davon angesogen und in eine andere Welt gerissen wurde. Von da an veränderte sich jeglicher Zeitbegriff. Lieblingsszenen verlängerten sich und gewannen eigenes Leben, andere liefen schneller ab, aber keine wurde ausgelassen. In Gedanken schnitt er den Film so, daß er vor allem jene Szenen genießen konnte, die ihn inspirierten.

Die Braga duftete. Er roch diesen Duft vom ersten Augenblick an, als sie auf der Leinwand erschien, und der Körpergeruch ihrer Anwesenheit durchströmte ihn mit der köstlichsten Aufregung, die er je gefühlt hatte. Während der ersten Vorstellung wuchs seine Aufregung bis zu einem beinahe unerträglichen Punkt. Er blieb zwischen der ersten und der zweiten Vorstellung sitzen, frustriert und schwitzend, und genoß den noch immer vorhandenen Geruch ihrer Gegenwart, der in dem stillen, leeren Kino hing.

Sobald Chico Buarque die ersten Zeilen des Filmthemas zu singen begann und die gelben Buchstaben des Vorspanns von unten über die Leinwand rollten, fielen ihn die teuflischen Vorboten des Auftritts der Braga durch den enger werdenden Tunnel an und sogen ihn in die Abbilder ihrer zuckenden Lider, während das raffinierte Tremolo der Klaviertöne hinter Buarques gepflegter Stimme zu hören war.

Ah, se já perdemos a noção da hora
Se juntos já jogamos tudo fora
Me conta agora como hei de partir

Er war bei ihr, nachts in ihrer Penthauswohnung, und schaute hinaus auf die Sternenketten, welche die weit geschwungene Kurve des Strandes von Ipanema nachzeichneten. Die Lichter von Rio glitzerten von unten, als beschworen sie das Ende ihres Lebens in der Dunkelheit. Die Sekunden sammelten sich über ihnen wie eine Wolke, während sie nackt in dem dunklen Fenster standen vor dem Schimmer, der Rio war. Die Wolken des Augenblicks verblichen wie aufsteigender Nebel, waren nur noch an ihrem fauligen Geruch zu erkennen, der ihn unbeschreiblich faszinierte. Im Dämmerlicht zwischen ihnen schillerte die Wolke, jeder Funke weißglühend, jeder allmählich schwerer werdend mit seinem todbringenden Auftrag.

Se, ao te conhecer, dei pra sonhar, fiz tantos desvarios

Rompi com o mundo, queimei meus navios
Me diz para onde è que ainda posso ir

Die Wolke senkte sich wie der Duft der Limonen, der sie überlagerte, als sie Samba tanzten, zwei Marionetten, deren Fäden an den Armen und Beinen des anderen befestigt waren. Sie wurden weiß von den Augenblicken, die sich in sie brannten, die Gase stiegen auf von ihren glühenden Häuptern, als sie im Schein ihres phosphoreszierenden Sterbens tanzten. Draußen lösten sich die Sterne von Ipanema von der Küstenlinie und stiegen zum schwarzen Himmel vor dem Penthaus auf, blieben dort hängen und warfen ihr schimmerndes Licht durch die Glasscheiben. Dann stand er still, und sie umkreiste ihn, ihre Brüste schwangen wie ihr Haar zu der *cuica,* als der Chor den Refrain der Samba aufnahm, und er sah die toten Cariocas herabsteigen und durch die Sterne tanzen wie durch Felder brennender Blüten.

Plötzlich blieb die Tanzende stehen. Ihr Gesicht war ein Totenkopf, ihr Phosphoreszieren verblich zu einem gelblichen, später braunen Schimmer, dann wurde er hennafarben, und die Wolke der Sekunden wurde zu Asche. Die Stimmen der toten Cariocas zitterten im Sambachor, der Gestank von Kot flutete durch das Penthaus, und die Frau umarmte ihn und wurde zu Asche, während sie ihn festhielt. Der Gestank aus ihren Lungen erfüllte seinen Atem. Oh, was für ein Genuß! Die Ekstase ihres Lieds und das Singen der toten Cariocas wurden zu Asche; sie wehten davon, obwohl sie immer noch sangen, trotz der absoluten Stille inmitten des hennafarbenen Sternenfelds. Er fühlte jene letzte Übelkeit, die der Tod war, und wußte, es war die Quintessenz dieser Frau, die ihn an ihre feurigen Brüste drückte, in der hennafarbenen Nacht.

Er wünschte sich, daß dies das Ende wäre.

Aber es war nicht das Ende. Obwohl er die Augen offen hatte, schwand die Vision, und er sah wieder den Film; die Samba war vorüber, und die letzten Takte von *Eu Te Amo* verwehten mit den hellen, klimpernden Tönen des Klaviers. Erschöpft und gebannt schaute er sich den Film zu Ende an.

Es war sechs Uhr, als er aus dem Kino kam und zu seinem

Wagen zurückging. Das Feuer der Sonne hatte die Straßen und Gehsteige getränkt, welche noch lange nach Sonnenuntergang die Hitze in die Atmosphäre reflektieren würden. Die Stadt würde heiß bleiben bis Mitternacht, und der Stoßverkehr würde bis halb acht andauern.

Rafael fuhr in Richtung auf das Zentrum über die Richmond Street und bog dann nach Norden in die Kirby ein. Die Ledersitze des Mercedes waren heiß; er begann am Rücken zu schwitzen. Er wußte, daß der Schweiß dunkle Flecken auf seinem hellblauen Sportsakko aus Leinen hinterlassen würde. Er öffnete das Schiebedach, jetzt, wo die Sonne schon tief am Horizont stand, hielt vor einer Kneipe in River Oaks an und ging hinein.

Allein an einem Zweiertisch, trank er zwei Smirnoffs und dachte über das nach, was geschehen war. Dabei ging ihm immer noch die Musik aus dem Film durch den Kopf. Er war von seiner Vision völlig aus dem Gleichgewicht gebracht worden. So war es ihm noch nie passiert. Und es war auch nicht der Inhalt der Vision, der ihn verwirrte – der war natürlich und reizvoll, ein sinnliches Vergnügen, unbeschreiblich. Nein, die Vision war ein Geschenk seines Unterbewußtseins gewesen, und er hatte es dankbar entgegengenommen. Er war verwirrt, weil sie ungebeten gekommen, ja über ihn hereingebrochen war, als hätte sie ein Eigenleben gehabt. Sicher, in gewisser Weise hatte er diese Vision herbeigesehnt, aber andererseits hatte er noch nie Erfahrungen von derartiger Intensität gemacht.

Noch einen Wodka.

Was fürchtete er eigentlich? Daß es möglicherweise ein Anzeichen war für – ja, wofür? Wahnsinn? Er war oft ganz bewußt vor der Realität geflohen, aber er hatte sie nie ganz aufgegeben. Noch gab es zuviel zu tun. Er mußte unter allen Umständen seine Vernunft bewahren. Er mußte noch so viele Impfungen vornehmen ...

Noch einen Smirnoff.

Als sich seine Gedanken auf die Mädchen richteten, lächelte er. Die Reaktionen der Männer, die diese Mädchen gekauft hatten, amüsierte ihn. Sie waren völlig verblüfft gewesen angesichts des Todes ihrer neuen Erwerbungen. Der erste, Antonio Vianna, bildete eine Ausnahme. Er war aus der Stadt Mexiko zurückgekommen und hatte das Mädchen schwerkrank vorgefunden, hatte den guten Doktor Gonzaga angerufen, der sie natürlich nicht retten konnte. Vianna hatte ihren Leichnam über die Grenze geflogen und ihn in einem kostbaren Sarg in einem kleinen Dorf nahe Cuernavaca beerdigen lassen. Er betrauerte aufrichtig ihr Dahinscheiden. Vianna war Witwer und hatte sich in seine Neuerwerbung verliebt.

Ross Wilson, der Ölmagnat, der in Louisiana lebte und einen Wohnsitz in Houston unterhielt, war weniger romantisch gewesen. Als er merkte, daß seine Carioca tot war, reagierte er auf typisch amerikanische Weise. Einer seiner Freunde, der ein Begräbnisinstitut besaß, schmuggelte sie des Nachts dort hinein und verbrannte ihren Leichnam. Das, was übriggeblieben war, wurde am nächsten Morgen von den Müllmännern abgeholt. Wilson hatte sich bei Rafaels Onkel über den schlechten Handel beschwert. Wenn er alles zusammenrechnete, hatte er eine Investition von fünfzigtausend Dollar verloren. Dennoch ließ er seinen Namen auf die Liste für eine Nachfolgerin setzen.

Luis Guerreiro hatte seine Geliebte in einen Abwassergraben im Herzen des *barrios* werfen lassen. Er wußte, daß sie als unbekannte Tote in einer Akte aufgeführt und ihre Identität niemals ans Licht kommen würde. Ein anderer ließ seine Geliebte von Freunden in einem Salzfeld zwischen den Petroleumraffinerien von Pasadena verscharren. Ein weiteres Mädchen war krank geworden und gestorben bei einer Ferienkreuzfahrt auf der Privatjacht ihres Besitzers um die Key-Inseln von Florida. Da der Mann sie nicht mit zurücknehmen wollte, hatte er einige Mühe, den anderen Gästen zu erklären, warum sie auf offener See bestattet werden mußte. Die Rückfahrt war unangenehm gewesen, und es konnte durchaus sein, daß sich die Polizei noch nachträglich mit ihm auseinandersetzte.

Rafael langte in seine Jackentasche und zog einen Kalender heraus. Für den heutigen Tag hatte er notiert: »Lunde in New Orleans.« Charles Lunde war Reeder; er besaß ein Haus am Rand von River Oaks, sechs Blocks von der Kneipe entfernt, in der Rafael saß. Lunde war einer der ersten Nutznießer von

Paulo Guimaraes' Importgeschäft gewesen. Sein Mädchen hatte freilich immer noch Schwierigkeiten mit der englischen Sprache, obwohl Lunde dies in keinster Weise zu stören schien. Sie schienen sich recht gut zu verstehen, auch wenn es ihr an Sprachkenntnissen mangelte.

Rafael rief sie an. Sie freute sich, von ihm zu hören, und er versprach, in zwanzig Minuten bei ihr zu sein. Er bezahlte die Wodkas und ging. Es war stets leicht gewesen, mit den Mädchen zusammenzukommen, wann immer er es wollte. Erstens war er praktisch der erste Mensch, den sie kennenlernten, nachdem sie hier in Houston angekommen waren. Da er Portugiesisch sprach, gewann er schnell ihr Vertrauen, und es war nicht schwer, die »alte« Freundschaft zu erneuern, sobald die Mädchen einen Platz gefunden und sich eingerichtet hatten. Seine Möglichkeit, die Mädchen ohne irgendwelche Schwierigkeiten häufig zu besuchen, wurde unterstützt durch einen Fehler, der allen Erwerbern dieser Mädchen gemein war – ausgenommen vielleicht Vianna –: Sie ignorierten ihre Erwerbungen während achtzig Prozent ihrer Zeit. Obwohl die Mädchen im Luxus lebten, war es ein Leben in Isolation, das nur dann durchbrochen wurde, wenn die Männer in Stimmung waren, mit ihnen zusammenzusein und sich nicht scheuten, an den »schicken« Plätzen der Stadt mit ihnen gesehen zu werden – oder bei den Partys der Privilegierten. Rafaels Besuche bildeten eine willkommene Abwechslung – in mehrfacher Hinsicht. Er machte sie mit Rauschgift bekannt, das danach ihre langen Tage erträglich gestaltete, auch wenn er nicht bei ihnen war.

Stephany Bedaque hatte dem Portier in der Vorhalle Bescheid gegeben, hatte ihm Rafaels Namen und die Autonummer genannt. Er bog in den Hof ein, gerade als die elektronische Schaltung die Leuchtkugeln des Hofes zu einer schimmernden Lichterkette werden ließ. Die Nacht war rasch über die Stadt hereingebrochen, und nur noch ein malvenfarbener Streifen über den Hochhäusern von Post Oak erinnerte daran, daß es überhaupt Tag gewesen war.

Stephany kam selbst an die Tür ihrer Wohnung im 17. Stock. Auf dem Arm hatte sie eine seltene, aber verfettete abessinische

Katze. Das Tier sah merkwürdig aus, wie ein Mutant, da abessinische Katzen in der Regel schlanke Tiere waren. Das üppige, kohlschwarze Haar des Mädchens war frischgewaschen und fiel ihr um das Gesicht – ein Gesicht, das alle Schönheit in sich vereinte, die jemals aus Brasilien hierhergekommen war. Sie trug eine langärmelige Bluse aus amethystfarbener Shantungseide, und zwischen Haarsträhnen baumelten Amethystohrringe. Von der Taille nach unten war sie nackt. Das kam bei ihr öfters vor. Die Frau war sichtlich gelangweilt und nicht ausgelastet.

Er folgte ihr in einen großen Raum, von dem aus man die westliche Skyline der Stadt sehen konnte. Die Wolkenkratzer an der Greenway Plaza funkelten auf der linken Seite, und vor ihnen lieferte das großartige Spektakel der Gegend um Post Oak ein betäubendes Beispiel lichtblitzender Architektur: fabelhafte Türme, erbaut von einer Stadt, die angesichts ihrer eigenen Zukunft größenwahnsinnig geworden war.

Sie gingen die paar Stufen hinunter in den tiefer liegenden Wohnraum, der mit Möbeln aus Glas und Chrom eingerichtet war. Ein dicker, weißer Teppich kletterte die Stufen empor und breitete sich auch auf dem Boden der übrigen Räume aus. Stephany saß in einem transparenten, formlosen Plexiglassessel, der ihren Hintern hübsch zur Geltung brachte, und zog die Beine hoch wie eine Inderin. Rafael setzte sich in einen Sessel aus Chrom und Leder, genau ihr gegenüber. Sie war interessant anzusehen. Er bemerkte, daß sie sich auf seinen Besuch vorbereitet hatte; die klare Stimme von Gal Costa drang aus den sie umgebenden Wänden.

Keiner von beiden sprach ein Wort, Rafael zog den Reißverschluß der Ledertasche auf, die er bei sich hatte, und nahm die Spritze heraus. Er legte sie auf den Glastisch, der zwischen ihnen stand, zusammen mit einem Plastikbeutel Heroin. Ihr Lieblingsrauschgift. Er stellte ein Fläschchen mit Gummistopfen neben die anderen Utensilien und begann mit der rituellen Mischung des Heroins, wobei er Zündhölzer und einen Löffel aus seiner Tasche benützte.

Als das Heroin fertig war, steckte er die Nadel der Spritze durch den Gummistopfen der kleinen Flasche und sog den

Großteil der Lösung an, die sich darin befand. Sie fragte nicht, was er da tat, obwohl sie gierig jede seiner Bewegungen beobachtete. Alle Mädchen wußten, daß er Medizinstudent war, und fragten nie, was er ihnen verabreichte. Als die Spritze fertig war, stand er auf und ging zu ihr hin. Sie blieb im Sessel sitzen und streckte ein langes, honigfarbenes Bein aus, das sie dann mit der sicheren Geschicklichkeit einer Ballerina hochhob. Er packte es mit einer Hand, klemmte es sich unter den Arm und ließ die Nadel der Spritze in die große, bläuliche Vene hinter dem Knie gleiten. Dann leerte er die Spritze.

Als er das Bein losließ, hielt sie es noch einen Augenblick hoch, bevor sie es sehr ruhig und ganz langsam sinken ließ. Sobald es den Boden berührte, fühlte sie die Wirkung des Heroins. Ihre Arme sanken nach unten, und die fette Katze sprang von ihrem Schoß. Mit langsamen Bewegungen rollte Stephany die Augen nach oben; dabei streckte sie das eine Bein auf den Teppich aus, während sie das andere unter ihrem Körper hatte.

Gal Costa sang das wunderschöne *India,* als Rafael zur Bar ging und sich einen Smirnoff einschenkte. Er schaute hinüber zu dem Plastiksessel, von dem aus sich Stephany langsam auf den Teppich gleiten ließ und sich die Bluse vom Leib riß, während sie sich auf dem Boden wand. Sie hatte sie noch nicht ganz ausgezogen, als sie sich in eine embryoartige Stellung begab und danach nicht mehr bewegte. Rafael ging zur Fensterwand und trank seinen Wodka, während er zusah, wie der malvenfarbene Himmel hinter dem funkelnden Gesicht der Stadt allmählich purpurrot wurde.

29

Die Telefonate, die Dystal beaufsichtigt hatte, ergaben, daß ungefähr ein Drittel aller Apotheken in der Stadt den Tollwut-Impfstoff vorrätig hatten und daß Petra Torres mit keinem der Torres' in der Stadt verwandt war. Das heißt, niemand gab zu, sie zu kennen. Auch Hirsch hatte eine Marathonsitzung am Telefon hinter sich, um die Berufe der Männer herauszufinden, deren Namen in dem Notizbuch verzeichnet waren, welches Haydon in dem roten Zimmer gefunden hatte. Es war eine unangenehme Aufgabe, und ungefähr ein Viertel der achtundsiebzig Namen in dem Buch konnten überhaupt nicht ausfindig gemacht werden. Von den Personen, die man ermittelt hatte, war nahezu ein Drittel von zurückhaltenden Ehefrauen oder Sekretärinnen abgeschirmt, die auf Hirschs Frage höchst argwöhnisch reagierten; die übrigen waren Geschäftsleute, mit einer Ausnahme: ein Tierarzt in Bellaire, den niemand ernsthaft als Täter in Betracht zog, nachdem man ihn befragt hatte.

Captain Mercer zupfte an der losen Haut an seinem Hals und schaute unter dem dichten, zerwühlten Schopf grauen Haars hervor.

»Ich glaube, die Folgerungen sind ziemlich stichhaltig. Ich würde mein nächstes Gehalt darauf setzen, daß Sie den Mann gefunden haben. Aber ...« Er schüttelte den Kopf und dachte darüber nach. Mercer war schon lange im Dienst und im Lauf der Jahre sehr vorsichtig geworden. Sie wußten alle, was er meinte. Es würde ungeheuer schwer werden, harte Beweise gegen Rafael Guimaraes zu finden.

»Und was wollt ihr nun machen?« fragte Dystal und schaute Haydon an. Sie waren wieder in seinem Büro, weihten Captain Mercer in ihre Ermittlungen ein und folgten dabei der üblichen Prozedur.

»Als erstes möchte ich diesen Rafael überwachen lassen. Leo und Ed sollen noch heute damit anfangen. Ich möchte mit Dr. Morton sprechen, seinem Professor an der Universitätsklinik. Früher oder später müssen wir ja doch Außenstehende einweihen. Es kann sein, daß der Professor nicht der richtige Mann ist dafür, aber das weiß ich erst, wenn ich mit ihm gesprochen habe. Dann möchte ich – vorausgesetzt, es läuft so, wie ich mir das erhoffe – mit Paulo Guimaraes über dieses Prostitutionsgeschäft reden.«

»Wollen wir denn da dranbleiben? Sollten wir diese Sache nicht dem Sittendezernat übergeben?« fragte Mercer.

»Wir sollten sie noch eine Weile selbst in der Hand behalten.

Wir nehmen nicht an, daß sie über diese etwa fünfzehn Mädchen hinausgeht, und wir glauben auch nicht, daß sie über Guimaraes hinausgeht. Wir haben über das Büro des Staatsanwalts mit Russ Million gesprochen, und er rät uns, den Fall vorläufig geheimzuhalten. Wenn er sich tatsächlich ausweiten sollte und uns von unserer Arbeit hier abhält, können wir ihn immer noch an die Sitte weitergeben. Aber das steht momentan keineswegs fest.«

»Dann glauben Sie, daß Longoria ein brauchbarer Zeuge ist? Fürchten Sie nicht, daß er im letzten Augenblick doch den Schwanz einzieht?«

»Das glauben wir nicht. Er hat noch nie zuvor irgendwelche Schwierigkeiten mit dem Gesetz gehabt. Wir sind ziemlich sicher, daß er sich zu einem Handel entschließt und alles ausspuckt. Er sieht das Menetekel an der Wand für DeLeon und Guimaraes und verhält sich ihnen gegenüber nicht mehr loyal, soweit es über die Gelder hinausgeht, die er für den Verleih seiner Importlizenz erhält. Wir nehmen nicht an, daß er die beiden schützen und dafür einen Mordprozeß riskieren wird. Mit dem, was er uns liefern kann, haben wir einen guten Fall – und wir haben die Aussagen von Mrs. Guajardo.«

»Ja, aber ich sehe diesen brasilianischen Boss als wunden Punkt – was die Publicity angeht«, sagte Dystal. Er hatte wegen der Anwesenheit des Captains darauf verzichtet, seine Füße auf die Schreibtischschublade zu legen. »Wir hatten bisher Glück mit diesen Mädchen. Wenn noch eine auftaucht, verspeist uns die Presse, wie eine Ente Junikäfer verschnabuliert. Bis jetzt ging es nur um diese armen Mädchen, und ich nehme an, ihre reizenden *Sugar Daddies* haben sie wie Abfall auf die Straßen geworfen. Wir können nicht ahnen, wie viele es noch gibt, die bis jetzt noch nicht aufgetaucht sind. Die Sitte versucht, eine Liste zusammenzustellen von diesen Mädchen, auf der Grundlage dessen, was wir ihnen bereits mitgeteilt haben. Ich hätte große Lust, diesem Guimaraes die Daumenschrauben anzuziehen, um die Namen all der Mädchen von ihm zu bekommen, die er ins Land gebracht hat. Ich möchte wissen, wie viele von ihnen noch frei herumlaufen.«

Captain Mercer beugte sich in seinem Sessel nach vorn und drückte beide Hände in der Nierengegend auf den Rücken.

»Wo wohnt eigentlich dieser Rafael?« fragte er und schaute dabei auf den Boden.

»Im Carrington«, antwortete Haydon. »Im vierundzwanzigsten Stock, mit Blick auf das medizinische Zentrum.«

»Aha«, sagte Mercer und massierte sich den Rücken von beiden Seiten; dabei schaute er gegen die Wand. Schließlich stand er auf. »Na schön – ich möchte, daß ihr mich auf dem laufenden haltet.« Er schaute erst Dystal und dann Haydon an. »Ihr habt gute Arbeit geleistet. Aber laßt uns jetzt vorsichtig sein, laßt uns nicht vergessen, daß er ein Verrückter ist, und gebt ihm keinen Spielraum. Viel Glück«, sagte er, nickte Hirsch und Mooney zu und ging dann hinaus.

Dystal zündete sich einen seiner stinkenden Glimmstengel an und stöhnte erleichtert, als er seine Füße auf die Schreibtischschublade legte. Mooney stellte einen leeren Milchkarton auf den Boden, setzte den Fuß darauf und verstärkte ganz allmählich den Druck, bis der Karton plattgedrückt war. Hirsch dachte darüber nach, wie schwierig es sein würde, Guimaraes zu beschatten, und Haydon sah in Gedanken Mercer vor sich, wie er sich den Rücken massierte, fragte, wo Guimaraes wohnte, und nur mit einem »Aha« antwortete, als er es erfuhr. Haydon hoffte, er verstand Mercers Frage und seine Reaktion auf die Antwort. Er hoffte, daß er sie verstand, weil er inzwischen bereits wußte, was er tun würde.

»Und wenn Rafael und sein Onkel gemeinsam in der Sache drinstecken?« fragte Hirsch. »Oder wenn mehrere Leute daran beteiligt sind?«

»Ich nehme an, das finden wir schnell heraus«, sagte Mooney, nahm den zerdrückten Karton und warf ihn in Dystals Abfallkorb. »Aber ich rechne nicht damit.«

»Wie eng soll die Beschattung erfolgen?« fragte Hirsch.

»Wenn er sich im Krankenhaus aufhält oder im medizinischen Institut, will ich nur sicher gehen, daß er auch dort ist. Wir brauchen seinen Stundenplan, wann er im Labor ist, wann er Vorlesungen hat, wann er seine Visiten macht. Er arbeitet mit Doktor

Morton an einem Spezialprojekt, also wird sein Stundenplan etwas anders aussehen als der seiner Kommilitonen. Ich werde mir den Stundenplan über Mortons Büro besorgen, aber ich will wissen, ob er sich daran hält. Wenn er nicht beim Studium ist, möchte ich wissen, wohin er geht und wen er besucht. Er führt uns vielleicht zu anderen brasilianischen Mädchen, und die könnten uns wieder zu anderen führen. Aber seid sehr vorsichtig. Wenn ihr ihn aus den Augen verlieren müßt, um nicht erkannt zu werden, dann laßt ihn lieber laufen und nehmt die Überwachung später wieder auf. Er darf auf keinen Fall merken, daß er beobachtet wird.«

Aus der Ferne sahen die Gebäude des medizinischen Zentrums von Texas aus wie das Modell eines Architekten von einem Komplex, der erst noch errichtet werden mußte, einschließlich der Umgebung. Das harte Sommerlicht warf Schatten an allen Ecken der weißen, geradlinigen Bauwerke, genau wie es die Architekten berechnet hatten. Die bronze- und rauchgetönten Fenster wirkten wie dunkle, rechteckige Bänder oder unterbrochene Linien, die die Riffelungen des Steins unterstrichen. Es war in gewisser Weise beruhigend zu sehen, daß Konzepte einer solchen Größenordnung nach Plan fertiggestellt werden konnten. Ein beeindruckender Anblick, auch nach den Maßstäben von Houston, und man konnte leicht begreifen, daß mehr als vierzig Institute für angewandte Medizin und medizinische Forschung in dieser steinernen Viertelmeile untergebracht waren und der Welt ihre kollektiven Fähigkeiten, ihren Einfluß, ihre Macht und ihre Hoffnung anboten.

Haydon bog von der Fannin Street am Eingang der medizinischen Institute der Universität von Texas ab und fuhr durch die überdachte Einfahrt hinüber zum Sterling Circle und zum siebenstöckigen Parkhaus Nummer 4. Er hatte Glück und fand einen Parkplatz in der untersten Etage. Studenten strömten durch den Hintereingang der medizinischen Lehrstätte, blieben kurz stehen, um ein paar Worte mit einem Kollegen zu wechseln, wie Ameisen, die ihre Fühler berührten und dann weiterliefen. Die jüngeren unter ihnen trugen die üblichen Rucksäcke aus buntem

Nylon und ausgebleichte Jeans, als ob sie beweisen wollten, daß so etwas selbst bei der medizinischen Fakultät der Universität möglich war. Sie kamen Haydon unglaublich jung vor. Die älteren standen weniger herum; sie trugen weiße Kittel über einfachen Baumwollhosen oder Röcken und schienen sich bewußt zu sein, daß das, was sie trieben, eine ernste Angelegenheit war.

Haydon betrat das Gebäude durch den Hintereingang, ging an der langen Reihe von Briefkästen entlang und kam dann in das gedämpfte Licht der großen Halle. Er umrundete die Pförtnerloge, die im Teich eines riesigen, ingwerfarbenen Teppichs stand, der von modernen Sitzgruppen aus poliertem Leder umgeben war, und kam in die Verwaltung. Als er Morton am Vormittag angerufen hatte, war ihm gesagt worden, er solle sich bei seiner Ankunft im Büro melden; von dort aus würde man ihn benachrichtigen, ob Morton sich in diesem Gebäude oder im Hermann-Hospital befand. Nach mehreren Anrufen in beiden Gebäuden stellte die Sekretärin fest, daß er sich in einem Hörsaal im vierten Stock aufhielt. Er bitte Haydon, ihn dort zu besuchen, da er gerade eine Vorlesung beendet habe und in einer halben Stunde eine weitere im selben Hörsaal geben müsse.

Als Haydon die glänzende Nußbaumtür aufstieß, die in das Auditorium führte, stellte er fest, daß er sich im obersten Rang eines hellen, halbrunden Amphitheaters befand. Dr. Morton, der die Tür gehört hatte, blickte hoch von seinem Gespräch mit einem jungen Mädchen, nickte und fuhr dann damit fort, während Haydon durch den Mittelgang nach unten ging, vorbei an den Reihen von Sitzen. Als er unten angekommen war, sagte Dr. Morton noch ein paar abschließende Worte zu dem Mädchen, das ihm dankte und dann mit gefurchter Stirn an Haydon vorüberkam.

Haydon stellte sich vor, und Morton streckte ihm die Hand entgegen. Ein kleiner Mann Mitte Fünfzig, eine Brille auf der kräftigen Nase, durch die er Haydon aus Augen mit schweren Lidern betrachtete. Er strömte nicht gerade große Begeisterung aus, aber Haydon fühlte, daß Dr. Morton ein gütiger Mensch sein mußte. Sein weißer Medizinermantel war gestärkt, und in der Tasche steckte nur ein Satz Kugelschreiber.

»Tropische Parasiten«, sagte er mit leiser, angenehmer Stimme, die, wie Haydon vermutete, selbst bei Aufregung nur um wenige Dezibels lauter wurde. »Damit haben die Studenten von Anfang an Schwierigkeiten. Es sind wirklich mißgünstige Organismen, und sie werden dieser jungen Dame noch Ärger machen, wenn sie schon längst eine erfahrene Ärztin ist.«

Er kam um den Labortisch herum, an dem er seine Vorlesung gehalten hatte, und die beiden Männer gingen zur ersten Reihe von Pulten und setzten sich. Dr. Morton nahm seine Brille ab, um sich die Augen zu reiben, die ungeschützt noch bekümmerter wirkten. Dann setzte er sich die Brille wieder auf und schaute Haydon an.

»Haben Sie irgendwelche Fragen? Am Telefon waren Sie leider ziemlich vage.«

»Ich möchte Ihnen ein paar Fragen stellen über einen Ihrer Studenten. Rafael Guimaraes.«

»Gut. Steckt er in Schwierigkeiten?«

»Wir hoffen nicht. Aber ich werde es Ihnen nachher gern erklären.«

»Was wollen Sie von mir wissen?«

»Zunächst Ihren allgemeinen Eindruck.«

Morton kam ohne Umschweife zur Sache. »Ein brillanter Student. Hohe Leistungen, mit einem echten Talent auf dem Gebiet, das er sich ausgesucht hat. Die Virologie. Ich darf Ihnen ruhig sagen, daß er wegen seiner Leistungen ausgewählt wurde für ein spezielles Programm, das ich leite. Er ist nicht extrovertiert, kommt aber mit den anderen Studenten gut zurecht. Er ist nicht in aggressiver Weise egozentrisch – wenngleich ein gewisser Prozentsatz von Egozentrik mit dem Beruf einhergeht, wie ich befürchte –, und er ist sich seiner beträchtlichen Fähigkeiten durchaus bewußt. Gesellschaftlich kenne ich ihn nicht näher, obwohl ich meine Studenten in den höheren Semestern mehrmals im Jahr in gesellschaftlichen Situationen zusammenbringe, um gewisse soziale Kontakte zu knüpfen. Er stammt aus einer wohlhabenden brasilianischen Familie und hat viel Geld zur Verfügung. Ich weiß nichts über spezielle und herausragende persönliche Eigenschaften, weder im Positiven noch im Negativen. Und ich habe in letzter Zeit keine Veränderung in seinen Arbeitsgewohnheiten und kein Nachlassen bei seinen wissenschaftlichen Untersuchungen bemerkt.« Er ließ eine kurze Pause entstehen. »Habe ich Ihre Fragen richtig vorweggenommen?«

Haydon lächelte und nickte. »Worum geht es bei dem Spezialprogramm, an dem er teilnimmt?«

»Ich habe Mittel, die mir aus einer privaten Stiftung zur Verfügung gestellt wurden, und diese Mittel erlauben mir eine Untersuchung der genetischen Induktion von Viren und ihren Einfluß auf die Produktion von Interferon. Interferon ist eine Ordnung kleiner, löslicher Proteine, die von Zellen produziert und freigesetzt werden, welche von Viren befallen wurden. Dieses freigesetzte Interferon wandert zu anderen Zellen, die nicht infiziert sind, und läßt in ihnen ein Antiprotein entstehen, das die Vermehrung von Viren behindert. Natürlich hat der menschliche Körper schon immer Interferon produziert, aber er produziert es in so winzigen Mengen, daß das bisher keine große Aufmerksamkeit erregt hat. Ja, man nahm an, daß sein Einfluß ebenso gering sei wie seine Menge. Jüngste Entdeckungen über die Natur des Interferons allerdings haben die medizinische Forschung zu der Annahme veranlaßt, daß Interferon, wenn es in größeren Mengen produziert wird, vielleicht eines Tages sogar synthetisch, zu einer neuen ›Wunderdroge‹ werden könnte, mit der unzählige Krankheiten, darunter Krebs, geheilt werden könnten. Und wir interessieren uns besonders für seine Wirkung auf ganz bestimmte Arten von Viren.« Er hielt inne. »Das ist vermutlich mehr, als Sie wissen wollten.«

»Um was für Viren handelt es sich dabei?«

»Um die Erreger der Enzephalomyelitis.«

»Schließt das die Arbeit mit lebenden Tieren ein?«

»Sicher.«

»Was für Tiere?«

»Ratten. Gelegentlich auch Mäuse und Hamster. Bei einer ganz bestimmten Untersuchung haben wir sechs Monate lang mit Primaten gearbeitet, aber das war eine Art Nebengleis, bei dem nur ein Teilproblem untersucht werden sollte.«

»Haben Sie jemals mit tollwütigen Tieren gearbeitet?«

»Tollwut? Nein.«

»Arbeitet irgend jemand in diesem Haus mit tollwütigen Tieren?«

»Nicht, daß ich wüßte.« Dr. Morton drehte sich zur Seite und schaute Haydon gelassen an. »Detective Haydon, ich wäre Ihnen dankbar, wenn Sie mir erklären würden, was Sie wissen wollen und warum.«

30

Haydon umriß die Ermittlungen in chronologischer Reihenfolge und erklärte, so viel er konnte, ohne bestimmte Details preiszugeben, die er lieber zurückhalten wollte. Mortons leidenschaftsloses Gesicht zeigte ein wenig Bewegung, sobald er die Bedeutung dessen, was er da hörte, begriff. Als Haydon schließlich den Namen Guimaraes erwähnte, bildeten sich um Dr. Mortons Augen kleine Fältchen. Es war sein einziges Zugeständnis an das Entsetzen und die Sorge, die er empfinden mußte. Haydon enthüllte ihm nicht, daß Rafaels Onkel hinter dem Mädchenhandel steckte, aber er machte klar, daß Rafael mit diesen fremden Mädchen und den Callgirls schon seit längerer Zeit und in ziemlich umfangreicher Weise zu tun hatte.

Danach schwieg Morton eine ganze Weile, und seine Augen starrten ernst auf die Tafel hinter seinem Labortisch. »Sind Sie ganz sicher, daß – daß Rafael das tut?« fragte er schließlich und starrte weiterhin auf die Tafel.

»Nein, keineswegs«, antwortete Haydon. »Ich habe keine direkten, handgreiflichen oder unumstößlichen Beweise. Und ich fürchte, ich werde auch keine bekommen. Was ich habe, sind nur Indizien.«

»Aber Sie persönlich glauben, daß er es tut.«

Morton schien eine bemerkenswerte Beobachtungsgabe zu haben. Haydon war sicher, daß er nichts gesagt oder getan hatte, was seine persönlichen Gefühle ausdrückte.

»Ja. Ich glaube, daß er derjenige ist.« Es hätte wenig genützt, einem Mann wie Dr. Morton mit Ausflüchten zu kommen. »Ich sage Ihnen offen, Doktor, eine solche Untersuchung treibt einen Kriminalbeamten zum Wahnsinn. Sie führt oft zu den frustrierendsten Aspekten unseres Berufs: Wir sind absolut sicher, daß sich ein Individuum eines Mordes schuldig gemacht hat, und müssen zusehen, wie dieses Individuum sein Leben fortführen kann, als hätte es kein Verbrechen gegen die Menschheit begangen, hätte nicht Angst und Schmerz verbreitet – nur weil es uns nicht gelingt, genügend Beweise beizubringen, die vor einem Gericht standhalten, wie man so schön sagt. Das kommt weit häufiger vor, als es sich die Öffentlichkeit vorstellt.«

Dr. Morton schaute Haydon jetzt wieder an; seine Augen zeigten immer noch die Kummerfältchen in den äußeren Augenwinkeln, was seinem Blick eine seltsame Intensität verlieh.

»Aber habe ich nicht gelegentlich von ›überwältigenden Indizienbeweisen‹ gehört?«

»Sicher. Im Fernsehen ist das meist das, womit der Staatsanwalt den ›Verdächtigen‹ überschüttet, was dann zu einem Geständnis führt. Aber das ist ungefähr so realistisch wie *Trapper John.* Erstens ist es äußerst schwierig, Indizienbeweise in genügend großem Umfang bei Gericht vorzutragen und damit die Geschworenen dahingehend zu beeindrucken, daß die Schuld des Individuums über jeden vernünftigen Zweifel hinweg erwiesen ist. Und zweitens würde kein Verteidiger, der sein Honorar wert ist, seinem Klienten erlauben, in eigener Sache auszusagen – bei einem Fall, der nur durch Indizien bewiesen werden kann –, aus dem sehr triftigen Grund, weil er damit einen ansonsten wasserdichten Verteidigungsfall wegen irgendwelcher psychischer Instabilitäten seines Mandanten verlieren könnte.

Und aus der Perspektive des Anklägers wäre es nicht klug, unter solchen Bedingungen einen Prozeß zu riskieren, weil der Verdächtige, wenn er freigesprochen wird – was wahrscheinlich ist, solange nur Indizienbeweise gegen ihn vorliegen – nie mehr für dasselbe Verbrechen vor Gericht gestellt werden könnte, selbst dann nicht, wenn sich in Zukunft handfeste Beweise ergeben würden.«

»Also ein Dilemma«, sagte Morton.

»Ja, und ein äußerst schwieriges. Wenn es dem Büro des Staatsanwalts möglich wäre, den Geschworenen jeden kleinen Puzzlestein von Indizien zu präsentieren, wie wir sie in solchen Fällen gegen die Individuen gesammelt haben, würde es uns ohne Zweifel gelingen, die zwölf Leute von der Schuld des Angeklagten zu überzeugen. Oft sind solche Beweise in der Tat überwältigend. Sie sind so sicher, wie ein Schuldgeständnis des Angeklagten. Man könnte es dazu bringen, daß die Geschworenen ebenso von der Schuld überzeugt sind wie wir. Sie würden wütend werden, dann angeekelt – und schließlich frustriert. Und sie würden das Urteil ›nicht schuldig‹ sprechen. Indizienbeweise, in welchem Umfang sie auch vorgebracht werden mögen, sind kein Beweis, der nicht auch die Möglichkeit des Zweifels offenließe, und genau das ist es, was ihnen der Verteidiger eintrichtern würde. Ich glaube, sehr wenige Geschworenengerichte würden sich in solchen Fällen trotz der Möglichkeit eines Zweifels zu einem Schuldspruch hinreißen lassen.«

Hinter ihnen ging oben die Tür zum Auditorium auf, und zwei Studenten kamen herein, unterhielten sich miteinander und gingen zwischen den Reihen hindurch nach unten. Dr. Morton drehte sich um und wandte sich an den größeren der beiden, der eine Diätlimonade trank. Er hatte den Stiernacken eines Footballspielers.

»Mr. Jackson.«

Der Junge unterbrach das Gespräch mit seinem Begleiter und schaute zu ihnen herunter. »Ja, Sir?«

»Tun Sie mir einen Gefallen, ja?«

Der Junge wartete.

»Nehmen Sie ein Blatt Papier und schreiben Sie darauf, daß die Elf-Uhr-Vorlesung verlegt wurde; befestigen Sie den Zettel an der Tür. Und sagen Sie Ihren Kollegen, daß ich den neuen Termin der Vorlesung rechtzeitig bekanntgeben werde.«

»Ja, Sir.« Die beiden Jungen grinsten und gingen rasch hinaus.

»Danke«, sagte Morton hinter ihnen her, aber sie hörten es nicht. Danach wandte er sich wieder an Haydon. »Und wie glauben Sie, daß ich Ihnen helfen könnte?«

»Wegen der Stellung, die Guimaraes unter Ihren Studenten einnimmt, und wegen seiner beruflichen Zukunft fühlte ich mich verpflichtet, Sie über diese Entwicklung zu informieren, und Ihnen zu eröffnen, daß er im Mittelpunkt einer intensiven Untersuchung der Mordkommission steht. Darüber hinaus hoffte ich, daß Sie wegen Ihrer beruflichen Beziehungen zu Guimaraes seine Neigungen und Gewohnheiten kennen und mir etwas darüber sagen können, was Sie ja teilweise bereits getan haben. Ich hatte gehofft, daß Ihre Beobachtungen unserer Waagschale ein gewisses Gewicht geben könnte. Je mehr wir über ihn wissen, desto größer sind unsere Chancen, auf etwas Substantielles zu stoßen.«

Dr. Morton hörte aufmerksam zu und nickte dann. »Sie wissen«, sagte er nachdenklich, »auch wenn es zum Glück nicht oft vorkommt, so gibt es doch hier und da diese Jekyll-und-Hyde-Persönlichkeiten unter den Kollegen. Ich nehme an, Ärzte, Geistliche – und Detektive begegnen dem Mr. Hyde im Menschen viel häufiger als andere. Dennoch bin ich immer wieder betroffen über solche Entdeckungen. Tief im Unterbewußten trägt man ein Verlangen, daß die Menschen so sind, wie sie sich auch nach außen geben. Ich nehme an, das ist ein primitives Verlangen wie die Sehnsucht nach einem Paradies auf Erden. Es hat keinen Platz in der Wirklichkeit, aber es bleibt lebendig in der Hoffnung und in den Träumen.« Morton lächelte jetzt beinahe. »Das ist ein Eingeständnis der Schwäche. Etwas Unverzeihliches in unserem Beruf.«

Er stand langsam auf und rammte beide Hände tief in die Taschen seines weißen Mantels. Mit gesenktem Haupt, den Blick auf den Boden gerichtet, ging Dr. Morton gemächlich zur Hinterseite des Labortischs und kam zurück mit seinem Sessel. Er stellte ihn seitlich von Haydon auf und setzte sich.

»Rafael Guimaraes ist wahrscheinlich noch merkwürdiger als Sie es sich gedacht haben«, sagte Morton. Damit hatte Haydon nun gar nicht gerechnet. »Die Gemeinschaft der Mediziner im allgemeinen und speziell diese Gemeinschaft fordert von ihren Mitgliedern ersichtliche Integrität, genau wie die CIA. Um so mehr bei Persönlichkeiten, die sich in unserem Beruf an die

Spitze arbeiten und die, ob es uns gefällt oder nicht, zu Aushängeschildern für die Öffentlichkeit werden. Es ist Ihnen sicher aufgefallen, daß ich ›ersichtliche Integrität‹ sagte. Ein derartiger Druck hat oft den unglücklichen Effekt, zwei verschiedene Individuen in einem entstehen zu lassen – den verstopften Moralisten und den echten Heuchler. Er kann sogar das Jekyll-und-Hyde-Syndrom entstehen lassen, das ich vorhin erwähnte.

An medizinischen Hochschulen sind die Professoren immer darauf bedacht, besonders begabten Studenten den Weg zu zeigen; auf diese Weise fallen auf sie ein paar Schnuppen ab von den Sternen des Ruhms, die sich diese jungen Männer und Frauen auf dem Weg nach oben erwerben. Bei Rafael war schon von Anfang an klar, daß es sich um einen Studenten mit seltenen Fähigkeiten handelte, und es gab tatsächlich einen Wettlauf zwischen den einzelnen Professoren, wer von ihnen sein Förderer werden sollte. Ich hatte mich nicht besonders beworben, hatte zu der Zeit ein paar sehr gute Leute, die mit mir zusammenarbeiteten. Aber die Virologie war seine Leidenschaft, und er fragte mich, ob er mit mir über Mikrobiologie arbeiten könne. Bis ich diese erwähnten Geldmittel zur Verfügung gestellt bekam, hatte ich das Programm klinischer Infektionskrankheiten geleitet, und ich widmete mich diesem speziellen Forschungsgebiet. Ich hatte einen umfangreichen Stab von Mitarbeitern, aber Rafael war eben etwas Besonderes, und daher habe ich auch noch für ihn einen Platz geschaffen.

Ein weiterer Faktor, der Rafael für die Professoren attraktiv erscheinen ließ, war sein Reichtum. Sein Onkel war bekannt dafür, daß er Millionen an medizinische Forschungsprojekte vergab und auch privat mehrere Stiftungen unterstützte. Er ist, um es gleich zu sagen, nicht die Quelle meiner Forschungsmittel. Aber das alles soll zeigen, daß der Mantel der Achtbarkeit bereits auf Rafael gefallen war, als er zu mir kam, und er war eine Erwerbung, um die ich beneidet wurde.«

»Aber er erwies sich nicht als das, was er schien?«

»Das stimmt. Ich war vorhin nicht völlig aufrichtig mit Ihnen, als ich sagte, daß mir keine bestimmten persönlichen Eigenschaften an ihm aufgefallen seien. Ich bemerkte gleich von Anfang an an ihm etwas – Merkwürdiges. Allerdings konnte ich nicht gleich den Finger darauf legen. Er führte seine Untersuchungen rasch und gründlich durch. Er war tatsächlich brillant. Das hat er immer und immer wieder bewiesen. Aber er war kein angenehmer Mensch, den man gern um sich hat. Bei Gesprächen wirkte er leblos, so, als sei er ständig gelangweilt, und machte nicht einmal den Versuch, diese Langeweile aus Höflichkeit zu verbergen. Er war kalt und hochmütig. Er hat nie gelacht – ich jedenfalls habe ihn nie lachen gesehen – und er lächelt auch nie. Er grinst höchstens spöttisch. Wenn man seine Miene betrachtet, hat man oft das Gefühl, er riecht etwas Ekelhaftes.

Mehr als nur gelegentlich bin ich nachts in unsere Labors gekommen, die wir gemeinsam benützen, das heißt, diejenigen, die an dem Projekt arbeiten, habe das Licht eingeschaltet und festgestellt, daß er dort im Dunkeln saß, allein, und ich konnte nicht sagen, wie lange. Er schien nicht nachzudenken über irgend etwas – es kam mir so vor, als ob er das Dunkel liebte. Wenn er in einer solchen Situation angetroffen wird, spricht er so, als hätte er keineswegs etwas Ungewöhnliches getan, dann geht er entweder weg oder er setzt sich an die Arbeit, die immer auf seinem Schreibtisch bereitliegt. Er hält es nie für nötig, sein ungewöhnliches Verhalten auch nur mit einer Silbe zu erklären.

Das sind vielleicht nur kleine Dinge, wenn man sie einzeln nimmt. Aber sie sind eine Konstante, was seine Persönlichkeit betrifft, und es sind Signale einer unsicheren Psyche.«

Morton schaute Haydon abschätzend an, als überlegte er, was er noch sagen sollte angesichts der vorhersehbaren Reaktion des Kriminalbeamten. Haydon nahm an, daß dieses Gespräch den Arzt einen beträchtlichen Preis kostete, den Haydon vermutlich gar nicht voll zu schätzen vermochte.

»Kürzlich bemerkten wir einen ekelhaften Geruch im Labor, der mehrere Tage anhielt«, fuhr Morton fort. »Es roch nach einem toten Tier. Die geimpften Ratten werden in versperrten Käfigen gehalten, aber in einem anderen Teil des Labors befinden sich gesunde Ratten, in einfachen, tragbaren Käfigen. Die Leute, die hier saubermachen, lassen sie gelegentlich zum Scherz heraus, und dann finden wir sie erst, wenn sie tot sind, wenn wir den

Geruch wahrnehmen und alles durchsuchen. Das hielten wir auch diesmal für möglich. Wir haben im Labor alles durchsucht. Keine Ratte. Schließlich baten wir den Kustos, das ganze Labor übers Wochenende zu reinigen, um auf diese Weise den Geruch loszuwerden.

An jenem Freitagabend, ziemlich spät, entschloß ich mich, noch eine halbe Stunde im Labor zu arbeiten, damit ich nicht am Samstag hinmußte, denn da feierte mein Enkel seinen Geburtstag mit einer großen Party. Ich fuhr also hierher und ging hinauf ins Labor. Ich steckte den Schlüssel ins Schloß, öffnete die Tür und schaltete das Licht ein. Auf der anderen Seite, am Ende von einem der Labortische, stand Rafael. Er schaute mich nicht allzu überrascht an und hatte etwas in beiden Händen, was er sich dicht vor die Augen hielt. Ich sagte kein Wort, ebensowenig wie er, als ich um den Labortisch auf ihn zuging. Plötzlich nahm ich den süßlichen Geruch verwesten Fleisches wahr und erkannte die tote Ratte in seinen Händen. Das Tier befand sich in einem fortgeschrittenen Zustand der Fäulnis. Es war bereits aufgeschwollen und geplatzt; auch das Haar löste sich bereits in Flokken von der Haut. Rafaels Hände waren davon ganz verklebt. Als ich den Blick auf ihn richtete, war ich betroffen über das, was ich sah. Seine Augen waren glasig, und an seiner Unterlippe hing schaumiger Speichel. Teile des Rattenhaars klebten an seiner Haut, von der Stirn bis zum Kinn. Er hatte sich ganz offensichtlich die verweste Ratte ins Gesicht geschmiert.

Mit Mühe brachte er die Worte ›tote Ratte‹ hervor, dann drehte ich mich angewidert um und verließ das Labor.«

Morton hielt inne und saß still da. Haydon empfand es plötzlich als sehr unhöflich, das Gesicht des Arztes zu betrachten. Er schaute auf die Spitzen seiner hochpolierten Schuhe und sagte: »Wie interpretieren Sie das, was Sie da gesehen haben?«

»Ich bin kein Psychoanalytiker, aber ich muß daraus gewisse Folgerungen ziehen. Ich nehme an, Guimaraes ist nekrophil veranlagt. Er interessiert sich mehr für den Tod und für tote Lebewesen als für das Leben, und ich glaube auch nicht, daß es sich dabei um eine passive Krankheit handelt. Sein Interesse für die Medizin ist rein intellektuell und ziemlich abwegig.«

Morton hielt inne, und seine Gedanken beschäftigten sich mit Ideen, die sich nur in den Falten um seine Augenwinkel andeuteten; dabei schaute er an Haydon vorbei ins Leere. Haydon sah, daß der Professor bereits ziemlich viel über den Fall Rafael Guimaraes nachgedacht haben mußte.

»Und was haben Sie getan?« fragte Haydon.

»Ich habe einen langen Bericht abgefaßt, in dem ich ausführlich niederlegte, was ich Ihnen jetzt in kurzen Umrissen beschrieben habe. Ich empfahl dringend, die Prüfungskommission sollte sich mit der Akte Guimaraes befassen und man sollte ihn einer ausführlichen psychologischen Untersuchung unterziehen. Persönlich fügte ich hinzu, daß man ihm die Zuteilung eines medizinischen Diploms versagen sollte, und gab dafür detaillierte Gründe an. Ich habe meinen Bericht bereits der Prüfungskommission übergeben.«

»Wann war das?«

»Ungefähr vor drei Wochen.«

»Hat man inzwischen mit Ihnen darüber gesprochen?«

»Morgen findet eine Besprechung statt.«

»Werden Sie von meinem Besuch berichten müssen?«

»Zweifellos.«

»Aber Sie machen der Kommission klar, daß es sich nur um einen Verdacht handelt, ja? Bis jetzt kann man ihm keinerlei Schuld nachweisen.«

»Natürlich.«

»Und was wird geschehen?«

»Ich rechne mit einer Untersuchung, die mühsam und schwierig sein wird. Schließlich wird man Guimaraes vorladen und ihm nahelegen, sich von der medizinischen Fakultät zurückzuziehen, weil sonst die Fakultät gezwungen wäre, ein Ausschlußverfahren in die Wege zu leiten. Das alles dürfte verzögert werden durch diejenigen, die empfindlich reagieren, was den beträchtlichen finanziellen Einfluß seines Onkels betrifft. Aber ich bin sicher, es wird zu einem für uns befriedigenden Ende kommen. Und es wird nicht wenige geben, die dieses Ende herbeiführen aus Angst vor einem Skandal. Es gibt nichts Schlimmeres in der medizinischen Gesellschaft als die Angst vor einem Skandal.«

Haydon konnte es nicht länger rechtfertigen, die Machenschaften des älteren Guimaraes zu verschweigen.

»Auch ich bin nicht ganz offen gewesen mit Ihnen, Dr. Morton«, sagte er. »Ich meine, Sie sollten wissen, und die Universität sollte wissen, daß auch Paulo Guimaraes von der Polizei überwacht wird. Und gegen ihn haben wir harte Beweise. Beweise, wie sie jedes Gericht anerkennen wird. Wir können ihm zur Last legen, daß er brasilianische Mädchen in die USA schmuggelt, um sie als Prostituierte zu benützen. Er ist derjenige, der hinter dem Geschäft steht, in das auch Rafael verwickelt ist – auf seine Weise.«

Mortons Gesicht war völlig ausdruckslos. »Mein Gott«, flüsterte er nur.

»Ich muß Sie jetzt bitten, in den nächsten paar Wochen nichts gegen Rafael zu unternehmen, was ihn veranlassen könnte, seine Gewohnheiten in irgendeiner Weise zu ändern. Jede größere Störung seines derzeitigen Lebens könnte es uns unmöglich machen, irgendwelche substantiellen Beweise gegen ihn zu sammeln. Können Sie mir garantieren, daß Sie sich vorläufig zurückhalten? Mindestens für zwei, drei Wochen?«

»Ich kann es versuchen. Aber ich muß mit dem Komitee darüber sprechen. Es ist seine Entscheidung.«

»Würde es helfen, wenn ich mit dem Komitee spreche? Wenn ich die Situation erkläre?«

»Nein. Das nehme ich selbst in die Hand. Wenn ich Ihnen nicht zusichern kann, was Sie wünschen, werde ich es Ihnen mitteilen. Dann können Sie es immer noch versuchen.«

»Ein guter Vorschlag«, sagte Haydon.

31

Die letzte Juliwoche wich nur langsam, und der August kam schwül mit Rekordtemperaturen, die die mit Schlaglöchern übersäten Straßen schmelzen ließen, bis sie weich waren, Blasen zogen und in der Hitze flimmerten – vom Vormittag bis nach

Einbruch der Dunkelheit. Die Golfwinde, die die aschgrauen Wolken über die Buchten hereintrieben, hatten nachgelassen, als wären sie von den grauen Wellen mit ihren weißen Kämmen aufgesogen worden. Die Fahnen am Astrodome hingen schlapp und ausgeblichen im Licht, das die Stadt versengte; die feuchte Luft blockierte die Motoren der Wagen auf den Schnellstraßen und trieb die Stimmung in den *barrios* und Slums zum Explodieren, woraufhin die Statistik wieder einmal belegen konnte, daß im August die meisten Tötungsdelikte des Jahres stattfanden.

Hirsch und Mooney hatten die letzten zehn Tage abwechselnd mit einem anderen Team damit verbracht, Rafael zu beschatten. Sie hatten die Abend- und die Nachtschicht übernommen, nachdem sie herausgefunden hatten, daß der Tagesverlauf von Guimaraes weitgehend nach Routine verlief, wobei er sich fast ausschließlich im medizinischen Institut und im Hermann-Hospital aufhielt. Aber abends, wenn er ziellos umherstreifte, blieben ihm Hirsch und Mooney auf den Fersen. Zweimal besuchte Guimaraes Callgirls in teuren Hotels. Beide Mädchen wurden danach kurz festgehalten und ausführlich »informiert«. Man erzählte ihnen irgendwelche abenteuerlichen Geschichten und verpaßte ihnen vorbeugend Tollwutimpfungen.

Vor allem wurde befürchtet, Rafael würde sich gelegentlich wieder mit einem von den Carioca-Mädchen treffen. Haydon glaubte, daß gerade sie in größter Gefahr schwebten. Man beantragte die Genehmigung zum Anzapfen seines Telefons und bekam sie auch. Aber tagelang kam nichts dabei heraus. Rafael telefonierte fast immer von Telefonzellen im Klinikum aus. Dann, am 5. August, rief er von seiner Wohnung aus an und verabredete sich für den nächsten Abend, einem Freitag, mit einer der Cariocas. Der Anruf wurde abgehört und die Wohnung des Mädchens lokalisiert. Sie wohnte in einer Wohnanlage am Buffalo Speedway. Das Haus gehörte Raymond Evans, dem leitenden Direktor einer Firma, die Geräte zum Ölbohren herstellte. In seinem Büro teilte man auf Anfrage mit, daß er eine Woche verreist sei.

Um halb zehn am Abend des sechsten August saßen Hirsch und Haydon im Schnellimbiß »Steak & Eggs«, Ecke Oakley und

Montrose und warteten auf einen Anruf von Mooney, der bestätigen sollte, daß es sich Rafael mit dem brasilianischen Mädchen in dem Haus am Buffalo Speedway gemütlich gemacht hatte. Sie waren nur vierzehn Blocks von seinem Apartmenthaus, dem Carrington, entfernt. Als der Anruf kam, bezahlte Hirsch für die Sandwiches, die sie gegessen hatten, während Haydon einen Anruf tätigte. Da Haydon den Wagen steuerte, befriedigte er eine persönliche Neigung und machte einen Umweg von rund einem Dutzend Blocks in die vornehme Gegend auf der Nordseite des Hermann-Parks. Die Brunnen waren beflittert mit ihrem eigenen Wasserstaub, der schwer in der schwülen Nachtluft hing, und die Straßenlampen entlang den Straßen, die den Park säumten, sahen aus wie helle weiße Perlen an einer Schnur, die sich bis zu den dunklen Wegen in den Waldgebieten erstreckten. Am üppigen, alten Warwick-Hotel zweigten sie nach Norden ab und fuhren wieder auf das Zentrum zu.

Nach ein paar Blocks bogen sie in die Terrassenauffahrt ein, die sie ein Stockwerk über der Straße auf den offenen Platz vor dem Carrington führte, wo sorgfältig angelegte Gärten das Hochhaus mit den Eigentumswohnungen umgaben. Sie parkten in einer abgelegenen Ecke und überquerten den Parkplatz im kupfernen Licht hoher Natriumdampflampen zum Haupteingang. Hirsch blieb in der Nähe der Türen, während Haydon zum Telefon in der Vorhalle ging und von dort aus telefonierte. Nach einem kurzen Gespräch hing er den Hörer ein und machte Hirsch ein Zeichen. Sie folgten einem breiten Korridor, der um zwei Ecken verlief, bevor sie an eine unbezeichnete Stahltür kamen, die keine Griffe aufwies. Es summte und klickte, Haydon stieß die Tür auf, und sie betraten einen stickigen Korridor ohne Klimaanlage, der in eine Lieferantengarage führte, wo ein Sicherheitsmann auf sie wartete.

»Frank«, sagte Haydon lächelnd und begrüßte einen Mann Ende Fünfzig, »das ist Leo Hirsch. Frank Winters.«

Der ältere Mann schüttelte dem anderen rasch die Hand, sagte aber kein Wort.

»So hab' ich mir die Pensionierung vorgestellt«, bemerkte Haydon.

»Es ist auf alle Fälle besser als in den stinkenden Streifenwagen zu fahren«, sagte Winters mit einem schiefen Lächeln. »Und euch geht es um eine große Sache, nehme ich an.«

»Das stimmt«, bestätigte Haydon. »Ich bin dir wirklich eine Gefälligkeit schuldig, Frank, und ich werde es nicht vergessen.«

Winters war geschmeichelt, daß Haydon ihn ins Vertrauen zog, und versuchte, sich auf nüchterne Weise dessen würdig zu erweisen.

»Ich mache um Mitternacht Feierabend«, sagte er. »Ihr müßt also spätestens um halb zwölf verschwinden.«

»Kein Problem.«

»Habt ihr das Werkzeug?«

Haydon nickte.

»Okay, also, wie ich bereits sagte: Ich habe die elektronische Alarmanlage dieser Wohnung außer Betrieb gesetzt. Wenn ich euch hinaufgebracht habe in den zwanzigsten Stock, fahre ich wieder hier herunter in meinen Verschlag, damit niemand zufällig hereinkommt und sieht, was ich gemacht habe. Ihr Mann hier soll im Foyer des zwanzigsten Stocks bleiben, um zu vermeiden, daß unerwartet jemand auftaucht. Wenn ihr mich von oben anrufen müßt, wählt die Nummer eins-elf. Falls ich mit euch Kontakt aufnehmen muß, lasse ich das Telefon einmal klingeln, lege auf, lasse es noch einmal klingeln, lege wieder auf, und dann könnt ihr rangehen.« Er schaute Hirsch an. »In jedem Korridor gibt es ein Haustelefon. Und ihr bleibt mit Walkie-Talkies untereinander in Verbindung?«

»Richtig«, erwiderte Haydon und klopfte auf seine Jackettasche.

»Okay, also gehen wir«, sagte Winters.

Sie gingen zu einem Lieferantenaufzug. Winters öffnete ihn mit seinem Schlüssel, und sie fuhren nach oben.

»Nee«, sagte Winters, während er die Leuchtzahlen oberhalb der Tür beobachtete, »ich habe es nie bedauert, daß ich bei eurem Verein gekündigt habe. Ich wäre ja doch nicht mehr weitergekommen, und jetzt braucht sich Betty nicht jedesmal, wenn ich weggehe, Sorgen zu machen, es könnte mir etwas passieren. Ich mußte auch an sie denken. Und um die Wahrheit zu sagen, es ist auch nicht mehr das, was es war, hier in Houston als Polizist zu arbeiten. Ich habe mich seinerzeit nicht als Müllsammler beworben, vor allem, wo man immer wieder denselben Müll auf die Straßen kippt. Und das Geld? Scheiße, so gut bin ich auch nicht bezahlt worden. Da sind wir.«

Die Tür öffnete sich auf ein hübsches Foyer.

»Es sind eigentlich zwei Hochhäuser, die schräg zueinander stehen. Alle drei oder vier Stockwerke sind sie durch Korridore miteinander verbunden. Dies ist einer von diesen Korridoren. Geht bis ans Ende, dann kommt ihr in das andere Hochhaus. Seine Wohnung ist am nächsten Foyer rechts. Aber ruft mich an, wenn ihr wieder runter wollt.«

Sie traten aus dem Lift, und die Türen schlossen sich hinter ihnen, als sie zum Ende des Korridors gingen und das zweite Foyer betraten. Haydon nahm seinen weichen Lederbeutel mit dem Werkzeug heraus und begann an der Tür zu arbeiten, während Hirsch im Foyer auf und ab ging. Zu Haydons Überraschung und Frustration brauchte er fast eine Viertelstunde, um das Schloß abzuschrauben. Als es ihm schließlich gelungen war, entriegelte er die Tür von innen, so daß Hirsch im Notfall rasch hereinkonnte, dann drückte er sie zu.

Es dauerte eine Minute, bis sich seine Augen an das schwache Licht gewöhnt hatten. Er ging durch eine breite Diele in den Wohnraum mit der unvermeidlichen Aussicht auf Houstons Skyline. In dieser Beziehung waren alle Eigentumswohnungen der Stadt gleich: ein großer Hauptraum, der so gestaltet war, daß er Ausblick auf die Wolkenkratzer gestattete. Haydon fand die Vorhangschnüre und zog die Vorhänge zu. Er mußte es dreimal entlang der Glaswand wiederholen. Dann tastete er sich im Stockdunkeln zur Tür durch und suchte nach dem Lichtschalter. Er fand ihn und schaltete das Licht ein.

Es war, als hätte er ein Licht im Mittelpunkt der Erde angeknipst. Alles war schwarz: die Wände, der Marmorbogen am Eingang, die Teppiche, die Decke, die Vorhänge. Und die Räume waren praktisch leer. Ein Speiseraum links der Diele war völlig leer. Dahinter funkelte die Küche mit ihren schimmernden schwarzen Kacheln, und wo Chrom unumgänglich war, spiegelte es hochpoliert die Schwärze ringsumher wie Reflexionen in einem bodenlosen Teich. An der Küchenbar stand ein Hocker, aber es gab weder einen Tisch noch Stühle. Der Marmorbogen am Eingang zum Wohnraum, wo Haydon zuvor die Vorhänge zugezogen hatte, war so gewölbt, daß er in die Decke des größeren Raumes überging.

Jetzt wandte sich Haydon den anderen Räumen zu, die von einem Korridor mit konkav gewölbter Decke abzweigten. Dort, wo die Seitenwände den Boden berührten, gab es keine rechten Winkel, sondern Rundungen, so daß der Korridor wie ein elliptischer Tunnel wirkte. Keiner der Räume ging direkt auf diesen Korridor heraus, statt dessen erreichte man die Türen durch kleinere, aber ähnliche Tunnels. Durch die erste Tür rechts kam man wiederum in einen leeren Raum, der in einer normalen Wohnung als Bibliothek oder Studio ausgestattet gewesen wäre. Von dort aus ging eine Fensterwand hinaus auf den Park, aber hier gab es keine Vorhänge, nur das nackte Glas.

Haydon kam in zwei weitere Räume, auch sie schwarz, wobei jeder eine Spiegelwand aufwies, sonst nichts. Schließlich fand er Rafaels Schlafzimmer. Auch hier hatte man eine Wand mit Spiegeln verkleidet, aber die gegenüberliegende Seite war eine Überraschung für Haydon. Sie wurde völlig ausgefüllt von einer riesigen Schwarzweiß-Radierung. Haydon trat ganz zurück bis zu der Spiegelwand, um besser sehen zu können, und erkannte eine Reproduktion von Goyas *El sueño de la razón produce monstruos.* Ein düsteres Kunstwerk aus Goyas spätem Schaffen, und eines aus einer Serie von Radierungen, die »Los Caprichos« genannt wurden. Es zeigte ein zerrüttetes Individuum, das an einem Tisch vornübergebeugt schlief, während schreckliche geflügelte Wesen aus der Dunkelheit herniederstießen, um seine qualvollen Träume zu bevölkern. Aber diese Reproduktion wies einen Unterschied zum Original auf, den Haydon bemerkenswert fand. Die Inschrift, die der Titel der Radierung war und am Rand des Schreibtisches stand, an dem das Individuum schlief, war in Spiegelschrift, so daß man, um sie lesen zu können, in die Spiegelwand schauen mußte. Und wenn man das tat, senkten sich die Ungeheuer aus Goyas Psyche auch auf den Betrachter.

Haydon selbst wurde Teil des Caprichos, und die Dämonen des ungesunden Schlafs fielen ihn von hinten aus der Dunkelheit an.

Er wandte sich wieder um, betrachtete das Zimmer, ging dann direkt zum Schrank, schaltete eine kleine Taschenlampe ein und begann die Taschen von Rafaels Anzügen, Sportsakkos und Hosen zu durchsuchen. Er fand nur etwas Kleingeld und ein halbverbrauchtes Streichholzbriefchen von einem Drugstore gegenüber dem Klinikzentrum. Unter den hängenden Kleidungsstükken war eine niedrige Kommode mit Unterkleidung, Socken, Hemden aus der Wäscherei, Taschentüchern und Accessoires. Haydon durchsuchte jede Schublade und tastete die Kleidungsstücke und die Ecken ab. Er kroch auf den Boden des Schranks und steckte die Hand in jedes der acht Paar Schuhe.

Das Badezimmer, völlig schwarz gekachelt, enthielt die üblichen Toilettenartikel. Im Medizinschränkchen gab es keine Rauschgifte, wie Haydon angenommen hatte. Insgesamt fand er so wenig persönliche Dinge, daß er an eine Hotelsuite denken mußte. Danach kehrte Haydon ins Schlafzimmer zurück und ging zu dem ungemachten Wasserbett in seinem schwarzlackierten Rahmen. Er starrte einen Augenblick auf die glänzenden schwarzen Seidenbezüge, dann bückte er sich, ging um das Wasserbett herum und tastete mit den Händen am Rahmen entlang. Nichts. Doch dann entdeckte er Puderspuren in der einen Ecke des Raums. Es sah erst aus wie ein Lichtstreifen auf dem schwarzen Teppich, aber Haydon wußte instinktiv, was es war. Er ging darauf zu, und sah es deutlicher, je mehr er sich der Stelle näherte. Der Puder war in einem Umkreis von einem Meter fünfzig von der Ecke aus verstreut, wo die riesige Radierung an die schwarze Wand grenzte. Am äußeren Rand des Radius' war der Puder dünner verstreut wie Rauhreif, zur Mitte hin wurde die Lage dichter und war einen Zentimeter hoch angehäuft an der Stelle, wo der Fußboden und die beiden Wände zusammentrafen. In dieser Gegend klebte ein dünner Film weißen Staubs an der rauhen Oberfläche der beiden Wände bis knapp über Haydons Kopf. Der Puder war wild durcheinandergewirbelt worden, als ob sich etwas darin gewälzt, den Puder in den Teppich getreten und die Stelle dann mit noch mehr Puder bestreut hätte.

Nicht aller Puder war frisch. An manchen Stellen sah man, daß er alt und verstaubt war. Es sah so aus, als sei diese Ecke des Raums ein Lager für irgendein Haustier gewesen.

Aber diese Spuren stammten nicht von einem Haustier. Auf dem Teppich, von der Fußbodenleiste unter dem Kunstwerk aus, verlief ein schmaler Pfad von weißem Puder bis zur Tür des Badezimmers. Dieser Pfad war am Anfang dick von Puder verkrustet, wurde aber rasch dünner und verschwand auf halbem Weg zur Badezimmertür. Rafaels Fußabdrücke waren an mehreren Stellen am Ende dieser Puderspur deutlich zu erkennen.

Haydon kam wieder in die Mitte des Zimmers. Er warf einen Blick auf die Radierung, drehte sich um und schaute in den Spiegel. Dann verließ er den Raum.

Die einzigen Lichtquellen im Wohnraum waren drei Lampen, von denen eine auf dem Boden stand. Haydon schaltete sie ein, aber das klaustrophobische Schwarz verschluckte jegliche Strahlung, so daß er immer noch Schwierigkeiten hatte, seine Perspektive zu finden und die Dimensionen auseinanderzuhalten. Ein Gefühl der Weite wurde verstärkt durch die wenigen Möbel: ein schwarzer Couchtisch, groß und wuchtig, mit Rauchglasplatte und eine Flasche voll Murmeln, die in einer Ecke des Tischs stand; ein langer, schwarzer Tisch mit Büchern, offenbar Lehrbücher; ein schwarzer Schrank, dessen Glasregale mit allem möglichen beladen waren: Papiere, benützte und unbenützte Spritzen mit und ohne Nadeln, ein Stethoskop, eine halbleere Zigarettenpackung, etwas Kleingeld, ein Kamm und ein Kaffeebecher. Zwei schwarze Plastiksessel standen auf beiden Seiten eines kleinen Couchtischs gegenüber einem mit schwarzem Leder bezogenen Sofa. Das war alles. Haydon hatte mit einer kostspieligen Stereoanlage gerechnet und mit Hunderten von Schallplatten, aber die gab es nicht. Es gab keine Vasen, keine Pflanzen, keine Nippes – die kleinen Dinge, mit denen sich die Menschen umgeben, um ihr Heim zu einer Erweiterung ihrer Person zu machen.

Bis auf die Goya-Bilder.

Die beiden größten Wände waren wieder mit Werken des schwermütigen spanischen Künstlers bedeckt. Auf der lichten

Wand, wenn man zu den Fenstern schaute, erkannte Haydon »Der Hund«, in mancher Hinsicht eines von Goyas seltsamsten Werken – das Porträt eines kleinen Hundekopfs, der von der unteren linken Hälfte des Bildes nach oben schaut. Der Rest der grauschwarzen Fläche war leer bis auf einen vagen Schatten in der rechten oberen Ecke, was Haydon das Gefühl vermittelte, als schaute der Hund über den Rand der Erde hinaus in einen leeren Kosmos. Das Bild war Gegenstand ständiger Spekulationen der Goya-Experten. Der Künstler selbst hatte ihnen keinerlei Schlüssel zur Erklärung hinterlassen.

Die andere Wand wurde beherrscht von der Radierung mit dem Titel »Nada«. Sie zeigte einen verfaulenden Leichnam, der zurücksank in das Grab, aus dem er sich erhoben hatte, nachdem er mit dem Knochenfinger das spanische Wort für »Nichts« in den Staub geschrieben hatte. Es war ein Werk tiefer Hoffnungslosigkeit.

Haydon ging rückwärts auf die Diele zu und überblickte dann die Wohnung von Rafael, die einem Begräbnisinstitut glich. Er hatte die Quartiere vieler Mörder gesehen, und während ein jedes in der Regel den ökonomischen Status seines Bewohners widerspiegelte, waren sie in allen Fällen keineswegs ungewöhnlich gewesen. Das war die ausgefallenste Wohnung, die er je gesehen hatte und die durchaus als »Mörderhöhle« bezeichnet werden konnte. Diese dunklen Räume verliehen einem ein Gefühl des Unheimlichen, ja man konnte sagen, eine spürbare Aura des Geistes, der sie bewohnte. Für Haydon war es kaum zu glauben, daß Rafael Guimaraes hier schlafen, wohnen und träumen konnte. Es war keine Umgebung, die wegen ihrer Ärmlichkeit beeindruckte, und man konnte sie auch nicht einfach als geschmacklos abtun. Nein, alles in dieser Höhle war mit großer Akribie ausgesucht worden. Es war eine Übung in menschlicher Bosheit, entstanden aus einem kranken Geist und dazu bestimmt, diesen Geist zu fördern. Diese Räume hatten ein morbides Eigenleben, das Haydon deutlich fühlte und nicht abschütteln konnte. Haydons »dunkle Saison« regte sich als Reaktion auf diese Wände, und sein Herz begann zu klopfen, seine Ohren dröhnten, sein Blick engte sich ein.

Er drehte sich um und ging rasch, floh geradezu zur Tür, riß sie auf. Hirsch wirbelte herum.

»Was ist los?«

Haydon schaute hinaus in das helle, freundliche Foyer und auf Hirschs junges Gesicht, als wären diese Helligkeit und Jugend so etwas wie ein Talisman. Er fragte sich, was sein eigenes Gesicht jetzt ausdrücken mochte. Er schwitzte heftig und fürchtete, seine Augen spiegelten das Entsetzen wider, das er in Rafaels mondloser Höhle erlebt hatte.

»Nichts.« Er schloß die Tür bis auf einen Spalt. »Laß mir eine Viertelstunde Zeit, dann machen wir, daß wir weiterkommen.«

Er schloß die Tür und versuchte, alles aus seinen Gedanken zu verbannen bis auf das, was er hier zu tun hatte. Als er wieder in der Küche stand, öffnete er den Kühlschrank. Er war praktisch leer. Es gab einen Karton Orangensaft, etwas Käse in einer Plastikdose, eine halbe Butterpackung, noch in der Folie, und zwei Flaschen Heineken-Bier. Das Tiefkühlfach war ebenfalls leer. Haydon hatte gedacht, Rafael würde vielleicht seine Sammlung von Viren hier aufbewahren. Auch die Eßecke war leer. Rafael aß offenbar nur selten in dieser düsteren Höhle.

Haydon ging wieder in den Wohnraum und schaute die Bücher und Papiere auf dem Studiertisch durch. Es gab auch hier nichts Persönliches – alles stand in Beziehung zu Rafaels Medizinstudium. Auch die Kommode mit den Glasregalen enthielt nichts von Interesse, wie er schon bei seinem ersten oberflächlichen Blick vermutet hatte. Die Wohnung war so nackt, so ohne jegliches persönliche Stück, daß es nur ein paar Stellen gab, wo man suchen konnte. Er ging zum Couchtisch und kniete sich hin, strich dann mit der Hand über den Holzrahmen. Dabei stützte er sich mit der anderen Hand auf den Tisch. Er drehte den Kopf zur Seite, und sein Blick fiel auf die Flasche, die zur Hälfte mit Murmeln gefüllt war. Als er sich bewegte, bewegte sich auch der Tisch, und eine der Murmeln trennte sich von den übrigen und stieg ein wenig nach oben, sank dann wieder. Haydon hielt in seiner Suche inne und starrte auf die Flasche. Langsam richtete er sich auf, streckte beide Hände aus und zog die Flasche an sich ran. Die Augäpfel bewegten sich in der Flasche und starrten ihn aus hundert verschiedenen Winkeln an; ihr geschwollenes Weiß war das einzige Helle im Raum. Während sie in der dicklichen Flüssigkeit dahintrieben, in der sie konserviert worden waren.

Haydon konnte einen Schauer nicht unterdrücken, als er diese Sammlung von Augen anstarrte. Wieviele mochten es sein? Es waren sicher keine menschlichen Augen. Keines der Mädchen war verstümmelt worden. Mein Gott, was für ein makabrer Tischschmuck!

Er erhob sich und ging in die Küche, öffnete die Schränke und kramte in den verschiedenen Schachteln und Dosen herum, bis er ein kleines Gewürzglas fand, das er in der Spüle ausleerte und dann mit Wasser sauberwusch. Danach ging er zur Kommode im Waschraum, nahm eine der Spritzen mit Nadel und trat damit an den Tisch. Nachdem er den Gummistopfen von der Flasche genommen hatte, senkte er vorsichtig die Nadel in die Flüssigkeit und zog eine Spritze voll davon heraus, die er in das leere Gewürzglas gab. Dann stach er die Nadel in eines der Augen und holte es heraus, wie man eine Olive aus einem Glas holt. Er ließ das Auge in die Flüssigkeit des Gewürzglases fallen.

Dann setzte er rasch wieder den Gummistopfen auf die Flasche, legte die Spritze auf das Glasregal zurück, schraubte das Gewürzglas zu und steckte es in seine Jackentasche. Als er danach noch einmal durch die Wohnung ging, schaltete er überall das Licht aus, bis er wieder im Wohnraum angekommen war. Von dort aus rief er Frank Winters an und bat ihn, heraufzukommen und sie abzuholen. Nun schaltete er auch hier das Licht aus, öffnete die Vorhänge und ging hinaus ins Foyer.

»Wie lange bin ich drinnen gewesen?« fragte er und kam sich vor, als sei er von den Toten auferstanden.

Hirsch schaute ihn überrascht an. »Bist du fertig?«

»Ja.« Haydon wischte sich das Gesicht mit dem Taschentuch ab. Seine Hände zitterten, als hätte er sich mit Koffein vollgepumpt.

»Was ist los?«

»Was meinst du damit?«

»Das war die schnellste Durchsuchung, die ich je erlebt habe.«

Hirsch schaute auf seine Armbanduhr. »Dreiundzwanzig Minuten.«

»Du meinst, seit ich herausgeschaut habe?«

»Nein. Die ganze Zeit.«

Haydon fühlte das Gewürzfläschchen in seiner Tasche. »Wenn wir hier raus sind, fahren wir direkt ins Leichenhaus. Van ist vielleicht nicht da, aber einer seiner Leute kann mir sicher meine Frage beantworten. Versuchen wir, Mooney per Funk zu erreichen, und ihn im ›Steak & Egg‹ an der Montrose zu treffen.«

Die drei saßen in der Nische neben dem Fenster, das auf die Straße hinausging. Haydon saß still neben Hirsch und schaute an Mooneys breiten, runden Schultern vorbei auf die Lichter der Wagen. Er fühlte sich völlig erschöpft, nachdem er seine Durchsuchung so detailliert wie möglich geschildert hatte. Der Vortrag war nur von Obszönitäten aus dem Mund Mooneys unterbrochen worden.

»Also«, sagte Mooney plötzlich, »die Augäpfel stammen vermutlich von Hunden. Ich meine, das war die Ansicht von Vans Leuten, und er unterzieht das Auge einem Tollwuttest, weil sich dort die Viren sammeln, habe ich recht?«

Haydon nickte.

»Okay. Gehen wir davon aus, daß er in seinem Wohnzimmer ein Glas voller Augen hat, die von tollwütigen Hunden stammen. Und weiter?«

»Es ist zumindest ein Beweis, der unsere Theorie stützt«, meinte Hirsch.

»Aber es ist ein Indizienbeweis, und wir können ihn obendrein nicht benützen, weil du in die Wohnung eingebrochen bist«, erwiderte Mooney.

»Wirklich schade, daß man niemanden wegen gespenstischen Verhaltens festnehmen kann«, sagte Hirsch.

»Wenn das erst Gesetz würde, könnte man die Hälfte der Einwohner von Houston hinter Schloß und Riegel setzen.« Mooney öffnete weit die Augen und ließ seine Blicke durch den Schnellimbiß schweifen. Er haßte dieses Lokal, das zu Haydons Lieblingsfutterplätzen gehörte, weil es so sauber war. Mooney haßte es, weil es überwiegend von Homosexuellen besucht wurde. Er schaute immer düster drein, solange er hier war, und verengte drohend die Augen, wenn er merkte, daß ihn jemand betrachtete.

»Also, so kann es nicht weitergehen«, sagte Haydon. Wir kommen ihm nicht so nahe, wie das nötig wäre, und ich bin sicher, daß er wieder töten wird. Abgesehen davon ist es unmöglich, nach jedem seiner Rendezvous den Mädchen verrückte Geschichten zu erzählen und sie einer prophylaktischen Impfung zu unterziehen. Außerdem wird er sich auch mit Frauen treffen, von denen wir gar nichts wissen. Und er wird uns bestimmt keine schlagkräftigen Beweise in die Hände spielen.«

»Was ist mit dem Mädchen, das er heute abend getroffen hat? Wir müssen da doch etwas unternehmen, oder?« fragte Hirsch.

Haydon nickte. »Das müssen wir. Und das bringt uns in eine völlig neue Situation. Nämlich mitten hinein in die Geschichte.«

»Verdammt, ich bin bereit«, sagte Mooney. »Dieser Verrückte muß doch irgendwie gefaßt werden.«

Haydon trank seinen Kaffee und schaute einem jungen Paar zu, das draußen auf dem Gehsteig unter einem der Sonnenschirme saß. Beide trugen Abendkleidung; der junge Mann hatte seine dunkle Jacke ausgezogen und über einen Stuhl gehängt, und sein weißes Hemd leuchtete geradezu im Kontrast zu den Schatten auf der Straße. Plötzlich fühlte sich Haydon tief deprimiert. Er wollte allein sein, wollte Zeit haben zum Nachdenken. Er wollte eine Woche nachdenken und dann mit Nina irgendwohin fahren. Er hatte sie in den letzten Monaten nur selten gesehen, aber er wußte, daß sie sich Sorgen machte um ihn. Es tat ihm leid. Das alles war im Grunde eine schreckliche Zeitvergeudung.

Dann merkte er, wieder ganz plötzlich, daß Mooney und Hirsch ihn wartend anschauten.

»Ich glaube, ich habe mir etwas überlegt«, sagte er. »Eine Möglichkeit, wie wir ihn fassen können, und zwar so, daß er uns nicht entwischt. Es ist vielleicht ein bißchen kompliziert, aber die Alternative ist einfach nicht möglich. Wir können nicht warten, bis er einen Fehler macht.«

32

Der Shelbourne Tower war eines von Houstons kühnsten und elegantesten Wohnhochhäusern, entworfen von einem weltberühmten Architekten, dessen riskanter Konvex-Turm den prunkhaften Dimensionen seines Auftrags genau entsprach. Mit den fünfzig Stockwerken, die sich der Wolkenkratzer aus dem Mittelpunkt einer palmenbewachsenen Plaza nach oben reckte, im Zentrum der vornehmen Galleria-Post Oak-Gegend, war der Shelbourne Tower ein Wunderwerk vertikaler Architektur. Bei Tag erschien er einem wie ein raffiniert in Schichten gestalteter, bläulicher Eisblock, der so glitzerte, als würde er in der weißglühenden südlichen Sonne schmelzen. Jetzt dagegen, bei Nacht, erinnerte er an einen riesigen Obelisken aus Lalique-Kristall, der von innen durch ein blasses Schimmern erhellt wurde.

Hirsch saß auf dem vorderen Beifahrersitz, als Haydon seinen königsblauen Jaguar Vanden Plas durch die Einfahrt an der San Felipe auf den Parkplatz steuerte. Die Scheinwerfer trafen auf einen uniformierten Wachmann, der den Wagen anhielt und auf die Fahrerseite kam.

»Ja, Sir?«

Haydon zeigte ihm seinen Dienstausweis und nannte seinen Namen. Der Wachmann schaute auf einen Zettel, der an einem Klemmbrett befestigt war, fand Haydons Namen, hielt die Hand an den Schirm seiner Mütze und trat zurück. Sie umkreisten die Plaza, die zwischen den überdachten Auffahrten der zwei Türme ein großes Wagenrad von Blumenbeeten bildete, und hielten unter der Markise des Wohnturms, der an die South Post Oak Lane grenzte. Ein Portier riß den Wagenschlag auf und fragte, ob er den Wagen parken sollte. Haydon verneinte, gab dem Portier ein Trinkgeld, und die beiden Kriminalbeamten gingen hinein in das Foyer aus Marmor und Glas.

Sie blieben am halbrunden Empfangspult stehen, hinter dem ihnen eine Concierge entgegenlächelte, die einem Modejournal entstiegen sein konnte.

»Würden Sie bitte Senhor Paulo Guimaraes anrufen, im siebenundvierzigsten Stock, und ihm sagen, daß Mr. Haydon und Mr. Hirsch auf ihn warten?« Dann nahm Haydon Hirsch beiseite und besprach mit ihm noch einmal, wie sie vorgehen wollten.

»Wenn sie da sind, steigst du vorne ein, auf der Fahrerseite, so daß ich mit den beiden sprechen kann, sobald sie hinten Platz genommen haben. Russ Million war einverstanden – ich kann ihnen mündlich die Straffreiheit als Zeugen zusichern. Ich werde dich einfach als Mr. Hirsch vorstellen. Du kennst die Bedingungen, die wir ihnen stellen. Ich werde sie darlegen und dich von Zeit zu Zeit anschauen, als wollte ich mir deine Bestätigung einholen. Wenn dich DeLeon fragt, kannst du ihm versichern, daß gegen ihn bei entsprechendem Entgegenkommen kein Strafverfahren eröffnet wird, aber achte darauf, nicht allzusehr ins Juristische zu gehen. Sollen sie ruhig von dir denken, was sie wollen. Solange du dich nicht ausdrücklich als Beamter der Staatsanwaltschaft ausgibst, mit der Autorität, ein solches Einverständnis der Straffreiheit auszuhandeln, kann uns gar nichts passieren. Wenn sie zu gewissen Bedingungen ja sagen, unter der falschen Annahme, sie hätten es tatsächlich mit jemandem von der Staatsanwaltschaft zu tun, haben sie eben einen Fehler gemacht. Und wir sind an keine der Vereinbarungen gebunden. Ich werde dich nicht als Beamten der Staatsanwaltschaft ansprechen, und du darfst auf keinen Fall auf DeLeons Fragen antworten, wenn er versucht, sie so zu stellen, daß du nur als Staatsanwalt antworten könntest. Okay?«

»Gut – aber ich glaube nicht, daß sie darauf reinfallen«, sagte Hirsch. »Sie werden zunächst einmal wütend sein, weil du dich geweigert hast, oben in seiner Wohnung mit ihnen zu sprechen.«

»Im Gegenteil. Er kann sich glücklich schätzen, daß ich ihn nicht ins Präsidium vorgeladen habe. Ich streiche Pluspunkte ein für das Verständnis, das ich seinem Wunsch nach ›Diskretion‹ entgegenbringe. Ein Kompromiß ist immer gut – für den Anfang.«

Die Türen des Lifts öffneten sich, und das Geräusch von Ledersohlen auf dem Marmorboden hallte duch das Foyer. Haydon und Hirsch drehten sich um, als ein Mann mit plumpem Oberkörper und welligem, grauem Haar rasch auf sie zukam. Er trug einen perlgrauen Anzug mit schmalen, hellen Streifen. Seine Manschettenknöpfe waren kleine Platin-Ovale mit funkelnden Brillanten, deren Feuer auf den weißen Manschetten des Hemds leuchtete. Er trug eine platingerahmte Brille, die oben leicht getönt und unten hell war.

»Ich bin Paulo Guimaraes«, sagte er schnell, ohne die Hand auszustrecken. »Und das hier ist Robert DeLeon.«

DeLeon war größer als der untersetzte Guimaraes und wirkte keineswegs so lateinamerikanisch wie der andere. Er war Mitte Vierzig und schien nervöser zu sein als sein Begleiter.

»Ich bin Detective Haydon. Das hier ist Mr. Hirsch. Unser Wagen steht draußen.«

Haydon ging voraus, und die aufmerksamen Portiers rissen die Türen des Jaguars auf. Haydon deutete an, daß sich Guimaraes und DeLeon in den Fond setzen sollten. Er und Hirsch stiegen wie geplant vorne ein. Die Türen wurden geschlossen, und Hirsch ließ den Motor an.

»Ich hoffe, das ist passender als die Wagen des Präsidiums. Wenn man mit Mr. Hirsch fährt, reist man immer mit Stil. Er ist ein Mann mit Geschmack.«

Weder Guimaraes noch DeLeon antworteten, aber Haydon fühlte, daß sie sehr erleichtert waren darüber, in einem Jaguar wegzufahren anstatt in einem der neutralen Fairlanes der Polizei. Sie machten sich auf eine längere Fahrt gefaßt.

Hirsch fuhr unter der Markise heraus und ließ den Wagen dann um das riesige Rund der Plaza rollen. Als er auf der gegenüberliegenden Seite angekommen war, scherte er aus der Fahrspur aus und hielt unter einem Baldachin von Eichen am Rand des großen Parkplatzes, gerade jenseits des Lichtteichs der Plaza-Beleuchtung. Er schaltete Motor und Scheinwerfer aus.

»He!« Guimaraes' Gesicht zeigte Angriffslust und Argwohn. »Was soll das? Ich dachte, wir fahren an einen neutralen Ort. Was soll dieser Scheiß?«

DeLeon sagte nichts. Er versuchte, herauszufinden, was das bedeutete.

Haydon sagte, und seine Stimme triefte vor Höflichkeit: »Wenn Sie Ihr Gesicht wahren wollen, müssen wir Sie um einen anderen Ton bitten.«

»Sie müssen verrückt sein«, antwortete Guimaraes. Er packte den Türgriff und stieß die Fondtür auf. »Gehen Sie meinetwegen zum Teufel.« Er wollte aussteigen, aber DeLeon langte zu ihm hinüber und legte eine Hand auf seinen Arm.

»Hören wir doch erst einmal, was er uns zu sagen hat.« Er sprach ganz ruhig.

Guimaraes antwortete rasch auf portugiesisch und funkelte Haydon dabei wütend an. DeLeon blieb gelassen, als er ebenfalls auf portugiesisch antwortete, und nickte dann Hirsch zu. Guimaraes ließ noch etwas verlauten, das wohl ein Fluch war, und zog die Tür zu.

»Sagen Sie uns, was Sie zu sagen haben«, erklärte DeLeon.

Haydon drehte sich in seinem Sitz halb herum, so daß er beiden Männern ins Gesicht sehen konnte. Guimaraes funkelte wütend zurück.

»Ich habe Ihnen schon am Telefon berichtet, Mr. DeLeon, daß wir auf einige ernsthafte Verdachtsmomente gegen Mr. Guimaraes gestoßen sind, die wir bedauerlicherweise aufklären müssen. Seit unserem Gespräch heute morgen haben sich diese Verdachtsmomente beträchtlich erhärtet.«

»Kommen Sie zur Sache.« Die Worte kamen tief aus Guimaraes breiter Brust. Es war der erprobte und erfolgreiche Ton, mit dem er Subalterne einzuschüchtern pflegte.

»Mr. Guimaraes«, sagte Haydon und wandte sich wieder an ihn, »im Verlauf einer Untersuchung, betreffend die Morde an mehreren Callgirls in den vergangenen sechs Wochen, haben wir Ihre Methode kennengelernt, nach der Sie junge Mädchen aus Brasilien hier einschleppen, um sie als Prostituierte an reiche Personen in den Staaten zu verkaufen. Unsere Beweise für diese Operationen sind absolut stichhaltig. Da diese Mädchen von jemandem ermordet wurden, der sich seine Opfer systematisch unter den Mädchen aussuchte, welche Sie in die Staaten eingeschmuggelt haben, besteht der dringende Verdacht, daß Sie selbst ebenfalls damit zu tun haben.«

Guimaraes' Augen verengten sich, und er richtete sie auf Haydon. Seine Wangen spannten sich, während er die Zähne zusammenbiß, und Haydon sah, wie sich geradezu seine Nüstern blähten.

»Wir beabsichtigen«, fuhr Haydon fort und schaute jetzt DeLeon an, »morgen früh Mr. Guimaraes in drei Punkten anzuklagen. Nummer eins: Förderung der Prostitution unter erschwerenden Umständen – eine strafbare Handlung, die mit Gefängnis von zwei bis zwanzig Jahren geahndet wird. Nummer zwei: Verstoß gegen das Einwanderungsgesetz, ein Vergehen gegen die Bundesgesetze, das mit einer Haftstrafe von zwei bis zwanzig Jahren bedroht ist und nicht gleichzeitig mit der Strafe für die Förderung der Prostitution abgebüßt werden kann. Und Nummer drei: Mord ersten Grades in mehreren Fällen, ein Verbrechen, das mit zwei Jahren bis lebenslänglich geahndet wird.«

Guimaraes stieß einen Laut aus, den Haydon nicht interpretieren konnte. Vielleicht hat ihn jetzt der Schlag getroffen, dachte Haydon, aber es war ihm egal.

»Lassen Sie mich vor allem den letzten Punkt erläutern«, sagte er zu DeLeon. »Selbst wenn Mr. Guimaraes nichts zu tun hat mit den Morden selbst, ist er sicherlich nach jeder möglichen Definition ein Mittäter wegen seiner beweisbaren Schuld in den beiden anderen Punkten. Sie wissen, daß der Staat Texas vor einiger Zeit die mildere Strafe für die Beihilfe zu einem Verbrechen abgeschafft hat. Heute werden Beihilfe zum Mord und Mord selbst vor den Gerichten gleich behandelt.«

Haydon ließ eine Pause entstehen und schaute nacheinander jeden der beiden scharf an.

»Und?« fragte DeLeon.

Der Anwalt war schnell im Kapieren, dachte Haydon. »Und da Sie an entscheidenden Abschnitten dieser Operation teilgenommen haben, werden wir auch gegen Sie in allen drei Punkten Anklage erheben.« Haydon wandte sich an Hirsch. »Habe ich alle Punkte richtig dargestellt, Mr. Hirsch?«

»Das ist richtig.«

»Ich glaube kein Wort von dem Scheißdreck«, sagte Guimaraes zu DeLeon. Dann, zu Haydon: »Ende der Diskussion.« Er schaute DeLeon von der Seite an, der noch immer die Augen auf Haydon gerichtet hatte, rührte sich aber nicht von seinem Platz.

»Was haben Sie gegen uns in der Hand?« fragte DeLeon.

»Arturo Longoria. Er hat sich schuldig bekannt und ist bereit, als Zeuge aufzutreten, was ihm Straffreiheit gewährt. Raymond Evans. Sein Mädchen lebt noch, daher gerät er selbst nicht in die Situation der Mitschuld an einem Mord. Auch er wird sich als Zeuge zur Verfügung stellen. Und wir haben ein Callgirl namens Maureen Duplissey, das sich als sehr hilfreich erwiesen hat. Offenbar hat ihr der Plan nicht gepaßt, nach dem Sie vorgegangen sind.«

»Jesus Christus!« Guimaraes' Angriffslust wich von ihm, als hätte man ihm eins mit dem Vorschlaghammer vor den Bauch verpaßt. Er sank zusammen und schaute Haydon unverwandt an; dabei hatte er den Mund ein wenig offen.

»Und was wollen Sie?« fragte DeLeon. »Sie haben sich vermutlich nicht mit uns verabredet, um uns als Gentlemen über das aufzuklären, was uns bevorsteht.«

»Es ist Ihnen bekannt, daß diese Mädchen gestorben sind. Wir haben einen Verdächtigen, der für die Verbrechen in Frage kommt, und wir sind relativ sicher, daß er sich auch an diejenigen brasilianischen Mädchen heranmachen wird, die noch am Leben sind. Wir wissen bisher von fünfzehn Mädchen, die Sie auf diese Weise ins Land gebracht haben. Wir wollen die Namen dieser Mädchen von Ihnen hören, und die Namen der Männer, die sie gekauft haben. Wir wollen wissen, wie viele von ihnen gestorben sind – wir wissen von dreien, außer Sally Steen, Sandy Kielman, Theresa Parmer und einer Pauline Thomas. Wenn wir diese Informationen von Ihnen erhalten, können wir möglicherweise weitere Morde verhindern. Falls wir die Informationen nicht erhalten, wird es ziemlich schwierig für uns, und ich versichere Ihnen, wenn auch nur ein einziges weiteres Mädchen deshalb ihr Leben lassen muß, werde ich auch diesen Mord Ihrem Konto anrechnen. In einfachen Worten: Wir wollen, daß Sie alles ausspucken, was Sie wissen.«

DeLeon schaute mit stoischem Blick auf Guimaraes, der jetzt wie im Koma zusammengesunken auf dem Rücksitz kauerte. Innerhalb von acht Minuten war dieser aufgeblasene Brasilianer völlig niedergeschmettert und zum Schweigen gebracht worden. Sein Bauch ruhte schlapp zwischen den Beinen, die gewölbte Brust war nach unten gesunken, und er starrte zum Seitenfenster hinaus. Haydon betrachtete diese dramatische Veränderung seines Aussehens. Sein Gesicht zeigte Falten, die noch vor Minuten nicht zu sehen gewesen waren, sein Anzug, der mit der Eleganz von maßgeschneiderter Kleidung gesessen hatte, hing jetzt wie billige Konfektionsware um seinen Leib. Selbst das Funkeln der Brillanten in den Manschettenknöpfen wirkte stumpf, als wären sie Glas.

»Es ist Ihnen klar, wie einflußreich diese Männer sind, nicht wahr?« sagte DeLeon.

»Ja, genau wie Mr. Guimaraes hier«, erwiderte Haydon und nickte in Richtung auf den schwer getroffenen Mann neben dem Anwalt. DeLeon folgte Haydons Blickrichtung. Sein Gesicht blieb ausdruckslos; jetzt hatten er und der Brasilianer die Rollen getauscht. Aus seiner anfänglichen Nervosität war gehärteter Stahl geworden. Er begriff die Umstände und war entschlossen, das Beste daraus zu machen.

»Mr. Guimaraes und ich werden heute abend darüber sprechen und sind dann bereit, uns morgen mit Ihnen zu treffen«, sagte er.

Haydon schüttelte den Kopf. »Nein. Wir treten morgen früh um acht den Dienst an und übergeben dann unsere Akten. Wie wir sie übergeben, kommt darauf an, was wir hier bei dieser Besprechung erreichen. Natürlich können Sie versuchen, die Sache durchzukämpfen. Wenn Sie bereit sind, mit uns auf einen Handel einzugehen, erleichtert das den Rest unserer Ermittlungen, aber ich versichere Ihnen, die Ergebnisse werden auch im anderen Fall dieselben sein. Wie ich schon sagte, wir möchten ein paar Menschenleben retten.«

»Diese Männer sind sehr bedeutend. Wenn man sie mit den Tatsachen konfrontiert, werden sie versuchen, sich auf irgendeine Weise freizukaufen«, sagte DeLeon mit kühler Autorität. »Das ist ihre Methode. Wir wollen da nicht hineingezogen werden. Wir verlangen völlige Immunität von den drei Vorwürfen, die Sie erhoben haben.«

Guimaraes stützte sich hoch; er hatte offenbar doch zugehört. Er sprach einige Worte auf portugiesisch mit DeLeon, und die beiden tauschten noch ein paar Bemerkungen, ehe Guimaraes wieder zum Fenster hinausschaute.

»Wir verlangen Schutz vor jeglichen Vorwürfen, die diese Männer gegen uns erheben könnten, wenn wir Ihnen ihre Namen nennen.«

Haydon schaute Hirsch an, und Hirsch antwortete DeLeon: »Das ist nicht möglich. Wir können nur gewisse Arrangements treffen, welche die Anklagepunkte betreffen, die wir bereits erwähnt haben. Das andere entzieht sich unserem Einfluß.«

DeLeon sprach wieder auf portugiesisch mit Guimaraes; der ältere Mann stieß einen wütenden Laut aus und schaute weiterhin zum Fenster hinaus.

»Aber Sie sind bereit, uns bei diesen drei Vorwürfen totale Immunität zu gewähren?«

Haydon schaute wieder Hirsch an, der nicht gleich auf DeLeon antwortete, schließlich jedoch nickte. »Ja, dazu sind wir bereit.«

»Außerdem muß noch ein weiterer Punkt vereinbart werden«, sagte DeLeon. »Wir wollen nicht, daß unsere Namen im Zusammenhang mit diesen Straftaten von der Polizei erwähnt werden. Wir wollen nicht zum Spektakel der Medien gemacht werden. Wenn wir Ihnen in dieser Angelegenheit zur Seite stehen, fordern wir, daß man von uns nur unter dem Terminus ›glaubhafte Quellen‹ spricht. Wenn wir zu einem späteren Zeitpunkt dennoch ans Tageslicht gezerrt werden ...« Er zuckte mit den Schultern. »Sie dürfen unsere Identitäten jedenfalls nicht an die Presse weitergeben.«

»Okay«, sagte Haydon. »Aber eines möchte ich klarstellen. Wenn sich ein Teil Ihrer Informationen als unkorrekt erweisen sollte, und sei es auch nur die kleinste Einzelheit, dann sind alle Versicherungen, die wir Ihnen gegeben haben, null und nichtig.« Er schaute DeLeon direkt in die Augen und fügte hinzu: »Also seien Sie vorsichtig, Mr. DeLeon.«

»Einverstanden«, erklärte DeLeon. »Und wie sollen wir Ihnen die Informationen übermitteln?«

»Mr. Hirsch hat einen Block hier und einen Kugelschreiber. Nennen Sie ihm einfach die Namen der Mädchen, ihr Alter, die Namen der Männer, die Sie für Ihre Dienste bezahlt haben, um wen es sich bei ihnen handelt und ob die Mädchen Ihrem Wissen nach noch leben oder schon tot sind, nach Möglichkeit auch die Daten der Todesfälle. Es würde uns helfen, wenn Sie uns die Mädchen in der Reihenfolge nennen könnten, wie sie aus Brasilien hier eingetroffen sind.«

DeLeon nahm ein kleines Notizbuch aus seiner Westentasche und lehnte sich gegen das Seitenfenster, um besser sehen zu können, während er ein paar Seiten durchblätterte, um zu finden, was er suchte. Dann diktierte er so trocken, als lese er aus einem Inventurbericht vor, die Informationen, die Haydon gefordert hatte. Da viele der Namen brasilianisch waren, buchstabierte er sie geduldig. Als er über einzelne Details befragt wurde – Fragen, die Hirsch so geschickt einwarf, daß man erkennen konnte, wie weit er bereits informiert war – lieferte DeLeon bereitwillig die dazugehörigen Antworten.

Während dieser banalen Auflistung von Namen und Daten fuhr Guimaraes fort, zum Fenster hinauszuschauen. Er schien nur darauf zu warten, daß DeLeon pflichtgetreu eine unangenehme Aufgabe erledigte, bei der Guimaraes ihn begleitete, weil er gerade nichts Besseres vorgehabt hatte. Haydon wunderte sich über seine plötzliche Geistesabwesenheit. Hatte dieser reiche und offensichtlich kluge Mann einen Stich vom Wahnsinn seines Neffen mitbekommen, war es ihm deshalb möglich, sich so blasiert zu verhalten angesichts einer Untersuchung, die ihn trotz der Versicherungen, die man ihm gegenüber gemacht hatte, mit Gewißheit in höchste Schwierigkeiten, wenn nicht zum Ruin führen würde? Dachte er darüber nach, wie er erst die anderen und zuletzt sich selbst zerstört hatte? Zeigte er auch nur einen Hauch von Bedauern, oder war er lediglich wütend auf sich selbst, weil man ihn erwischt hatte? Beschäftigte er sich überhaupt mit all diesen Fragen?

Haydon fand es höchst seltsam, daß weder Guimaraes noch DeLeon irgendwelche Fragen über den Mörder gestellt hatten, obwohl die Morde ihnen mehr als mysteriös vorgekommen sein mußten, als sie miterlebten, wie die brasilianischen Mädchen eines nach dem anderen gestorben waren. Aber vielleicht hatten die Nachrichten über ihren Tod nur oberflächlich ihr Interesse berührt, als ein absurder Zufall, mit dem sie nichts zu tun hatten? Vielleicht wußten sie gar nicht, um wie viele Todesfälle es sich tatsächlich handelte, oder vielleicht waren sie so sehr damit beschäftigt, ihre eigene Haut zu retten, daß ihnen der Tod von ein paar Mädchen aus den Slums keineswegs als wichtig erschien.

DeLeon diktierte weiter. Haydon unterbrach ihn von Zeit zu Zeit, um den einen oder anderen Punkt klären zu lassen. Es tat ihm jetzt schon leid, daß er sie in seinen Wagen gebeten hatte. Er würde sich stets an sie erinnern müssen, wenn er in den Wagen stieg – zwei Männer, die bis ganz nach oben gekommen waren. Es war gut, zu wissen, daß nicht nur die Crème nach oben stieg. Auch Wertloses wurde hochgetrieben, und es mußte abgeschöpft und vernichtet werden.

»Ich glaube, das ist es«, sagte DeLeon schließlich. »Zählen Sie.«

Hirsch blätterte zurück und zählte fünfzehn Namen. »Lassen Sie mich nachprüfen, der Sicherheit halber. Drei von ihnen befinden sich außerhalb dieses Staates und leben noch. Acht sind tot. Vier leben hier in Houston.«

»Das ist richtig.«

Hirsch reichte Haydon die Liste, der sie kurz durchblätterte. Er stellte dabei fest, daß zwei der Mädchen achtzehn waren, die anderen zwischen zwanzig und dreiundzwanzig.

»Das reicht für den Anfang«, sagte er und drehte sich um. »Wir melden uns wieder bei Ihnen und setzen die Diskussion zu gegebener Zeit fort.«

Hirsch ließ den Motor an, fuhr hinaus ins Licht und kehrte zum Eingang mit dem Baldachin zurück. Zwei Portiers sprangen herbei und rissen die Türen auf. Guimaraes kletterte hinaus und ging um das Heck des Wagens herum, bevor er das Foyer betrat. DeLeon stieg ebenfalls aus, streckte dann aber seinen Kopf ins Wageninnere und schaute Hirsch und Haydon an.

»Kommen Sie zurück und bestätigen Sie uns, was wir besprochen haben?«

»Worauf Sie sich verlassen können«, sagte Haydon. Er schaute sich nicht einmal um.

DeLeon blieb noch an der offenen Tür; ihm war nicht ganz wohl bei der Sache. »Ich warte darauf, von Ihnen zu hören«, sagte er.

»Wir rufen an«, sagte Hirsch.

DeLeon schaute ihn an. Er schien noch mehr sagen zu wollen, war aber offenbar nicht sicher, ob er es tun sollte. Vielleicht war er nun doch argwöhnisch geworden.

»Fahren wir«, sagte Haydon zu Hirsch, und DeLeon zog sich zurück und schlug die Tür zu, als sich der Wagen in Bewegung setzte.

Weder Haydon noch Hirsch schauten sich um, als sie die Plaza umrundeten unter dem leuchtenden Wolkenkratzer, der sich gebieterisch in die Nacht erhob und die Sterne in den Schatten stellte.

33

Als Haydon am nächsten Morgen in Dystals Frühstückslokal kam, saßen Mercer und Russ Million bereits beim Lieutenant am Tisch und tranken Kaffee. Million schickte ein Lächeln quer durch das Lokal, als Haydon auf sie zukam. Der junge Assistent der Staatsanwaltschaft hatte in den zwei Jahren, die Haydon beim Präsidium arbeitete, das volle Vertrauen des Kriminalbeamten gewonnen. Million sprach leise, war etwa so groß wie Haydon und trug ziemlich langes, kastanienbraunes Haar mit helleren Strähnen. Seine Kleidung erinnerte immer ein wenig an den wilden Westen, aber er achtete darauf, daß sie geradezu militärisch adrett war, genau wie sein breiter Schnauzbart. Er zeigte die Haltung eines Texas-Rangers aus früheren Zeiten und ein entwaffnendes, freundliches Lächeln, das unabsichtlich die Tatsache verschleierte, daß er in Wirklichkeit hart und standhaft war und die Verfolgung von Straftätern liebte. Haydons Mutter hätte ihn in jeder Beziehung für einen echten Gentleman gehalten.

Jetzt nahm sich Haydon den einzigen noch freien Stuhl, und die Kellnerin stand auch schon da mit dem Kaffee.

»Wie ist es gegangen?« fragte Mercer.

»Bestens. Hirsch hat sich einen Oscar dafür verdient.«

»Sie meinen, die zwei haben ausgepackt? DeLeon hat nicht den dritten Grad angewendet?« Million grinste.

Haydon schlug den Aktenumschlag auf, den er in der Hand hatte, und gab jedem von ihnen drei zusammengeheftete Blätter.

»Sind Sie sicher, daß Sie sich keine Blöße gegeben haben?«

»Es wird klappen«, sagte Haydon. Er trank schweigend seinen Kaffee, während die anderen die Liste durchsahen.

Million begann als erster zu sprechen. »Skandalöse Zeiten, Jungs.«

»Ja, ich kenne ein paar von den Namen«, sagte Dystal.

»Bei einigen von ihnen könnten wir Mord ersten Grades ins Feld führen«, sagte Million. »Die Geschworenen hören es nicht gern, wenn kleine tote Mädchen einfach wie Müll weggeworfen werden. Ich bin froh, daß es nicht mehr den Tatbestand ›Beihilfe nach der Tat‹ gibt. Das wäre für ein paar von den Leuten zu gut.«

»Und wie wollen Sie von hier aus weitermachen?« fragte Mercer an Haydon gewandt.

»Was die drei Mädchen betrifft, die außerhalb dieses Staates leben, übergeben wir die Akten einfach den betreffenden Staatsanwaltschaften. Damit haben wir das erst mal aus dem Weg. Bleiben für uns acht Tote. Wir haben die Leichen von dreien – die zwei, die Leo in der Leichenhalle entdeckt hat, und Petra Torres. Wenn wir diese als Mordfälle behandeln, wie es Russ Million will, müssen wir eine Beziehung zwischen den Mädchen und den Männern herstellen, denen sie gehörten. Das gelingt uns mit Hilfe von Guimaraes und DeLeon. Wenn wir die Fälle rasch erledigen wollen, können wir den Männern, die sie gekauft haben, das Zeugnisrecht bei Straffreiheit einräumen und die Fälle abschließen. Wir können natürlich auch erreichen, daß die Namen der Männer wochenlang durch die Medien gezerrt werden; dann freilich dürfen wir kaum mit Schuldgeständnissen rechnen.

Bleiben also fünf tote Mädchen, deren Leichen bisher nicht gefunden wurden. Vielleicht finden wir das Mädchen von diesem Antonio Vianna, aber ich möchte ihn eigentlich nicht mit einem Mordprozeß belasten. So, wie DeLeon es mir berichtet hat, verliebte sich der Mann in das Mädchen und war völlig verzweifelt über ihren Tod. Er hat sie gut behandelt, solange sie lebte, und ihr ein anständiges Begräbnis in Cuernavaca besorgt. Bleiben noch vier vermißte Mädchen. Und da haben wir dieselbe Wahl: Entweder wir räumen den Männern Straffreiheit ein bei einer ausführlichen Zeugenaussage, oder wir eröffnen diverse Mordprozesse, suchen nach den Beauftragten, die die Leichen beseitigt haben, und lassen uns zeigen, wo sich die Leichen jetzt befinden. Vorausgesetzt, sie existieren noch. Und das alles kostet Zeit.«

»Kann man nicht durch die Aussagen von Guimaraes und DeLeon die Männer, die sich der Mädchen entledigt haben, festnageln?« fragte Dystal.

»Nein – es sei denn, Guimaraes und DeLeon hätten tatsächlich miterlebt, wie die Leichen beseitigt wurden«, sagte Million und schüttelte dazu den Kopf. »Das alles ist nur Hörensagen.«

»Und was ist mit diesem Russ Wilson?« fragte Mercer und bezog sich dabei auf die Liste, die ihm Haydon gegeben hatte. »Er ist zu Guimaraes gekommen und hat sich beklagt, weil sein Mädchen gestorben ist. Das ist keine Aussage nach dem Hörensagen.«

Million nickte mechanisch. »Doch, genau das ist es. Es ist vor Gericht ein Paradebeispiel von Hörensagen.«

»Aber wir könnten sie doch alle festnageln wegen Verletzung der Einwanderungsbestimmungen und wegen Förderung der Prostitution, oder nicht?« bohrte Mercer weiter.

»Sicher, mit den Aussagen von Guimaraes und DeLeon. Aber um sie zu bekommen, müssen wir mit ihnen verhandeln. Stuart und Leo haben gerade eine Menge Schwierigkeiten hinter sich, um die Zusage der Straffreiheit zu umgehen, damit Russ einen Mordprozeß gegen sie eröffnen kann, falls er das für richtig hält. Man kann nicht alle wegen Mordes anklagen. Man müßte die geeigneten Fälle auswählen. Entscheiden, wen man am härtesten treffen möchte, und ihn dann verfolgen.«

»Ach, verdammt«, sagte Dystal.

Haydons Rücken schmerzte. Das waren erst die Vorgespräche. Bei solchen Diskussionen konnte man wochenlang weitermachen, in Fällen von Massenmord monatelang. Die juristischen Manöver mußten umfangreich und ausführlich vorbereitet und besprochen werden, und in den meisten Fällen dauerte das lange Zeit. Er schaute zum Fenster hinaus auf die Schnellstraße. Der Verkehr kroch über die Adern aus Stahl und Beton hinter den staubigen Scheiben. Er fragte sich, wann der Geschäftsführer des Lokals zuletzt die Fenster hatte putzen lassen.

»Wegen der toten Mädchen mache ich mir momentan die geringsten Sorgen«, sagte Haydon. Er langte in seine Tasche nach dem Zigarettenpäckchen. Kaffee, Zigaretten und kein Schlaf. Reiner Selbstmord. Er erinnerte sich, was Maureen Duplissey gesagt hatte über Kaffee, Zigaretten und Gesichtsfalten. »Ich möchte diesen Rafael stoppen, und das gelingt uns nur mit Hilfe der vier Mädchen, die noch am Leben sind.«

»Aber wie?« Wieder war es Mercer, der die Frage stellte.

Haydon war darauf vorbereitet. Er hatte sie mit Hirsch und Mooney besprochen, hatte selbst lange und ausführlich darüber nachgedacht.

»Wir holen die vier Männer und sagen ihnen klipp und klar, was los ist. Sie müssen unseren Wünschen nachkommen, weil sie sonst dran sind wegen Verletzung der Einwanderungsgesetze und Förderung der Prostitution. Wenn sie mit uns zusammenarbeiten, stellen wir ihnen in Aussicht, diese Anklagen fallenzulassen. Wenn sie uns dagegen hinhalten, und noch ein Mädchen stirbt, eröffnen wir gegen den, der sie gekauft hat, einen Mordprozeß.

Sind sie dagegen zur Zusammenarbeit bereit, so zapfen wir ihre Telefonate an, damit wir wissen, wo Rafael als nächstes zuschlägt. Wenn wir wissen, wo das sein wird, soll der Betreffende sein Mädchen für einen Tag mitnehmen auf eine kleine Reise, damit wir jedes Zimmer in der Wohnung mit Abhöranlagen und mit Videokameras ausstatten, wo das möglich ist. Danach soll Rafael das Mädchen besuchen, tun, was er mit ihm vorhat, und wir kommen dazu und erwischen ihn in flagranti.«

»Wau! Darüber sollten wir erst noch ein bißchen reden«, sagte Million und legte die Liste beiseite. »Erstens brauchen wir keine Strafverschonung bei diesen vier Männern zu vergeuden. Wir zapfen einfach ihre Leitungen an. Das geht ohne weiteres. Das heißt, wir können die drei, die uns nicht weiterhelfen, die volle Härte des Gesetzes spüren lassen. Mit dem vierten, wer es auch sein mag, müssen wir verhandeln.«

Millions Gedanken arbeiteten wir eine Falle. Die drei anderen Männer hörten ihm zu, während er jeden von ihnen der Reihe nach anschaute und wußte, daß sie ihre Zustimmung geben mußten zu dem, was zu geschehen hatte.

»Die Beobachtung wird ein bißchen kitzlig sein. Wir gefährden unseren Fall, wenn eure Leute einfach draußen auf der Straße in einem Wagen mit Monitoren sitzen oder in der Wohnung nebenan, wenn sie zuhören und zusehen, wie dieser Verrückte dem Mädchen eine tödliche Dosis Tollwutviren verpaßt. Wie wird das in den Augen der Geschworenen aussehen? ›Was – ihr habt zugelassen, daß dieser Mann das Leben des Mädchens in höchste Gefahr brachte, damit ihr ihn wegen versuchten Mordes festnehmen könnt?‹ Der Verteidiger wird rot anlaufen und wütend werden. ›Eine Falle‹, wird er schreien. Nun, das könnte man bestreiten, und ich bezweifle, daß er diese Art von Einspruch aufrechterhalten könnte, weil ihr den Täter ja nicht dazu getrieben habt, dieses Mädchen zu besuchen. Aber er würde uns in die Defensive drängen, und wir müßten beweisen, daß sein Einspruch nicht zutreffend ist. Dennoch meine ich, das könnten wir riskieren. Aber ... Nicht einzugreifen und nicht zu verhindern, daß dieses Monster dem Mädchen eine tödliche Dosis von irgendwas verpaßt, wo es in eurer Macht gestanden hätte, dies zu verhindern – das dürfte schwer zu erklären sein.«

Haydon schüttelte den Kopf. »Russ, wir wissen nicht, auf welche Weise er es ihr verpassen wird. Wir wissen nicht, wie er vorgeht. Wie können wir ihn daran hindern, wenn wir nicht wissen, was er tut?«

»Ich bin mir nicht sicher«, sagte Million. Er strich sich über den Schnauzbart, formte ihn mit den Fingern. »Ich weiß es nicht. Es ist verdammt riskant, so etwas zu planen. Es wäre kein solches Problem, wenn ihr ihn bei einem Mordversuch schnappen könntet. Das heißt, wenn er zusammen mit dem Mordversuch eine andere Straftat begehen würde. Vielleicht wenn er das Mädchen vergewaltigte. Oder etwas klaute. Ich weiß nicht, aber so würde es viel stärker wirken vor den Geschworenen.«

»Ach, verdammt«, sagte Dystal wieder. »Das ist doch kein Schachspiel.«

»Tut mir leid«, entgegnete Million. »Ich schildere euch nur, was ihr im Lauf der Gerichtsverhandlung erwarten könnt.«

»Und was ist die Alternative?« fragte Mercer.

»Die Alternative wäre, daß wir Rafael einfach weitermachen lassen wie bisher und zusehen, wie er noch ein paar Mädchen umbringt, bis wir einen Haufen Indizienbeweise beisammenhaben. Die können wir dann den Geschworenen vorführen und damit rechnen, daß er freigesprochen wird«, sagte Haydon bitter. Er war wütend, nicht auf Million, sondern auf das System, wie er es schon Dr. Morton erklärt hatte. Genau das hatte er dem Arzt klarmachen wollen. Es war zum Verrücktwerden.

»Wissen Sie«, fuhr er mit leiser Stimme fort, »wenn man die Sache aus der ethischen Perspektive betrachtet, frage ich mich, was moralisch fragwürdiger ist: zuzusehen, wie er einem Mädchen eine tödliche Dosis Tollwutviren verpaßt, die wir mit einer prophylaktischen Impfung wirkungslos machen können, oder warten, bis er noch zwei oder drei Mädchen umgebracht hat, während wir versuchen, die exakten, genauen und legal zulässigen Indizien zu sammeln, um dem Buchstaben des Gesetzes zu genügen und einen Richter und die Geschworenen zu überzeugen, daß dieser Verrückte über jeden vernünftigen Zweifel hinaus Menschen umbringt. Was mich betrifft, halte ich das für eine rhetorische Frage, auf die ich auch eine Antwort bereithalte.«

Rings um den Tisch herrschte tiefes Schweigen.

»Ich bin auf der Seite von Stu«, knurrte Dystal. »Scheiße, machen wir es so, wie er es vorschlägt.«

Mercer schaute Million unverwandt an. Der Verkehr auf der Schnellstraße floß hinter seinem Profil vorbei – ein endloser Blutstrom dieser Stadt. Hält man ihn auf, wird die Stadt krank – kommt er zum Erliegen, stirbt die Stadt.

»Okay, wir versuchen es. Leitet alles in die Wege«, entschied Mercer. »Russ, Sie versuchen Ihr Bestes, um unseren Problemen zuvorzukommen. Seien Sie mit dabei, wenn es soweit ist. Sagen Sie ihnen, wann sie Rafael Guimaraes schnappen sollen, und übernehmen Sie die ganze Zeit die Kontrolle des Einsatzes, um soviele Fallstricke wie möglich auszuschalten.« Er schaute sich in der Runde um. »Ihr müßt doch wohl alle zugeben, daß es keineswegs eine solide Sache ist. Er könnte die Nacht bei irgendeinem der Mädchen verbringen und nichts weiter tun als sich danach am Morgen die Zähne zu putzen.«

»Gut«, sagte Haydon. »Ich bereite den Papierkram für die formelle Anklage vor und wir verhandeln mit demjenigen, dessen Telefonnummer Rafael anruft.«

»Und was ist mit Guimaraes und DeLeon?« fragte Russ.

»Türmen Sie alles, was Sie sich ausdenken können, auf sie«, sagte Haydon rasch. »Am liebsten würde ich diese beiden festnageln und einen der anderen frei davonkommen lassen, wenn er uns hilft, die zwei hinter Schloß und Riegel zu bekommen. Ich will sie haben – selbst wenn wir alle anderen laufenlassen sollten.«

Jeder stimmte ihm zu.

»Aber«, ergänzte Haydon, »ich möchte, daß alles zurückgehalten wird, bis wir die Leitungen angezapft und Rafael in unsere Schußlinie bekommen haben. Wenn wir mit den Anklagen Wind machen, erfährt Rafael vielleicht davon und ändert seine Pläne. Also behalten wir zunächst alles für uns und versuchen, ihn zu schnappen.«

Innerhalb von acht Stunden nach dem Treffen beim Frühstück waren die Telefone der vier brasilianischen Mädchen angezapft. Der schwierigste Teil der Aktion war es gewesen, acht Männer zu finden, die in Schichten arbeiten konnten und Portugiesisch verstanden. Man fand vier Beamte, die bei der Spezialtruppe für mexikanische Einwanderer arbeiteten und in beschränktem Umfang Portugiesisch verstanden; die anderen mußte man von den sprachwissenschaftlichen Abteilungen der Rice University und der University of Houston anwerben.

Beamte des Morddezernats wurden von weniger dringenden Fällen abgerufen und zu einer Vierundzwanzig-Stunden-Bewachung Rafaels abgestellt, was Hirsch und Mooney von dieser Aufgabe befreite, so daß sie sich dem Papierkram für die Anklagen widmen konnten. Blieb noch das Problem, herauszufinden, wem die beiden Unbekannten aus dem Leichenhaus »gehörten«. Da in diesen Fällen die Leichen vorhanden waren, mußten sie ordnungsgemäß identifiziert werden – und das bedeutete den Beginn einer umfangreichen Korrespondenz mit der Polizei in Rio de Janeiro, die sich mit den Fotos der Toten in die dortigen Slums aufmachte. Eine hoffnungslose Aufgabe, an die keiner so recht glauben wollte. Zugleich hatte ihnen Arturo Longoria die Namen der drei Handelsschiffe genannt, die für die Schmuggelei benützt wurden, und die Namen der Schiffsoffiziere und Matrosen, welche in die Sache eingeweiht waren. Es wurden Haftbefehle ausgestellt, mit denen sie bei ihrem nächsten Landgang in den Vereinigten Staaten verhaftet werden konnten. Der Zollbeamte am Houston-Schiffskanal, der ebenfalls in der Sache steckte, wurde gefaßt und in Haft genommen.

Um vier Uhr am selben Nachmittag saßen Mooney, Hirsch und Haydon in ihrem kleinen Büro, das vom Bereitschaftsraum abgetrennt war, hatten die Schreibtische voller Akten, und ihre Monitore leuchteten grün, während sie die Berichte eintippten. Das Telefon klingelte, und Haydon nahm den Hörer ab. Es war Dystal. Haydon rollte seinen Sessel rückwärts zur offenen Tür des Büros und schaute hinüber zur Glaswand von Dystals Büro. Er sah, daß der Lieutenant sich über das Telefon gebeugt hatte wie ein Bär, mit dem Rücken zum Bereitschaftsraum.

»Stu, wir haben gerade einen Anruf vom Sicherheitspersonal in den Shelbourne Towers erhalten. Sie fordern ein diskretes Team in Zivil an, das hinkommen und einen Selbstmord untersuchen soll. Sieht so aus, als ob es Guimaraes wäre.«

Haydon schaute auf die Wanduhr im Bereitschaftsraum und rollte dann seinen Stuhl zum Schreibtisch zurück.

»Gott sei Dank, daß sie sich richtig verhalten haben. So können wir die Sache ohne Aufsehen erledigen. Leo und ich übernehmen das.«

Haydon rief Vanstraten an und verabredete sich mit ihm in den Shelbourne Towers, dann ging er mit Hirsch los.

Paulo Guimaraes war tatsächlich gestorben – in seinem Schlafzimmer mit Blick auf die Skyline von Houston. Aber er hatte nicht Selbstmord begangen. Vanstraten sagte, es sei ein Gehirnschlag gewesen. Die offene Flasche Schlaftabletten neben dem Bett, die das Hausmädchen gesehen und sie zu der Vermutung veranlaßt hatte, es könnte Selbstmord gewesen sein, war praktisch voll – es fehlten nur zwei Tabletten. Paulo Guimaraes hatte schlafen, nicht sterben wollen. Aber das Schicksal hatte sich wieder einmal als launisch erwiesen, mit Sinn für makabre Scherze. Es hatte ihn für länger schlafen lassen, als er beabsichtigte.

Haydon fand sich in völliger Übereinstimmung mit der Geschäftsleitung des Shelbourne, was den Wunsch betraf, Guimaraes' Tod geheimzuhalten. Er bat die Geschäftsleitung, jeden in Guimaraes' Wohnung zu beordern, der etwas über seinen Tod wußte, und informierte diese Leute dann darüber, daß der Verstorbene seit einiger Zeit von der Polizei von Houston überwacht wurde und daß das Präsidium wünsche, diesen Todesfall streng geheimzuhalten. Er deutete Folgen an für denjenigen, der auch nur einen Ton gegenüber irgend jemandem außerhalb dieses Raumes verlauten lasse. Und jeder schien dafür Verständnis zu zeigen.

Ein Wagen des Coroners traf ein, ohne Blinklampen, und fuhr über die Rampe auf der Rückseite hinunter ins Tiefgeschoß. In der Wohnung von Guimaraes blieb ein Polizeibeamter zurück, für den Fall, daß sie jemand unangekündigt betreten würde, und man kam überein, daß niemand an eines der Telefone von Guimaraes gehen sollte, bis sie von der Polizei freigegeben würden. Die Geschäftsleitung würde die Benachrichtigung der Verwandten der Polizei überlassen und sich völlig ahnungslos geben, falls sich jemand nach dem Aufenthalt von Mr. Guimaraes erkundigen sollte.

Schließlich war alles geregelt, und alle waren gegangen bis auf Haydon, Hirsch und den Polizeibeamten, der in der Suite bleiben sollte. Haydon wanderte im Wohnzimmer auf und ab und blieb schließlich an den Fenstern stehen. Die Wohnung ging nach Osten hinaus mit Blick auf das Zentrum, so daß der Einbruch der Nacht von hier aus nicht den üblichen farbenfrohen Sonnenuntergang zeigte. Die Dämmerung kam kaum merklich, vielleicht ebenso, wie der Tod Paulo Guimaraes im Schlaf überrascht hatte. Aber vom siebenundvierzigsten Stock aus war es klar, daß es hier keine ewige Finsternis geben würde. Fast ebenso rasch, wie die Dämmerung über die Stadt hereinbrach, wurde sie durchstoßen und durchlöchert und schließlich erobert von Milliarden einzelner Lichter, den Symbolen des Lebens, die sich bis hinaus zur Küste an der Galveston Bay erstreckten.

34

Während der nächsten achtundvierzig Stunden wich Rafael nicht von seinem bereits bekannten Zeitplan ab: Er nahm an den Visiten im Krankenhaus teil, hörte Vorlesungen an der Universität und arbeitete an Mortons Forschungsauftrag im Labor. Abends fuhr er nach Hause in seine schwarze Höhle. Hirsch und Mooney schoben den Papierkram schließlich beiseite und bestanden darauf, bei der Überwachung abwechselnd mitzumachen. Jeder fühlte, wie sich die Spannung steigerte, und jeder wollte an den entscheidenden Ereignissen, die zu Rafaels Festnahme führen würden, teilhaben.

Mit Genehmigung von Dr. Morton wurde einem Team vom technischen Dienst der Polizeibehörde Zugang zum Labor gewährt. Es sammelte Fingerabdrücke von den Instrumenten, die nur von Rafael benützt wurden, Haare aus einem Kamm in der Tasche von einem seiner Labormäntel, die in seinem Spind hingen, Speichelspuren von zerkauten Bleistiften in seinem Schreibtisch und Haarproben von einem Rasierapparat, den das Team ebenfalls in seinem Schreibtisch gefunden hatte. Sie wußten nicht, ob sie diese Proben jemals brauchen würden, aber Haydon bestand darauf, soviele Beweise wie möglich zu sammeln, damit man sie im Zweifelsfall gegen Rafael verwenden konnte.

Das Team suchte auch nach Spuren des Tollwutvirus unter den Vorräten von Viren, die Rafael bei seiner Arbeit für Dr. Mortons Forschungsauftrag aufbewahrte.

Am Nachmittag des zweiten Tages hatten sie die Viren entdeckt: sechs Fläschchen in einem Tiefkühlschrank, der nur von Rafael und Dr. Morton benützt wurde. Die Fläschchen waren beschriftet mit dem Namen eines Arbovirus, der die venezolanische Pferde-Enzephalomyelitis verursachte. Die Fläschchen wurden fotografiert und ihr Inhalt durch eine harmlose Salzlösung ersetzt, die dieselbe Konsistenz und dasselbe Aussehen wie die Originallösung hatte. Das Präparat mit dem Virus wurde als Beweis sichergestellt. Daß sie Rafaels Vorrat von Viren ohne sein Wissen durch eine harmlose Flüssigkeit ersetzen konnten, war ein Glücksfall, mit dem Haydon nicht gerechnet hatte. Wenn Rafael den Inhalt beim nächsten Mädchen in gehabter Weise benützte, konnte der Verteidiger nicht ins Gefecht führen, daß die Strafverfolgungsbehörde rücksichtslos vorgegangen war und zugelassen hatte, daß sein Mandant das Mädchen mit einem tödlichen Virus infizierte.

Am gleichen Nachmittag rief Robert DeLeon bei Haydon an. Er hatte seit zwei Tagen erfolglos versucht, mit Paulo Guimaraes Kontakt aufzunehmen. DeLeon war wütend und befürchtete, die Polizei habe den alten Mann festgenommen. Haydon versicherte ihm, daß das nicht der Fall sei, und beruhigte den Anwalt nach einem längeren Gespräch. Als er endlich den Hörer aufgelegt hatte, nahm Haydon per Funk Kontakt auf mit den zwei Kriminalbeamten, die DeLeon bewachten, und sagte ihnen, sie sollten den Anwalt ins Präsidium bringen. Am späten Nachmittag wurde DeLeon darüber informiert, daß Guimaraes gestorben war; außerdem wurde in allen vorher besprochenen Punkten Anklage gegen ihn erhoben. Innerhalb von Stunden hatte sich DeLeon des Rechtsbeistandes von Dane Massey, dem einflußreichsten Strafverteidiger von Houston, versichert. Beide waren nur allzu bereit, Haydons Wunsch zu entsprechen und die Festnahme wie die Anklage geheimzuhalten.

Während Haydon und Russ Million sich mit DeLeon und Massey befaßten, saß Leo Hirsch an einem kleinen Tisch in der

Cafeteria des Hermann-Hospitals und beobachtete Rafael, der von einem der öffentlichen Telefone direkt am Eingang zur Cafeteria aus mit jemandem sprach. Zur gleichen Zeit saß der Sprachprofessor Sergio Thomases in einem Reparaturwagen der Southwestern-Bell-Telefongesellschaft vor dem Sutherland-Luxus-Apartmenthaus mit Aussicht auf die Buffalo Bayou und den Memorial Park. Im Inneren des Wagens war es brütend heiß. Thomases, dem Kriminalbeamten und dem Techniker, die bei ihm waren, tropfte der Schweiß aus allen Poren, obwohl sie die hintere Tür des Wagens geöffnet hatten, um sich ein wenig Durchzug zu verschaffen. Die Nachtluft draußen war totenstill.

Thomases und die beiden anderen hatten ihre Kopfhörer nach hinten geschoben und tranken kalte Cola aus einer Kühlbox, als die Telefonleitung klickte und der Kontrollapparat klingelte. Der Techniker schaltete den Rekorder ein, und die großen Chromspulen begannen sich hinter ihnen zu drehen, während sich Thomases nach vorne beugte, die Ellbogen auf die Knie stützte und das Gespräch abhörte.

Rafaels Stimme war leise und nur wenig moduliert, was das sonst so musikalische Portugiesisch leblos erscheinen ließ. Er sprach mit dem Mädchen, ohne sich zuvor zu erkennen zu geben.

»Ich möchte heute abend zu dir kommen.«

Es dauerte einen Augenblick, bis das Mädchen seine Stimme erkannte. Thomases hielt den Atem an. Er wußte, daß die Polizei vier oder fünf Stunden Zeit brauchte, um den Raum zu präparieren.

»Ach, Rafael.« Sie lachte kehlig. »Nein, nein, er ist hier, in der Stadt. Heute abend geht er mit seiner Frau aus. Kann sein, daß er nach dem Abendessen herkommt. Aber morgen, was meinst du? Morgen früh fährt er für ein paar Tage weg.«

»Das weiß ich«, sagte Rafael. »Nein, morgen nicht.« Er gab keine Erläuterung dazu.

»Vielleicht morgen abend?« fragte sie hoffnungsvoll.

Rafael gab keine Antwort. Im Hintergrund hörte Thomases Leute miteinander sprechen. Ihre Stimmen waren erst laut, dann wurden sie leiser. Man hatte ihm gesagt, daß Rafael möglicherweise von der Cafeteria des Krankenhauses anrufen würde, und daß er nicht leicht zu verstehen sein würde. Aber es war kein Problem.

»Ich habe guten Schnee«, sagte er schließlich.

Sie lachte und sagte dann leise: »Also, morgen abend?«

Rafael gab keine Antwort.

Thomases, der sich mit dem Anzapfen von Telefonleitungen nicht auskannte, fragte sich, ob Rafael etwas bemerkt hatte. Er schaute den Techniker an im schwachen Licht der kleinen, blinkenden Kontrollämpchen. Der junge Mann schüttelte den Kopf und grinste dazu.

»Also, morgen abend?« fragte das Mädchen noch einmal.

Die Spulen des Tonbandgeräts drehten sich, sammelten jedes Geräusch, eine entfernte Stimme, ein unterdrücktes Lachen.

»He, Rafael«, sagte das Mädchen.

»Okay«, antwortete er. »Aber nicht dort. In einem Hotel.«

»Es ist mir egal, wo«, sagte das Mädchen.

»Im Hyatt Regency gibt es Suiten mit Stereoanlagen«, erklärte Rafael. »Ich werde eine für morgen abend mieten, auf deinen Namen. Ich komme um neun.«

»Gut – ich bringe die Schallplatten«, sagte sie.

»In Ordnung.« Dann hatte Rafael aufgelegt.

Der Techniker spulte das Band rasch zurück und ließ es noch einmal ablaufen für Thomases, der den Text Wort für Wort auf Englisch wiederholte und in einen kleinen Kassettenrekorder der Polizei sprach. Zugleich wurde das Originalgespräch auf eine andere Kassette kopiert. Der Kriminalbeamte steckte beide Kassetten in seine Tasche und verließ den Reparaturwagen. Minuten später fuhr er die San Felipe hinunter, fast sechs Meilen von der Polizeistation entfernt.

Haydon hörte sich die kurze Aufzeichnung viermal an. Es war die erste Gelegenheit für ihn, Rafaels Stimme zu hören. Während er lauschte, schaute er sich die Fotos an, die Leo von Rafael bei seiner ersten Überwachungsaktion am Nachmittag gemacht hatte. Sie waren aus zu großer Entfernung aufgenommen worden, als daß sie mehr als ziemlich körnige Konturen vermittelten. Das eine war ein undeutliches Profil mit den Umrissen des medizinischen Instituts und dem Parkplatz im Hintergrund. Ein anderes zeigte Rafael ebenfalls im Profil neben der Reihe von Briefkästen auf dem Korridor beim Hintereingang des Instituts. Eine Frontalansicht war das beste Foto; Rafael schien direkt in die Kamera zu starren. Leo hatte sich im dritten Stock der Parkgarage versteckt und ihn mit einem Teleobjektiv fotografiert. Rafael selbst stand im Sonnenlicht. In einer Serie von Fotos konnte Haydon den Rhythmus von Rafaels Gang erkennen. Er schritt entschlossen dahin, aber unter dem europäisch geschnittenen Sportsakko waren seine hängenden Schultern zu erkennen. Seine Augenbrauen waren buschig und gingen ineinander über, als er mit zusammengekniffenen Augen in die Sonne schaute. Seine Unterlippe war voll, und er hatte ein Grübchen im Kinn. Haydon wußte nicht, warum, war aber überrascht, daß es sich um einen gutaussehenden Mann handelte.

Haydon stationierte Pete Lapier mit Hilfe der Geschäftsleitung beim Empfang im Hyatt Regency. Um sieben Uhr am nächsten Morgen rief Lapier beim Morddezernat an und hinterließ, daß eine mit Stereoanlage ausgerüstete Suite unter dem Namen einer Dolores do Bandolin für eine Nacht reserviert worden war. Im Lauf einer Stunde waren alle Techniker, welche die Geräte zur Überwachung einbauen sollten, verständigt und auf dem Weg zum Hotel. Um halb neun saß Haydon im Coffeeshop des Hyatt und schaute hinaus in die tiefer gelegene Halle des Hotels. Er erkannte das erste Techniker-Team, das die Halle von der überdachten Einfahrt her betrat. Wie zuvor vereinbart, hatte man die gesamte Ausrüstung in normale Reisekoffer verpackt. Zwei Männer und eine Frau kamen gemeinsam herein, aber der eine der Männer ging gleich ans Telefon, statt sich ins Hotelregister einzutragen. Der andere Mann und die Frau erhielten die Schlüssel für eine Suite im sechsundzwanzigsten Stock von Lapier, der in einem Hyatt-Blazer hinter dem Empfangspult arbeitete. Sie nahmen ihre Koffer und gingen zu den Aufzügen, wo sie ein paar Sekunden mit einem älteren Ehepaar warten mußten, das bereits dort stand. Als ein Lift hielt, traten die beiden Paare hinein, und im letzten Augenblick kam der zweite Mann dazu, der gerade seinen Telefonanruf beendet hatte. Er tat so, als ob er die anderen nicht kennen würde.

Haydon saß an einem Tisch und schaute zu, wie die verglaste Liftkabine, umgeben von hellen Glühlampen wie ein Theatereingang, sechsundzwanzig Stockwerke nach oben glitt, mit dem ersten Techniker-Team, das wie staunende Teilnehmer eines Kongresses durch die Glasscheiben nach unten schaute.

Das zweite Team kam zwanzig Minuten später auf ähnliche Weise ins Haus. Der einzige Unterschied bestand darin, daß Lapier sich selbst um den Papierkram kümmerte und ihnen dann den Schlüssel aushändigte. Eine Viertelstunde, nachdem das zweite Team mit dem funkelnden Lift nach oben gefahren war, bezahlte Haydon seine Rechnung an der Kasse des Coffeeshops und fuhr ebenfalls hinauf.

Die zwei Suiten befanden sich in einem kurzen Querteil des sechsundzwanzigsten Stockwerks, und ihre Türen konnten nicht eingesehen werden von den langen Galerien aus, die im Inneren der hohen, überdachten Halle Zugang zu den meisten Zimmern boten. Das gewährte den Technikern mehr Bewegungsspielraum, und auf diese Weise konnten sie auch leichter hinüber zur Hauptsuite und zurück. Die Techniker, die in der linken Suite arbeiteten, mußten beim Bohren die Lautstärke ihres Fernsehgeräts aufdrehen, weil das Zimmer auf der anderen Seite besetzt war.

Marty Rangel war für die Installationen verantwortlich und führte Haydon in die Suite, die sich Rafael hatte reservieren lassen. Rangel war ein kleiner Mann mit einem Salz-und-Pfeffer-Schnauzbart und klaren Augen, die fast ohne Farbpigmente waren. Er sprach schnell, bewegte sich flink und hatte die Gewohnheit, die Zunge an den oberen Schneidezähnen zu wetzen, wenn er gerade nicht sprach.

»Ihr Mann wird hier in Nummer sechsundzwanzigneununddreißig sein«, sagte er und ging Haydon voraus in die Suite. »Okay, hier haben wir den Wohnraum. Das Schlafzimmer ist rechts. Fürchte, wir verschwenden euer ganzes Budget für diese Sache. Vier Videoeinheiten, zwei Kameras in jeder Einheit. Die Bänder, die wir benützen, sind teuer, die besten, die es gibt, mit ganz dicker Beschichtung. Denen kann man schon einiges antun, ohne daß die Bildqualität darunter leidet.«

Rangel trat in die Mitte des Wohnraums und schaute auf die Wand zur Suite Nummer 2638. »Okay, hier haben wir Glück gehabt. Diese Einheit ist hinter einem Spiegel.« Er zeigte auf ein Loch in der Wand, über einem bequemen Ledersessel. »Janet setzt gerade ein Spezialglas in den Spiegel ein. Diese Kamera nimmt alles auf von den Fenstern über den Tisch und das lange Sofa an der Wand bis zur Schlafzimmertür. Die andere ist über dem L-förmigen Sofa. Sie nimmt Teile des darunterstehenden Sofas auf, einen Teil der Bar und die Tür zum Schlafzimmer. Die hier ist nicht so leicht zu installieren. Wir müssen das irgendwie mit Tapete kaschieren. Janet arbeitet an einer Zellophanverkleidung, die dem Muster der Tapete entspricht. Zum Glück haben die Technologiespinner diese kleinen Linsen entwickelt. Mit denen von der alten Sorte kämen wir nicht zurecht.«

Er fuhr sich mit der Zunge über die Schneidezähne, während Haydon sich umschaute. Dann ging Rangel ins Schlafzimmer.

»Hier drinnen ist die eine Einheit auch leicht zu installieren. Die Kameras stehen in der Suite Nummer sechsundzwanzigvierzig, hinter dem Spiegel gegenüber dem Bett. Hübscher Platz für einen Spiegel, wie? So kann man sich das Haar kämmen, gleich nach dem Aufwachen – oder was? Mit diesen Kameras komme ich von den Fenstern bis zum Bett und zur Tür. Die andere Einheit ist genau gegenüber der, welche drüben über dem Sofa im Wohnzimmer angebracht ist. Sie gewährt einen guten Blick durch die Tür. Den Schrank bekommen wir übrigens auch mit dieser Kamera hier drauf.

Schön; mit den Kameras können wir achtundneunzig Prozent der Suite beobachten. Was wir nicht kriegen, sind der Eingang von draußen, der Schrank an der Eingangstür, die ganze Bar und das Bad. Aber wir können eine Kamera im Bad von sechsundzwanzig-achtunddreißig installieren, wenn Sie meinen.«

Haydon nickte und ging hinüber ins Bad. »Ich fürchte, das wird unumgänglich sein, Marty«, sagte er und schaute auf die Badezimmertür.

»Ist mir ein Vergnügen.«

»Wann werdet ihr fertig?«

»Gegen mittag. Na ja, vielleicht ein bißchen später, wo Sie jetzt auch noch was im Bad haben wollen. Wir müssen diesen großen Spiegel anderswo hin hängen. Und es dauert, bis wir das Spezialglas eingesetzt haben. Aber wir räumen unseren Dreck selber weg, so daß alles fertig ist, sobald wir die Suite verlassen. Ich schlage allerdings vor, daß die Hausdame noch vorbeikommt mit einem Raumspray. Kann sein, daß es danach ein bißchen nach Gips und Sägemehl riecht. Wir haben erstklassige Kameras und Aufzeichnungsgeräte, also schlage ich vor, wir geben ein paar Watt weniger in die Lampen. Wir benötigen nicht unbedingt Scheinwerfer.«

»Schön, kümmern Sie sich darum. Sie kennen sich am besten aus.«

»Okay.«

»Wie werden wir das alles im Auge behalten?«

»Es gibt einen Monitor für jede Einheit. So können wir alles gleichzeitig beobachten. Wenn die beiden auf dem einen Monitor nicht mehr zu sehen sind, brauchen wir nur auf den anderen zu schauen. So ersparen wir uns, immer von einer Einheit auf die andere umschalten zu müssen. Wenn zum Beispiel die Frau im Blickwinkel dieser Einheit bleibt, während der Mann in den Blickwinkel einer anderen kommt, brauchen wir uns nicht zu entscheiden, welche Kameras die interessanteren sind. Wir können beide Einheiten gleichzeitig betrachten. Das Bad bekommt einen separaten Monitor. Natürlich ist die ganze Suite mit Wanzen gespickt wie das verdammte Space Shuttle. Aber das ist kein Problem. Wir haben genügend Kopfhörer.«

»Großartig. Ich fahre jetzt zurück zum Präsidium. Rufen Sie mich an, wenn Sie fertig sind. Ich möchte hier gern noch einmal durchgehen, bevor ihr die Suite verlaßt.«

»Ich melde mich.«

35

Auf einen augenblicklichen Impuls hin hatte Haydon Nina angerufen und sich mit ihr zu einem späten Lunch bei »Cody« in Montrose verabredet. Es zeigte sich, daß das ein Fehler war. Er war geistesabwesend und ärgerlich über ihre Bemühungen, Konversation zu machen. Nach einer Weile ließ sie es sein. In Wahrheit hatte er gar nicht reden, sondern nur nicht allein essen wollen. Selbstsüchtig, wie er war, wünschte er sich nur, daß sie da war. Nach fast einer Stunde, in der sie Haydons mürrische Antworten ertragen hatte, sagte Nina, sie müsse jetzt wieder in ihr Studio.

Draußen beugte er sich durch das Fenster ihres Wagens und küßte sie, dann sagte er ihr, daß er abends voraussichtlich spät heimkommen würde. Eine Überwachung sei im Gange, und er wolle dabeisein. Sie lächelte, beugte sich hinaus, um ihm noch einen Kuß zu geben, und fuhr davon. Haydon ging zu seinem Wagen und ließ, nachdem er sich hineingesetzt hatte, die Tür offen, damit die brodelnde Hitze entweichen konnte. Dann meldete er sich über Funk. Dystal sagte, Rangel hätte gerade angerufen und sei bereit zur Überprüfung. Haydon erwiderte, er sei schon auf dem Weg zum Hotel.

Rangel und seine Techniker hatten fabelhafte Arbeit geleistet. Zuerst hatte man gedacht, daß die Monitore für die Einheiten von Nummer 2640 in dieser Suite sein müßten, was die Kriminalbeamten in zwei Gruppen gespalten hätte, wobei die eine das Wohnzimmer von der einen Suite und die andere das Schlafzimmer von der anderen Suite aus hätte überwachen müssen. Da Russ Million die Entscheidung treffen wollte, wann man gegen Rafael vorgehen würde, war die Frage entstanden, in welcher Suite er sich aufhalten sollte. Aber Rangel und seine Techniker überprüften die Leisten oberhalb der Türen zu den Suiten und fanden eine Möglichkeit, die dicken Kabel hindurchzuführen, so daß alle Monitore in 2638 aufgestellt werden konnten. Das löste ein schwieriges logistisches Problem.

Haydon betrachtete die Monitore, als zwei der Techniker durch die Suite 2639 wanderten. Rafael und Dolores do Bandolin würden ständig zu sehen sein. Zwei Techniker blieben während der gesamten Operation in Suite 2640, für den Fall, daß etwas mit den Kameras passierte. Sie konnten sich über Mikrofon mit der anderen Suite in Verbindung setzen. Haydon dankte Rangel und bat ihn, während der Operation anwesend zu sein.

Als er zurückkam in sein Büro, meldete er sich bei Mooney. Rafael machte seine Nachmittagsvisite im Hermann-Hospital. Hirsch war zu Hause zum Ausschlafen und hatte hinterlassen, daß er rechtzeitig geweckt werden wollte, um mit den anderen zum Hotel gehen zu können. Dystal, Haydon und Mercer saßen in Dystals Büro und gingen noch einmal alle Möglichkeiten durch, die sich im Verlauf der Überwachungsaktion ereignen konnten. Mercer machte sich immer noch Sorgen wegen der technischen Einzelheiten.

Um halb fünf rief Lapier an und berichtete, Dolores do Bandolin habe gerade eingecheckt und sei auf dem Weg in ihre Suite. Sie habe eine Tasche und ein kleines Köfferchen bei sich. Haydon rief Hirsch an und sagte ihm, er solle sich mit ihnen um halb sechs im Hotel treffen. Mooney würde Rafael beschatten, bis er im Hotel auftauchte. Als nächstes rief Haydon bei Russ Million an und bat ihn, bis Viertel vor sechs in die Suite 2638 zu kommen. Schließlich rief er noch bei Professor Thomases an und bat ihn um sechs in dieselbe Suite. Die Techniker, die sich bereits im Hyatt befanden, sollten während der Aktion dortbleiben.

Haydon erreichte das Zentrum im abendlichen Berufsverkehr. Die Hitze, die sich in den Mauern und im Pflaster gespeichert hatte, heizte die Auspuffgase der Busse und Privatwagen auf. Aber die Sonne war verschwunden. Obwohl Windstille herrschte wie am Äquator und die verpestete Luft kaum einzuatmen war, hatte sich hoch oben in der Stratosphäre eine dünne Wolkenschicht gebildet, die die Sonne des Spätnachmittags abschirmte. Die Luftfeuchtigkeit stieg zusammen mit der Temperatur, bis man nicht mehr feststellen konnte, ob man vom eigenen Schweiß tropfte oder vom salzigen Wasserdampf des Golfes. Nachdem die Sonne in den Wolken verschwunden war, wurde es in den Straßenschluchten fast dunkel. Die Neonlampen wurden früh eingeschaltet und spiegelten sich trübe in den Straßen.

Haydon kam ein paar Minuten zu früh in die großartige Halle des Hyatt, aber Hirsch war noch vor ihm eingetroffen und wartete in der tiefergelegenen Lounge. Die Bar dort war geöffnet und von einer Schar von Trinkern umlagert. Hirsch hatte Haydon hereinkommen sehen und ging auf ihn zu.

»Na, genug geschlafen?« fragte Haydon.

»Klar. Gibt's was Neues?«

»Nein. Aber es sieht gut aus, Leo. Sehr gut.«

»Hast du von Ed gehört?«

Haydon warf einen Blick auf seine Uhr. »Er sollte kurz nach sechs anrufen. Wir fahren lieber hinauf.«

Um Viertel nach sechs waren alle versammelt bis auf Ed Mooney, und Rangel erklärte mit leiser Stimme die Einrichtungen. Hirsch, Million und Thomases hörten aufmerksam zu. Während er sprach, schaute er auf den Bildschirm, wo sich Dolores do Bandolin im Wohnzimmer auf dem Sofa räkelte, ein Glas Champagner in der Hand, und auf dem Bildschirm »Das kleine Haus in der Prärie« betrachtete. Sie hatte ein fließendes Kleid an, das sie um die Hüften gezogen hatte, während sie die Fernsehsendung verfolgte.

Als das Telefon klingelte, wandte sich Haydon von der Gruppe ab und griff zum Hörer.

»Wir sitzen wieder in dieser verdammten Cafeteria«, sagte Mooney. »Er zupft sich geistesabwesend an der Nase und schaut hinaus auf das Scheiß-Wetter. Wenn nicht schon etwas anderes das Hirn dieses Bastards durcheinandergebracht hätte, dann würde es diese gottverdammte Routine schaffen, die jeden verrückt machen kann. Seit einer Stunde sind wir jetzt hier. Er sitzt immer noch auf demselben Stuhl. Nichts zu essen, nichts zu trinken. Es kommt mir so vor, als wäre er völlig gelähmt durch dieses Wetter.«

»Wir sind bereit.«

»Ist die Puppe schon da?«

»Ja.«

»Ist sie nett?«

»Ja.«

»Gut, dann hör zu. Es wäre mir sehr recht, wenn Dystal jemanden herschicken könnte, der mir hilft, den Kerl zu bewachen, sobald er in seinen Wagen gestiegen ist. Das Wetter wird, glaube ich, umschlagen, und ich möchte ihn nicht gern aus den Augen verlieren.«

»Gut, wird gemacht.«

»Ich melde mich wieder, lasse euch wissen, wann wir losfahren.«

Haydon hatte Sandwiches und Kaffee kommen lassen, und warmes Essen für beide Suiten bestellt. Sie richteten sich für den Abend ein, unterhielten sich und betrachteten hier und da die Bandolin auf den Monitoren. Sie hatten die Sofas und Sessel auf die eine Seite geschoben und die fünf Monitore an der gegenüberliegenden Wand aufgebaut. Die beiden, die den Wohnraum zeigten, standen links, die zwei vom Schlafzimmer rechts und der Monitor vom Bad noch weiter rechts. Manchmal, wenn die Bandolin aufstand, um sich Champagner einzuschenken oder ins Schlafzimmer zu gehen, war sie gleichzeitig auf zwei Monitoren zu sehen, aus verschiedenen Blickwinkeln. Ein Beweis für Rangels raffinierte Planung.

Die Bandolin sah fern; nach dem »Haus in der Prärie« die »Dukes of Hazzard«, und war bei der ersten Hälfte von »Dallas«, als das Telefon neben Haydon wieder klingelte. Es war Dystal.

»Ich habe Ed und Crowley per Funk. Rafael fährt los. Sie verlassen das Klinikum.«

»Sind sie die ganze Zeit dortgewesen?«

»Ja, meistens in der Cafeteria. Ed sagt, der Kerl ist noch rasch ins Labor gegangen, bevor er wegfuhr. Vermutlich um eine Flasche von seinem Gebräu zu holen. Ich melde mich wieder.«

Während der Werbesendung nach einer halben Stunde »Dallas« stand die Bandolin auf und ging ins Bad. Sie urinierte in Anwesenheit von drei Elektronikfachleuten, zwei Kriminalbeamten, einem Sprachprofessor und einem Stellvertreter der Staatsanwaltschaft. Dann schaute sie direkt in die Kamera Nummer fünf und betrachtete ihr Gesicht im Spiegel, glättete sich die Augenbrauen mit einem Finger und schüttelte das dichte, schwarze Haar. Sie lächelte, drehte den Kopf in verschiedene Richtungen, als sie sich aus den Augenwinkeln im Spiegel betrachtete, schien zufrieden zu sein. Dann machte sie kehrt und ging zurück ins Schlafzimmer. Sie bürstete sich das Haar, trat dann ans Bett und nahm ein paar Schallplatten aus ihrer Tasche. Summend und sich dabei leicht in den Hüften wiegend, drückte sie die Platten an die Brust. Sie war schön und bewegte sich elegant. Unmöglich, ihr nicht zuzusehen.

Nachdem sie sich Champagner nachgeschenkt hatte, legte sie eine der LPs auf den Plattenteller der Stereoanlage. Als sich die Nadel auf die erste Rille senkte und die schöne Stimme von Elis klar und deutlich durch die Lautsprecher kam, stand sie mit ihrem Glas auf und trat ans Fenster und schaute hinaus auf die Stadt, deren Lichter jetzt weitgehend vom Nebel eingehüllt waren, welcher vom Golf hereintrieb. Sie warf einen Blick auf ihre Armbanduhr, und als wäre das ein Signal, schauten auch die Männer in den Suiten nebenan auf die ihren.

»Glaubt ihr, daß er pünktlich ist?« fragte Million leise.

Haydon zuckte mit den Schultern. Es war Punkt neun.

Das Telefon klingelte, und Haydon nahm den Hörer ab.

»Er wird sich verspäten«, sagte Dystal. »Ed sagte, er kreist seit einer Viertelstunde um das Hotel, fährt einfach rundherum. Glaubt ihr, er riecht den Braten?«

»Wer weiß? Ist Ed sicher, daß er nicht gesehen wurde?«

»Er sagte es. Was macht sie denn?«

»Sie hört Schallplatten und vertreibt sich die Zeit.«

»Ist sie nervös?«

»Eigentlich nicht.«

»Nun gut, wenn er – Moment.« Es knackte, und Dystal brummte im Hintergrund. »Jetzt ist er in die Hotelgarage gefahren. Ed parkt auf der Straße und geht in die Halle. Crowley wartet am Garagenausgang. Ich hänge mich an Crowley, bis ich weiß, daß er bestimmt drinnen ist.«

Haydon konnte Dystal atmen hören. Jeder in der Suite

schaute Haydon an, der den Blick auf das zweite Telefon richtete. Es kam ihm vor wie volle fünf Minuten, bis es endlich klingelte und er den Hörer abnahm.

»Hier Lapier. Ed ist jetzt hier unten. Wir stehen im Blickkontakt, aber er hat den Mann noch nicht gesehen, und ich auch nicht.«

»Kann er zum Lift kommen, ohne gesehen zu werden?«

»Ja.«

Haydon gab Dystal Bescheid und saß dann da mit den Telefonhörern am Ohr. Er starrte auf den Monitor mit der Bandolin. Die Musik war zu laut, um das Klopfen an der Tür hören zu können, aber er rechnete damit, daß sie sofort reagierte. Beide Telefone schwiegen, und die Bandolin schaute immer noch zum Fenster hinaus, mit dem Rücken zu den Kameras. Rangel stand auf und drehte bei einem der Monitore am Kontrastregler. Es war eine kaum sichtbare Veränderung, eine nervöse Bewegung. Million saß da, die Beine übereinandergeschlagen, den Rücken gegen die gerade Lehne des Stuhls gepreßt, während er eine Tasse samt Untertasse balancierte und sich dann den Schnauzbart mit einem Finger glattstrich. Hirsch schaute nacheinander auf alle fünf Monitore, als rechne er damit, daß Rafael aus einem von ihnen springen würde.

Dann drehte sich Dolores de Bandolin langsam herum, und ein Lächeln teilte ihre Lippen, während Rafael gleichzeitig auf den Monitoren zwei und drei zu sehen war, von verschiedenen Seiten.

»Er ist drinnen«, sagte Haydon in beide Telefonhörer.

»Gut, ich hänge ein«, sagte Dystal.

»Bleiben Sie dran, Pete«, sagte Haydon zu Lapier. »Ed soll noch einen Moment warten.«

Rafael ging in die Mitte des Wohnraums. Er trug einen Regenmantel, und seine Arme hingen schlapp an den Seiten herunter. In der einen Hand hatte er einen kleinen Lederbeutel. Die Bandolin kam im Takt der Musik auf ihn zu, noch immer lächelnd, streckte die Arme nach ihm aus und hielt ein leeres Champagnerglas in der einen Hand. Rafael näherte sich ihr ausdruckslos, und sie schlang die Arme um ihn. Er langte mit den

Händen nach oben, machte sich frei und ging zur Champagnerflasche, die in einem Sektkühler mit Eis stand, schenkte sich ein Glas ein, und die Bandolin kam wieder auf ihn zu, noch immer lächelnd, und hielt ihm ihr Glas hin, daß er es vollschenken sollte. Er ignorierte sie, steckte die Flasche wieder ins Eis und ging an Dolores vorbei zu einem der Sessel. Dann zog er den Regenmantel aus, warf ihn auf den Boden und setzte sich.

»Okay, er bleibt«, sagte Haydon zu Lapier. »Ed soll noch fünf Minuten warten, um ganz sicher zu sein, bevor er heraufkommt. Sagen Sie ihm, er soll nur ganz sachte an unserem Türknopf drehen. Wir können es hören.«

Die Bandolin schenkte sich selbst ein und wandte sich wieder Rafael zu; ihr Lächeln war unverändert. Etwas kam Haydon bekannt vor bei diesem Lächeln. Er konzentrierte sich darauf, als sie auf Rafael zuging, der im Sessel sitzenblieb. Erst stand sie vor ihm, dann kniete sie sich auf den Boden, die Augen auf sein Gesicht gerichtet. Kniend lächelte sie ihn an und senkte den Kopf noch weiter nach unten, bis er fast zwischen seinen Füßen war. Jetzt erkannte Haydon den Ausdruck. Er hatte ihn bei Hunden gesehen, die sich bei Menschen oder einem anderen Hund einschmeicheln wollten. Sie wand sich genauso, wie er es bei Hündinnen gesehen hatte: eine Art sexuelles Vorspiel, die verzweifelte Bemühung, sich angenehm zu präsentieren, ein selbsterniedrigendes Sich-Anbieten.

»Was willst du?« fragte Rafael. Es war das erste Wort, das zwischen ihnen gesprochen wurde. Thomases übersetzte rasch und mühelos, ohne Pause.

»Alles«, sagte sie. Sie tauchte die Finger der einen Hand ins Champagnerglas und spritzte die Flüssigkeit auf ihre Brust, massierte den Brustansatz, ließ ihre langen, schmalen Finger tiefer nach unten in den Ausschnitt gleiten. Als sie sie, noch naß vom Champagner, wieder zurückzog, strich sie sich damit über die Lippen, den Hals und ihre glatten, zimtfarbenen Schultern, schob die Träger von den Schultern, damit das fließende Material über die Brust nach unten rutschen konnte. Dann beugte sie sich leicht nach vorn und ließ das Oberteil des Kleids auf die Taille fallen. Noch immer auf den Knien, nahm sie das Champagnerglas am Stiel und goß den Rest des Champagners langsam über ihre Brüste, bis sie glänzten, kleine Bächlein über ihren Nabel liefen und in den Falten des Kleids verschwanden. Nun stand sie auf und beugte sich langsam nach vorn, bis ihre Brüste vor seinem Gesicht waren, führte erst die eine, dann die andere an seine Lippen.

Er bewegte keinen Muskel.

Sie trat zurück, lächelte und stand aufrecht da, während sie sich das Kleid über die Hüften streifte und es bis unten auf die Knöchel fallen ließ. Sie hatte nur eine Netzstrumpfhose darunter an, die jetzt mit Champagner getränkt war. Nun kreiste sie mit den Hüften ein wenig und zog sich die Strumpfhose mit langen, spitzen Fingern vom Körper.

In diesem Augenblick bewegte sich in Suite 2638 der Türknopf. Niemand rührte sich bis auf Haydon, der aufstand und Mooney hereinließ.

Rafael trank sein Glas aus, stellte es auf den Boden, nahm seinen Lederbeutel, stand auf und ging an der großen, bildschönen Frau vorbei, ohne sie zu berühren – eine Zurückhaltung, die jeder Mann im Zimmer nebenan für unmöglich gehalten hätte. Dann setzte er sich an einen Tisch an der Fensterwand und begann den Beutel zu leeren. Das Mädchen drehte sich zu ihm um. Die Grübchen an ihren Hüften waren auf der einen Seite deutlicher zu sehen als auf der anderen, weil sie ihr Gewicht auf den linken Fuß verlagert hatte.

»Alles?« fragte Rafael. »Okay.« Er legte zwei durchsichtige Plastiktütchen nebeneinander auf den Tisch. Dann kamen ein Löffel, eine Kerze, eine Spritze, ein Gummischlauch, Streichhölzer und ein Fläschchen zum Vorschein.

»Da ist das Zeug«, flüsterte Mooney. »Er hat es mitgebracht. Sieht aus wie Kokain oder Heroin. Scheiße, der Dreckskerl macht ihr eine harte Mischung. Hoffentlich ist sie es gewohnt.«

Schweigend fuhr Rafael fort, das Rauschgift zu mischen.

»Verdammt, Stuart«, sagte Million. »Das kann sie doch umbringen.«

Keiner außer ihm sprach ein Wort, aber die Spannung elektrisierte den Raum.

»Sollen wir da zusehen, Haydon?« fragte Million. Seine Stimme klang gepreßt.

Haydons Herz hatte seinen Rhythmus verloren und schien durch den ganzen Brustkorb zu hüpfen. Million wandte sich von den Monitoren ab und schaute ihn an. Haydon fühlte den Blick seiner Augen.

»Er wird sie nicht umbringen«, sagte Haydon. »Sie ist jung, und er weiß, was sie gewöhnt ist. Er will, daß sie durch das Virus getötet wird.«

Niemand fragte ihn, woher er das wußte.

Rafael fügte den Inhalt des Fläschchens zu dem bereits fertigen Gebräu und zog alles in die Spritze auf. Das Mädchen zeigte keinerlei Gefühl, nur ihre Finger begannen sich nervös zu bewegen. Als die Spritze voll war, ließ Rafael sie auf dem Tisch liegen und wandte sich der Stereoanlage zu. Er legte eine neue Platte auf.

»Samba«, sagte Haydon, als die Musik die Wände zum Vibrieren brachte. Rafael hatte die Lautstärke aufgedreht.

Er setzte sich wieder und nahm den Gummischlauch. Das Mädchen kam auf ihn zu und streckte beide Arme aus, mit den Innenseiten der Ellbogen nach oben. Rafael wand den Gummischlauch rasch um ihren rechten Arm, nahm die Spritze und ließ die Nadel in die geschwollene Vene ihres Arms gleiten. Als er sie herauszog, schaute er die Bandolin an. Dann berührte er den Gummischlauch, riß ihn mit einem Ruck ab.

Jeder im Raum nebenan zuckte zusammen. Rafael schickte ihr das Rauschgift in einem einzigen Schuß direkt in die Blutbahn. Dolores stand still. Sie hob die Arme über den Kopf, breitete die Beine aus, um sicherer zu stehen, und stürzte dann mit einem Schlag zu Boden, als ob sie der Blitz getroffen hätte.

Million stöhnte.

Haydon ging ans Telefon und wählte eine Nummer. »Pete, besorgen Sie uns einen Arzt, der darauf vorbereitet ist, mit einem *Speedball* fertigzuwerden. Lassen Sie ihn unten warten, bis ich anrufe. Aber schnell!«

Das Mädchen war zu Boden gefallen wie eine Lumpenpuppe; die Arme lagen seltsam verdreht unter ihr. Rafael stand auf und kam um den Tisch herum. Er stand über ihr, bewegte dann seinen rechten Fuß und stieß ihren Kopf damit ein wenig zur Seite. Nun bückte er sich und öffnete eines ihrer Lider. Er nahm eine kleine Taschenlampe aus seiner Jackentasche und leuchtete ihr damit in die Augen. Danach erhob er sich wieder, schenkte sich ein Glas Champagner ein und trank es auf einen Zug aus.

Nach einer Atempause schritt er über das Mädchen hinweg und ging ans andere Ende des Sofas, wo er sich auszog. Er hängte seine Jacke über eine Stuhllehne und breitete das Hemd darüber. Nachdem er die Hose ausgezogen hatte, faltete er sie zusammen und bemühte sich, die Bügelfalte zu erhalten, bevor er die Hose über eine andere Stuhllehne hängte. Dann zog er Schuhe und Socken aus, stellte die Schuhe nebeneinander vor einen der Stühle, die Spitzen nach vorn, und steckte die Socken hinein. Das Unterhemd breitete er flach auf dem Boden aus und darüber legte er seine Unterhose.

Völlig nackt jetzt, drehte er das Mädchen hin und her, bis er es an den Fußgelenken zu fassen bekam; dann schleppte er es ins Schlafzimmer.

»Dreckskerl«, zischte Hirsch. Er wollte aufstehen, aber Haydon legte ihm eine Hand auf den Arm. »Verdammt, ist das denn nicht genug?« Er schaute Million an.

Millions Blicke waren auf die Monitore gerichtet. Er atmete wie ein Langstreckenläufer, hielt den Mund nur mit Mühe geschlossen dabei.

»Sie wissen, was jetzt kommt?« fragte Haydon und schaute Million an.

Million bewegte nur einmal kurz den Kopf auf und ab.

Als Rafael das Mädchen im Schlafzimmer hatte, drehten sich die Köpfe aller Zuschauer gleichzeitig zu den beiden anderen Monitoren. Rafael riß die Decke vom Bett und ließ nur das weiße Laken darauf. Er packte das Mädchen unter den Armen und zog es auf das Bett, achtete darauf, daß es genau in der Mitte lag, daß die Beine gerade waren und die Arme an den Seiten lagen. Er ließ sich einige Zeit mit ihrem Haar, das er ihr so um den Kopf drapierte, daß es wie Tinte über das Kissen floß.

Dann kehrte er in den Wohnraum zurück, nahm eine Handvoll Kerzen aus dem Lederbeutel und ging mit ihnen zurück ins Schlafzimmer. Die Kerzen stellte er am Fußboden auf, rings um das Bett, und zündete sie an. Danach ging er zur Tür, knipste sämtliche Lichter aus, ging hinaus ins Wohnzimmer und stellte auch den Plattenspieler ab. Er steckte eine Kassette in den Rekorder und schaltete ihn ein.

Es dauerte eine Sekunde, bis Haydon die afrikanischen Trommeln von »Burundi Black« erkannte. Es war die zweite der beiden rot markierten Platten der alten Wurlitzer im Haus der Parmer. Rafael knipste auch im Wohnraum die Lichter aus und ging dann im Schein des Kerzenlichts ins Schlafzimmer hinüber.

»Wir bekommen hier ein gutes Bild.« Rangels Stimme klang rauh, als er sich mit den Technikern in der anderen Suite in Verbindung setzte. »Vielleicht solltet ihr den Verstärker ein bißchen aufdrehen. Gut. Das reicht.« Er schaute sich um. »Gute Bilder.« Niemand achtete darauf.

Plötzlich war Rafael neben dem Bett. Das Zimmer war dunkel bis auf den Kerzenschein, der auf das Mädchen fiel und die Vorderseite von Rafaels Körper erhellte. Er hob die Arme und begann die Hände, die im Schatten nicht zu sehen waren, in flatternde Bewegung zu versetzen. Eine Wolke entstand, ein Nebel von Puder, der auf das Bett herabrieselte. Das Tempo der Musik beschleunigte sich, während sich ein Chor von Stimmen zu den synkopierenden Trommeln mischte, in einem Kontrapunkt-Rhythmus, der einen hypnotischen Effekt auf Rafael ausübte. Er bewegte sich in diesem Rhythmus um das Bett, sein Körper pulsierte und wand sich, während der Puder nach unten rieselte und das Mädchen weiß wie eine Leiche wurde. Je mehr sie an eine Tote erinnerte, desto mehr erregte sich Rafael, bis seine Erektion die Männer nebenan dazu brachte, daß sie wegschauten.

Es gab ein lautes Poltern, als Thomases auf dem Weg ins Bad einen Stuhl umstieß. Danach hörten sie, wie er sich übergab.

»Hast du die Schlüssel, Leo?« fragte Haydon. Hirsch sprang rasch auf. »Ed?«

Die beiden Kriminalbeamten öffneten die Tür der Suite und warteten, den Blick wieder auf den Monitoren.

Rafael zitterte und tanzte um das Mädchen herum; ihr Haar war jetzt ebenfalls weiß, ihr Gesicht eine Totenmaske unter all dem Puder. Die Musik beherrschte Rafaels Bewegungen, er wurde ein Teil von ihr, geriet immer mehr in Erregung, in einen Taumel. Plötzlich warf er sich auf das Mädchen.

»Packt ihn!« schrie Million und sprang aus seinem Sessel hoch. »Packt ihn!«

Hirsch war bereits draußen.

»Schickt den Arzt rauf«, rief Haydon ins Telefon und betrachtete dann auf den Monitoren, wie Hirsch durch die Tür in die Suite eindrang. Seine Silhouette war kurz im Licht von den Fenstern zu sehen. Haydon erstarrte, die Augen auf dem anderen Monitor, als Hirsch durch das Kerzenlicht auf Rafael zusprang, der sich bereits hochgestemmt hatte. Die beiden verschwanden. Augenblicklich ging drüben das Licht an, und Mooney taumelte durch den Raum und schrie: »Leo! Leo!«

Jemand schrie entsetzlich auf – es konnte jeder von ihnen sein –, und Haydon sah, wie Hirsch immer wieder ausholte, hörte die Schläge und sah den schwarzen Kolben des 38ers, der immer wieder auf den Kopf von Rafael sauste. Im hellen Licht erkannte er Blutspritzer an der Wand. Dann war Mooney bei Hirsch, fett, schnaubend und kämpfend. Eine Kerze hatte ein herunterhängendes Stück des Bettlakens in Brand gesetzt und Million war auf dem Monitor zu sehen, der das Feuer austrat und die anderen Kerzen löschte. Wieder war ein Schrei zu hören. Haydon erkannte die Stimme von Hirsch, und Mooney brüllte: »Leo! Leo! Verdammt, du bringst ihn ja um!« Und dann: »Million! Million!«

Lapier erschien auf dem Monitor mit einem zweiten Mann, und sie trugen das Mädchen aus dem Schlafzimmer, befleckten sich dabei mit Puder. Sie legten Dolores auf das Sofa im Wohnraum, und der Arzt reinigte ihre Nasenlöcher.

Auf dem Monitor Nummer drei war eine Mauer von Männern zu sehen, die alle in einer Ecke des Schlafzimmers standen und sich nicht bewegten.

36

Cesar Guimaraes kam mit seinem ganzen Familiengefolge aus Rio de Janeiro nach Houston, um seinem Sohn beizustehen. Dane Massey erhielt genügend finanzielle Mittel, um für Rafael und Robert DeLeon eine Verteidigung ungewöhnlichen Ausmaßes in die Wege zu leiten; genau das war es, was er vorgehabt hatte.

Als erstes bemühte er sich, Rafael gegen eine Kaution von 750000 Dollar auf freien Fuß zu bekommen, dann versuchte er es mit der Verzögerungstaktik. Da Rafael Brasilianer war und DeLeons Fall mit den Aktivitäten von Brasilianern in Zusammenhang standen, plädierte Massey dafür, Zeit zu erhalten, um die für beide Fälle notwendigen Informationen aus Rio und São Paulo zu erhalten. Ohne allzu große Mühe erreichte er, daß der Fall um Monate hinausgezögert wurde, bevor die Strafverfolgungsbehörde den Prozeß auch nur vorbereiten konnte.

Million und sein Stab beklagten sich nicht über eine Entwicklung, die sie vorhergesehen hatten. Sie sammelten die Unterlagen, die nötig waren, um Masseys Verzögerungstaktik entgegenzutreten, und wandten ihre Aufmerksamkeit dann anderen Dingen zu. Judith Croft wurde angezeigt wegen Förderung der Prostitution und Mittäterschaft bei der Verletzung der Einwanderungsgesetze. Auch sie wurde gleich danach gegen Kaution freigelassen. Dann begann Million, die Fälle gegen die reichen Männer aufzubauen, welche die brasilianischen Mädchen gekauft hatten. Die Beweise gegen DeLeon waren so stark, daß es Million nicht nötig hatte, seine Fühler zu Massey auszustrecken, um über eine Strafverschonung zu verhandeln. Statt dessen versuchten die Staatsanwaltschaft und die Polizei die Personen zu finden, welche die bis dahin nicht aufgetauchten Leichen der fünf Mädchen beseitigt hatten.

Vianna war kein Problem. Er führte die Beamten bereitwillig in das kleine Dorf Yautepec in der Nähe von Guernavaca. Dort, in der Mitte eines kleinen Friedhofs, wo die meisten Gräber mit selbstgemachten Kreuzen bezeichnet waren, lag das Mädchen in einer kleinen, weißen Krypta, die mit blaubemalten Muscheln besetzt war. Raymond Lyles hatte bei der Fahrt durch die Inseln von Florida kleinmütige Freunde auf seiner Yacht gehabt. Sie brauchten nur von der Polizei zu hören und waren auch schon bereit, gegen ihn auszusagen. Blieben noch drei Tote, die man bisher nicht entdeckt hatte. Es bedurfte monatelanger, zusätzlicher Ermittlungen, bevor die Beamten in die Mitte eines Salzfeldes in der Nähe der Raffinerien von Pasadena geführt wurden, wo man die zum Skelett gewordenen Überreste von Soyla Villas ausgrub. Und es dauerte noch länger, bis man dem Ölmagnaten Wilson wegen der illegalen Verbrennung von Lydia Pinheiro den Prozeß machen konnte. Vier weitere Monate vergingen, ehe die Prozesse im Todesfall Petra Torres und der beiden Mädchen begannen, welche Hirsch in der Abteilung »Unbekannte« im Leichenhaus entdeckt hatte. Mit Sally Steen, Sandy Kielman, Theresa Parmer und Pauline Thomas waren insgesamt zwölf Mädchen ums Leben gekommen.

Drei Tage nach Rafaels Festnahme im Hyatt Regency rief Nina Bob Dystal an, um ihm mitzuteilen, daß Haydon plötzlich eine schwere Grippe bekommen habe. Sein Arzt meinte, er könne einige Tage nicht zur Arbeit kommen. Nina weigerte sich eine Woche lang, irgend jemanden aus dem Büro oder von den Medien mit ihm sprechen zu lassen, und als Haydon schließlich zur Arbeit zurückkehrte, hohläugig und still, trugen bereits Hirsch und Mooney die Folgelasten der Untersuchungen und lieferten Million ständig Dokumente zu den Akten, die zur Vorbereitung seiner Prozesse nötig waren. Haydons Abgespanntheit dauerte Wochen an, und nur allmählich gewann er das Gewicht zurück, das er während seiner Krankheit verloren hatte. Diejenigen, die nahe mit ihm zusammenarbeiteten, waren zu sehr beschäftigt, als daß ihnen irgendwelche ungewöhnlichen Veränderungen an ihm aufgefallen wären, und als ihnen die Arbeit wieder Zeit ließ, es zu bemerken, hatte er sich so weit erholt, daß es ihm gelang, die Veränderungen seiner Persönlichkeit gut zu verbergen.

Über ein Jahr lang beherrschten die Morde an den Mädchen

und die prominenten Männer, die in diese Fälle verwickelt waren, die Schlagzeilen der Presse in Houston und tauchten auch immer wieder in den überregionalen Abendnachrichten des Fernsehens auf. Als leitender Beamter der Untersuchung mußte Haydon den Reportern immer wieder Rede und Antwort stehen. Es war genau die Art von Publizität, die er haßte, aber das Department verfügte nur über wenige Männer, die sich so gut ausdrücken konnten wie Stuart Haydon, und die Vorgesetzten wußten sehr wohl den Wert eines solchen Sprechers zu schätzen. Sie bestanden darauf, daß er ständig den Fragen der Presse zur Verfügung stand und über seine erfolgreiche Untersuchung berichtete. Da sie seine natürliche Zurückhaltung gegenüber Reportern kannten, brauchten sie nicht zu befürchten, daß er dabei seine Grenzen überschreiten würde.

Der Sommer wich zögernd dem Herbst, was bedeutete, daß die Temperaturen nur sehr allmählich unter die Fünfundzwanzig-Grad-Marke absanken. Der Winter gab nur ein kurzes Gastspiel, das heißt, es regnete häufiger, und machmal sanken die Temperaturen unter fünfzehn Grad. Die berühmten *Texas Northers* wehten vom Panhandle herunter und starben über der Golfküste. In einigen Nächten erreichte das Thermometer die Null-Grad-Marke. Dann war der Winter vorbei. Der Frühling dauerte nur kurze Zeit, dann kehrte der Sommer als rechtmäßiger Besitzer der Stadt zurück. Er schien sie im Grunde gar nicht verlassen zu haben.

Als Massey das Material zur Verteidigung von DeLeon zusammentrug, stellte sich heraus, daß er dabei in Bedrängnis geraten mußte. Longorias Aussage reichte DeLeon zum Verderben. Massey trat an Million heran, um Straffreiheit auszuhandeln, und bot im Gegenzug Informationen über einige der Mädchen, die noch immer vermißt waren. Million dachte nicht eine Sekunde lang daran. Als der Prozeß begann, war es klar, daß Massey für DeLeon nicht viel tun konnte. Er wurde zu lebenslänglicher Haft verurteilt, ohne die Chance einer späteren Entlassung auf Bewährung.

Für Massey bedeutete DeLeons Fall eine schwere Prüfung seiner Fähigkeiten als Strafverteidiger. Er hatte getan, was er konnte, aber die Ergebnisse zeigten, daß es aussichtslos gewesen war. Rafaels Wunden dagegen schienen nicht tödlich zu sein, obwohl Russ Million schwere Kanonen aufgefahren hatte. Er wurde angeklagt wegen schweren Mordversuchs im Fall Dolores do Bandolin, schwerer Förderung der Prostitution und Verschwörung zum Zweck der Verletzung der Einwanderungsbestimmungen, außerdem wegen Besitzes illegaler und gefährlicher Drogen. Jeder wußte von Anfang an, daß es keine Möglichkeit gab, Rafael wegen Mordes an den zwölf Mädchen anzuklagen. Wie einer der Zeitungsreporter bemerkte, gab es keinen einzigen direkten Beweis, obwohl die indirekten Beweise gegen Rafael erdrückend waren. Bei der Beweisführung vor einem Geschworenengericht waren erdrückende Indizienbeweise kein Ersatz für einen einzigen direkten Beweis.

In seiner Position als Verteidiger fühlte Massey, daß es mehrere Schwachstellen in der Anklage des Staatsanwalts zu entdekken gab, bei denen man den Hebel ansetzen konnte. Das Videoband war ein scheinbar unübertrefflicher Beweis, aber Massey versuchte, gerade dies zu seinem Vorteil zu nutzen. Die Tatsache, daß ein solcher Film entstehen konnte, beruhte auf Haydons Annahme, daß Rafael versuchen würde, der Bandolin eine tödliche Dosis Tollwutviren zu verpassen. Als die Polizei sah, wie Rafael dem Mädchen die Injektion gab, eine Injektion, von der Rafael annehmen mußte, daß sie die tödlichen Viren enthielt, warum hatte sie da noch siebzehn Minuten gewartet, ehe sie die Suite stürmte? Hatten die Beamten nicht gesehen, was sie sehen wollten? Da die Bandolin von der Wirkung des Rauschgifts bewußtlos geworden war, hatten sie ihr Leben gefährdet, indem sie die medizinische Versorgung hinauszögerten in der Hoffnung, den Angeklagten auch noch eines Akts der Vergewaltigung überführen zu können. Als sie dem Angeklagten gestatteten, noch länger als eine Viertelstunde mit der schönen, bewußtlosen und nackten jungen Frau in der Suite zu verbringen, hatten sie einen Akt der Anstiftung begangen zum Zwecke der Erlangung von Beweisen, welche die Polizei nicht erhalten hätte, wenn dem Angeklagten nicht diese Zeit gewährt worden wäre. Hatte die Polizei nicht sogar selbst ein Verbrechen begangen, indem sie zuließ, daß das Mädchen das Opfer eines möglichen Verbrechens wurde, eines Verbrechens, das die Polizei ohne weiteres hätte verhindern können? Außerdem: Wie konnte die Polizei wissen, daß das Mädchen nur bewußtlos und nicht tot war, als es auf dem Boden zusammenbrach? In beiden Fällen hätten die Polizeibeamten sofort handeln müssen, um weitere Verbrechen zu verhindern. Wenn das Mädchen gestorben wäre – hätte sich die Polizei dann nicht der Beihilfe im Amt schuldig gemacht? Waren sie nicht bereits schuldig geworden – schuldig der passiven Duldung eines Verbrechens und obendrein der schamlosesten Art von Voyeurismus? Außerdem führte Massey an, daß sein Mandant bei der Festnahme mißhandelt worden sei und eine gebrochene Nase, mehrere Risse und Verletzungen davongetragen habe, die genäht werden mußten.

Natürlich hatte Million diesen Angriff der Verteidigung vorhergesehen und eine ausführliche Verteidigung seines Verhaltens vorbereitet. Aber es wurde ein schwieriger Fall, ganz gleich, aus welcher Position man ihn betrachtete.

Am Ende freilich konnten weder die Verteidigung noch die Anklage ihre so sorgfältig vorbereiteten Plädoyers vor dem Richter und den Geschworenen halten. Obwohl man Dolores do Bandolin sehr sorgfältig bewacht und beschützt hatte, was dem Büro des Staatsanwalts keine geringen Kosten verursachte, war man zuletzt doch nicht sorgfältig genug gewesen. Eines Abends, drei Wochen vor Beginn des Prozesses, war sie kurz vor dem Essen zum Einkaufen gefahren worden. Im Supermarkt war sie untergetaucht und verschwunden. Zwei Tage später hatte sie ein Taxi von einem billigen Motel auf der Südseite der Stadt zum Internationalen Flughafen gebracht, und sie war an Bord einer direkten Maschine nach Rio de Janeiro gegangen. Sie verschwand in den Slumhöhlen, aus welchen sie fast zwei Jahre zuvor in die Vereinigten Staaten gekommen war.

Haydon nahm den Hörer von der Gabel, damit es nicht weiter klingelte. Er wollte nicht sprechen, legte den Hörer neben sich und schaute zu Nina hinüber. Sie war wach und sah ihn an.

»Findest du nicht, du solltest wenigstens mit ihnen reden?«

Er lag flach auf dem Rücken und schaute über das Fußende des Betts hinweg zu den hohen Fenstern, die hinausgingen auf die Terrasse und den darunterliegenden Rasen. Die Fenster waren offen, und ein schwacher Duft von Zitronenblättern kam herein.

Nina fuhr mit ihren langen Fingern durch das Haar auf seiner Brust. Sie nahm den Hörer und drückte ihn an sein Ohr.

»Hallo? Jemand da? Hallo? Detective Haydon?«

»Hier ist Haydon«, sagte er heiser.

»Ich fürchte, ich habe Sie geweckt.«

Haydon schaute auf die ovale Cartier-Uhr neben dem Bett. Es war zwei Uhr fünfzehn.

»Wer spricht?«

»Detective West, Sir. Wir haben ein Problem in dem Haus am University Place, mit dem Sie vor einiger Zeit zu tun hatten.«

Haydon konnte es nicht glauben. Er fühlte, wie ihn eine Welle der Übelkeit überkam.

»Hier ist ein Kerl, dessen Gesicht völlig weggeputzt ist. Die Frau hier meint, sie möchte Sie sprechen. Ich weiß nicht, wer sie ist. Sie möchte keinen Namen nennen.«

»Ich komme«, gab Haydon Bescheid. Nina legte den Hörer auf, lag dann einen Moment lang im Dunkeln und schaute auf das bläuliche Licht, das durch die Fenster hereinkam.

»Mein Gott«, sagte er nach ein paar Minuten, dann stand er auf und zog sich an.

Sämtliche Möbel in dem Haus waren mit weißen Staubschutzbezügen versehen, und es roch dumpf. Das Haus war jetzt seit über einem Jahr unbewohnt. Detective West und sein Partner empfingen Haydon an der Tür. Sie standen ruhig da, als Haydon durch den Wohnraum auf die Frau zuging. Judith Croft saß auf der Kante von einem der Sofas und rauchte eine Zigarette. Ihr schwarzes Haar rahmte das Gesicht so sorgfältig ein wie damals, als er sie zum erstenmal gesehen hatte – und noch immer war der Kontrast zu ihren blauen Augen, dem blassen Teint und dem tiefen Orange ihrer Lippen bemerkenswert.

Sie sahen sich einen Augenblick lang an, dann drehte sich Haydon um und ging hinüber zu dem Körper, der vor der Wurlitzer-Musikbox lag. West nahm den Bezug weg, den sie von einem Sessel genommen und über den Toten geworfen hatten. Rafaels Gesicht war nicht mehr da. Etwas sehr Wirkungsvolles hatte es vom Haaransatz bis zum Kinn abrasiert.

»Eine kleine Handfeuerwaffe, mit der man nur eine einzige Kugel vom Kaliber .41 abfeuern kann«, erklärte West etwas umständlich. Er hielt sie Haydon hin. Haydon warf nur einen kurzen Blick auf die Waffe in der Hand des Kriminalbeamten, dann ging er zur Croft hinüber.

»Ist Ihnen nichts passiert?« fragte er und schaute zu ihr hinunter.

Sie schüttelte den Kopf und blies eine Rauchwolke von sich.

Haydon setzte sich ans andere Ende des kurzen Sofas und zündete sich ebenfalls eine Zigarette an – das Ritual.

»Was ist geschehen?«

Sie stieß einen seltsamen Seufzer aus.

»Ich war die einzige in dieser – dieser traurigen Kollektion von Frauen, die nicht mit ihm geschlafen hatte. Ich wollte einfach nicht. Heute abend habe ich ihn angerufen. Sagte ihm, wir könnten doch einmal zusammenkommen und dieses schreckliche letzte Jahr für diesen einen Abend vergessen. Es hat ihm schwer zugesetzt, auch wenn er es sich nicht hat anmerken lassen. Er war reif für etwas Mitleid. Als er hierherkam, bin ich auf ihn zugegangen und hab' ihm den Lauf unter das Kinn gedrückt.« Sie räusperte sich.

»Wo haben Sie diese Waffe her?«

»Paulo hat sie mir vor langer Zeit gegeben. Zu meiner Sicherheit. Es war absurd, eine solche Waffe zu besitzen.«

Haydon konnte nicht umhin – er schaute hinauf zum Plafond. Dort oben klebten Fleischfetzen, an denen noch Haare hingen.«

»Und warum?«

»Ich habe doch gemerkt, worauf es hinauslief«, sagte sie. »Er hätte nie und nimmer das bekommen, was er verdiente. Ich habe gehört, daß Massey ihn für nicht zurechnungsfähig erklären lassen wollte. Dieser Mann war das Böse in Person. Es war nicht gerecht, ihn damit zu entschuldigen, daß er verrückt ist.«

Sie hatte die Hände züchtig auf dem Schoß gefaltet und schaute hinüber zu Rafaels Leichnam unter dem Tuch.

»Ich weiß, wie das aus meinem Mund klingt, aber ... Es ist eine Frage der Moral. Ich wollte nicht, daß sie hinweggefegt wird in einer Flut juristischer Spitzfindigkeiten.«

Haydon schaute sie an. Sie war makellos gekleidet. Er konnte ihr Parfüm riechen: *Bal à Versailles.* Er erinnerte sich an den schlanken Körper, den er unter dem teerosenfarbenen Morgenmantel gesehen hatte, an dem sonnigen Vormittag, als er sie zum erstenmal besucht hatte.

»Und jetzt, glauben Sie, hat er bekommen, was er verdiente?«

»Ich habe genau gewußt, was ich tat«, sagte sie.

»Warum haben Sie mich rufen lassen?«

Sie schaute ihn an. Zwei kleine Tränen bildeten sich in den inneren Winkeln ihrer beiden Augen. Sie liefen nicht herunter, sondern blieben dort, rund und bewegungslos wie Diamanten.

»Ich möchte, daß Sie mich verhaften. Mit Ihnen hat es begonnen, und ich wollte, daß es auch mit Ihnen endet.«

Dazu konnte er nichts sagen. Er nickte nur.

Danach sprach keiner von ihnen ein Wort. Haydon wußte, daß er sie festnehmen und ins Präsidium fahren mußte, aber er rührte sich nicht. Er spürte Wests Neugier. Auch das war ihm egal.

Judith Croft beugte sich nach vorn und drückte ihre Zigarette in einem Aschenbecher auf dem Beistelltisch aus. Der Saum ihres Crepe-de-chine-Kleids rutschte ihr übers Knie. Sie starrte vor sich auf den Boden.

»Haben Sie gewußt, daß Sally meine Mutter war?«

Die Frage hing in der stickigen Luft zwischen den gespenstischen Staubbezügen und Rafaels Leichnam, wie ein verschwendeter Gedanke, der nach einer Existenzgrundlage suchte. Haydon empfand großes Mitleid mit Judith Croft.

»Nein«, sagte er.

»Es war alles in einem versiegelten Brief, den sie ihrem Testament beigefügt hatte. Ich war ihre erste Schwangerschaft. Statt abtreiben zu lassen, hat sie mich ausgetragen und dann weggegeben. Es stand alles in dem Brief, die ganze Geschichte. Acht Seiten. Sally hat mich nicht aus den Augen verloren, als ich zur Schule ging und später aufs College.«

Wieder richtete sie den Blick auf Haydon. Er sah an ihrer Miene, wußte, daß es wenig Sinn hatte, weiter darüber zu sprechen.

»Sollen wir gehen?« fragte sie.

Haydon war sehr müde. Als er aufstand und ihr die Hand reichte, um ihr hochzuhelfen, roch er wieder den Duft ihres Parfüms. Er hätte viel dafür gegeben, weinen zu können.

Sog der Gewalt

Aus dem Amerikanischen
von Friedrich A. Hofschuster

Titel der Originalausgabe: Heat From Another Sun
Originalverlag: Harper & Row, New York

Für Joyce

Als Dank für ihre geduldige Kameradschaft
in diesen zwanzig Jahren.
Immer hoffend, immer verzeihend...

Dieser Roman spielt in Houston in Texas. Keine der hier vorgestellten Menschen haben jedoch lebende Vorbilder, vielmehr sind alle Ereignisse und Personen frei erfunden.

1

Das alte Shamrock Hilton ragte breit und wuchtig in den dunstigen Nachthimmel wie ein alternder Mammut-Ozeandampfer, wobei der weiche grüne Schimmer seiner beleuchteten Fassade nach oben zu schwächer und die Silhouette schattenhaft wurde, unterbrochen von den ambrafarben leuchtenden Luken der Zimmer: eine große Königin aus vergangener Zeit, noch immer beeindruckend, noch immer königlich.

Er betrachtete das Hotel durch die funkelnd klare Windschutzscheibe des perlgrauen Mercedes, als er sein Kinn auf das Lenkrad legte und auf Paul Desmonds weiche Saxophontöne lauschte, die *Coracao Sensivel* spielten. Unter der Geräuschkulisse der Musik hörte er die Mädchen auf dem Rücksitz in gedämpften, verschwörerischen Tönen sprechen. Sie redeten einen Dialekt, den er »Chink-Tex« nannte: vorwiegend Chinesisch, gespickt mit englischen Wörtern und Redensarten in deutlich erkennbarem Texas-Akzent. Scheiße, sie waren ahnungslos und unschuldig wie die Kinder. Zwei Unschuldige. Am Rand seines rechten Blickfelds bewegte sich vorsichtig etwas Blasses hinter ihm. Er erstarrte. Ein nacktes Bein kam über den Sitz, und an einer ausgestreckten großen Zehe baumelte ein Slip, ganz dicht vor seinem Gesicht. Er lächelte. Ein Schauer leisen Kicherns übertönte Desmonds Saxophon. Verdammte Scheiße, wer war heutzutage noch wirklich unschuldig?

Er schnappte sich den Slip von der großen Zehe und schob den Fuß dorthin zurück, wo er hergekommen war. Dann nahm er seine goldbraun getönte Carrera-Brille ab und begann sie mit dem Slip zu polieren. Er hielt sich die Gläser vor die Augen, dann warf er die Brille frustriert auf den Sitz neben sich. Seine Augen brannten, und er hatte gedacht, die verdammte Brille würde das Licht der entgegenkommenden Scheinwerfer etwas dämpfen. Davon konnte nicht die Rede sein. Außerdem sah er aus wie ein Zuhälter, wenn er nachts eine Sonnenbrille trug. Er wollte, wenn das erledigt war, die Augen schließen, vielleicht ein paarmal einnicken, aber er war so verdammt aufgedreht, daß er wohl noch eine Woche lang nicht schlafen würde. Er schlief nicht, weil er nicht schlafen konnte. Er war so vollgepumpt mit Adrenalin, daß sein Gedächtnis immer, wenn er die Augen schloß, Standbilder der Ereignisse aus den vergangenen zwei Stunden ausspuckte, und dann mußte er die Augen aufmachen, um sie zu stoppen. Scheiße. Genau wie im Kino. Es war ein verdammter Abend gewesen. Noch nie hatte er etwas Derartiges gesehen. Noch nie.

Die Drive-in-Schalter auf dem Parkplatz der Bank waren ein guter Treffpunkt. Sie waren durch dichte Hecken und Oleanderbüsche vom Verkehr auf der Fannin und Holcombe Street abgeschirmt. Die Lampen warfen ihr blasses Licht hinter den Palmen auf die Straße und bildeten strichförmige Schatten auf der Motorhaube des Mercedes. Natürliche Tarnung – wie das Mondlicht in Vietnam. Powell würde vermutlich denken, daß es albern war, sich auf diese Weise zu treffen, aber schließlich hatte Powell ja keinen Überblick – er hatte keine Ahnung vom Umfang dieses Spiels. Er war noch nicht lange genug mit solchen Dingen beschäftigt, um zu wissen, was zu tun war, wenn man auf etwas ganz Knallhartes gestoßen war. Nun, er würde es sehr bald herausfinden.

Er langte nach unten und berührte das Päckchen zwischen seinen Schenkeln auf dem Sitz des Wagens. Zwei Videokassetten, hergestellt nach allen Regeln der Kunst, im ENG-System. Damit hatte sich Hitachi selbst übertroffen. Jede Kassette war in eine Zellophanhülle verpackt, mit einer Art Plastikreißverschluß, und die beiden waren mit Klebeband zusammengebunden, so daß nichts mehr vom Inhalt zu erkennen war. Das Ganze sah eher aus wie eine Bombe, und genau das war es auch.

Desmond kam gerade zu *Tow Part Contention*, als Powells ramponierter Corvette Cherry von der Holcombe abbog und um die Ecke kam, dann an der Vorderseite der Bank entlang und nach hinten fuhr, wo sich die Drive-in-Schalter befanden. Die Mädchen auf dem Rücksitz hörten auf zu schnattern und setzten sich ein wenig hoch, als sie den anderen Wagen beobachteten, der zwischen den Verkehrsinseln manövrierte und schließlich neben ihrem Mercedes zum Stehen kam. Powell schaltete den Motor der Corvette ab und kurbelte sein Fenster herunter.

Er grinste zu ihnen herüber. »Hey, James Bond.«

Der blöde Scheißkerl. Er kapierte einfach nicht. »Kannst du heute abend ins Labor kommen?«

»Klar«, antwortete Powell. »Jederzeit. Worum geht's? Bist du wieder im schönen Land der Tamales gewesen?«

Er ignorierte die Frage. »Ich habe hier Aufnahmen auf Viertel-Inch-Band und möchte sie auf Dreiviertel-Inch-Band kopiert haben.«

»Wie funktioniert die neue Hitachi-Anlage?«

»Fein. Hör zu, das muß noch heute nacht geschehen.«

»Na und?«

Er wußte nicht, wieviel er Powell sagen sollte. Langte zum Armaturenbrett und schaltete das Kassettengerät ab. Jetzt waren die gedämpften Geräusche der Stadt zu hören, und er deutete Powell an, daß er sich noch weiter aus dem Fenster lehnen sollte.

»Ich möchte ihnen aber keine Kopien davon geben«, sagte er.

Powell schaute ihn nur an. Eine Sammlung von Goldketten unter Powells Adamsapfel reflektierten das Licht. Manchmal machte er sich Gedanken über ihn. Der Junge aus Kalifornien, der kein Junge mehr war und es nicht wußte. Er lebte zusammen mit einer absolut fabelhaften Puppe, die halb so alt war wie er und doppelt so schlau. Er konnte sich das gar nicht vorstellen. Powell war einer, der immer mal ganz groß hatte rauskommen wollen – aber in all den Jahren war er seinem Ziel keinen Schritt näher gekommen. Es würde nicht gut enden mit Powell; er hatte zu viele Jahre verpatzt und vergeudet.

»Du sollst die Bänder für mich kopieren, ohne daß sie etwas

davon erfahren. Wenn er dich morgen fragt, sag ihm, ich bin nicht gekommen. Du hast nichts gehört von mir.«

Powell leckte sich die Lippen. Selbst im ausgewaschenen Licht der Straßenbeleuchtung konnte man erkennen, daß seine Haut zu Leder gebräunt war. Das blonde Beachboy-Haar paßte nicht ganz zu dem Gesicht, das an die vierzig Jahre alt sein mußte und nicht gut gealtert war.

»Was ist denn auf den Bändern?« fragte Powell, neigte dazu den Kopf und riß den Mund auf, als hänge sein Kiefer an ausgeleierten Bändern.

»Das ist meine eigene Sache, Wayne. Also nichts für die anderen. Ich bezahle dir auch extra. Das ist ein Geschäft zwischen dir und mir. Du hast die Ausrüstung, die ich brauche. Es ist einfach wie Überstunden. Nachtarbeit.«

»Und du bist nicht nach El Salvador geflogen?«

»Doch, bin ich, aber das ist etwas anderes. Ich mache noch andere Geschäfte nebenher, wie du weißt.«

»Und was ist mit dem Stoff aus El Salvador?«

»Nichts auf dieser Reise. Es hat sich nicht ergeben.«

»Aber du hast schon Geld dafür bekommen.«

»So ungefähr.«

»Was meinst du damit, ›so ungefähr‹? Geld ist nicht ungefähr. Geld ist Bezahlung. Wenn du Quatsch machst mit diesen Leuten, kannst du auch mich und meine Position hier auffliegen lassen. Ich will nicht meine Brötchengeber loswerden, Mann.«

Powells Problem bestand darin, daß er alles zu wörtlich nahm. Aber so war das in der Filmschule. In seinem Herzen war er nie etwas anderes als ein guter Kamera-Techniker gewesen. Absolut ohne jede Kreativität. Aber immerhin ein guter Techniker.

»Hör zu, Wayne, ich erklär' dir das morgen.«

Powell schaute auf den Rücksitz des Mercedes, auf die zwei nicht lächelnden, orientalischen Augenpaare, die ihn ausdruckslos aus dem Halbdunkel anstarrten. Er überlegte es sich, dann zuckte er mit den Schultern und zog seine geöffnete Hand aus dem Fenster. »Was soll ich dazu sagen?«

Den Bruchteil einer Sekunde war der andere dabei, seine Entscheidung zu ändern, doch dann sagte er sich, daß es ein Fehler wäre, jetzt die Nerven zu verlieren. Er wollte die Bänder im Dreiviertel-Inch-Format kopiert haben, und er wollte sehen, was ein wirklich guter Techniker bei der Vergrößerung schaffen konnte. Niemand hatte einen Grund zu der Vermutung, daß es sich um etwas anderes handelte als bei den anderen Kassetten. Es war, als ob man eine Million Dollar in einem Schuhkarton verschickte. Manchmal waren Routineprozeduren die sicherste Tarnung und daher die beste. Jedenfalls solange Powell die Bänder nicht aus der Hand gab. Er holte das Päckchen zwischen seinen Schenkeln hervor und reichte es durchs Fenster.

»Es sind zwei. Beide zusammen über sechzehn Minuten. Auf die neuen Hitachis gehen nur acht Minuten.«

»Das erste, was ich höre, Mann«, sagte Powell mit müdem Sarkasmus. »Du vergißt, wer dich überhaupt erst drauf gebracht hat.«

»Laß sie einfach mal durchlaufen und sieh zu, was bei einer Kopie auf ein Dreiviertel-Inch-Band herauskommt. Vergrößere sie, was immer du auch dafür aufwenden mußt. Sobald du damit fertig bist, ruf mich vom Labor aus an und sag mir, wie es rauskommt. Ich sage dir, was dann weiter damit geschehen soll. Okay?«

»Wie du meinst«, sagte Powell.

»Und, Wayne – es sind ganz besondere Bänder, okay? Gib sie nicht aus der Hand. Sie sind nur für deine Augen bestimmt, okay?«

Powell schien davon nicht besonders beeindruckt zu sein. Er ließ den Corvette an, der Motor heulte ein paarmal auf, und die Motorhaube des Wagens zitterte heftig, dort, wo sie provisorisch mit grauen Klebestreifen zusammengehalten wurde. Powell warf noch einen bedeutungsvollen Blick auf die Mädchen im Fond des Mercedes. Sie erwiderten ihn mit leerem Schweigen. Wieder heulte der Motor des Corvette auf. Wieder starrten die Mädchen passiv hinaus. Dann legte Powell unter Kratzen den Gang ein und schoß davon, im betäubenden Brüllen seines explodierenden Motors und dem scharfen Gestank nach verbranntem Gummi. Die Reifen des Corvette drehten noch durch, als er aus der Einfahrt schoß und mit dem Auspuff über die Stelle kratzte, wo die Zementpiste in den Asphalt der Straße überging und eine kleine Schwelle bildete. Er verschwand im Verkehr auf der Fannin Street.

Die Mädchen brachen in kreischendes Gelächter aus, dem ein Schnellfeuer-Chink-Tex folgte.

Wayne Powell war fast vierzig Jahre alt! Kaum zu glauben.

2

Als erstes hatte er die Bibliothek ausgeräumt. Das hatte einen ganzen Monat in Anspruch genommen. Haydon warf nur ungern etwas weg. Sein Schreibtisch, die Aktenschränke und die Bücherregale waren angefüllt mit Esoterica, Erinnerungsstükken und Gegenständen von geringem oder gar keinem Wert, an denen er unerklärlicherweise hing. Alles das, womit er sich umgeben hatte, stand in Beziehung zu einer anderen Zeit und einem anderen Ort, und gerade in seiner Bibliothek kam das besonders deutlich zum Ausdruck.

In den ersten paar Tagen hatte er vor allem darüber nachgedacht und x-beliebig Bücher aus den Regalen genommen, in die er seit Jahren keinen Blick mehr geworfen hatte. Er hatte sie aufgeschlagen und die Ex libris und die Namen der ehemaligen Besitzer auf der ersten Seite gelesen, meistens in ihrer eigenen Handschrift. Da waren der Name seines Vaters, seiner Mutter, sein eigener. Die Handschrift seines Vaters war schmal und langgezogen und erinnerte an die dekorative Schrift, wie man sie im Unterricht, aber auch aus besonderen Büchern vor sechzig Jahren gelernt hatte. Er hatte oft exzentrische Bemerkungen unter Namen und Datum gemacht: Kommentare über das Wetter am Tag, als er das Buch kaufte, oder ob er gerade mit Erfolg einen bestimmten Fall abgeschlossen hatte, ob es etwas Bemerkenswertes in den Nachrichten gegeben hatte oder etwas, das

Einfluß auf seine Familie ausübte. Seine Bücher waren die Marginalien seines Lebens. Die Handschrift seiner Mutter war klein, deutlich und präzise. Sie trug nur Name und Datum ein, sonst nichts.

Haydons eigene Handschrift war stilistisch uneinheitlich, nicht zuletzt, weil sich in der Bibliothek Bücher befanden, die von seiner Kinderzeit bis zur Gegenwart reichten. Man konnte leicht das ungeschickte Gekritzel der frühen Jahre erkennen und sehen, wie es durch eine Folge von Signationen in den Büchern fester und klarer wurde. Aber selbst als Erwachsener hatte seine Handschrift häufig im Aussehen gewechselt, eine Tatsache, die ihn insgeheim ärgerte. Manchmal, als er nach dem Tod seiner Eltern die Familienpapiere durchgegangen war, hatte er seine eigene Schrift nicht wiedererkannt.

Auf diese eher willkürliche und zufällige Weise erkannte er in sich allmählich das, was Thomas Carlyle die »ausdrückliche und hörbare Stimme der Vergangenheit« genannt hatte. Er sah die Bibliothek selbst schließlich als eine alternde Persönlichkeit, in der der Schlüssel zu seiner bedrohten Erinnerung rein zufällig bewahrt worden war. Diese Entdeckung wirkte außerordentlich beruhigend auf ihn und war ein wichtiger Faktor bei seiner emotionellen Rekonvaleszenz, die vermutlich noch mehrere Monate dauern würde.

Nach annähernd zwei Wochen dieses selbstverlorenen Herumkramens, in denen er lange Tage damit verbrachte, das zu lesen, was ihm plötzlich interessant erschien, wobei ihn nicht selten ein Buch zu einem anderen, das mit dem ersten in losem Zusammenhang stand, führte, begann Haydon eine systematische Sichtung des gesamten Inhalts der Bibliothek. Er prüfte jedes einzelne Buch, jede Zeitschrift und jede Broschur, die in den Regalen dieses Raums lagen, und brachte Notizen auf ihre Karteikarten und in dem Katalog an, der von Beginn an mit geradezu religiöser Sorgfalt und Gewissenhaftigkeit von seinem Vater angelegt worden war. Bei diesem Prozeß warf er eine Menge Material weg, das scheinbar nur deshalb Platz auf den Regalen gefunden hatte, weil es die Gewohnheit der Familie war, alles aufzuheben, das als Buch, Journal oder Zeitschrift bezeichnet werden konnte und in ihre Hände gefallen war. Er warf ganze drei große Packkartons mit nutzlosem Material weg, die er hinauszerrte auf die Terrasse, damit Pablo sie wegschaffen konnte.

Schließlich widmete er eine volle Woche dem Auswählen und Bestellen weiterer Bücher von einer Liste, die er sich in seinem Ringbuch notiert hatte.

Gegen Ende des zweiten Monats wandte Haydon seine Aufmerksamkeit dem Gewächshaus zu, das sich hinter dem Zitrushain befand. Er hatte schon eine ganze Weile im Sinn gehabt, seine Sammlung von Bromelien so zu erweitern, daß sie den ganzen zur Verfügung stehenden Platz in dem großen, langen Glashaus einnahmen. Also begann er mit der Renovierung, unter Assistenz von Pablo, der den Boden immer wieder aufs neue wischte und Haydons neue Begeisterung keineswegs teilte, weil sie seine gemütlichen Vormittage in ein schweißtreibendes Fegefeuer verwandelten. Riesige Kalksteinblöcke wurden angeliefert, damit kleine Anhöhen gebaut werden konnten, und das Sphagnum-Moos wurde zentnerweise herbeigekarrt. Elektriker kamen mit Rollen von Draht, ordentlich verpackten Geräten, Leitern und Gerüsten und installierten die nötigen Vorrichtungen, um einen hermetisch abgeschlossenen, genau den Bedingungen des tropischen Regenwalds entsprechenden Raum zu schaffen, vervollständigt mit verschiedenen Windanlagen, die von elektrisch geschalteten Fächern und Ventilatoren an der Decke geschaffen wurden, und einem automatischen Sprinklersystem, das Nebel und periodischen Regen simulierte.

Haydon kämmte alle Baumschulen und Gärtnereien der Stadt durch nach Varietäten von Bromelien, die er noch nicht besaß, und bestellte andere über den Versand. Am Ende von sechs Wochen war die Renovierung komplett. Plattenwege wanden sich durch das Glashaus zwischen übereinander angeordneten Reihen der über hundert verschiedenen Arten von Bromelien, die sich von der Decke bis zur feucht-schwammigen Erde erstreckten. Hoch oben an den Palmen und an den zerbröckelnden alten Baumstümpfen saßen die Epiphyten, die »Luftatmer«, deren

Wurzeln nur zum Festhalten dienten, während sie Nahrung und Wasser durch ein System stufenförmig angeordneter Blätter aufnahmen. Alle Bromelien tun das, und es verleiht ihren Blättern oft einen silbrig-blauen Hauch. Üppige Büschel und Girlanden hingen herunter auf die Felsblöcke, wo die Saxicola lebten und sich an den Ritzen und den Flechten des Steins festklammerten. Die terrestrischen Orchideen gediehen in den Wäldern des auf dem Boden gepflanzten Farns, darunter der schimmernde Cryptanthus »Erdstern«, der großartig wirkte vor dem dunkelgrünen Hintergrund aus Moos und Torf.

Zu Beginn des vierten Monats hatte sich Haydons Tagesablauf zu einer gesunden und bequemen Lebensweise geregelt. Er stand früh auf und machte seine Gymnastik auf dem Schlafzimmerbalkon oberhalb der Terrasse, bevor er nach unten ging, aus dem Gartentor, um drei Meilen in der Kühle des frühen Morgens über die Boulevards zu joggen. Wenn er zurückkam, nahm er eine Dusche und frühstückte dann mit Nina, wobei er die beiden Tageszeitungen von Houston schnell und mit wenig Interesse durchblätterte. Hier und da verfiel er danach in Tagträume.

Während die kühleren Temperaturen des frühen Morgens noch etwas im Zitruswäldchen beim Gewächshaus hängenblieben, verbrachte er seine Zeit dort mit dem Katalogisieren neuer Importe und dem Ausmerzen unbrauchbarer Triebe, die sich häufig bei älteren Pflanzen entwickelten. Aber oft faulenzte er auch am Vormittag, lag in einer Hängematte zwischen den Zitronenbäumen und versuchte, an gar nichts zu denken. Ein Ziel, das er allerdings nur selten erreichte.

Vom Lunch bis zum Abend, während der heißesten Stunden des Tages, arbeitete Haydon in der Bibliothek. Wie bei den Bromelien katalogisierte er die neu erworbenen Bücher, die alle paar Tage in einem stetigen Strom von Pappkartons mit der Post eintrafen. Er packte sie aus, stellte die leeren Kartons hinaus auf die Terrasse und die neuen Bücher auf den Refektoriumstisch. Dann setzte er sich mit dem Rücken zur Terrassentür, hinter der die Sommerhitze zu einer Intensität anschwoll, daß selbst die Zikaden nicht mehr zu zirpen, sondern zu schreien schienen, und versenkte sich in die neuen Bücher mit einer Begeisterung, die er bis dahin nicht für möglich gehalten hätte.

Und noch ein weiterer Monat verging in dem natürlichen Rhythmus, den sein Leben jetzt angenommen hatte. Das aberwitzige Bedürfnis, sich beschäftigen zu müssen, von dem er besessen gewesen war, wich allmählich und hatte ihn wie nach einem die Sinne verdrehenden Fieber ruhig und ein wenig erschöpft zurückgelassen. Doch die Routine seiner Tage, die behutsam von Nina instrumentiert wurde, war außerordentlich regenerativ gewesen. Seine Ängste waren seltener und weniger unmittelbar geworden. Diejenigen, die geblieben waren, würden freilich nie mehr weichen. Sie waren ebenso Teil seiner Persönlichkeit wie der Rhythmus seines Herzschlags. Doch zum erstenmal, seit er sich erinnern konnte, paßte sein Leben in einer sinnvollen Weise zusammen, die er lange nicht gefühlt und zweifellos im Unterbewußtsein zutiefst vermißt hatte. Nina bedeutete ihm mehr als je zuvor, denn sie war diejenige, die geduldig und unaufdringlich seine Genesung gelenkt und gestaltet hatte. Nach nahezu zwölf Jahren, in denen sie ihre Ehe und ihre Karriere in einem gewissen Gleichgewicht gehalten hatte, war Nina nun bereit, ihre eigene Arbeit nach und nach aufzugeben. Neue Aufträge von neuen Architekturfirmen wurden grundsätzlich abgelehnt, und es gab Wochen, in denen sie ihr Studio kein einziges Mal betrat. Die Arbeit, die sie noch tat, erledigte sie zu Hause. Sie drängte sich ihm nie auf und verstand besser als er, daß er Perioden der völligen Einsamkeit nötig hatte – doch sie war nie außer Reichweite.

Wie immer, hatte sie nicht nur ihre eigene Position, sondern die von sich und von ihm in aller Deutlichkeit erkannt. Für seine derzeitige Gemütsruhe fühlte sich ihr Haydon auf eine liebende Weise verpflichtet, weit jenseits aller Hoffnung, sich bei ihr eines Tages dafür revanchieren zu können.

3

Er rechnete mit dem Schlimmsten. Das Entsetzen wurde überlagert von dem widerlichen Blutgeruch, den er aus der Nase zu bekommen versuchte, als er alle Fenster des Wagens nach unten senkte und die feuchte Nachtluft über sein Gesicht streichen ließ. Die Mädchen saßen verschüchtert auf der Rückbank. Damit hatte er nun wirklich nicht gerechnet. Man hatte ihm fast die Initiative abgenommen. Fast.

Jetzt überlegte er sich seine Möglichkeiten. Die Straßen waren leer, und er konnte nachdenken. Er konnte auf der Stelle aussteigen, mit dem Rest von Zürich oder Hongkong oder Kathmandu oder irgendeiner verdammten Stadt aus verhandeln, die übrigen Bänder zurückgeben und sagen, daß er aussteigen wollte. Es war ein Fehler. Tut mir leid. Oder er könnte versuchen, den ganzen Plan zu retten. Dazu allerdings mußte er schnell handeln. Jetzt gleich zurückfahren in die Eigentumswohnung, alles, was er konnte, in die Wagen laden und erst einmal untertauchen, bis er einen neuen Anfang wagen konnte. Wenn er das tat, wenn er in einer Stunde weg war, konnte er es schaffen.

Scheiße – wann war er jemals vor einem Schuß aus dem Ungewissen davongerannt?

Überraschend, wieviel man in zwei Autos packen konnte. In den grauen, leblosen Stunden vor dem Morgengrauen parkten sie den Audi der Mädchen und seinen Mercedes hinter der Mauer aus englischem Efeu und begannen mit dem Einladen. Die Mädchen gingen ihre Garderobenschränke durch und nahmen sich das wichtigste von ihren Kleidern und Schuhen mit, was den ganzen Rücksitz des Audi einnahm und beinahe das Rückfenster verstellte. Sie packten die Stereoanlage, die Lautsprecher und die Platten in den Kofferraum des Audi, zusammen mit Papiertüten, gefüllt mit Toilettenartikeln aus dem Badezimmer und mit Kochutensilien aus der Küche. Die Lebensmittel konnten sie sich später besorgen.

Als sie mit seinen Sachen begannen, sagte er ihnen, sie sollten alle Kleidung in den Kofferraum des Mercedes werfen, samt Kleiderbügeln und Hosenspannern. Er hatte bereits die Koffer aus seinem Schrank geholt und füllte sie mit seinen Bändern, den Hunderten von Kopien, die er im Laufe der Jahre angefertigt hatte. Alles. Er stellte die Koffer auf den Boden im Fond, um die Sitzebene für die Geräte frei zu haben.

Wieder zurück im zweiten Schlafzimmer, begann er die Kabel zu lösen, wobei er sich nicht die Zeit ließ, sie zu ordnen; jetzt kam es erst einmal darauf an, das Zeug auseinanderzubekommen. Alle Kabel auf einen Haufen – sortieren konnte er sie später. Die Mädchen halfen ihm dabei, den Monitor zum Wagen zu tragen, wo sie ihn gegen eine Tür lehnten. Als nächstes kam der Panasonic-Beta-Recorder mit Schneidevorrichtung, der gerade noch auf den Rücksitz paßte. Der neue Viertel-Inch-Hitachi-Recorder kam auf den Beifahrersitz, zusammen mit den zwei SR-1 VTR-Kameras. Sie nahmen Bettücher und breiteten sie über alles. Man brauchte schließlich nicht aller Welt anzukündigen, womit sie beschäftigt waren.

Gegen sechs Uhr morgens waren die Wagen beladen und zur Abfahrt bereit. Aber ihr Ziel lag nicht in den Vierteln der Asiaten. Das wäre zu naheliegend gewesen, damit hätte man gerechnet. Es war besser und auch leichter, sich in das Meer der Apartmenthäuser Houstons zu stürzen, wo die Mieter so häufig wechselten, daß man ständig neue Gesichter sah. Während der Frühverkehr immer noch ziemlich dünn war, fuhren sie auf den Bellaire Boulevard und folgten ihm hinaus bis zur Hillcroft Street, wo sie in Richtung Norden abbogen, unter dem Southwest Freeway hindurch, links auf der Harwin Street und wieder links auf der Fondren Street fuhren und dann kreisten, wobei sie über die endlosen Dächer der Apartmenthäuser schauten, welche die massive und homogene Gesellschaft der gesichtslosen Mieter von Sharpstown beherbergten.

Als sie nach ihrer Umkreisung wieder auf den Bellaire stießen, hielten sie an einem Coffeeshop und frühstückten, gerade als der Verkehr Richtung Innenstadt dichter wurde. Die Mädchen waren still. Sie berührten das ölige amerikanische Frühstück kaum und hielten sich statt dessen an mehrere große Gläser Orangensaft und die Grapefruithälften.

Er schaute auf die Uhr. Fast acht. Jetzt oder kurz danach würden sie die Schweinerei entdecken. Er selbst wollte spätestens um zehn von der Straße sein. Dann brauchte er erst einmal Schlaf. Und später würde er sich mit den Bändern befassen.

Während die Mädchen passiv wie Siamkatzen aus dem Fenster schauten, öffnete er seine Aktenmappe und sah die Papiere durch, die er zu seinem Plan benützen würde. Er hatte zwei gefälschte Führerscheine und zwei gefälschte Reisepässe, der eine Satz war auf den Namen Richard M. Kaun ausgestellt, der andere auf den Namen Richard K. Malik. Er hatte sie schon auf der ganzen Welt benützt, und sie hatten ihm gute Dienste getan. Kein Wunder, es waren deutsche Produkte, und sie hatten ihn fast ein Kilo des bekanntesten und beliebtesten Rauschgifts gekostet. Die Namen waren ein Geniestreich, etwas, das ihm gerade in letzter Minute eingefallen war, als er seinen Wunsch nach falschen Papieren vorgebracht hatte. Dem deutschen Drucker war es scheißegal gewesen. Er hätte Quasimodos Unterschrift unter ein Photo von Ferdinand Marcos gesetzt, wenn der kleine Schlächter aus Manila dafür bezahlt hätte. Seltsamerweise war bisher niemandem die Diskrepanz zwischen den Namen und den dazugehörigen Photos aufgefallen.

Sie verließen den Coffeeshop, und die Mädchen folgten ihm, als er wieder einen Kreis beschrieb, bevor er sich endlich für eine Straße entschloß und weiter eindrang in das Labyrinth. Er wollte genau die richtige Wohnung finden, nicht zu teuer, nicht zu schmutzig. In einem Apartmentkomplex, der anonym wirkte. Er sah ein »Zu vermieten«-Schild vor einer Wohnanlage, die sich Southwest Manor Village nannte und aussah, als wollte sie an Old Williamsburg erinnern. Er bog in die Zufahrt ein.

Die Wohnanlage war vermutlich gebaut worden, als Sharpstown eine schicke neue Gegend gewesen war, vor fast fünfzehn Jahren. Toy ging durch einen offenen Torbogen im Vorderteil des Vierecks und betrat einen Hof. Ein kleiner Pool, bei dem die

Farbe auf dem Boden abblätterte und der von einem Drahtzaun umgeben war, bildete die Hauptattraktion. Er folgte den roten Pfeilen zum Büro des Verwalters.

Der Verwalter war eine Verwalterin. Sie hatte noch ihren Bademantel an, sah im Fernsehen David Hartman und trank eine Tasse Kaffee. Ja, sie hatte ein Apartment mit zwei Schlafzimmern frei. Dreihundertfünfundzwanzig im Monat plus Nebenkosten. Eine Kaution von hundert Dollar. Sie nahm den Schlüssel und führte ihn durch den Würfel, um ihm die Wohnung zu zeigen. Unmöbliert, aber mit voll eingerichteter Küche. Ob er verheiratet sei? Ja, und seine Schwägerin sei bei ihnen. Gut, daß es zwei Bäder gibt, sagte die Verwalterin. Haben Sie Haustiere? Nein. Gut, denn die seien hier nicht erlaubt. Kinder? Nein. Die sind auch nicht erlaubt. Toy sah sich um. Es würde reichen. Er folgte ihr zurück quer über den Hof, wo die Bewohner nackte Trampelpfade ins Gras getreten hatten, um den Weg zum Pool abzuschneiden.

In benommenem Zustand, der vom Schlafmangel herrührte, begannen sie, die Wagen auszuladen, und brachten alles in die leeren Räume, wo es nach Pestiziden und Luftauffrischer mit Kiefernduft roch. Die Videoausrüstung kam ins Wohnzimmer, zusammen mit der Stereoanlage. Als alles ausgepackt war, ging er ins Schlafzimmer, wo die Mädchen seine Kleidung ausgepackt hatten. Er brach buchstäblich auf dem Teppich zusammen, ohne die deprimierende Umgebung richtig wahrzunehmen. Als er wieder die Augen öffnete, starrte er auf die schwach beleuchtete Decke und war einen Moment lang völlig desorientiert. Dann nahm er die vertrauten Gerüche erhitzten Sesamöls und im Topf gerührter Gemüse wahr, schaute sich in dem leeren Raum um und erinnerte sich. Auf seiner Uhr war es halb acht. Er hatte den ganzen Tag über geschlafen. Jetzt stand er auf und ging über den Korridor zur Küche, wo Yue in Unterkleidung am Herd stand und etwas im Wok rührte; ihr langes, pechschwarzes Haar hing bis an den Ansatz ihres weißen Slips. In den Schränken und Regalen befanden sich neu eingekaufte Lebensmittel.

Er wandte sich von der Tür ab und betrat wieder den Wohnraum. Lai, auch sie in Unterwäsche, saß auf dem Boden und versuchte, die Anschlußkabel für die Stereoanlage zu entwirren.

»Bist du schon lange wach?« fragte er.

Sie zeigte ihm ein Lächeln. »Schlaf okay?«

Er nickte.

»Wir sind zwei Stunden wach. Schönes Bad, Haarwaschen.« Wieder ein Lächeln.

Mein Gott.

»Und Yue kocht.«

Wieder nickte er, drehte sich um und ging in sein Schlafzimmer. Seine Toilettenartikel waren bereits im Bad verstaut. Er nahm eine lange, ausführliche Dusche.

Sie aßen stehend zwischen den Küchenschränken, und aus der Stereoanlage war Olivia Newton-John zu hören. Er schaute den Mädchen zu und fragte sich, ob etwas darüber in den Sechs-Uhr-Nachrichten gekommen war. Nach dem Essen ging er ins Wohnzimmer.

Er stellte die drei Komponenten an eine Wand. Erst steckte er den TV-Monitor ein und schaltete ihn an, wobei er den Ton wegdrehte. Links davon baute er den alten Panasonic-Beta-Recorder mit Schneidevorrichtung auf, steckte das Kabel in die Dose in der Wand und schloß ihn an den Monitor an. Dann stellte er links davon den neuen Hitachi-Recorder auf, der für die Viertel-Inch-Hitachikassetten geeignet war, wie sie von der SR-1-Kamera benützt wurden. Er steckte auch dieses Gerät an und verband die Audio- und die zwei Videokabel vom Recorder mit dem Schneidetisch.

Aus der Aktentasche, in der er seine gefälschten Papiere aufbewahrte, nahm er die zwölf restlichen Kassetten, die er von Powell hatte kopieren und auf Dreiviertel-Inch-Band überspielen wollen. Sie gehörten zur neuesten Entwicklung von Hitachis Videoausrüstung, der SR-1-Kamera. Das System war so konzipiert, daß es leicht und kompakt war und von jedem Kameramann ohne Schwierigkeiten unterwegs benützt werden konnte. Teilweise kam das daher, daß man bei der Kamera Viertel-Inch-Kassetten benützen konnte, im Gegensatz zu den größeren und häufiger benützten Halb- oder Dreiviertel-Inch-Kassetten. Der einzige Nachteil bestand darin, daß die Kassette nur Acht-Minuten-Informationen aufzeichnen konnte.

Er und Lai hatten etwa für eine Stunde Filmmaterial verbraucht. Das bedeutete, daß sie während des Aufnahmevorgangs jeweils sieben einzelne Kassetten einlegen mußten, was insgesamt Filmmaterial von sechsundfünfzig Minuten ergab. Obwohl Powell die fast sechzehn Minuten der Anfangsszenen weggenommen worden waren, hatte sich Toy vorsichtshalber eine Kopie davon angefertigt – im Licht dessen, was geschehen war, eine kluge Entscheidung.

Jetzt begann er damit, die Viertel-Inch-Kassetten auf das gebräuchlichere Dreiviertel-Inch-Format umzukopieren, wobei außerdem die Acht-Minuten-Kassetten auf eine einzige Sechzig-Minuten-Kassette paßten. Er steckte eine leere Dreiviertel-Inch-Kassette in den Beta-Recorder mit Schneidevorrichtung und die erste von Lais Hitachi-Viertel-Inch-Kassetten in den Hitachi-Videorecorder. Die entstehende Sechzig-Minuten-Kassette würde zwar unbeholfen geschnitten sein, aber mehr brauchte er momentan nicht. Es reichte, um den Bildbericht folgerichtig auf einem fortlaufenden Band zu kopieren. Schließlich handelte es sich nicht um einen Kunstfilm.

Als er alle bis auf die letzte Kassette auf die Dreiviertel-Inch-Kassette umgespielt hatte, waren die Mädchen mit der Küchenarbeit fertig, saßen stumm hinter ihm auf dem Boden und betrachteten den Bildschirm. Die Gerüche von Yues fernöstlicher Küche waren nach und nach ergänzt worden durch den schwachen Geruch warm gewordener elektrischer Leitungen und Isolationen. Jetzt wurde auch dieser Geruch überlagert von einer gelegentlichen Welle des duftenden Badeöls der Mädchen.

Und nun wollten sie das Ganze im Zusammenhang sehen. Er ging erst zur Stereoanlage, nahm Olivia Newton-John vom Plattenspieler, suchte sich eine Billie Holiday-LP aus und legte sie auf. Dann kehrte er zu den Kassetten zurück und steckte die Dreiviertel-Inch-Kassette mit den Filmen, die von Lais Kamera aufgenommen worden waren, in das Beta-Gerät. Er drückte auf den Knopf. Erst schneite es ein bißchen auf dem Monitor, dann begann die Aufzeichnung.

Es war das bemerkenswerteste Filmmaterial, das er je gesehen hatte. Die Gewalt, berechnet, dumpf und verzweifelt, erreichte eine Dimension des Unwirklichen, daß einem übel wurde dabei – viel mehr als bei den Grausamkeiten des Krieges und den Folterungen. Es war auch nicht die erstickende, klinische Gewalt der berüchtigten, sadomasochistischen Filme, in denen die Opfer tatsächlich umgebracht wurden und von denen er selbst nur einen einzigen gesehen hatte, Filme, die in sehr geringer Zahl existierten. Vielleicht hätte man diesen Film eher ertragen können, wenn man ihn in eine passende Rahmenhandlung eingebaut hätte, die seine Brutalität erklärte oder entschuldigte. Die Gesellschaft hatte längst Entschuldigungen für fast alle Gewalttaten auf Lager, praktische Erwiderungen, die es nicht erforderlich machten, daß man jemandem zu direkt in die Augen schauen mußte.

Aber das hier war anders. Mit einer schrecklichen Ironie, die Toy dennoch genoß, sahen sie die letzten, grauenvollen Minuten des Bandes, während die ergreifend melodische Stimme von Billie Holiday den verdunkelten Raum mit dem beziehungsvollen Text von *Strange Fruit* füllte.

4

An einem Samstagmorgen in der ersten Juliwoche stand Haydon früh auf, zog sich eine alte Fußballhose an, die mit einer Schnur an der Taille festgebunden wurde, und dazu ausgefranste und schmutzige Bastschlappen. Er achtete darauf, Nina nicht zu wecken, die bis spät in die Nacht einen Roman gelesen hatte und wahrscheinlich den halben Vormittag verschlafen würde. Er ging die Wendeltreppe nach unten, in dem blassen, diffusen Licht, das von überall und nirgendwo zu kommen schien und die weiße Fläche der großen Eingangshalle füllte, ging dann hinaus auf die Terrasse, wo Cinco lag und auf ihn wartete. Haydon bückte sich und streichelte den Kopf des Collies, dann blieb er einen Moment am oberen Ende der Treppe zum Rasen stehen und ließ die kühle, etwas feuchte Luft seinen nackten Oberkörper und die Beine wecken.

Danach gingen er und Cinco die Treppe hinunter und durch das nasse Gras unter den Zitrusbäumen zum Gewächshaus. Bei einem Wasserhahn vor dem Eingang ließ sich Haydon Wasser über Gesicht und Arme laufen und sie von selbst trocknen, während er in der nächsten halben Stunde damit beschäftigt war, die Vogelfutterkästen zu füllen, die in den Bäumen hingen. Als er damit fertig war, holte er das, was er brauchte, aus dem Werkzeugschuppen und ging damit zum Gewächshaus. Es war fast halb elf, als er das Klingeln der Glocke hörte, die in dem Ebenholzbaum vor dem Eingang zum Gewächshaus hing. Er packte Wachstumsmoos um einen Sprößling, den er einer größeren Pflanze abgenommen hatte, brachte dann die Werkzeuge zu der Ecke neben der Tür, wo er sie abwusch und auf einem Kieshaufen trocknen ließ. Er überprüfte die Anzeigen der Bewässerungs- und der Klimageräte und trat dann ins Freie.

Cinco, der unter dem Ebenholzbaum geschlafen hatte und von der Glocke geweckt worden war, dachte nicht daran, auf das Signal zu reagieren, es sei denn, man hätte ihn dazu gezwungen. Er hob sein altes, ergrautes Haupt, ohne aufzustehen, und blinzelte Haydon aus müden Augen an. Haydon kniete sich nieder, kraulte ihn hinter den Ohren und streichelte dann sachte sein scheckiges Haar. Erst leckte der Collie die salzigen Rücken von Haydons verschwitzten Händen, dann legte er den Kopf allmählich wieder nieder und genoß mit geschlossenen Augen die Aufmerksamkeiten seines Herrn.

Haydon schaute durch die Reihen des Zitruswäldchens zum Haus hinüber und erwartete fast, Nina zu sehen, die auf der Terrasse stand und ihm winkte. Zwei blaue Kreuzschnäbel keckerten irgendwo in den dunkelgrünen Zweigen der Limonenbäume. Die Feuchtigkeit im Freien war fast ebenso hoch wie im Gewächshaus. Der Sommer strengte sich an, zu einem der heißesten in der meteorologischen Geschichte der Stadt zu werden. Es machte nichts. Von einem bestimmten Punkt an war es einfach nur noch heiß. Drei Grad hin oder her machten dann auch nichts mehr aus.

»Komm, alter Freund«, sagte Haydon. »Wir müssen hinüber zum Haus.«

Er blieb stehen und wartete, bis sich der Collie aufgerappelt hatte. Als Cincos Hinterbeine nachzugeben drohten, griff Haydon hinunter und gab dem Hund einen liebevollen Klaps. Dann gingen sie gemeinsam unter dem Schutz der Bäume zum Haus, gemächlich, wie es sich für das Alter des Hundes und die Hitze des Sommers geziemte.

Bevor er die Terrasse erreichte, bog Haydon auf einen schmalen Pfad aus Ziegelsteinpflaster ab, der durch dichte Kirschlorbeerbüsche führte, und betrat ein weißes Badehaus mit einer von schmiedeeisernen Gittern geschützten Freiluftdusche. Er zog seine verschwitzten Shorts aus, trat unter die Dusche und drehte das kalte Wasser auf. Dann seifte er sich rasch mit Aloe-Seife ein, ließ den Schaum ablaufen und trocknete sich mit einem der frischen Handtücher ab, die in einem Schränkchen des Badehauses bereitlagen. Anschließend ging er nach nebenan und nahm eine luftige Sommerhose vom Tagesbett, zog sie an und dazu ein frisches weißes Hemd mit Stehkragen. Während er mit seinen nackten Füßen in lose gewebte Strohschuhe schlüpfte, steckte er das Hemd in die Hose und krempelte die Ärmel bis zu den Ellbogen hoch. Er schnallte sich die Armbanduhr wieder um und kämmte sich. Beim Hinaustreten zündete er sich die erste Fribourg & Treyer des Tages an und ging dann zum Haus.

Nina saß im Frühstückszimmer am Ende der Terrasse, trank Kaffee und sprach mit jemandem, der zum Teil verdeckt wurde durch die Fächer einer kleinen Topfpalme. Ihr Haar, in einem hellen Zimtton, war lose, noch nicht für den Tag aufgesteckt, und sie hatte es auf die eine Seite gelegt, so daß es ihr über die linke Schulter fiel. Sie trug einen einfachen, zinnoberroten Morgenmantel aus Jacquardseide, war ohne Schmuck und Make-up, und Haydon fand wieder einmal, daß sie die ungewöhnlichste, exotischste Frau war, die er jemals gesehen hatte. Er war ganz mit ihrem Anblick beschäftigt, dem köstlichen Schwung ihres Haars und ihren großen, fast mediterranen Augen, und erkannte erst, als er die Glastür zum Frühstücksraum öffnete, daß ihr Gast ein Mann war und daß Nina nicht lächelte.

Lieutenant Bob Dystals Anwesenheit in dem sonnigen Raum erinnerte Haydon an einen Zirkusbären bei einer Kinder-Teegesellschaft. Er war für alles zu groß. Er saß in seinem Sessel mit einer aufrechten Höflichkeit, die zeigte, daß er gut dressiert war und keine bärenhaften Fehler machen würde, die das kultivierte Dekorum der Situation stören könnten. Aber man fühlte auch – vielleicht erkannte man es sogar an den irgendwie zerknirscht hängenden Schultern –, daß er sich lieber in einer bärengerechteren Umgebung aufgehalten hätte. Seine schokoladenbraune Anzugjacke war noch zugeknöpft, was die Revers seltsam abstehen ließ, und sein lehmfarbenes, kurzgeschnittenes Haar wurde durch eine üppige morgendliche Anwendung von Brylcreem in militärische Ordnung gezwungen.

»Hallo, Stu«, sagte Dystal und lächelte. »Tut mir leid, wenn ich Sie da unten beim Rattenfangen gestört habe.« Er legte beide Hände auf die Armlehnen seines Sessels und machte Anstalten, sich zu erheben. Es wirkte so, als würde man höflich an den Schirm der Mütze greifen, ohne sie abzunehmen.

Haydon erwiderte das Lächeln. »Schön, Sie zu sehen, Bob.« Er zog einen Stuhl heran und setzte sich neben Nina, die ihm bereits eine Tasse Kaffee einschenkte. Sie schenkte auch Dystal nach, und er trank sofort den glühendheißen Kaffee, der ihm wie schwacher Tee vorkommen mußte. Haydon wußte, Dystal trank den Kaffee so stark, daß der Löffel darin stehen konnte.

»Was machen die Blumen?« fragte Dystal freundlich. Es wäre kein Zeichen guter Manieren gewesen, wenn der Besuch gleich von Anfang an durch peinliches Schweigen belastet worden wäre. »Nina sagt mir, daß Sie dort unten alles ganz neu arrangiert haben. Ist es jetzt so, wie Sie es haben wollten?«

»Es sieht gut aus«, antwortete Haydon. »Und es wird jeden

Tag besser.« Er gab Sahne in seinen Kaffee und ließ sich Zeit. Legte den Löffel auf die Untertasse und kostete. Es war starker, dunkler, kolumbianischer Kaffee. Nina hatte eine frische Kanne gebraut, um Dystals Geschmack einigermaßen entgegenzukommen.

»Ein schöner Ort, um sich zu erholen«, sagte Dystal und schaute über die Terrasse bis zum Zitruswäldchen. »Die vielen Limonenbäume.« Er schüttelte den Kopf. »Als ich ein Junge war, habe ich meinen Onkel jeden Sommer zwei Wochen lang besuchen dürfen, unten im Valley. Er hatte viele Orangenbäume und auch ein paar Limonen und Zitronen. Es war ein richtiges Paradies für einen Knaben aus West Texas, das kann ich Ihnen sagen. Ich und meine Vettern haben im Schatten der Bäume gelegen, weit weg vom Haus, haben Orangen geschält und gegessen und geredet und den Trauertauben zugehört. Das waren schöne, lange Tage.« Er dachte daran, erinnerte sich, dann hob er die Porzellantasse an, die sehr zerbrechlich wirkte in seinen Bärentatzen, und sagte: »Aber sie waren nicht lang genug.«

Dann tranken alle wie auf ein Stichwort ihren Kaffee.

»Nun, Stu«, sagte Dystal und schob sein Kinn nach vorn. Sein Hemdkragen schnürte den Hals ein wie ein Korsett. »Dachte, ich komme mal vorbei und lasse Sie wissen, daß der alte Mooney gut zurechtkommt. Er ist jetzt in dem Team mit Lapierre. Sie wissen ja, auch Gegensätze können sich befruchten und gute gemeinsame Arbeit leisten, wenn alles richtig läuft. Mooney ist sowieso der geborene Mann fürs Morddezernat. Hätte schon längst bei uns eingesetzt werden müssen. Ich war froh, daß Sie sich so für ihn verwendet haben. Wahrscheinlich ist er deshalb zum Team versetzt worden.« Er warf Haydon einen Seitenblick zu. »Von Hirsch hab' ich lange nichts gehört. Aber ich nehme an, Sie halten Kontakt mit ihm.«

Haydon nickte. »Er ist glücklich. Vielleicht ist es ein bißchen schwer für ihn, nachdem er schon so lange von der Akademie runter ist. Aber er kommt gut voran. Er hat etwas von seinem guten Ruf in den neuen Job hinüberretten können und mußte daher nicht bei Null anfangen.«

»Gut, gut. Der Bursche ist schlau, darüber gibt es keinen Zweifel. Ich hab' ihn nicht gern hergegeben, aber ich verstehe, warum er weggegangen ist. Fälle wie die Sache Guimaraes bekommt man nicht oft in seiner Karriere, aber wenn, dann muß man auch dafür bereit sein. Ich glaube, für ihn ist er ein bißchen früh gekommen. Er hatte nicht genug Erfahrung, um damit fertig zu werden.«

Haydon fiel auf, daß Dystal immer noch die Nadel mit der amerikanischen Flagge anstecken hatte. Er war der einzige, den Haydon kannte und der solche Dinge trug. Jetzt schaute er auf den Aschenbecher, der am Tisch stand. Keine einzige Kippe drin. Dystal wagte es vermutlich nicht, in Ninas Anwesenheit zu rauchen. Er war ein Kavalier der alten Schule. Sein Verhalten gegenüber Frauen und speziell solchen, die er für »Ladies« hielt, war auf komische Weise höflich.

Nina legte ihre Hand auf die von Haydon. »Möchtest du ein Stück warmes Blätterteiggebäck?«

»Fein.«

»Und Sie, Bob?«

»O nein. Nein, danke, Ma'am.«

»Ich bin gleich wieder da«, sagte sie und ging in die Küche.

Dystal rutschte in seinem Sessel hin und her. Es war sein Stichwort. Er hatte die Pflicht, damit zurechtzukommen.

»Nun«, knurrte er, »damit hätten wir die beiden anderen Jungs abgehakt. Und wie geht es Ihnen?«

»Gut. Bis jetzt fehlt mir nichts.«

»Das ist prima.« Dystal zog die Augenbrauen hoch, als er an Haydon vorbei auf die Bäume draußen schaute. Sie hörten Nina in der Küche. Gabriela war bei ihr, und die beiden wechselten zwischen Englisch und Spanisch.

Als Nina zurückkam, stellte sie den Teller mit dem Gebäck neben Haydons Tasse und wandte sich dann an Dystal.

»Wenn Sie mich jetzt entschuldigen wollen, ich muß mich anziehen. Es war nett, daß Sie uns wieder mal besucht haben, Bob.«

»Ich bitte Sie, es war mir ein Vergnügen«, sagte Dystal, beugte sich vor und deutete wieder das Aufstehen an, die Hände auf die Armlehnen des Sessels gestützt.

»Warten Sie nicht so lange bis zum nächstenmal.«

Dystals Lächeln wurde breiter. »Nein, Ma'am. Bestimmt nicht.«

Nina berührte sachte Haydons Hals mit ihrem Handrücken und war weg.

»Eine Frau, die mir außerordentlich gut gefällt«, sagte Dystal. »Das sind die wirklich feinen Leute.«

Haydon schenkte sich und Dystal Kaffee ein und beschäftigte sich dann mit dem Gebäck.

Dystal warf noch einen Blick auf die Baumlinie, dann sagte er: »Ich will nicht lange herumreden, Stu. Wir brauchen Ihre Hilfe in einer bestimmten Angelegenheit.«

Haydon kaute, schluckte den Bissen hinunter und schaute dann Dystal an. Es kam nicht überraschend.

»Ich möchte Ihnen erst darüber berichten.«

Haydon nahm Tasse und Untertasse in die Hände und lehnte sich in seinem Sessel zurück. »Ich habe noch einen Monat frei.«

»Ich weiß.«

»Man war mit sechs Monaten einverstanden.«

»Dabei soll es auch bleiben, Stu. Aber ich wollte trotzdem mit Ihnen darüber reden. Niemand will Ihnen Ihre Freizeit streitig machen und so. Ich habe nur gefragt, ob es okay ist, wenn ich zu Ihnen komme und Sie über das eine oder andere informiere, und Sie haben mir grünes Licht gegeben. Das hier ist ein Gespräch von Mann zu Mann, und es hat nichts mit der Abteilung zu tun. Ich meine, es geht natürlich um einen Fall, aber ich bin ganz inoffiziell bei Ihnen.«

Haydon schaute Dystal an. Der große Mann packte die Sache recht geschickt und cool an. Und er war lange genug Polizeibeamter, um es nicht anders anzufangen. Er war besser in solchen Dingen als jeder andere, den Haydon kannte.

»Ich habe es ehrlich gemeint, als ich sagte, daß mir nichts fehlt, Bob.«

»Das weiß ich, Stu. Und Sie kennen mich gut genug, um zu

wissen, daß ich niemandem Honig ums Maul schmiere. Es ist nur so, daß Sie am besten in der Lage sind, mir in dieser Sache zu helfen, und Sie wissen, daß ich mich nur mit dem besten Weg zufriedengebe, wenn ich einer Sache auf den Grund gehen will. So einfach ist das. Wenn ich dabei ein bißchen Dreck an die Hose kriege – damit werde ich leben können.«

Dystal stellte Tasse und Untertasse sorgfältig beiseite, beugte sich dann nach vorn, die Unterarme auf dem Glastisch, und verschränkte seine dicken Finger ineinander.

»Stu, ich weiß, daß Sie Probleme mit Ihrem Beruf haben und daß Sie entweder versuchen, damit fertig zu werden, oder den Job ganz sein lassen. So ist es nun einmal. Ich schätze, Sie haben sich Ihre Entscheidung gut überlegt und werden sie aufs neue treffen, wenn die sechs Monate vorbei sind. Aber ich möchte Sie, ehrlich gesagt, ein bißchen schubsen. Jetzt hören Sie mich nur mal kurz an, okay? Lassen Sie mich die Regeln bei unserem kleinen Handel erklären.«

Dystal legte eine Pause ein und neigte den Kopf etwas nach vorn, als er durch die Augenbrauen nach oben schaute, um ein Nicken von Haydon zu erwarten, ehe er fortfuhr.

Haydon ließ sich Zeit. Er fühlte eine beunruhigende Mischung aus Eifer und Unlust, als sollte er sich eine Geschichte anhören, die er schon kannte, ein Drama, das verführerisch und schrecklich zugleich war, wie die mittelalterlichen Passionsspiele, die von Trauer, von Schmerz und zuletzt vom Tod handelten. Die ganze Ambivalenz seiner letzten fünf Monate schien zuletzt von seiner Entscheidung abzuhängen, sich wieder einmal die traurige Geschichte anzuhören, die niemals enden würde, bis der Mensch von der Erde verschwunden und die Zeit selbst in Vergessenheit geraten war.

»Berichten Sie«, sagte er.

5

Noch immer hatte er die Unterarme aufgestützt, die Stimme war leise und kam aus der Tiefe seiner breiten Brust. Dystal begann, den Fall zu schildern.

»Haben Sie in den gestrigen Zeitungen den Bericht gelesen über diesen Messermord bei Langer Media, in der City?«

Haydon nickte.

»Der Anruf kam um halb neun Uhr morgens bei uns an«, sagte Dystal. »Das war am Donnerstag. Mooney und Lapierre waren als erste dort und haben die Sache übernommen. Als sie am Tatort waren, hatten die zwei Wachbeamten alles unter Kontrolle, und Mr. William Langer persönlich hatte jeden Angestellten wieder in sein Büro gescheucht, so daß, als Mooney und Lapierre dort auftauchten, keine Nebenschauplätze zu behandeln waren. Es gab auch keine Reporter. Langer, Mann mit Durchblick, der er ist, hatte alles ordentlich zusammengezurrt und bis obenhin zugeknöpft. Zumindest für ein paar Stunden. Ein PR-Betrieb ist nämlich so ziemlich der ungünstigste Platz, wenn man etwas geheimhalten will.

Die Werbeagentur nimmt den ganzen einunddreißigsten Stock ein. Die Aufzüge enden in ihrer Privatlobby, dem Mittelteil des Gebäudes. Der bildet in dem H-förmigen Komplex den Querstrich zwischen den beiden Längsstrichen.«

Dystal zeichnete den Buchstaben mit seinem dicken Daumen auf das Glas und zeigte mit einer Geste auf die Stelle, die er meinte.

»Jede Abteilung der Agentur – die Textredaktion, die Graphik, die Photoabteilung et cetera – hat Ausgänge nach außen, die sich in die zwei Gänge auf beiden Seiten der Lobby öffnen. Aber sie sind auch durch Zwischentüren mit den Nachbarabteilungen verbunden. Langer, immer am Ball, wie ich schätze, hat einen Laufburschen unten auf der Straße stationiert, der den Krankenwagen in die unterirdische Garage leitete und den Leuten dann den Lastenaufzug anwies, um nicht die Aufmerksamkeit der anderen Hausbewohner auf sich zu ziehen. Als die Jungs im zweiunddreißigsten angekommen waren, wurden sie rasch aus dem Lift gescheucht und hinein in das Photolabor, das zufällig genau gegenüber dem Haupteingang gelegen ist.

Im Labor sah es wüst aus. Geräte, die umgestoßen waren, Chemikalien, die man vergossen oder auf dem Boden verstreut hatte. Wayne Powell, der Photograph, saß in voller Kleidung und mit dem Rücken zur Wand in einem der tischhohen Entwicklungstanks. Der Tank war voll und lief über von Entwicklerflüssigkeit und Powells Blut – so ziemlich allem Blut, das er im Leib hatte. Er wies ein paar Stichwunden an der Brust auf, die tiefste unter dem Brustbein, und außerdem hatte man ihm die Kehle aufgeschlitzt. Mooney glaubt, daß man sie ihm erst aufgeschlitzt hat, als er in dem Entwicklertank saß und kämpfte, um herauszukommen, denn der größte Teil des Blutes war in seinem Schoß zu dicken Klecksen zusammengeballt.

Sie fanden seine Brieftasche in dem Durcheinander auf dem Boden. Kein Geld, aber ein kleines Päckchen mit Kokain. Ein Führerschein, ausgestellt vom Staate Kalifornien, Kreditkarten, Telephonnummern auf kleinen Zetteln, ein paar Visitenkarten. Die Leute vom Labor sind alles durchgegangen und haben ihre Nummer abgezogen. Mooney und Lapierre verbrachten den Rest des Vormittags damit, daß sie sich die Aussagen der zwei Mädchen anhörten, die mit Powell zusammengearbeitet hatten, und die vom Leiter der Photoabteilung. Er hat übrigens morgens die Tür zum Labor geöffnet und den Toten entdeckt.«

Dystal richtete sich gerade auf und gab seiner Tasse einen Schubs.

»Kann ich noch einen Schluck haben?«

Haydon goß erst ihm ein, dann sich und aß noch einen Bissen von seinem Gebäck. Dystal trank rasch die noch immer heiße Brühe. Haydon schaute ihm zu und fragte sich, wie er das Zeug so heiß hinunterbrachte.

»Dieser Powell hat, wie sich zeigt, seit mehr als sechs Monaten für Langer Media gearbeitet«, fuhr Dystal fort. »Etwa zu der Zeit ist er von der Westküste nach Texas gekommen. Er hatte wundervolle Empfehlungen von seiner früheren Firma. Und für Langer war er in erster Linie der Mann, der die Filme machte. Er hatte zwar zwei junge Mitarbeiter, aber ich glaube, die haben ihm nur die Geräte getragen.«

Dystal trank seinen Kaffee mit zwei letzten, großen Schlucken aus, wischte sich den Mund mit der blauen Leinenserviette ab und schob dann beides zur Seite. Er strich sich mit seiner wuchtigen Hand über das Gesicht, das so glattrasiert war, daß es glänzte.

»Okay, jetzt kommen die entscheidenden Stellen. Lapierre wollte gestern seine Fragen, die er einem der kleinen Mädchen gestellt hatte, durchgehen, die für Powell arbeiteten, und sie brachten mich darauf, daß Powell praktisch aus dem Nichts hier aufgetaucht ist. Ich meine, er ist nicht den normalen Weg gegangen, über die Personalabteilung und den üblichen Prozeß mit den Vorstellungsgesprächen, den hier jeder andere über sich ergehen lassen muß. Ihr früherer Film-Mann war gefeuert worden, und eines Tages kam Mr. Langer zu dem Mann, der die Photoabteilung leitete, einem Kerl namens Warner, teilte ihm mit, daß sie Powell engagiert hätten und daß er in Kürze hier anfangen würde. Das machte Warner stocksauer, weil er nicht einmal den Hauch einer Chance bekommen hatte, sich einen eigenen Mann auszusuchen. Wie sich zeigte, kamen die zwei in der Folge nicht gut miteinander aus.

Das Mädchen sagt, Powell war noch keine zwei Monate da, als er einen Zusammenstoß mit Warner hatte, weil Powell sich nachts im Büro aufhielt und an eigenen Dingen arbeitete. Das ist in der Firma strikt verboten. Warner ist damit zu Langer gegangen und kam völlig vernichtet aus der Besprechung. Powell setzte seine Nachtarbeit fort, und ein paar Wochen danach hat Warner gekündigt.

Lapierre hat Langer dazu ein paar Fragen gestellt, aber der hat die Sache mit einem Achselzucken abgetan. Er hätte Powell aufgrund der geradezu überschwenglichen Empfehlung eines Geschäftsfreunds in Kalifornien eingestellt, und Powells Nachtarbeit habe mit ein paar Sonderprojekten zu tun, bei denen Langer Media mit einer kalifornischen Firma zusammenarbeite. Wir haben den Mann aus Kalifornien angerufen, und es hat sich alles bestätigt.

Natürlich haben wir Powells Personalien durch die Computernetze gejagt: beim FBI, bei der Staatspolizei in Kalifornien, beim zentralen Datendienst für Festnahmen und Steckbriefe – nichts. Wir dachten, vielleicht hat er ein bißchen mit schmutzigen Filmen gedealt, also sind wir in seine Wohnung gegangen und haben sie gründlich gefilzt. Es ist ein kleines Dreizimmer-Apartment. Eines der Schlafzimmer war das einer Frau. Das seine ist durchwühlt worden. Nichts Dramatisches, nicht, daß es vandalisiert worden wäre, aber man konnte sehen, daß jemand die Schubladen durchsucht und die Kommoden- und Schranktüren offengelassen hat. Es sah auch nicht nach Einbruch aus, weil die Stereoanlage noch da war, außerdem Powells ziemlich kostspielig aussehende Kameraausrüstung. Im Zimmer der Frau war alles in Ordnung, aber es machte den Eindruck, als ob sie weggegangen wäre. Im Schrank war weder ein Koffer noch ein Make-up-Koffer zu finden. Im Medizinschrank im Bad keine Zahnpasta, keine Zahnbürste, kein Rasierapparat. Sie fanden ein Antibiotikum im Medizinschrank, das einer Jennifer Quinn verschrieben worden war. Unsere Leute sind gerade dabei, diese Jennifer Quinn ausfindig zu machen.«

Dystal strich sich wieder über das Kinn und schob seinen Sessel ein Stück vom Tisch zurück, um etwas Spielraum zu bekommen für seine Beine, die in den Stiefeln steckten. Er schaute nachdenklich aus dem Fenster und auf die Terrasse, wo Cinco im Schatten döste.

»Wie alt ist der Hund jetzt?« fragte er.

»Fünfzehn.«

»Also hundertfünf. Macht einen etwas müden Eindruck.«

Haydon nickte.

»Die Sache ist die«, sagte Dystal und betrachtete immer noch den Hund, »ich finde, das riecht alles irgendwie oberfaul. Keine Zeichen für gewaltsames Eindringen, weder bei der Agentur noch in der Wohnung. Höchstwahrscheinlich hat Powell selbst seinen Mörder eingelassen, oder es war jemand, der Zugang hatte zu der Firma, jemand, der dort arbeitet. Aber Powell war hier ein Einzelgänger... Es sei denn, er hatte irgendwelche Beziehungen privater Natur zu Langer. Langer bringt den Mann praktisch aus dem Nichts, und dann stirbt er eines unnatürlichen Todes, ausgerechnet in seinen Geschäftsräumen. Ich meine, daß wir in dieser Richtung ermitteln sollten, und es könnte sein, daß Powell nur eine Randfigur in einer größeren, interessanteren Sache war. Ich weiß, es ist nicht mehr als eine Vermutung, aber doch eine ziemlich starke.«

Draußen auf der Terrasse begann Cinco, sich langsam und mit steifen Beinen zu strecken, ohne dabei den Kopf zu heben. Er kratzte sich die Schnauze, rieb sie dazu an einem Pflasterstein. Dann leckte er sich die Lippen, wedelte zweimal mit dem Schwanz zum Zeichen seiner Zufriedenheit und legte sich wieder schlafen, als ob er gar nicht aufgewacht wäre.

Dystal seufzte schwer. »Und hier ist unser Vorschlag: Sie kommen überhaupt nicht ins Büro. Alles, was diesen Fall betrifft, wird im Duplikat ausgefertigt, so daß eine Kopie zu Ihnen hierhergeliefert wird. Ihr Büro ist hier, und Sie haben nur mit diesem einen, einzigen Fall zu tun. Sie haben Mooney und Lapierre zur Verfügung, wenn Sie sie brauchen, aber Sie können auch allein arbeiten, falls Sie das wollen. Sie haben vollen Zugang zu unseren technischen Diensten und Einrichtungen. Geben Sie lediglich Mooney und Lapierre die entsprechenden Anweisungen. Wenn der Fall irgendwo öffentlich erwähnt wird, tauchen nur Mooney und Lapierre als die untersuchenden Beamten auf, und das gilt auch für die Medien. Das können gute Bewertungen sein oder schlechte – wir haben es mit ihnen durchdiskutiert, und sie haben zugestimmt.« Er grinste. »Lapierre war ein bißchen zurückhaltend, aber so ist der Mann nun mal. Mooney hielt es schlicht und einfach für Quark.«

Haydon lächelte ein wenig, aber nicht über Lapierre. Er zweifelte nicht daran, daß es Dystals Idee gewesen war, zu ihm zu kommen, aber das mit der Presse und den Medien überraschte ihn. Vermutlich hatte die Verwaltung ihn aufgefordert, es Haydon klarzumachen. Es gab natürlich keine Garantien in einer solchen Sache, aber es war für Haydon immerhin die nur dezent verschleierte Botschaft, daß sie ihn nicht mehr den Medien zum Fraß vorwerfen würden wie früher schon einmal. Andererseits war es mit dezent verschleierten Botschaften wie mit dezent verschleierten Versprechungen: Ihre Einhaltung lag auch unter einem dezenten Schleier.

Dystal schlug die Beine übereinander und massierte sich den Rist des Stiefels, der auf seinem Knie lag, so daß das Leder knarrte. Dazu schaute er Haydon wissend an.

»Eine Menge Bockmist in dieser Sache, nicht wahr? Aber alle, der Captain und der Chief und alle anderen Jungs sind der Meinung, daß es sich um eine etwas delikate Situation handelt. Sie wissen, was Langer darstellt. Seine Firma betreibt Werbung für ein paar sehr einflußreiche Leute, und er selbst steht auch persönlich mit ziemlich wichtigen Persönlichkeiten in Verbindung. Ich könnte mir denken, daß unsere Verwaltung sich in die Hosen macht bei der Vorstellung, daß durch diese kleine Untersuchung die Titten des Departments in einen Schraubstock geraten könnten. Es sieht nicht besonders gut aus für Langer, und es könnte von ihm aus noch weiter gehen. Gott allein weiß, was dann noch für Peinlichkeiten zutage treten. Einige glauben immer noch, daß es um Pornofilme geht, und eine solche Sache behandelt man bekanntlich, was die Gesellschaft angeht, mit äußerst spitzen Fingern. Es ist also so, daß wir an diesen Fall auf besondere Weise rangehen müssen. Falls nötig, lassen wir etwas verwirrenden Scheißdreck für die Medien durchsickern, weil sich die Untersuchung so dahinzieht, jammern vielleicht auch über die spärlichen Hinweise und so weiter. Inzwischen sollen Sie sich nach dem Wunsch von ganz oben reinhängen wie eine Bulldogge. Niemand, mit dem Sie sprechen, kann den Medienleuten sagen, daß sie von Ihnen in einer Mordsache verhört worden sind, so daß Sie in relativer Isolation arbeiten können. Mooney und Lapierre nehmen alles auf sich, was von der Presse über uns hereinbrechen könnte.«

Er stellte den zweiten Fuß wieder auf den Boden, atmete tief ein und stieß dann langsam die Luft aus. »Das ist es in groben Umrissen.«

Haydon wollte eine Zigarette. Er nahm das resedagrüne und goldene Etui aus der Tasche und legte es auf den Tisch, bediente sich aber nicht daraus.

»Ich nehme an, es war Ihre Idee, die Geschichte so anzupakken?« fragte er.

»Ja, sicher.«

»Es wundert mich, daß die Abteilung bei so etwas mitmacht.«

»Mich auch.« Dystal grinste fast.

Haydon warf einen Blick auf das Zigarettenetui. Er berührte es, in Gedanken versunken, mit seinen langen Fingern und schob es in einen Fleck des Morgenlichts, das sich wie ein Laserstrahl durch das Fenster schnitt. Die goldenen Initialen funkelten vor dem Grün.

»Und wenn ich nein sage, Bob?« fragte Haydon und konzentrierte sich auf das Zigarettenetui.

Dystal brummte und dachte einen Moment lang nach. »Schätze, dann warten Sie erst einmal Ihre sechs Monate ab. Ich sage Ihnen ja, es sind keine Verpflichtungen damit verbunden.«

Haydon kannte Dystal schon sehr lange und zweifelte nicht an dem Wort des großen Kriminalbeamten. Dystal legte sein Zögern falsch aus, aber Haydon dachte nicht daran, den Irrtum aufzuklären, obwohl es sicher freundschaftlicher gewesen wäre. Statt dessen verbarg er sich hinter diesem Irrtum des anderen, versuchte, damit seine eigenen Zweifel und seine Verwirrung zu verschleiern. Es war ihm lieber, wenn der Lieutenant glaubte, er zögerte mit seiner Antwort aus kaltschnäuziger Kalkulation, nicht aus der Unsicherheit, die den wirklichen Grund dafür bildete.

Bob Dystal war kein Mann, der sich der Introspektive und der Seelenerforschung hingab, und er empfand auch wenig Verständnis für diejenigen, die das taten. Fragen der Ethik und Moral, Probleme der Theodizee, der Rechtfertigung Gottes im Hinblick auf das Böse in dieser Welt, die haarscharf an philosophische Überlegungen heranführten und dann doch nicht durch den gesunden Menschenverstand gelöst werden konnten, waren für ihn wertlos. Er war der Meinung, daß die Betrachtung solcher Fragen nichts weiter als ein angeberisches Sich-in-Szene-Setzen war, nutzlos für ihn selbst und ohne praktischen Wert für das Leben, das er lebte. Die Wahrheit, dachte Haydon, wäre letztlich so unbequem für Dystal wie für ihn selbst, wenn auch aus verschiedenen Gründen.

Es gab keinen Grund für Haydon, zum Department zurückzukehren. Gar keinen. Als er sich sechs Monate Urlaub erbeten hatte, war das mit dem Bewußtsein geschehen, daß die sechs Monate nur ein Vorspiel zur endgültigen Trennung sein würden, eine vorläufige Trennung ohne die Konsequenzen der Scheidung. Darüber wollte er später nachdenken. Aber nun hatte ihn Dystal in einem unvorbereiteten Augenblick überrascht, und er war erstaunt und verwirrt über die einander entgegenstrebenden Emotionen von Eifer und Befürchtung, von Erregung und plötzlicher Müdigkeit. Er konnte sie nicht auseinanderhalten. Aber er entkam auch nicht dem unangenehmen Gefühl, daß es von Anfang an niemals zur Debatte gestanden hatte, ob er die Polizeiarbeit aufgeben sollte oder nicht. Es war vielmehr sein fester Entschluß gewesen, den Dienst nach Ablauf dieser sechs Monate zu quittieren.

Haydon nahm eine Zigarette aus dem Etui, dann schob er es offen zu Dystal hinüber. Sie rauchten in völligem Schweigen, bevor Haydon ihm antwortete.

6

Haydon stand an der Haustür und schaute Dystals Wagen nach, der über die mit feiner Schlacke bedeckte Auffahrt und durch das schmiedeeiserne Tor auf den Boulevard fuhr. Er blieb noch lange stehen, nachdem der Wagen unter einem dichten Dach von Eichen verschwunden war, die an beiden Seiten des Boulevards standen, und er sah nichts als die sich bewegenden Lichtteiche der Morgensonne, die ihn an Monet denken ließen.

Als er sich umdrehte und wieder in die große Diele trat, kam Nina gerade die Treppe herunter, ihr Haar jetzt zum vertrauten Chignon geschlungen, die Füße in den Sandalen, die bei jedem Schritt unter dem langen cremefarbenen Baumwollhemd hervorschauten. Er wartete auf sie.

»Es war nett, ihn mal wiederzusehen«, sagte sie.

Haydon nickte, und sie gingen durch die Diele und den weiten Bogengang ins Wohnzimmer. Die hohe Decke unterstrich das leichte, luftige Gefühl dieses weißen Raums, genau wie die großen Fenster, durch die man hinaussehen konnte auf die Wendeschleife der Auffahrt.

Nina ging zu einem tizianroten Sofa und setzte sich, während Haydon an eines der Fenster trat und hinausschaute. Nach einer Weile drehte er sich um und kam herüber; dabei starrte er auf eine Rötelzeichnung. Sie war gut im späten Morgenlicht zu sehen und gehörte zu mehreren, die er im Lauf der Jahre erworben hatte, überwiegend Akte. Sie hingen überall im Haus. Nach ein paar Sekunden ging er über den mit einem Sisalteppich bedeckten Boden und setzte sich in die entgegengesetzte Ecke von Ninas Sofa. Er wandte sich ihr zu und schlug die langen Beine übereinander, während er sich mit den Schultern in die Ecke lehnte.

»Ja, und ich glaube, ich gehe zu ihnen zurück«, sagte er.

Sie schaute ihn an. »Was ist? Etwas Besonderes?«

Er berichtete ihr alles, was Dystal gesagt hatte, und auch seinen Verdacht, daß seine Vorgesetzten mit ihm Frieden schließen wollten, weil sie Dystal mit einem so ungewöhnlichen Vorschlag gewähren ließen. Der Besuch des Lieutenants war völlig in Ordnung. Er wollte einfach dieser prekären Sache auf den Grund gehen, und er fühlte, daß Haydon der beste Mann dafür war.

»Sie sind vermutlich davon ausgegangen, daß meine Entscheidung am Ende von fünf Monaten nicht anders ausfallen würde als nach sechs«, sagte Haydon. »Und damit haben sie wahrscheinlich recht.«

»Du hattest dich bereits entschlossen, in den Polizeidienst zurückzukehren?« fragte Nina. Sie nahm eines der Sofakissen auf ihren Schoß und begann an einem losen Faden zu zupfen. »Wir haben nie darüber gesprochen.«

»Nein, und ich selbst habe in den fünf Monaten so gut wie gar nicht an meine bevorstehende Entscheidung gedacht. Ich hatte alles andere im Kopf, glaube mir, nur nicht, ob mir danach ist, die Polizeiarbeit an den Nagel zu hängen oder nicht, wenn es zu dieser Entscheidung kommt.«

»Und was wird aus – aus deinen anderen Interessen? Die Dinge, mit denen du dich in den letzten fünf Monaten beschäftigt hast?«

»Ich habe dabei nichts Neues entwickelt, keine Interessen, die nicht schon vorhanden waren«, erinnerte sie Haydon.

»Ich weiß«, sagte sie. »Ich hoffte nur, daß du etwas finden würdest, das ... etwas, das dein Interesse ganz für sich beanspruchen würde.«

Haydons Augen wanderten durch den Raum. Er fühlte sich nicht wohl, wenn sie so um die Sache herumredete. Es war nicht typisch für sie. Das Ausweichen war eher seine Stärke. Aber er brauchte nicht mehr lange zuzuhören. Als er ihr keine Antwort gab, rückte Nina mit dem heraus, was sie auf dem Herzen hatte.

»Stuart«, sagte sie gleichmütig, »glaubst du, daß du bereits stabil genug bist, um zurückkehren zu können?«

Er ließ seinen Blick auf dem Stutzflügel seiner Mutter ruhen, der schwarz in dem hellen Raum glänzte und auf dem Unmengen von Familienphotos in einer Sammlung aus Silber- und Perlmuttrahmen standen.

»Was ist das für ein Wort?« fragte er. »Stabil?«

»Wie würdest du es ausdrücken?« Ihre Stimme war ruhig.

»Anders.«

Sie wartete, dann sagte sie: »Stuart, in den letzten fünf Monaten hast du dich entspannt, du warst weniger entrückt, weniger geheimnisvoll. Es wäre mir schrecklich, erleben zu müssen, wie alles, was vorher war, zurückkommt.«

»Wäre es dir lieber, wenn ich kündigen würde?« Es war keine herausfordernde Frage. Er wollte es wirklich wissen.

»Ich möchte nicht, daß du dich veränderst. Diese Arbeit verändert dich. In der Vergangenheit habe ich es immer für mich behalten und nie gesagt, daß ich wünschte, du würdest kündigen. Ich wollte nicht, daß zwischen deiner Arbeit und mir Diskrepanzen entstehen. Das wäre ein zusätzlicher Konflikt gewesen, den du ganz und gar nicht hättest brauchen können. Jetzt ist das ein bißchen anders. Ja, ich wünschte mir, du würdest nicht zurückgehen. Ich glaube, es ist nicht das Opfer wert, das es bedeutet. Es nimmt so viel von dir weg, und es nimmt auch so viel von uns beiden.«

Haydon wartete einen Moment, stellte die Beine nebeneinander auf den Boden, beugte sich nach vorn und warf das Zigarettenetui auf den niedrigen Rosenholztisch, der vor ihnen stand. Dann stützte er die Ellbogen auf die Knie, verschlang die Finger seiner Hände und schaute darauf.

»Nina, ich muß es tun. Ich hatte genügend Zeit, um mich zu sammeln. Jetzt bin ich bereit, wieder zu arbeiten.« Er hielt inne, wollte seine Worte sehr sorgfältig wählen. »Ich brauche die Arbeit, Nina. Diese Arbeit. Ich fände es nicht richtig, wenn ich mich jetzt davon abwenden würde. Nicht nach all diesen Jahren, und schon gar nicht auf diese Weise. Ich kenne weiß Gott die psychologischen – Probleme, die dabei für mich drin sind. Wenn ich es dir erklären könnte, würde ich es tun. Ich werde lernen müssen, mit den Problemen besser fertig zu werden.«

»Aber das kannst du nicht, Stuart.« Ihre Stimme war flach, fast tonlos. Sie stellte eine Tatsache fest, eine unverrückbare Tatsache. »Für dich ist diese Art von Arbeit zerstörerisch.«

»Eine starke Behauptung.«

»Es ist keine ›Behauptung‹.«

»Ich muß es tun, ich brauche diese Arbeit«, sagte er. »Wenn sie für mich anstrengend ist – damit muß ich leben. Ich wüßte nicht, was ich sonst tun sollte.«

»Du könntest *kündigen*, Stu, *aufhören*.« Sie legte das Kissen weg und beugte sich zu ihm, als sie weitersprach. »Du könntest dich auf Beraterbasis zur Verfügung stellen für spezielle Fälle, aber nicht für jedes Tötungsdelikt, das Tag für Tag, Woche für

Woche, Monat für Monat auf deinen Schreibtisch kommt. Du bist nicht geschaffen für einen solchen Nonstop-Druck.«

»Die anderen schaffen es auch damit zu leben.«

»Du solltest eigentlich wissen, daß du mir nicht mit einer solchen Rechtfertigung kommen kannst«, sagte sie.

»Dystal bietet mir ein Sonder-Arrangement. Ich habe nur diesen einen Fall, und der interessiert mich wirklich. An dem ist etwas, das mich speziell interessiert, weißt du.«

Nina schaute ihn lange an. »Weißt du, wie oft du das bei einem neuen Fall gesagt hast?«

Haydon wußte nicht, was er darauf antworten sollte. Er saß einfach da.

»Okay, Stuart, kommen wir zum Kern des Problems.«

Er schaute sie an und wußte, was kommen würde.

»Ich weiß nicht, wie oft ich dich noch abschirmen kann... In den Zeiten, wo du einfach verschwindest, wenn der Druck auf dich zu stark wird. Ich bin auch nicht unerschütterlich, Stuart. Erwarte nicht zuviel von mir, setze nicht zuviel voraus. Eines Tages werden diese – Episoden einen von uns zerbrechen. Früher habe ich immer gedacht, daß du es wärst. Aber jetzt bin ich mir nicht mehr so sicher. Ich weiß nicht, was du durchmachst, wenn du fort bist, aber ich weiß, was ich dabei durchmache. Stuart, bitte mich nicht, dir so lange Zeit zu geben, bis ich leer bin. Teile diese Sache mit mir, gib mir einen sinnvollen Grund für das, was ich tue.«

Er betrachtete ihre Miene und war sich bewußt, daß er allein daran schuld war.

»Es wird nicht wieder geschehen«, sagte er.

Nina war deprimiert. Sie schaute ihn nur an.

»Es kommt nicht wieder vor«, wiederholte er. »Ich sagte dir, dieser Urlaub war genau das, was ich gebraucht habe. Er hat mir Zeit gegeben, um mich selbst zu finden und zu entscheiden, ob und wie ich mit dem Streß meines Jobs leben kann. Es ist nicht unmöglich. Ich werde es schaffen. Und ich bitte dich nicht, noch einmal mit mir eine von diesen Episoden durchzumachen. Wirklich nicht.«

Das war es. Er wandte sich von ihr ab, aber er fühlte ihren Blick auf sich, als er zum Fenster hinausschaute auf den grünen Rasen und den schwungvollen Bogen der Auffahrt, die zum Tor führte. Er fühlte, wie sie ihn an sich zog, ein überwältigender Magnet, und er haßte sich, weil er ihr nicht geben konnte, was sie sich von ihm wünschte. Plötzlich schien alle Intensität von ihr geschwunden zu sein, und sie langte an ihren Hinterkopf und fummelte an ihrem Chignon herum. Sie brauchte lange dazu, um das zurechtzuzupfen, was sie zurechtzupfen wollte, und dabei waren ihre Blicke abgewandt. Haydon drehte sich um und erkannte die leichte Röte ihrer Wangen. Schließlich war sie mit der Frisur fertig, ließ die Arme sinken und schaute ihn wieder an.

»Ich hätte es nicht ansprechen sollen«, sagte sie. »Lassen wir es, brechen wir es an dieser Stelle ab. Es bringt uns nicht weiter.«

In ihrer Stimme schwang ein Unterton mit, der ihn beunruhigte. Und es war nicht nur der Ton selbst, sondern die Tatsache, daß wieder einmal Nina angesichts seines undurchdringlichen Schweigens nachgegeben hatte. Nur, daß es diesmal einen kleinen Unterschied gab. Als sie die Diskussion jetzt friedlich abbrach, hatte sie zweifellos die Sicherheit ihrer Beziehung in seine Hände gelegt. Er war von nun an verantwortlich für die Konsequenzen. Kein Zweifel, sie wollte sich zurückziehen in ihr eigenes Schweigen, um einer Auseinandersetzung zu entgehen, die keiner von ihnen wünschte. Aber damit gab sie ihm auch die Möglichkeit, die Spannung abzubauen, ohne daß er dabei das Gesicht verlor.

Er hätte sich mit ihr aussprechen, hätte mit ihr seine Gründe diskutieren können, weshalb er zurückging in einen Beruf, der ihn zum Nervenzusammenbruch getrieben hatte, nicht nur einmal, sondern mehrmals: Zusammenbrüche, bei denen sie allein ihn zur Genesung geführt und die sie auf eigene Verantwortung geheimgehalten hatte, ohne daß er sie darum hatte bitten müssen.

Und trotzdem war er nicht bereit, alles mit ihr zu besprechen. Seine Zurückhaltung war ein größer werdender Riß, eine Spalte, ebenso schrecklich wegen ihrer selbst wie auch wegen dem, was sie noch verhüllte. In den vergangenen fünf Monaten hatte er das ändern und ihr alles sagen wollen. Er hatte es gewollt, aber es war ihm nicht gelungen. Damals nicht – und jetzt auch nicht.

7

Die Unterlagen zum Mordfall Powell trafen am Spätnachmittag ein, zusammen mit einer Notiz von Dystal, in der er Haydon mitteilte, daß er mit Mooney und Lapierre noch einmal gesprochen habe und sie darauf warteten, daß sich Haydon mit ihnen in Verbindung setzte. Haydon saß in der Bibliothek und las die Akten durch, unterstrich hier und da einen Punkt, machte sich Randnotizen über eine Querverbindung, auf die er später zurückkommen wollte. Lapierre hatte die Einführung geschrieben, eine Zusammenfassung der Erkenntnisse am Tatort, und er hatte den Bericht des Coroners übertragen; Mooney hatte die Zeugen interviewt und die Protokolle beigefügt. Es gab wenig, was Dystal ihm nicht bereits gesagt hatte.

Als er mit der Lektüre fertig war, ging Haydon zur Stereoanlage und legte eine Platte mit einer Auswahl aus Bachs *Wohltemperiertem Klavier* auf. Dann nahm er die Schachtel mit den Photos vom Tatort und begann sie auf dem Refektoriumstisch auszubreiten. Erst arrangierte er sie in einer Folge, die er als ein mögliches Szenario für den Ablauf des Mordes ansah. Eine komplizierte Szene: Das Blut, das auf den Boden gespritzt war, wies mehrere Fußspuren des Killers auf – oder eines anderen, der zur selben Zeit oder kurz danach dortgewesen war. Es würde einige Zeit dauern, bis es den Labortechnikern – wenn überhaupt – gelingen würde, festzustellen, welche Schritte in welcher Richtung die anderen überlagerten, und auf diese Weise eine Sequenz der Bewegungen zu konstruieren.

Nachdem er einige der möglichen Szenarios studiert hatte, arrangierte Haydon die Photos in Gruppen nach dem Standort, von dem aus sie aufgenommen worden waren: alle Bilder, die von der Tür her photographiert worden waren, alle von der Seite, wo die Band-Schneidemaschine stand und wo das meiste Blut verspritzt war, mit Ausnahme des Entwicklertanks und seiner näheren Umgebung. Es war durchaus möglich, daß der erste

Angriff erfolgte, während Powell am Schneidetisch saß. Allerdings hatte sich kein Band im Schneidegerät befunden.

Es gab über ein Dutzend Photos von den Fußabdrücken im Blut und von den verschieden großen Blutspritzern an den Wänden und dem Gerät. Außerdem hatten sie einen Videofilm angefertigt von der Szene. Haydon ging mit der Kassette in den Fernsehraum und steckte sie in den Videorecorder. Statisches Schwarzweiß, dann die Identifikation des Houston Police Departments, und dann die Aufnahmen vom Tatort. Die Kamera bewegte sich vom Gang durch die Tür in das Labor und schwenkte von links, wo das Schneidegerät stand. Haydon war froh, daß sie es so geschickt gemacht hatten. Die Kamera schwenkte in einem Vollkreis durch den Raum und endete wieder an der Tür; dann näherte sich der Kameramann dem Toten, von wo aus er einen zweiten, ähnlichen Schwenk begann, wieder von der Tür zum Schneidegerät, das jetzt auf der rechten Seite war, und im Kreis, bis die Kamera wieder die Tür erfaßte. Ein dritter und letzter Schwenk wurde vom Schneidegerät aus gemacht, wieder an der Tür beginnend und sich im Uhrzeigersinn um den Raum drehend.

Haydon nahm das Band aus dem Recorder, ging zurück in die Bibliothek und setzte sich an das eine Ende des Refektoriumstischs, wo die Skizze lag, die Lapierre vom Tatort angefertigt hatte. Die Haupttür zu dem Labor, in dem Powell gearbeitet hatte und gestorben war, öffnete sich in einen Korridor des Langer-Komplexes. Es war kein besonders großer Raum, und die Entwicklertanks, wo man ihn gefunden hatte, wurden von ihm bei seiner Videoarbeit gar nicht benützt. Sie waren offenbar Zusatzmöglichkeiten für das größere Photolabor nebenan, das man durch eine Tür neben dem Ausguß erreichte. In Lapierres Skizze befand sich der Eingang vom Korridor dort, wo auf der Uhr sechs war, das Schneidegerät bei acht, die Tür ins Photolabor etwa bei zehn und Powells Leichnam und die Entwicklertanks sowie der Ausguß bei eins. Von eins bis sechs erstreckte sich eine Wand mit Regalen, die zusätzliche Geräte und Ersatzmaterial enthielten. Die blutigen Fußabdrücke kreuzten sich ungefähr in der Mitte des Raums, und sie endeten bei einem Haufen Papierhandtüchern etwa drei Meter vor der Tür zum Gang. Eine einzige Spur war noch rechts von der Schwelle zu sehen; von da an war der Killer mit sauberen Schuhsohlen weitergegangen.

Es gab den Bericht des Coroners mit der Unterschrift von Dr. Harl Vanstraten. Demnach war Powell an der Halsverletzung gestorben, nicht an den vielfachen Einstichen in der Gegend des Thorax. Allerdings hätte ein jeder für sich tödlich sein können. Die Obduktion ergab keine Spuren von Rauschgift oder Drogen, obwohl etwas Alkohol im Blut gefunden worden war. Powell war ein starker Raucher gewesen. Er litt an Prostatitis. In fünfzehn Jahren, wenn nicht früher, hätte er sich einen dreifachen Bypass legen lassen müssen, und seine Leber war durch zuviel Alkohol geschädigt. Er hatte eine sehr gut ausgeführte Tätowierung einer *Phthirus pubis* (Vanstraten war sich zu fein gewesen, das Tierchen eine Filzlaus zu nennen), gerade da, wo an seiner linken Lende das Schamhaar begann. Bestimmt gab es dazu eine komische Geschichte. Er hatte nur einen Hoden. Die Geschichte, die dahintersteckte, war vermutlich nicht so komisch. Aber was immer Wayne Powell in seinem Leben gewesen war, als Toter stellte er nur einen mittelprächtig interessanten Kadaver dar.

Haydon erfuhr, daß Vanstraten die ungefähre Todeszeit auf zwei Uhr morgens festgelegt hatte. Er schob den Bericht des Coroners zur Seite und befaßte sich mit Mooneys Interviews.

Raymond Tease, der Direktor der Abteilung Photographie bei Langer Media, hatte den Toten gefunden. Er war an diesem Donnerstagmorgen kurz nach acht ins Haus gekommen und hatte die Tür zum Photolabor geöffnet. Nachdem er nach Post und Aktennotizen auf seinem Schreibtisch geschaut hatte, nahm er die Kaffeemaschine heraus, gab Wasser und Kaffeepulver hinein, schaltete sie ein, ging dann auf den Korridor und hinunter zum Imbißstand, um sich erst einmal eine schnelle Tasse aus dem Verkaufsautomaten zu ziehen. Unterwegs entschloß er sich, nachzusehen, ob Powell schon da war, und dabei fand er ihn. Er knallte die Tür zu und rannte zurück zum Empfang, gerade als Mr. Langer hereinkam.

Zu dritt gingen sie dann zum Labor, und die Empfangsdame und Tease blieben an der Tür stehen, während Langer vorsichtig den Raum betrat, um festzustellen, ob Powell noch Lebenszeichen von sich gab. Als er wieder herauskam, plazierte er Tease an der Tür, damit niemand den Raum betrat, und beauftragte die Empfangsdame, die Polizei zu benachrichtigen.

Die Empfangsdame bestätigte die Geschichte von Tease und hatte ihr nichts hinzuzufügen. Sie hatte die Büros an diesem Morgen aufgesperrt und nichts Ungewöhnliches bemerkt.

William D. Langer bestätigte ebenfalls den Ablauf der Ereignisse und fügte hinzu, er habe die Entdeckung so dezent wie möglich behandelt und sie, so gut es ging, den anderen, die nach und nach hereinkamen, verschwiegen, zumindest bis die Polizei eintraf. Mooney hatte sich Notizen darüber gemacht, in welchem Maße Langer sich bemüht hatte, die Aufregung und die Publicity dieses Falles auf ein Minimum zu beschränken.

Es hatte noch ein paar kurze Gespräche mit Tease und Langer gegeben und mit einem Mädchen namens Patricia Beamon, die mit Tease und Powell in der Photoabteilung gearbeitet hatte. Ein anderes Mädchen, Alice Parnas, hatte ebenfalls mit der Beamon und den anderen gearbeitet, weigerte sich aber, irgendwelche Aussagen zu machen. Die Zweitverhöre waren genauso, wie Dystal sie geschildert hatte. Er hatte nichts von Bedeutung ausgelassen. Immerhin gab es ein paar zusätzliche Punkte, denen Haydon weiter nachgehen wollte, und er begann sich Notizen zu machen. Er listete die Fragen unter den Namen der Personen auf, die er verhören wollte, und ordnete die Namen alphabetisch an.

Und dann war da natürlich noch Jennifer Quinn. Mooney und Lapierre waren dabei, sie zu suchen, und es gab eine Wache vor Powells Haus für den Fall, daß sie zurückkehrte. Sie sollten ihn, Haydon, sofort benachrichtigen.

Haydon lehnte sich in seinem Sessel zurück und schaute auf das Untersuchungsmaterial, das sich auf dem Tisch häufte. Bachs wohltemperiertes Klavier war längst verstummt, und das Licht, das durch die Terrassentüren hereinfiel, hatte sein strahlendes Weiß verloren und den gedämpfteren Tönen des Spätnachmittags Platz gemacht. Die Farbphotos von Wayne Powells gewaltsamem Dahinscheiden lagen vor ihm ausgebreitet, und selbst ihre starken Farben schwanden dahin mit dem schwächer werdenden Licht.

Als er wieder auf die Ansammlung schauderhafter Photographien blickte, fiel Haydon auf, daß es mehr war als das Stehlen fremden Lebens, was einen Mord so verabscheuungswürdig machte. Es war vielleicht ein noch grausamerer Aspekt dieses Aktes, daß der Mörder auf diese Weise in den Tod des Opfers eindrang. Nichts im Leben war intimer, heiliger und privater als der Prozeß des aus dem Leben Scheidens. Dadurch, daß er sich in diesen Prozeß einmischte, verletzte der Mörder die Intimität und zwang das Opfer, an einer brutalen Herabwürdigung seines Dahinscheidens teilzunehmen. In den wilden, brandmarkenden Augenblicken des Tötens wurde der intimste Akt des Menschen zu einem schreienden Spektakel gemacht und auf tragische Weise erniedrigt durch furchtbare, wütende Gewalt.

Haydon dachte darüber nach, als er die Lichter ausschaltete und sich fragte, warum Powell in dem Entwicklertank saß.

8

Der Tag danach war Sonntag, und Haydon ging mit Nina und Gabriela zur Frühmesse. Seine Familie war immer früh zur Messe gegangen, und Gabriela war der festen Meinung, daß alles, was die Familie vor dem Tod seiner Eltern getan hatte, nach deren Dahinscheiden automatisch in die Kategorie eherner Tradition fiel. Eine Stunde lang beobachtete er die Sonne auf den Buntglasfenstern, stand auf, wenn alle anderen aufstanden, setzte sich, wenn sich alle anderen setzten, verneigte sich, wenn alle anderen sich verneigten und versuchte, nicht an Powell zu denken.

Auf der Heimfahrt blieb er in Gedanken versunken, während sich der königsblaue Jaguar Vanden Plas mit den Saccharindüften des Juicy Fruit-Kaugummis füllte, den Gabriela, sparsam, wie sie war, in halben Stücken vom Rücksitz aus verteilte, wie sie es jeden Sonntag getan hatte, seit Haydon ein kleiner Junge war. Er und Nina nahmen die Stücke von der alten Mexikanerin und kauten sie pflichtgetreu, während sie ihrer Kritik lauschten über Einzelheiten der Kleider der Frauen, die sie in der Kirche gesehen hatte. Nina zeigte viel Geduld mit ihr, achtete auf ihre Bemerkungen und ergänzte sie sogar durch eigene Feststellungen. Als sie durch das Tor in die Einfahrt einbogen und den Kreis zur Wendestelle am Ende der Auffahrt beschrieben, wechselte Gabriela das Thema und gab eine einzelne, aber pointierte Meinung zu einem besonderen Aspekt der Predigt kund. Das geschah immer als Abschluß der Heimfahrt und in einer Weise, mit der sie betonen wollte, daß ihr Morgen in der Kirche nicht allein der oberflächlichen Begutachtung der Damenmoden gegolten hatte.

Während des ganzen Nachmittags zeigte sich Nina zurückhaltend. Sie nahm Block und Stifte mit in den Wohnraum, um in seinem guten und reichlichen Nordlicht Skizzen anzufertigen, während Haydon in der Bibliothek kramte, Bücher katalogisierte, die neuen Erwerbungen durchblätterte, die noch nicht in den Regalen standen, und weiter Bachs wohltemperiertem Klavier lauschte.

Am Montagvormittag traf sich Haydon mit Dystal, Mooney und Lapierre zu einem von Dystals berühmten Frühstücken im »Jojos'« am Loop 610, nicht weit von der Galleria. Alle drei Männer waren bereits da, als Haydon hereinkam. Er hatte sich absichtlich ein bißchen verspätet, wollte sie alle drei beisammensehen, um vielleicht ein Gefühl von der allgemeinen Haltung der Gruppe ihm gegenüber und gegenüber dem höchst ungewöhnlichen Arrangement, das Dystal getroffen hatte, zu bekommen. Und wenn Haydon in den vergangenen fünf Monaten ein paarmal mit Mooney gesprochen hatte, so sah er Lapierre zum erstenmal seit seiner Freistellung. Es ging ihm sehr darum, daß Lapierre mit den Rollen, die jeder von ihnen zu spielen hatte, einverstanden war.

Sie bestellten, kamen aber nicht gleich zu den beruflichen Dingen, die sie besprechen wollten. Statt dessen gab es erst einmal unverbindliches Geplauder während der ersten Tassen Kaffee und dem Frühstück. Die Kriminalbeamten berichteten Haydon über Veränderungen in der Politik des Departments und über personelle Veränderungen und Aussichten, die sich ergeben hatten, seit Haydon weg war. Lapierre berichtete, daß sie die neue Decke des Wachraums noch einmal heruntergerissen hatten, weil das neue Belüftungssystem nicht mit den Baunormen übereinstimmte. Das hatte zur Folge, daß der Raum wieder einen Sommer als Baustelle erleben mußte, mit Telephon- und Computerkabeln, die von einer provisorischen Zwischendecke hingen, während die einzige Kühlung von den Tunnel-Ventilatoren kam, die auf den Gängen standen. Mooney berichtete ein paar Klatschdetails über das Privatleben einiger in der Abteilung bekannter Don Juans und von zwei angeblich geplanten Scheidungen. Über diese spekulierte er mit ein paar eigenen Theorien, die er hinzufügte, um die Gerüchte zu bestärken. Dystal hörte sich das alles mit gutmütiger Distanziertheit an.

Nicht nötig, zu sagen, daß die Spekulationen über Haydons Freistellung wochenlang Hauptthema der Gerüchte nach seinem Fortgang gewesen war. Er konnte sich das Ausmaß der dabei genannten Theorien gut vorstellen.

Als sie mit dem Essen fertig waren und Dystal Kaffee nachgeschenkt hatte, war es endlich Zeit, zum Geschäftlichen zu kommen.

Haydon schaute Mooney und Lapierre an.

»Ich weiß, daß wir alle informiert sind, wie diese Sache laufen soll, daher brauchen wir nicht mehr das Arrangement besprechen, das Bob ohnehin bereits in die Wege geleitet hat. Aber ich wollte Sie beide wissen lassen, daß ich Ihre Bereitschaft, unter diesen Umständen mit mir zu arbeiten, sehr schätze. Wir haben schon früher zusammengearbeitet, deshalb denke ich, daß es keine Überraschungen gibt, was das Verfahren betrifft. Ich bin mir bewußt, wie sehr Sie der Presse und den Medien ausgesetzt sind, und Sie kennen ja meine diesbezügliche Meinung. Falls Sie irgendwann im Lauf dieser Untersuchung mit der Art, wie ich die Dinge anpacke, unzufrieden oder unglücklich sein sollten, haben Sie jederzeit die Freiheit, zu mir zu kommen und darüber zu sprechen. Ich meine jederzeit.«

Haydon schaute Mooney an. »Okay?«

Mooney nickte; ihm schien das Ganze ein bißchen peinlich zu sein, er nahm die Sache aber ernst. Jetzt räusperte er sich. »Ich finde, das hört sich alles gut an.«

Er schaute Lapierre an. Um den vorsichtigen, zurückhaltenden Lapierre hatte sich Haydon die meisten Sorgen gemacht, aber trotz Dystals vorheriger Versicherung wollte Haydon das Thema mit allen gemeinsam besprechen. Es war entscheidend wichtig, daß sie sich wohl fühlten angesichts der Position, die Haydon in diesem Fall einnahm.

Pete Lapierre war mittelgroß und untersetzt, mit dichtem schwarzem Haar, das er kurz trug, um es unter Kontrolle zu halten. Er hatte rauchgraue Augen, die niemals etwas anderes als gelassene Selbstzufriedenheit zeigten. In seinem Verhalten war er so umsichtig und behutsam wie Mooney locker war, und obwohl er sich ordentlich kleidete, zeigten seine Anzüge eher Sinn für Sparsamkeit als für Stil. Er war bekannt dafür, daß er die klarsten Berichte der ganzen Abteilung verfaßte, und er war für seine Genauigkeit berühmt. Manche hielten ihn für humorlos und zu ernst, aber Haydon verstand seine Ungeduld gegenüber dem Gequassel und den rüden Späßen in den Umkleideräumen, die nun mal zu der Wachstubenatmosphäre gehörten. Er war einfallsreich und nachdenklich und immer bereit, seine Hilfe oder sein Mitleid anzubieten, wenn es darauf ankam. Obwohl er gern allein war, wurde er von allen gemocht und respektiert.

»Ich habe keine Probleme damit«, sagte Lapierre jetzt, schaute Haydon in die Augen und schien zu verstehen, was der andere tat. »Ich freue mich darauf.«

»Gut«, erklärte Dystal mit seiner etwas schwerfälligen Überschwenglichkeit. Er war erleichtert, daß sie es hinter sich hatten. »Ich finde, wir sollten uns jetzt mit dieser Powell-Sache beschäftigen.« Er nahm die Kaffeekanne aus Glas, aber alle anderen lehnten dankend ab. Also schenkte er sich eine Tasse ein. »Na dann, Ed, schlage ich vor, du fängst mit dem Neuesten über Jennifer Quinn an.«

Mooney rutschte zurück, um seinen Bauch von der harten Tischkante zu entfernen, froh darüber, daß es nun losgehen konnte, nahm einen Zahnstocher aus der Hemdtasche und steckte ihn sich in den Mund. »Okay. Der Grund, weshalb sich die Quinn noch nicht gezeigt hat, liegt darin, daß sie sich beruflich in einem anderen Staat aufhält. Sie ist auch Kameramann – Kamerafrau? – und arbeitet für eine andere Werbeagentur, Cline, Lacey und Lee. Eine wesentlich kleinere Firma als Langer. Sie ist seit einer Woche in New Orleans, zu einem Auftrag, der zwei Wochen dauern wird. Sie war schon drei Tage weg, als Powell umgebracht worden ist. Wir haben mit der dortigen Polizei Kontakt aufgenommen, und sie behalten die Quinn im Auge. Sie scheint weiterzuarbeiten, als wenn nichts geschehen wäre.

Nach Auskunft eines Mädchens, das mit ihr arbeitet, lebt sie seit ungefähr sechs Monaten bei Powell, das heißt fast so lange, wie er sich hier in der Stadt aufhielt. Das Mädchen wußte nicht, ob die Quinn Powell schon von früher kannte. Die Quinn arbeitet seit über einem Jahr bei der Agentur. Jeder scheint sie zu mögen. Es heißt, sie ist eine fleißige Arbeiterin, schlau und gut bei dem, was sie tut, außerdem hat sie keine unangenehmen Angewohnheiten. Sie ist ein Mädchen aus Houston, also können wir vermutlich soviel Hintergrundmaterial bekommen, wie wir wollen. Es gibt ein Bild von ihr in ihrem kleinen Bungalow. Sie ist eine gutaussehende Rothaarige.

Das ist so ungefähr alles – bis auf die Tatsache, daß einige von den Leuten, mit denen ich in ihrer Firma gesprochen habe, Powell kennengelernt haben und ihn für ein Arschloch hielten. Ich fragte, ob einer von ihnen über Powells Tod gesprochen hätte, und sie verneinten. Das war allerdings am Freitag. Ich nehme an, inzwischen haben sie darüber gesprochen.«

Haydon nickte. »Da haben Sie vermutlich recht. Die Polizei von New Orleans soll mit ihr Kontakt aufnehmen und sie herschicken. Sie darf sich nicht bedroht fühlen. Nur eine Nachricht von der Polizei, daß es zu Hause Ärger gegeben hat und sie nach Houston zurückkommen soll.«

»Okay«, sagte Mooney.

»Sie haben ein Photo von ihr in ihrem Haus gesehen. Wo ist es aufgenommen worden?«

»Im Wohnzimmer.«

»Gab es andere Photos von ihr in Powells Zimmer?«

»Ich kann mich nicht erinnern. An einer Wand waren mehrere Photos mit Reißnägeln befestigt. Ich kann mich nicht erinnern, ob ihres dabei war. Sie wissen ja, man hat sein Apartment gefilzt, aber abgesehen davon habe ich den Eindruck, daß es zuvor schon ein ziemliches Durcheinander gegeben haben muß, denn er war meiner Meinung nach ein schlampiger Kerl.«

Haydon schaute Lapierre an. »Und was haben Sie ermittelt, Pete?«

»Bis jetzt stammt das Blut sämtlicher Proben, die genommen wurden, von Powell«, sagte Lapierre und richtete unbewußt das Besteck neben dem Teller schnurgerade aus, »obwohl sie noch ein bißchen weitermachen müssen bei ihren Tests. Es hat sehr viel Blut gegeben. Die Fußabdrücke in den Blutlachen scheinen von zwei Paar Schuhen verschiedener Größen zu stammen. Beides normale Lederschuhe mit Ledersohlen. Keine synthetischen Sohlen, nichts Verrücktes oder Ungewöhnliches. Anzugschuhe. Von dem kleineren Schuh gibt es nur fünf Abdrücke. Sie führen von der Tür zum Schneidegerät und zurück zur Tür. Drei hin, zwei zurück. Keiner davon hat besonders auffallende Spuren hinterlassen. Genau gesagt, hat man die zwei, die zur Tür zurückführen, kaum noch identifizieren können.

Die Abdrücke, die von der größten Blutlache kommen, waren die von den größeren Schuhen und führen zum Videorecorder. Und das sind die einzigen von dieser Größe, die man als einzelne Abdrücke erkennen kann, ohne daß mehrfach darüber getreten worden wäre. Sieht so aus, als wäre er vom Videorecorder zum Regal mit den Filmen und dort viel auf und ab gegangen. Danach ist er von den Regalen noch einmal zum Recorder und zurück. Einmal ist er zu der Tür gegangen, die in das Labor nebenan führt. Und jedesmal, wenn er an den Becken vorbeikam, ist er wieder ins Blut getreten. Bevor er ging, hat er versucht, das Blut mit den Papierhandtüchern abzuwischen.«

»Aber die Papierhandtücher mußte er doch mit den Händen anfassen«, sagte Haydon. »Gibt es da keine Abdrücke?«

Lapierre schüttelte den Kopf. »Nichts. Alle Fingerabdrücke, die sie bisher untersucht haben, stammen von Angestellten des Hauses. Aber noch ist längst nicht das ganze Material überprüft.«

»Im Bericht hieß es, daß kein Band im Schneidegerät war. Fehlt etwas aus dem Labor?«

»Wir haben die Leute im Labor gebeten, die Arbeiten, mit denen Powell beschäftigt war, mit den Filmen und Bändern zu vergleichen, die er in den Regalen hatte.«

»Und es gab keine Verletzung des Sicherheitssystems?«

»Nicht, daß es irgend jemand festgestellt hätte. Die Agentur hat eines von den üblichen Arrangements mit einer privaten Wach- und Schließgesellschaft, und die Leute sagen, daß es kein Zeichen für einen Einbruch gegeben hat. Trotzdem scheinen mir mehrere Möglichkeiten zu bestehen.«

Er legte die geschlossene Faust auf den Tisch und streckte zu jedem Punkt einen Finger nach oben.

»Entweder der Täter hatte einen Schlüssel. Oder er hat sich irgendwo im Gebäude bis nach Geschäftsschluß versteckt und auf Powell gewartet. Oder sie haben Powell irgendwo draußen überfallen, zum Beispiel in der Parkgarage, und ihn gezwungen, hereinzukommen, sei es mit einem Messer oder einer Handfeuerwaffe. Oder Powell hat sie gekannt und freiwillig hingebracht. Oder sie wußten, wie man das Warnsystem manipuliert.«

»Vielleicht hat Powell eine Puppe hier oben getroffen«, meinte Mooney. »Schließlich war die Quinn nicht in der Stadt.«

Die Kellnerin kam und servierte die leeren Teller ab, und Dystal schenkte sich noch Kaffee aus seiner privaten Reserve ein, die immer an seinem Tisch stand. Das Restaurant war bis auf den letzten Platz besetzt, aber niemand drängte die vier.

Haydon hatte oft schon bewundert, wie schlau es von Dystal

war, über eine solche Routine so etwas wie vertraute Atmosphäre entstehen zu lassen. Es war eine ganz natürliche Sache für den hünenhaften Lieutenant, aber Haydon dachte oft, wie leicht es für jeden, der ihm übelwollte, gewesen wäre, ihn hier zu finden. Im Lauf der Jahre machte sich ein jeder Polizeibeamte ein paar Feinde. Und einige davon waren verrückt...

Sie besprachen noch andere Möglichkeiten und Hinweise, stellten Theorien auf und rätselten, wie es weitergehen sollte. Haydon stellte ein paar Fragen über die Interviews bei Langer Media. Nachdem eine weitere halbe Stunde vergangen war, nahm sich Haydon seinen Mont Blanc aus der Tasche und begann auf das Papier seines Platzdeckchens zu schreiben. Während er schrieb, erläuterte er die Methode, nach der sie insgesamt weitermachen wollten, und skizzierte die Richtungen, in denen Mooney und Lapierre fortschreiten sollten. Er sagte ihnen, was er selbst tun würde, und fragte sie dann, was sie von seinen Plänen hielten. Sie tauschten noch ein paar Ideen, fügten das eine oder andere hinzu, veränderten dies und das, dann waren sie fertig. Haydon riß das Platzdeckchen auseinander und steckte die Hälfte, die er beschrieben hatte, in seine Tasche. Um zehn Uhr waren sie draußen.

9

Das Vorstandsmitglied betrachtete das Profil des Mannes, der vor ihm saß. Die scharfe Silhouette war löwenhaft und bemerkenswert vornehm, obwohl die Einzelheiten seiner Züge durch den Widerschein der offenen Fensterflügel in den Schatten getaucht wurden. Das Vorstandsmitglied sah, daß das Haar des Mannes, das in langen, dichten Wellen von seiner gutgeformten Stirn nach hinten gekämmt war, am Ansatz ein wenig auffrisiert war. Er wußte, daß das Haar auch um Hals und Ohren makellos frisiert war. Jetzt betrachtete er den geraden Nasenrücken, den kleinen Schnurrbart, die Rundung des Kinns mit dem Grübchen in der Mitte. Er wußte auch, daß der feste Kiefer und die Wangen, auf denen ein kräftiger schwarzer Bart sproß, zweimal täglich von einem Friseur glattrasiert wurde und dennoch stets einen Hauch von Holzkohlenschwarz aufwies.

Keiner der beiden Männer hatte in den letzten Minuten etwas gesagt, und der weitläufige Raum, in dem der Mann am Schreibtisch seine seltsam disziplinierten Tage verbrachte, war still wie ein Grab. Das Vorstandsmitglied bewegte sich vor dem Schreibtisch hin und her, um dem strahlenden Licht des Fensters zu entkommen, eines von vieren an der langen Wand, die derzeit für die einzige Beleuchtung des Raums sorgten. Die Wände zwischen den Fenstern waren mit Photographien in Farbe und in Schwarzweiß bedeckt.

Jetzt blieb das Vorstandsmitglied direkt vor dem anderen Mann stehen und konnte nur die linke Hälfte seines Gesichts sehen, während der Mann etwas studierte, was vor ihm auf dem Schreibtisch lag. Die rechte Hälfte blieb im Dunkeln.

»Soll ich die anderen warnen?« fragte das Vorstandsmitglied schließlich. »Man sollte ihnen vielleicht irgend etwas mitteilen. Was ist, wenn –«

»*Z-z... z-z... z-z...*« Der andere Mann blickte auf und lächelte; das leise Geräusch war verstummt.

Als er nichts weiter sagte, unternahm das Vorstandsmitglied einen zweiten Versuch. »Heute nacht waren wir zu fünft. Sollte ich nicht –«

»*Z-z... z-z... z-z...*«

Das Vorstandsmitglied hielt sich zurück, innerlich frustriert, sogar wütend, aber nach außen hin ruhig.

Der andere setzte sein Lächeln mit entwaffnender Offenheit fort und nahm nicht die Gelegenheit wahr, die er sich geschaffen hatte, um selbst zu sprechen. Die Haltung, seine Miene und der erwartungsvoll geneigte Kopf schienen den Beauftragten aufzufordern, er möge fortfahren, auch wenn er, der Chef, gerade interveniert hatte. Das Vorstandsmitglied betrachtete die Gesichtshälfte des Mannes, die im Licht war, und sah die weißen Zähne hinter dem Lächeln. Er sah auch ein Auge, dessen Iris so dunkel war, daß man sie nicht von der Pupille unterscheiden konnte, so daß ihn der Mann aus einem schwarzen Loch anstarrte, das dem Auge jegliche persönliche Ausdrucksfähigkeit und jedes Gefühl einer Kommunikation raubte. Sein lächelnder Mund öffnete sich noch etwas weiter, sein gutaussehender Kopf neigte sich noch weiter nach hinten, die Augenbrauen gingen nach oben und forderten das Vorstandsmitglied zum Sprechen auf.

Aber das Vorstandsmitglied sprach nicht.

Es war eine vertraute, wenngleich irgendwie peinliche Situation. Er hatte sie viele Male erlebt, hatte sie als Zeuge mit anderen Beauftragten erlebt, die Zugang zu diesem Mann hatten. Das edle Haupt kippte nach hinten, und schon setzte das leise »*Z-z... z-z...*« ein, fast unhörbar zunächst, so daß der Sprechende nicht darauf achtete. Wenn es blieb, wenn es lauter wurde, dachte sich das Vorstandsmitglied, daß es auf höfliche Weise unterbrochen wurde, und hielt selbst inne. Schweigen. Verwirrt überlegte sich das Vorstandsmitglied, was da vor sich gehen mochte. Wenn sich das Schweigen ausdehnte, nahm er an, daß die Unterbrechung zu Ende sei, und er begann von neuem, wurde aber wieder von den leisen Zischlauten unterbrochen, dem nach hinten geneigten Haupt und dem Lächeln, das dem Beauftragten den Verdacht nahelegte, er sollte in irgendeiner Weise veräppelt werden. Danach weiteres Schweigen, welches das Vorstandsmitglied diesmal nicht brechen wollte.

Schließlich begann dann der Mann selbst zu sprechen, mit einer so leisen Stimme, daß das Vorstandsmitglied betete, kein noch so schwaches Geräusch, das Schließen einer Tür oder ein Hüsteln würde ein Wort oder gar einen Satz übertönen. Die Anstrengung, sich auf jedes Wort zu konzentrieren, ja sogar von den Lippen zu lesen, verstärkte die Spannung dieser Besprechungen. Das Redemuster war rätselhaft, vielleicht auch beliebig: Phrasen folgten halben Sätzen, dann kamen wieder die Zischlaute, das Lächeln. Das Vorstandsmitglied war gezwungen, einen guten Teil des Gesprächsinhalts durch Rückschlüsse herauszufinden. Aber niemand hatte jemals darauf hingewiesen, daß sie Schwierigkeiten hatten, ihn zu hören.

Jetzt, als er wartete und in das Nichts der schwarzen Augen schaute, verstand das Vorstandsmitglied diese seltsame Methode der Kommunikation nicht besser als damals, als er sie zum erstenmal erlebt hatte. Immerhin hatte er Dutzende solcher Begegnungen hinter sich. Aber jetzt war er müde. Die Ungeduld spielte einen zunehmend größeren Teil in der Reihenfolge der Emotionen, die ihn berührten, wenn er in diesen eigenartigen Besitz inmitten eines bewaldeten Teils der Stadt gerufen wurde.

Er wartete, die Hände auf dem Rücken verschränkt. Er spannte die Arme an und stemmte und lockerte die Muskeln, die den unteren Teil seines Rückgrats umgaben, während er den Blick des Mannes hinter den unordentlichen Stapeln von Papieren erwiderte, die ineinanderflossen und wackelige Berge aus einzelnen Blättern bildeten, die sich vom einen Ende des halbmondförmigen Schreibtischs zum anderen erstreckten. Papierklammern an den Ecken mancher Seiten hatten sich mit anderen Seiten verheddert und ragten aus den Stapeln heraus, drohten sie zum Einsturz zu bringen. Eine Porzellantasse samt Untertasse war halb verborgen unter der Papierflut, und der Pumpkran einer Miniatur-Bohrstation aus Kupfer, wie man sie auf Kunsthandwerksmärkten findet, war fast ganz untergegangen. Mitten unter den weißen Blättern sah das Vorstandsmitglied hellgrüne und blaue Zettel, uneingereichte Schecks, wie er wußte. Sie lagen manchmal monatelang hier auf dem Schreibtisch herum, bis ihre Aussteller neue schickten, die ebenfalls in dem weißen Durcheinander untergingen. Die Leute, die diese Schecks schickten, waren naiv und uneingeweiht.

»Das Filmmaterial ist das Problem«, sagte der Mann leise.

Das Vorstandsmitglied kam einen Schritt näher. »Das weiß ich. Ich werde –«

Der Mann lächelte und tätschelte die Filmdosen, die am einen Ende seines Schreibtischs aufgebaut waren.

»Ich meinte diese. Ich wollte Ihnen diese hier zeigen ... *z-z* ... aber Bechtel hat sie nicht rechtzeitig aus dem Safe gebracht und – äh – ich muß sie zum Aufwärmen in die Luftschleuse geben. Wir können sie erst morgen ansehen.« Er lachte ein wenig. »Sie sind faszinierend. Aus – äh – Sri Lanka. Die ersten von dort. Ein singhalesischer Kameramann hat versucht, sie dem Reporter eines öffentlichen Senders zu verkaufen. Aber die wollten sie nicht anfassen. *Zz... zz...* Bechtel hat sie auf seiner letzten Reise nach Paris gekauft.«

Der Mann spielte mit ihm, kein Zweifel. Erst hatte er sich tatsächlich auf die anderen Filme bezogen, dann tat er so, als hätte er es nicht getan.

»Aber wir sehen etwas anderes heute«, sagte der Mann.

Das Herz des Vorstandsmitglieds sank. Er hatte gehofft, daß er dieses eine Mal keinen Film anzusehen brauchte. Er wollte sie nicht sehen, ganz gleich, welche Greuel darauf zu erkennen waren. Vor allem heute hätte er sich gewünscht, daß ihm diese wahnwitzigen Gewalttätigkeiten erspart bleiben würden.

Der Mann stand auf und sammelte die Filmdosen ein. Das Vorstandsmitglied sah zu, wie er um den Schreibtisch herumkam und den langen Raum durchquerte. In den beiden letzten Jahren hatte er sich an das Aussehen des Mannes gewöhnt, hatte fast aufgehört, seine Ungewöhnlichkeit zur Kenntnis zu nehmen. Aber heute sah er ihn wie beim erstenmal und war erschüttert von der Diskrepanz: das edle, maskuline Haupt, auf so dramatische Weise größer als der leichte, unausgereifte Körper, auf dem es so fragwürdig ausbalanciert war. Der ganze Körper des Mannes schien vor der Mannesreife aufgehört haben zu wachsen, bevor die Veränderungen der Pubertät die Zellen beunruhigten und mit den Hormonen füllten, die bei der Entwicklung zum Mann notwendig waren. Seinen Schultern fehlten die Kanten, und sein Brustkorb hatte nicht das muskulöse Gewicht des Erwachsenen. Den Händen fehlten die kennzeichnenden Sehnen und Adern; sie waren pummelig an der Innenseite, mit kleinen Fingern, die sich gegen Ende zu verjüngten. Und dennoch war sein Körper nicht schlecht proportioniert oder gar weibisch, sondern einfach knabenhaft und ohne irgendein Zeichen von Kraft und männlicher Reife. Im Gegensatz dazu zeigte sein Haupt alles, was seinem Körper fehlte. Die physische Disharmonie des Ganzen war erschreckend.

Das Vorstandsmitglied folgte ihm und kam sich absurd vor, als er hinter dem kleinen Jungen/Mann herschlich, der gewohnheitsmäßig winzige, schwarze Abendslipper aus Lackleder, eine Smokinghose mit Satinstreifen an den Seiten, ein Smokinghemd mit Stehkragen ohne Fliege oder Krawatte und Hosenträger trug. Es war die einzige Kleidung, die er anhatte, wenn er zu Hause war, und sie war immer fleckig und unsauber. Die Hemdbrust war steif von alten Flecken, und die Hose, etwas staubig an den ausgebeulten Knien, war in einem ständigen Faltenwurf um den Zwickel zerknittert.

Der Mann öffnete eine Holztür in der Mitte der Wand, die den Fenstern gegenüberlag. Dahinter war eine Stahltür. Auch diese öffnete er und betrat einen kleineren Raum mit einer Regalwand, in der Dutzende von Filmdosen lagen. Die Temperatur in dem Raum betrug genau zwölf Grad. Der Mann legte die Dosen von seinem Schreibtisch in eines der Regale, nahm einen dicken Mantel von einem Haken an der Wand und zog ihn an. Dann öffnete er eine zweite Tür und betrat einen weiteren Saferaum. Das Vorstandsmitglied folgte und machte sich nicht die Mühe, einen von mehreren ähnlichen, aber größeren Mänteln anzuziehen, achtete aber darauf, daß die Luftschleuse hinter ihnen geschlossen war.

Der Saferaum hinter der Luftschleuse war etwa viermal so groß, mit Hunderten laufender Meter Regalflächen, auf denen sich Filmdosen stapelten, manche aus Aluminium, manche aus Plastik, was vom Alter und vom Typ des Films abhing, der in ihnen steckte. Hier herrschte eine Temperatur von fünf Grad bei dreißig Prozent relativer Luftfeuchtigkeit. Die Filme in den Regalen waren nach Jahren angeordnet, mit Unterabteilungen geographischer Standorte in alphabetischer Ordnung. Jede Filmdose war beschriftet mit Datum, Kameramann (falls bekannt), Quelle, Drehort, Zusammenhang und einer kurzen Beschreibung, worum es darin ging.

Der Mann verschwand rasch um die Ecke einer Reihe von Regalen. Das Vorstandsmitglied stand nahe der Tür, die Hände in den Hosentaschen, und wartete. Er konnte hören, wie der Mann

Filmdosen von Regalen nahm, sie wieder zurücksteckte, die Zeit totschlug. Ein paar Minuten danach tauchte der Mann am Ende einer anderen Regalreihe auf, sechs Meter von der ersten entfernt, blieb im Durchgang stehen und schaute das Vorstandsmitglied an. In dem Raum herrschte dieselbe Stille wie im Kühlhaus einer Schlachterei.

»*Z-z… z-z…* Und Sie glauben, Toy hat auch den Rest davon?« fragte er. Der Atem hing ihm wie Rauchwölkchen vor dem Mund.

Das Vorstandsmitglied schaute den Durchgang entlang auf den Mann. »Aber natürlich hat er ihn.«

Der Mann dachte einen Moment lang nach. Sein kleiner, zierlicher Körper wirkte aufgebläht durch den dicken Mantel, und der Pelzkragen, den er hochgestellt trug, verbarg seinen kindlichen Nacken.

»Glauben Sie, er hat auch alle unsere Gesichter?«

»Wenn nicht, hätte das Ganze nicht viel Sinn für ihn.«

»Er wird vermutlich eine Menge Duplikate anfertigen«, sagte er leise und nachdenklich.

»Davon bin ich überzeugt«, bestätigte das Vorstandsmitglied müde.

»Glauben Sie, daß er an jeden von uns herantritt? Oder nur an mich?«

»Vielleicht an jeden – ich weiß es nicht.«

»Vermutlich wird er sehr viel Geld verlangen.« Die schwarzen Augen blickten an der Schulter des Vorstandsmitglieds vorbei.

Das Vorstandsmitglied gab keine Antwort. Er wollte sich nicht darauf einlassen. Er wollte lediglich wissen, was er selbst tun sollte.

»Wieviel, würden Sie sagen, ist das Filmmaterial wert?« Der Mann verschränkte die kleinen Füßchen in den schwarzen Lack-Slippern und lehnte sich gegen das Regal, die kleinen Hände in den großen Manteltaschen.

Dem Vorstandsmitglied wurde allmählich kalt, und er zog die Schultern hoch. Der verdammte Film war unbezahlbar, und der Mann wußte es. Eine alberne Frage, die er da stellte.

»Was würden Sie dafür bezahlen?« fragte der Mann, dazu lächelte er. »Z-z... z-z... z-z...«

»Soviel, wie verlangt wird.«

»Aber es gibt doch einen Punkt, über den hinaus Sie nicht mehr bezahlen würden?«

»Sicher. Ach, ich weiß nicht. Ich müßte erst einmal hören, was er verlangt.«

Der Mann zuckte irgendwo unter dem Mantel mit den Schultern. »Wir werden wohl warten müssen, bis er Kontakt aufnimmt mit uns.«

Wieder gab das Vorstandsmitglied keine Antwort. Er wußte seit langem, daß ihm diese undeutlichen Bemerkungen auf die Nerven fielen. Der Mann wußte verdammt genau, daß er sich darum kümmerte, schon seit Donnerstagmorgen, genau gesagt.

Die untere Gesichtshälfte des Mannes war bläulich, nicht nur von den Bartstoppeln, sondern auch von der Kälte, und an jeder Wange war ein hellroter Fleck erschienen. Er schien so zerbrechlich, daß das Vorstandsmitglied annahm, es würde nicht viel brauchen, um ihn erfrieren zu lassen.

»Toy war ein großartiger Kameramann«, sagte der Mann.

Das Vorstandsmitglied stimmte zu. Er fühlte, wie sein Kinn vor Kälte zitterte, während er den Mann anschaute, um zu sehen, ob er irgend etwas in den schwarzen Löchern erkennen konnte, die der Mann als Augen benützte. Es war natürlich nichts da, nichts, was das Vorstandsmitglied erkennen ließ, ob der Mann die Vergangenheitsform absichtlich oder zufällig benützt hatte. Wer konnte ahnen, was für byzantinische Arrangements und Intrigen er bereits anderweitig getroffen hatte? Sein Leben war strikt in verschiedene Arbeitsbereiche unterteilt, und für das Vorstandsmitglied war es ein Wunder, daß sich der Mann nicht im Labyrinth seiner eigenen Planungen verirrte. Doch genau das war seine Methode, den notwendigen Abstand zu halten. Die Hände des Mannes blieben immer sauber, weil die Vorstandsmitglieder seine Ersatzhände waren, und die Ersatzhände gehorchten dem Gehirn, soweit sie seine Gedanken lesen konnten. Aber wenn sie etwas Falsches lasen und übereifrig wurden in ihrem Bemühen, ihm alles recht zu machen? Was konnte er dagegen tun? Sicherlich konnte man ihm nicht die Fehler der anderen anlasten.

All diese Doppelzüngigkeit verbarg sich hinter den schwarzen Brunnen seiner Augen. Einem Mann mit solchen Augen konnte man gar nichts anlasten.

»Wir hätten ihn diese Dinge von Anfang an kopieren lassen sollen«, sagte der Mann jetzt. »Damit wären wir dieser Sache zuvorgekommen und hätten die Umstände selbst kontrollieren können. Und er hätte nicht die Leute gefilmt, die er nicht filmen sollte«, fügte er mit einem etwas schiefen Lächeln hinzu.

Sie standen da und schauten sich an. Der Mann schürzte die Lippen und stieß einen Strom von nebligem Atem aus, als wäre es der Rauch einer Zigarette. »Nun«, sagte er und schaute sich ziellos in dem Saferaum um, auf dessen Regalen sich die Filmrollen stapelten, Millionen Meter von Gemetzel und Blutbädern. Es schien, als wollte er sich halbherzig entscheiden, was er als nächstes tun sollte.

Schließlich bewegte er sich, ging an dem Vorstandsmitglied vorbei und hinaus in die Luftschleuse. Das Vorstandsmitglied folgte ihm und schloß die Safetür hinter ihnen. Sie blieben an den Regalen in der Luftschleuse stehen, und der Mann betrachtete die Stapel von Dosen, die schon vierundzwanzig Stunden und länger hier drinnen waren. Sie mußten langsam erwärmt werden, damit sich auch nicht die geringste Kondensfeuchtigkeit auf dem Filmmaterial bilden konnte.

»Wir haben ein paar Lahore-Filme aus den sechziger Jahren«, sagte der Mann. »Und Idi Amin-Verhöre, außerdem einige argentinische Verhöre beim La Tablada-Militärputsch von 1977... Ein besonders bestialischer Streifen, mit nackten Mädchen und Spielzeugratten.« Er grinste über den Scherz und kehrte dann zu seiner Aufzählung zurück. »Wir haben einen Lynchmord durch den Ku Klux Klan, ein paar nette Sachen aus Beirut...« Er versuchte, sich zu entscheiden, stand da, die Arme verschränkt, immer noch in dem schweren Mantel. Schließlich streckte er den Arm aus und zog eine Dose unter mehreren anderen heraus. »Wir haben über Mr. Toy gesprochen. Sehen wir uns einen seiner Filme aus Guatemala an. Huehuetenango. Da sind interessante Stellen drin.«

Der Mann reichte dem Vorstandsmitglied die Spule, hängte seinen Mantel an den Haken und ging ihm voraus, zurück in den großen Raum. Das Vorstandsmitglied schloß die Türen hinter ihnen und ging zu einem Projektor, der in einem Gehäuse in der Mitte des Raums fest installiert war. Der Mann kroch auf eines von mehreren Sofas, die in einem Halbkreis vor dem Projektor aufgestellt waren und auf das entgegengesetzte Ende des Raums ausgerichtet waren. Das Vorstandsmitglied betätigte einen Schalter, woraufhin sich mit leisem elektrischem Sirren die riesige Leinwand von der Decke senkte. Sie nahm die ganze gegenüberliegende Seite des Raums ein.

Das Vorstandsmitglied fädelte den Film ein und drückte dann eine Taste am Gehäuse des Projektors, was zur Folge hatte, daß sich die gewaltigen, dicken Vorhänge der Fenster langsam schlossen. Dann schaltete er den Projektor an, und der Film begann zu laufen.

Die erste Einstellung zeigte die Luftaufnahme eines Dschungels, und der Horizont kippte erst ein wenig in die eine, dann in die andere Richtung, als das Fluggerät in eine Kurve ging. Dann zoomte die Kamera nach vorne und erfaßte eine Reihe von vier weißblauen Jet Ranger-Hubschraubern, die in einem ausladenden, schwingenden Bogen den Dschungel überflogen. Die Kamera befand sich offensichtlich im letzten Hubschrauber. Das Bild vibrierte ein wenig von den sich drehenden, schweren Rotoren. Es war eine gute Einstellung; sie zeigte, wie die unheimlichen Fluggeräte sich in ein Tal senkten, über einen Fluß und zwischen dschungelbewachsenen Hängen. Aus der offenen Tür des ersten Hubschraubers kamen Rauchwölkchen, dann auch aus den anderen, bis der Film heftig zitterte und die Kamera herumschwenkte, um die Schützen an den Türen zu filmen, die sich nur wenige Meter über den Bäumen befanden.

Und dann, plötzlich, zeichnete die Kamera das Chaos auf, als die Maschine unerwartet schnell landete und Soldaten ausspie.

Man sah ein Stück Himmel, schließlich Bilder vom Erdboden, von guatemaltekischen Soldaten, die in das hohe Gras des Hochlands rannten, einander etwas zuschrien, nach oben zeigten und rannten. Ein Schuß, und die Hubschrauber erhoben sich in einem Hurrikan aus Staub. Ein Helm segelte durch das Bild, und die Maschinen waren weg. Der Film wurde unscharf, und dann, als die Einstellung wieder stimmte, sah man, kaum zu glauben, die Nahaufnahme eines alten Indianers, der versuchte, seinen abgetrennten Arm hochzuheben, während das Blut aus den Ganglien seiner Schulter spritzte. Er schaffte es nicht und wandte sich hilflos der Kamera zu, schrie dabei mit offenem Mund wie ein Kind. Dann kam eine alte Frau, die ein zerfetztes Kleid trug, herangelaufen und half dem Mann; danach liefen sie ein paar Meter weit miteinander, bis die Frau plötzlich festgehalten und hochgehoben wurde, dann vorwärtsgestoßen, ohne daß ihre Füße den Boden berührten, und schließlich nicht weit von dem Arm des Mannes zu Boden stürzte. Der Alte vollzog einen hysterischen, hüpfenden Tanz um ihren zusammengekrümmten Körper, bückte sich dann und nahm seinen Arm an den Fingern, aber er konnte ihn nicht hochheben und zog ihn hinter sich her über den Boden, als er wieder zu rennen begann, bis ihm die Beine weich wurden und er in den Dreck fiel. Die Kamera machte einen schnellen Schwenk und hielt bei zwei Indianern, die am Boden knieten und die Hände auf dem Rücken gefesselt hatten. Sie waren jung, fast noch junge Burschen. Ein Soldat kam ins Bild und sägte dem einen von ihnen mit einem Messer die Kehle durch. Er traf auf die Schlagader, und das Blut schoß heraus und übergoß den Soldaten. Er sprang zurück und stieß mit dem Stiefel nach dem Jungen, der sich wand und aufbäumte, als könnte er seinem Tod auf diese Weise entkommen. Der zweite Gefangene fiel unerklärlicherweise nach vorn, und ein zweiter Soldat tauchte auf und trat nach seinem Kopf, als wäre er eine Bierdose, so lange, bis er völlig mißgestaltet und rot war und keine Ähnlichkeit mehr mit einem menschlichen Haupt aufwies. Im Hintergrund rannten Leute in Rauch und Feuer hin und her. Die Kamera schwenkte zur Seite und folgte zwei Soldaten, die eine nackte Indianerin an den Füßen über den Boden schleiften. Ihr Gesicht zeigte die passive Gelassenheit des Schocks, als sie versuchte, sich aufzusetzen und ihre Innereien davor zu schützen, daß sie durch den Dreck gezerrt wurde.

Das Vorstandsmitglied wandte sich beim Rest des Films ab. Ein kleiner, strahlender Lichtpfeil kam durch die Fenster, wo die Vorhänge sich nicht ganz überdeckten, oben, kurz unter der Schiene. Er richtete die Augen auf diesen Lichtschaft und konzentrierte sich darauf. Auch sein Herz konzentrierte sich darauf, zusammen mit den Augen, als wäre dieser Sonnenstrahl das einzige auf der Welt, was ihn retten könnte.

10

Sie war einverstanden gewesen, ihn in James' Hotdog-Insel zu treffen, im Zentrum zwischen der Travis und der Dallas Street, gegenüber des Kaufhauses Foley's. Das wäre das beste, hatte sie gemeint, weil es weit genug von ihrem Büro entfernt war, so daß sie nicht damit rechnen mußte, jemandem in die Arme zu laufen, den sie kannte, und doch nahe genug, daß sie zu Fuß hin- und zurückkommen konnte in der Zeit, die ihr zum Lunch zur Verfügung stand, und obendrein war auch noch Gelegenheit, einen Bissen zu essen.

Haydon war als erster dortgewesen und hatte sich an einen Fenstertisch gesetzt, hatte die Leute beobachtet, die hereinkamen, und sich gefragt, ob er sie in der Menge erkennen würde, bevor sie sich nach allen Seiten umschaute und auf diese Weise verriet. Es gelang ihm. Draußen auf dem Gehsteig war sie einen Moment an der Tür stehengeblieben, hatte eine entschlossene Miene aufgesetzt, sich dann gegen die Chromstange der Tür gelehnt und sie aufgestoßen.

Er erhob sich halb; sie sah ihn und kam auf ihn zu. Er beobachtete sie, wie sie sich einen Weg durch die Tische bahnte. Sie trug ein lavendelfarbenes, vorne wie ein Hemd geknöpftes

Kleid, das bis eine Handbreit über die Knie reichte, und die Schulterpolster erinnerten an die Mode der vierziger Jahre. Das karamelbraune Haar war nach hinten und an den Schläfen nach oben frisiert und mit Kämmen festgesteckt, wie man es von Betty Grable kannte. Eine mit weißen Perlen besetzte Handtasche klemmte sie sich unter den einen Arm, als sie näher kam.

»Kann ich Ihren Ausweis sehen, bitte«, platzte sie heraus. Sie sagte es mit der mechanischen Entschlossenheit eines vielgeübten Satzes, der nun einmal unumgänglich war.

»Aber natürlich«, sagte Haydon. »Aber vielleicht setzen wir uns erst einmal.« Er langte in seine Brusttasche und legte unauffällig die Brieftasche auf den Tisch. Sie beugte sich darüber und schaute hinein. Ihr Gesicht war oval, und ihre Augenwimpern waren genauso karamelbraun wie ihr Haar.

»Entschuldigen Sie«, sagte sie erleichtert und schob ihm die Brieftasche zurück, während sie hochschaute. »Ich nehme allerdings an, so was kann man auch fälschen. Ich hab's zumindest schon in einem Fernsehfilm gesehen.« Sie lachte kurz und zeigte dann ein kleines, etwas törichtes Grinsen. »Deshalb habe ich bei der Polizei angerufen, um sicherzugehen, daß es Sie wirklich gibt.«

»Es macht nichts«, sagte Haydon. »Im Gegenteil, ich bin froh, daß Sie es überprüft haben. Wir haben vermutlich nicht viel Zeit. Was darf ich Ihnen holen?«

»Ach, einfach einen Hot Dog und ein zuckerfreies Seven-Up. Vielleicht eine Tüte Chips.«

Er stellte sich in die Reihe, schnappte sich ein Plastiktablett, ließ es an der Theke entlangrutschen und nahm sich von allem zwei: Servietten und Strohhalme. Die schwarzen Köche mit den weißen Papiermützen arbeiteten mit den ökonomischen Bewegungen und der Geschicklichkeit von Maschinen; dabei schauten sie niemals hoch, während sie in den fast sichtbaren Gerüchen heißer Würstchen, Senf und Zwiebeln schwitzten. Am Ende der Reihe zahlte er, kam an den Tisch zurück und lud das Tablett ab. Sie wartete.

»Na los«, sagte er. »Ich rede, während Sie essen, und dann reden Sie, während ich esse. Ich habe schon vor langer Zeit gelernt, daß das am besten ist, wenn man Zeit sparen möchte.« Er lächelte.

»Schon möglich.« Sie schaute ihn etwas neugierig an, dann begann sie ihren Hot Dog zu essen. Dabei schossen ihre Blicke mehrmals durch den stark besuchten Speiseraum. Es war ein praktisches Lokal für einen kleinen Imbiß, und an den Tischen herrschte ein ständiger Wechsel von Frauen und Männern, die zur Mittagspause aus den Büros in der Umgebung kamen, um die Beine auszustrecken, draußen auf der Terrasse ein bißchen Sonne zu tanken und einen Bissen zu essen.

»Ich habe das Protokoll Ihres Gesprächs mit den Kriminalbeamten Mooney und Lapierre gelesen«, sagte Haydon. »Ein paar Punkte daraus möchte ich gern genauer mit Ihnen besprechen. Ich mache es kurz, und Sie können antworten, wenn Sie mögen, sobald Sie fertig sind.« Er ließ eine Pause entstehen, und sie nickte, kaute und schaute ihn aus großen, erwartungsvollen Augen an. »Ich möchte wissen, ob Wayne Powell jemals Leute ins Büro mitgebracht hat. Zum Beispiel einen Freund, einen, der am Abend auf ihn gewartet hat, bis er fertig war, damit sie gemeinsam heimgehen konnten. Irgend jemand nach Dienstschluß. Waren Sie jemals da, wenn er nachts arbeitete? Kannten Sie seine Freundin, ein Mädchen namens Jennifer Quinn?«

Er hielt inne, um gerade diesen Punkt etwas einsickern zu lassen, dann fuhr er fort. »Haben Sie jemals mitbekommen, was das war, woran Powell nachts arbeitete? Wie war seine Einstellung zu diesen Überstunden? War es ihm egal? Haben Sie mitbekommen, daß sich Mr. Langer und Powell getroffen haben? Haben Sie die beiden miteinander reden gesehen? Wenn ja, wissen Sie, worum es dabei ging? Wie ist Powell mit Tease zurechtgekommen? Hat es zwischen ihnen Spannungen gegeben? Wissen Sie, ob Tease mit Powell über seine Nachtarbeit gesprochen hat?«

Patricia Beamon hob eine Hand, um ihm Einhalt zu gebieten, während sie schnell kaute, schluckte und sich den Mund abwischte. Dann trank sie einen Schluck von ihrem Seven-Up.

»Ich schlage vor, Sie stoppen an dieser Stelle und lassen mich die Fragen beantworten, so gut ich kann. Ich weiß allerdings nicht, ob ich alle Ihre Fragen beantworten kann.«

Sie trank noch einen Schluck, schaute durch das Fenster auf den strahlend hellen Gehsteig und zog die Stirn in Falten, während sie versuchte, ihre Gedanken zu ordnen.

»Fangen wir mit den negativen Punkten an. Ich habe Wayne nie mit Mr. Langer sprechen gesehen. Ich war nie nachts da, wenn er gearbeitet hat. Es gab keine Spannung zwischen Wayne und Tease, aber ich würde sagen, das kommt eher daher, daß Ray weich war wie ein Marshmallow. Wenn Mr. Langer ihm befahl, er sollte die Hände von Wayne lassen, dann wäre es Ray nicht im Traum eingefallen, etwas dagegen zu unternehmen, und wenn Wayne noch so viel in seine Tasche gearbeitet hätte.«

»Hat denn Langer Tease den Befehl gegeben, Wayne in Ruhe zu lassen?«

»Ich nehme an, es war etwas in der Art. Das hat Ray jedenfalls zu Dean gesagt.«

»Dean Warner?«

»Richtig.«

»Und Warner hat es Ihnen gesagt?«

»Wir – das heißt Alice und ich – nehmen an, daß so etwas geschehen sein mußte. Ich meine, nachdem Dean mit Mr. Langer gesprochen hatte, hat sich Wayne um nichts mehr gekümmert und das getan, was *er* tun wollte. Es hat Dean wütend gemacht, aber er hat nichts dagegen unternommen. Und dabei hat es ihm Wayne auch noch unter die Nase gerieben, wenn Dean in Hörweite war. Er machte kleine Bemerkungen über ›anderes Material‹, das er ›später‹ bearbeiten würde. Wayne hatte die Tendenz zum echten Widerling. Er und Dean sind von Anfang an nicht gut miteinander ausgekommen. Natürlich konnte auch dieses Arrangement nicht lange gutgehen. Dean hat, wie Sie wissen, kurz nach seinem Gespräch mit Mr. Langer gekündigt.«

»Hat Tease jemals über Powells Nachtarbeit gesprochen?« Haydon hatte jetzt zu essen begonnen. Der Hot Dog war gut, mit süßen Zwiebeln.

»Nein.«

Die musikalischen Sessel im Speiseraum hatten an Tempo zugelegt, als sich die Zwölf-Uhr-Lunchzeit mit der um eins überlappte und die Leute verstärkt hereindrängten. Chromsessel schabten dutzendweise über den Boden, und Leute riefen ihren Freunden zu, wenn sie sahen, daß ein Tisch freiwurde. Die Schlange vor der Theke dehnte sich bis zum Eingang aus, wo sich die Leute so dicht drängten, daß sie noch draußen auf dem hellen Gehsteig stehen mußten.

»Haben Sie jemals danach gefragt oder Andeutungen gemacht?« Haydon mußte die Stimme erheben, um verstanden zu werden.

Sie schüttelte den Kopf.

»Sie haben nie gesehen, daß Powell jemanden ins Büro mitgebracht hat? Und niemand hat ihn aus irgendeinem Grund besucht?«

»Ich habe einmal seine Freundin gesehen. Das war vor zwei Monaten. Alice ist ins Labor gekommen und hat mir gesagt, daß sie an der Snack Bar gewesen ist, als das Mädchen zum Empfang kam und nach Wayne gefragt hat. Alice sagte, daß sie sich da draußen hingesetzt hat, um auf Wayne zu warten. Also ging ich hinaus und tat so, als ob ich etwas holen müßte. Junge, mir ist fast die Spucke weggeblieben.«

»Warum?«

»Sie war jung und wirklich sehr hübsch. Gute Figur, eine wunderbare, weiße Haut, die fast geschimmert hat, dazu fabelhaftes, rotgoldenes Haar, das sie weiß Gott wie pflegte. Grüne Augen. Ich meine, richtig grün. Und klasse angezogen. Wenn ich mich richtig erinnere, ein hübsches, rostfarbenes, gestreiftes Kleid mit einem V-Ausschnitt und weiten Ärmeln.« Patricia Beamon schüttelte den Kopf, und ihre Augen funkelten vor Bewunderung. »Sie hat ausgesehen wie 'ne Million Dollar. Wirklich heiß.« Dazu nickte sie.

»Und warum hat Sie das so überrascht?«

»Na ja, Wayne… Es ist ein bißchen unheimlich, wenn wir jetzt über ihn reden.« Sie zuckte mit den Schultern. »Wayne war in gewisser Weise ein verschlampter Typ. Er wollte cool sein, doch die Art, wie er sich cool gab, war schon seit zwanzig Jahren aus der Mode. Ich würde sagen, er war ein drittklassiger Typ. Ein Verlierer.« Sie schüttelte den Kopf. »Aber dieses Mädchen – das war was ganz anderes. Ich konnte sie mir einfach nicht zusammen vorstellen. Aber so was kommt ja oft vor. Wirklich tolle Mädchen mit irgend so 'nem mickerigen Typ. Ist Ihnen das nicht auch schon aufgefallen?« Sie beugte sich mit ernster Miene zu ihm herüber und wartete auf seine Zustimmung.

»Manchmal ja«, sagte Haydon. »Aber Sie haben nie jemanden bei ihm im Büro gesehen, der ihn besuchte?«

»Unsere Kunden sind wohl manchmal zu ihm gekommen, aber die kenne ich alle. Die einzige, die gekommen ist, war diese Freundin, und die war ja auch nur ein einziges Mal da.«

»Und was ist mit Alice?«

»Was soll mit ihr sein?«

»Hat sie nicht einmal davon gesprochen, jemanden bei ihm gesehen zu haben?«

Das Mädchen zuckte mit der einen Gesichtshälfte, als wollte sie damit ausdrücken, daß das mit Alice eine ganz andere Geschichte sei.

»Ich weiß nicht, ob Alice so gut aufpaßt«, erklärte sie. »Alice ist wie ein Mäuschen, ich meine, was ihren Charakter angeht. Schüchtern und still. Sie ist ein nettes Mädchen, aber sie kapiert einfach die gesellschaftlichen Nuancen nicht. Ich meine, sie würde nie irgend etwas nur Angedeutetes kapieren, zum Beispiel geheime Liebeleien zwischen den Angestellten. Die bedeutenden Blicke, die dabei gewechselt werden, und so weiter.«

»Sie sagten, Sie waren nie da, wenn Powell nachts arbeitete. Haben Sie denn mitbekommen, woran er dabei gearbeitet hat?«

Sie zog lässig einen Kartoffelchip aus der Tüte und zermalmte ihn mit den Schneidezähnen, während sie über die Frage nachdachte. Eine dünne Strähne ihres Haars hatte sich von den Kämmen gelöst und wallte wie eine Alge vor ihren Augen.

»Ich weiß nicht«, sagte sie, schnitt eine Grimasse und machte dazu eine Schulterbewegung, als gehe sie auf Eierschalen.

»Wie meinen Sie das?«

»Nun...« Sie hielt inne und überlegte sich, wie sie es im besten Licht darstellen konnte. »Eines Morgens war ich die erste, die ins Labor kam. Wer als erstes kommt, setzt alles in Betrieb. Sie verstehen schon. Ich gehe also herum, mach' den Kaffee, lasse das Wasser in die Entwicklungs- und Wässerungstanks laufen, schalte die Trockentrommeln ein und so weiter, und dann bin ich in Waynes Büro gegangen. Eigentlich hatte ich nichts dort zu tun, und ich habe auch nur, Sie verstehen schon, einen Blick hineingeworfen. Na ja, ich war neugierig. Das Videogerät stand auf dem Tisch, und ich habe einfach auf den Knopf gedrückt. Es war ein Film mit Nachrichtenmaterial aus Vietnam. Von irgendwelchen Kämpfen. Ziemlich hartes Zeug. Man konnte sehen, wie Leute erschossen wurden, wie die Soldaten sie umbrachten. Es war abscheulich. Ich habe nicht viel davon gesehen, habe die Maschine wieder abgeschaltet und ein Stück zurücklaufen lassen in der Hoffnung, daß Wayne es nicht merkte. Ich glaube auch nicht, daß er etwas gemerkt hat; jedenfalls hat er nie etwas darüber gesagt. Aber das war das einzige Mal, daß ich einen Videofilm gesehen habe, der nichts mit der Firma zu tun hatte. Wahrscheinlich hat er in der Nacht gearbeitet und versehentlich das Band drinnengelassen. Ich weiß es nicht. Es ist auch nie wieder vorgekommen.«

»Waren Sie überrascht, als Sie den Film sahen?«

»Na ja, doch. Sicher.«

»Was dachten Sie, daß er damit macht?«

Sie aß wieder einen Chip und trank einen Schluck Seven-Up. »Ich weiß es nicht.« Sie neigte den Kopf ein bißchen zur Seite. »Vielleicht hat er für jemanden einen Dokumentarfilm zusammengeschnitten.« Das klang gut. »Ja, das habe ich vermutet.«

Haydon aß seinen Hot Dog auf, während das Mädchen die Chips kaute.

»Das ist wirklich aufregend«, sagte sie. »Ich habe noch nie zuvor mit so etwas zu tun gehabt. Wissen Sie denn schon, wer ihn umgebracht hat?«

»Wir stecken noch in der Untersuchung«, erklärte Haydon.

Das Mädchen betrachtete ihn. Dann, als hätte sie sich entschlossen, das Thema zu ändern, sagte sie: »Für uns ist es ganz unheimlich geworden. Um fünf nach fünf ist die Firma wie ausgestorben. Niemand hält sich länger dort auf. Die arme Alice ist erst gar nicht zur Arbeit erschienen; sie behauptet, daß sie eine Erkältung erwischt hat.« Plötzlich schaute sie auf ihre Armbanduhr. »Sagen Sie, haben Sie noch mehr Fragen? Ich muß nämlich zurück.«

»Nein, das ist vorerst alles«, sagte Haydon. »Ich bin Ihnen sehr dankbar, daß Sie sich die Zeit genommen haben.« Er langte in seine Tasche und gab ihr seine Visitenkarte. »Rufen Sie mich an, wenn Sie dem, was Sie mir bereits erzählt haben, noch etwas hinzufügen wollen?«

Sie schaute erst die Karte, dann ihn an. »Klar.« Ihre Augen blieben einen Moment lang auf ihn gerichtet. »Oh, ich bin Ihnen noch Geld schuldig für den Hot Dog«, sagte sie und grub in ihrer Handtasche.

Haydon schüttelte den Kopf. »Es war mir ein Vergnügen.«

Patricia Beamon blickte wieder zu ihm auf. Haydon sah, wie ihre Gedanken arbeiteten. »Wette, Sie hätten gern meine private Telephonnummer, oder?«

»Schon gut, ich kann sie ja übers Büro erfragen.«

»Ach ja«, erklärte sie ein wenig enttäuscht. »Aber ich geb' sie Ihnen gern.« Sie berührte die Kämme, die in ihrem Haar steckten.

»Nicht nötig«, sagte Haydon. Er stand auf, und sie erhob sich ebenfalls; dabei klemmte sie sich wieder die Handtasche unter den Arm. Dann wischte sie sich die algenartige Strähne aus dem Gesicht.

»Na ja, dann sehen wir uns ja wohl später.« Sie zögerte.

»Danke«, antwortete Haydon.

Er schaute ihr nach, wie sie sich durch den überfüllten Speiseraum bewegte, durch die Menschenansammlung vor der Tür und hinaus auf den Gehsteig. Von dort aus warf sie ihm noch einen Blick zu und lächelte, bevor sie um die nächste Kurve verschwand.

11

Die grelle Nachmittagssonne schnitt die Kanten der Gebäude zu scharfen Linien, als Haydon auf der Ostseite der Louisiana Street stand, mit den Pennzoil Towers hinter sich, und hinüberschaute zu dem Mammutbogen, der den Eingang zur RepublicBank bildete. Das jüngste der Wunder moderner Architektur im Zentrum der City und Haydons Lieblingsgebäude war das RepublicBank Center, einer von zwei sehr unterschiedlichen Wolkenkratzern, die das Johnson/Burgee-Team geplant und eben erst fertiggestellt hatte. Die beiden Bauwerke hatten inzwischen genügend Aufmerksamkeit in der Presse wachgerufen, um bereits als nationale Sehenswürdigkeiten zu gelten.

Haydon fädelte sich vorsichtig zu Fuß durch den nicht allzu dichten Verkehr, überquerte die Straße in der Mitte des Blocks und ging geradewegs auf den Haupteingang der Bank zu, der so wuchtig und drohend über ihm aufragte mit seinem maßlosen Bogen aus fächerförmig angeordnetem Stein, als ob er aus einem Berg von Granit gehauen wäre. Sobald er allerdings im Inneren war, erleichterte sich die Last dieses Gebirges auf magische Weise, wobei die helle Texassonne die Bankhalle überflutete mit schrägen Strahlen aus einer Überfülle von Dachfenstern im Giebeldach elf Stockwerke weiter oben, die sich über das ganze Gebäude erstreckten.

Haydon ging auf die Aufzüge zu, jenseits der gewaltigen Normaluhr mit den vier Zifferblättern, die an der Kreuzung der beiden Arkaden stand und der riesigen Lobby das Gefühl eines europäischen Stadtplatzes vermittelte. Drei oder vier Stockwerke weiter oben kreuzten offene Gänge mit schmiedeeisernen Gittern die weiten, sonnenhellen Räume unter der Bogendecke. Das Echo Hunderter von Schritten auf dem Mosaik aus weißem und rotem Granit rief bei Haydon ein Lächeln hervor. Das Echo schien mit dem Stein importiert worden zu sein und war wie der Stein dem amerikanischen Lebensstil angepaßt worden. Von der Kathedrale der Vergangenheit zur Bank der Zukunft – die einzige Möglichkeit nach vorn.

Frank Siddons' Anwaltskanzlei befand sich in einem Stockwerk im obersten Drittel des Gebäudes. Die Fenster gingen hinaus auf die Rusk Street mit vollem Ausblick auf das Zentrum und einer ziemlich klaren Sicht auf das, was ein zweites Zentrum zu sein schien, sechs Meilen weiter im Südwesten.

Siddons stand am Fenster neben Haydon und machte eine ausladende Bewegung mit einem etwas unruhigen Arm.

»Mein Gott, Stuart, ein Mann in meinem Alter erwartet eigentlich nicht mehr, so viel Wahnsinn in geballter Form zu sehen.«

Haydon war zum erstenmal in Siddons' neuer Kanzlei, und der alte Mann genoß zweifellos das Schauspiel, das sich ihm vor seinen Fenstern bot.

»Wir alten Männer sollten manchmal darüber nachdenken, wie die Welt sein wird, wenn wir nicht mehr da sind«, sagte er nachdenklich. »Es kommt mir so vor, wie das Pfeifen im Dunkeln, wenn man über einen Friedhof geht. Wir müssen uns selbst beweisen, daß wir uns nicht davor fürchten, solche fabelhaften Konzepte zu entwickeln. Nach etwas Übung schaffen wir es wenigstens mit einem Schein von gleichgültigem Pragmatismus.« In seiner Stimme lag ein Ton von Amüsement, dem ein etwas nüchternerer Ausdruck folgte, als er sagte: »Aber es ist verdammt beunruhigend, das kann ich Ihnen sagen, wenn man morgens aufwacht und entdeckt, daß die Zukunft das eigene Dahinscheiden nicht einmal als eine Sache ansieht, auf die es sich zu warten lohnt.«

Er deutete mit einem altersgekrümmten Finger auf die City zu ihrer Linken.

»Dort drinnen, gleich hinter dieser Straße, wollen die Heißsporne von deutschen Architekten das zweitgrößte Gebäude der Welt hochziehen. Wundervoll. Ich habe den Entwurf gesehen. Wirklich aufsehenerregend. Er erstreckt sich nach oben mit beleuchteten Stufen, die vermutlich bis Moskau zu sehen sein werden. Glas und Marmor, schwarzer und weißer Stahl.« Er schüttelte den Kopf, und seine alten Augen richteten sich auf die darunterliegende Straße. »Ich sage Ihnen, mein Sohn, das ist Oz, das Märchenland, und jeder denkt, daß es wirklich ist. Ihr Daddy hätte einiges dazu zu sagen gehabt. Ich wünschte, es wäre mir vergönnt, jetzt seine Bemerkungen darüber hören zu können.«

Der Alte brummte gutmütig und gönnte sich einen letzten Blick auf das, was da unten vor ihm lag, dann drehte er sich zu seinem Schreibtisch um.

»Setzen Sie sich, Stuart. Reden wir.«

Frank Siddons war der letzte noch lebende Gründungspartner von Houstons zweitgrößter Anwaltskanzlei, Siddons, Wayberry und Wright. Alle drei Männer waren eng mit Haydons Vater befreundet gewesen, dem die Kanzlei das bleibende Angebot gemacht hatte, ihn als vierten Partner aufzunehmen. Webster Haydon hatte diese Option nie wahrgenommen. Wie sein Sohn hatte auch er die Unabhängigkeit vorgezogen. Dennoch hatten die vier Männer eine Art unorganisierter Firma dargestellt, wobei sie sich regelmäßig beim Lunch oder zum Dinner in einem der verschiedenen Privatklubs trafen, denen sie jeweils angehörten. Und gemeinsam verfügten sie über ein riesiges Wissen, sowohl auf juristischem Gebiet als auch anderweitig, und über mehr Insider-Informationen, was die Vergangenheit, Gegenwart und Zukunft Houstons betraf, als alle anderen Vereinigungen dieser Art in der City.

Jetzt war nur noch der zerbrechliche, aber trotzdem unbeugsame und hartgesottene Siddons übrig. Der alte Mann lehnte sich in seinem ledernen Armsessel zurück und hörte Haydon zu, wie ihm dieser die Umstände schilderte, die ihn dazu brachten, den Freund der Familie um Rat und Information zu bitten. Siddons lieh ihm seine Aufmerksamkeit mit einem undurchsichtigen Pokergesicht und grauen, nicht blinzelnden Augen, die tief in einem bereits an den darunterliegenden Schädel erinnernden Gesicht lagen. Seine helle Haut war von Leberflecken übersät, und das schüttere, graue Haar war scharf ausrasiert und glatt von der blassen Stirn nach hinten gekämmt.

Als Haydon aufgehört hatte zu sprechen, bewegte Siddons seine magere Hand zum Mund und nahm die Zigarre heraus. An seinem feinen Handgelenk unter den gestärkten französischen Manschetten waren feine blaue Adern zu sehen. Bevor er sprach, begannen seine Augen zu funkeln.

»William Hemsley Langer der Vierte. Ein sehr wichtiger Mann, wie er dir bereitwillig erklären wird. Du erinnerst dich bestimmt, daß er etwa in deinem Alter ist. Er und Sean haben zusammen auf der Rice-Universität studiert.«

»Ja, wirklich, ich hab' ihn sogar ein paarmal bei dir getroffen, wenn ich auf Ferien nach Hause gekommen bin und Sean besucht habe. Wenn ich mich recht erinnere, war er groß, stämmig und blond.«

»Stimmt. Bill war der athletische Typ. Kräftig, fast ein bißchen untersetzt. Das alte Blut der Familie. Sie hatten bereits einen enormen Reichtum aus Grundstücksspekulationen angehäuft, als dein Daddy in den vierziger Jahren hierhergezogen ist. Sie hatten die Grundstücke gekauft, als man noch Tausende von Acres innerhalb eines Fünfzig-Meilen-Radius um die Stadt zu vernünftigen Preisen erwerben konnte. Schlaue Leute, die Langers. Im Lauf der vielen Jahre haben sie es immer fertiggebracht, sich selbst die schönsten Besitztümer zu reservieren. Die Jahre vergingen, die Grenzen der Stadt erweiterten sich immer mehr, und die Bevölkerung vervielfachte sich. Sie haben sich ungeheure Kapitalanlagen gesichert, und das meiste davon besitzen sie heute noch.«

Er zog eine Schnute, entspannte sich, schürzte die Lippen, entspannte sie wieder und genoß den Nachgeschmack des Tabaks in der Art alter Männer.

»Bills Großvater und sein Vater waren Einzelkinder, mußt du wissen. Die Lenden der Familie waren so knickerig wie ihre Brieftaschen. So blieb alles beisammen im Familiengeschäft. Dann kam Bill und schlug über die Stränge. Nach dem College weigerte er sich, das Imperium zu übernehmen. Er benützte die ihm zustehenden Dollars, um sich eine Werbe- und Public Relations-Firma aufzubauen in der Meinung – die durchaus richtig war, wie sich zeigen sollte –, daß in den siebziger Jahren ein bedeutendes industrielles Wachstum einsetzen würde. Nachdem er das Handwerk ordentlich gelernt hatte, gründete er seine eigene Firma, Langer Media. Er zeigte viel Mut. Er kämpfte, klammerte sich an Errungenes, heulte mit den Wölfen, wie es nötig war, und seine Firma wurde nach und nach zu einem riesigen Erfolg. Außerdem hat er sich verdammt unbeliebt gemacht.«

Das Telephon auf Siddons' Schreibtisch klingelte, und er beugte sich vor und nahm den Hörer ab. Lauschte, hielt seine Zigarre in der rechten Hand, sagte »Nein« und legte wieder auf. Dann lehnte er sich erneut zurück und zupfte nachdenklich an einem seiner lang herabhängenden Ohrläppchen.

»Aber das Rad hat sich gedreht. Langer Media geriet in Schwierigkeiten. Den Bogen überspannt, oder was man eben falsch machen kann beim Werbe- und PR-Geschäft. Bill hat viel Geld verloren und war nahe daran, auch die Firma zu verlieren. Und jetzt, nachdem er in den fetten Jahren so sehr damit geprotzt hatte, ein Selfmademan im wahrsten Sinne des Wortes zu sein und es ohne Hilfe der Familie geschafft zu haben, brachte er es einfach nicht fertig, in dieser Situation zur Familie zu gehen und sich aus der Patsche helfen zu lassen.«

Siddons steckte sich die Zigarre wieder in den Mund und klemmte sie zwischen den Zähnen fest. Er saß in seinem Sessel mit der hohen Lehne aus altem Leder und blickte auf etwas, das weder Haydon noch jemand anders sehen konnte. Er war wie ein kleiner Vogel in Männerkleidung. Sein Kragen steif und korrekt, aber viel zu groß für den mageren Hals. Haydon wartete. Frank Siddons hatte nicht vergessen, wo er war, und er war zu alt, als daß es ihn kümmerte, ob es so aussah. Er dachte einfach nach, und seine Gedanken liefen in den köstlichen, fein nuancierten Strömen und Schichten seiner eigenen, dahinschwindenden Welt.

»Er hat das Schlimmste getan, was er tun konnte«, sagte er abrupt und sprach dabei um die Zigarre herum. Dann nahm er sie aus dem Mund. »Es war die klassische Reaktion eines eitlen und verzweifelten Mannes. Er verkaufte seine Seele für etwas unendlich weniger Wertvolles, die hohle Bewunderung seiner eigenen Zeiten. Josef Roeg kaufte sich insgeheim in Lager Media ein, erwarb einen Mehrheitsanteil an der Firma und brachte Langer Media damit wieder in die schwarzen Zahlen. Ich vermute, die Nacht, bevor er den Vertrag unterschrieb, war die letzte, in der Bill Langer gut geschlafen hat.«

Haydon brauchte keine Hintergrundinformationen von Siddons über Josef Roeg. Roeg International war eine multinationale Gesellschaft, die für sich selbst sprach. Die Zentrale befand sich in Houston, und das »Flaggschiff-Gebäude« war direkt hinter dem Rücken des alten Juristen.

»Wann ist das geschehen?«

»Ich schätze, vor etwa vier Jahren. Vielleicht ist es schon etwas länger her.«

»Aber die Geschäfte florieren, oder?«

»Das stimmt, Stuart«, sagte Siddons und nickte nachdenklich. »Die Geschäfte florieren. Aber da ist noch ein Punkt. Wenn einer wie Josef Roeg eine Firma kauft, dann werden die leitenden Direktoren auf der Stelle lebendig gefressen. Sie erreichen dem Namen nach eine Riesenstellung in der Geschäftswelt, aber in Wirklichkeit sind sie viel weniger wert als zu der Zeit, als sie den Vertrag unterschrieben haben. Sie sind geschäftlich praktisch tot. Und Roeg benützt ihre Leichen, wie es ihm beliebt. Die Seelen wirft er weg. Er hat wenig Verwendung für etwas so Amorphes. Wenn sie jemals wieder zum Leben erweckt werden wollen, müssen sie alles aufgeben. Für immer. Roeg wird sich darum kümmern, daß sie nie wieder ihre geschäftliche Position erreichen, weder bei einer seiner Firmen noch bei den anderen. Es ist erstaunlich, wie viele Männer bereit sind, unter solchen Bedingungen zu verhandeln. Aber Gier und Eitelkeit sind wundervolle Dinge.«

»Hat ihm denn Langers Werbeagentur so viel bedeutet?«

Frank Siddons setzte sich ein wenig auf in seinem Sessel und legte die Unterarme auf die lederbespannte Oberfläche des massiven alten Schreibtischs, den er in seinen mittleren Jahren gekauft und überallhin mitgenommen hatte, als die Firma wuchs und in größere Räume umzog. Auch er hatte ein Vermögen gemacht, als er noch jung war, und ihm war ein langes Leben geschenkt, um es genießen zu können. Das hatte ihn zum nachdenklichen alten Mann werden lassen.

Er lächelte, was seiner Nase, die im Alter hakenförmig geworden war, einen freundlicheren Ausdruck verlieh.

»Weißt du, Stuart, du und dein Daddy, ihr habt die Welt nie wie die meisten Menschen gesehen; übrigens auch Cordelia nicht, was das betrifft. Du bist ein echter Exzentriker, mein Sohn. Du bist dazu erzogen worden.«

Der Alte nahm seine abgelutschte Zigarre aus dem Mund und warf sie in den Papierkorb. Dann langte er nach seinem gealterten Humidor aus Amboina-Kiefernholz, der auf dem Schreibtisch stand, solange sich Haydon erinnern konnte, und öffnete den Deckel. Er nahm eine seiner schweren Maduros heraus, bot sie Haydon an, der dankend ablehnte, und schloß behutsam wieder den Deckel. Da er die Zigarre nicht rauchte, brauchte er sich nicht die Mühe zu machen, die Spitze abzubeißen. Er steckte sich die Zigarre in den Mund, drehte sie ein wenig mit den Fingern, um sie anzufeuchten, und kaute dann leicht daran. Haydon beobachtete die gewohnheitsmäßigen Bewegungen. Für den Alten waren sie ebenso selbstverständlich wie das Atmen.

»Ich möchte einen Moment philosophisch werden«, verkündete er. »Bill Langer ist ein ausgezeichnetes, ein typisches Produkt des zwanzigsten Jahrhunderts. Damit will ich nicht sagen, daß das unbedingt lobenswert ist, sondern nur, daß er das Ergebnis ist, sozusagen das Destillat seiner Zeit und der Umgebung, in der er lebt. Er ist das Inbild von Kommerz, sowohl des Handels als auch der Ideen. Kann sein, daß er vielen ein bißchen voraus ist, aber nur weil der Kommerz von Natur aus eine vorausschauende Funktion hat, und vielleicht schaut er auch zurück, aber nur bis zu seinem Urgroßvater. Er hat keinen Sinn für Geschichte. Bill lebt für das, was er jetzt gerade ist, und jetzt ist er ein ›Geschäftsmann‹. Nun, ich glaube, daß der ›Geschäftsmann‹ und der ›Politiker‹ die Riesen der Vergangenheit und des gegenwärtigen Jahrhunderts sind. Noch einmal, das ist nicht unbedingt lobenswert, es ist nur eine Tatsache. Das sind die Leute, die derzeit die Richtung der Weltgeschichte bestimmen. Vielleicht klingt das etwas übertrieben, aber ich bin ein alter Mann, und es macht mir heute nicht mehr so viel aus wie früher, zu sagen, was ich denke.

Jedenfalls kommen übertriebener Stolz und übertriebene Gier nicht gerade selten vor in dieser Stadt, und das schon seit langer Zeit. Ich habe viele Vertreter beider Eigenschaften gerade hier, mir gegenüber an diesem Schreibtisch gesehen, und ich selbst habe sie gefühlt, wenn ich in diesem Stuhl gesessen habe.

Also, Bill Langer hielt sich an die Regeln des Spiels, und diese Regeln sind hart. Er ist jetzt nicht mehr sein eigener Herr, aber er ist ungeheuer erfolgreich.« Siddons lächelte darüber, als hätte er etwas Naheliegendes gesehen, was alle anderen bisher übersehen hatten.

»Und was heißt das alles im einzelnen?« fragte Haydon.

»Daß er ein Kriecher ist, ein Speichellecker.«

»Ist er an fragwürdigen Unternehmungen mit Roeg beteiligt?«

»Roeg hat zumindest nicht den besten Ruf.«

»Weißt du ein Beispiel dafür?«

»Nein.«

»Aber du kannst etwas vermuten.«

»Endlos, und dennoch werde ich es nicht tun. Es würde nichts nützen. Ich will nicht den Eindruck hinterlassen, daß ich glaube, Bills Unternehmungen sind ein Sumpf der Korruption. Ich habe keinen Grund zu dieser Vermutung. Ich weiß, daß Josef Roeg kein Mann ist, mit dem man gute Geschäfte machen kann. Er verhandelt nicht, bevor die andere Partei in einen verzweifelten, aussichtslosen Nachteil geraten ist. In einer solchen Situation gibt der Verhandlungspartner mehr preis, als er es unter anderen Umständen tun würde. Ein guter, erfolgreicher Geschäftsmann ist schlau, hart und opportunistisch, aber er muß nicht unbedingt ein Scheusal sein. Roeg ist eines.«

Hinter Siddons' Rücken fiel die Nachmittagssonne in einem Winkel ein, daß sie mit ihrem weißen Feuer das Roegsche Gebäude umschloß – die riesigen Scheiben aus blau getöntem, abschirmendem Glas. Das Ganze wurde zu einem kolossalen Spiegel, der nichts von sich selbst preisgab, aber die umgebenden Gebäude reflektierte. Eine passende Metapher für den Mann, der es gebaut hatte.

»Wie kann ich mehr über ihn erfahren?« fragte Haydon.

Siddons beugte sich wieder nach vorn, nahm einen Füllfederhalter von seinem Schreibtisch und schrieb etwas auf ein Notizblatt. Haydon konnte von seinem Platz aus den gravierten Namen der Anwaltskanzlei auf dem Zettel lesen.

»Wir vertreten diesen Mann hier seit ungefähr zwei Jahren. Ich gebe dir meine Unterschrift, und er wird wissen, daß es mir recht ist, wenn er mit dir spricht. Ob es ihm recht ist, das allerdings ist eine andere Frage.«

Der Alte blieb sitzen, als Haydon aufstand und den Zettel aus der zitternden, faltigen Hand nahm. Sie tauschten noch ein paar Worte, und Haydon wollte schon gehen, blieb dann aber auf dem Weg zur Tür kurz stehen.

»Wie geht es Sean?« fragte er leise.

Siddons' Augen richteten sich direkt auf Haydons Gesicht. »Er redet von den Huren in Saigon und erzählt schmutzige Witze. Nicht die ganzen Witze, nur die Pointen. Er ist völlig ausgemergelt. Letztes Jahr fingen seine Muskeln aus irgendeinem Grund an, sich zusammenzuziehen. Er ist jetzt ganz verkrümmt und klein. Der größte Teil seines Haars ist ausgefallen. Er sieht wie ein Affe aus. Genau wie ein Affe.«

Der alte Mann hielt inne, bevor seine Stimme brach, und schaute immer noch Haydon an. Haydon stand da und fühlte, wie ein leerer, hoffnungsloser Ausdruck sein Gesicht überzog; dann drehte Siddons seinen Sessel rasch zum Fenster. Haydon starrte ein paar Sekunden auf den Rücken des Alten, bevor er hinausging und sachte die Tür schloß.

12

Haydon lenkte den Jaguar Vanden Plas an den Randstein gegenüber dem Fahrradgeschäft und parkte im Schatten der Gebäude, die die Nachmittagssonne blockierten. Er war weit draußen auf der Bissonnet Road, nicht mehr weit von der Fondren Road, und der heiße Asphalt stieß schimmernde, dampfartige Wellen aus, die nur zu dick zu sein schienen, als daß man sie anzünden konnte. Der Verkehr stadtauswärts war jetzt, gegen vier Uhr nachmittags, bereits ziemlich dicht, und der lavagleiche Strom aus Chrom und Glas ließ das Sonnenlicht in der brütenden Hitze zersplittern.

Er blieb mit laufendem Motor einen Augenblick lang im Wagen sitzen – die Klimaanlage war eingeschaltet – und warf einen Blick auf die Kunden hinter dem Schaufenster. Zwei junge Burschen, die um die Reihen von Fahrrädern strichen, und eine Frau in dunklem Rock und heller Bluse, die an der Theke stand und mit dem Mann dahinter sprach. Es war keineswegs ein teurer Laden mit Ausrüstungen für berühmte Rennfahrer in engen schwarzen Stretchanzügen und mit kostspieligen Leichtmetallrädern. Haydon nahm an, es war eher der Typ von Fahrradladen, wo man notfalls einen Reifen repariert oder die Gangschaltung eingestellt bekam.

Jetzt schaltete Haydon den Motor ab, stieg aus und versperrte den Wagen, dann ging er zum Ende des Blocks, überquerte die Straße an einer Verkehrsampel und kam auf der anderen Seite zurück zu dem Fahrradladen. Ein Schild, das auf den Gehsteig heraushing, trug die Aufschrift FELTNER FAHRRÄDER und die graphische Darstellung eines schlanken Rennfahrers, der gebückt dahinfuhr und sich auf den nach unten gebogenen Lenker stützte.

Als Haydon die Tür öffnete, um hineinzugehen, kam die Frau heraus und stopfte etwas in ihre bereits ziemlich vollgestopfte Handtasche. Sie hatte ihr Haar nach hinten frisiert und mit einem Band zusammengehalten, und über das glatte Haar hatte sie sich die Sonnenbrille gesteckt. Haydon hielt ihr die Tür auf, als sie an ihm vorbeikam und noch immer nach etwas in ihrer Handtasche kramte. Dabei blickte sie überhaupt nicht auf.

Haydon nahm seine Sonnenbrille ab und rieb sich die Augen, während er sich zur Verkaufstheke begab.

»Müßt ihr zwei an jedem Fahrrad die Bremsen drücken?«

Der Mann lehnte sich mit den Unterarmen über die Registrierkasse und hatte sich an die beiden Jungen gewandt. Sie hörten auf, untersuchten aber weiter die Fahrräder.

Haydon ging auf den Mann zu, der den Kopf schüttelte und verstohlen grinste. »Kleine Banditen«, sagte er.

Haydon warf einen Blick auf die Jungen, die sich jetzt in die fernste Ecke des Geschäfts zurückgezogen hatten, wo sie einer allzu gründlichen Beobachtung zu entgehen hofften. »Sind das nicht die Kunden der Zukunft?« fragte er.

»Nee. Das sind Sommerferien-Herumtreiber. Die Klimaanlage hier drinnen ist angenehm bei dieser Hitze. Wenn sie wirklich neue Fahrräder kaufen wollen, fahren sie mit ihren Eltern zu diesen Discount-Märkten. Keine Garantie, kein Kundendienst. Na ja, ich laß' mir dann wenigstens die Reparaturen bezahlen.« Er seufzte. »Was kann ich für Sie tun?«

»Sind Sie Jack Feltner?«

»Klar, der bin ich.«

Haydon langte in seine Tasche und reichte dem Mann Siddons Zettel mit der geprägten Schrift der Anwaltskanzlei. Als der Fahrradhändler den Zettel gesehen hatte, zeigte ihm Haydon auch noch seinen Ausweis.

»Haben Sie ein paar Minuten Zeit für mich?« fragte er.

Feltner schaute Haydon an. Seine Augen verrieten nichts. Sie gehörten einem Mann, der sich nicht so leicht überraschen ließ; er hatte schon alles gesehen, gehört und erlebt.

»Worüber wollen wir denn reden?«

»Über Josef Roeg.«

»In welcher Beziehung?«

»Bill Langer.«

Feltner warf wieder einen Blick auf den Notizzettel und klopfte nachdenklich damit gegen den Daumen der anderen Hand. Er war ein paar Zentimeter kleiner als Haydon und trug ein kariertes Hemd, das so aussah, als würde es bei der nächsten Wäsche am Kragen ausfransen. Sein Haar, das so braun war wie eine Einkaufstüte, hatte nicht mehr den Schnitt des leitenden Angestellten, lief aber im Nacken spitz zu, was die Zeitspanne zwischen den einzelnen Gängen zum Friseur verlängerte. Wie bei vielen Männern Ende Dreißig war sein Gesicht in einem Stadium der Veränderung, wo man, wenn man genau hinschaute, noch den hoffnungsvollen Jungen hinter dem ernüchterten Gesicht des Mannes in mittleren Jahren erkennen konnte.

Er schloß die Augen und ließ den Kopf auf den Schultern rollen, was die Spannungen in seinem Nacken lösen sollte, dann hörte er auf damit.

»Essen wir einen vietnamesischen Krapfen und sehen wir, wohin uns das bringt«, sagte er.

Er drehte sich um und ging um eine Ecke in den hinteren Teil des Ladens. Haydon beobachtete die zwei Jungen, die sämtliche Satteltaschen der Fahrräder öffneten und hineinschauten. Sie machten sie danach nicht mehr ordentlich zu.

Feltner war lange genug weg, um ein Telephongespräch geführt haben zu können, und als er zurückkam, sprach er mit einem Burschen, der ihm mit einem Ausdruck extremer Trostlosigkeit folgte.

»Und hab' ein Auge auf die zwei Herumtreiber da hinten«, sagte Feltner. Der Bursche, der sich jetzt die Hände an einem roten Lumpen abwischte, war gut einen Kopf größer als sein Boß. Er war mager, hatte hängende Schultern und einen Adamsapfel von wahrhaft heroischen Ausmaßen. Offenbar war eine Talgdrüse zwischen den Augenbrauen außer Kontrolle geraten, so daß er ein wenig an Dr. Frankensteins Ungeheuer erinnerte. Er hatte ein T-Shirt an, und wenn er sich seitwärts drehte, konnte man die nach innen gewölbten Kurven seiner Brust und seines Magens erkennen.

Haydon und Feltner gingen hinaus in die Hitze und einen halben Block weit den Gehsteig entlang bis zu einem Dunkin-Doughnuts-Laden. Es war zu heiß und außerdem die falsche Tageszeit, daher war die Bude leer. Von hinten, aus der Küche, hörten sie das blecherne Plärren von Musik, als Feltner auf die Glocke an der Theke schlug. Ein Vietnamese in mittleren Jahren kam nach vorn und wischte sich die Hände an seiner Schürze ab. Sein eifriges Gesicht teilte sich zu einem Lächeln, als er Feltner sah, der ihn bei seinem Namen anredete. Sie tauschten ein paar Worte über nichts im besonderen, während der Mann holte, was sie bestellt hatten, dabei den Kopf in rhythmischer Gefälligkeit bewegte und mutig lächelte, als ob sie gehen würden, ohne zu zahlen, wenn er sich auch nur ein kleines bißchen entspannte.

Haydon setzte sich an einen der Bank-Tische aus gelbem Plastik nahe dem Eingang.

Sie aßen ein paar Bissen von dem Fettgebäck, das etwas streng schmeckte, und Haydon erklärte, was bei Langer Media passiert war, außerdem einen Teil von dem, was ihm Siddons berichtet hatte. Feltner hörte zu und schob schließlich seinen Doughnut halbgegessen weg.

»Siddons sagt mir, Sie könnten vielleicht etwas hinzufügen von dem, was er mir über die Beziehung zwischen Roeg und Langer sagte«, erklärte Haydon. »Er sagte nur, daß er Sie schon einmal als Anwalt vertreten hat, aber das war alles. Ich nahm an, in einer Angelegenheit, die Roeg oder Langer betraf.«

Feltner nickte. »Ich habe bei Roeg gearbeitet.« Es klang müde. »Ich gehörte in die gleiche privilegierte Gruppe wie Bill. Das ist lange her.« Er verzog den Mund zu einem ironischen Lächeln. »Genau gesagt, es war gestern.«

Plötzlich schien er zusammenzusinken, und die Tränensäcke unter seinen Augen wurden wesentlich größer.

»Roeg ist hart, aber... Ich meine, ich weiß, daß er manchmal das Gesetz ein bißchen gebogen hat, aber meistens war es nur in moralischem Sinne zu verurteilen. Er ging nicht herum und ließ Leute aus dem Weg räumen, aber wenn es um ein gutes Geschäft gegangen ist, hat er notfalls auch nicht vor gewissen illegalen Handlungen einen Rückzieher gemacht. Ich habe gehört, daß

Roegs Anwälte damit befaßt waren, Gelder aus dem Rauschgiftgeschäft reinzuwaschen. Kayman-Inseln-Geschäfte. Es macht ihm nichts aus, Leben zu *ruinieren*; allerdings habe ich nie gehört, daß er einem das Leben *genommen* hätte. Aber was weiß ich schon davon?«

Haydon betrachtete sein Gesicht. »Frank Siddons deutete an, daß Langer einen hohen Preis für seine geschäftliche Verbindung mit Roeg bezahlt hat.«

»Das hat er sicher. Wie wir alle.«

»Was ist das für ein Preis?«

»So etwas haben Sie bestimmt noch nie gehört. Josef Roeg ist keiner, der mit Leuten umgeht – er manipuliert sie. Wenn sie das Geld haben, das er ihnen bezahlt – und er bezahlt außerordentlich gut! –, dann müssen sie sich den unglaublichsten Zwängen unterwerfen. Er spielt seine leitenden Angestellten gegeneinander aus, so daß sie alle unsicher sind, argwöhnisch, voller Angst, aggressiv, eifersüchtig und gierig. Nach einer Weile wird man sich einer bestimmten Hierarchie bewußt. Es gibt einen inneren Kreis von Vorstandsmitgliedern, dicht um Roeg, der sich von Zeit zu Zeit verändert. In Gnade, in Ungnade. Ist man einmal in Ungnade gefallen, gibt es keinen Weg zurück. Sie können sich vorstellen, unter welchem Druck diese Männer stehen, um auf der Ebene zu bleiben, die sie erreicht haben. Geld ist die einzige Belohnung – und das Prestige, direkten Zugang zu Roeg zu haben.«

»Welche Position nimmt Langer dabei ein?«

»Er steht ganz oben. Er hat Zugang, das heißt, in seinem Kreis werden Dinge verhandelt, von denen sonst niemand etwas erfährt. Langer bekommt den großen Mann tatsächlich zu sehen.«

»Die meisten leitenden Angestellten nicht?«

»O nein. Er ist ein Eremit. Wie Howard Hughes«, fügte er spöttisch hinzu.

»Dann wird der größte Teil des Einflusses, den Roeg ausübt, durch seine Untergebenen vermittelt?«

»Absolut.«

»Wie viele Männer haben Zugang zu ihm?«

»Sieben.«

»Weltweit?«

Feltner nickte. »Bill Langer spielt um einen hohen Einsatz.«

Haydon schaute Feltner an. »Wenn Sie raten müßten, wo, würden Sie sagen, bekommt Langer den stärksten Druck in seiner Beziehung zu Roeg zu spüren?«

Feltner schüttelte langsam den Kopf. Er schaute durch das Fenster hinaus auf den Verkehr. Seine Unterarme lagen auf dem Plastiktisch, und sein Kaffeebecher war zwischen seinen Händen. Er schwieg lange, und sein Gesichtsausdruck war die Maske eines erschöpften Mannes, der die Bitterkeit literweise hatte schlucken müssen und es überlebt hatte, wenn auch nicht ohne lebensverkürzende Schäden.

»Den *stärksten* Druck?« sagte Feltner. »Das kann ich nicht sagen. Ich bin nicht vertraut mit den inneren Vorgängen auf dieser Stufe. Aber ich kenne Bill recht gut und kann vermuten, wo die Spannungen liegen. Diese paar Männer in unmittelbarer Nähe von Roeg sind wie Clowns. Man muß schon einen ganz bestimmten Charakter haben, um so arschkriechen zu können, wie sie das tun, und dabei auch noch zu glauben, daß man trotz allem bedeutend ist, und sich nicht erniedrigt zu fühlen, wenn man ständig sein persönliches Ehrgefühl gegen Geld eintauscht. Diese Männer sind außerordentlich intelligent, egoistisch, hochnäsig und dazu erstaunlich kleinlich. Sie kommen der allgemeinen Vorstellung der knallharten Manager in großen Konzernen so nahe, wie man sich das nur denken kann.

Bill kann so sein, ja, er ist so, aber für ihn ist es nicht natürlich. Neben seiner Verpflichtung, in der vierten Generation erfolgreich zu sein, hat er auch noch eine Frau geheiratet, die vermutlich noch mehr von ihm verlangt als Roeg. Sie war eine Merriam. Ihre Familie ist schon so lange in der Stadt wie die seine. Ihre Heirat war eine Art Vereinigung, von der die Eltern träumten. Louise ein begehrtes, schönes Mädchen, und Bill – nun, er hat gewußt, daß es genau der Weg war, den er gehen mußte. Wenn Roeg nicht gekommen wäre, um Druck auf Bill auszuüben, hätten die Jahre mit Louise wohl das gleiche bewirkt. Jetzt hat er beides. Und das Dumme ist, er kann nie mehr zurück. Er kann einen Herzinfarkt bekommen, einen Nervenzusammenbruch, aber er kann nicht zurück – nicht mit diesem Hintergrund.«

Draußen war der Verkehr zum Stillstand gekommen. Sie saßen hinter der Scheibe und schauten hinaus auf die frustrierten Fahrer, die acht Meter von ihnen entfernt in ihren Autos saßen.

Feltner schob die Kaffeetasse zur Seite und wandte sich wieder an Haydon. »Langers Situation würde die meisten dieser Top-Manager eher noch härter machen, unerreichbarer, während sie mit den Ellbogen alles zur Seite stoßen, was sich ihnen nähert. Aber Bill hat einen entscheidenden Fehler, der es unmöglich macht, auf diese Weise zu überleben. Er will, daß die Leute ihn mögen. Keiner von den anderen kümmert sich einen Dreck darum, solange sie das bekommen, was sie wollen. Bill steht zwar auf beiden Beinen, aber manchmal schaut er hinunter, um zu sehen, wessen Blut er da an seinen Schuhsohlen hat. Nach den Spielregeln ist das ein Fehler.«

»Seit wann ist er in dem inneren Kreis um Roeg?« fragte Haydon.

»Er hat ungefähr vor vier Jahren an Roeg verkauft, aber in den inneren Kreis ist er erst vor etwa zwei Jahren gekommen. Wahrscheinlich hat Roeg in ihm etwas gesehen, was er liebt. Vielleicht hat er Bills Schwäche erkannt.«

»Und Langer Media ist die einzige Verbindung zwischen ihnen?«

»Sie war es – ursprünglich. Ich schätze, inzwischen ist die Beziehung weit darüber hinaus gediehen. Wenn Roeg eine Neuerwerbung macht, denkt er schon daran, wie er sie in seinem Sinne einsetzen wird, auch wenn es eine Weile dauert, bis er sich ganz damit befassen kann. Jede Firma wird erst einmal verjüngt – sie befinden sich ja meistens in ernsten Notlagen, wenn er sie bekommt –, und man läßt sie eine Weile weitermachen und ihr geschäftliches Gleichgewicht zurückgewinnen. Dann erst nützt Roeg ihre Hebelwirkung.«

»Wie meinen Sie das?«

»Roegs Unternehmen umfassen multinationale Erdölproduktion, Bergbau, Transport, Landwirtschaft und Computer-Technologie. Wenn er etwas kauft, dann in verwandten Bereichen: Er kauft Stahlwerke, die das Erz der Minen auskochen können. Diese befinden sich in Ländern der Dritten Welt, wo die Arbeitskraft billiger ist. Seine Ölfirmen befinden sich hier, aber das Öl wird auf seinen Tankern in die Dritte Welt transportiert. Aus seinem Petroleum wird in seinen chemischen Werken Kunstdünger erzeugt, der dann seine Aufzuchten düngt, sowohl hier als auch in Ländern der Dritten Welt. Er besitzt Ranches und Farmen in Lateinamerika. Er stellt eine bedeutende Komponente bei mehreren Forschungskonsortien der Computer-Technologie. Und die Produkte daraus werden wieder bei allen seinen anderen Unternehmen benützt. Er hat seine Interessen so verteilt, daß er gewinnen muß, ganz gleich, was auf der Börse oder auf den Weltmärkten passiert.«

»Also hat Langer vermutlich auch ein paar saftige Verträge mit anderen Roeg-Firmen über Werbung und Promotion«, folgerte Haydon.

»Zweifellos.«

Das führte freilich nicht weiter im Hinblick auf Haydons Interessen.

»Ich sehe schon, das ist keine große Hilfe für Sie«, bemerkte Feltner.

»Man kann nie wissen.«

»Was Sie brauchen, sind die anderen neunzig Prozent«, sagte Feltner. »Den Rest des Eisbergs. Männer wie Langer leben ein anderes Leben, eines, das sich um Roeg dreht. Wie gesagt, da gibt es Geschäfte, von denen sonst niemand etwas weiß.«

»Sie haben gesagt, wenn jemand aus dem inneren Kreis in Ungnade fällt, kann er sich nie wieder erholen. Was geschieht mit so einem?«

Feltner grinste. Haydon sah, daß er auf diese Frage gewartet hatte.

»Es ist der sanfteste Sturz, den man sich denken kann. In diesem, aber nur in diesem Fall benützt Roeg Samthandschuhe. Er will nicht, daß einer aus dieser Gruppe plaudert. Er will auch keinen großen Abschied. Plötzlich wird einem die Existenz eines Josef Roeg entzogen. Aber bis man das auch nur ahnt, hat er einem den unglaublichsten Handel vorgeschlagen, den sich ein jeder Top-Manager nur wünschen kann. Wenn man alt genug ist, dann bietet er Frührentnerschaft mit einem Haufen Aktien und einer umwerfenden Pension. Wenn man in mittleren Jahren ist, bekommt man eine großartig klingende Position, die einem hilft, das Gesicht zu wahren, samt Aussicht auf Pension und einem Haufen Aktien. Wenn die Zeit kommt, weiß er sehr genau, was er tun muß, um das Schweigen zu erkaufen. Er stoßt einen ganz sanft von sich und behandelt einen entzückend. Aber man weiß, daß man draußen ist und daß es sich dabei um eine unwiderrufliche Sache handelt. Man kann dann nur eines tun: sich zurücklehnen und das genießen, was man dafür bekommt. Niemand hat jemals darüber geredet, wie es wirklich ist, wenn man so nahe am Sonnenkreis von Josef Roeg arbeitet.«

»Niemand?«

»Keine Menschenseele.«

Haydon sprach noch ein paar Minuten mit Feltner, dankte ihm für seine Hilfe und legte zwei Dollar auf den Tisch, als er aufstand.

»Kann sein, daß ich Ihnen später noch ein paar Fragen stellen möchte«, sagte Haydon.

»Sie wissen, wo Sie mich finden. Ich bin bis über beide Ohren verschuldet, also werde ich nicht so schnell woanders hinziehen.«

Haydon ging hinaus in die Backofenhitze des Nachmittags und bis zum Ende des Blocks. Die Ampel schaltete um, und der Verkehr stoppte unmutig. Haydon ging auf die andere Straßenseite und stieg in den Vanden Plas ein. Die Klimaanlage blies eine Minute lang heiße Luft aus den Düsen, und dann dauerte es endlos lang, bis jemand Haydon in den Verkehr einfädeln ließ.

13

Er war nach dem Gespräch mit Feltner nicht gleich zurückgefahren, sondern durch die Wohngegenden von Bellaire und West University Place, hatte sich Zeit gelassen, und seine Gedanken waren gewandert, während er den Wagen durch die von Bäumen beschatteten Straßen lenkte. Als er den Kirby Drive erreichte, wendete er, einem Impuls folgend, und bog nach Norden ein. Er blieb vor der Kunstgalerie von Mears, Simon & Company stehen. Die Galerie war geschlossen, aber er wußte, daß jemand da sein mußte, deshalb klopfte er heftiger an die Tür. Spencer kam von hinten, vorsichtig, halb zurückhaltend, halb angriffslustig wegen der Störung nach Geschäftsschluß. Als er Haydon sah, verzog sich sein Gesicht zu einem breiten Grinsen, und er öffnete die Tür.

Haydon blieb fünfunddreißig Minuten, beschäftigte sich dabei überwiegend mit den Bildern der amerikanischen Impressionisten des späten neunzehnten Jahrhunderts, dann ging er wieder und prägte sich ein, die als nächstes geplante Ausstellung der Photographien von Eugene Atget nicht zu verpassen. Danach fuhr er im Halbkreis hinüber zum West Gray und hielt an der Marchand Galerie. Auch sie war geschlossen. Er klopfte und wurde eingelassen, mit herzlicher Freundlichkeit wie zuvor. Er blieb nur kurz, wobei er etwas ruhelos durch die Sammlung der Galerie von modernen lateinamerikanischen Künstlern schlenderte.

Inzwischen hatte der Verkehr beträchtlich nachgelassen, als er zurückfuhr zum Shepherd Drive und zu dem Teil der Bissonnet Road, wo sich an der Zufahrt zum Museum of Fine Arts an der Kreuzung Main Street eine ganze Reihe qualifizierter Galerien eingerichtet hatte. Bei den beiden nächsten Galerien hatte er mit seinem Klopfen keinen Erfolg. In der Anton Busch Galerie fand eine Vernissage statt. Haydon wollte der Menge entgehen und fuhr weiter, ohne anzuhalten. Dann änderte er seinen Entschluß, hielt an und ging die paar Schritte zurück. Er bahnte sich einen Weg durch die Leute, ging direkt zu den ausgestellten Bildern. Der neue Künstler, dem die Ausstellung gewidmet war, fand bei ihm wenig Interesse, daher machte er einen kurzen Rundgang durch die anderen Räume. Er sah zwei kleine Werke von Klimt und war versucht, sie auf der Stelle zu kaufen, doch dann beschloß er, das später nachzuholen. Anschließend sah er die Bilder eines jungen photographischen Realisten namens Wiman, der einen neuen variableren, lockereren Stil des Porträts entwickelt hatte. Die Bilder gefielen ihm; er betrachtete sie eine Weile und ging dann wieder.

Als er sich seinem Heim näherte, war die Sonne zu einem goldenen Streifen geworden, der noch die Bäume entlang der Boulevards färbte und lange Schatten warf, deren Ränder mit einem blauen Abendhimmel verschmolzen. Die Sandsteinsäulen am Tor waren mit rosafarbenem Schein übergossen, der sich rasch in ein Graublau verfärbte. Als er auf die Fernbedienung des Tors drückte, teilten sich die Flügel langsam und bewegten sich wie schwarze Spitze über der dunklen Haut der Dämmerung.

Auf dem Refektoriumstisch in der Bibliothek lagen zwei Notizen. Die eine in Gabrielas Schrift; darauf stand nur *Mooni* und eine Telephonnummer. Die andere war von Nina.

Stuart…
R. Mandel hat WIEDER angerufen. Er will unbedingt, daß ich mit ihm an der Nordstrom-Einrichtung arbeite. Du weißt, ich habe ihn bis jetzt abgewiesen. Aber ich glaube, jetzt ist es Zeit für uns beide, wieder zur Arbeit zu gehen. Ich bin im Studio mit R. Rufe an, wenn Du willst, oder komm vorbei. Ich schätze, ich bin gegen zehn zu Hause.

Ich liebe Dich
Nina

Das R. war die Abkürzung für Race. Haydon mochte weder den Namen noch den Mann, zu dem er gehörte. Mandel wußte das, und Haydon glaubte manchmal, daß Mandels albernes Grinsen, das an den wenig angenehmen Humor eines Mannes erinnerte, der in jeder harmlosen Bemerkung irgendeine Schweinerei entdeckte, ein bewußter Stachel war und daß er auf den Kern dessen abzielte, worin Mandels Zugang zu Nina bestand. Race Mandel war einer der wenigen Menschen, ja vielleicht der einzige, dessen Existenz allein schon beleidigend auf Haydon wirkte.

Er achtete nicht auf die Telephonnummer, die unter Mooneys Namen stand, und rief ihn zu Hause an, wo Mooney, wie Haydon wußte, jetzt sein würde. Es klingelte viermal, bis Mooney den Hörer abnahm. Er war außer Atem.

»Ed, entschuldigen Sie. Hab' ich Sie aus der Dusche geholt?«

»Nein, nein, kein Problem.« Er atmete noch ein paarmal heftig durch. »Hören Sie. Ich wollte Ihnen nur sagen, daß Jennifer Quinn heute abend aus New Orleans zurückkommt. Continental Flug Nummer zweihundertvierundzwanzig, Ankunft hier halb zwölf. Ihre Leute sorgen dafür, daß sie die Maschine nicht verpaßt, und wir lassen sie von jemandem abholen. Wie lange sollen wir sie beschatten?«

»Ich möchte morgen früh mit ihr sprechen. Gleich danach melde ich mich bei Ihnen.«

»Das ist okay«, sagte Mooney.

Haydon legte auf. Jetzt war es schon zu dunkel, um die Zettel mit den Notizen lesen zu können. Draußen am Tor würden die Lampen brennen. Ein gelber Schein fiel vom Korridor durch die Tür der Bibliothek, und er hörte Gabriela in der Küche auf der anderen Seite des Korridors. Das Haus wirkte leer. Er hätte es nicht bemerkt, wenn er die Notiz von Nina nicht gelesen hätte. Ohne diese Notiz hätte er angenommen, daß sie da sei, und das Haus hätte nicht leer gewirkt. Er dachte darüber nach, dachte, daß er glücklicher gewesen wäre mit einem Selbstbetrug. Einem Irrtum.

Er stand auf und ging nach oben, um sich vor dem Dinner frisch zu machen.

Dann aß er allein im Eßzimmer, saß am einen Ende der Tafel, an einer Stelle, die ihm einen Blick auf die Terrasse bot. Es gab nichts zu sehen. Die Terrassenbeleuchtung war eingeschaltet, nicht aber die Lampen, die den Rasen und die Bäume illuminierten. Er konnte nichts jenseits der Balustrade sehen, und im Licht lag nur Cinco, der auf der obersten Treppe, am Rand der Dunkelheit, schlief.

Haydon hob die Weinflasche an und goß sich gerade genug Chablis für ein paar kleine Schlucke in das kleine, geriffelte Bistroglas. Er hob das Glas, nahm einen Schluck und hielt den Wein eine Weile im Mund. War es möglich, daß er vergessen hatte, wie schmutzig eine kriminalistische Untersuchung war? Er hatte sich vorgenommen, den Tod von Wayne Powell als reines Gedankenspiel aufzuklären. Er wollte das Problem erfassen, es durch verschiedene Schritte des Vergleichs führen und bis zu seiner Lösung verfolgen. Genau so hatte er es sehen wollen, genauso hatte er sich eingeredet, daß er es sehen mußte, wenn er überhaupt in der Lage sein würde, es zu bearbeiten. Aber jetzt, nachdem erst ein Tag vergangen war, hatte er bereits begonnen, seiner Absicht, streng analytisch zu bleiben, untreu zu werden. Wie konnte er vergessen haben, daß es sich dabei stets um schmutzige Dinge handelte? Mordfälle waren immer schmutzig. Sie waren es zwangsläufig, denn es ging dabei um Menschen, und Menschen waren unglaublich schmutzige Kreaturen. Ihr Leben in der Öffentlichkeit war schmutzig, ihr Privatleben war schmutzig, ihre Geschäfte waren schmutzig, ihre Affären waren schmutzig... Ihre Gedanken waren schmutzig. Selbst nach den fünf Minuten, in denen er Abstand gewonnen hatte, schien Haydon noch den kupfrig-abgestandenen Geruch von Blut zu wittern, als er seinen Wein hinunterschluckte.

Dennoch fragte er sich, wer denn nun wirklich diesen Wayne Powell in den Tank mit Entwicklerlösung gesteckt, ihm dann die Kehle durchgeschnitten und ihn dort festgehalten hatte, bis sein Leben in seinen Schoß verronnen war. Trotz dieses Schmutzes – oder vielleicht gerade deshalb – wollte er wissen, wer da ein Häufchen Abfall aus einem alternden Beachboy gemacht hatte.

Haydon schaute wieder auf die Terrasse. Cinco war weg. An seiner Stelle stellte er sich Powells verwüsteten Körper vor, den alle im harten, unverhüllten Licht eines unnatürlichen Todes sehen konnten, anklagend und mitleiderregend. Und direkt hinter ihm die Treppen, die nicht immer ins Licht der Wahrheit führten, sondern oft auch unausweichlich in eine Dunkelheit, die in ihren gewaltigen Ausmaßen niemals enttäuschte.

Haydon saß in einem Stuhl mit hoher Lehne vor den Balkontüren im Schlafzimmer. Er hatte sich die Krawatte gelockert und den Kragen aufgeknöpft; seine Schuhe lagen neben dem Stuhl, und die Füße hatte er auf die Kissen eines kleinen Sofas gebettet. Ein Tanqueray mit Limonenscheibe stand auf einem marmornen Beistelltisch an seiner linken Seite. Er hatte einen Ausstellungskatalog mit einer Auswahl aus *Divertimento per li ragazzi* durchgesehen, eine Serie von Zeichnungen, die als *capricci* des aus dem achtzehnten Jahrhundert stammenden venezianischen Malers Giovanni Domenico Tiepolo bekannt waren. Die kleinen Federzeichnungen, die mit Tönen von blond-braun bis rotbraun eingefärbt waren, zeigten Szenen aus dem Leben, dem Tod und der Auferstehung des Harlekins Punchinello.

Er hatte den Katalog sinken lassen und starrte auf einen Kupferstich an der gegenüberliegenden weißen Wand, als Nina die Tür öffnete. Sie hatte eine übergroße Zeichenmappe unter dem einen Arm und hielt vorsichtig einen frischen Drink in der anderen. Sie lächelte ihn an und stieß sachte die Tür mit dem Absatz zu.

»Hast du meinen Zettel gefunden?« fragte sie. Sie kam herüber und küßte ihn, hatte aber immer noch die Zeichenmappe unter dem Arm. Dann legte sie sie auf den Sisalteppich und schleuderte die Schuhe von den Füßen.

»Ja, hab' ich«, antwortete er. »Wie ist es gegangen?«

»Wundervoll.« Sie kam herum, setzte sich auf das Sofa und streckte die Beine aus, um die seinen zu berühren. »Ach, das ist ein wundervolles Gefühl.« Sie trank einen Schluck, dann knöpfte sie seufzend das Taillenband ihres Rocks auf.

»Wie wundervoll?«

»Du weißt ja, es ist ein wichtiger Auftrag für Mandels Firma.

Die Nordstroms haben dafür gesorgt, daß jeder von ihrem neuen Projekt weiß. Das Haus ist monatelang bei verschiedenen gesellschaftlichen Anlässen diskutiert worden. Francis Nordstrom hat ausdrücklich darum gebeten, daß ich den Atriumteil gestalte. Ich habe völlig freie Hand und ein großes Budget.«

»Meinen Glückwunsch«, sagte Haydon. Er hob das Glas darauf.

»Und du? Wie war der erste Tag wieder in den Sielen?«

»Wundervoll.«

»Ach, komm schon.« Sie lachte. Dann stellte sie ihr Glas auf das Tischchen, hob leicht die Hüften und streifte sich den Rock ab. Sie warf ihn auf einen freien Stuhl und begann ihre Bluse aufzuknöpfen.

»Es war, als ob ich nie weggewesen wäre.«

Nina zog sich die Bluse aus und warf sie auf den Rock. »Ist das gut oder schlecht?« fragte sie.

»Beides.« Er stellte fest, daß ihr Slip und ihr BH pfirsichfarben war.

»Zu gleichen Teilen?«

Er sah zu, wie sie nach hinten langte und die Nadeln aus ihrem Chignon zog, sie auf den Schoß legte. Er liebte es, ihr dabei zuzusehen, liebte den Winkel ihres Kopfes, die erhobenen Arme, wie sie das Armgelenk abbog, um das Haar zu halten. Sie erinnerte ihn stets an die Frauen von Dégas. Es war ein schockierender Augenblick, als der scheußliche Leichnam von Powell in sein Gedächtnis zurückkehrte, aber genau das geschah in diesem Augenblick. Er war da, so unerwartet wie der Mord selbst Powell überrascht haben mußte. Sein Gesicht zeigte absoluten Unglauben, so real das Geschehen auch war. Es konnte jedem geschehen sein; niemand war gefeit vor der Möglichkeit, eines plötzlichen, gewaltsamen Todes zu sterben. Dann sah er, im Augenblick, wo sie den Arm so unendlich reizvoll nach oben bewegte, in einem einzigen, brutalen Augenblick Ninas Schoß voll von Blut, ein Gießbach mit purpurnen Klümpchen, der die Seide zwischen ihren Schenkeln füllte, während eine Kette von Tröpfchen über ihren nackten Brustkorb spritzte.

»Zu ziemlich gleichen, ja«, sagte er schnell.

Seine Stimme klang falsch. Sie schaute ihn an, ihre Augen blitzten, hielten inne, dann senkte sie wieder den Kopf, als sie fortfuhr, die Nadeln aus dem Haar zu ziehen. Haydon versuchte, seine Gedanken von dem blutigen, nur allzu lebendigen Bild auf etwas Angenehmeres zu lenken. Er war völlig verblüfft über die Stärke und die Klarheit des Bildes, ein Gedankenspiel, das außer Kontrolle zu geraten schien, das an seinen Platz zurückgeschickt werden mußte wie der Zauberer, der einen bösartigen Dämon, den er herbeigezaubert hat, wieder zurückzwingt an seinen Ursprung.

Nina schaute zu ihm auf. »Wie meinst du das?«

Er konnte nicht sprechen. Zuckte statt dessen mit den Schultern und nahm einen Schluck von seinem Tanqueray, in der Hoffnung, damit den Knoten in seiner Kehle lösen zu können. Er fürchtete, daß sein Gesicht anlaufen würde.

Sie richtete sich auf, und ihr Haar fiel in wundervollen, zimtbraunen Strähnen, jetzt nicht mehr zurückgekämmt, frei und glänzend nach unten.

»Stuart?« Ihre Stimme hatte eine rauhe Kante.

Er biß die Zähne zusammen, schaute sie an und räusperte sich, um die Spannung seiner Stimmbänder zu lockern.

»Ich hab' mich verschluckt«, brachte er gerade noch heraus.

»Geht es dir gut?« Ihr verwirrter Ausdruck verwandelte sich in eine besorgte Miene.

»Klar«, sagte er, stellte das Glas ab und massierte sich das Gesicht. »Klar.«

Nina strich mit den Fingern durch ihr Haar und wartete, während Haydon noch einmal nach seinem Glas langte und einen Schluck trank.

Dann fuhr er fort. »Ich will damit einfach sagen, daß sich nie etwas ändert. Die Arbeit ist immer die gleiche, und jetzt ist ebenso wie in vier Wochen der richtige Moment, um zurückzukehren.«

»Ehrlich gesagt, bin ich nicht der Meinung, daß du schon bereit bist.«

»Bist du denn nicht auch bereit, wieder an deine Arbeit zu gehen?«

»Ja, sicher, aber –«

»Genau wie ich. Wir brauchen es jetzt nicht zu analysieren, oder?«

Nachdem er sich aus der Affäre gezogen hatte, wußte Haydon nicht, wie er weitermachen sollte. Er beugte sich hinüber zum Couchtisch und klappte den Katalog zu, der dort lag. Dabei schaute er kurz auf den Umschlag. Das Bild zeigte einen Ausschnitt aus einer Zeichnung mit dem Titel *›Punchinellos mit Esel vor einem Bauernhaus‹* und war in goldbrauner Tinte gezeichnet und goldbraun konturiert auf schwarzer Kreide. Wie bei vielen Werken aus Tiepolos erzählendem *Divertimento* war es nicht leicht, den Inhalt des Dargestellten zu verstehen. Haydon studierte die zitterigen Striche der Feder, die Färbung, die Schatten und Stimmung ausdrückte, und er schaute in die Gesichter der seltsam gekleideten Harlekine, deren spitznäsige Masken, die Buckel und die hohen, konischen Mützen ihnen das Aussehen von melancholischen Clowns verliehen, Clowns, deren Haltung irgendwie unheimlich vertraut und bekannt war.

»Haydon?« Wieder klang Ninas Stimme ein wenig rauh.

Er blickte sie mit ausdrucksloser Miene an.

»Ich habe dich nach dem Fall gefragt«, sagte sie.

»Was soll damit sein?«

»Wer ist umgebracht worden?«

Er lehnte sich wieder zurück. »Ein Mann, der für Bill Langer gearbeitet hat.«

»Du meinst, im Werbegeschäft?«

»Ja.«

»Jemand, von dem wir gehört haben?«

»Nein, er war einer von Langers Photographen. Und sein Kameramann.«

»Und warum hat man da ausgerechnet dich dazu gebraucht?«

»Er ist in einem ihrer Labors umgebracht worden. Sie glauben, es wäre leichter, die Sache auf diese Weise zu verheimlichen. Langer kommt's darauf an, daß nichts nach außen dringt.«

»Das kann ich mir vorstellen. Gibt es Hinweise?«

»So gut wie gar nichts. Es gibt ein paar Stellen, in die man die Nase stecken könnte, aber keine Beweise. Und nichts am Tatort. Wir werden mit einer Menge von Leuten sprechen müssen.«

Sie hörte ihm aufmerksam zu, als er ihr erklärte, was Dystal vorhatte und wie er Haydon die Sache ausführen lassen wollte. Hier und da trank sie einen Schluck aus ihrem Glas, das sie auf den Schoß gestellt hatte. Das Kondenswasser des Glases hinterließ einen dunklen Kreis auf der pfirsichfarbenen Seide.

Als er fertig war, sagte sie: »Wenn du es schon tun mußt, dann noch am besten so. Es ist jedenfalls gut, daß du nicht wieder in dein Büro gehst.«

»Es ist nur für diesen einen Fall«, sagte er. »Danach geht es im üblichen Fahrplan weiter.«

»Trotzdem, für diesen einen Fall ist es gut. Je länger du den Zeitpunkt, wieder in die Tretmühle zu gehen, hinausschiebst, desto besser.«

Er sagte nichts dazu.

Nina trank aus und stellte das Glas auf den Boden neben dem Sofa.

»Hey, Mister – sind Sie bereits fürs Bett?« Sie massierte seinen Fuß mit ihren Zehen und gab ihm einen Stups.

Sie zogen sich aus, ließen ihre Kleidung auf den Sesseln liegen und gingen ins Bett. Haydon langte nach oben und schaltete das Licht aus. Die Laken waren frisch und kühl. Nina war sehr wählerisch, was die Bettwäsche betraf. Er lag auf dem Rücken und streckte den Arm aus, als sie automatisch zu ihm herüberrollte, einen Arm zwischen sie zwängte und den anderen quer über seine Brust legte. Er fühlte, wie ihre Haut die seine berührte in einer fortgesetzten, ununterbrochenen Linie von seinem Kopf bis zu seinen Zehen. Sie drückte ihre Hüfte an sein Bein, während sie sich an ihn kuschelte.

Er lag da mit offenen Augen, bis er nach und nach die Umrisse der Möbel ausmachen konnte, die zögernd wie unterirdische Geister aus dem Dunkeln hervortraten. Der Deckenventilator brachte eine sachte Luftbewegung. Er merkte an Ninas Atem, daß sie noch nicht schlafen wollte. Sie wartete mit ihm, fühlte – wie er vermutete – seine Spannung, vielleicht sogar seine Verwirrung. Zusammen warteten sie im Saphirlicht, und er fühlte fast, wie ihre Gedanken die seinen suchten, wie sie helfen wollten, schweigend ihre Sympathie anboten für das, was auch immer ihn bedrohen mochte. Er drückte sie fester an sich, als wollte er ihre heitere Gelassenheit ganz in sich aufnehmen, ihre Gesundheit des Geistes.

14

Haydon traf bei Jennifer Quinns Adresse im nördlichen Bellaire kurz nach acht Uhr am nächsten Morgen ein und parkte den Wagen am Randstein vor dem Haus. Weiter unten, auf der anderen Straßenseite, stand ein beigefarbener Wagen unter einem Kampferbaum, und die niedrig stehende Sonne spiegelte sich in seinen schmutzigen Fenstern. Eine Hand und ein Unterarm kamen aus dem Fenster auf der Fahrerseite und machten ein langsames, bogenförmiges Zeichen des Erkennens. Haydon reagierte nicht darauf, sondern schaute durch das Beifahrerfenster des Vanden Plas auf das Haus.

Es befand sich in einer älteren Wohngegend mit kleinen, ordentlichen Häusern, gebaut für die jungen Familien, die nach dem Ende des Zweiten Weltkriegs gegründet worden waren und das Land überflutet hatten. Haydon war auf den ersten Blick davon überzeugt, daß das Haus Powell gehört hatte. Es war ein zinkweißes Holzhaus mit verputzter Fassade in spanischem Stil, das eigentlich ins Glendale der vierziger Jahr gehörte. Es hatte ein Flachdach und eine in einem Bogen zurückgesetzte Haustür mit einer schmiedeeisernen Verandalampe darüber. Zwei etwas ausgefranste mexikanische Fächerpalmen standen zu beiden Seiten eines auf Säulen ruhenden Vordachs. Über eine rote Betontreppe erreichte man die Veranda, die kaum breiter war als der Gehsteig vor dem Haus. Dichtes, grünes Teppichgras war ordentlich gemäht und breitete sich in beiden Richtungen zu den Nachbarhäusern aus, unterbrochen nur von Gehwegen und den beiden parallel verlaufenden Betonbändern, die als Auffahrten dienten. Die Jennifer Quinn, die Patricia Beamon beschrieben hatte, schien trotz allem nicht besonders gut hierherzupassen.

Haydon stieg aus seinem Wagen und ging über den Weg zum Haus. Er war absichtlich früh gekommen, hatte gehofft, sie zu wecken. Weiter unten im selben Block startete jemand einen Rasenmäher. Haydon drückte auf den Klingelknopf, aber die Klingel schien nicht zu funktionieren. Er öffnete die Fliegengittertür und klopfte an das Holz der Haustür. Um die Ecke des Hauses schaltete sich der Kompressor einer in ein Fenster eingebauten Klimaanlage an. Haydon klopfte noch einmal und hörte, wie drinnen im Haus ein Telephon zu klingeln begann und gleich danach abrupt aufhörte. Als er danach wieder klopfte, öffnete sich ein kleiner Schlitz hinter einem Gitter in der Haustür.

»Ja?« Die Stimme des Mädchens war etwas rauchig und völlig emotionslos.

»Jennifer Quinn?«

»Ja.«

Haydon hielt seinen Dienstausweis vor das Gitter und stellte sich vor. »Darf ich reinkommen?«

»Jetzt?«

»Bitte.«

»Ich bin grade erst aufgestanden. Genau gesagt, haben Sie mich geweckt.«

»Das tut mir leid, aber ich bin sicher, daß Sie wissen, weshalb ich mit Ihnen sprechen möchte.«

Danach entstand eine Pause. »Ja. Okay«, sagte sie. »Es dauert nur einen Moment.« Der Schlitz hinter dem Gitter schloß sich.

Haydon warf einen Blick auf den neutralen Wagen weiter unten auf der Straße. Auf der anderen Seite der Straße stand eine Frau im Hausmantel in der Mitte ihres Gartens und las die Schlagzeilen der Zeitung, die sie gerade von der Wiese aufgehoben hatte. Ohne hochzublicken, drehte sie sich um und ging langsam auf ihre offene Haustür zu.

Ein paar Minuten später öffnete sich die Holztür, und Haydon drehte sich um, als das Mädchen die Fliegengittertür öffnete.

»Kommen Sie rein«, sagte sie. Er ging an ihr vorbei durch die Tür, und sie lehnte sich hinaus. »Wo ist Ihr Wagen?«

»Er steht vor dem Gartentor. Es ist kein Dienstwagen.«

»Kann ich mir denken«, erwiderte sie. »Nehmen Sie Platz. Ich kann erst mit Ihnen reden, wenn ich einen Schluck Tee getrunken habe.«

Sie trug ein langärmeliges Safarihemd aus Khakistoff mit Schulterklappen, und die Schöße des Hemds hatte sie in eine Khakihose mit Bügelfalte gesteckt. Auch das Hemd war frisch gebügelt und hatte noch die Falten vom Bügeln an den Ärmeln. Die krempelte sie hoch, während sie in die Küche ging. Das schachtelartige, kleine Haus war umgebaut worden, so daß das Eßzimmer und das Wohnzimmer einen einzigen Wohnbereich bildeten. Die Wand zwischen der Küche und dem Eßzimmer war bis in halbe Höhe abgerissen worden, so daß eine Theke oder Eßbar entstanden war und von der Küche aus praktisch einen freien Blick durch Eß- und Wohnzimmer bot. Außerdem hatte man ein Oberlicht eingebaut, das dem Ganzen ein noch freieres, offeneres Gefühl verlieh. Es gab Bücherregale, einen offenen Kamin, und an einer Wand stand ein großes Konzertxylophon. Kameraausrüstungen, Stative und eine Vielzahl von Linsen standen und lagen auf den Möbeln und in den Ecken.

Haydon sah ihr zu, wie sie sich in der Küche bewegte. Sie gab Wasser in einen Kupferkessel und stellte diesen auf den Herd, um das Wasser zu erhitzen. Dann öffnete sie den Kühlschrank, nahm zwei Eier heraus und schlug sie in ein großes Trinkglas. Anschließend gab sie zwei Teelöffel von etwas hinein, was Haydon für Eiweißpulver hielt, und füllte das Glas mit Milch auf. Zuletzt verquirlte sie die Mischung mit dem Elektromixer, nahm den Deckel ab, hob das Glas an und kippte den Inhalt in einem Zug hinunter.

»Scheußlich!« sagte sie und lehnte sich an die Theke. Mit einem Schauder spülte sie das Glas aus und stellte es in die Geschirrspülmaschine. Sie holte zwei Tassen und zwei Untertassen aus dem Hängeschrank, stellte Sahne und Zucker auf die Bar und verschwand dann in einen hinteren Teil des Hauses. Er hörte Wasser laufen. Gleich darauf war sie wieder zurück in der Küche und tupfte sich das Gesicht mit einem gelben Handtuch ab. Ihre Zeiteinteilung war perfekt: Der Kessel begann gerade zu pfeifen.

»Welchen Tee möchten Sie?« fragte sie. »Es gibt Darjeeling, Ceylon Pekoe, bengalischen Bay Black, Earl Grey und English Breakfast.«

»Earl Grey.«

»Sahne? Zucker?«

»Sahne.«

»Wieviel? Wissen Sie, was? Kommen Sie doch her und bedienen Sie sich nach Geschmack.«

Haydon tat es, dann kam sie um die Theke herum, und sie begaben sich ins Wohnzimmer. Sie bot Haydon Platz auf dem Sofa an und setzte sich links von ihm in einen modernen Chromsessel mit schwarzen Lederstreifen als Sitz, Rücklehne und Armstützen. Sie beugte sich ein bißchen nach vorn auf dem Sessel und balancierte die Teetasse auf ihren Knien.

»Ich habe das Gefühl, daß eigentlich ich die Fragen stellen sollte«, sagte sie rasch. »Das Ganze war ein bißchen irre. Die Polizei von New Orleans hat gestern mit mir Kontakt aufgenommen und mir gesagt, was passiert ist. Ich war mitten in einem Job, und sie sind extra zum Drehort herausgekommen, um es mir zu sagen. Sie legten mir nahe, sofort nach Hause zu kommen, also bin ich direkt in mein Hotel gefahren. Ich mußte mein Büro hier anrufen und veranlassen, daß sie jemand anders hinunterschickten, der meinen Platz einnehmen konnte.«

Sie wollte einen Schluck von ihrem Tee trinken, doch er war noch zu heiß.

»Man hat mir überhaupt nichts gesagt. Können Sie mich ein bißchen aufklären?«

Haydon hatte sie scharf beobachtet. Mooney hatte nicht ganz recht, was ihr Haar betraf. Es war nicht wirklich rot. Sie war vielmehr eine Erdbeer-Blondine, aber auch das stimmte nicht ganz. In ihrem Haar war eher ein Honigton, und es war wunderbar dicht mit einer, wie es schien, natürlichen Welle. Sie trug es schulterlang, und an diesem Morgen hatte sie es rasch nach hinten gebürstet und ließ es zu beiden Seiten eines natürlichen Scheitels nach unten fallen. Ihre Haut war von der Art, die nicht leicht bräunte, und Haydon vermutete, daß sie sie mit religiösem Eifer vor der Sonne schützte. Jedenfalls war die Haut cremeweiß und makellos. Ihre Augen waren so grün, daß man an Eitelkeit denken konnte, und obwohl sie ein kräftiges, fast eckiges Kinn hatte, fehlte ihr doch die hohlwangige Schönheit eines Modells. Sie zeigte keine Härten, sondern weiche Kurven.

»Ich fürchte, ich kann da wenig sagen«, erklärte er. »Wir hofften, daß Sie in der Lage wären, uns zu helfen, damit wir eine Perspektive in die Umstände bekommen.«

»Ich kenne ja noch nicht einmal die Umstände«, sagte sie, und ihre grünen Augen weiteten sich, um das zu betonen. »Wie soll ich Ihnen da eine Perspektive bieten? Meine Güte, ich weiß ja noch nicht einmal, wie er umgekommen ist. Wurde er erschossen?«

»Nein.«

»Was dann?« Sie schaute ihn etwas ungeduldig an. Meistens sind die Leute erst zufrieden, wenn sie die Einzelheiten kennen. Es schien eine psychologische Voraussetzung zur Zusammenarbeit zu sein, so, als könnte es in ihren Gedanken erst dann zur Wirklichkeit werden, wenn sie wußten, wie es geschehen war.

»Man hat ihm die Kehle durchgeschnitten. Es sah aus, als ob es einen Kampf gegeben hätte.«

Sie zeigte keine Reaktion darauf, außer daß sie sich abwandte.

»Leben Sie schon längere Zeit mit ihm zusammen?« fragte er.

Sie schaute ihn an und holte tief Atem, während sie sich gerade aufsetzte. Ihre hohen, vollen Brüste spannten das Khakihemd. Sie schien sich in ihr Schicksal ergeben zu haben und war bereit, Haydon die Szenerie zu schildern.

»Wayne kam im letzten Jahr kurz nach Weihnachten aus Kalifornien hierher. Zwischen Weihnachten und Neujahr. Eine Freundin dort drüben hatte mir von ihm erzählt, daß er nach

Houston kommen würde und daß ich mich um ihn kümmern sollte, weil er diese wunderbare Erfahrung im Filmgeschäft hätte. Ich interessiere mich für das, was *hinter* der Kamera geschieht, verstehen Sie«, fügte sie mit Nachdruck hinzu. »Er war damals mit Scorsese, Spielberg, Coppola und all den anderen in den Filmschulen gewesen, in den sechziger Jahren. Er kannte Scorsese und hatte schon ein paarmal mit Coppola gearbeitet. Meine Freundin meinte, ich könne eine Menge von ihm lernen, weil er so gut sei. Ich sagte okay, und sie gab ihm meine Telephonnummer. Als er in die Stadt kam, hat er mich angerufen.«

Sie trank einen Schluck Tee. »So kam eines zum anderen.« Sie schien darüber nachzudenken. »Natürlich war ich beeindruckt, weil er mit so vielen berühmten Leuten gearbeitet hatte«, sagte sie etwas aufrichtiger. »Er hat bei mir groß angegeben. Wir endeten hier in diesem Haus, aber die Beziehung hat nicht lange gedauert. Wayne war ein unreifer Mensch.« Sie blies auf ihren Tee. »Sobald er es in seinen dicken Schädel gekriegt hat, daß bei mir mit ihm sexuell nichts mehr läuft, sind wir gut miteinander ausgekommen. Immerhin hat unser Arrangement funktioniert, und wir sind dabeigeblieben, aber es war eine rein geschäftliche Abmachung.« Sie schaute Haydon an. »Klärt das eine Menge Fragen bei Ihnen?«

»Ja«, sagte er. »Ich danke Ihnen. Hat er Ihnen den Job besorgt?«

Sie lächelte ein bißchen spöttisch und schüttelte den Kopf. »Nein.«

»Wissen Sie, ob er in irgend etwas verwickelt war, was mit dem Mord in Beziehung stehen könnte? Hat er zum Beispiel mit Rauschgift gedealt, auch wenn es nur kleine Mengen waren? Hat er gespielt? Irgend etwas, das uns eine Richtung angibt?«

»Nein.«

»Er hat kein Rauschgift genommen?«

»Doch, das hat er. Sie haben mich gefragt, ob er gedealt hat.«

»Wer war seine Quelle?«

»Das weiß ich nicht. Ich mach' mir nichts aus dem Zeug. Ich nehme nichts, und er hat mich nie damit belästigt.«

»Sie sagen, er ist nur sechs Monate in der Stadt gewesen. Wie hat er den Job bei Langer bekommen?«

»Ich weiß es nicht.«

»Hatte er ihn schon, als er herkam?«

»Ja.«

»Aber er hat Ihnen nie erzählt, wie er ihn bekommen hat?«

»Okay, mal sehen... Durch einen Freund. Ein Freund hat ihm dabei geholfen. Könnten Sie das nicht einfacher bei den Langer-Leuten erfahren?« fragte sie ungeduldig.

»Kennen Sie Freunde von ihm? Die Leute, mit denen er gearbeitet hat?«

»Ich bin zweimal bei Langer im Büro gewesen, um Wayne zu besuchen. Einmal hab' ich seinen Abteilungsleiter kennengelernt, aber er war der einzige. Ich hatte nicht viel Grund, dorthinzugehen.«

»Hat er sich mit Mädchen getroffen?«

»Jedenfalls hatte er meines Wissens keine feste Freundin. Wayne war ein Mann, der es gern billig hatte. Das war sein gesellschaftliches Element: die Happy Hour. Alle seine Mädchen waren Happy Hour-Mädchen.«

»Ich habe gehört, daß er nebenher freiberuflich gearbeitet hat, wobei er nachts Langers Einrichtungen benützte. Er tat es ja auch, als er umgebracht wurde. Wissen Sie etwas darüber?«

Sie schaute ihn an, aber er konnte ihre Miene nicht deuten. War sie überrascht, oder zögerte sie, über etwas zu sprechen, was sie für riskant hielt? Fiel ihr etwas ein, stellte sie in ihren Gedanken eine Verbindung her, die bis dahin nicht bestanden hatte? Haydons Mund war pelzig von der Gerbsäure im Tee. Er stellte Tasse und Untertasse auf einen Abstelltisch neben dem Sofa.

»Wissen Sie etwas über seine Nachtarbeit?« wiederholte er die Frage.

»Nein, davon weiß ich nichts...« Sie schien nachzudenken, hielt sich dann aber zurück. »Es ist mir nie aufgefallen...«

»Sie haben es nicht bemerkt, wenn er nachts außer Haus war?«

»Sagen wir, ich habe nicht darauf geachtet.« Jetzt war sie wieder kurz angebunden, aber eine hübsche Hand war nach oben an ihre Brust gerutscht und fummelte an einem Knopf ihres Safarihemds herum.

»Können Sie mir zeigen, wo er geschlafen hat?« fragte Haydon plötzlich.

Die grünen Augen weiteten sich kurz, dann entspannten sie sich wieder.

»Klar«, sagte sie. Sie stellte Tasse und Untertasse auf denselben Abstelltisch wie er und stand auf. Er folgte ihr in eine kleine Diele, die in einen größeren Korridor mündete. Fenster bildeten die eine Wand und gewährten Ausblick auf einen Hof.

Sie blieb stehen. »Ich wohne auf dieser Seite.« Sie deutete nach links. »Jeder von uns hat ein großes Schlafzimmer und ein voll eingerichtetes Bad.«

Sie wandten sich nach rechts, und er folgte ihr in Powells Schlafzimmer. Das Zimmer war dunkel und roch muffig, da die Klimaanlage seit mehreren Tagen nicht mehr in Tätigkeit gewesen war. Jennifer Quinn schaltete das Licht ein, trat an das Fenster und öffnete die Jalousien. Das Bett, auf der anderen Seite des Raums, war ungemacht. Darüber beanspruchte ein gigantisches Farbphoto fast die ganze Wand. Es war im Inneren einer riesigen Welle aufgenommen worden, wobei das Wasser einen leuchtenden Tunnel bildete, in dessen Mittelpunkt ein Surfer mit ausgebreiteten Händen an der Wasserwand entlangglitt. Das Photo war so stark vergrößert worden, daß das Korn übergroß erschien.

Unter den Fenstern, die auf den Innenhof gingen, war eine Reihe von Regalen, vollgestopft mit Schallplatten. Die Stereoanlage stand in der Mitte, die Lautsprecher an beiden Enden. Gegenüber gab es Schränke, deren Falttüren offenstanden und fast leere Regale aufwiesen. Powells Bedürfnisse im Hinblick auf Kleidung waren offenbar bescheiden. Es gab Jeans, Hemden im Western-Flair, T-Shirts. Ein Sportsakko, zwei Anzughemden, ein paar Hosen. Und im ganzen Raum lag seine Kameraausrüstung herum.

»Er war kein besonders ordentlicher Mensch«, sagte das Mädchen. Sie hatte die Arme verschränkt und lehnte am Türrahmen.

Haydon ging zum Bett. Eine 33mm-Canon lag obendrauf. Er nahm sie an ihrem Tragegurt und schaute auf den Bildzähler. Die Kamera war ungeladen. Er legte sie wieder auf das Bett. Dann ging er zu einem Sekretär, dessen Schubladen alle herausgezogen waren, und sah in die Schubladen hinein; dabei erkannte er die schwarzen Graphitflecken, welche die Spurensicherungsleute hinterlassen hatten. Auch hier gab es wenig Kleidungsstücke. In einer Schublade waren Pornomagazine, in einer anderen verschiedene Kamerateile, in einer dritten ein paar Briefe von einem Mädchen aus Kalifornien. Oben auf der Kommode war eine ganze Sammlung von Abfall: Bierdeckel, Kaugummistücke, eine Flasche Cologne aus dem Drugstore, ein Streichholzbriefchen von einem Club, eine Packung Schnürsenkel, etwas Kleingeld, ein Aschenbecher mit Bonbonpapieren, die zu kleinen Kügelchen gedreht waren.

»Wissen Sie, wer Cindy Thomas ist?« fragte er und hielt die Briefe hoch, ohne sich umzudrehen.

»Eine alte Flamme. Längst abgebrannt.«

Haydon trat an die Schränke und schob die Türen zurück, die nicht ganz offen waren. Er entdeckte eine elektrische Gitarre in einer Ecke, mit einem verstaubten Verstärker. In der entgegengesetzten Ecke waren Photomagazine gestapelt. Der größte Teil der Schränke war leer. Haydon drehte sich um und betrachtete den Raum. An der Wand neben der Tür war ein Durcheinander von Photos mit Reißnägeln befestigt. Er ging darauf zu.

»Kennen Sie alle diese Leute?«

»Es sind fast alles Freunde von ihm aus Kalifornien.«

»Wissen Sie etwas über sie?«

»Nicht über die aus Kalifornien.«

»Und wer ist nicht aus Kalifornien?«

Sie ging hin und betrachtete die Bilder eine Minute.

»Die da.« Sie zeigte auf ein Mädchen an einem Strand, das eine Shorts und sonst nichts anhatte. Sie hatte eine Bierflasche in der Hand, aus der sie Schaum auf den Photographen spritzte.

»Wer ist das?«

»Ihren Namen kenne ich nicht. Er hat ihn mir nicht gesagt. Ich weiß nur, daß er den Film von einem Weekend-Trip mit ein paar Mädchen mitgebracht hat, und sie gehörte dazu. Er hat mir das Photo gezeigt und gelacht.« Sie beugte sich darüber. »Aber die ist nichts Besonderes, oder?«

»Wann hat er das Photo gemacht?«

»Erst vor kurzem. Vielleicht vor sechs Wochen.«

»Erkennen Sie sonst noch jemanden?«

Sie zeigte mit dem Finger auf ein Photo im Format zehn mal dreizehn, das so aussah, als ob es aus einem anderen Photo herausvergrößert worden wäre. Ein Asiat ohne Hemd mit Sandalen und einer weißen Segeltuchhose stand am Rand eines Swimmingpools zwischen zwei Frauen, die der Kamera den Rücken zugewendet und sich so tief gebückt hatten, daß nur die Rückseiten ihrer Beine zu sehen waren. Der Mann grinste, hatte einen Fuß lässig über den anderen gelegt und die Unterarme auf die Hüften der Mädchen gestützt. Seine Hände waren nicht zu sehen; vermutlich waren sie in ihren Bikinis verschwunden.

»Das ist Ricky Toy. Ich hab' ihn nur ein paarmal getroffen, aber ich weiß, daß er auch einer der Freunde aus Waynes Filmschulen-Zeit ist. Angeblich ist er ein hervorragender Kriegsfilmer mit Vietnam-Erfahrung. Wayne hat ihn ziemlich oft getroffen.«

»Und er lebt in Houston?«

»Ja. Eigentlich ist er aus Kalifornien, aber ich glaube, er ist schon vor mehreren Jahren hierhergezogen.«

»Was macht er?«

Sie zuckte mit den Schultern. »Früher einmal war er bei Reuter. Wayne sagt, er arbeitet jetzt freiberuflich.«

»Aber Sie kennen ihn nicht besonders gut?«

»Nein. Wayne hat uns bekannt gemacht, aber wir haben uns fast nie getroffen. Außerdem glaube ich, daß Wayne allen Leuten erzählt hat, daß das mit uns beiden eine feste Sache ist.«

»Und hat Sie das gestört?«

Sie schüttelte den Kopf. »Die Leute, denen er das gesagt hat, haben mich nicht unbedingt interessiert. Wenn er bei ihnen den großen Macker spielen wollte, war das seine Sache. Ich hätte es ja doch nicht verhindern können.«

»Und wer sind die zwei Mädchen?«

»Sie wohnen bei Ricky. Zwei asiatische Mädchen, deren Gesichter so sinnlich sind wie das, was Sie auf dem Photo sehen.«

»Sonst noch wer?« fragte Haydon und schaute wieder zur Wand.

Sie ging die restlichen Photos durch. »Nein. Aber ich glaube, ein paar von den Mädchen sind aus Houston.«

Haydon begann die Reißnägel von den beiden Photos zu nehmen. »Wo hat Powell alle seine Bilder aufbewahrt? Hat er irgendwo Schachteln oder Behälter mit den Negativen?«

»Er hat vor allem Filme gedreht. Er besaß nicht mehr Photos als jeder normale Mensch. Vielleicht nicht einmal so viele. Und ich nehme an, die Filme hat er im Büro gelassen. Wir haben nicht einmal einen Projektor hier.«

Haydon hielt die beiden Photos in der einen Hand und schaute sich noch einmal um.

»Ja, ich glaube, das wär's dann«, sagte er.

Als sie durch die Diele zum Wohnzimmer gingen, sagte Jennifer Quinn: »Das Haus gehört übrigens ihm. Ich nehme an, ich werde jetzt ausziehen müssen.«

»Wissen Sie, wie er es finanziert hat?«

Sie nickte.

»Dann würde ich an Ihrer Stelle erst mal mit den Leuten von der Bank reden.«

»Und was mache ich mit seinen Sachen?«

»Vorläufig gar nichts«, sagte Haydon. »Kann sein, daß wir alles noch einmal durchgehen wollen. Halten Sie einfach die Tür verschlossen. Wir setzen uns mit seinen Angehörigen an der Westküste in Verbindung, und die können dann überlegen, was sie damit tun.«

»Muß ich in der Stadt bleiben? Was ist, wenn ich einen neuen Auftrag kriege?«

Haydon blieb vor dem Sofa stehen, ehe er zur Haustür ging.

»In dem Fall sollten Sie mich anrufen, bevor Sie abreisen.« Er nahm eine seiner Karten aus der Brieftasche und schrieb seine private Telephonnummer auf die Rückseite. »Versuchen Sie es erst einmal unter dieser Nummer«, sagte er und reichte ihr die Karte.

»Werden Sie noch einmal mit mir sprechen wollen?«

»Vielleicht.«

Sie schaute die Karte an. Er merkte wieder, wie prächtig sie das Safarihemd ausfüllte. Ihre Fingernägel waren sehr gepflegt, unlackiert, aber mit sauberen, kleinen weißen Rändern.

»Okay«, sagte sie und blickte auf. Ihre grünen Augen wirkten aus der Nähe dunkelgrün.

»Ihnen hat nicht besonders viel an Powell gelegen, was?«

Diese Bemerkung brachte sie ein wenig aus dem Gleichgewicht, doch nicht allzusehr. »Sie glauben, ich sollte mehr um ihn trauern?« fragte sie und schaute ihn gelassen an. »Ich kann mir nicht helfen, er war ein fieser Kerl. Vielleicht war er ein großartiger Kameratechniker, aber als Mensch hat er nicht viel getaugt.«

15

Zu der Zeit, als Haydon nach Hause kam, war Nina bereits ins Studio gegangen und hatte bei Gabriela hinterlassen, daß sie zum Lunch zurück sein würde. Haydon ging in die Bibliothek, setzte sich an seinen Schreibtisch und rief Mooney an.

»Ich brauche eine Führerscheinüberprüfung«, sagte Haydon. »Geht das, während wir miteinander sprechen?«

»Pete ist hier«, sagte Mooney. »Ich laß' es ihn gleich eintippen.«

»Gut. Der Name lautet Ricky Toy. T-O-Y. Chinesisch-amerikanisch. Wahrscheinlich Richard.« Er hörte, wie Mooney die Information an Lapierre weitergab. Das Büro war klein und nicht weit von der Kaffeemaschine des Bereitschaftsraums entfernt. Haydon konnte andere Stimmen im Hintergrund hören.

»Okay, er gibt es gleich durch«, sagte Mooney. »Hören Sie, ich habe noch mal mit diesem Ray Tease gesprochen, wie Sie es wollten. Der Kerl ist ein beschissener Jammerlappen. So durcheinander wegen dem armen Wayne. Kommt einfach nicht drüber weg. Was für ein Schock. Da-da, da-da, da-da. Ich hab' also meinen Brechreiz verdrängt und bin auch wirklich mit ihm ins Reden gekommen. Er sagt, er ist ganz prima ausgekommen mit Powell, und, ja, Powell hatte Privilegien, die andere im Haus nicht hatten. Er meinte, daß er nichts Schlimmes dabei gesehen hat, vor allem, da es Mr. Langer abgesegnet hatte, und schließlich ist Mr. Langer immerhin der Besitzer der Firma, nicht wahr?

Ich hab' ihn gefragt, ob er weiß, was das für Arbeit war, die Powell nach Feierabend gemacht hat, und er meinte, er hätte nicht die leiseste Ahnung. Es klang so, als ob es unehrenhaft gewesen wäre, so etwas zu wissen. Ob Powell und Mr. Langer tagsüber miteinander sprachen, es sei denn über Dinge, die mit der Arbeit in Beziehung standen? Nein. Woher er das wisse? Weil sie nie miteinander geredet haben. Punkt. Und woher er das nun wieder weiß? Weil es sein Job ist, zu wissen, was seine Untergebenen in der Arbeitszeit tun und weil Powell in dieser Zeit nie mit Langer gesprochen hat...«

»Einen Moment.« Mooney bedeckte die Sprechmuschel mit der Hand, allerdings nur mit halbem Erfolg, und brüllte jemandem zu, er solle gefälligst den Mund halten, weil er am Telephonieren sei und kein Wort verstehen könne.

»Okay, da bin ich wieder. Ich habe ihn gefragt, ob sonst noch jemand nachts Zugang zu dem Büro und den Labors hätte, und er sagte, alle Abteilungsleiter hätten Schlüssel. Ich fragte, ob es üblich sei, daß die Leute nachts arbeiteten, und er meinte, es käme gelegentlich vor, wenn sie einen Termin hätten, der unbedingt eingehalten werden müsse. Aber das geschehe nicht sehr oft. – Moment, nur eine Sekunde.«

Eine Pause. Murmeln.

Dann: »Okay, Pete hat jetzt die Infos über Toy auf dem Bildschirm. Mal sehen. Richard Man Toy, achtunddreißig Jahre alt, einsvierundsiebzig groß, schwarzes Haar, braune Augen, wiegt siebzig Kilo. Keine Einschränkungen auf seiner Fahrerlaubnis. Aber mehrere Verkehrsüberschreitungen in den letzten drei Jahren, eine hier, eine in New Orleans und eine in Van Nuys in Kalifornien. Alles wegen zu schnellen Fahrens. Er hat einen Mercedes-Pkw Baujahr vierundachtzig und einen Audi-Pkw Baujahr dreiundachtzig auf seinen Namen registriert. Adresse: Marquis sechzehn-elf. Das ist alles.«

»Ist man inzwischen fertig mit dem Katalogisieren der Filme in Powells Büro?«

»Ja, und auch da nichts Ungewöhnliches. Alle Filme sind vorhanden; nichts fehlt, nichts ist überzählig.«

»Tease war keine große Hilfe, was?«

»Nein, der kleine Scheißkerl, und von ihm ist auch nichts mehr zu erwarten. Er will sich nicht bei seinem Boß querlegen. Wenn Langer furzt, wittert Tease Veilchenduft.«

»Was ist mit Dean Warner? Hat Pete inzwischen schon mit ihm sprechen können?«

»Er kann ihn nicht finden. Er ist nicht zu Hause, weder bei Tag noch bei Nacht. Haben Sie mit der Quinn gesprochen?«

»Ja. Ihre Beziehung zu Powell war nicht das, was jeder dachte, sondern rein geschäftlich – behauptet sie. Sie weiß nichts über seine Arbeit, aber sie hat mich immerhin auf Toy aufmerksam gemacht, einen Freund von Powell aus seiner kalifornischen Zeit. Auch ein Kameramann.«

»Werden Sie ihn besuchen?«

»Wahrscheinlich. Okay, ich glaube, das wär's bis auf weiteres, Ed. Behalten Sie die anderen Dinge im Auge und rufen Sie mich an, sobald Sie auf etwas gestoßen sind. Ich tippe Berichte über meine Gespräche und lasse Ihnen beiden Kopien zukommen. Wie ist es denn zur Zeit bei euch?«

»Heiß. Es sieht aus wie hinter der Bühne, der ganze Mist hängt von der Decke, auf dem Boden schlängeln sich die Kabel, und die verdammten Elektriker wandern herum und wirken irgendwie verloren. Es ist ein Tollhaus, kann ich Ihnen sagen.«

»Kopf hoch. Es wird ja bald wieder besser werden.«

»Wenn Sie es sagen.«

»Bleiben Sie mit mir in Verbindung.«

Die sich selbst auferlegte Beschränkung, keine Zigaretten vor dem Lunch zu rauchen, ignorierend, griff Haydon nach der grünen Schachtel Fribourg & Treyers, die er absichtlich zu Hause gelassen hatte, als er an diesem Morgen weggefahren war. Er zündete sich eine Zigarette mit dem goldenen, gerippten Feuerzeug an, das ihm Nina geschenkt hatte, und inhalierte langsam und tief. Sein Blick fiel auf zwei Bücherkartons, die er noch nicht geöffnet hatte und die am Ende des Refektoriumstischs standen. Bis er dazukam, sie zu katalogisieren, würden noch mehr eingetroffen sein.

Er drückte die Zigarette aus, ärgerlich auf sich selbst, weil er geraucht hatte. Es wäre keineswegs so schwer gewesen, es sein zu lassen. Und so gut schmeckte es auch wieder nicht.

Er wandte sich den beiden Photos zu, die er aus Powells Schlafzimmer mitgenommen hatte, legte sie nebeneinander und betrachtete erst Ricky Toy. Toy war ein gutaussehender Mann, offenbar quietschvergnügt, glatt, sauber und gepflegt, mit einem offenen Grinsen, das keine Ergebenheit enthielt. Er war muskulös; der Bauch und die Brust zeigte die waschbrettartigen Quermuskeln, und man konnte die trainierten Schenkel durch die von einem geschickten Schneider angefertigte weiße Shorts erkennen. Seine Hände waren über die rundlichen, nach oben gekehrten Hinterteile der beiden Mädchen drapiert, mit dem Selbstvertrauen eines Mannes, der noch nie an seinem Wert gezweifelt hat und der weiß, daß ein Weiberhintern ein Weiberhintern ist. Toy war ein Macho. Toy hatte Spaß mit den Mädchen. Und Haydon hätte gewettet, daß Toy darauf aus war, die Nummer eins zu sein.

Obwohl er es versuchte, konnte Haydon die Gesichter der beiden Mädchen nicht erkennen, deren Beine und herzförmige Hintern einander in Größe und Form so bemerkenswert gleich waren. Beide hatten langes, schwarzes Haar, das ihnen über die Köpfe fiel und beinahe den Rand des Wassers berührte.

Dann betrachtete er das zweite Photo. Jennifer Quinn hatte recht gehabt: das Mädchen war nicht hübsch, aber irgendwie auch nicht unattraktiv. Sie war eben einfach. Schlicht. Während er sie betrachtete, wurde Haydon klar, daß es schwer sein würde, sie zu beschreiben. Sie hatte keine bemerkenswerten äußeren Eigenschaften, nur ein leicht vergeßbares Gesicht, dessen Züge so schwach ausgeprägt waren, daß sie sich beinahe gar nicht auf dem Photo zeigten.

Mit der Figur war es kaum besser. Ihren Beinen fehlten die Sehnen, die erst die flüssigen Linien der feinknochigen Asiatinnen auf dem anderen Photo entstehen ließen. Ihre Schenkel waren gleichförmig dünn, ihre Knie waren zu knochig, ihre schmalen Hüften gingen unter der maßgeschneiderten Shorts in eine androgyne Taille über. Selbst das Sommerlicht hatte sich gegen sie verschworen, weil es voll auf ihr Gesicht und die nackten Brüste fiel und diesen jeden Schatten raubte, der ihnen Fülle und Rundung hätte geben können. Jetzt präsentierten sie sich der Kamera wie zwei Rosinen auf einer knochigen Brust.

Im Lauf der Jahre hatte Haydon Hunderte nackter Frauen gesehen, Opfer, Verdächtige, Zeuginnen oder solche, die in irgendeiner anderen Weise mit einem Fall in Verbindung standen. In jedem dieser Fälle betrachtete er ihre Nacktheit ohne ihr Einverständnis. Ganz gleich, zu welcher Kategorie sie zählten, ihre Nacktheit war nicht für ihn bestimmt. Und er hatte nie das unangenehme Gefühl verloren, ein Eindringling zu sein. Gerade jetzt empfand er es besonders unangenehm. Wenn er diese Frau so abschätzend betrachtete, fühlte er, wie sehr er sie damit erniedrigte. Und andere würden sie natürlich ebenso betrachten. Lauter Fremde, Unbefugte, und alle nahmen die gleiche, kalte Bewertung ihrer Anatomie vor.

Aber seine Betrachtung sagte ihm noch etwas, oder besser, sie rief seine Intuition wach. Das Photo des lachenden Mädchens hatte seinem Gefühl nach einen Moment festgehalten, der für sie untypisch war. Es war etwas in der Art, wie sie lachte, nicht überströmend, nicht locker oder lebhaft, sondern in beinahe ängstlicher Zurückhaltung. Für sie war alles ungewohnt, was sie bei dem Photo tat: sich nackt vor einer Kamera zu zeigen und ihre eigene Stimme lachen zu hören.

Und dann Powells Reaktion. Die Quinn hatte sie einfach wiedergegeben: »Er hat mir das Photo gezeigt und darüber gelacht.« Gelacht? In welcher Weise? Abschätzig? Verliebt? Selbstbewußt? Ärgerlich? Obszön? Lachen war keine einfache Sache, und bestimmt nicht in diesem Fall. Warum hatte Powell ihr Photo dann an die Wand geheftet? Sicher nicht, weil er Mangel an Pin-up-Girls hatte.

Haydon drehte sich in seinem Sessel um. Cinco schaute ihn an, den Kopf leicht gesenkt, als er durch die Terrassentür blickte. Er begann mit dem Schwanz zu wedeln. Haydon stand auf, merkte, daß er noch seine Anzugjacke anhatte und zog sie aus. Er hängte die Jacke über eine Stuhllehne, nahm eine Zigarette aus der Schachtel und das Feuerzeug und ging damit auf die Terrasse. Unterwegs blieb er stehen und brachte das übliche Ritual mit dem alten Collie hinter sich, sprach zu ihm mit leiser Stimme, während er die Hand über den glatten Rücken von Cinco gleiten ließ. Dann richtete er sich auf, zündete sich die Zigarette an und ging zum entgegengesetzten Ende der Terrasse, während Cinco hinter ihm hertrottete.

An die Balustrade gelehnt, schaute Haydon bis zum Ende des Grundstücks. Über die hohe Natursteinmauer wucherten alte und neue Ranken von Passionsblumen, deren malvenfarbene Blüten im späten Vormittagslicht glühten, als wollten sie einen Teil der Sonne in sich aufnehmen und für die Kühle des schattigen Nachmittags bewahren. Eine dickbäuchige Hauskatze kroch durch das gebrochene Licht auf der Mauer und blieb einen Moment in der strahlenden Sonne stehen. Cinco, der sich an Haydons Bein gedrückt hatte, sah die Katze, schloß das Maul und stellte die Ohren nach vorn. Aber der Jagdtrieb war nicht mehr stark genug, seine Ohren entspannten sich, sein Maul fiel wieder auf, und er fuhr fort, leise zu hecheln. Er legte sich nieder, die Augen allerdings noch mit einem neugierigen Funkeln auf die Katze gerichtet. Alte Spiele für junge Hunde. Er war nicht mehr interessiert. Die Katze schlich zurück in den Schatten.

Bis jetzt hatte es Haydon erfolgreich vermieden, über Bill Langer nachzudenken. Es war ihm ausgesprochen unangenehm, mit ihm sprechen zu müssen, aber es war unvermeidlich. Was immer es war, das ihn und Powell zusammengebracht hatte, es konnte nichts Gesundes, Anständiges sein. Langer, der scharfe, aggressive, ehrgeizige Mann, der die Spiele der Großen spielte, stand irgendwie mit einem alternden Beachboy in Verbindung, der es nie so recht geschafft hatte. Konnte es etwas so einfaches wie Erpressung sein? Immerhin eine naheliegende Möglichkeit.

Obwohl Haydon auf einem Teil der Terrasse stand, der von einer riesigen, hohen Eiche überschattet wurde, hatte die nahende Mittagshitze bereits begonnen, in die stille Luft um die Bäume zu sickern. Der Rauch der Zigarette stieg senkrecht in die Höhe. Die Zikaden, die in der größten Hitze am lautesten zirpten, hatten bereits mit dem zitternden Leiern begonnen, das nun den Rest des Tages bis in die frühe Nacht hinein fortgesetzt werden würde. In der Zeit, die es dauerte, bis er die Zigarette geraucht hatte, trat ihm bereits der Schweiß aus den Poren, obwohl er die ganze Zeit völlig ruhig im Schatten gestanden hatte. Es würde ein Rekordsommer werden.

Er ging wieder ins Haus, und Cinco streckte sich auf der Terrasse aus, um die Kühle der Nacht aufzusaugen, die in den Fliesen und Steinen zurückgeblieben war.

Haydon erinnerte sich nicht an Thomas' Nummer. Er blätterte den Buchstaben H in seinem Adressenbuch durch, aber er konnte sie nicht finden. Dann holte er das Telephonbuch, bis ihm einfiel, daß Thomas' Nummer nie dort eingetragen war. Er hatte ihn so lange nicht gesehen, daß er gar nicht sicher war, ob er noch in der Stadt lebte. Er wußte nur, daß es bei ihm ein paar Veränderungen gegeben hatte. Jetzt setzte er sich wieder an seinen Schreibtisch und rief beim Büro von Reuter an. Ein Mädchen kam an den Apparat.

»Ich versuche, Thomas Hennessey zu erreichen – entschuldigen Sie, es ist nicht Hennessey... Äh...« Er hatte tatsächlich den Familiennamen von Thomas vergessen!

»Herrick«, sagte sie.

»Ja, Herrick.«

»Er arbeitet nicht mehr für uns.«

»Das weiß ich, aber er lebt meines Wissens noch in der Stadt, nicht wahr? Ich habe seine Adresse verlegt und dachte mir, daß Sie sie bestimmt in den Akten haben.«

»Ja, das nehme ich an. Einen Moment.«

Sie war länger weg, als Haydon vermutet hatte, und als sie sich wieder meldete, sagte sie: »Wer will seine Adresse wissen?«

»Ich bin ein alter Freund von ihm. Ich –«

»Aber Sie konnten sich nicht an seinen Familiennamen erinnern.«

»Hören Sie, mein Name ist Stuart Haydon. Ich bin Kriminalbeamter beim Morddezernat der Polizei von Houston. Wenn Sie ihn erst anrufen wollen, um sich zu versichern, tun Sie das bitte.«

Sie zögerte einen Moment, dann gab sie ihm Herricks Adresse und Telephonnummer. Er dankte ihr und wollte schon auflegen.

»Ich habe eine Bitte«, sagte das Mädchen. »Wenn Sie mit ihm sprechen, grüßen Sie ihn von Nancy, ja? Er wird sich an mich erinnern. Sagen Sie ihm, er soll mich gelegentlich mal anrufen.«

Haydon versprach es ihr.

Dann rief er die Nummer an, die ihm das Mädchen genannt hatte, und war nicht überrascht, eine Aufzeichnung von Herricks betont britischer Sprechweise zu vernehmen.

»Hallo, hier ist Herrick. Ich bin momentan beschäftigt und kann nicht mit Ihnen sprechen. Wenn Sie Ihre Telephonnummer oder eine Botschaft hinterlassen, werde ich so bald wie möglich zurückrufen. Inzwischen danke ich für Ihren Anruf.«

Haydon lächelte. »Thomas, hier spricht Stuart Haydon. Ich möchte mich mit Ihnen treffen und Ihr Gehirn in einer ganz bestimmten Angelegenheit in Anspruch nehmen. Könnten Sie –«

»Stuart Haydon! Sind Sie der *Kriminalbeamte* Haydon? Großer Gott!«

Herricks Stimme hatte sich in die Aufzeichnung eingeschaltet und gab nun ein volles, dröhnendes Lachen von sich. »Mein Gott, Mann, wo, zum Teufel, sind Sie nur die ganze Zeit gewesen?«

»Lauschen Sie immer auf die Gespräche, die Ihr Anrufbeantworter aufzeichnet?«

»Ich bin in Pyjama und Bademantel, Stuart.« Herrick schien das für eine Erklärung zu halten.

»Ich sehne mich nach einer interessanten Unterhaltung«, sagte Haydon, »und ich glaube, daß Sie derjenige sind, der mir dazu fehlt.«

»Da haben Sie sicher recht. In Houston gibt es verdammt wenig gute Konversationspartner. Sie und ich, Busch und Vanstraten. Aber ich werde auf keinen Fall über Petroleum sprechen. Vermutlich geht Ihnen das ebenso.«

»Erraten. Das Dinner geht auf mich. Heute abend?«

»Unter einer Bedingung.«

»Nennen Sie sie.«

»Daß Sie Nina mitbringen. Sie sind manchmal zu launisch für mein stilles Blut, aber Nina hat mich noch nie enttäuscht.«

»Wird gemacht. Wann dürfen wir Sie abholen?«

»Wohin gehen wir denn?«

»Ins Remington.«

»Dann treffen wir uns dort.«

»Acht Uhr?«

»Superb.«

16

Das Remington Hotel war ein Symbol für Houstons Reichtum und Eleganz vom Allerfeinsten. Es lag in einer bewaldeten Umgebung beim San Felipe Drive in Tennecos fünfzig Morgen großem Post Oak Park, nahe beim River Oaks und genau gegenüber dem Loop 610 in Höhe der Galleria.

Sie fuhren durch das Tor des mit einer Mauer umgebenen Grundstücks und kamen unter beleuchteten Bäumen hindurch zum Eingang, dessen Fassade aus Travertin einen warmen, ambrafarbenen Glanz auszuströmen schien. Der Parkwächter übernahm den Vanden Plas, und sie gingen in den großen Salon, wo Herrick, wie Haydon wußte, auf sie warten würde.

Herrick stand auf und kam ihnen entgegen, als sie den Raum betraten. Er saß in einer Nische mit einem Panoramafenster hinter sich, und die Lichter des Galleria-Viertels funkelten zu ihm herüber. Er trug einen streng geschnittenen, fast edwardianisch anmutenden, englischen Maßanzug.

»Nina, Sie sind umwerfend«, sagte er, lächelte liebenswürdig und streckte die Arme nach ihr aus. Er küßte sie auf beide Wangen, bot ihr einen Platz neben dem seinen an, schüttelte dann Haydon die Hand. Haydon setzte sich den beiden gegenüber. Er schaute auf das Fenster und die von Lichtern funkelnde Nacht.

»Etwas zu trinken? Natürlich.«

Sie bestellten beim befrackten Kellner, der ein Auge auf ihnen hatte ruhen lassen, seit sie auf dem Treppenabsatz angekommen waren, und jetzt seine Helfer nach den Drinks ausschickte.

»Sind die Blumenarrangements hier nicht absolut fabelhaft?« fragte Herrick, zündete sich eine Zigarette an und lehnte sich zurück, wobei er mit einem Arm über den Raum schwenkte. »Üppigste Tischdekorationen, hier, in den Foyers, in den Speiseräumen. Ein Vermögen, nur für Blumen. Ich habe gelesen, wieviel sie monatlich dafür ausgeben. Tausende.«

Herrick war die ideale Verkörperung eines Klischees: ein britischer Auslandskorrespondent. Sein Benehmen war kontinental, seine Ideen waren weltlich, vielleicht ein wenig übersättigt. Sein Lebtag lang Junggeselle, ohne es zu bereuen, war er mit seiner Vergangenheit zufrieden und bereit, es mit der Zukunft aufzunehmen. Jetzt lächelte er Nina zu, freute sich über ihre Anwesenheit, die er immer mit dem offenen Vergnügen eines Kenners genossen hatte, der weiß, daß er sich wieder einmal nur mit dem Besten umgeben hat.

»Sie sehen gut aus, Thomas«, sagte Nina in einer Art von Selbstverteidigung.

»Mein Schneider ist ein verdammter Säufer«, sagte er in gespielter Zerstreutheit.

Nina erwiderte das Lächeln. Meistens ging sie auf seine Abschweifungen nicht ein. Sie hatte gelernt, sie zu übergehen, als wären sie gar nicht geäußert worden. Sie hatte einmal gesagt, da sie ohnehin nur in Herricks Gedanken einen Sinn ergäben, würde sie sich nicht damit befassen. Haydon gelang es hier und da, die Verbindungen zu ahnen oder zu erraten. In diesem Fall wußte er, daß Herricks Schneider, den er bei einer Reise nach London kennengelernt hatte, Alkoholiker war und mit seinem Geld nicht auskam. Herrick bestellte oft bei ihm Sachen, die er gar nicht brauchte, und bezahlte dafür im voraus, in einer Geste von *noblesse oblige*. Das Ergebnis war, daß Herrick weit mehr zum Anziehen besaß, als er anziehen konnte, und da er meistens vom üblichen gelangweilt wurde, bestellte er sich Anzüge und Hemden, die modischer waren, als man sie in seinen Kreisen zu tragen pflegte.

»Und wie lange ist es nun wirklich her?« fragte Herrick, der sich an Haydon gewandt hatte. »Sechs, acht Monate?«

»Fast ein Jahr.«

»Großer Gott! Damals war ich noch bei Reuter, nicht wahr?«

»Ja.«

»Aber Sie haben gewußt, daß ich im Begriff war, wegzugehen?«

Haydon nickte.

»Natürlich wußten Sie es.« Herrick hob die Arme und benützte die Handflächen, um das lange, ergrauende Haar an den Schläfen zu glätten. »Ich war die Sache einfach leid, obwohl ich sagen muß, daß mir der *esprit de corps* und so weiter fehlt. Aber freiberuflich zu sein, hat seine Vorzüge. Und die Jahre bei Reuter haben mir erstklassige Kontakte ermöglicht. Ich fliege alle paar Monate nach London, reise ein wenig, aber meistens bin ich hier.«

»Ich habe gehört, daß es Ihnen gutgeht. Ich habe Ihren Namen auch ein paarmal in der *Newsweek* gesehen, im *U. S. News and World Report*, im *Paris Match* und im *Spiegel*.«

Herrick grinste dankbar. »Sie machen Ihre Hausarbeiten, wie, Stuart? Ja, ich habe Glück gehabt. Eigentlich ist die Situation für

Journalisten wie mich seit Vietnam nicht mehr sehr gut. Es gibt lauter kleine Kriege, viel Sterben, viele tragische Geschichten, große Länder und kleinere, die halb offene Konflikte austragen und einander gegenseitig die sogenannte Friedensmiliz in die Luft jagen. Keiner ist bereit, jemals daraus zu lernen. Wir sind alle Troglodyten, primitiv wie damals die Höhlenbewohner, und genießen es mit perverser Lust, täglich über unsere nie endenden Idiotien in Zeitungen und Magazinen zu lesen.«

»Ich hab' bei Ihrer alten Basis mit jemandem gesprochen und auf diese Weise Ihre Telephonnummer erhalten. Sie hat mich gebeten, Ihnen Grüße zu bestellen, und Sie sollen sie gelegentlich anrufen. Nancy.«

»Da haben wir's. Die Vorteile eines guten Kontakts.«

Haydon hatte Thomas Herrick fast ein Dutzend Jahre früher kennengelernt, als Herrick über den Mordprozeß an einem britischen RAF-Piloten schrieb, der bei der NASA ausgebildet wurde und sich unsterblich in die Frau eines NASA-Offiziers verliebt hatte. Als die Affäre zu Ende ging, überredete der RAF-Pilot die Frau, sich noch einmal mit ihm zu treffen. Sie stritten, er verlor den Verstand und erdrosselte sie, dann versteckte er ihren Leichnam im Kofferraum ihres Wagens, den er in einer verlassenen Sackgasse im Memorial Park stehenließ. Es stellte sich heraus, daß der Pilot der Sohn eines Parlamentsabgeordneten war, was dem darauffolgenden Prozeß zusätzliche Spannung verlieh.

An einem Ende des Raums saß ein magerer junger Mann auf einem Holzstuhl mit gerader Lehne und spielte gedämpft Bearbeitungen für Barockgitarre vor dem Hintergrund eines riesigen, schwarzlackierten chinesischen Wandschirms mit erzählenden Szenen und Schriftreihen in eingelegtem Gold, das im weichen Licht schimmerte. Die meisten der Sessel und Sofas in dem Raum waren jetzt besetzt, und ein leises Murmeln von Stimmen mischte sich mit den Klängen der Gitarre.

Sie ließen noch eine zweite Runde Drinks kommen, die sie bei Geschichten über die vergangenen Jahre und gemeinsame Freunde beendeten. Dann gab Haydon dem Kellner ein Signal, daß sie jetzt zum Essen gehen wollten, und sie setzten ihr angeregtes Gespräch fort, während sie durch die Haupthalle in Beige und Pastell und durch eine Serie von Bogengängen mit Facettenarbeiten aus gebleichter Eiche gingen. Ihre Schritte hallten weich auf dem Boden aus blassem, italienischem Marmor und verstummten ganz, als sie über die in den Stein eingelegten, indischen Dhurry-Teppiche kamen.

Der Majordomus erkannte Haydon, als sie das Foyer vor dem Speisesaal erreicht hatten, und führte sie sofort durch den formellen Teil mit seinen französischen Chinoiserie-Fresken zu ihrem Tisch im Wintergarten. Sie bestellten das Dinner und, zu Herricks Ehre, eine besondere Flasche Château Laville-Haut-Brion.

Als die Kellner gegangen waren, schob Herrick sachte die einzelne blaue Iris beiseite, die in der Mitte des Tischs stand, und lehnte sich bequem in seinem geflochtenen, weißen Armsessel zurück. Er spielte mit einer unangezündeten Zigarette und betrachtete Haydon mit nachdenklichem Lächeln.

»Alles schön und gut, Stuart, aber ich kann dieses höfliche um den Brei Herumreden nicht mehr ertragen. Was hoffen Sie von mir zu erfahren?«

Der Kellner kam mit dem weißen Bordeaux und entkorkte die Flasche. Haydon dankte ihm und sagte, er wolle selbst einschenken, was er tat; dann stellte er die Flasche wieder in den Eiskübel.

»Ich hoffe, daß Sie jemanden kennen, an dem ich interessiert bin«, sagte er und trank kostend einen kleinen Schluck aus seinem Glas. »Als Sie bei Reuter waren, sind Sie da jemals einem Mann namens Ricky Toy begegnet? Er war Photograph, das heißt, eigentlich Kameramann. Er drehte Filme.«

»Ja, das bin ich«, antwortete Herrick etwas geziert und überrascht. »Ein Halbchinese. Aus Kalifornien, glaube ich. Ich hab' einige Male mit ihm gearbeitet. Und ich habe gesehen, wie er einen Kopfschuß bekam.«

»Er wurde getötet?« Haydon war perplex.

»Nein, er ist mit dem Leben davongekommen. Und – eigentlich habe ich den Schuß nur gehört.« Herrick schlug mit einer

Faust gegen die andere Handfläche. »Einfach so. Wir waren alle entsetzt. Es war ein Lager der fünfundzwanzigsten Infanteriedivision in der Nähe des kleinen Bergdorfes Bouk, glaube ich. Wir waren erst am Tag zuvor nach Hue geflogen worden, mehrere Reporter von verschiedenen Nachrichtenagenturen. Ich dachte, es wäre dort so sicher, daß keinem von uns etwas passieren konnte, und deshalb hatte man uns hingeflogen.

Jedenfalls, eines frühen Abends schauten wir von einem dieser riesigen Sandsackwälle hinunter ins Tal, und dieser verrückte Lieutenant gab uns höchst langweilige Informationen darüber, wie sie die Gegend unter Kontrolle gebracht hatten. Toy sah ein halbes Dutzend Bauern in ihren Kuli-Kopfbedeckungen über einen Pfad ins Tal gehen. Immer auf Effekt bedacht, hüpfte er auf den Wall und begann zu filmen. Natürlich hatte man uns vor Heckenschützen gewarnt. Der Lieutenant brüllte ihm etwas zu, und dann« – die Faust klatschte wieder gegen die Handfläche –, »*zack*! Toys Kopf kippte nach hinten, und er stürzte von der Sandsackmauer. Die Sanis kümmerten sich um ihn, ein Hubschrauber kam innerhalb von Minuten, und er wurde weggebracht. Der Lieutenant, außer sich vor Zorn, hielt uns einen langen Vortrag. In den nächsten vierundzwanzig Stunden sprachen wir ernst von Toy – in der Vergangenheitsform. Dann erhielten wir eine Funkmeldung, daß er durchkommen würde. Die verwendete Kugel hatte ihn nur gestreift oder so ähnlich, aber immerhin hatte er einen Schädelbruch davongetragen.«

Endlich zündete sich Herrick die Zigarette an. »Der Ausdruck ›verwendete Kugel‹ in dem Funkspruch ist mir damals seltsam vorgekommen. Sie sagten, es müsse irgendeine primitive, kleinkalibrige Waffe gewesen sein. Ich habe auch danach mehrmals mit ihm gearbeitet; der Schuß hatte ihn nicht verändert.«

»Nein?«

»Toy war für seine Verwegenheit und seinen Leichtsinn bekannt. Deshalb war er bei den Helfern, die man ihm zugeordnet hatte, bei seinen Batterie- und Kabelassistenten, die das ganze Zeug hinter ihm herschleppen mußten, damit er filmen konnte, nicht gerade beliebt. Andererseits machte es ihn interessant für die Journalisten, die immer wußten, daß Toy, wenn es Brisantes zu filmen gab, als erster zur Stelle war, und wenn man mit ihm arbeitete, war man mit seiner Story meistens den anderen um Längen voraus.«

»Er war also gut in seinem Beruf?« fragte Haydon.

»Der allerbeste.«

Haydon überlegte kurz, dann umriß er den Fall für Herrick und erklärte ihm, wie Toys Name ins Spiel gekommen war. Anschließend wurde das Dinner serviert, und Haydon schenkte mehr Wein ein.

Es dauerte eine Weile, bis Herrick sagte: »Ich kann mir eigentlich nicht vorstellen, daß er etwas damit zu tun hat. Ich wüßte wirklich nicht, wie ich Ihnen helfen könnte. Er war natürlich ein extremer Exhibitionist und als solcher ein widersprüchlicher Mensch. Die jüngeren unter uns waren tief beeindruckt, weil er sich weigerte zu glauben, daß ihm bei seinen gewagten Filmarbeiten etwas zustoßen könnte. Aber so etwas findet man häufig bei dieser Art von Kameraleuten. Es ist fast, als wirkten die Szenen von Grausamkeit und äußerster Gewalt durch den kleinen Sucher geradezu hypnotisch auf sie. Ihre Konzentration ist dann vollkommen, und sie vergessen sich selbst. Ich habe erlebt, wie sie mitten in ein Feuergefecht gerannt sind, die verdammte Kamera vor dem Gesicht, während sie diese faszinierenden Dramen filmten. Eine hypnotische Illusion: Sie hielten sich für unsichtbar.« Er lachte. »Die armen Teufel, die mit den Batterietaschen und den Kabeln hinter ihnen herrannten, hatten natürlich nie den talismanischen Schutz des Suchers und waren völlig entsetzt und verängstigt.«

»Ist Toy nur dieses eine Mal verwundet worden?« fragte Nina. »Hat es nicht öfter bei ihm auf Messers Schneide gestanden?«

»Verwundet wurde er nur dieses eine Mal, ja, aber es gab unzählige Situationen, in denen er nur sehr knapp mit dem Leben davongekommen ist. Die Journalisten berichteten haarsträubende Geschichten, wenn sie einen seiner Einsätze im Feld miterlebt hatten. Aber als der Vietnamkrieg sich in die Länge zog, wurden Toys Mätzchen allmählich absurd. Es gab Journalisten, die ihn nicht mehr begleiten wollten. Sie hatten kein Verlangen mitanzusehen, wie der Mann in Fetzen gerissen wurde. Es war nervenzerreißend, ihm bei der Arbeit zuzusehen. Jedesmal, wenn er hinausging, dachten wir, es sei sein letzter Einsatz. Aber wir irrten uns jedesmal. Es hat ihn nie erwischt.«

Herrick beugte sich über sein Lamm nach provençalischer Art.

Bei den ersten, flüssigen Tönen der Flöte richtete Haydon seinen Blick durch die facettierten Scheiben der hohen Fächerfenster, die den Wintergarten vom formelleren Speisesaal trennten. Er sah den Rücken des Mädchens, die Arme, die sie bis in die Höhe ihres Kopfes erhoben hatte, während sie sich die Flöte an die Lippen hielt.

Dann, so plötzlich, wie es ihm mit Nina passiert war, stellte er sich vor, daß es dem Mädchen ebenfalls geschehen würde. Im goldenen Licht, das den Raum durchdrang, kam das Blut, das er in seiner Vision sah, in einem einzigen Bächlein aus dem duftigen Haar am Hinterkopf des Mädchens. Es sah fast schwarz aus. Langsam folgte es einem gewundenen Pfad zwischen ihren Schulterblättern zur leichten Erhebung ihres Rückgrats und weiter in den abgerundeten Ausschnitt ihres Kleids am Ende des Rückens. Ohne es wahrzunehmen, spielte sie weiter, während ein neues Bächlein aus ihrem Haaransatz drang, und dann noch eines, und alle drei bildeten schwarze Pfade auf ihrer elfenbeinweißen Haut, als sie sich beeilten, dem ersten Bächlein am Rückgrat entlang zu folgen.

Er fühlte Ninas Hand auf der seinen. Schaute sie an. Sie lächelte seltsam, fast traurig. Er schaute zu Herrick hinüber, der wie erstarrt seine Serviette zwischen Tisch und Mund hielt. Seine Augen waren auf Haydon fixiert.

»Alles in Ordnung, alter Junge?«

»Entschuldigen Sie, Thomas«, sagte Haydon unsicher. Es gab keinen überzeugenden Ausweg aus dieser Situation. »Sie haben eine Bemerkung gemacht, die mich an etwas erinnert hat. Ich glaube, ich bin einfach in Gedanken davongeglitten. Entschuldigen Sie.«

Herrick zeigte rasch ein verständnisvolles Lächeln. »Die Zerstreutheit eines Sherlock Holmes.« Er versuchte zu lachen, aber Haydon sah, wie er zugleich Nina einen kurzen Blick zuwarf. Er selbst schaute sie nicht an.

Statt dessen nahm er den weißen Bordeaux aus dem Kühler und schenkte allen dreien nach.

»Thomas«, sagte er nach einem Augenblick, »könnten Sie mir Ihre persönlichen Gefühle schildern, was Ricky Toy betrifft? Wie würden Sie ihn beurteilen?«

Herrick war nur allzu bereit, die seltsame Unterbrechung zu vergessen. Er kaute den Bissen, den er im Munde hatte, schluckte und zeigte dann eine nachdenkliche Miene.

»Diese Frage ist nicht so leicht zu beantworten. Ich habe mit ihm hier und da über eine Zeitspanne von etwa fünf Jahren gearbeitet. Wir alle haben uns in dieser Zeit verändert, haben unsere Weltanschauungen entsprechend angepaßt, um den Wandel der Zeiten sinnvoll zu überstehen und die Wege Gottes zu rechtfertigen. Aber Toy hat sich auf geradezu dramatische Weise verändert. Wir haben uns das erstemal 1965 in Saigon getroffen. Seltsamerweise habe ich ihn zehn Jahre danach auch wieder in Saigon zum letztenmal gesehen. Bei jenem Danteschen Höllensturz von Tan Son Nhut. Damals hatte ich allerdings schon einige Jahre lang nicht mehr mit ihm gearbeitet.«

Herrick legte seine Hand an den Stiel des Weinglases und ließ es rotieren; dabei beobachtete er, wie die topasfarbene Flüssigkeit das Licht auffing.

»Ich war damals, fünfundsechzig, schon ein Jahr dort gewesen, und er war gerade angekommen. Schrecklich unverfroren, draufgängerisch und bereit, den besten Film über den Krieg in den Kasten zu kriegen. Es paßte ihm nicht, daß er der Neue war, und er brannte darauf, die Erfahrungen zu sammeln, die ihn zu einem alten Hasen machten. Erfahrung war in jenen Tagen leicht zu sammeln. Toy drehte in den nächsten drei Jahren mehr Meter in den direkten Feuerzonen als jeder andere Kameramann. Und von seinen Filmen wurde auch mehr gesendet, in Amerika und auch in anderen Ländern, als von jedem anderen.

Natürlich eilte ihm schon bald der Ruf voraus, daß er über Nerven aus Stahl verfügte und stets Motive einfing, die den Krieg so zeigten, wie er war. Eine Anekdote:

1969 waren zwei Kabelträger hinter Ricky getötet worden, und einer war schwer verwundet. Es kam so weit, daß keiner mehr mit ihm arbeiten wollte. Die Agentur ermahnte Toy, sich nicht außergewöhnlichen Gefahren auszusetzen et cetera, und von da an konnten die Kabelträger bei einem Auftrag selbst entscheiden, ob sie das Risiko eingehen wollten oder nicht. Mit anderen Worten, Toy konnte nur so abenteuerlich filmen, wie es seine Kabelträger erlaubten. Toy war wütend, aber nicht frustriert. Er ließ sich einfach zusätzliche Kabel kommen und verlängerte auf diese Weise seine Nabelschnur, so daß seine Kabelträger in Deckung gehen konnten, während er sich so weit nach vorn wagte, wie er wollte.«

Sie tranken den Wein aus und verzichteten aufs Dessert. Haydon bestellte Kaffee, und die beiden Männer zündeten sich Zigaretten an. Nina genoß es, Herrick zuzuhören. Er war ein hervorragender Erzähler und wußte es auch, und er erzählte ebenso für sie wie für Haydon. Es lag mehr als nur ein wenig Sinn fürs Theatralische in Herricks Persönlichkeit, und das Gespräch nach dem Dinner war sein *métier*.

»Ich weiß nicht mehr genau, wann es war«, fuhr er fort, »aber irgendwann um siebzig oder einundsiebzig erkannten einige von uns eine allmähliche Veränderung in den Filmen, die Toy lieferte. Es war noch immer gutes Material, großartige Action, vieles davon preiswürdig. Aber es war noch etwas dazugekommen, und seine Kollegen waren nicht die einzigen, denen es auffiel. Die Sender zeigten immer weniger von Toys Filmen.

In den Arbeiten eines jeden Kameramannes gibt es Material, das von den Redakteuren in den Sendern zumindest streckenweise als zu grausam erachtet wird, um gesendet zu werden. Es gibt Tausende von Metern Kriegsfilm in den Archiven der Sender, die nie gezeigt wurden, weil die Redakteure es nicht erlaubten. Zu grausam, um es den Leuten zum Roastbeef bei den Sechs-Uhr-Nachrichten zu servieren. Gegen Ende des Krieges dachten sich zwar einige verantwortliche Redakteure, daß sie vielleicht zuviel moralische Skrupel gehabt hatten, und begannen nun, auch wirkliche Tötungsakte zu zeigen, um durch diesen Journalismus der ›brutalen Wahrheit‹ etwas auszudrücken – vermutlich die ›Unmoral‹ des Krieges schlechthin.

Dennoch, nach einiger Zeit wurden Toys Machwerke nicht mehr gesendet. Sie wurden zu unglaubwürdig. Nicht nur ein Teil seiner Filme war grausam, sie waren es durch und durch. Und im Laufe der Zeit wurden sie immer scheußlicher und gespenstischer. Manches davon war einfach unaussprechlich. Die Agentur forderte ihn strikt auf, damit aufzuhören und brauchbares Material zu produzieren. Er dachte nicht daran. Die Kabelleute weigerten sich wieder, mit ihm zu arbeiten, und schließlich holte ihn die Agentur heim und entließ ihn.«

Herrick gab Zucker in seinen Kaffee und aß ein paar kleine Schokolademinzen von dem Tablett, das der Kellner auf den Tisch gestellt hatte.

»Das ist das Ende von Toys beruflicher Karriere als der beste aller Kriegsfilmer«, sagte Herrick. Dazu breitete er die Hände aus und seufzte.

»Aber ich dachte, Sie sagten, daß Sie ihn beim Fall von Ton Son Nhut zuletzt gesehen haben«, erinnerte ihn Nina.

»Das ist richtig«, antwortete Herrick. »Er war schon eineinhalb Jahre zuvor entlassen worden, aber nach ein paar Monaten war er mit seinen eigenen Kabelträgern wieder dort aufgetaucht und arbeitete jetzt unabhängig. Ich kann mir nicht vorstellen, was er mit den Filmen angefangen hat. Ich wüßte auch nicht, wer sie ihm abgekauft haben könnte. Niemand wollte das, was er jetzt filmte.«

»Haben Sie damals mit ihm gesprochen?« fragte Haydon.

»Großer Gott, nein. Sie wissen, wie es war in diesen letzten Tagen des Krieges. Die absolute, chaotische Hölle. Toy hat natürlich alles gefilmt. Die leckenden Flammen, die verlorenen und verzweifelten Menschen. Alles.«

Haydon hörte die Flöte nicht mehr. Er blickte durch das goldene Licht des Raums – das Mädchen war gegangen.

17

Der MacGregor Way besteht eigentlich aus zwei Teilen. North MacGregor und South MacGregor sind zwei lange Durchgangsstraßen, die vom Brays Bayou und einem Grüngürtel getrennt sind, welcher schließlich am MacGregor Park endet. Dieses Viertel bildet das Herzstück von Houstons größter schwarzer Gemeinde, einem etwa dreieckigen Stadtviertel südlich von Chinatown, wo der staatliche und der interstaatliche Highway in einem breiten Zementband gemeinsam verlaufen, ehe sie sich in einzelne Schnellstraßen spalten.

Es war fast zehn Uhr abends, als der Lincoln am Randstein vor einem zweigeschossigen Backsteinhaus am South MacGregor anhielt. Der Fahrer schaltete die Scheinwerfer ab, aber nicht den Motor. Er wartete. Nach ein paar Augenblicken erlosch das Licht hinter einem Fenster im oberen Stockwerk. Bald danach öffnete sich die Haustür, und ein großer Schwarzer im Anzug stand im Licht des Eingangs und sprach mit seiner Frau. Er beugte sich hinunter, um seinem kleinen Jungen, der sich an den Beinen seiner Mutter festhielt, einen Kuß zu geben, dann drehte er sich um und kam über den Plattenweg auf den Gehsteig und den Wagen zu. Es war ein langer Weg durch einen üppigen Vorgarten. Die Haustür fiel hinter ihm ins Schloß.

Er öffnete die Beifahrertür des Lincoln und setzte sich neben den weißen Fahrer. Beide Männer waren groß und kräftig. Mit ihnen waren die Vordersitze gefüllt. Die Scheinwerfer leuchteten auf, und der Lincoln glitt vom Randstein in die Mitte der Straße, fuhr dann langsam den Grüngürtel entlang.

»Wir haben ein Problem, Grover«, sagte der Fahrer. »Ein ernstes Problem.«

Grover Ellis langte automatisch in seine Jackentasche nach einer Zigarette. Er haßte Gespräche, die so begannen. Zündete sich die Zigarette an und drehte sich leicht in seinem Sitz, um den Fahrer direkt anschauen zu können.

»Ich glaube, du hast es verpatzt«, sagte der Fahrer. Er war aufgedreht, und es fiel ihm schwer, ruhig zu bleiben und nicht diesen verdammten Nigger anzuschreien.

»Und?« fragte Ellis. »Worum geht's?«

»Ein Kerl hat sich neulich nachts in das Lagerhaus geschlichen und die ganze Schau auf Video aufgenommen.«

Ellis wurde es mit einem Schlag eiskalt. Er fühlte, wie die Erde ihren Mittelpunkt verlor, fühlte, wie sie ins Taumeln geriet, und wußte, daß sie in Stücke zerplatzen würde. »Allmächtiger!« sagte er.

»Jetzt kommt eine Erpressung, Grover. Da geht es um viel Geld. Schlimmer noch, um den Ruf der Leute. Und damit bist du dran, Grover.«

»Allmächtiger Gott!«

Der Fahrer trommelte mit den beiden großen Fäusten auf das Lenkrad, so heftig, daß Ellis schon dachte, es würde sich von der Lenksäule lösen. »Du verdammter Dreckskerl – ist das alles, was du sagen kannst?« Er schlug noch einmal mit den Fäusten auf das Lenkrad, und der Wagen kam ins Schlingern. »Was ist denn passiert? Wie ist er da hineingekommen? Und was hast du dabei gemacht?«

»Ich hab' überhaupt nichts gemacht!« Ellis hörte seine eigene Baritonstimme. Sie klang nach Bariton. Nicht immer klang sie nach Bariton. »Wovon redest du überhaupt? Wer hat es denn getan?«

»Willst du mich verarschen, Grover? Du Nigger willst mich verarschen? Du machst das mit einem Weißen, ein Nigger, der die Weißen verarscht?«

Die Stimme des Fahrers klang spöttisch. Er war wütend. Ellis glaubte die Röte seines Gesichts im grünen Schimmer der Armaturenbeleuchtung zu erkennen. Ellis zwang sich zu einer äußerlich gefaßten Haltung; er wollte, daß seine Stimme ruhig blieb. Innerlich hatte er nur das eine Bedürfnis: die Tür des Wagens aufzureißen und hinauszuspringen.

»Wenn du dich nicht beruhigst«, sagte er, »und mir die Sache auf vernünftige Weise erklärst, kommen wir überhaupt nicht weiter. Bist du fertig, hast du den Nigger-Quatsch ausgekotzt?« Er lehnte sich gegen die Wagentür und strich sich mit einem langen, schlanken Finger über den Schnurrbart.

Es gab mehrere Gründe, weshalb Grover Ellis sich nicht einschüchtern ließ durch das rassistische Gerede. Erstens war er einfach nicht der Mann, der sich durch irgend etwas oder irgend jemanden einschüchtern ließ. Gutaussehend, gebildet, klug und ehrgeizig, hatte er mindestens die gleichen positiven Eigenschaften wie der Mann, der neben ihm saß. Nur daß ihre Hautfarbe und ihre Familiengeschichte anders war; abgesehen davon waren sie praktisch Brüder. Außerdem waren sie seit dem College miteinander befreundet. Die Freundschaft war übrigens von dem Weißen ausgegangen, nicht in einer schmeichlerischen Weise, sondern weil ihm das, was er in Ellis gesehen hatte, gefiel. Als Ellis das Jurastudium beendet hatte, schickte ihm sein Freund eine Reihe von Mandanten und eröffnete ihm gute Geschäftsverbindungen. Auch die Verbindung, die ihn in diese verdammte Situation gebracht hatte.

Nein, das rassistische Gedröhn machte ihm nichts aus, weil es einfach nicht den jahrelangen Erfahrungen entsprach, die er mit dem Weißen gemacht hatte. Er war eben ein emotioneller Typ. Wenn die Sache vorbei war, würde er Ellis wahrscheinlich eine Rolex schenken und eine sentimentale Ansprache halten. So war er nun mal. Das war einer der Fehler der Weißen – sie waren so unstet. Erst zogen sie einem mit glühenden Zangen die Fingernägel heraus, und dann schickten sie einen zu den besten Ärzten im Medical Center und ließen einem neue einpflanzen. Vielleicht welche aus Teflon, die besser waren als die zuvor. Oder sie bedachten einen mit einer lebenslangen Pension. Oder einem neuen Wagen.

Der Fahrer brütete schweigend vor sich hin, als er bei der Calhoun links einbog und dann noch einmal links, wobei er zurückfuhr in die Richtung, aus der sie gekommen waren, nur auf der anderen Seite des Bayous, auf dem North MacGregor.

Die Stimme des Fahrers klang jetzt beherrscht – wenngleich es ihn einige Mühe kostete.

»Grover, man ist der Meinung – nachdem du die Details auf dieser Seite arrangiert hast und nachdem es eben auf dieser Seite schiefgelaufen ist –, daß du den Schwarzen Peter in der Hand hältst.«

»Scheiße!« Der Bariton von Ellis wandelte sich zum Alt, und nun hatte *er* Mühe mit seiner Beherrschung. »Könntest du jetzt endlich einmal von vorne anfangen und mir sagen, was da vor sich geht?«

Der Fahrer tat es. Mit spöttischer, langsamer Nachdrücklichkeit, wie man es einem Zurückgebliebenen zu erklären versucht, berichtete er ihm alles – zumindest alles, was er zu wissen brauchte. Als er damit fertig war, schwitzte Ellis am ganzen Körper. Durch seine Gedanken jagten sämtliche Ecken und Kanten der ganzen Angelegenheit, und er versuchte, einen Punkt zu finden, von dem aus man die Situation neu organisieren konnte. Er sagte nichts, und er wußte auch nichts zu sagen.

Sie kamen zu einer Stelle am Grüngürtel, wo sie von der Straße auf eine Parkbucht und Wendestelle mit Blick auf den Bayou abbiegen konnten. Der Fahrer schaltete den Motor ab.

»Grover«, sagte er, »du solltest dich lieber nicht herauszureden versuchen. Du kannst ihn nicht hinters Licht führen.«

»Er glaubt, daß ich dahinterstecke?« Ellis war entsetzt. Er drückte auf die Taste seines Fensterhebers. Er brauchte jetzt Luft, und wenn es die heiße, modrige Luft des Bayous war.

»Ich weiß nicht, was er glaubt, Grover.«

Ellis wußte, daß er diese Sache nur dann überleben konnte, wenn er brauchbare Antworten lieferte. Er mußte nachdenken.

»So ist es von da aus zu sehen, wo ich sitze«, sagte der Fahrer. »Du hast die Arrangements getroffen. Wir haben es in deine Hand gelegt. Du schienst der richtige Mann dafür gewesen zu sein. Dann plötzlich ist Toy mit im Spiel. Der Schwarze Peter bleibt bei dir, Grover. Ich weiß gar nichts davon. Und darüber bin ich verdammt froh.«

»Ich hab' euch nicht verarscht«, sagte Ellis. »Jemand hat da anscheinend furchtbaren Mist gebaut.«

»Davon weiß ich nichts«, sagte der Fahrer, »aber ich nehme

an, du hast jemanden dazu gebracht, etwas zu tun, und der hat auch jemanden, der etwas tut, und... Wie viele Leute sind in die Sache verwickelt, Grover? Was war deine Idee? Hast du vorgehabt, der Hälfte deiner schwarzen Brüder im Bezirk eine verdammte Chance zu geben, daß sie sich die Finger abschmieren können?«

»Willst du wissen, wie ich es arrangiert habe?« fragte Ellis. Es war fast eine Herausforderung. »Du hast nie zuvor irgend etwas wissen wollen. Jeder ist für seine Abteilung verantwortlich, erinnerst du dich? Auf diese Weise wird jeder geschützt. Das predigt er immer wieder. Du predigst es auch. Willst du, daß wir die Abteilungen öffnen?«

»Ich werd' dir mal was sagen, Grover: Wenn diese Scheiße nicht bis *gestern* geklärt wird, dann bin ich ruiniert. Glaubst du vielleicht, ich sage jetzt: ›Bring das gefälligst in Ordnung, Grover‹, fahre davon und vertraue dir meine Zukunft an?«

»Also bitte, wenn du es wissen willst«, sagte Ellis. »Ich bin damit in den Fifth Ward gegangen. Ein guter Ort, um Leute zu finden, wie du sie brauchst. Ich kannte einen Kerl namens Boney Walker. Ich hab' ihn vor ein paar Jahren in einer Totschlagsache verteidigt. Dachte, daß er es schaffen könnte. Ich hab' ihm die Situation erklärt. Mit ein paar Haken und Ösen. Er hat nicht direkt erfahren, worum es geht.« Ellis warf dem Fahrer einen wütenden Blick zu. »Das sollen wir doch nicht, oder? Wir sagen doch nicht, was wir wirklich tun. Wir sagen nicht, wie weit wir gehen für das, was wir haben wollen.«

»Weiter, Grover.«

Ellis hatte es nicht leicht. Er konnte sich nicht mehr erinnern, wie er es vor sich selbst gerechtfertigt hatte, damals, als er die Sache in Gang gebracht hatte.

»Ich habe Walker gesagt, daß der Dollar zählt. Was er bekommt für jede Szene. Ich hab' ihm auch gesagt, daß das Geld für den Sieger aus seinem Anteil kommt. Je billiger er ihn also einkauft, desto mehr bleibt für ihn. Die Summe hat ihn aus dem Gleichgewicht gebracht. Ich sagte ihm, er müßte sich auch um den Verlierer kümmern. Das sei seine Pflicht.«

Ellis zündete sich noch eine Zigarette an und blies den Rauch aus dem Fenster. »Um die Wahrheit zu sagen, ich glaubte, er erledigt auch den Sieger, dann kann er alles Geld behalten.«

»Das wäre noch besser für uns. Denn das ist das einzige, worüber wir uns Gedanken machen müssen«, sagte der Fahrer. »Oder nicht?«

»Ja.«

»Also dann, Boney Walker. Wie, zum Teufel, hat er mit Toy Kontakt aufnehmen können? Da steckt doch noch mehr dahinter, so ergibt das doch keinen Sinn! Was weißt du sonst noch über Walker? Kennt er Toy? Ist das möglich?«

Ellis schwieg und dachte nach. Die Spitze seiner Zigarette leuchtete rot auf und starb dann zu einem schwachen Glühen. Nach einer Minute sagte er: »Ich habe nicht die leiseste Ahnung. Ich kann mir nicht denken, daß das möglich ist.«

»Du hast es doch nicht noch jemandem gesagt?«

»Ich bitte dich! Wem hätte ich es denn sagen sollen? Jedesmal, wenn ich bloß daran denke, fürchte ich, daß jemand meine Gedanken lesen könnte. An dem Tag, als ich der Sache zugestimmt habe, hat es mir schon leid getan. Glaubst du, ich ziehe da noch einen Haufen Leute hinein – in eine Sache wie diese? Jesus Christus!«

»Okay, okay. Also gut. Denken wir darüber nach. Vielleicht hat Walker es jemandem gesagt, und dieser Jemand –«

»Ich kann beim besten Willen nicht erkennen, wie es auf diese Weise Toy zu Ohren gekommen sein kann«, sagte Ellis. »Ich glaube auch nicht, daß diese Sache mit noch weniger Leuten und noch größerer Vorsicht hätte durchgeführt werden können.« Das Ende seiner Zigarette glühte wieder auf. »Ich werde dir etwas sagen: Ich habe volles Vertrauen in die Art und Weise, wie ich diese Geschichte eingefädelt habe. Wenn es wirklich von meiner Seite aus geplatzt ist, dann nur wegen etwas, das kein Mensch vorhersehen und kontrollieren konnte. Es kommt ein Punkt, wenn man eine verdammte Szene wie diese arrangiert, an dem man den Leuten einfach trauen *muß*. Leuten, denen man normalerweise nicht trauen sollte, nicht trauen würde und auch nicht trauen kann. Das liegt an der Natur der Sache.« Sein Bariton wurde leise, war fast nur noch ein Zischen. »Deshalb war ich ein Narr, mich auf so etwas einzulassen. Allmächtiger!«

Danach sagten sie eine Weile gar nichts. Sie saßen im Dunkeln an dem modrigen Bayou, hörten das Rauschen des Verkehrs auf der Schnellstraße neben ihnen und versuchten, das Problem in ihren Köpfen zu klären, versuchten, über dieses Gespräch hinauszuschauen und eine Lösung ins Auge zu fassen.

»Ich weiß einfach nicht, wo die undichte Stelle ist«, sagte Ellis zuletzt. »Ich weiß es nicht, aber ich kann mit dem ersten dafür in Frage kommenden Mann anfangen und versuchen, es herauszufinden.«

»Walker?«

»Klar. Wenn er die Quelle für Toys Plan war, dann krieg' ich es aus ihm raus.«

»Wenn er es war, weiß er, daß er Schwierigkeiten bekommt, und dann wirst du ihn kaum finden.«

»Ich finde ihn.«

»Wann?«

»Jetzt.«

Der Fahrer startete den Motor. »Wohin?«

18

»Dort vorn gibt es eine Kneipe«, sagte Ellis. »Rita's Little Can-Can. Unser Mann hat eine Frau, die dort arbeitet. Dort, bei dem blauen Neonlicht.«

Der Lincoln kroch weiter, rollte an den mit Brettern vernagelten Schaufenstern ehemaliger Geschäfte entlang. Bevor sie zu Rita's kamen, tauchten aus einem der Eingänge drei oder vier Mädchen wie Schatten auf, sprangen vor den langsam fahrenden Wagen, klopften mit den Fäusten an die Fenster.

»Hey! Hey! Uuuuih! Schaut mal, der Wagen! Honey! Honey! Kurble erst mal dein Fenster runter!«

Ein Mädchen stellte sich in das Licht der Scheinwerfer und hob den Rock hoch. Sie neigte sich nach hinten und zeigte, was sie hatte. Eine andere, auf Ellis' Seite, schlug mit dem Schlüssel gegen das Fenster.

»Hey! Hey! Honey!«

Ellis ließ das Fenster herunter.

Das Mädchen hatte lavendelfarbenen Lippenstift aufgelegt und roch, vielleicht deshalb, nach Kerosin. Sie trug ein glänzendrotes Kleid mit spaghettidünnen Trägern. Ihre Brustwarzen drückten sich deutlich in dem hauchdünnen Stoff ab. Sie streckte den Kopf zum Fenster herein.

»Hey! Uuuuih! Weißer Junge! Soll ich euch Jungs einen blasen? Ist das dein Wagen, Weißer? Und der Nigga hat'n Anzug an. Soll ich euch einen blasen? Das kriegt ihr nirgends besser als bei mir.«

»Nein, nein«, sagte Ellis. »Wir suchen jemanden.«

»Wen?« Das Mädchen riß die Augen auf. »Wen? Wen-wen-wen-wen?«

»Ich muß das Fenster zumachen«, sagte Ellis. Er drückte auf den Knopf.

»Hey!« schrie das Mädchen. »Wen?«

»Debbie!« sagte Ellis frustriert.

»Die ist weg!« brüllte das Mädchen.

»Wohin? Wann?«

Das Mädchen vor dem Scheinwerfer ließ ihren Rock wieder herunter und riß statt dessen ihre Bluse auf. Dazu wackelte sie mit den Schultern.

»Ich fahre weiter«, sagte der Fahrer. »Scheiße.«

Zwei von den Mädchen hatten begonnen, an dem Wagen zu rütteln. Sie hielten sich an der hinteren Stoßstange fest und rissen ihn immer wieder hoch.

Plötzlich öffnete sich die Tür hinter dem Fahrer. Ein Mädchen versuchte, einzusteigen. Der Fahrer fuhr herum und stieß sie hinaus, so heftig, daß sie rückwärtstaumelte und über das Pflaster rutschte, während er die Tür zuschlug und auf den Zentralverschluß drückte. Die Mädchen wichen zurück, kreischten und schrien wie Harpyien. Dann kamen sie wieder näher, stießen gegen die Stoßstange und schrien »Arschlöcher! Arschlöcher!« in atonalem Falsett. Der Fahrer ließ den Motor aufheulen und fuhr mit einem Satz los.

»Vorsicht, verdammt, du bringst sie ja um!« schrie Ellis. Das Mädchen im roten Kleid hatte die Hälfte ihres Körpers durch das Fenster gesteckt und stieß einen Schrei aus, der das Blut zum Erstarren brachte. Der Fahrer zuckte zusammen und trat auf die Bremse. Die Harpyien waren hinter ihm und zogen ihre engen Kleider hoch, damit sie besser laufen konnten, knickten dabei freilich auf ihren überhohen Absätzen immer wieder um.

»Laß mich in den Wagen!« kreischte das Mädchen im roten Kleid und zog ihren Kopf aus dem Fenster.

Ellis stieß die Tür auf, und sie hechtete herein, während der Lincoln davonbrauste, um den kreischenden Schwarm der anderen zurückzulassen.

Ellis schubste das Mädchen über sich in die Mitte und riß sie dann mit einer Hand hoch, daß sie dasaß wie eine Puppe.

»Scheieieiße! Ihr spinnt ja, ihr Ficker«, schrie sie. Dabei versuchte sie, ihr hauchdünnes Kleid, das sich bis zu den Hüften hinaufgeschoben hatte, nach unten zu ziehen, aber es gelang ihr nicht. Sie stellte die Plastik-Handtasche auf ihren Schoß. »Was, verdammt noch mal, wollt ihr eigentlich?«

Der Fahrer war so weit wie möglich zu seiner Tür gerutscht, und sie schaute ihn mit großen Augen an; dabei roch sie nach Kerosin und etwas, das ihn an die Geruchssteine in Pissoirs erinnerte.

»Ich hab's doch schon gesagt«, antwortete Ellis. »Wir suchen Debbie.«

»Debbie!« knurrte das Mädchen. »Und was ist mit mir? Ich bin hier.«

»Was verlangst du?« fragte Ellis.

»Wofür?«

»Für alles.«

»Alle zwei? Blasen?«

»Scheiße«, sagte Ellis. »Paß auf, wir wollen keinen Sex. Wir wollen mit Debbie reden, und wir bezahlen dich, wenn du uns sagst, wo sie ist.«

»Wieviel?«

»Fünfundzwanzig Dollar.«

»Zeig sie mir.«

Ellis wühlte in seiner Brieftasche und gab ihr das Geld.

»Weißt du, wie viele Debbies es hier gibt?« sagte sie. »Scheiße.«

»Du hast gesagt, daß du sie kennst«, hielt ihr Ellis vor.

»Hey, ich will ja nur ein bißchen in diesem tollen Wagen fahren. Ich bin noch nie in so einem Wagen gesessen.« Dabei schaute sie sich grinsend um und dachte, daß den beiden der Scherz gefallen würde.

Der Fahrer riß den Wagen nach rechts, fuhr mit den rechten Reifen auf den Gehsteig, und Ellis stieß die Tür auf und packte das Mädchen am Arm.

»Hey, hey, welche denn? Ich kenne sie alle. Alle.«

»Die bei Rita arbeitet. Eine ganz magere.«

»Ohne Titten?«

»Genau.«

»Mit dem roten Pickel auf der Nase?«

»Richtig.«

»Fahren wir weiter«, sagte das Mädchen.

Ellis schloß die Tür, und der Fahrer lenkte den Lincoln wieder auf die Straße. Sie fuhren einen Block weit, und das Mädchen berührte ein paar Knöpfe am Armaturenbrett, schaltete die Stereoanlage ein und fummelte am Stationsknopf herum.

Ellis schaute ihr eine Minute gelassen zu, dann sagte er leise, mit einem gemeinen Unterton: »Jetzt los, drück schon auf die Tube, Puppe.«

»Ihr könnt nicht mit ihr reden.«

»Warum nicht?«

»Weil sie krepiert ist, verdammt. Gestorben.«

Der Fahrer riß den Kopf herum und schaute Ellis an.

»Was ist ihr denn passiert?« Ellis konnte es nicht glauben.

»Krebs.«

»Krebs?«

»Ja. Unterleib.«

»Jesus.« Der Fahrer drehte den Kopf und schaute zum Fenster hinaus.

»Okay, okay.« Ellis wandte sich dem Mädchen zu. »Wann ist es passiert?«

»Gestern abend. Drüben im Ben Taub. Sie hat es schon lang gehabt. Da, die Straße, auf und ab und immer mit den Kerlen, davon hat sie es gekriegt. Das hier bringt einen um.« Sie schauderte.

»Kennst du ihren Macker? Boney?«

»Kann sein.«

Ellis griff wieder zu seiner Brieftasche. »Noch mal fünfundzwanzig. Mehr hab' ich nicht dabei.«

»Laß sehen.«

Ellis reichte ihr die Scheine.

»Boney wohnt bei Debbies Schwester. Wenigstens hat er da gewohnt. Aber vielleicht auch noch woanders.«

Ellis schaute sie an. Plötzlich nahm er ihr Gesicht in eine seiner großen Hände und drehte es zu sich herum.

»Wir bezahlen dich gern, wenn du uns hilfst, ihn zu finden, Honey«, sagte er mit einem coolen Lächeln. »Du findest ihn, und wir legen hundert zu dem, was du schon hast. Aber wenn du uns verarschst, dann nähen wir dir die Votze zu, mit Stacheldraht. Kapiert?«

Sie schielte ihn an, und ihre Lippen wölbten sich nach vorn zwischen Daumen und Zeigefinger seiner Hand.

Sie nickte, atmete nicht. Er drückte ihr Gesicht kurz, um das Gesagte zu unterstreichen und ließ es dann los.

Ein bißchen ernüchtert und nicht mehr ganz so keß, dirigierte das Mädchen sie zu der Stelle, die Pearl Harbor genannt wurde, westlich der Gregg, wo der Verfall und die Zerstörung am schlimmsten waren. In der Green Street, ein paar Blocks von einer Schnellstraßen-Kreuzung entfernt, hielten sie vor einem einsamen, kleinen, verputzten Holzhaus. Die leeren Grundstücke auf beiden Seiten des Hauses waren Müllhaufen. Die eine Seite –

offenbar ein Abfallhaufen für Flaschen – glitzerte wie Brillanten im bläulichen Licht der Schnellstraße darüber.

Das Mädchen stieg aus dem Wagen und stöckelte zu dem Haus. Ihre hohen Absätze machten ihr in dem Müll auf der Straße Mühe beim Gehen. Die Tür war offen, und das verrostete Fliegengitter hing lose wie eine Zeltklappe davor. Das bleiche Licht eines Fernsehers flackerte an den Wänden, und jemand kam an die Tür. Sie sprachen eine Weile, dann kam das Mädchen schwankend zurück durch den Müll.

»Wir müssen in die Worms«, sagte sie. Ellis setzte sie wieder zwischen sich und den Fahrer.

Sie fuhren einen anderen Weg zurück.

Es war ein Doppelhaus in der Worms. Zwei schwarze Brüder saßen auf den Kotflügeln eines alten Plymouth, der davor parkte. Ellis ließ das Mädchen aussteigen und blieb vor dem Lincoln stehen, während sie auf die beiden Jungen zustöckelte und dabei den Arsch herausstreckte, als ob man ihr einen Keil reingerammt hätte. Sie redete mit den beiden. Einer von ihnen lachte. Der andere sagte etwas über Titten. Ellis sah, wie sie sich auf sie zubewegte, nur eine kurze Bewegung, sah, wie ihre Augen die beiden anblitzten. Dann kam sie zurück.

»Wir müssen in die Mystic«, sagte sie. Jetzt roch sie verschwitzt von der Hitze der Nacht und der Spannung, unter der sie stand. Ihre Laune war auf dem Nullpunkt. Sie mußte ihnen sagen, wie sie dorthin kamen. Fast bis zur Kreuzung Denver-Harbor, dann bogen sie links in die Lyons ab.

Ein alter Mann saß auf einem Autositz, den man unter einen Eibischbaum gezerrt hatte, an der Ecke des Hauses. Er trank Wein aus einem Krug. Ein Wagen mit offener Tür stand ein paar Meter von ihm entfernt, und drinnen spielte das Radio. Ellis konnte gerade noch die Silhouette eines Paares ausmachen, das auf dem Rücksitz lag. Er sah etwas Weißes. Die drei bewegten sich nicht, als das Mädchen ausstieg. Sie sprach mit dem alten Mann, während Ellis auf das Stöhnen des Pärchens lauschte. Sie nickte, hörte zu, nickte wieder, dann kam sie zurück und setzte sich wieder in den Wagen.

»Wir müssen in die New Orleans. Nicht auf dieser Seite, zu dem Ende unten an der Gregg.«

Der Fahrer fluchte, und sie drohte ihm mit dem Finger, als sie neben ihn kroch. Ihr machte es ebensowenig Spaß.

Sie waren jetzt wieder in der Nähe von Pearl Harbor, und der rauchige Gestank der schmorenden Müllhaufen sickerte durch die Klimaanlage. Sie kamen an einem Waschsalon vorbei, an einem offenen Hausgang, aus dem Musik drang, an einen Wudu-Hudu-Laden. Die Straße war verlassen. An der Gregg bogen sie rechts ab, dann wieder links an der New Orleans.

»Langsamer«, sagte sie. Sie beugte sich nach vorn und schaute durch die Windschutzscheibe, als der Lincoln durch die dunkle Straße kroch. »Ich erinnere mich nicht genau…«, sagte sie mit belegter, leiser Stimme, wie zu sich selbst. »Ich glaube, es ist weiter unten, fast an der De Chaumes.«

Der Lincoln geriet in ein Schlagloch, und der Fahrer fluchte wieder.

»Hier«, sagte sie.

»Welches?« Ellis beugte sich nach vorn.

Sie deutete auf ein halbverfallenes Holzhaus, das auf vier großen Blöcken stand. Es gab eine kleine Veranda mit Geländer. Im Vordergarten lag eine Öltonne neben einem kaputten Dreirad.

»Er ist da drinnen«, sagte sie. »Der Alte auf dem Autositz hat gesagt, daß er eine Kanone hat.«

Sie parkten auf der gegenüberliegenden Seite der Straße, ein Haus weiter. Beide Männer stiegen aus dem Wagen, zerrten das Mädchen heraus und sperrten den Lincoln ab. Sie warteten, bis sich ihre Augen an die Dunkelheit gewöhnt hatten, dann überquerten sie die Straße. Sie blieben im Schatten einer Mimose stehen und besprachen, wie sie es machen wollten. Sie schwitzten beide. Keinem war nach dem zumute, was sie tun mußten.

Der Fahrer duckte sich so tief, wie sich ein großer Mann dukken kann, und lief zwischen die Häuser, verschwand unter Geklapper im Müll des hinteren Gartens. Ellis ließ ihm eine Minute Zeit, dann ging er auf die Veranda zu. Er konnte den Fernseher hören, sah das Licht, das blaß auf dem Linoleumboden flakkerte. Er wartete, um festzustellen, ob ihn jemand von drinnen sehen konnte, wenn er sich der Tür näherte. Aber das war nicht der Fall, und er ging die Treppe hinauf, verlegte vorsichtig sein Gewicht von einer Stufe auf die andere und fürchtete, sie könnte knarren oder irgendein anderes, verräterisches Geräusch von sich geben. Dann ging er vorsichtig über den Holzboden der Veranda zur Fliegengittertür. Blieb davor stehen. Lauschte. Im Fernsehen *Knight Rider*. Das Geräusch eines Wagens, der davonbrauste, die Stimme eines Roboters.

»Boney.« Seine Stimme war nicht laut. Er wußte nicht, ob sie überhaupt gehört worden war. »Boney, Mann.« Er achtete darauf, daß er mit dem Akzent der Schwarzen sprach. »Boney«, sagte er, streckte den Arm aus und riß die Gittertür auf.

Der Schuß klang wie eine Explosion, und er sah, wie der Blitz des Mündungsfeuers von der Glasscheibe eines Bilds reflektiert wurde, das an der Wand hing. Eine Frau kreischte – ein lange unterdrückter Laut der Hysterie. Er hörte den Mann rennen, hörte, wie er die Hintertür aufriß, und dann das unglaublich laute *Whump*! Inzwischen rannte Ellis durch das Haus, vorbei an der nackten Frau auf dem zusammengesunkenen Sofa, und brach durch die Hintertür ins Freie. Boney war auf Händen und Knien draußen, bückte sich auf den Boden und kotzte. Seine weiße Jokkey-Unterhose leuchtete in der schwarzen Nacht.

»Ach, verdammt!« sagte der Fahrer. »Grover. Verdammt, ich dachte schon, er hätte dich abgeknallt.«

»Mir ist nichts passiert. Und dem da?«

»Ich hab' ihm ein Brett auf den Kopf geschlagen, als er rausgekommen ist.« Er nahm die Munition aus der Pistole.

Boney konnte nicht aufhören, sich zu übergeben. Ein Hund bellte wie wild in der Nähe. Er konnte auch nicht aufhören.

»Wir machen uns besser davon«, sagte der Fahrer. »Irgend jemand wird die Polizei anrufen. Das hat sich angehört wie eine Kanone.«

Sie hoben Boney hoch, hielten ihn auf beiden Seiten, packten seine Arme und zerrten ihn um das Haus herum. Seine Beine funktionierten nicht – sie schleiften über den Dreck. Die beiden rochen das Erbrochene, während sie Boney auf die Straße zerrten.

Als sie zum Wagen kamen, war das Mädchen weg.

19

»Der Park« im Houston Center war ein erst kürzlich fertiggestelltes Einkaufszentrum und der letzte Bau in der ersten Phase eines geplanten, aus dreiunddreißig Blocks bestehenden Komplexes von Bürotürmen, Handelszentren und Innenstadt-Wohnungen am südlichen Rand des eigentlichen Stadtzentrums.

Haydon stand vor der Filiale von Abercrombie & Fitch und schaute auf den offenen Schacht zur dritten Ebene. Die Morgensonne strömte durch die Glasscheiben über ihm, und die weite Leere des Einkaufszentrums war friedlich und angenehm. Erst in einer halben Stunde würden die Geschäfte öffnen, und Haydon beobachtete die Wächter und die Reinigungsleute, die über die noch leere mittlere Esplanade unter ihm schlenderten, geölte Mops vor sich herschoben und Müllkörbe leerten. Einer der Männer ließ den Holzstiel seines Mops fallen, und das Geräusch warf scharfe, klare Echos hinauf zu Haydon, ehe es hoch oben in der Glaskuppel verschluckt wurde. Jemand lachte weit unten, fast am anderen Ende der Einkaufsstraße.

Haydon drehte sich um und schaute zum drittenmal auf die stummen, leeren Rolltreppen. Amüsiert sah er Lapierres Kopf über den Stufen auftauchen, gefolgt von seinen Schultern, dem Oberkörper, den Beinen und Füßen, als er von der Rolltreppe trat und auf Haydon zukam.

»Guten Morgen, Pete«, sagte Haydon.

»Warten Sie schon lange?« fragte Lapierre, sich entschuldigend.

»Ich war ein bißchen früh dran.«

»Ein Unfall auf dem Loop. Ich wollte die Stelle eigentlich an der Neunundfünfzigsten umfahren, aber ich mußte von der

Schnellstraße runter und wurde durch die Innenstadt umgeleitet.«

»Kein Problem.« Haydon steckte seine Hände in die Taschen und ging los. »Ich soll ihn vor Houstons Lederwaren in der nächsten Ebene treffen. Und ich möchte ihn beobachten, wenn er reinkommt.«

Sie gingen langsam durch die stille Straße und schauten mit beiläufigem Interesse gelegentlich in die nächste Ebene hinunter.

»Dean Warner war uns nützlich«, sagte Lapierre und kam damit ohne lange Umschweife zum Punkt ihres Treffens. »Im großen und ganzen ist alles genauso gelaufen, wie wir es von Langer und dem Büropersonal gehört haben. Warner war noch immer wütend darüber. Er sagte, es sei klar aus seinem Gespräch mit Langer hervorgegangen, daß Powell eine Art Sonderstellung einnahm und daß Warner nicht befugt gewesen war, ihn in irgendeiner Weise zu kontrollieren. Powells Persönlichkeit habe diese Situation nicht gerade besser gemacht. Warner sagte, er habe sich eine Woche nach seinem Gespräch mit Langer nach einem anderen Job umgesehen und sich tagsüber bei den betreffenden Firmen unter dem Vorwand, er müsse geschäftlich aus dem Haus, vorgestellt.

Aber natürlich war er auch wegen der Umstände neugierig, unter denen Powell engagiert und dann von Langer in eine Sonderposition gesetzt worden war. Er glaubte nicht recht an die Beziehung zu einer kalifornischen Firma, der Langer diese Gefälligkeit schuldig gewesen wäre. Er rief übrigens dort an, genau wie wir, und erhielt die gleiche Information. Er glaubte es noch immer nicht. Um seine private Neugier zu befriedigen, schnüffelte er in Powells Büro herum, wenn dieser außer Haus war. Als Ergebnis fand Warner zwei Bänder, die Powell bei zwei verschiedenen Gelegenheiten kopiert hatte.«

»Das hat er getan? Er hat Videobänder kopiert?« fragte Haydon.

»Nach Auskunft von Warner müssen Videobänder nicht selten erst einmal irgendwie verstärkt werden, bevor man sie mit klaren Signalen kopieren kann, wenn man professionell arbeitet. Und Powell hat sein Material diesem Prozeß unterworfen. Er hat auch von Band auf Film kopiert.«

Haydon nickte. Sie kamen zu einer modernen Skulptur von vertikalen Stahlrohren, die an der Ebene darunter begannen und sich in einer Serie von abgestuften Schleifen nach unten wanden. Die Skulptur hieß »Der große Baum«.

»Jedenfalls«, sagte Lapierre, als sie stehenblieben und auf die Rohre schauten, »erklärte Warner, daß er folgendes herausgefunden habe: Wenn Powell tagsüber an einem seiner ›Sonderprojekte‹ arbeitete, steckte er das jeweilige Band in eine unmarkierte Box und stellte sie ins Regal zu den anderen Bändern, falls er mal aus dem Haus ging, um einen Bissen zu essen. Warner fand zwei dieser Bänder und sah sie sich an, während Powell außer Haus war. Das eine zeigte einen Dschungelkampf, wie ihn Patricia Beamon beschrieben hatte, nur daß er nicht in Vietnam stattfand. Die Männer auf dem Band waren Lateinamerikaner. Warner sagte, es sei verdammt harter Stoff gewesen. Wer auch immer den Film aufgenommen hatte, er mußte praktisch auf den Gewehrläufen gesessen haben. Es gab grauenvolle Nahaufnahmen. Verstümmelung von menschlichen Körpern, gespenstischer Humor, hat er, glaube ich, gesagt.« Lapierre ließ eine Pause entstehen. »Für mich ist das kein Baum.« Er war ehrlich, und das abstrakte Kunstwerk rührte nichts in ihm an.

Haydon schüttelte den Kopf, und sie gingen weiter am Geländer entlang, von wo aus man die darunterliegende Ebene überblicken konnte.

»Warner sagt, daß das zweite Band ein Verhör war«, fuhr Lapierre fort. »Wieder mit lateinamerikanischer Miliz. Eine äußerst brutale Sache, und der Verhörte wurde schließlich getötet. Warner hat es im Detail geschildert; er war ganz erschüttert. Sagte, daß er dabei an die Sadopornos dachte, von denen er gelesen hatte.«

»Konnte er noch mehr über die Soldaten sagen, als daß sie Lateinamerikaner waren? Konnte er zum Beispiel etwas an den Uniformen erkennen?«

»Das habe ich ihn auch gefragt«, sagte Lapierre. »Er meinte, er hätte den Eindruck, daß es neue Filme seien. Die Soldaten waren gut ausgerüstet und hatten gutsitzende, moderne Uniformen. Er sagte, es hat wie neuestes Filmmaterial ausgesehen.«

Sie blieben vor einem Geschäft für Damenbekleidung stehen und schauten wieder in die dritte Ebene. Jetzt standen sie über einem Wasserfall – auch dieser war eine Serie von Rohren, die sich direkt aus dem untersten Geschoß erhoben und dann in verschiedenen Ebenen horizontal abbogen. Das Wasser strömte aus Löchern am Boden auf die horizontalen Arme und fiel in Hunderten bleistiftdünner Strahlen in ein Bett aus schwarzem, porösem Material, das verhinderte, daß das Wasser spritzte oder plätscherte. Es war ein stiller, sich bewegender, transparenter Wasserschleier, der die eine Seite der Einkaufsstraße von der anderen trennte.

Der Eingang zu Houston Lederwaren befand sich an einer Ecke auf der anderen Seite des Wasserschleiers.

»Und was hat er unternommen?« fragte Haydon.

»Nichts. Er sagte, er hätte erst vorgehabt, zur Polizei zu gehen, aber dann hat er sich überlegt, daß schließlich nichts dabei war, wenn man Kriegsfilme sammelte, und außerdem hatte er anderes zu tun, zum Beispiel einen neuen Job zu finden.«

»War Warner bis dahin mit Langer ausgekommen?«

»Er sagte, es hätte keine Probleme gegeben.«

»Wie verhielt sich Langer im Hinblick auf die Privilegien, die er Powell gab? War er unerbittlich, wurde er nervös, wenn darüber gesprochen wurde?«

»Warner sagte, er sei ganz cool gewesen. Lassen Sie Powell tun, was er zu tun hat – das war alles.«

Haydon stellte einen Fuß auf das Metallgeländer und schaute auf den Wasservorhang. Was ihm nicht gefiel, war die Art, wie die winzigen Wasserspindeln in das poröse Material fielen, ohne ein Geräusch hervorzurufen. Ihnen gegenüber in derselben Ebene schob der Angestellte eines Schallplattengeschäfts die Glasfront beiseite. Die Musik, die hinter dem Glas eingesperrt gewesen war, ergoß sich jetzt in die Einkaufsstraße und wurde lauter, je weiter der Mann die Scheibe öffnete. Schließlich war der schlurfende Beat und die hermaphroditische Stimme von Michael Jackson mindestens zehn Dezibel lauter als erlaubt zu hören. Haydon sah, wie zwei Geschäftsleute aus dem McDonald's in der dritten Ebene rannten und Plastikbecher mit Kaffee in den Händen hatten. Hinter ihnen fühlten und hörten sie das leise Rumpeln, als eine weitere Glaswand zur Seite geschoben wurde. Das Einkaufszentrum erwachte zum Leben.

»Da ist er«, sagte Lapierre ruhig.

Haydon schaute durch den Wasservorhang und sah Bill Langer im Inneren von Houston Lederwaren, wo er sich mit einem Angestellten besprach.

»Hat er nicht früher mal Football für Rice gespielt?« fragte Lapierre.

Haydon nickte. »Verteidiger.«

»War er gut?«

»Nicht so gut, daß sich jemand deshalb an ihn erinnert.«

»Aha.«

»Tun Sie mir einen Gefallen«, sagte Haydon und richtete sich auf. »Stellen Sie den Aufenthaltsort von diesem Ricky Toy fest, über den ich Ihnen und Mooney gestern berichtet habe. Ich möchte mit ihm reden, ihn aber überraschen. Er lebt mit zwei asiatischen Mädchen zusammen, und ich will nicht, daß sie ihm einen Tip geben. Vielleicht können Sie das mit ein bißchen Drumherum schaffen.«

»Okay«, sagte Lapierre, »ich mach' mich gleich dran.«

»Danke«, sagte Haydon. »Und danke für die Information. Wir sehen uns später.«

Er ging an einem Juwelier und einem weiteren Bekleidungsgeschäft vorbei zu den Rolltreppen und fuhr hinunter in eine weite, offene Ebene, die mit Tischen und Stühlen ausgestattet war und wo die Leute alles verzehren konnten, was sie aus dem Schlaraffenland der Fast-Food-Läden auswählten, die sich an dieser Ecke der Einkaufsstraßen drängten. Er ging um ein Blumenbeet herum und vorbei an dem Wasserschleier zur Firma Houston Lederwaren.

Langer blickte auf, als er hereinkam, lächelte gewinnend und streckte dann seine wuchtige Hand aus.

»Hey, lange nicht gesehen, was, Stuart?«

Er schaute Haydon direkt in die Augen, wie man das in einem Beruf tut, bei dem man viel mit Menschen zu tun hat, und redete ihn vertraut beim Vornamen an, wie man es ebenfalls in dieser Branche tut.

»Hören Sie, Stuart, ich bin in einem Moment hier fertig, dann suchen wir uns einen Platz, wo wir in Ruhe miteinander reden können.«

Noch ein breites Lächeln, bevor er sich abwandte und dem Verkäufer sagte, daß die Aktentasche genau das richtige sei, nur müsse sie in einem etwas helleren Leder sein. Wenn er sie bekommen habe, solle er sie ihm ins Büro schicken. Der Verkäufer sagte ein paarmal »Yessir« und »Mr. Langer«, dann waren sie fertig.

»Wenn Sie nichts dagegen haben«, sagte Langer, während sie das Lederwarengeschäft verließen, »gehen wir in die Lounge im dritten Stock des Four Seasons. Die ist nämlich geschlossen, und dort haben wir die Ruhe, die wir brauchen.«

Sie bogen in einen Korridor ein, der an einem Herrenkonfektionsgeschäft vorbeiführte, und kamen auf die verglaste Hochbrücke, die die Lamar Street zum Hotel Four Seasons überquerte. Das Licht der Morgensonne traf sie durch das getönte Glas.

»Eine verrückte Art, sich nach all den Jahren wiederzusehen«, sagte Langer. »Wirklich bedauerlich. Haben Sie in letzter Zeit bei Sean Siddons vorbeigeschaut?«

»Nein. Aber ich habe Frank neulich gesehen. Er hat gesagt, es geht nicht sehr gut.«

»Es ist ein Jammer. Wirklich traurig.«

Sie kamen ins Hotel und bogen nach links ab in die Lounge, die Ausblick auf die Straße und auf die Brücke, über die sie gerade gekommen waren, gewährte. Die Vorhänge waren offen, und das klare Licht der Morgensonne ließ die taubengrauen Polster der Möbel freundlich aussehen. Haydon folgte Langer durch die leere Lounge zu einem Balkon im zweiten Stock und einem Tisch in der Nähe der Fenster.

»Ist es hier recht so?«

Haydon nickte, und sie setzten sich.

»Wie geht es Nina?« fragte Langer und zog sich seinen Sessel etwas zurecht. Dann warf er einen Blick durch die leere Lounge.

»Es geht ihr gut«, sagte Haydon.

»Das höre ich gern.« Langer setzte das Thema nicht fort, zeigte aber ein großes, warmes Lächeln, das unterstrich, wie sehr er sich für Stuart und Nina freute. Haydon sagte nichts dazu, daher ließ Langer sein Lächeln allmählich verblühen, zog die Brauen dann ernst zusammen und fragte: »Wie sieht es im Moment aus, Stuart? Haben Sie Fortschritte in dieser Sache gemacht, in meinem Sinne?«

Die Sonne kam aus der Richtung von Langer, und Haydon mußte den Kopf etwas zur Seite neigen, damit sie ihm nicht in die Augen schien. Er rutschte ein wenig mit seinem Sessel.

»Ich arbeite nicht ›in Ihrem Sinn‹ in dieser Sache«, erklärte Haydon.

Langers zusammengezogene Brauen glätteten sich.

»Übrigens beginne ich zu glauben«, fügte Haydon hinzu, »daß Sie die Hauptursache sind, warum wir noch nicht weitergekommen sind.« Einen Moment lang war Haydon nicht sicher, ob Langer sein Gesicht und dementsprechend seine Antwort neu arrangieren würde. Es schien, daß er erst einen Schock darstellen wollte, sich dann aber für Verblüffung entschied, die er schließlich und klugerweise gegen ein hartes, ausdrucksloses Starren austauschte. Er schwieg.

»Sie halten Informationen zurück«, sagte Haydon. »Sie sind derjenige, der den Mann engagiert hat, und haben dabei die üblichen Prozeduren der Personalabteilung ignoriert. Sie sind der Mann, der ihm besondere Privilegien zugestand, die der Politik der Firma widersprachen. Sie sind der Mann, der sagte, daß Powell für Sie an einem Projekt arbeitete, von dem niemand etwas wußte.« Haydon hielt inne und schaute auf die Straße. Dann seufzte er und schaute wieder Langer an.

»Das klingt alles gar nicht gut«, meinte Langer.

»Nein.«

Langers harter Blick wich einem kurzen, kaum merklichen Amüsement. »Es ist wirklich seltsam, nicht wahr? Wir zwei, in dieser Situation. Damals hätten wir uns niemals vorstellen können, daß es einmal dazu kommen würde, und –«

»So gut haben wir uns ja auch wieder nicht gekannt«, unterbrach ihn Haydon knapp.

Langer schaute Haydon nüchtern an. »Okay, Stuart. Sie sind ehrlich. Also bin ich es auch.«

Einen Augenblick lang sah Haydon nicht den ehrgeizigen Manager, sondern einen nicht allzu schlauen Ex-Footballspieler, der bereits in enttäuschende mittlere Jahre gekommen war und im Schlamassel steckte.

»Ich habe ihn nicht umgebracht«, sagte Langer. »Ich gebe zu, daß ich Lust hatte, es zu tun. Aber, bei Gott, ich hab' es nicht getan.«

20

Das Morgenlicht, das über Langers wuchtige Schulter fiel, ließ den schmalen blaugrauen Streifen, mit dem sein Sommeranzug aus dunklem Wollstoff gemustert war, deutlich hervortreten, und Haydon kam es so vor, als ob die winzigen Staubpartikel, die sonst in der Luft dahintrieben, entfernt worden wären und den Mann mit dem scharfen, klaren Objektiv einer teuren Kamera abbildeten. Ohne diese durchdringende Klarheit des Lichts hätte Haydon sicherlich das seltsame Pulsieren der Schlagader unterhalb von Langers Kieferknochen übersehen. Es war das einzige an ihm, was sich bewegte.

»Er hat mich erpreßt.« Langer sagte es steif, als ob er damit rechnete, daß es auf Haydon wie ein furchtbarer Schlag wirken würde.

Haydon sagte nichts und zeigte nichts.

Langer nahm die Wucht ein bißchen zurück und verminderte die Dramatik.

»Ich war im vergangenen Jahr geschäftlich in Los Angeles. Dort geriet ich in Kontakt mit – äh – einer gewissen Sache –«

»Was für einer Sache?« Haydon war ungeduldig.

»Gruppensex.« Langer spuckte es mit einer Miene wie ein Kind aus, das einen Löffel Medizin schluckt, um es hinter sich zu bringen.

»Wann?«

»Letzten Sommer.«

»Ich brauche die Daten.«

»Ich erinnere mich nicht mehr an die genauen Daten. Im August.«

»Ich muß die Daten haben.«

Langer fragte nicht, warum. »Okay. Ich sehe in meinem Terminkalender nach. Ich war eine Woche dort. Es ist zweimal dazu gekommen. Ich flog nach Hause, und zwei Monate später bekam ich plötzlich ein Päckchen in mein Büro geschickt, aus heiterem Himmel, mit der Aufschrift *Persönlich.* Ich machte es auf, und drinnen waren zwei Videokassetten. Kein Brief, kein Zettel, nichts. Etwa drei Tage später rief mich Powell an. Er stellte sich vor und fragte, ob ich irgendwelche Bänder bekommen hätte. Ich fragte ihn, wieviel er verlangte, und er nannte eine blödsinnige Summe, sagen wir, sechzigtausend. Aber das war noch nicht alles. Er wollte nach Houston ziehen, und er wollte einen Job.

Er meinte, wir sollten uns lieber persönlich treffen, also flog er hierher. Ich bezahlte ihm das Ticket. Wir trafen uns auf dem Flughafen William P. Hobby – er hat nicht einmal den Flughafen verlassen –, und wir haben alles besprochen. Erst habe ich nicht gezogen, was den Job betraf. Ich habe ihm eine Menge Geld angeboten als einmalige Abfindung. Er hatte nichts gegen den Haufen Geld, aber was er wirklich wollte, war der Job, die Sicherheit und die Vorteile, die damit verbunden waren. Ich konnte es kaum glauben.«

Langer sah aus, als ob ihm das alles sehr unangenehm wäre,

dann fuhr er fort. Ein leicht sirupartiger Geruch nach Alkohol durchdrang die leere Lounge.

»Ich habe es mit Drohungen versucht«, sagte Langer. »Ich sagte ihm, daß man mich nur bis zu einem bestimmten Punkt erpressen und ich auf den Gedanken kommen könne, daß es letztlich billiger sei, wenn ich ihn mir für immer vom Halse schaffte. Er meinte, er hätte auch daran gedacht, und deshalb würde er mich ja nicht ganz ausquetschen wollen. Er habe einen Grund dafür, sich um diesen Job in Houston zu bemühen. In meinem Labor gebe es die Ausrüstung, die er für eine andere Sache brauchte.«

»Was für eine Ausrüstung meinte er damit?«

»Das Neueste in der Video-Technologie. Erstklassig. Ein riesiges Investment. Jedenfalls ließ er es sehr harmlos klingen. Nur den Job und die Möglichkeit, die Ausrüstung benützen zu können.«

»Also haben Sie zugesagt«, folgerte Haydon.

Langer nickte. »Ja. Ich wußte nicht, wie ich ihm hätte auskommen können. Also habe ich ihn hierherkommen lassen.«

»Haben Sie die Bänder zurückbekommen?«

»Er hat mir Bänder gegeben und behauptet, daß es die Originale seien. Was durchaus möglich war, aber ich bin sicher, er hat sich Kopien aufbewahrt. Sie waren die Sicherheit für seinen Job. Keiner von uns hat danach noch ein Wort darüber gesprochen. Er hat für mich gearbeitet, und das war alles.«

»Wußten Sie über seine Nebenarbeit Bescheid?«

»Nein, aber es war sicherlich eine schmierige Sache. Es konnte alles mögliche sein. Ich hab' herumgeschnüffelt und versucht, es herauszufinden, aber ich wollte auch nicht das Boot umkippen, Sie verstehen. Er schien zufrieden zu sein, und ich wollte, daß es dabei blieb.«

»Also sagten Sie Warner, als er zu Ihnen kam und Ihnen berichtete, daß Powell die Einrichtungen der Firma für sich privat nutzte, er solle ihn gewähren lassen.«

»Stimmt.«

»Und Sie dachten, daß Sie Powell trauen konnten? Befürchteten Sie nicht, daß er den Einsatz bei passender Gelegenheit erhöhen könnte?«

»O ja, darüber hab' ich viel nachgedacht. Aber zunächst lief alles gut, und ich hatte auch nicht die Zeit, mir ständig Gedanken über ihn zu machen. Ich hatte schließlich noch anderes zu tun.«

»Hatten Sie nicht Angst davor, daß Powell Ihre Firma in irgendeinen Skandal hineinziehen könnte?«

»Auch darüber habe ich nachgedacht.« Er schüttelte den Kopf über seine Zwangslage. »In diesem Geschäft muß man immer auf viele Feuer achtgeben. Er war keine unmittelbare Bedrohung, war sozusagen stabilisiert. Also hab' ich es einfach laufenlassen.«

Ein schwarzes Hausmädchen in einer aprikosenfarbenen Uniform kam mit einem Staubsauger um die Ecke. Sie sah die beiden Männer, zögerte, machte kehrt und verschwand wieder. Gleich danach hörte man den Staubsauger gedämpft brummen, ziemlich weit entfernt.

Langer schaute Haydon an und wartete.

»Aus meiner Sicht befinden Sie sich jetzt in einer noch schlechteren Position als vor unserem Gespräch«, erklärte Haydon.

Langer nickte. Er wußte es. »Andererseits«, sagte Langer, »wissen Sie jetzt sehr gut, daß ich nicht derjenige war, der ihn hätte umlegen lassen. Ich weiß nicht, was er mit der Video-Einrichtung gemacht hat, aber es war bestimmt nichts Legitimes.«

»Das hilft Ihnen gar nichts. Ob er noch jemanden erpreßte, werden wir nie erfahren. Jetzt nicht mehr.«

Langer zuckte nur mit den Schultern und schaute drein, als tue er sich selber leid.

»Sie haben den Kriminalbeamten, die Sie befragt haben, erklärt, daß Powell für eine kalifornische Firma arbeitete und daß das der Grund war, weshalb er auch in der Nacht arbeiten durfte. Meine Kollegen haben dort angerufen, und es wurde ihnen bestätigt.«

»Es tut mir leid, daß ich das getan habe. Ich habe Ihnen den

Namen eines Geschäftsfreunds genannt. Er hat mir einen Gefallen getan, als Sie anriefen. Hören Sie, ich wollte das mit der Erpressung nicht an die große Glocke hängen. Tut mir leid, aber ich habe nicht gewußt, was ich tun soll. Ich wollte nicht, daß es rauskommt, und dachte, daß das eine Möglichkeit sei, die Angelegenheit zu begraben.«

»Wo sind die Bänder jetzt?« fragte Haydon.

»Ich habe sie verbrannt.«

»Jemand hat Powells Schlafzimmer nach dem Mord durchsucht.«

Langer nickte. »Ja, das war ich. Ich bin kurz vor dem Lunch am Donnerstag hingefahren. Dachte, wenn er eine Kopie hat, finde ich sie.«

»Aber Sie haben nichts gefunden?«

»Nein. Entweder er hat mir die Wahrheit gesagt und mir wirklich das Original gegeben, oder er hat die Bänder irgendwo anders aufbewahrt.« Langer schaute einem Paar zu, das an der Lounge vorbeiging. »Wenn Sie sie finden sollten... Sicher, ich nehme an, sie haben eine bestimmte Bedeutung für den Fall, zumindest bis alles geklärt ist. Aber danach – kann ich sie dann zurückhaben? Ich meine, Sie brauchen sie doch nicht aufzuheben, oder?«

»Können Sie nachweisen, wo Sie sich am Mittwochabend aufgehalten haben?« fragte Haydon.

Langers Miene war nicht zu deuten. Er nickte.

»Wo?«

»Am ersten Teil des Abends hatte ich eine geschäftliche Besprechung. Dann fuhr ich nach Hause, und dort blieb ich für den Rest des Abends.«

Das Zimmermädchen mit dem Staubsauger kam näher.

»Und mit wem fand diese geschäftliche Besprechung statt?«

»Mit Josef Roeg.« In Langers Antwort lag eine Mischung aus Selbstbestätigung und Spannung. Der Name rief immer ein gewisses Prestige wach, aber zugleich kam es einem so vor, als wäre er lieber nicht erwähnt worden.

»Seit wann arbeiten Sie bei ihm?« fragte Haydon.

»Etwas länger als vier Jahre.«

»Und welche Position nehmen Sie in Roegs Imperium ein?«

Einen Moment lang war es, als ob Langer über Haydons Fragen protestieren wollte, dann ließ er es sein und antwortete ohne Umschweife.

»Er verfügt über eine entscheidungsfähige Mehrheit der Anteile von Langer Media. Ich führe die Firma in seinem Auftrag.«

»Arbeiten Sie eng mit ihm zusammen?«

»Eigentlich nicht. Er läßt seinen Managern viel Spielraum.«

»Gefällt Ihnen das Arrangement, das Sie mit ihm getroffen haben?«

»Welches Arrangement?«

»Ihre geschäftliche Beziehung zu ihm. Meines Wissens sind Sie einer der wenigen leitenden Manager in seinem Imperium, die regelmäßig Zugang zu ihm haben, auch unter vier Augen.«

»Ich kann mich nicht beklagen.«

Wieder zeigte Langer gemischte Gefühle. Er schaute durch die Fenster auf die Brücke, als sei das Gespräch nicht allzu anregend, aber er begann zu blinzeln und kniff dann die Augen zu. Er blinzelte und entspannte sich zugleich – ein eigenartiger Tick, an den sich Haydon plötzlich von damals, vor fast zwanzig Jahren, erinnerte. Er freute sich darüber. Bis zu diesem Punkt hatte er kein Gefühl für Langers emotionelle Position finden können. Bill Langer schien bis dahin jede Antwort auf jede Frage vorbereitet zu haben, jetzt aber gab er Haydon unbewußt ein von ihm selbst nicht erkanntes Signal der Nervosität.

»Ich höre, Roeg ist exzentrisch. Er stellt ungewöhnliche Forderungen.«

»Warum sprechen wir jetzt plötzlich über Josef Roeg?« Langer hatte sich ein wenig abgewandt. Er wollte seinen Ärger über die Wende, die die Unterhaltung genommen hatte, nicht sehen lassen.

»Warum nicht?«

»Ich finde, wir sollten beim Thema bleiben.«

»Haben wir denn das Thema gewechselt?«

»Das ist meine Meinung.«

»Wissen Sie, wer Powell ermordet hat?«
»Natürlich nicht.«
»Woher wollen Sie dann wissen, daß wir das Thema gewechselt haben?«
»Kommen Sie, Stuart! Glauben Sie wirklich, daß es da eine Verbindung geben könnte?« fuhr ihn Langer an.
Haydon langte in seine Jackettasche und zog ein Photo heraus. Er legte das Bild von Ricky Toy und seinen zwei Mädchen im Bikini vor Langer auf den Tisch.
»Kennen Sie den Mann?«
Langer betrachtete das Photo. Haydon beobachtete seine Augen, die keine Zeit mit den fast nackten Hinterteilen der Mädchen verschwendeten, sondern sich auf Toy richteten und dort blieben. Er ließ sich lange Zeit für seine Antwort. Langer mußte nachdenken und improvisieren.
»Nein.«
»Sind Sie sicher?«
»Er ist ein Asiat, du liebe Zeit«, sagte Langer in ärgerlichem Ton. »Glauben Sie nicht, ich würde mich an einen Asiaten erinnern?«
»Sie haben lange gebraucht, bis Sie sich entschieden haben.«
»Hören Sie, verdammt noch mal, was soll das eigentlich?« Langers Gesicht lief rot an. Er war es nicht gewöhnt, in die Defensive gedrängt zu werden. »Was, glauben Sie, habe ich zu verbergen? Können Sie vielleicht etwas deutlicher werden und mich darüber aufklären, was Sie von mir wollen? Ich will endlich einmal etwas Genaues hören, nicht nur Allgemeines. Worauf wollen Sie mit Ihren Fragen hinaus?«
Haydon sagte nichts, sondern griff noch einmal in seine Jackettasche. Er holte ein zweites Photo heraus und legte es auf den Tisch. Langer schüttelte angewidert den Kopf und betrachtete gelangweilt das Photo. Dann kam er schnell näher mit seinem Kopf und kniff die Augen zusammen.
»Scheiße!«
»Wer ist es?«
Langer schien sich zu überlegen, warum das Mädchen auf

dem Photo zu sehen war, nicht weil sie fast nackt, sondern weil sie überhaupt darauf zu sehen war.

»Sie arbeitet bei der Agentur«, sagte er. »Ja. Woher haben Sie das Bild?«

»Beide Photos stammen aus Powells Schlafzimmer. Sie waren mit Reißnägeln an der Wand befestigt. Es wundert mich, daß Sie sie nicht gesehen haben, als Sie dort waren.«

»Mich auch«, sagte Langer, und es klang eindeutig bedauernd.

»Wer ist sie?«

»Ich glaube, ihr Name ist Alice. Ja«, sagte er und betrachtete das Photo genauer. »Das ist Alice Parnas.«

21

Langer sagte, daß er noch eine Besprechung im Four Seasons hatte. Haydon ging über die verglaste Brücke zurück in »The Park«. Inzwischen war ihm nach einer Tasse Kaffee zumute. Er ging an den Imbißständen in der Einkaufsstraße vorbei und nahm die Tunnels zum First City Tower. Dort hatte er die Wahl zwischen mehreren Coffeeshops in den Korridoren, die von da aus in vier verschiedene Richtungen verliefen.

Er blieb an einem Café stehen, das sich Kip's nannte und sich genau an der Kreuzung der unterirdischen Gänge befand. Der Kaffee stand in einem Glaskrug zur Selbstbedienung bereit, und man konnte die Größe des Plastikbechers wählen. Er nahm einen kleinen, füllte ihn, gab Milch und, ja, verdammt noch mal, Zucker dazu, und das Mädchen an der Kasse nahm sein Kleingeld. Er ging mit dem Becher zu einem Tisch für zwei, der neben dem Geländer stand, welches das Café von der unterirdischen Plaza abtrennte. Gegenüber waren eine Sandwichbar, ein Tabakladen und ein Laden mit Zeitungen und Souvenirs. Zwei junge Führungspersönlichkeiten saßen am nächsten Tisch und tranken Kaffee, mit identischen Anzügen, identischen Krawatten, weißen Button-down-Hemden, geföntem Haar, das kurzgeschnitten war und nicht über die Ohren ging, und mit College-Ringen an den Händen. Einer trug obendrein einen Ehering.

Haydon zündete sich eine Zigarette an und dachte über das Gespräch mit Langer nach. Es hatte irgendwie von vorn bis hinten falsch geklungen. Bill Langer berichtete von der Erpressung mit aller Offenheit, die man erwarten konnte, aber Haydon vermißte eine entscheidende Emotion. Empörung. Langer versuchte, sein Unbehagen darüber zu schildern, daß er die Geisel seiner eigenen Indiskretion geworden war, aber er war ein Schauspieler in einem B-Film. Er versuchte nicht, abzumildern, was er getan hatte, sagte nie, daß es ein ganz blöder Betrug war, schalt sich nicht selbst dafür, daß er in ein solches Schlamassel geraten war. Männer in seiner Situation, aufrichtig oder nicht, hielten es normalerweise für notwendig, entweder ihr Pech oder ihre eigene Dummheit zu verfluchen. Langer hatte niemals auch nur daran gedacht.

Außerdem war seine Zeiteinteilung zu gut. Er machte sich schnell und bereitwillig zu einem der Hauptverdächtigen bei dem Mord an Powell – und zugleich präsentierte er Alibis für diesen Abend. Vielleicht wollte er damit weniger sich selbst in den Mordfall hineinziehen, sondern in erster Linie Powell als Erpresser darstellen. Wenn Powell ihn erpreßte, erpreßte er vielleicht auch andere. Langer hatte sogar darauf hingewiesen. In diesem Fall gab es vielleicht andere Verdächtige, bis jetzt unbekannt gebliebene Personen... Haydon wurde das Gefühl nicht los, daß Powell posthum noch hereingelegt wurde.

Haydon drückte seine Zigarette aus. Langers Strategie roch nach einem Ablenkungsmanöver. Aber wovon wollte er ablenken? Es hatte zwei Momente in ihrem Gespräch gegeben, in denen Langer, wie Haydon fühlte, aufrichtig reagiert hatte: als sie über Roeg sprachen und als er das Photo von Alice Parnas identifizierte. Haydon konnte sich eine beliebige Anzahl von Gründen ausdenken, warum er vermeiden wollte, Roeg in die Sache hineinzuziehen, aber bei der Frage nach Alice Parnas war das etwas anderes.

Haydon wollte nicht mit der Parnas in Langers Büro sprechen, also rief er von einer Telephonzelle in den Tunnels an, um sich anderswo mit ihr zu verabreden. Man sagte ihm, daß Alice nicht da sei. Sie sei seit Donnerstag krank zu Hause. Natürlich – das hatte er vergessen.

Von der Parkgarage neben dem Four Seasons fuhr Haydon durch das Zentrum zur Washington Street, direkt nördlich des Polizeipräsidiums.

Alice Parnas wohnte in der Bayland Street, in einem weißgestrichenen Fachwerkhaus mit grünen Verzierungen. Es war in gutem Zustand, besser als die anderen, mit zwei etwas ausgefransten Baumwollbäumen im Vorgarten, die das Haus längst überragten. Im Augenblick dienten die Bäume als einzige Zuflucht in der Gegend für Dutzende schwarzer Stare, die auf den Zweigen saßen und schnarrten, während ihr Kot auf die Blätter und den Gehsteig darunter fiel.

Haydon stieg aus dem Wagen und ging zur Haustür. Die Tür und alle Fenster des Hauses waren offen. Ein schwarzes Aluminiumgitter in Form einer riesigen Spinnwebe war im Rahmen der Fliegengittertür befestigt. Er warf einen Blick zurück zu seinem Wagen, dann hinauf zu den schnarrenden scheißenden Staren.

Als er sich wieder umdrehte, schaute ihn das kleine, traurige Gesicht von Alice Parnas durch das Spinnwebengitter an.

»Miss Parnas?«

Sie nickte. Ihre Augen schienen größer zu sein als auf dem Photo. Vielleicht kam es von den dunklen Rändern. Sie hatte einen blaßgelben Hausmantel aus Baumwolle an, den sie sich eng um die Taille geschlungen hatte. Die Ärmel waren hochgekrempelt und an den Ellbogen gestopft.

Er machte sich bekannt und sagte ihr, daß er sich gern ein paar Minuten mit ihr unterhalten würde.

»Ich habe den anderen Männern alles gesagt, was ich weiß«, erklärte sie.

»Das ist mir klar, aber ich bin auf neue Informationen gestoßen, zu denen ich Ihnen ein paar Fragen stellen möchte.«

»Neue Informationen?«

»Macht es Ihnen etwas aus, wenn ich hereinkomme, Miss Parnas?«

Sie hielt sich abwehrend mit einer Hand den Kragen ihres Hausmantels zu.

»Ich bleibe nicht lang«, versprach er.

Sie hakte die Gittertür auf und trat zur Seite. Haydon öffnete sie und betrat dann ein kleines Wohnzimmer, ausgestattet mit Dingen, die neu gewesen waren, als man das Haus gebaut hatte. Es war sauber, roch aber nach Alter, nach einer anderen Ära. Er hatte den Eindruck, daß sie nie von zu Hause weggezogen war und daß ihre Eltern, als sie starben, ihr das alles hinterlassen hatten: das alte Haus, die alten Möbel, die ausgewachsenen Baumwollbäume und die schnarrenden Stare.

Er setzte sich auf ein Sofa vor den offenen Fenstern und schaute hinaus auf eine Auffahrt aus Muschelsplit und eine Wacholderhecke, die das Haus der Parnas von dem ihrer Nachbarn trennte. Im Haus brannte kein Licht, aber er konnte gut sehen, als sich seine Augen an das Halbdunkel gewöhnt hatten. Alice Parnas saß an der offenen Haustür, in einem Armsessel im gleichen Stil und mit dem gleichen Bezug wie das Sofa. Die späte Morgensonne begann das Haus aufzuwärmen.

»Es tut mir leid, Sie belästigen zu müssen, wenn Sie sich nicht wohl fühlen«, begann Haydon, »aber ich hoffe, Sie können mir helfen, etwas mehr über Wayne Powell zu erfahren.«

»Ich kannte ihn kaum«, sagte sie. »Ich habe nur mit ihm gearbeitet. Das heißt, nicht einmal mit ihm, sondern im Raum nebenan. Ich kann Ihnen wenig helfen.«

»Ich glaube trotzdem, daß Sie ihn viel besser kannten«, widersprach ihr Haydon. »Und ich wünschte, Sie würden mir wirklich helfen. Ich will nämlich herausfinden, wer ihn ermordet hat.«

»Es tut mir leid«, sagte sie und schüttelte den Kopf. Sie neigte sich auf dem hohen Polster des Armsessels nach vorn, die Füße flach auf dem Boden, die Knie zusammengepreßt, wobei der ausgebleichte gelbe Hausmantel bis zum Boden hing und die Füße bedeckte. Ihr Haar war kurz geschnitten und dünn und sah aus, als ob es seit mehreren Tagen nicht mehr gekämmt worden wäre. Sie hätte ja kurz mit der Bürste darüberfahren können, als sie ihn an der Tür gehört hatte.

Haydon langte in seine Tasche und zog das Photo von ihr am Strand heraus.

»Das da habe ich in seinem Schlafzimmer gefunden«, sagte er und reichte es ihr.

Draußen hörten die Stare auf einen Schlag mit ihrer infernalischen Kakophonie auf, wie Vogelschwärme oft mit einem einzigen Gehirn zu handeln scheinen. In der unerwarteten Stille hörte man den Verkehr auf dem North Freeway, der nur ein paar Blocks entfernt war, vorüberrauschen.

Alice hielt das Photo mit beiden Händen, die auf ihren Knien lagen, und hatte den Rücken leicht nach vorn gebeugt. Einen Moment lang schaute sie es nur an, betrachtete es, erinnerte sich, schien unbewegt zu sein. Dann verzerrte sich ihr Gesicht ganz langsam, und sie begann zu weinen, wobei sie den Blick nicht von dem Photo abwandte. Sie weinte große Tränen, ohne sich die Mühe zu machen, das Gesicht zu bedecken. Ihre Schultern hoben sich, als sie sich in einer anderen Zeit und an einem anderen Ort sah. Sie weinte offen, für sich allein, empfand nicht das, was die Leute dazu brachte, das Gesicht zu bedecken, wenn sie weinten. Tränen funkelten auf ihren flachen Wangen und tropften wie Regen von ihrem Kinn. Das Geräusch ihres Weinens war schmerzvoll und unbeherrscht, es kam tief aus ihr, aus jenem Zentrum der Gefühle, das wir das Herz nennen.

Haydon unternahm nicht den Versuch, sie zu hindern oder zu trösten, und er wandte sich auch nicht von ihr ab.

Die Stare regten sich ohne vorherige Warnung wieder, und ihr Gepfeife drohte, die Bäume zu zerreißen, so laut kam es einem nach der Stille vor. Nach einer langen Weile, in der Alice Parnas nicht den Versuch unternahm, ihr Weinen zu stoppen, begannen die Tränen von selbst zu versiegen, als sei die Quelle erschöpft. Sie wischte sich die Tränen nicht ab, machte keine Anstalten, ihr Gesicht abzutrocknen, schaute einfach auf das Photo, das sie in ihren Händen hielt.

»Er hat mir das Gefühl gegeben, hübsch zu sein«, sagte sie schließlich. »Wenigstens innerlich.« Sie blickte zu ihm auf, und ihre Augen schienen anzuschwellen. »Ich weiß, Sie haben all die schlimmen Dinge über ihn gehört. Ich weiß es. Aber haben Sie auch etwas Gutes gehört? Hat irgend jemand etwas Gutes über ihn gesagt?« Sie schaute wieder das Photo an. »Es macht nichts. Wenn etwas Gutes in einem Menschen ist, kann man es ihm nicht wegnehmen, nur weil man nicht darüber spricht. Es ist trotzdem da.«

»Wollen Sie mir helfen?« fragte Haydon.

»Wir haben uns geliebt«, sagte sie. »Niemand hätte das geahnt, nicht in tausend Jahren. Niemand hat ihn wirklich verstanden. Sie haben nur das gesehen, was er ihnen gezeigt hat. Niemand hat sich die Mühe gemacht, unter die Oberfläche zu schauen. Das tun die Menschen nie, wissen Sie. Wenn man nicht ganz toll aussieht, will keiner etwas mit einem zu tun haben. Nicht hier, nicht in dieser Stadt. Jesus. Nicht in dieser Stadt.«

»Wie lange waren Sie befreundet?« fragte Haydon. Keine Brise regte sich, trotz der offenen Fenster, und er fragte sich, ob sie nicht halb erstickte in dem dicken, alten Hausmantel.

»Fünf Monate. Wir lernten uns in der Mittagspause kennen. Es hat sich einfach so entwickelt. Er brauchte nicht lange um mich zu werben, brauchte nicht anzugeben, weil ich ein einfaches Mädchen bin. Er brauchte mir nichts zu beweisen. Wir kamen uns sehr nahe. Und dann, eines Nachts, haben wir uns gegenseitig das Herz ausgeschüttet. Ich weiß nicht... Es hat uns gewundert, wie ähnlich wir einander waren. Er hat ein völlig neues Verhalten gezeigt, und er – er war so sanft zu mir.« Ihre Stimme zitterte ein wenig. »Wir haben uns ineinander verliebt. Es war um so schöner, weil es geheim blieb. Ich weiß nicht, warum wir es geheimgehalten haben. Es schien uns das Natürlichste auf der Welt zu sein. Es hat uns irgendwie zu etwas Besonderem gemacht, wenn wir unter den anderen waren, bei der Arbeit.«

»Wissen Sie, was für Arbeit Wayne nachts gemacht hat, wenn er im Labor geblieben ist?«

Sie seufzte, ein müdes Seufzen, mit dem sie die Schultern senkte. »Er hat für einen Chinesen namens Ricky Toy gearbeitet.«

»Was war das für Arbeit?«

»Er hat Videobänder kopiert. Die Bänder waren auf Viertel-Inch-Kassetten aufgenommen, und Wayne hat sie auf Dreiviertel-Inch-Bänder kopiert und zu Sendequalität verstärkt. Manchmal hat er sie auch auf Film überspielt, damit sie auf einer größeren Leinwand gezeigt werden konnten.«

»Waren das alles Toys Bänder?«

»Nein. Toy hat sie für jemand anderen aufgenommen. Er hat sie verkauft – das heißt, eigentlich war er dazu engagiert, sie aufzunehmen.«

»Wer hatte ihn engagiert?«

»Das weiß ich nicht.«

»Hat Wayne gewußt, für wen Toy gearbeitet hat?«

Sie schüttelte den Kopf.

»Was waren das für Filme?«

Sie zögerte, schaute ihn an, schaute auf die Gittertür, die hinausführte zum Gehsteig, wo große, von den Staren verschmutzte Blätter lagen. Sie fuhr sich mit der Zunge über die Lippen und straffte die Schultern etwas.

»Dieser Ricky Toy hat Kriegsfilme gedreht. Er war Kriegsphotograph in Vietnam gewesen. Der Mann hat ihn engagiert, damit er weiter Kriegsfilme für ihn dreht. Toy ist nach El Salvador geflogen und hat dort gefilmt. Je blutiger, desto besser. Ich hab' auch ein paar Verhöre gesehen, militärische Verhöre. Von diesen Todesschwadronen. In jedem Film wurden Menschen gequält und getötet. Es war ganz aus der Nähe aufgenommen. Ich habe vielleicht ein Dutzend davon gesehen.«

»Wann haben Sie sie gesehen?«

»Wenn Wayne nachts gearbeitet hat, ist er vorbeigekommen und hat mich abgeholt, und ich habe ihn besucht bei der Arbeit. Es dauerte höchstens zwei Stunden. Niemand hat gemerkt, daß ich dabei war.«

»Waren Sie auch dabei, als er umgebracht wurde?«

Sie schüttelte den Kopf.
»Wie oft hat er diese Videobänder überspielt?«
»Zweimal im Monat. Toy ist alle vierzehn Tage in den Süden gefahren und hat sie dann zu Wayne gebracht.«
»Das hört sich nach einem kostspieligen Unternehmen an.«
»Wayne hat gesagt, daß Toy damit ein Vermögen verdient.«
»Waren das die einzigen Bänder, die Wayne entwickelt hat, während Sie dabei waren?«
»Ja.«
»Hat er Angst gehabt, er könnte in Gefahr kommen wegen seiner Arbeit an diesen Bändern?«
»Er hat nie etwas davon gesagt.«
»Haben Sie gewußt, daß Wayne William Langer erpreßt hat?«
Sie blickte ihn scharf an. »Von wem haben Sie das gehört?«
»Langer selbst hat es mir gesagt.«
»Er lügt.«
»Woher wollen Sie das wissen?«
Sie errötete, ihre Wangen wurden rosa. »Ich kann es einfach nicht glauben.«
»Warum, glauben Sie, hatte Wayne Langers Genehmigung, das Gerät zu benützen?«
Sie dachte darüber nach.
»Haben Sie ihn nie danach gefragt?«
Sie schüttelte den Kopf.
»Kennt Langer diesen Toy?«
»Das weiß ich nicht.«
»Hat Wayne Ihnen einmal gesagt, wie er zu dem Arrangement mit Toy gekommen ist, oder wie Toy in Verbindung stand mit dem Mann, für den er arbeitete?«
Sie gab keine Antwort, schaute wieder auf das Photo. Sie schaute es lange an.
»Und wer hat ihn Ihrer Meinung nach umgebracht?« fragte Haydon sanft.
Sie nahm nicht den Blick von dem Photo, und er sah, daß sich ihre Augen wieder mit Tränen füllten.
»Jeder hat über ihn geredet – hinter seinem Rücken, als ob er

ein Idiot gewesen wäre«, sagte sie. »Nur weil er nicht zur A-Klasse gehörte. Für sie war er ein Verlierer. Sie haben gelacht über ihn, über sein Haar, über seine Kleidung, wie er sich bewegte und verhielt.« Sie schüttelte den Kopf. »Er hat sich nur versteckt. Hatte selbst keine hohe Meinung von sich. Er wußte, daß sie ihn für einen Verlierer hielten, und je mehr er versuchte, nicht wie ein Verlierer aufzutreten, desto mehr hielten sie ihn dafür.«

Die Stare hörten sich an, als ob sie die Zweige der Baumwollbäume zerfetzten. Die Hitze war jetzt im Haus noch deutlicher zu spüren, und sie schien den Geruch des Alters zu verstärken. Altes Holz, alte Stoffe, alte Tapeten.

Alice Parnas betrachtete ihr Photo. Sie blickte zu Haydon auf, dann schaute sie hinaus zu seinem Wagen, dann wieder auf ihn. Ihre Augen füllten sich mit Tränen.

»Sie sind ein gutaussehender Mann. Und Sie wissen es, nicht wahr?«

Er sagte nichts dazu.

»Sie wissen es, ja?« Sie wartete auf seine Antwort.

Er wußte nicht, was er tun sollte. Es war eine höchst unangenehme Situation.

»Und Sie sind reich. Der Wagen da draußen.«

Er wartete.

»Natürlich wissen Sie es. Auch einfache Leute wissen, daß sie einfach sind. Häßliche, daß sie häßlich sind. Und Verlierer wissen, daß sie Verlierer sind. Ich meine, einfache Leute und Verlierer brauchen sich ja nur umzusehen, und sie merken ohne weiteres, daß sie einfach sind und Verlierer, genau wie gutaussehende Gewinner es merken. Sie machen sich nichts vor, wissen Sie. Sie wissen, daß auch die anderen sie für schlichte Gemüter und für Verlierer halten, und das tut weh. Es tut weh, weil sich keiner auch nur die Mühe macht, zu verbergen, wie er über den anderen denkt.«

Die Tränen liefen jetzt wieder über ihre flachen Wangen, und sie saß da, schaute ihn an, weinte wieder, ohne sich das Gesicht zu bedecken.

»Aber innendrin war er kein Verlierer, und ich bin kein schlichtes Gemüt. Wir haben uns behandelt, als ob wir schöne Gewinner gewesen wären, und das war es, was uns zusammengehalten hat. Mehr als alles andere auf der Welt.« Sie schluchzte. »Und, mein Gott, sie haben ihn umgebracht.«

Sie schaute auf ihr Bild in ihren Händen. Die Tränen tropften ihr vom Kinn wie Regen.

22

Haydon ging durch die Gittertür von Alice Parnas' kleinem Haus nach draußen, während ihm ihr Schluchzen folgte und sich mit dem Schnarren der Stare mischte, bis die beiden Geräusche in seinem Kopf völlig durcheinandergerieten. Ein totales Chaos. Er war sicher, es war ein größeres Durcheinander, als sie es geschildert hatte. Er stieg in den Wagen, fuhr weg aus der Bayland Street und achtete nicht darauf, wohin. Einfach fahren und über das Durcheinander nachdenken.

Es überraschte ihn nicht, als er feststellte, daß er tiefer in das Viertel der Lateinamerikaner geriet. Es war kurz vor Mittag, die Hitze hatte die Schatten des Morgens weggebrannt, und die kleinen Häuser standen ungeschützt in der Helligkeit und ließen sich wieder einen Tag lang von der Sonne ausdörren, die auf den mit Teer gestrichenen Schindeln der Dächer kleine Blasen zog und die Farbe weiter trocknete, daß sie abblätterte und das nackte Holz freigab.

Es überraschte ihn auch nicht, als er sich vor dem bewußten Haus wiederfand, den Motor ausschaltete, und es vom Wagen aus betrachtete. Seit damals war er öfter hiergewesen, und es veränderte sich nie, genau wie sich die Ereignisse nicht mehr änderten, ganz gleich, wie oft er sie durchlebte. Die Menschen waren weg, diese Menschen, und es gab wieder Kinder. Seit damals hatte es eine Menge Kinder gegeben. Immer Kinder. Da oder nebenan oder im nächsten Haus oder in den Häusern gegenüber.

Er beobachtete einen kleinen Jungen mit aufgeblähtem Bauch, einen Knirps, der um die Ecke des Hauses herumkam und nichts als eine schmutzige Unterhose anhatte, die ihm unter den Bauch gerutscht war. Er packte gedankenabwesend einen niedrigen, belaubten Zweig einer Honigakazie und zog zugleich einen Stock durch den Staub, während ein Mischlingswelpe versuchte, danach zu schnappen. Der Junge befreite den Zweig von den Blättern und ließ ihn nackt zurückschnappen, so daß ein paar goldgelbe Blüten des Baumes von der leichten Erschütterung abfielen.

Der Junge entdeckte etwas Interessantes im Schmutz des nackten Vorgartens, hockte sich sofort hin und ließ dabei seinen Stock los, den der junge Hund packte und wild schüttelte wie ein Terrier eine Ratte schüttelt. Der unnatürlich aufgeblähte Bauch des Jungen hing zwischen seinen fetten kleinen Knien, während er mit dem spielte, was er entdeckt hatte. Sein gerades, schwarzes Mexikanerhaar fiel ihm in die Stirn, und ein Wirbel mitten auf dem Kopf stand nach oben.

Haydon sah den klebrigen Schmutz auf dem gespannten Bauch des Jungen. Er war wie der Bauch des kleinen Jungen in jener Nacht, der auf dem durchgesessenen Sofa hockte und auf seine am Boden liegende Schwester hinunterschaute. Seine kleine Schwester. So klein. Haydon erinnerte sich, daß auch sie schmutzig war, erinnerte sich an alles andere. Die Fliegen. Die eine, große Kakerlake, die da saß, wo sie nicht hätte sitzen dürfen. Niemals.

Haydon fühlte, wie Panik in ihm hochstieg. Langsam schloß er die Augen und senkte den Kopf, bis er auf dem Lenkrad lag. Bilder, heftig und dunkel, zogen in einer ruckartigen Bewegung durch seine Gedanken, eine schmerzvolle Aneinanderreihung zitternder Szenen aus einer Nacht in diesem Haus, die so lange zurücklag und doch erst gestern gewesen sein konnte.

Er blickte hoch. Ohne die Klimaanlage wurde der Wagen schnell heiß. Er schaute durch die Windschutzscheibe auf die armselige kleine Straße. Niemand hier konnte sich die lauten Klimaanlagen leisten, die man in die Fenster einbaute und die meisten anderen Häuser hier in der Stadt kühl hielten. Hier waren die Häuser dazu da, einen Schatten zu schaffen, einen Platz, um vor der Sonne, nicht vor der Hitze, zu fliehen. Hier konnte man der Hitze nicht entfliehen.

Schließlich nahm der Junge den Hund, drückte ihn an sich. Haydon schaute den Jungen an und stellte sich vor, daß aus seinem Nabel ein dicker Blutstropfen kam, der eine Blase bildete. Die Blase zerplatzte und hinterließ eine dunkelrote Spur auf der Kurve des Bauches, die sich nach unten bewegte, bis sie einen bestimmten Punkt erreicht hatte, von dem aus das Blut in den Sand tropfte.

Haydon startete den Vanden Plas und fuhr weg.

Ninas Wagen war nicht da, also parkte er in der Auffahrt und betrat das Haus durch den Vordereingang. Gabriela hatte ihn kommen hören und traf ihn in der Küche, wo er sich eine Flasche weißen Bordeaux aus dem Regal genommen hatte und entkorkte.

»Sie hatten schon Lunch?« fragte sie; dabei legte sie eine Hand auf das geflieste Regal, während sie die andere in die üppig gepolsterte Hüfte stemmte.

Er zog den Korken aus der Flasche. »Nein. Können Sie mir ein Sandwich machen?«

»Natürlich. Schinken und Schweizer Käse? Es ist geräucherter Schinken, ein sehr guter. Und gutes, frisches Brot von Reginas Bäckerei. Dunkles Brot.«

»Das wäre prima. Könnten Sie es mir in die Bibliothek bringen? Und Oliven dazu?«

»Natürlich. Und die kleinen grünen Zwiebeln.«

Sie beobachtete ihn, wie er eines der Bistrogläser aus dem Schrank nahm, dann durch das Speisezimmer auf die Diele und zu den Terrassentüren ging. Sie kam hinter ihm her.

»Sie geben aber nichts davon dem alten Cinco, oder?«

Haydon ging auf die Terrasse.

Gabriela stand an der Tür, als er Cincos Schüssel holte und sie aus der Sonne in den Schatten stellte. Der alte Hund stemmte sich mühsam von der Stelle an der Balustrade hoch, wo er geschlafen hatte.

»Wenn Sie ihm Wein geben, dann verkürzen Sie seine Lebenszeit um die Hälfte«, sagte sie von der Tür aus, nun beide Hände in die Hüften gestemmt. »Wein ist für Menschen, nicht für Hunde.«

Haydon kniete sich hin und goß ein Drittel der Flasche in Cincos Schüssel, während der alte Collie auf ihn zukam, mit wedelndem Schweif, Haydon über die Schulter schaute und seinen Hals mit einer kalten Nase berührte. Haydon drehte sich um, kratzte ihn hinter den Ohren und erhob sich. Cinco ging um ihn herum in die Nähe der schattigen Wand und lehnte sich dagegen, als er sich langsam auf die Steinplatten niederließ. Dann blinzelte er die Schüssel an und begann den Wein zu schlabbern.

Gabriela schüttelte den Kopf und ging zurück ins Haus, um das Sandwich zu machen.

Haydon ging in die Bibliothek und stellte Weinflasche und Glas auf den Refektoriumstisch. Er setzte sich an seinen Schreibtisch, zog den Schreibmaschinentisch zu sich herüber und spannte ein Blatt Papier ein. Erst beobachtete er noch Cinco ein paar Minuten lang, dann begann er die Berichte über die Gespräche des Vormittags auszuarbeiten.

Nach einer Weile brachte Gabriela das Sandwich und stellte es mit einer Leinenserviette neben die Flasche und das Glas auf den Tisch. Haydon beendete seine Notizen, bevor er sich dem Sandwich zuwandte. Die Kombination aus geräuchertem Schinken und frischem Brot war köstlich, gerade mit genügend Dijon-Senf, daß es im Geschmack zu den salzigen Oliven paßte. Die grünen Zwiebeln waren frisch und zart. Haydon aß schweigend, trank den Bordeaux, schaute zwischendurch hinaus zu Cinco, der sich neben der leeren Schüssel schlafen gelegt hatte, wobei seine lange Nase auf den Pfoten ruhte.

Zwischen den Bissen zog sich Haydon ein Blatt Papier und einen Bleistift herüber und schrieb Powells Namen in die Mitte des leeren Blatts. Auf die eine Seite des Namens schrieb er *Parnas*, dann verband er sie mit einem Strich, den er an beiden Enden mit einem Pfeil versah. Es gab eine Beziehung zwischen den beiden, und eine, von der sie beide etwas hatten. Dann ging er mit der Hand weiter nach oben und schrieb *Langer*. Diesmal ging der Pfeil von Powell zu Langer: eine Beziehung, von Powell in die Wege geleitet. Weiter im Uhrzeigersinn um Powell schrieb er *Quinn*, und der Pfeil zeigte von Powell zu Quinn: auch dies eine Beziehung in nur einer Richtung. Hier gab es angeblich keine Erwiderung. Weiter im Uhrzeigersinn schrieb er *Toy* auf das Blatt. Der Pfeil zeigte in beide Richtungen, eine Beziehung mit gegenseitigen Vorteilen. Von Toy ging ein zweiter Pfeil aus, der bei einem Fragezeichen endete.

Soviel Haydon wußte, war Langer der einzige, der einen offensichtlichen Grund hatte, Powell zu töten. Aber nach Langers Aussage müßte es mindestens einen oder auch mehrere Pfeile geben, die von Powell ausgingen und an deren Ende Fragezeichen standen. Die Opfer von Powells Erpressungen. Wenn das der Fall war – wo befanden sich dann die Bänder, die Powell für diese Erpressungen benützte? Oder, was das betraf, wo waren die Bänder, mit denen er angeblich Langer erpreßte?

Haydon glaubte nicht an diese Videobänder. Er glaubte auch nicht, daß Powell irgend jemanden sonst erpreßte. Der Gedanke paßte einfach nicht zu dem Bild, das Alice Parnas von Powell gezeichnet hatte. Und was Wayne Powell betraf, neigte Haydon eher dazu, der Parnas zu glauben als Langer. Er radierte die Spitze des Pfeils neben Langer weg und setzte sie ans andere Ende, so daß der Pfeil jetzt auf Powell zeigte. Das, fühlte er, kam der Wahrheit näher.

Wenn Powell aber Langer gar nicht erpreßt hatte, warum hatte Langer sich diese ausführliche Geschichte über seine Seitensprünge in Los Angeles ausgedacht? Als Ablenkungsmanöver? Wovon? Von dem, was Powell tatsächlich nachts in Langers Labor machte. Wenn man der Parnas glauben wollte, dann war das, was Powell dort tat, zwar sehr sonderbar, aber nicht illegal genug, daß er dafür ermordet wurde. Es sei denn, auf den Bändern geschah etwas Unerwartetes, etwas, das nicht hätte gefilmt werden sollen und das Powell auch nicht hätte sehen dürfen. Aber wie konnte Langer darüber Bescheid wissen, und hätte er Powell deshalb getötet?

Vielleicht nicht, aber wenn Langer als Verdächtiger an Platz zwei rückte, übernahm Toy die Spitzenposition. Was auch immer die Ränke und Intrigen der beteiligten Individuen betraf, es schien sehr wahrscheinlich, daß Wayne Powell getötet worden war wegen etwas, das er auf den Videobändern gesehen und bearbeitet hatte. Und wo waren die Bänder? Es gab zwei Möglichkeiten: Sie waren bei demjenigen, der Powell umgebracht hatte, oder Powell hatte sie irgendwo versteckt.

Er mußte mit Mooney und Lapierre sprechen und sehen, was sie inzwischen herausgefunden hatten. Es war Zeit, ihre Notizen zu vergleichen.

23

»Ich komme gerade rein«, sagte Mooney. Er brüllte, während ein elektrischer Bohrer im Hintergrund jaulte. »Wie stehen die Aktien auf Ihrer Seite?«

»Verwirrend. Wir müssen miteinander reden«, sagte Haydon. »Ist Pete da?«

»Nein, er ist gleich zu Toys Wohnung gefahren, nachdem er uns heute vormittag verlassen hat. Wir wollten uns zum Lunch treffen. Haben Sie schon gegessen?«

»Ich habe gerade den letzten Bissen hinuntergeschluckt, aber das macht nichts.«

»Gut. Wie wär's mit Grif's um ein Uhr? Nein, warten Sie, es ist schon fast eins. Sagen wir, halb zwei. Pete wollte mich anrufen, sobald er auf dem Southeast Freeway ist, und ich habe noch keine Notiz auf dem Schreibtisch, daß er angerufen hat. Also wird es mindestens halb zwei.«

»Ich bin um halb zwei da«, sagte Haydon.

Grif's Shillelagh Inn gehörte zu den drei von Mooney bevorzugten Lunchlokalen. Es war einen Block vom Montrose Square entfernt, in einer kleinen Seitenstraße namens Roseland, und so dicht am Konsulat der Volksrepublik China, daß man einen Stein hätte in den Garten werfen können. Grif's war ein angenehmes Lokal mit Faßbier, zwei Fernsehern und einer Klientel, die sich aus Leuten mit Interesse für Sport zusammensetzte – welcher gerade eben »in« war oder Saison hatte.

Haydon traf als erster ein und ging durch den hohen Holzzaun, der die große, erhöhte Terrasse vor dem Eingang umgab, wo nachts Tische und Stühle standen, wenn keine Gefahr mehr bestand, am Hitzschlag zugrunde zu gehen. Er ging hinein und besetzte einen der hölzernen Tische mit Bänken an den zur Straße hinausgehenden Fenstern. Er setzte sich mit dem Rücken zum Fenster, so daß das Licht Mooney und Lapierre ins Gesicht fallen würde, und bestellte ein Miller Bier, das er eigentlich gar nicht wollte.

Als die beiden Kriminalbeamten hereinkamen, etwa eine Viertelstunde später, setzte sich Lapierre zu Haydon auf die Bank, während Mooney erst noch an die Bar ging, um einer der Kellnerinnen etwas zu sagen, etwas, das vertraulich und wohl auch lustig war, nach ihrer Miene zu urteilen. Eine seiner dicken, irischen Hände ruhte auf einem Teil ihrer Anatomie, was die Geste haarscharf in die Nähe eines Falles von Erregung öffentlichen Ärgernisses brachte. Danach kam er herüber, lachte immer noch, zog ein langes, gefaltetes Blatt Papier aus der Innentasche seines Jacketts und warf es auf den Tisch, während er über die Bank kletterte und sich gegenüber von Haydon niederließ.

Mooney und Lapierre bestellten bei der immer noch lächelnden Kellnerin, mit der Mooney gesprochen hatte, und sie gab ihre Bestellungen durch und brachte die Getränke, während Haydon ihnen von seiner Unterhaltung mit Thomas Herrick und seinen Gesprächen mit Langer und Alice Parnas berichtete. Er gab ihnen auch seinen Eindruck wieder, was die Wahrheit sein könnte und was nicht, vor allem im Hinblick auf die beiden letzten Gespräche. Als er fertig war, brachte die Kellnerin die Hamburger. Mooney nahm einen Bissen, kaute ein paarmal und spülte ihn dann mit Milch hinunter.

»Hört sich so an, als ob dieser Toy ein wirklich ernster Fall wäre«, sagte er. »Der Kerl könnte mit allem möglichen Scheißdreck in Verbindung stehen. Ein Bursche mit so einem Hintergrund! Bitte gib mir den Ketchup, Pete.«

»Ich finde, er ist noch lange nicht so unheimlich wie derjenige, der diese Filme in Auftrag gibt«, sagte Lapierre und schob die Flasche, die vor ihm stand, zu Mooney hinüber. »Ich schätze, es ist nicht einmal illegal, aber es hört sich bestimmt nicht besonders geschmackvoll an.«

Mooney schüttete eine gehörige Portion der dicken roten Sauce über seine Pommes und sagte: »Ich meine, wir sollten uns den kleinen Dreckfink schnappen und ihm drohen, daß wir ihn in seine Scheiß-Mongolei zurückschicken, wenn er nicht auspackt und uns sagt, was da vor sich geht.«

»Das dürfte nicht ganz leicht sein«, erwiderte Lapierre, legte den noch nicht gegessenen Teil seines Hamburgers in das Pappdeckelkörbchen und wischte sich die Finger an einer Papierserviette ab.

»Das brauchst du mir nicht zu sagen«, entgegnete Mooney gutmütig, schaute ihn an, während ein langes, vom Ketchup rotes Kartoffelstück an seinem Finger baumelte.

Lapierre nickte. »Ich bin ungefähr um halb elf dort gewesen. Seine Wohnung ist am Greenbriar Drive, nicht weit von der Holcombe. Es ist ein solider Block mit einem einzigen Eingang, und Toys Eigentumswohnung liegt am Ende einer seitlichen Zufahrt, eine Art Atriumhaus. Ich habe auf der anderen Straßenseite geparkt und bin hinübergegangen; dabei hab' ich nachgeschaut, ob entweder der Mercedes oder der Audi auf dem Parkplatz standen. Aber keiner von beiden war da, also bin ich zu der hinteren Einfahrt und habe die Abstellplätze, die mit Toys Nummern gekennzeichnet sind, in der Garage überprüft. Auch dort nichts. Es ist ziemlich ruhig dort, also bin ich wieder hinauf zu seiner Tür. Sie war zwar geschlossen, schien aber aufgebrochen worden zu sein, und das Schloß hing lose am Holz. Die Tür war nicht einmal eingeschnappt. Ich drückte dagegen und ging hinein.«

Er trank einen Schluck Coors Light.

»Die Schranktüren alle offen, ein paar von den Regalen leer. Sah so aus, als ob auch Töpfe und Pfannen verschwunden wären. Sonst war das meiste in der Küche geblieben, aber es machte den Eindruck, als ob alles durchgeschaut worden wäre. Die Schränke in den oberen Schlafzimmern sind ausgeräumt worden, ebenso die meisten Kommoden. Aus den Badezimmern sind die persönlichen Toilettensachen, Zahnbürste und so weiter verschwunden. Unten auf dem Teppich gab es Abdrücke, als ob dort ein Fernseher gestanden hätte, und auf einem Regal war ein Viereck mit dickem Staub, wo wahrscheinlich die Stereoanlage aufgebaut gewesen war. Darunter befand sich das Regal mit den Platten. Unter dem Türschlitz der Haustür lag haufenweise Post. Ich bin nach draußen, um nach den Zeitungen zu sehen. Donnerstag bis heute.

Es sieht so aus, als ob sie rasch mal umgezogen wären. Fast alles andere, was man zum Wohnen braucht, war da. Ich habe an anderen Türen in der Wohnanlage geklopft, aber niemand hat etwas gewußt, bis ich zu einer Frau kam, die sagte, daß sie mit den zwei Chinesinnen recht gut befreundet sei. Sie sagte, sie habe sie seit mehreren Tagen nicht gesehen. Meistens hielten sie sich in der Nähe des Pools auf. Ich versuchte, sie festzunageln, wie lange sie sie nicht mehr gesehen hatte, und sie meinte, das letzte Mal sei wohl Mittwoch gewesen. Also vor einer Woche. Sonst hatte ich bei niemandem Glück.«

»Hat denn jemand außer dieser Frau in der Wohnanlage Toy oder die Mädchen gekannt?« fragte Mooney. Er hatte seinen Hamburger aufgegessen und aß nun mit einem Zahnstocher lässig die restlichen Pommes frites. Im Licht, das durch das Fenster fiel, bemerkte Haydon, daß die kleinen scharlachroten Kapillarvenen an Mooneys Nase und an den Wangen stärker hervortraten. Sein Gesicht wirkte so, als ob er ständig einen leichten Sonnenbrand hätte. Seine irischen Ahnen hätten einem Sonnenstaat wie Texas fernbleiben sollen.

»Nein. Aber es sind acht Bungalows in diesem kompakten Würfel, und ich habe nur mit fünf Bewohnern gesprochen. Bei den zwei anderen war niemand zu Hause, wie ja auch bei Toy. Vielleicht wissen diese Leute etwas.«

»Die Zeitung von Donnerstag«, wiederholte Haydon nachdenklich. »Und die Tür aufgebrochen.«

»Ich nehme an, Toy hat die fraglichen Bänder«, sagte Mooney. »Und er weiß, daß noch jemand anders sie haben will. Was, glauben Sie, hat der kleine Scheißkerl vor?«

»Pete«, erklärte Haydon, »wir sollten die Kennzeichen von diesen zwei Autos so schnell wie möglich an die Verkehrsstreife rausgeben. Lassen Sie Toys Wohnung versiegeln und sprechen Sie mit den restlichen Bewohnern der Anlage. Ed, ich schlage vor, Sie suchen die Wohnung noch einmal durch. Vielleicht finden Sie ja doch noch etwas, das uns einen Hinweis gibt. Irgend etwas. Lassen Sie sich von Dystal die Genehmigung geben, bei den Fluggesellschaften und Busstationen nach Asiaten zu fragen, die an den ersten drei Tagen nach Mittwochabend von dort abgereist sind. Vielleicht sollten wir auch die Leihwagenfirmen fragen. Wenn Toy in der Stadt bleibt, wird er vielleicht nicht im Mercedes oder in seinem Audi herumfahren wollen.«

Lapierre nickte und machte sich ein paar Notizen.

»Haben Sie die Liste der Klienten von der Agentur?« wandte sich Haydon an Mooney.

»Hier ist sie.« Mooney faltete das Blatt auf, das er auf den Tisch gelegt hatte, und reichte es Haydon. »Ziemlich interessant«, sagte er. »Was glauben Sie, wer zu den Kunden zählt? Mrs. Harold Wilshire und Mrs. George Ginsberg. Kaum zu glauben, was? Damen der Gesellschaft, die eine Public Relations-Agentur beauftragen.«

»Das kommt häufig vor«, sagte Haydon und warf einen Blick auf die Liste. »In den nächsten paar Monaten ist es wieder jemand anders.«

Mooney schaute Lapierre an und riß die Augen weit auf. »Na ja, ein paar Politiker sind auch dabei. Das kann ich gerade noch verstehen. Diese Gauner brauchen doch alle Hilfe, die sie bekommen können. Und viele große Firmen. Langer ist anscheinend im ganzen Land eine große Nummer.«

»Haben Sie sich eine Kopie für die Akten angefertigt?« fragte Haydon.

»Klar.«

»Ich werde versuchen, mir über einiges Klarheit zu verschaffen«, sagte Haydon. »Ich weiß zum Beispiel nicht, was Multicorp ist. Und Synco, TechGroup, United Merchantile und ein halbes Dutzend andere. Und ich will nicht zu Langer gehen, um mir diese Informationen geben zu lassen, denn dann könnte er erfahren, woher wir die Liste haben.« Er schaute Mooney an. »Sie haben sie doch unter allen Vorsichtsmaßnahmen bekommen, oder?«

»Ja. Das nette, kleine Ding, das sie für mich besorgt hat, glaubt, daß es, nur wenn sie äußerstes Stillschweigen bewahrt, eine Chance gibt, den verrückten Killer zu schnappen, der sich bei Langer Media herumtreibt. Sie wird bis ans Ende ›Was denn für eine Liste?‹ fragen, falls man sie zur Rede stellt. Ich habe sie sozusagen für uns rekrutiert.«

Frank Siddons warf einen Blick auf den Computerausdruck, der auf seinem Schreibtisch lag, und lächelte. Es machte ihm Spaß, als Bevorzugter einen Blick auf Insider-Informationen zu werfen. Eine der ersten Freuden als junger Anwalt war es für ihn gewesen, zu wissen, daß ihm die Beziehung zwischen Anwalt und Klient eine Welt der Geheimnisse öffnen würde, reine und profane, und daß die Leute, wenn sie seine Dienste in Anspruch nahmen, geneigt, ja gezwungen waren, ihm Dinge mitzuteilen, die sie sonst nicht einmal in der heiligen Abgeschlossenheit eines Beichtstuhls gestehen würden. Geheimnisse waren eine herrliche Sache. Er genoß sie sehr, und es machte ihm sogar Spaß, sie zu bewahren.

Das hier war natürlich eine andere Sache, aber trotzdem freute er sich, Informationen zu erhalten, die ihm eigentlich nicht zustanden. Es belebte ihn geradezu. Er hatte die meisten Kunden von Langer Media bereits identifiziert, hatte Haydon erklärt, was für Geschäfte sie trieben, über die Kontakte spekuliert, die Langer hergestellt und geschmiert haben mochte, damit er den Vertrag erhalten hatte, sie repräsentieren zu können. Eine große, unabhängige Ölgesellschaft, eine junge und sich rasch entwickelnde Computerfirma, eine größere Bank, eine Elektronikfirma, ein Speditionsbetrieb, eine Fluggesellschaft, eine Immobilienfirma, eine industrielle Großbaufirma, eine Hausbaugesellschaft, eine Textilfabrik, eine Holzhandlung, dazu Dutzende von Zwischenhandelsfirmen. Langer war mächtig, mächtiger, als Siddons vermutet hatte.

Aber das Lächeln war für die Entdeckung zweier besonderer Auftraggeber auf der Liste reserviert. Er hatte nicht gewußt, daß es zwei davon sein würden, aber wenigstens eine – damit hatte er gerechnet. Er nahm die unangezündete kalte Zigarre aus dem Mund und hielt sie mit der Linken, während der gichtige Zeigefinger seiner rechten Hand auf die Stellen zeigte.

»Da haben wir's, Stuart. Das, was den Gentleman von dort drüben im wahren Licht zeigt.« Damit deutete er mit dem Daumen über die Schulter auf das spiegelverglaste Gebäude von Roeg International. »Multicorp und Synco.«

»Sie gehören ihm?«

»Multicorp, ja. Eine Elektronikfirma in Denver.« Siddons lehnte sich in seinem alten Sessel zurück. »Vor ein paar Jahren hat das US-Militär unsere israelischen Freunde mit einer neuen Waffe beliefert, weil es sie erproben wollte, sobald sich dazu eine Chance ergab. Da die Israelis damals gerade dabei waren, den Libanon zu besetzen, um die PLO zu vernichten, hatte man die Gelegenheit, die Waffe erstmalig anzuwenden.

Man nennt sie die Vakuumbombe. Die Israelis haben sie bekommen und über einem Gebäude abgeworfen, in dem sich ihrer Meinung nach Yassir Arafat versteckt hielt. Er war nicht dortgewesen. Aber das Ding funktioniert folgendermaßen: Man wirft es aus einem Flugzeug ab, und es detoniert direkt über dem Ziel. Es explodiert, und der Luftdruck läßt das Gebäude *implodieren*, wobei alle Leute, die drinnen sind, auf der Stelle getötet werden, während die Bombe praktisch keinerlei Zerstörung an dem Gebäude und den umliegenden Häusern anrichtet. Genau das sollte sie tun, und das hat sie auch getan. Die Israelis brachten fast dreihundert Menschen um, nur um den Amerikanern zu beweisen, daß ihre Vakuumbombe eine erfolgreiche Waffe war. Sicher werden in Zukunft mehr davon hergestellt, und Multicorp produziert die Zünder. Roeg hat einen lukrativen Vertrag mit der Regierung.«

»Und Langer hat einen vermutlich ebenso lukrativen Vertrag mit Multicorp«, fügte Haydon hinzu.

»Ganz bestimmt. Es ist natürlich überwiegend defensive Public Relations. Die Linken lassen mit Vorliebe regierungsfinanzierte ›Munitionshändler‹ hochgehen, und Langers Firma versucht, Multicorp dabei zu helfen, daß sie nicht auffallen. Am liebsten würden sie die Multicorp unsichtbar machen.«

»Okay. Und was ist Synco?«

Siddons grinste wieder. »Synco ist noch interessanter und beansprucht vermutlich noch mehr Arbeit von Langer Media. Synco, Stuart, ist eine Scheinfirma. Der Strohmann für eine CIA-Desinformationsaktion in Mittelamerika. Speziell in El Salvador. Für die US-Regierung, die sich dort so dringend engagieren möchte, stellt El Salvador ein riesiges PR-Problem dar. Die korrupten Milizen, die wir dort unterstützen, die rechtsradikalen Todesschwadronen, die mit der Regierung konform zu gehen scheinen, unsere zunehmende militärische Präsenz, die geheimnisvollen Todesfälle unter Zivilisten, das alles und mehr muß der amerikanischen Öffentlichkeit schmackhaft gemacht werden, damit sie keine Protestmärsche veranstaltet und den Kongreß zwingt, sich von dort zurückzuziehen. Man kann sehr viel tun, um die Reportagen, die in die Staaten herüberkommen, etwas freundlicher zu frisieren. Langer hat eine ganze Schar von CIA-ausgebildeten Leuten, die dort unten arbeiten und versuchen, die Sache in den Griff zu bekommen.«

»Und warum macht es der CIA nicht gleich selbst?«

»Nun ja, allmählich kommt der CIA ja wieder auf die Sonnenseite, ich glaube, er versucht derzeit ein Comeback. Aber der Kongreß schaut ihm weiterhin auf die Finger. Sie können im Augenblick noch nicht allzu weit gehen. Dennoch wollen sie mehr erreichen. Also geben sie die Aufträge aus, die sie selbst nicht erledigen können. Desinformation und Medienkontrolle sind zwei Gebiete, auf denen das bisher erfolgreich funktioniert hat. Der CIA sagt: Hier ist eine nicht existente Firma, hier sind die Namen von ein paar Leuten, die wir ausgebildet haben, aber nicht mehr beschäftigen, und hier ist ein Auftrag, hier ist der Kontrakt.«

»Und das klappt?«

»Sehr gut sogar. Besser als die amerikanische Öffentlichkeit denkt. Und es funktioniert in zwei Richtungen. Diese Synco-Leute da unten versuchen gleichzeitig, das antiamerikanische Gefühl der Salvadorianer zu zerstreuen, denn sie kommen mit vollen Händen.«

Haydon streckte den Arm aus und drehte den Ausdruck herum, daß er ihn sehen konnte. Er studierte die Liste, während Siddons an seiner Zigarre kaute.

»Dann hat Langer also Kontakte in El Salvador. Leute, die sich dort auskennen und ihn hinbringen können, wo er will, ihm das zeigen können, was er sehen will.«

»O ja. Die meisten davon sind Salvadorianer, also Leute aus Mittelamerika. Der CIA benützt sie, wie er die Kubaner benützt hat. Bei Geheimaktionen ist es immer besser, Einheimische zu benützen. Die kennen sich aus.«

»Danke, Frank«, sagte Haydon und faltete die Liste zusammen. »Du warst mir eine große Hilfe.«

»Mein Vergnügen. Es hat mir Spaß gemacht, deine Liste zu studieren.« Er grinste. »Glaubst du, daß du den Fall lösen kannst, Stuart?«

»Ich bin jetzt zumindest näher dran als zuvor.«

Der alte Mann nickte, ließ die Maduro zwischen seinen Zähnen rotieren. Seine ruhigen Augen waren auf Haydon gerichtet.

Haydon wartete ein paar Sekunden, bevor er aufstand. »Feltner hat mir gesagt, daß keiner von den Managern, die nahe an Roeg herankommen oder die früher zu seinem ausgewählten, inneren Kreis gehörten, berichten würden, wie es ist, für ihn zu arbeiten. Er behauptet, sie seien nicht bereit, Auskunft über seine Macken und Exzentrizitäten zu geben.«

»Das kann ich mir denken.«

»Ich muß jemanden finden, der dazu bereit ist.«

»Vielleicht fährst du einfach hin und sprichst mit ihm«, schlug Siddons vor.

»So weit bin ich noch nicht.«

»Denkst du an etwas ganz Bestimmtes?«

Haydon überlegte, bevor er antwortete. »Wayne Powell hat nachts in Langers Labor Videobänder kopiert. Es gehörte nicht zu seiner eigentlichen Arbeit, sondern war eine Art zweiter Job. Seine Freundin meinte, der Film, den sie einmal gesehen hatte, sei von einem ehemaligen Kriegsreporter aufgenommen, den ›ein Mann‹ engagiert hatte, um an heißen Punkten dieser Welt möglichst grausames Kriegsfilmmaterial zu bekommen, je blutiger, desto besser. Viel davon kam aus Lateinamerika. Langer behauptet, nichts davon zu wissen, und daß er Powell die Einrichtungen benützen ließ, weil er von ihm erpreßt wurde. Er weiß angeblich nicht, was Powell nachts in dem Labor getan hat, und es sei ihm auch egal gewesen.

Ich nehme an, Powell hat auch in der Nacht, als er ermordet wurde, Videobänder bearbeitet, und vermutlich hat ihm das, was auf diesen Bändern dargestellt ist, den Tod gebracht. Der Kriegsreporter und Kameramann ist untergetaucht, und jemand hat in seiner Wohnung eingebrochen und alles durchsucht.«

Haydon fühlte geradezu, wie der alte Mann seine Nervenenden ausstreckte und vorsichtig die Elektrizität in der Luft prüfte.

»Vielleicht sagt Langer sogar die Wahrheit«, fügte Haydon hinzu, »und das, was zwischen Powell und dem Reporter vor sich gegangen ist, hat nichts mit Langer zu tun. Aber ich glaube Langers Geschichte nicht, daß Powell ihn erpreßt hat. Und das eröffnet zumindest in meinen Gedanken eine Menge sehr komplizierter Möglichkeiten, die selbst Josef Roeg mit in die Sache hineinziehen könnten.«

Nach einem Augenblick fragte Siddons: »Du bist ziemlich sicher, nicht wahr?«

»Ich weiß noch nicht genug, um ziemlich sicher sein zu können.«

Siddons schaute ihn an. Er hatte die Zigarette aus dem Mund genommen. Seine bleichen, mit Altersflecken übersäten Hände lagen auf dem dunklen, glänzenden Holz des Schreibtischs. »Vielleicht hat ja auch Jack Feltner keine ganz korrekte Auskunft erteilt«, sagte er.

24

Er wohnte in Hunters Creek, eine aus einer Vielzahl von eingemeindeten Kleinstädten innerhalb des Stadtgebiets von Houston, die als Memorial Villages bekannt waren. Zusammen umfaßten sie elf Quadratmeilen des vornehmsten und teuersten Grundbesitzes westlich des Loop und entlang dem Memorial Drive. Sein Haus lag mitten in zehntausend Quadratmetern üppig bewaldeten Landes an der Pifer Road, einer Querstraße der Beinhorn. Hier standen die Pinien dicht beisammen und bildeten ein undurchdringliches Unterholz. Wenn die Sonne hindurchkam, dann nur in einzelnen Flecken, wenn sie sich mühsam von den Wipfeln zur mulchenen Erde nach unten kämpfen konnte, und dort wurde sie von der grünen Dämmerung verschluckt.

Haydon bog nach dem Zaun aus Halbstämmen in eine Privatstraße ein und folgte ihr, bis sie vor dem flachen Haus endete, das so dicht in den Wald eingepaßt war, daß sich Haydon wunderte, wie die Erbauer das geschafft hatten. Es war ein Heim im Ranchstil, etwa zwanzig Jahre alt, aus walnußbraunen Ziegeln und einem Dach aus Zedernholzschindeln, die verwittert waren und so grau aussahen wie der Waldboden. Das Haus fügte sich großartig in seine Umgebung ein, die es noch einsamer und abgeschlossener erscheinen ließ.

Es standen keine anderen Wagen in der Auffahrt, es gab keine sichtbare Garage, und erst als Haydon den Motor des Vanden Plas abgeschaltet hatte, sah er den schmalen, gepflasterten Pfad, der zwischen den Bäumen hindurch auf die Rückseite des Hauses führte. Am Rand der Auffahrt gab es eine Holzbrücke mit einem Geländer aus einfachen Bohlen, die sich über einen Graben oder ausgetrockneten Creek spannte und auf einen Weg aus Kalksteinplatten und zur Haustür führte. Die Piniennadeln lagen so dicht auf dem Boden, daß es Haydon so vorkam, als überquerte er die Brücke auf einem tiefen Teppich. Als er sich der Haustür näherte, hörte er eine Spottdrossel im dichten Unterholz singen und sog den Duft des Waldes tief in seine Lungen.

Er drückte auf den Klingelknopf an der Tür und wartete.

»Wer da?« Eine Frauenstimme kam aus dem vergitterten Lautsprecher. Eine Frau in mittleren Jahren, dachte Haydon.

»Stuart Haydon, für Mr. Greiner.« Er fragte sich, ob auch seine Stimme ihr als die eines Mannes in mittleren Jahren vorkam.

»Einen Moment, bitte.«

Er wartete, schaute in den Wald auf der rechten, dann auf der linken Seite. Als die Tür geöffnet wurde, stand ein stämmiger, muskulöser junger Mann dahinter, ganz in Weiß gekleidet. Haydon entschied auf den ersten Blick, daß es eine Art Uniform sein mußte: ein engsitzendes, die athletische Figur betonendes T-Shirt, eine weiße Baumwollhose, ein weißer Gürtel, weiße Schuhe mit Kreppsohlen. Ein Krankenpfleger. Der junge Mann sagte Hallo und schaute hinter Haydon hinaus auf die Zufahrt.

»Sie sind allein gekommen.« Es war eine Feststellung, aber Haydon sagte dennoch ja. »Fein – kommen Sie herein.« Er trat zurück, und Haydon gelangte in einen Schwall kühler Luft und den schwachen Duft von Holzfeuern, der vom Winter hängengeblieben war.

Das Haus war riesig. Die Decken waren nicht hoch, aber die Räume breiteten sich aus und verliefen ineinander und in alle Richtungen. Er konnte durch breite Durchgänge in andere Bereiche des Hauses sehen. Direkt vor ihnen war eine Glaswand, die nach draußen ging, und als Haydon den geräuschlosen Schritten des Pflegers folgte, stellte er fest, daß es nur eine von drei Glaswänden war, die einen großen Teil des Waldes sichtbar machten. Das Haus war ganz mit Teppich ausgelegt, was jedes

Geräusch im Inneren schluckte, während der Wald alle Geräusche von draußen dämpfte. Die Stille war fast bedrückend. Haydon fühlte sich ein wenig unbehaglich.

Sie folgten einem breiten Korridor, mit dem Wald hinter Glas auf der einen Seite und hier und da einer Tür auf der anderen. Der Pfleger blieb vor einer Doppel-Kassettentür stehen und zog beide Flügel auf. Als die Türen in die Wände verschwanden, betrat der junge Mann den Raum, und Haydon folgte ihm. Es war der letzte Raum in diesem Flügel des Hauses, lang, mit einer nach außen gewölbten Wand am entgegengesetzten Ende, auch sie war aus Glas. In der Mitte des riesigen Raums saß ein Mann in einem Rollstuhl und schaute hinaus auf die Bäume.

»Hier ist Mr. Haydon, Sir«, sagte der junge Pfleger.

Der Rollstuhl sirrte und drehte sich langsam um. »Philip Greiner«, sagte der Mann, während der Stuhl auf Haydon zurollte. »Frank hat mich angerufen und Sie angekündigt.«

Er hielt vor Haydon an. Offensichtlich war er ein sehr kranker Mann. Haydon schätzte ihn auf Mitte Fünfzig, aber es war schwer zu beurteilen, weil seine Muskeln auf dramatische Weise geschwunden waren, was seine Haut an den Wangen und unter dem Kinn lose hängen und zuviel rotes Gewebe unter den Augäpfeln sehen ließ.

»Amyotrophische laterale Sklerose«, sagte er. »Es fing an, als ich mich von der Arbeit zurückgezogen habe. Als ich versuchte, die Früchte meiner vielen Arbeitsjahre zu genießen.« Er lachte, und es war kein bitteres Lachen. Er schien sogar so etwas wie Humor in dieser Ironie des Schicksals zu finden. Sein Kopf zuckte ein wenig, dann fiel er ihm auf die Brust wie bei einem Baby, das gerade dabei ist zu lernen, wie man den Kopf hochhält, aber noch nicht die Kraft dazu besitzt. Der junge Mann kam zu ihm und half ihm, den Kopf zu heben, bis Philip Greiner Haydon wieder ins Gesicht schauen konnte.

»Das kommt vor«, sagte Greiner. »Hoffentlich ist es Ihnen nicht unangenehm.«

»Ich bin Ihnen dankbar dafür, daß Sie mir Ihre Zeit widmen«, erwiderte Haydon.

»Sie drücken auf den Summer, wenn Sie mich brauchen, Mr. Greiner?« fragte der junge Mann. Er stand zwischen dem Rollstuhl und der Tür.

»O ja. Danke, Mike. Danke.«

Der junge Mann ging hinaus und zog die doppelte Schiebetür hinter sich zu. Greiner bewegte einen Knebelschalter an der Armstütze des Rollstuhls, und der Stuhl drehte sich wie ein Roboter, fuhr bis ans andere Ende des großen Raums.

»Kommen Sie mit hier herüber. Wenn ich in der Nähe der Glaswände bin, habe ich das Gefühl, ich bin draußen im Wald. Das hilft.« Es gab bequeme Sessel in einem lässigen Halbkreis zum Wald, einen Couchtisch, einen Getränkewagen mit einer kleinen Eisbox, Mengen von Zeitschriften und ein paar Romane, die auf dem Boden lagen. Der Mann hielt mit seinem Rollstuhl in einer Lücke zwischen den Sesseln. »Setzen Sie sich, wo Sie mögen, Mr. Haydon. Ein Drink?«

»Nein, danke.«

Greiner lächelte zittrig. »Frank ist gut befreundet mit mir«, sagte er. »Schon seit – seit achtzehn Jahren. Ich habe zehn Jahre für Josef Roeg gearbeitet. Fünf Jahre habe ich gebraucht, um nach oben zu kommen, und fünf Jahre, um in den inneren Kreis zu gelangen.« Er lehnte seinen Kopf zurück auf eine gepolsterte Stütze, die offenbar eigens für ihn in den Stuhl eingebaut worden war. Da er den Kopf nicht ganz gerade hielt, schaute er Haydon durch leicht gesenkte Lider an. »Frank sagte, Sie wollten etwas über das Uhrwerk des Menschen Roeg wissen, und man sagte Ihnen, niemand, der etwas weiß, sei bereit, es zu verraten. Wollen Sie wirklich keinen Drink?«

Haydon schüttelte den Kopf. Es war schwer zu sagen, wie groß Greiner war. Der Rollstuhl wies viele Batterien und Geräte auf, und der Mann, der darinsaß, wirkte relativ klein. Aber vielleicht kam es auch daher, daß der marineblaue Hausmantel, der ihn fast verschluckte, für den Mann gekauft worden war, den er vor seiner Krankheit dargestellt hatte. Sein hellblauer Pyjama mit dunkler Einfassung schaute am Kragen, an den Ärmeln und unten an den Beinen aus dem Hausmantel hervor.

»Frank hat Ihnen gar nichts von mir erzählt, nicht wahr? Er hat Ihnen nicht einmal gesagt, daß ich im Rollstuhl sitze.«

»Das stimmt.«

Greiner fragte: »Sind Sie ein Mensch, der Selbstbeobachtungen anstellt, Mr. Haydon?«

»Das nehme ich an«, antwortete Haydon. »Innerhalb vernünftiger Grenzen.«

Wieder lächelte Greiner. »Innerhalb vernünftiger Grenzen, ja. Nun, ich sage Ihnen, ich habe es nie getan. Aber in den letzten vierzehn Monaten bin ich der introspektivste aller Menschen geworden. Churchill sagt, es konzentriert die Gedanken auf wundervolle Weise, wenn man beschossen wird. Er hatte recht, aber wenn Stücke von einem weggerissen werden, hat das dieselbe Wirkung. Ich meine *wirkliche Stücke*, und nicht nur den Körper. Ich werde Ihnen erzählen, was in vierzehn Monaten mit einem Mann geschehen kann und wie sehr das seine Gedanken ›auf wundervolle Weise‹ konzentriert. Vor nicht viel mehr als einem Jahr hatte ich alles: eine lukrative Karriere, einen beträchtlichen Status, eine zauberhafte Frau, eine wunderbare Tochter. Im Mai, vor vierzehn Monaten, haben Janet, meine Frau, und ich hier gesessen, gerade da, wo Sie und ich jetzt sitzen. Es war ein Samstagvormittag, und wir hatten eben einen Anruf von Denise, unserer Tochter, erhalten. Sie verließ das Internat Chapel Hill, um über die Sommerferien nach Hause zu kommen, und rief kurz noch einmal an. Janet und ich hatten darüber gesprochen, wie wir uns darauf freuten, sie hier zu haben. Janet nahm ein neues Heft von *National Geographic*, das eben mit der Post gekommen war, in die Hand und sah es durch, als sie plötzlich seufzte und über dem Sofa zusammenbrach. Genau hier. Tot. Herzschlag.«

Er hielt inne, als versuchte er, sich bis in die kleinsten Details daran zu erinnern, wie es geschehen war.

»Wissen Sie, bei mir hätte es niemanden gewundert. Ich habe geraucht, habe ein bißchen getrunken, hatte eine Manager-Position, in der ich ständig unter Streß stand. Nach der Wahrscheinlichkeitsrechnung hätte ich es sein müssen. Ein paar Tage danach saß ich wieder hier. Allein. Ein Witwer. Aber Denise war hier, und wir verbrachten den Sommer zusammen.

Drei Monate später, nachdem ihre Sommerferien zu Ende waren, fuhr Denise im Herbstregen zurück ins Internat. Ihr Wagen wurde aus einer Kurve getragen, und sie war tot. Als ich den Anruf erhielt, bin ich fast selbst gestorben. Wirklich.«

Greiner rollte den Kopf auf die andere Seite und schaute hinaus in den Wald. »Drei Monate danach, kurz vor Weihnachten, hat mich Roeg pensioniert. Sechs Wochen danach entdeckten die Ärzte die amytrophische laterale Sklerose bei mir. Eine Krankheit, für die es keine Heilung gibt.«

Er rollte den Kopf wieder herum und schaute Haydon an. »In den vergangenen fünf Monaten habe ich, sagen wir, etwas mehr als ›innerhalb vernünftiger Grenzen‹ Selbstbeobachtungen angestellt. Sicher haben auch Sie schon über Schicksalsschläge gelesen, die den Menschen begegnen. In den Zeitungen. Jemand erlebt eine Serie von Tragödien, und Sie schütteln den Kopf und blättern weiter zum Sportteil. Ich habe es genauso gemacht – was hätte ich auch tun sollen?«

Danach entstand kurzes Schweigen, dann berührte Greiner den Knebelschalter an seinem Rollstuhl, der ihn in einen besseren Winkel zu Haydon brachte.

»Was wollen Sie über Roeg wissen?« fragte er. Er schien alles gesagt zu haben, was er über die tragischen Ereignisse in den letzten vierzehn Monaten seines Lebens hatte sagen wollen.

Haydon kam es so vor, als sollte er irgendwie auf Greiners Story antworten, auf sie eingehen, aber ihm fiel nichts ein, was im Vergleich zu dem ungeheuerlichen Geschehen nicht trivial geklungen hätte. Also folgte er Greiners goldener Brücke, schlug seine langen Beine übereinander und begann, ihm einen behutsamen Überblick des Falles zu geben, wobei er darauf achtete, genügend Zusammenhänge herzustellen, daß Greiner erkennen konnte, wie Roeg in die Sache paßte und warum Haydon mehr Informationen über ihn brauchte. Er erwähnte nicht Langers Namen, doch es zeigte sich, daß das eine naive Auslassung war. Während er sprach, schloß der kranke Mann die Augen. Er lächelte einmal über irgend etwas, war abgesehen davon aber bewegungslos.

Als Haydon am Ende war, öffnete Greiner die Augen und berührte wieder den Knebelschalter, gerade lange genug, daß der Motor sirrte. Er setzte den Rollstuhl damit nicht in Bewegung; es schien eine Art nervöser Tick zu sein, um seine Gegenwart in der Welt der Lebenden zu bestätigen.

»Sie sprechen natürlich von Bill Langer«, sagte Greiner. »Hören Sie, bevor ich Sie ins Licht setze, könnten Sie herkommen und diese Kopfstütze ein wenig verstellen?«

Haydon stand auf und ging hinüber zum Rollstuhl.

»Auf der Rückseite des verchromten Schafts, der das Ding hält, ist eine Flügelschraube. Lockern Sie sie und neigen Sie das Polster etwas weiter nach vorn. Gut, großartig. Genau richtig. Danke.«

Haydon kehrte zu seinem Sessel zurück und setzte sich wieder.

Greiner berührte den Knebelschalter und wartete einen Moment, bevor er zu sprechen begann. Vielleicht brauchte er ein paar Sekunden, um sich auf das Thema zu konzentrieren.

»Josef Roeg ist in jeder Hinsicht ein sonderbarer Mensch. Er sieht sonderbar aus, er verhält sich sonderbar, und er hat eine der ungewöhnlichsten Zwangsvorstellungen, die es auf der Welt gibt. Er liebt die Gewalt. Das heißt, er liebt es, sie zu beobachten. Ein klugerweise passiv bleibender Beobachter.

Er besitzt ein Filmarchiv in seiner großen Villa drüben beim River Oaks Country Club. Eine Art riesiger Safe mit genau kontrollierter Feuchtigkeit und Temperatur, um die alten Filme ebenso zu bewahren wie die neuesten Magnetbänder in Videotechnik. Er hat Hunderttausende ausgegeben, um dieses Archiv zusammenzustellen. Es enthält die grausamsten Dinge, die jemals auf Film oder Video gebannt wurden. Meistens Kriegsfilmmaterial, natürlich, da das die einzige Art von Gewalttaten enthält, die man legal filmen kann. Er hat Kopien von dem Material, das die meisten Sender niemals zeigen würden. Er hat Filme von Verhören durch die Nazis, von Grausamkeiten der SS in den

Konzentrationslagern, von Vergasungen. Diese Schweinehunde waren die ersten, die ein solches Archiv anlegten: dokumentarisches Material zur Vernichtung von Menschen. Eine Geschichte des Dritten Reiches. Auf diesen Filmen finden entsetzliche Dinge statt, die Sie nicht glauben würden. Die Dokumentarfilme, die man im Fernsehen zu sehen bekommt, kratzen noch nicht einmal an der Oberfläche des Materials, das zur Verfügung steht.

Wie Sie wissen, befindet sich Roegs Verwaltungszentrum in der Innenstadt. Aber er selbst arbeitet von seiner großen Villa aus. Von dort gehen seine Anweisungen hinaus in die wirkliche Welt, wo er die menschliche Schwäche dazu nutzt, seine Firmen zu bewegen. Er arbeitet in einer riesigen, langen Halle. Am einen Ende stehen sein Schreibtisch und seine Computer-Bildschirme, alle elektronischen Geräte, die er braucht, um mit dem Rest der Welt in Verbindung zu treten. Ich wette, in dieser Villa gibt es mehr Kabel als in vielen großen Konzernen. Am anderen Ende des großen Raumes ist eine Filmleinwand in die Decke eingelassen. Das Filmarchiv erreicht man durch zwei Türen, die an einer Seite von der Halle abgehen. In der Mitte des Raums ist ein Filmprojektor fest installiert. Die meisten Videobänder sind auf Filmmaterial übertragen worden, damit er sie auf der großen Leinwand betrachten kann.«

Greiner legte eine Pause ein und hustete; dabei versuchte er, das Gleichgewicht zu halten, den Kopf in der Kopfstütze und den Körper an der Rückenlehne des Rollstuhls. Wenn er zur Seite gerutscht wäre, hätte er von jemandem wieder gerade hingesetzt werden müssen.

»Wissen Sie, die Muskeln werden nach und nach immer schwächer«, erklärte Greiner. »Sie atrophieren. Man wird völlig hilflos. Schließlich kann man nicht einmal mehr sprechen, weil die Stimmbänder sich nicht mehr anspannen, und die Kiefernmuskeln sind nicht mehr in der Lage, den Unterkiefer hochzuziehen. Dann befindet man sich in einem Zustand der völligen Bewegungslosigkeit. Aber natürlich bleibt das Gehirn, bleibt der Geist in fabelhaftem Zustand. Er ist nur eingesperrt. Man kann denken, aber das ist alles, was man kann. Dann, mit der Zeit, versagen die Abwehrkräfte des Körpers. Man bekommt eine Lungenentzündung, eine Niereninfektion oder etwas ähnliches und kann nicht mehr dagegen ankämpfen. Man stirbt an etwas anderem, aber ALS ist die Ursache dafür.«

»Ich kann jederzeit wiederkommen«, sagte Haydon. »Wir brauchen jetzt nicht weiterzusprechen.«

»Lassen Sie es sich lieber sagen, solange es noch geht«, entgegnete Greiner grinsend. »Es handelt sich um eine rasch fortschreitende Krankheit. In meinem Fall ist später nicht gleich besser.«

Er schlug auf den Knebelschalter.

»Wir alle mußten die Filme sehen«, fuhr er fort. »Haben Sie eines dieser Bücher über Hitlers Gefolgschaft in der Reichskanzlei oder auf dem Obersalzberg gelesen? Die endlosen Stunden, in denen sie nach den allzu üppigen Mahlzeiten in weich gepolsterten Sesseln herumsaßen und gelangweilt mit dem Schlaf kämpften, aber blieben, weil es Hitler so wollte? Genau das war es, was Roeg in seiner großen Halle mit seinen privilegierten Managern tat. Nur daß wir, statt gelangweilt vor uns hin zu dösen, stundenlang die entsetzlichsten Grausamkeiten ansehen mußten.

Was ist die Wirkung einer solchen Art von ›Unterhaltung‹? Zuerst, als ich der Weihe dieser Nachmittage und Abende für würdig befunden wurde, war ich fasziniert. Niemand hatte mich aufgeklärt oder vor dieser Seite von Roegs Wesen gewarnt. Gott, ich hatte bis dahin niemals so etwas gesehen. Ich sah jedes Bild, das sich über die Leinwand bewegte. Zuerst kam es mir gar nicht so unheimlich vor, doch dann wurde mir nach und nach unbehaglich. Es war einfach zuviel, es wirkte krankhaft. Ich beobachtete die anderen. Einer, der es geschafft hatte, aus Roegs Sichtlinie zu gelangen, schloß einfach die Augen und schlief. Ein anderer litt deutlich beim Anblick dieser Scheußlichkeiten. Bei mehr als einer Gelegenheit gingen ein paar von uns zwischen den einzelnen Filmen auf die Toilette, und dieser eine mußte sich fast immer übergeben. Er sagte nie etwas darüber, und wir auch nicht. Aber er kam immer zu spät zum nächsten Film.«

»Und keiner außer Roeg selbst hatte Vergnügen an solchen Dingen?«

»O doch. Zwei oder drei von uns hat das sicher sehr erregt. Und ich will die Sache gar nicht mit moralischer Entrüstung betrachten. Keiner von uns wurde ausschließlich abgestoßen von dem, was er sah. Man stellte oft fest, daß man gegen seinen Willen davon fasziniert war. Es war nun einmal unglaubliches Material. Die Intensität der Gewalt wirkte hypnotisch. Nach einer Weile erkennt man, daß es nichts gibt, was die Menschen einander nicht antun können, und daß im Grunde auch auf dem Gebiet der Gewalt nichts Neues mehr erfunden wurde. Es ist alles schon einmal getan worden, in endlosen Variationen. Wir wiederholen die Ungeheuerlichkeiten von Generation zu Generation, von einem Volk zum anderen. Und es fehlt uns nie an Opfern, die wir mit unseren Vorurteilen verfolgen.

Seltsamerweise hat mir dieser ständige Beschuß mit Grausamkeiten sogar eine gewisse Distanz gegeben, ja, und eine neue Perspektive. Man kann nicht leugnen, daß es in gewisser Weise stimulierend wirkt. Gewalt weckt einen primitiven Urinstinkt in uns. Wir nehmen sie auch in der Gesellschaft in regelmäßigen Dosen ein, in Filmen, Büchern, im Fernsehen und aus den Zeitungen. Wir lieben die kleinen Schocks, die wir daraus gewinnen. Aber wenn man stundenlang dasitzt, Tag für Tag, und echte Gewalt betrachtet, nicht nur die verklärende Version Hollywoods, dann sieht man sie als eine reale Größe, eine erkennbare Macht. Es ist, als könnte man das alles destillieren, in ein Reagenzröhrchen füllen und dann in seiner reinsten Form betrachten. Man erkennt, daß es für die Gesellschaft so gefährlich ist wie ein tödlicher Bazillus.«

»Wie hat Roeg die Zeit gerechtfertigt, die er auf diese Weise seinen Managern von den eigentlichen Aufgaben weggenommen hat?«

»Wenn man für Roeg arbeitet, muß man sich daran gewöhnen, daß er einem einen großen Teil der Zeit wegnimmt. Der Mann hat keine Familie und keine gesellschaftlichen Verpflichtungen. Er versteht es nicht, jemanden einzuladen und sich mit ihm zu unterhalten, aber dennoch will er Gesellschaft. Da er keinen einzigen wirklichen Freund hat, soviel man weiß, benützt er seine leitenden Angestellten als Ersatz. Im Grunde sind sie reine Prostituierte. Sie werden hochbezahlt, aber er hat das Recht, sie jederzeit zu sich zu rufen, wenn ihm danach ist. Jederzeit.

Die Zeit, die man ihm opfert, ist nicht die Arbeitszeit. Man muß seinen Job tun, sonst wäre man nicht in dieser Position. Es ist die Zeit, die man normalerweise mit der Familie verbringt und die man ihm opfert. Erst kommt Roeg. Er scheut nicht davor zurück, einen von zu Hause zu sich zu rufen, von einer Party mit Freunden. Jederzeit. Und wenn man hinkommt, kann er vielleicht nicht klarmachen, worüber er mit einem sprechen oder was er tun wollte, also sitzt man wieder da und sieht Filme an.«

»Wie meinen Sie das, er kann nicht klarmachen, was er will?« fragte Haydon.

»Er ist gesellschaftlich völlig ungeschickt«, sagte Greiner und richtete den Blick wieder direkt auf Haydon. »So einfach. Er kann geschäftliche Besprechungen führen, sobald man sich an seine sprunghafte Art der Kommunikation gewöhnt hat, aber wenn das Geschäftliche erledigt ist und er einen noch bei sich halten will, weiß er nicht, wie. Und dann kommen die Filme.« Greiner lehnte den Kopf wieder etwas mehr zurück. »Es ist jämmerlich.«

»Wie viele Leute nehmen an diesen Nachmittags- und Abendsitzungen teil?« fragte Haydon.

»Das ist verschieden. Einige der Leute, die zum inneren Kreis gehören, wohnen außerhalb, so daß sie nicht regelmäßig daran teilnehmen können. Ich würde sagen, meistens vier oder fünf. Abgesehen von Langer und Roeg selbst. Ich glaube, das meiste sind sieben Zuschauer.«

»Hat er Photographen engagiert, als Sie noch dort hingingen?«

»Das weiß ich nicht. Wissen Sie, Roeg hat sein Leben in einzelne Bereiche aufgeteilt. Jeder Manager hatte nicht nur seinen eigenen Bereich im Konzern zu betreuen, sondern auch einen bestimmten Bereich aus dem Leben von Roeg. Der eine war für administrative Arbeiten auf dem Besitz verantwortlich, engagierte die Gärtner, die Angestellten und genehmigte Verbesserungen und Reparaturen. Ein anderer war für alle Transporte zuständig, kümmerte sich um die Limousinen und rüstete sie mit den Extras aus, die Roeg haben wollte, ließ die Lear-Jets auf dem Flughafen warten und engagierte Chauffeure und Piloten. Jeder von uns hatte seinen Bereich. Wir hatten nicht nur unsere Familien, sondern auch einen Teil von Roegs Leben zu betreuen.«

»Und Langer?«

»Wissen Sie, bemerkenswerterweise hat keiner von uns über unsere Verantwortung oder den Ärger, den wir damit hatten, mit den anderen gesprochen. Das ist schwer zu glauben, ich weiß, aber es gab einen sehr guten Grund dafür: Solange man nichts davon wußte, konnte man auch nicht dafür verantwortlich gemacht werden. Und genauso wollte es Roeg haben. Auch er hatte seine Gründe dafür – gesetzliche und praktische.

Aber wir wußten es natürlich.« Greiner lächelte traurig. »Roeg sagte zum Beispiel in Anwesenheit der anderen: ›Phil, haben Sie den neuen Teppich in der Rue LaMarque legen lassen?‹, und damit wußte jeder, daß ich verantwortlich war für Roegs Häuser außerhalb seines Heims. Er mußte häufig reisen und besaß Wohnungen in sechs Metropolen. Ich mußte mich um sie kümmern, um das Personal und darum, daß sie bereit waren, wenn er sie brauchte. Oder er sagte: ›Wes, haben Sie sich um das Ding für Chuck gekümmert?‹ Wir wußten, daß Chuck der Pilot war und daß Wes daher für das Transportwesen zuständig war.«

Er ließ eine Pause entstehen, und sein Blick wanderte auf den Wald. Im ganzen Haus gab es kein Geräusch. Es schien zeitlich und räumlich entrückt zu sein, getrennt von der Welt durch das Glas und den Wald. Haydon kam sich vor wie in einem Museum, wo die Bäume und Büsche ein Diarama waren, in dem Szenen aus der Wildnis dargestellt wurden. Wenn man genau genug hinschaute, sah man ein ausgestopftes Eichhörnchen mit etwas staubigem Fell, Vögel mit ausgebleichten Federn, die unbeweglich auf toten Zweigen saßen, einen erstarrten Waschbären neben einem Teich aus leuchtend blauer Plastikfolie.

Greiner richtete seinen Kopf wieder auf Haydon.

»Ja, Bill war für die Archive zuständig. Und für den Photographen.« Er sagte es, als zöge das Wort seine Lippen zusammen, während er es aussprach, und dabei waren seine Augen auf die von Haydon gerichtet. »Ich bin schwer krank, Mr. Haydon. Ich werde bald sterben. Aber ich bin bei weitem nicht so krank wie damals, als ich für Josef Roeg gearbeitet habe.«

Danach entstand eine lange Pause. Haydon fühlte geradezu, wie der Teppich nach oben langte, um jedes noch so verstohlene Geräusch zu schlucken, sogar seinen eigenen Herzschlag.

»Es ist erstaunlich«, sagte Greiner, »wie erwachsene, intelligente Männer sich manipulieren lassen von – von jemandem wie Josef Roeg. Ihre Bedürfnisse werden zu ihren Schwächen, und auch ein kleiner Mann kann gewaltige Kraft erlangen mit Hilfe dieser Schwächen.«

25

Ricky Toy ging durch den Windfang vom Parkplatz in den von Gebäuden umschlossenen, viereckigen Hof. Er war in Gedanken versunken und hörte die Mädchen, bevor er sie sah. Das heißt, er hörte das dumpfe *whampp* des Sprungbretts, bevor er die Mädchen hörte. Er schaute über die ausgedörrte Grasfläche zum Pool und sah Lai, die gerade aus dem Wasser kletterte. Yue lag auf einem rostigen Liegestuhl mit ausgebleichten grünen Plastikbändern. Und drei Männer saßen in Poolsesseln um sie herum und unterhielten sich mit ihr. Lai kam aus dem Wasser, und ein Kerl mit einem weißen Froschbauch und einer Dose Pearl-Bier kämpfte sich aus seinem Stuhl, um ihr ein Strandhandtuch zu reichen. Lai lächelte strahlend und begann ihre langen, bronzebraunen Arme mit dem Handtuch zu trocknen. Der Kerl mit der Pearl-Dose vergaß, was er wollte, stand da und schaute sie einfach an.

Toy lächelte und folgte dann dem Plattenweg um das Viereck

unter den Balkonen und den Absätzen der Treppen, die zu den Apartments im ersten Stock führten, ging vorbei am Burger Boy-Grill, den bunt zusammengewürfelten Gartenmöbeln, vergilbten Topfpflanzen, die jemand an die Sonne gestellt hatte, einem Motorrad, das überholt wurde, aber vorübergehend verlassen war, und einem Zehngang-Fahrrad, das mit einer Kette an einer der Treppenstützen festgemacht war. Er kam zu ihrer Apartmenttür und ging hinein, drinnen direkt zum Kühlschrank und nahm sich eine Tecate und eine Zitronenscheibe heraus. Dann setzte er sich an den Tisch in der Kochnische und schaute zu, wie die Mädchen die hiesigen Jungs am Pool heiß machten.

Jetzt waren sie schon eine Woche hier. Die Mädchen hatten nicht lange gebraucht, um das Apartment bewohnbar zu machen. Die abrupte, wenn auch vorübergehende Verschlechterung ihrer Lebensverhältnisse hatte sie keineswegs deprimiert. Sie waren jene unvergleichliche Kombination, wie man sie oft bei asiatischen Frauen erlebt: köstlich feminin, aber zugleich überraschend hart und unverwüstlich. Sie waren immer bereit, das Beste aus dem zu machen, was ihnen das Leben bot. Wenn es Überfluß war, dann genossen sie ihn wie erfahrene Genießerinnen, die sich mit den schöpferischen, sybaritischen Freuden auskannten; waren die Zeiten einmal schlechter, ertrugen sie sie mit einem schweigenden Stoizismus, den die meisten Außenstehenden nicht verstanden. Hongkong-Ladys.

Am Tag nachdem sie eingezogen waren, hatte Toy die Kennzeichen an ihren Wagen ausgewechselt, und die Mädchen fuhren mit dem Audi zum Einkaufen. Er sagte ihnen, daß sie nicht sehr lange in dem Apartment wohnen würden, also besorgten sie sich Leihmöbel und ließen sie noch am gleichen Tag liefern. Sie schrubbten die Wohnung von oben bis unten, putzten die Fenster, schamponierten die Teppiche, damit sie auf sauberem Boden barfuß gehen konnten, und brachten es fertig, daß es bald frisch und angenehm in dem Apartment roch. Sie kauften Zierpflanzen, richteten die Kochnische ein und machten es sich bequem. Immer vergnügt, ganz gleich, was einem das Leben brachte. Hongkong-Ladys.

Am dritten Tag setzten sie sich an den Pool, und die Jungs kamen wie die Kakerlaken aus dem hölzernen Geviert. Sie versammelten sich, um den Mädchen zuzuschauen, konnten ihren Augen nicht trauen, konnten nicht glauben, daß diese zwei langbeinigen, fast nackten Mädchen hier in *ihrem* alten Apartmentkomplex wohnten. Sie konnten es auch nicht glauben, als ein Bursche namens Toy, der Stahlwolle auf der Brust, einen Tom-Selleck-Haarschnitt und das Gehirn zwischen den Beinen hatte, völlig aufdrehte und seine Freizeit an Yue verschwenden wollte. Er brachte seine ungeschickte Pfote an eine Stelle, die für ihn nicht zugelassen war, und die beiden Mädchen beendeten sein Abenteuer dadurch, daß sie ihm die Daumen brachen. Man machte nicht eines der Mädchen unglücklich, ohne das andere auch unglücklich zu machen. Die beiden paßten aufeinander auf. Das war Regel Nummer eins. Es ging natürlich auch in der anderen Richtung: was eine von beiden mochte, das mochte auch die andere. Und am meisten mochten sie, mit uneingeschränkter Zuneigung, Ricky Toy. Er lächelte. Hongkong-Ladys.

Vor zwei Tagen hatte Toy die einzelne Dreiviertel-Inch-Kassette abgeschickt. Roeg mußte sie inzwischen bekommen und mit seinem Archiv-Faktotum gesprochen haben, dem vermutlich kein Essen mehr geschmeckt hatte, seit der arme, alte Wayne gefunden worden war. Toy hatte die Kassette in einen Umschlag gesteckt. Keinen Zettel, keine Notiz. Und er hatte das Päckchen per Einschreiben geschickt, so daß Roeg selbst bei Empfang unterschreiben mußte, damit es nicht eine Woche lang herumlag. Toy hatte sich entschlossen, ihnen noch diesen Tag und den Abend zu geben. So, wie die Post funktionierte, würde Roeg das Päckchen nicht vor heute nachmittag erhalten. Morgen würde Toy bei Langer anrufen und einen Termin mit Roeg persönlich vereinbaren.

Er ging in Gedanken eine Checkliste durch. Er war bei einem Anwalt gewesen. Nicht bei irgendeinem, sondern bei einer der Kanzleien, deren Name Roeg etwas bedeutete – falls es nötig wurde und die Zeit dafür gekommen war. Er hatte sein Testament aufgesetzt, sich vergewissert, daß er das, was er wollte, auch tun konnte, daß die Bedingungen bis ins kleinste befolgt wurden, daß nichts dazwischenkommen und die Umstände ändern konnte, wobei er die Bedingungen, die er Roeg stellen würde, durch ihre Unmöglichkeit wenig attraktiv erscheinen ließ. Es mußte hundertprozentig stimmen – davon hing sein Leben ab.

Er hatte sich einen Safe bei der TexCorp Bank gemietet und sein nettes kleines Paket dort deponiert. Er hoffte, daß es für immer versiegelt bleiben würde. Nie wieder berührt, es sei denn ohne Öffnung zerstört, nachdem Toy ein langes, glückliches Leben hinter sich hatte. Er war nach Panama geflogen, mit einem Ticket, das er auf den Namen Richard K. Malik gekauft hatte, und alles übrige mit dem gierigen, schmierigen Alvaro Nunez Chamaco arrangiert. Es hatte natürlich kein Problem gegeben, und er war noch am selben Abend zurückgeflogen.

Das einzige, was ihm bei der Sache wirklich Sorgen machte, war die Möglichkeit, daß ihn jemand entdeckte, bevor alles erledigt war. Aber selbst dann – war er nicht trotzdem sicher, jetzt, nachdem das Testament geschrieben, nachdem alles geordnet war? Nein, nur dann, wenn er es Roeg erklärt hatte. Nach dieser Begegnung. Und dann die Mädchen... Wenn Roegs Leute sich die Mädchen schnappten, mußte er einen Rückzieher machen. Vielleicht sollte Richard M. Kaun einen Wagen mieten und die Mädchen wegschicken, bis alles erledigt war. Er dachte darüber nach. Schaute hinaus auf den Pool und überlegte.

Grover Ellis saß auf einem Küchenstuhl aus Holz, bei dem die Lehne fehlte, und schaute auf die Sonne, die durch die schmutzigen, nackten Fenster hereinströmte. Er hatte sich eine Zigarette angezündet, damit er nicht den menschlichen Urin riechen mußte, der das verlassene Apartmenthaus getränkt hatte, welches seit Jahren ein Unterschlupf für Penner und Heroinsüchtige war. Sein weißes Anzughemd hatte große Schweißflecke unter den Armen, seine Krawatte war gelockert, und er schaute auf Boney Walker hinunter, der auf dem Boden lag.

»Läßt du mich eine rauchen?« fragte Boney. Er lag auf der Seite, die Hände mit einer elektrischen Schnur auf dem Rücken gefesselt, die Füße ebenfalls gefesselt und mit den Händen zusammengebunden. Er hatte die ganze Nacht in dieser Stellung verbracht, auf einer Matratze mit Rattenscheiße, die an seiner verschwitzten Haut klebte, wenn er sich bewegte, um seine schmerzenden Muskeln zu lockern. Seine Jockeyunterhose war ebenfalls durchgeschwitzt und gelb, weil er sich während der Nacht bepißt hatte.

Ellis ging hinüber zu ihm, hockte sich hinunter und steckte die Zigarette zwischen Boneys Lippen. Dann zündete er sich selbst eine neue an, erhob sich und ging zurück zu seinem Stuhl.

»Ich hätte nicht gedacht, daß du zurückkommst«, sagte Boney und rollte die Zigarette mit Lippen und Zunge in einen Mundwinkel, damit er auf der anderen Seite sprechen konnte. »Ich hab' nicht geschlafen, hab' mich immer bewegen müssen, um die Ratten zu verscheuchen, Mann. Eine von den kleinen Biestern hat mich trotzdem gebissen. Da unten, an der Zehe. Kannst du die Stelle sehen? Das Blut?«

Ellis schaute hin. »Ich sehe nichts.«

»Ach, Scheiße«, wimmerte Boney. Er sog an der Zigarette. Dabei zitterte er ein wenig. »Was wirst du tun?«

Boney Walker war in seinen ganzen achtunddreißig Jahren ein Gauner gewesen. Zweimal hatte er eingesessen, im Brazoria County. Einheit Ransey II und Einheit Darrington. Er war groß und schlaksig. An seinem nackten Körper waren ein paar Messernarben zu sehen. Der Mann hatte kein leichtes Leben hinter sich, gewiß nicht.

»Ich schätze, ich werde dich umbringen«, sagte Ellis.

»Ach, Scheiße, Mann.« Boneys Stimme zitterte. Er kniff die Augen zu gegen den Zigarettenrauch. »Ich schwöre bei Gott, daß ich nix weiß von einem Chinesen. Wir sind *Brüder*! Du kannst mich doch nicht umbringen, Mann.«

»Boney, ich tu' nur das, was du an meiner Stelle tätest«, sagte Ellis.

»Nein, das *kannst du nicht*!« protestierte Boney.

»Was würdest du denn tun?« Ellis' Stimme war ruhig, gelassen.

»Ich würde mir *glauben*, Mann. Denkst du vielleicht, ich lasse mich von dir umbringen, nur um einem Gelben den Arsch zu retten? Ich will meinen eigenen Arsch retten.«

»Ich weiß nicht, was du tun würdest, Boney. Aber ich weiß, daß du der einzige bist, den ich in die Sache eingeweiht habe. Ich hab' den Mann nicht in das Lagerhaus reingelassen.«

»Ich auch nicht!«

Ellis gefiel das alles nicht. Sie hatten Walker aus dem Fifth Ward hierhergebracht in dieses verlassene Haus, wo sie ihn in einem Zimmer im ersten Stock abgeladen hatten. Er hatte noch einmal gekotzt, und sie hatten dagestanden und auf ihn hinuntergeschaut und sich überlegt, ob er loskommen würde. Ellis hatte Bedenken gehabt, er könnte in seiner eigenen Kotze erstikken, wenn sie ihn allein ließen. Er wollte ihn nicht allein lassen, fürchtete, ein Penner oder Kinder könnten ihn finden und die Polizei verständigen. Er befürchtete, Boney könnte sich irgendwie befreien und abhauen.

Schließlich ließen sie ihn hier liegen, ohne ihn auch nur mit dem Finger zu berühren. Sie hatten ihn eine halbe Stunde lang über Toy ausgefragt, aber er schwor, daß er nie etwas von ihm gehört hätte. Sie hatten ihn bedroht, aber es hatte nichts genützt. Er sagte, er habe keine Ahnung, wovon sie überhaupt redeten. Schließlich hatten sie ihm Ellis' Taschentuch um den Mund gebunden und ihn liegengelassen, waren einfach gegangen, ohne noch etwas zu ihm zu sagen. Aber Ellis mußte am nächsten Tag zurückkommen und die Sache so oder so zu Ende bringen.

Er konnte es kaum glauben, daß er in diesem Rattenloch saß, sich dieses blöde Stück Scheiße anschaute und ihm erklärte, daß er ihn umbringen würde. Er hatte sein ganzes Leben lang gearbeitet, um sich über verwahrloste Menschen, verwahrloste Gebäude und verwahrloste Lebensansichten erheben zu können. Jetzt war er hier und übte Druck auf einen Berufsverbrecher aus, und es fiel ihm nicht einmal schwer. Er merkte, daß er sich gar nicht so weit über Leute wie diesen Boney Walker erhoben hatte.

Er hatte bessere Sachen an als Boney mit seiner Unterhose aus den Restbeständen der Armee, aber dennoch war er hier und trieb schmutzige Geschäfte mit schmutzigen Leuten an schmutzigen Orten.

Seine Gedanken wurden unterbrochen durch blubbernde Geräusche von Boney.

Er weinte und redete mit sich selbst. Der kalte Filter der Zigarette lag auf dem Boden, vor seinem hageren Gesicht.

»Ich bin ja nur 'n armer Nigger. Mein Gott. So weit ist es gekommen. Ich liege in der Rattenscheiße. Hab' meine Unterhose vollgepißt. Nie eine Chance, das war es.«

»Halt's Maul«, sagte Ellis zu ihm. Auf der Schnellstraße, ein paar Blocks entfernt, heulten Lastzüge über den Beton. Und wenn er nichts aus Walker herausbrachte, wie stand er dann da? Dann würde es aussehen, als ob Toy durch ihn diese Falle hätte stellen können. Glaubten sie wirklich, daß er so etwas tun würde? Und glaubte er wirklich, daß Walker nicht wußte, was da vor sich ging?

Er stand auf. Walker zuckte zusammen und schaute ihm nach, als er zur Tür ging.

»Was machst du? Hey, Bruder! Wo gehst du hin?« Seine Augen rollten in den Höhlen wie bei einem schwarzen Darsteller in einem Schmierentheater.

»Fang nicht weiter zu schreien an«, sagte Ellis. »Ich geh' nur runter zum Wagen, bin gleich wieder da.«

Er ging auf einen Gang, um eine Treppensäule und die Treppe hinunter. Dann trat er durch eine Halle auf die schmale Straße hinter dem Haus. Er sperrte den Wagen auf und nahm einen Beutel mit einer Zugschnur aus dem Handschuhfach. Schloß es wieder, sperrte den Wagen ab und ging wieder hinauf.

Walker lag auf dem Rücken und wartete auf ihn. Ellis ging wieder zu dem Stuhl ohne Lehne und öffnete den Beutel. Er nahm einen Smith & Wesson Chief's Special Kaliber .38 heraus und überprüfte ihn. Dann langte er wieder in den Beutel, holte einen langen Zylinder heraus und schraubte ihn auf die Mündung des Revolvers.

»O Scheiße«, wimmerte Walker.

»Was kann ich sonst tun, Boney?« fragte Ellis. »Du hilfst mir in keiner Weise. Ich hab' dir lange genug Gelegenheit dazu geboten. Ich hab' dir ein gutes Geschäft angeboten, und du legst mich rein, und als ich gekommen bin, um mit dir zu reden, hast du versucht, mich wegzublasen. Das war nicht gut, Boney. Das hättest du nicht tun sollen.«

»Aber du wirst mich doch nicht schlagen«, jammerte Walker.

»Nein, ich werde dich nicht schlagen«, sagte Ellis. »Warum sollte ich? Ich hab' mir den Mund fransig geredet, um was aus dir rauszubringen. Das Prügeln ist nicht meine Art.«

Ellis schüttelte den Kopf und drehte den Schalldämpfer fest. Dann ging er zu Walker hinüber und bückte sich über ihn.

»Die Sache ist, Boney, ich würde dir sogar glauben, wenn du nicht durch die Tür geschossen hättest. Du hast mich erwartet, Bruder. Und warum? Weil du etwas getan hast, was du nicht hättest tun sollen. Du hast es ganz genau gewußt. Also bring' ich dich hierher und stell' dir eine Frage. Du willst mir nicht antworten, auch gut. Ich mach' es nicht einmal auf die harte Tour. Ich blas' dir nur die Augen aus, und dann arbeite ich an einer Sache weiter, die mir mehr einbringt.«

Walkers Gesicht war schweißüberströmt. Sein wolliges Haar war mit Staub, Rattendreck und kleinen Holzspänen gespickt. Der Ausdruck auf seinem Gesicht war eine Studie langsamer Erkenntnis.

»Warum hast du auf mich geschossen, Boney?«

»Mann, ich hab' doch nicht gewußt, daß *du* es warst. Ich mache auch Geschäfte mit anderen, bei denen ich meine Knarre brauche.«

»Hast du meine Stimme nicht erkannt?«

»Bestimmt nicht!« Boneys Tonfall war hoch – kurz vor dem Quieken.

Ellis dachte, er sollte vielleicht den Schalldämpfer direkt vor Boneys Gesicht halten, doch dann entschied er sich anders. Es würde besser wirken, wenn er zurücktrat. Also erhob er sich und trat zurück, wobei er den Blick nicht von Walker wandte. Er hob den Revolver an, und der lange Schalldämpfer sah tödlich und gespenstisch aus.

Er hatte die Waffe fast horizontal, als Walker schrie: *»Okay! Aaah! Ohhh!«* Wieder lief ihm Urin aus der Unterhose und an seinem Bein entlang, »Oooooh!« Walker hatte den Bauch eingezogen, den Kopf nach hinten gerissen, und man sah sein Herz gegen den Brustkorb schlagen unter der dünnen Membran schwarzen Fleisches. Er war angespannt wie eine Violinsaite; wenn man an ihm gezupft hätte, dann hätte er vibriert. Ellis senkte den Revolver, und Walkers Muskeln entspannten sich. Er rollte nach vorn, auf den Bauch, in die Pfütze, die er gerade hatte entstehen lassen.

»Verdammt, du Scheinehund!« sagte er schluchzend. »Ich werd' dir sagen, wie es mit Ricky Toy war.«

Ellis blieb stehen, wo er war. Walker schniefte und ließ sich eine Minute Zeit, um sich zusammenzureißen. Er bewegte sich nicht, und sein Gesicht war auf den Dreck und die Rattenscheiße gerichtet.

»Dieses beschissene Lagerhaus in Chinatown.« Er sagte es, als ob es Ellis klar sei, welches Lagerhaus er meinte. Ellis wartete, bis Walker es näher erläuterte. »Am Nachmittag, nach dem zweiten Mal, kommt einer an meine Tür, weckt mich auf und hält mir seine Scheiß-Kanone ins Gesicht, ich soll ihn reinlassen. Er setzt mich hin und zeigt mir ein paar Bilder. Ich bin drauf mit einem Gewinner, und wie ich mit einem Verlierer umgehe. Alles, was gemacht worden ist. Er sagt, er weiß, was da vor sich geht, und er sagt es der Polizei, wenn ich ihm nicht einen Schlüssel gebe. Er will nur einmal nachts dabeisein. Und daß er etwas zahlt. Er macht mir klar, daß ich keine andere Wahl hab', also hab' ich es getan.«

»Du hast ihm den Schlüssel gegeben?«

»Ja. Ich hab' noch einen gehabt.«

»Woher hat er gewußt, daß wir dort waren? Wie ist er überhaupt auf dich gekommen?«

»Das hab' ich ihn auch gefragt. Sagt, es geht mich nix an. Wenn ich sage, daß er kommt, dann kommt er wieder zu mir und bläst mich weg. Er ist ein gemeiner Hund. Hält mir die Mündung der Knarre in die Nase, in ein Nasenloch, dreht sie herum und schiebt sie nach oben. Was hätte ich tun sollen? Wollte, ich hätte nie von euch gehört. Seit ich euch kenne, stecke ich in der Scheiße bis obenhin! Ein armer Nigger, verdammt!«

Auf einmal wurde sich Ellis der erstickenden Hitze in dem Raum bewußt und des überwältigenden Geruchs nach Walkers Urin. Der Schweiß schien ihm aus allen Poren zu brechen. Die Flecken unter den Achseln hatten sich bis zum Hosenbund ausgebreitet. Er hörte Fliegen, sah sie um Walkers Gesicht schwirren.

»Hast du ihn noch mal getroffen?«

»Da kannst du verdammt recht haben. Zwei Nächte später wach' ich auf, mitten in der Nacht, und dieser gelbe Schweinehund war vor meinem Bett und schiebt mir die verdammte Kanone zwischen die Eier. Er fragt mich, ob ich den Mund gehalten habe. Ja, ja, sage ich. Er stößt mir die Kanone in die Eier. Gut, sagt er.«

»Ist das alles?«

»Das reicht. Mir reicht's, Mann, ich will nichts mehr wissen.«

»Du weißt also nicht, wo er ist?«

»Scheiße, nein. Aber er weiß immer, wo ich bin.«

Danach herrschte langes Schweigen; es war still bis auf die Geräusche von der Schnellstraße und dem Sirren der Fliegen.

Walker wandte den Kopf vorsichtig Ellis zu, rollte die Augen so weit herum, wie er konnte, und fragte sich, was jetzt mit ihm passieren würde.

Ellis kam herüber und hockte sich auf die Fersen. »Jetzt zeige ich dir, mit was für Leuten du es hier zu tun hast«, sagte er.

26

Das Gespräch mit Philip Greiner hatte Haydon deprimiert, und zwar aus mehreren Gründen. Greiner hatte mehr als genug private Tragödien erleben müssen, und es war schwer, sich nicht von den herzzerreißenden Details seiner Geschichte beeinflussen zu lassen, obwohl er sein Schicksal mit erstaunlicher, philosophischer Haltung angenommen zu haben schien. Haydon hatte das Gefühl, daß seine eigene Neigung zur Selbstbetrachtung ihn unter ähnlichen Umständen nicht zu einer so distanzierten Sicht der Dinge gebracht hätte. Greiner war ein ganz besonderer Typ von Mensch, der offenbar trotz allem besser überleben konnte als die meisten. Aber was es auch war, das ihn dazu brachte, Haydon empfand dafür keine geistige Verwandtschaft. Dennoch beneidete er den sterbenden Mann um seine Fähigkeit, sich noch tiefer in sich zu versenken und daraus immer wieder Kraft zu gewinnen.

Wieder einmal war Haydon eingekeilt im Verkehr des Spätnachmittags. Dabei war er nicht so unklug, auf den Loop zu fahren. Statt dessen bog er vom Memorial Drive auf den Chimney Rock ab und folgte ihm über den Buffalo Bayou. Hinter Woodway folgte er der breiten Straße nach San Felipe, wo er wieder links abbog und auf die andere Seite des Loop kam. Er war zu sehr in Gedanken versunken, um sich über den Verkehr zu ärgern, der in der glühenden Nachmittagshitze nur sehr zögernd vorankam.

Der andere Grund für seine Deprimiertheit nach seinem Gespräch mit Greiner lag natürlich in dem, was er über Roeg und Langer erfahren hatte. Er fürchtete, daß Langer, ob er es wußte oder nicht, zu tief in der Sache drinnensteckte, als daß er da noch ungeschoren herauskommen konnte. Die Macht, die Roeg seinen Managern bot, war eine enorme Verführung. Jeden Tag unterwarfen sich in dieser Stadt geistig intakte Männer den Mächtigen für weit weniger Verlockungen, als sie Langer geboten wurden. So oder so, Langer steckte bis zum Hals im Schlamassel. Er wußte etwas über Powells Tod, wenn er ihn nicht sogar selbst umgebracht hatte, und er vertuschte sein Wissen, um seine eigenen Interessen und die von Roeg zu wahren, wenn es hier überhaupt einen Unterschied gab.

Haydon bog auf die Briar Oaks Lane ab und folgte der gewundenen Auffahrt zum Eingang des Remington. Er überließ den Vanden Plas dem Parkdiener und ging hinein. Als er durch den Salon kam, schaute er sich schnell bei den Gästen um, ob Siddons dort war. Manchmal nahm der alte Mann hier ein paar Drinks, während er auf seine Frau wartete, die mit ihm dinierte. Aber er war nicht da, und Haydon ging weiter durch den Korridor zur Lounge. Er blieb an der Loge des Geschäftsführers stehen und übergab ihm seinen Piepser. Er mochte es nicht, wenn das Ding losging, während er unter Leuten war. Der Geschäftsführer konnte ihn, wenn notwendig, benachrichtigen.

Bevor er die Lounge betrat, ging er zu den Telephonzimmern und rief zu Hause an. Gabriela kam an den Apparat, und Haydon fragte sie, ob sie von Nina gehört hatte. Ja, Nina würde mit Mr. Mandel und den Nordstroms bei Tony's zum Dinner sein. Sie hoffte, er könnte um acht Uhr dazukommen. Es gab nicht viel Post; sie las ihm die Absender vor. Mr. Clay, der Steuerberater, hatte angerufen, und eine Frau hatte vor zwei Stunden ein Päckchen für ihn abgegeben. Haydon versteifte sich.

»Wer war das?«

»Sie hat keinen Namen gesagt.«

»Haben Sie gefragt?«

»Nein.«

»Was ist in dem Päckchen?«

»Wie soll ich das wissen?«

»Sie hat es nicht gesagt?«

»Nein.«

»Wie hat sie ausgesehen?«

»Eine Frau. Was meinen Sie, wie sie ausgesehen hat? Es war eben eine Frau.«

»Können Sie sie beschreiben?«

Danach entstand eine längere Pause.

»Ich glaube nicht. Sie hat nichts Besonderes an sich gehabt.«

Haydon gab es auf. Er dankte ihr und bat sie, Nina zu bestellen, falls sie noch einmal anrief, daß er es nicht schaffte. Es täte ihm leid. Dann ging er in die Lounge mit der Bar. Die mit dunklem Holz getäfelten, einzelnen Räume mit den niedrigen Balkendecken waren nicht allzu stark besetzt, und er war froh darüber. Er konnte sich nicht entscheiden, ob er einen Tisch wollte oder nicht, und ging durch die Lounge, während er versuchte, einen Entschluß zu fassen. Zwei seiner Lieblingsnischen waren bereits besetzt, also kam er im Bogen wieder zur Bar zurück und wählte einen kleinen Tisch gleich daneben an der Rückwand. Von dort aus hatte er gute Sicht auf die Bar und auf den Eingang. Sein Blick war jetzt in diese allgemeine Richtung gewandt.

Er bestellte sich beim Kellner einen Tanqueray mit Limone und zündete sich eine Zigarette an. Es war ihm fast peinlich, festzustellen, daß ihn das Bedürfnis nach einer Zigarette automatisch überfiel, wenn er einen Drink bestellte. Aber das war gut, das war sehr gut.

Nina wußte, daß er die Einladung zum Dinner nicht annehmen würde, und er mußte lächeln bei dem Gedanken an das panische Entsetzen, das Race überfallen haben mußte, als Nina darauf bestand, ihn einzuladen. Er fragte sich, ob Race versucht hatte, Nina davon abzubringen. Aber wenn, hätte er sie damit höchstens verärgert.

Seine Gedanken wanderten zurück zu Langer. Alice Parnas hatte Haydon eine plausible Verbindung zwischen Powell und Toy und zwischen Toy und lateinamerikanischen Kriegsfilmen geliefert. Die Verbindung zwischen Roeg und Langer und den Kriegsfilmen hatte er von Philip Greiner. Und zusätzlich hatte er diese Verbindung zwischen Roeg und Langer und Lateinamerika bestätigt bekommen durch Siddons' Wissen über deren Aktivitäten in diesen Ländern durch die CIA-Verträge. Es war eine Kombination von vielen Wahrscheinlichkeiten. Es gab keinen direkten Beweis dafür, daß Toy für Roeg arbeitete, aber es schien nahezuliegen, daß es so gewesen war. Und nach dem, was

Greiner über Langers Pflichten gesagt hatte, war Langer höchstwahrscheinlich derjenige, der mit Toy verhandelt und die Toy/Powell-Operation gemanagt hatte. Das brachte ihn allerdings in eine sehr mißliche Lage.

Es stellten sich folgende Fragen: Ist Powell umgebracht worden wegen dem, was er auf dem Material gesehen hatte, das von ihm bearbeitet worden war? Wahrscheinlich. War es Material, das Toy ihm gegeben hatte? Möglich. Aber wenn es die üblichen Kriegsfilme waren, was war dann den Mord an Powell wert gewesen? Etwas, das den CIA belastete? Möglich. Wer hätte es für nötig halten können, Powell umlegen zu lassen? Wenn die Sache mit dem CIA zusammenhing, konnte es praktisch alles mögliche sein. Roeg hätte ihn zum Beispiel töten lassen können, weil die Bänder den Nachweis einer Verbindung zwischen einer seiner Firmen und Geheimaktionen des CIA lieferten. Es wäre alles andere als eine Reklame für seinen Konzern gewesen, wenn herauskam, daß er für den CIA arbeitete. Aber wenn die Antworten in dieser Richtung lagen, warum hatte er dann Powell dieses Material überhaupt erst in die Hand gegeben?

Haydon zündete sich wieder eine Zigarette an und nickte dem Kellner zu für einen zweiten Tanqueray.

Vielleicht hatte Toy nebenher noch ein kleines Privatspielchen laufen, vielleicht ein Erpresserplan mit etwas, das er dort unten in Mittelamerika gefilmt hatte und das Roeg International oder Langer Media belasten würde? Wenn ja, dann hätte er durchaus das Band an Powell zum Bearbeiten geben können – steckte Powell mit drin oder hätte er das Band bearbeitet, ohne etwas davon zu wissen? –, und dann überraschte ihn jemand – Langer? – bei der Arbeit, erkannte die Möglichkeit zur Erpressung und brachte Powell um, weil er ihm den Mund schließen wollte. Danach setzte er seine Leute auf die Spur von Toy... Das würde erklären, warum Toy so plötzlich von der Bildfläche verschwunden war. Aber wenn Toy verschwunden war, dann deshalb, weil er wußte, daß man seinen Erpressungsplan entdeckt hatte. Und wann konnte er das frühestens bemerkt haben? Er hatte die Donnerstags-Zeitung nicht mehr mitgenommen oder gelesen, also mußte er spätestens am Mittwochabend abgehauen sein. In dieser Nacht war Powell ermordet worden.

Was für ein verdammtes Durcheinander. Warum sollte Toy den Mann ermorden wollen, dem er die Bänder zum Bearbeiten gegeben hatte? Brauchte er vielleicht Powells technische Erfahrung und hielt es dann für notwendig, ihn beiseite zu schaffen, nachdem er seinen Zweck erfüllt hatte? Das schien nicht plausibel. Er hätte es anders angestellt. Warum Powell so weit in die Sache hineinziehen, wenn man wußte, daß man ihn nachher dafür umlegen mußte? Es hätte sicher eine bessere Methode gegeben, damit fertig zu werden.

Er mußte unbedingt mit Dystal sprechen. Die ganze Geschichte mit ihm durchgehen, dann konnte der alte Bär darüber nachdenken und grübeln. Aber wie man es auch drehte und wendete, es sah nicht gut aus für William Langer.

Haydon zündete sich die dritte Zigarette an und gab dem Kellner ein Zeichen und bestellte sich einen dritten Tanqueray. Er trank und rauchte, während er zusah, wie sich Lounge und Bar mit den Leuten füllte, die vor dem Essen noch ein bißchen herumsitzen und Cocktails trinken wollten. Manche warteten das Nachlassen des Verkehrs ab, wie er selbst, manche waren Stammgäste an der Bar, die nicht an die weißgedeckten Tische wollten, sondern dasaßen und sich und die anderen in dem langen Spiegel hinter der Bar betrachteten.

Haydon beobachtete ein Paar, das wie er an einem unauffälligen Tisch an der Rückwand saß. Sie waren beide Anfang Vierzig, schätzte er. Die Frau wirkte ein bißchen nervös, wie sie ihren Cocktail trank, der Mann sehr nachdenklich, wobei er mit dem Boden seines betauten Glases immer wieder auf das weiße Tischtuch klopfte. Die Frau sagte etwas, und der Mann schüttelte langsam den Kopf und gab seine Antwort mit hoffnungsloser Resignation. Sie wandte sich ihm zu, wich ihm nicht mehr aus mit den Blicken und legte ihre Hand auf die seine, als sie wieder zu sprechen begann, jetzt mit flehender Miene. Haydon konnte fast schon die Tränen sehen. Der Mann hörte ihr zu, ohne sie dabei anzuschauen; sein Gesicht wurde kalt und gefühllos, als fürchte er, Emotionen zu zeigen. Er ließ sein Glas los und massierte sich das Gesicht mit beiden Händen. Als er die Hände wieder wegnahm, sah sein Gesicht noch müder und leerer aus. Die Frau beugte sich über den Tisch und schaute den Mann an, als wollte sie ihn umarmen und küssen. Sie hatte alle anderen im Raum vergessen. Der Mann nicht. Er sah sich rasch um, und dabei traf sich sein Blick mit dem von Haydon. Die beiden starrten sich einen Moment lang an, dann wandte sich Haydon ab, nahm den letzten Zug aus seiner Zigarette und drückte sie aus.

Als er es wagte, wieder in die Richtung zu schauen, tupfte der Mann gerade sein Glas am Tischtuch ab, und die Frau hatte sich zurückgelehnt und sah nervös aus wie zu Beginn. Haydon hatte schon Hunderte von Affären miterlebt. Sie waren nichts als Fallen. Nur wenige überlebten die erste Hitze der sexuellen Erregung und wurden trotz aller Widrigkeiten mehr, als sie hatten werden sollen. Und alle waren chaotisch.

Haydon wollte noch nicht gehen. Er bestellte ein Dinner, sautiertes Kalbsfilet mit Morcheln und Pfifferlingen, und dazu trank er ein Glas roten Bourgueil. Er war fast fertig damit, als er den Geschäftsführer durch die Tür der Bar kommen sah und etwas zum Barkeeper sagte, der durch das goldene Licht zu Haydon hinüberschaute. Haydons Magen zog sich zusammen, als der Barkeeper auf ihn zukam. Er trank schnell den Bourgueil aus.

»Ihr Piepser gibt Signale von sich, Mr. Haydon. Wollen Sie vom Tisch aus telefonieren?«

»Nein«, erwiderte Haydon und stand auf. »Ich gehe hinaus.«

Ed Mooney stand unter den hohen Baumwollbäumen, und die roten und die blauen Lichtblitze vom Wagen des Coroners und den Streifenwagen fielen abwechselnd auf sein Gesicht, während er sich mit zwei Streifenbeamten unterhielt. Die Nachbarn hatten sich in kleinen Gruppen am Rand des Lichts versammelt und schauten den Männern bei ihren Gesprächen zu. Zwei Jungen ohne Hemden hatten die Hände auf die Lenkstangen ihrer Fahrräder gestemmt, kauten Kaugummi und warteten darauf, die Leiche zu sehen. Jeder wartete, vergaß sein Lieblings-Fernsehprogramm und stand herum in Unterhemden oder Bademänteln, schlug nach den Mücken und wartete auf eine Chance, die Tote zu sehen.

»Sie ist noch genauso, wie die Nachbarsfrau sie gefunden hat«, sagte Mooney, während er sich umdrehte und mit Haydon zur Haustür ging. Er zog die Gittertür mit dem schmiedeeisernen Spinnennetz auf, und sie gingen in den Wohnraum, links durch einen Korridor und über eine winzige Diele ins Schlafzimmer.

Alice Parnas lag auf dem Bett in ihrem kleinen Schlafzimmer unter den Überbleibseln aus einer anderen Generation und dem Geruch nach Alter. Sie lag auf dem Rücken, etwas unelegant ausgestreckt, und ihr ausgebleichter gelber Hausmantel war bis zur Taille offen, mit dem Gürtel zusammengebunden und von der Taille nach unten wieder offen. Schweiß hatte das Haar um ihren Kopf getränkt, und selbst im Tod waren ihre Augen noch geschwollen vom Weinen. Dicht am Gummi ihrer hellblauen Schlüpfer war ein Loch. In der einen ihrer bleichen Hände hatte sie ein braunes Medizinfläschchen aus Plastik ohne Deckel.

Einer der forensischen Techniker aus Vanstratens Büro stand beim geöffneten Fenster, das auf den Vorgarten hinausging. Die Stimmen aus den Funkgeräten knackten in der Hitze draußen.

»Selbstmord«, sagte der Mann, der Ernest Leighton hieß und sich das Haar in fettigen Pomadewellen wie in den fünfziger Jahren kämmte. Er rauchte Kools und ließ manchmal die zerknüllten, leeren Päckchen an den Tatorten liegen, zu denen er gerufen wurde.

»Und das ist alles, was es dazu zu sagen gibt?« fragte Haydon. Er schaute Alice Parnas' geschwollene Augen an, ihre Wangen, die im Tod noch hohler wirkten.

»Genau«, erklärte Mooney.

»Ich habe sie nicht berührt bis jetzt«, erklärte Leighton. »Ich habe nicht einmal ihre Temperatur gemessen.«

Sie schauten sie alle an.

»Schließlich haben sie nicht immer auch noch das Fläschchen in der Hand«, meinte Leighton.

»Jeder will Detektiv spielen«, sagte Mooney, dann schaute er Leighton an. »Die Nachbarin ist herübergekommen und hat sie gefunden«, teilte er Haydon mit. »Sie sagte, der alte Chevy der Parnas hätte in der Einfahrt gestanden, also wußte sie, daß sie hier war. Das Haus war offen. Sie hat mehrmals gerufen, keine Antwort, also ist sie reingegangen und hat sie gefunden. Officer Weingarten da draußen hat den Funkspruch entgegengenommen, ist hergefahren und hat sich per Funk bei der Zentrale gemeldet. Während er wartete, hat er sich im Schlafzimmer umgesehen und Ihre Visitenkarte auf der Kommode dort drüben gefunden. Also hat er es an die Zentrale weitergegeben. Der Lieutenant hat mich angerufen, und ich habe Sie angerufen.«

Haydon hörte jemanden draußen lachen. Das Geräusch blieb in seinem Kopf und mischte sich mit dem Geräusch der schluchzenden Alice, eine Mischung der gegensätzlichsten menschlichen Emotionen in dem kleinen Schlafzimmer, wo Alices Nacktheit noch einmal im Mittelpunkt der gnadenlosen Augen von Fremden stand. Augen, die sie nicht einmal nackt sehen wollten, ja, die sich abwandten, weil sie durch den Tod ohne eine Erklärung ihr Recht, sie daran zu hindern, verspielt hatte.

»Wo ist der Deckel des Medizinfläschchens? fragte Haydon.

Mooney schaute sich um. »Ich weiß es nicht«, sagte er. »Haben Sie es gesehen, Ernie?«

»Wahrscheinlich in dem gelben Mantel oder so«, meinte Leighton. Er machte keine Anstalten, nachzusehen.

»Macht weiter mit ihr und bringt sie dann weg«, sagte Haydon. Er drehte sich um und verließ das Schlafzimmer. Danach stand er in der Mitte des Wohnraums und schaute nach dem schäbigen Sessel, auf dem Alice an jenem Morgen gesessen und geweint hatte. Die roten und blauen Blitze huschten über das Spinnennetzgitter. Haydon zündete sich eine Zigarette an. Er rauchte schon wieder zuviel. In seiner Freizeit hatte er das Rauchen auf sechs Stück pro Tag reduziert; heute hatte er schon die doppelte Menge hinter sich.

»Und was glauben Sie?« fragte Mooney.

Haydon zuckte mit den Schultern. Wenn er sagte, was er wirklich glaubte, würde Mooney denken, daß er die Verbindung mit der Wirklichkeit verloren hätte.

»Ich wollte zurückkommen und noch einmal mit ihr reden«, antwortete Haydon dann. »Sie hat mir eine ganze Menge verschwiegen. Sie wußte mehr über die Bänder, die Powell bearbeitete, als sie mir weismachen wollte. Ich weiß nicht, Ed, aber ich konnte sie heute morgen einfach nicht ausquetschen. Ich hätte es tun sollen. Es war ein großer Fehler.«

Während sie im Wohnzimmer standen, berichtete er Mooney über sein Gespräch mit Philip Greiner.

27

Haydon war auf halbem Weg nach Hause, als ihm einfiel, daß er vergessen hatte, Mooney zu fragen, ob er etwas in Toys Eigentumswohnung gefunden hatte. Aber das konnte bis zum nächsten Morgen warten. Er würde ohnehin Dystal anrufen, wenn er nach Hause gekommen war, und ein Frühstückstreffen vorschlagen. Sie mußten alles durchgehen, was sie inzwischen ermittelt hatten, und feststellen, wie die anderen die Beweise und Ermittlungen beurteilten, was immer von Vorteil war.

Es war kurz nach neun, als er durch die Einfahrt kam und auf dem knirschenden Aschenboden zur Wendestelle fuhr. Wieder war Ninas Wagen nicht da. Er ging durch den Vordereingang ins Haus und nahm sich die Post von dem kleinen Tischchen in der Halle, schaute dabei die Umschläge durch, während er in die Küche ging. Er legte die Post auf ein Küchenschränkchen, war schon dabei, sich eine Flasche Wein aufzumachen und fand dann aber, daß er genug Alkohol getrunken hatte, und langte nach dem Filter und den Tüten. Er gab Wasser für zwei Tassen in den Kessel und erhitzte es, während er zwei Löffel arabischen Mokka in den Filter gab. Als das Wasser kochte, goß er es in den Filter und schaute zu, wie der kräftige Mokka als sirupartige Brühe in die kleine Kanne tropfte.

Als alles Wasser durchgetropft war, stellte er die Kanne, eine Tasse mit Untertasse und das Sahnekännchen auf ein Tablett, legte die Post dazu, trug das Tablett in die Bibliothek und stellte es auf den Refektoriumstisch. Es brannten nur zwei Lampen: eine auf seinem Schreibtisch und eine auf dem alten Tisch. Er schenkte sich eine Tasse Kaffee ein und gab einen Kaffeelöffel Sahne dazu. Als er den ersten Schluck genoß, sah er das Päckchen auf seinem Schreibtisch.

Er hatte es völlig vergessen. Gabriela hatte ihm am Telephon mitgeteilt, daß eine Frau ein Päckchen und einen Brief abgegeben hatte. Ohne den Blick von dem Päckchen zu wenden, ging er mit der Kaffeetasse zu seinem Schreibtisch, zog den Captain's Chair aus Nußbaumholz heraus und setzte sich. Er trank noch einen Schluck Kaffee, die Augen nicht von dem Päckchen gewandt, und hoffte.

Die Größe des Päckchens stimmte, und es war in braunes Papier eingepackt, das früher einmal eine Einkaufstüte gewesen war. Ein Teil des roten Aufdrucks *Safeway* war noch auf der Vorderseite des Päckchens zu erkennen. Ein einfacher weißer Umschlag hing daran, unter einem grünen Gummiband, wie es zum Einpacken von Zeitungen verwendet wird.

Haydon stellte die Kaffeetasse ab und zog den Briefumschlag heraus. Er riß ihn auf und faltete das Blatt auseinander, das drinnen war. Eine mit Maschine geschriebene Seite – so eng beschrieben, daß die Schrift ganz bis zum Rand ging, und auch oben und unten war auf dem Blatt nur wenig Platz freigeblieben. Der Brief war mit ›Alice Parnas‹ unterschrieben.

Lieber Mr. Haydon,
nach Ihrem Besuch heute morgen habe ich darüber nachgedacht, was ich tun soll. Ich habe kein Recht, Ihnen etwas vorzuenthalten, denn ich weiß, daß Sie alles versuchen werden, um den Mörder des armen Wayne zu finden. Ich kann nicht immer weinen, und ich weiß in meinem Inneren, daß das Weinen nicht hilft, den Mörder zu finden, sondern nur egoistische Schwäche ist.

Ich kann nicht an meinen Arbeitsplatz zurück, denn das, was dort geklatscht wird, schmerzt mich so sehr, und das wunderbare Geheimnis, das Wayne und ich geteilt haben, ist jetzt zu einem Alptraum geworden, der immer schlimmer wird. Die anderen wissen natürlich nichts davon, und ich kann es nicht mehr ertragen, ihnen zuzuhören, weil er nicht mehr da ist, der das alles hätte zu nichts machen können. Ich habe eine Tante in New Mexiko, und ich werde zu ihr fahren und eine Weile bei ihr leben, bis ich mich entschieden habe, wie es weitergehen soll. Aber das kann Sie nicht interessieren. Ich werde Ihnen statt dessen sagen, was ich über die Ereignisse der Nacht weiß, in der der arme Wayne getötet wurde.

In der Nacht, als Wayne getötet wurde, sollte Ricky Toy von einer Reise aus El Salvador zurückkommen. Wayne wurde von Ricky Toy kurz nach Mitternacht angerufen; er wollte Wayne bei einer Drive-in-Bank drüben beim Shamrock Hilton Hotel treffen. Ich habe Ihnen ja schon gesagt, daß ich meistens mit Wayne ins Büro gegangen bin, wenn er diese Videobänder bearbeitet hat, aber da Ricky Toy das nicht wissen sollte, hat mich Wayne bei einem Drugstore abgesetzt. Er fuhr, um die Bänder von Ricky Toy abzuholen. Als er zurückkam, sagte er mir, daß da etwas Seltsames vor sich gehe, weil er nicht glaube, daß Ricky Toy überhaupt in El Salvador gewesen sei. Er hätte ihm Bänder von etwas anderem gegeben, ohne daß er sie wie immer nach dem Kopieren an Mr. Langer weitergeben sollte. Ricky Toy wollte nicht, daß Mr. Langer sie sah. Wayne nahm an, Ricky Toy wollte Mr. Langer erpressen. Ricky Toy sagte zu Wayne, er sollte die Bänder bearbeiten und ihn dann anrufen; er würde ihm sagen, was er damit machen sollte.

Wir fuhren ins Labor, und Wayne begann, die Bänder zu bearbeiten. Er sagte, er wolle nichts mit dem zu tun haben, was Ricky Toy da machte. Nur um unter Umständen Mr. Langer beweisen zu können, daß er nichts damit zu tun hatte, hat er von den Bändern eine Kopie für sich selbst gemacht. Er wollte Mr. Langer damit zeigen, auf welcher Seite er stand. Wayne wollte seinen Job nicht verlieren, weil er gut bezahlt wurde und weil er sich hier seßhaft machen wollte. Wir wollten schließlich eines Tages heiraten.

Während er an Ricky Toys Band arbeitete, hörten wir, wie jemand ins Büro kam. Wayne befürchtete, es könnte Ricky Toy sein, der die Bänder holen wollte – Wayne hatte Ricky Toy einen Schlüssel für sein Büro gegeben, schon vor langer Zeit –, also gab er mir die Kopie, die er für sich angefertigt hatte, sagte mir, ich sollte verschwinden, und er würde mich später anrufen. Ich konnte seinen Sportwagen nicht fahren, daher nahm ich einen Bus. Das war ungefähr um 2.30 Uhr.

Und das war das letzte, was ich von dem armen Wayne gesehen habe. Ich weiß zwar nicht, wen wir da ins Büro kommen hörten, aber wer es auch war, er hat Wayne umgebracht.

Ich hoffe, das Band sagt Ihnen etwas. Wir haben es angeschaut, und es schien uns irgendwie sinnlos zu sein, aber Sie kennen sich bestimmt besser aus mit solchen Dingen und können wahrscheinlich etwas sehen, was uns nicht aufgefallen ist.

Ich hoffe, das alles hilft Ihnen, Waynes Mörder zu finden. Ich möchte eigentlich nicht mehr darüber sprechen, aber vielleicht wollen Sie mir noch ein paar Fragen stellen, deshalb schicke ich Ihnen die Adresse meiner Tante, sobald ich dort bin. Ich gebe sie Ihnen nicht jetzt gleich, denn vielleicht gehe ich auch woandershin – ich weiß es noch nicht.

Alice Parnas

Haydon legte das Blatt auf den Tisch und saß ruhig da im weichen Licht seiner Schreibtischlampe. Dann erinnerte er sich daran, wie Alice Parnas auf ihrem schäbigen Bett gelegen hatte, der ausgebleichte, gelbe Hausmantel offen für die Augen der Fremden, ihre Augen noch geschwollen vom Weinen, das gezackte Loch unter dem Elastikbund ihres Schlüpfers. Er betrachtete wieder die Maschinenschrift, vor allem die letzte Zeile: »Vielleicht gehe ich auch woandershin, ich weiß es noch nicht.«

Danach langte er nach dem Päckchen und streifte das grüne Gummiband ab. Er wickelte das braune Papier aus und hatte eine Videokassette in der Hand. Ein Dreiviertel-Inch-Band. Er schaute es an. Es gab keine identifizierenden Markierungen. Plötzlich dachte er an Fingerabdrücke und öffnete eine der unteren Schubladen seines Schreibtisches, nahm einen weißen Gummihandschuh heraus, streifte ihn sich über, sagte sich gleich danach, daß das sinnlos war, zog ihn wieder aus und legte ihn in die Schublade. Dann ging er mit der Kassette in den Fernsehraum.

Er schaltete den Videorecorder und den Fernseher ein, dann steckte er die Kassette in den Schlitz des Recorders und drückte auf PLAY. Auf dem Bildschirm erschien statisches Blitzen. Dann begann die Aufzeichnung. Die erste Einstellung zeigte eine Tür in einem großen Raum. Das Licht war schlecht, und es schien von einer einzigen, nackten Glühbirne zu kommen, die direkt hinter der Tür in einer Fassung an einem Draht hing. Die Tür öffnete sich ein wenig, wurde geschlossen und dann wieder geöffnet. Drei Schwarze kamen herein, blieben dicht hinter der Tür stehen, schlossen sie hinter sich. Sie standen ein paar Minuten lang beisammen, während einer von ihnen auf die anderen einredete, als ob er ihnen Anweisungen gäbe. Seine Stimme war leise und klang wie verstellt. Haydon nahm an, daß der Kameramann zu weit von der Stelle, die er filmte, entfernt war. Hier und da nickten die beiden, als ob sie verstanden hätten. Es schien ihnen irgendwie unbehaglich zumute zu sein; sie schauten in die noch dunkleren Ecken des Bildes. Alle drei Männer schwitzten. Der eine, der sprach, war groß und mager, noch nicht alt. Einer der anderen war noch jünger, stämmig, und trug ein Netzhemd, unter dem sich seine Muskeln wölbten. Der dritte hatte bunte Zuhälterkleidung an und schien am meisten entspannt zu sein, fast gelangweilt.

Als die drei Männer sich von der Tür entfernten, folgte ihnen die Kamera, aber nicht lange, denn dann verschwanden die Männer in der schmutzigen Dunkelheit. Wie Haydon feststellte, fand das Ganze in einer Art Lagerhaus statt.

In der nächsten Einstellung öffnete sich die Tür des Lagerhauses wieder, und zwei Männer kamen herein. Der erste war ein großer Schwarzer in einem Anzug. Er sah gut aus, mit einem Schnurrbart und einer athletischen Figur. Er kam Haydon irgendwie bekannt vor. Er hielt die Tür auf für einen zweiten Mann, der ebenfalls einen Anzug anhatte und ein wenig nervös wirkte. Die Kamera folgte auch ihnen durch die Gänge, die aus Stapel von Holzkisten gebildet wurden, bis die Dunkelheit sie verschluckte.

Wieder die Einstellung auf die Tür. Als sie diesmal aufging, kam als erster William Langer herein, gefolgt von einem zweiten Mann. Sie wirkten beide lässig, als sie aus dem Bild der Kamera schlenderten. Der Schwarze im Geschäftsanzug kam an ihnen vorbei, ging zur Tür hinaus und kam bald danach mit einem weiteren Mann zurück, der lässig gekleidet war, mit einem grobmaschigen gehäkelten Hemd. Langers Rücken kam ins Bild, und auch er ging hinaus. Als er wiederkam, hatte er ein klein und leicht gebautes Individuum bei sich, das schneller in die Dunkelheit eilte als die anderen.

Es war schwer einzuschätzen, wie lange die ganze Folge gedauert haben mochte, weil sicher zwischen den einzelnen Einstellungen mehrere Minuten vergangen waren. Haydon warf einen Blick auf das Zählwerk des Videorecorders. Es zeigte fast acht Minuten an.

An dieser Stelle gab es einen Schnitt im Band, und von da an änderte sich die Qualität der Bilder schlagartig. Die erste Einstellung war völlig dunkel, und es dauerte ein paar Sekunden, bis Haydon erkannte, daß es in diesem Dunkel Bewegungen gab. Nach und nach konnte er die grauen, rauchigen Umrisse der Männer ausmachen, die er zuvor hatte hereinkommen sehen. Sie schienen beisammenzusitzen oder -zustehen und schauten alle in eine Richtung. Und sie sprachen miteinander. Die Kamera zoomte auf ihre Gesichter, und obwohl die Beleuchtung sehr schlecht war, konnte man jeden erkennen. Die Kamera verweilte auf allen ein paar Sekunden lang, auch auf Langer und dem Schwarzen.

Dann schwenkte die Kamera von der Gegend, wo die Männer saßen, über einen Durchgang zu einer offenen Fläche. Hier wurde das Band fast weiß, Blitze huschten darüber hin und wuschen alle Umrisse fort. Haydon nahm an, daß man ein Objektiv mit großer Lichtempfindlichkeit benützt hatte, um die Männer in dem abgedunkelten Teil des Lagerhauses zu filmen, das dann zuviel Licht einließ, als der Kameramann auf die beleuchtete Gegend schwenkte. Er sah, daß sich jemand in der hellen Zone bewegte, konnte aber nicht erkennen, was dort geschah. Er vermutete, daß es der Schwarze war, der zu Beginn seine Anweisungen gegeben hatte. Die helle Gegend schien von Packkisten umgeben zu sein, und gerade als Haydon das mit ziemlicher Sicherheit erkannt hatte, richtete sich die Kamera wieder auf die Männer im Finstern und zoomte auf jedes der Gesichter. Dann war nichts mehr auf dem Band zu sehen.

Haydon schaute auf das Zählwerk. Das Band war sechzehn Minuten lang gelaufen.

Er drückte auf die Rückspultaste und lehnte sich zurück, um zu warten. Was hatte er da gerade gesehen? Im Grunde nichts, womit man jemanden erpressen konnte. Selbst wenn die Männer, mit denen Langer da gesehen wurde, bekannte Kriminelle wären, konnte er seine Anwesenheit auf ein Dutzend verschiedene Weisen erklären. Warum sie dortgewesen waren? Weil sie etwas sehen wollten. Sie wandten sich der hellen Stelle zu und warteten. Frage war, was sie zu sehen bekamen, und warum Toy das nicht gefilmt hatte.

Der Recorder hatte das Band zurückgespult und schaltete den Schnellauf aus; Haydon drückte auf die Taste EJECT und nahm die Kassette heraus. Er schaltete das Fernsehgerät und den Videorecorder aus und ging in die Bibliothek zurück. Dort nahm er seine Kaffeetasse, goß den kalten Kaffee in eine der Topfpflanzen an der Tür und schenkte sich eine frische Tasse aus der Kanne ein. Nachdem er Sahne hineingegeben hatte, war der Kaffee nur noch lauwarm. Er setzte sich damit an seinen Schreibtisch.

Vielleicht hatte er hier nur einen Teil dessen, was Toy in dem Lagerhaus aufgenommen hatte. Das würde einen Sinn ergeben. Er hatte nur einen Teil davon an Powell gegeben, für den Fall, daß etwas damit passierte, während sich das Band in Powells Besitz befand. Wer auch immer Powell umgebracht hatte, er besaß das Original; wußte er, daß noch weitere Bänder existierten? Vielleicht, vielleicht auch nicht. Aber es gab sicher noch welche, und wahrscheinlich befanden sie sich bei Toy. Haydon hatte sozusagen nur das Vorspiel vor sich liegen. Ricky Toy hatte den Rest der Geschichte.

Langer war schlau gewesen. Er wurde tatsächlich erpreßt, aber er legte die Schuld dafür an die falsche Schwelle. Halbwahrheiten. So etwas kam oft vor. Menschen, die versuchten, sich aus einer Zwangslage durch Lügen zu befreien, benützten oft Teile der Wahrheit, mischten sie mit Lügen und versuchten, das Ganze als *die* Wahrheit zu verkaufen. Aber auf lange Sicht arbeitete das gegen sie, weil sie die genaue Zusammensetzung der Zutaten vergaßen. In den seltensten Fällen konnten sie das Rezept präzise wiederholen. Es wäre oft besser, wenn sie das Ganze erfinden würden, aber das kam selten vor. Es war merkwürdig, wie sie sich an die Fragmente der Wahrheit klammerten, als ob sie so etwas wie ein Talisman wären.

Haydons Augen fielen auf die Kartons mit den Büchern auf der anderen Seite der Bibliothek, und dann beschäftigte er sich noch einmal mit dem Brief von Alice Parnas.

»Vielleicht gehe ich auch woandershin – ich weiß es noch nicht.«

Plötzlich stellte er die Tasse weg. Alice Parnas war nicht die Frau, die mit Andeutungen spielte, und sie würde das auch nicht so kurz vor ihrem geplanten Tod tun. Sie hatte keineswegs Selbstmord im Sinn, als sie diese letzte Zeile schrieb.

Er nahm ein Stück Papier von seinem Schreibtisch und kritzelte rasch eine Notiz für Nina darauf, daß er vielleicht erst spät nach Hause kommen würde. Dann klebte er den Zettel an den Lampenschirm und verließ das Haus.

28

Alice Parnas' Haus war versiegelt und dunkel. Es gab keine Polizei, keine gaffenden Nachbarn, kein Geräusch von den Staren. Nichts als Stille.

Haydon parkte vor dem Haus und schaltete den Motor ab. Mrs. Spiegler wohnte in dem Haus auf der Seite der Auffahrt, hinter der Wacholderhecke. Haydon ging über den Gehsteig zu dem Gartentor der Nachbarin. Ihr Haus stand offen, vermutlich, um die heiße Luft etwas zirkulieren zu lassen. Mrs. Spiegler hatte die Scheinwerfer seines Wagens gesehen und stand jetzt an der Haustür, wobei sie den Kopf gegen die Fliegengittertür drückte, um zu sehen, was draußen vor sich ging.

»Mrs. Spiegler?« fragte Haydon, als er sich der Tür näherte. Er hörte, wie sie den Riegel der Gittertür einschnappen ließ.

»Ja«, antwortete sie. Sie hatte eine betaute Dose Bier in der Hand. Irgendwo hinter ihr im Wohnzimmer spielte das Radio.

Er machte sich bekannt, sagte, daß er schon zuvor hiergewesen sei, aber leider nicht mit ihr habe sprechen können, und fragte, ob sie bereit sei, ihm ein paar Minuten ihrer Zeit zu schenken. Sie schaute ihn an, dann betrachtete sie die Dienstmarke, die er ihr hinhielt.

»Können Sie nicht bei Tag wiederkommen? Das ist nicht gerade die ideale Zeit für solche Besprechungen. Kann das denn nicht bis morgen früh warten?«

»Es dauert nur ein paar Minuten. Und es wäre für die Ermittlungen besser, wenn ich noch heute abend mit Ihnen sprechen könnte.«

Sie trug eine grün und weiß gestreifte Hose, die unter ihren Knien in kleinen Rüschen endete, dazu eine kurzärmelige Baumwollbluse mit offenem Kragen, die über die Hose fiel. An dem Gelenk der Hand, mit der sie die Bierdose hielt, war eine Digitaluhr aus Plastik, wobei ein Stückchen Stoff unter das Armband geklemmt war. Ihr Gesicht war unglaublich runzelig, und sie hatte dicke Tränensäcke unter den Augen. Ihre lockere Unterlippe hatte die Tendenz, sich vom Unterkiefer zu entfernen.

»Es ist wegen Alice«, sagte sie fast ehrfürchtig und mit unerwarteter Zartheit.

»Ja, Ma'am.«

»Gott, das arme kleine Ding.« Ihre Augen richteten sich auf das Haus von Alice Parnas. Dann plötzlich schaute sie Haydon an, und ihre Augen waren rund und erschreckt. »War sie eigentlich katholisch? Ich hab' sie nie danach gefragt. Ihre Familie war es nicht, aber Sie wissen ja, die Kinder gehen manchmal einen anderen Weg. Wenn sie nicht katholisch war – wo soll ich sie dann beerdigen lassen? Der Papst würde sie nicht auf einen katholischen Friedhof lassen, wissen Sie. Sie sind komisch bei so was.« Dazu neigte sie den Kopf in Richtung auf das Nachbarhaus.

»Ich weiß es wirklich nicht«, sagte Haydon. »Darf ich reinkommen?«

Sie schaute ihn an. »Muß ich irgendwas unterschreiben?«

»Nein, Ma'am.«

»Gut«, sagte sie und ließ die Verriegelung aufschnappen. »Denn das tue ich auf keinen Fall.«

Sie stieß die Gittertür auf, und Haydon folgte ihr in ihren Wohnraum. Das Haus glich dem der Parnas', obwohl Mrs. Spiegler ihr Sofa an die gegenüberliegende Wand gestellt hatte und den Sessel ans andere Ende des Raums. Das Radio war laut; sie ging zu dem kleinen Bücherregal, auf dem es stand, und schaltete es ab. Haydon stellte fest, daß sie O-Beine hatte und sich in der selbstsicheren Weise einer Frau bewegte, die es gewohnt war, selbst für sich zu sorgen.

»Ich hab' nicht einmal Lust gehabt zum Fernsehen«, sagte sie. »War nicht in der Stimmung für irgendso 'ne blöde Komik-Show.«

Haydon setzte sich auf das Sofa und Mrs. Spiegler in einem bequemen Sessel daneben. Die beiden schauten auf den leeren Bildschirm. Haydon mußte sich etwas drehen, wenn er sie beim Sprechen ansehen wollte. Ein alter, schwarzer Ventilator stand auf dem Boden vor einem der offenen Fenster und drehte sich hin und her. Immer wenn er sich nach links drehte, kratzte er an dem Gitter vor dem Rotorblatt.

»Möchten Sie ein Blue Ribbon?« Sie hob die Bierdose an.

»Nein, danke.«

»Was wollen Sie mich denn fragen?«

»Wissen Sie, es gibt eine Menge Papierkram, den wir erledigen müssen, nach einem unnatürlichen Todesfall ohne Zeugen. Es wird nicht lange dauern.«

»Dann schießen Sie los«, sagte sie und trank einen Schluck Bier.

»Haben Sie eine Ahnung, ob Miss Parnas Verwandte in New Mexiko hatte?«

»Nein, ich meine, nein, ich weiß es nicht. Ich dachte, sie hätte gar keine Verwandten gehabt, zumindest keine hier in der Stadt. Ich wohne schon seit zehn Jahren neben ihnen, und ich habe sie nie über Verwandte in der Stadt reden hören. Alices Mama ist vor fünf, sechs Jahren gestorben. Danach war ihr Dad nicht mehr der alte, und er ist zwei Jahre später auch dahingegangen. Griechen. Sie haben auch griechisch ausgeschaut. Alice nicht. Ich hab' oft darüber nachgedacht und schon fragen wollen, ob sie vielleicht ein adoptiertes Kind ist, aber ich hab' es lieber bleibenlassen, weil sie doch so sensibel war, und ich dachte, ich könnte sie damit beleidigen. Das hätte ich nie und nimmer gewollt. Das Mädchen war so ein Engel...«

Mrs. Spieglers Stimme klang ein wenig rauh, und sie trank wieder einen Schluck Bier.

»War Alice in letzter Zeit oft depressiv?«

»Na ja, sie war krank. Seit einer Woche schon, ist auch nicht zur Arbeit gegangen. Hat sich da drüben eingeschlossen.«

»Hat sie Ihnen gesagt, daß sie krank war?«

»Ja.«

»Sonst hat sie Ihnen nichts dazu gesagt?«

»Nein. Was hätte sie auch dazu sagen sollen?«

»Ich frage mich nur, ob sie Ihnen den Grund für ihre Krankheit erklärt hat.«

»Sie ist nicht ins Detail gegangen, wenn Sie das meinen. Sie war keine Klatschbase. Sie hat mir auch nie von den Geschichten und Problemen erzählt, über die die meisten Frauen mit Vorliebe reden. Nein, das mochte Alice nicht.«

»Hat sie Sie häufig besucht in der Woche, seit sie krank war?

»Nee. Als ich sah, daß sie ein paar Tage lang nicht aus dem Haus gegangen war, bin ich mal rübergegangen, um nachzuschauen. Wir haben ein gutes nachbarschaftliches Verhältnis, seit Jahren. Sie hat gesagt, sie ist krank. Ich hab' nicht lange herumgestochert. Aber am Abend hab' ich einen Teller Fleischsuppe gebracht. Ganz gleich, was man hat, einen Kater oder Polio oder was weiß ich, ein Löffel Brühe ist immer gut. Komisch, wie komm' ich auf Polio? Das kriegt man doch nicht mehr heutzutage, oder? Jedenfalls, ich hab' jeden Tag nach ihr geschaut, damit sie wußte, daß ich hier war, wenn sie mich brauchte.«

»Waren Sie heute auch bei ihr?«

Sie schien zusammenzusinken, und ihr Gesicht wurde sehr traurig. »Nein, aber ich wünschte bei Gott, ich hätte sie besucht. Ich meine, ich hab' sie ja gefunden, aber zuvor bin ich nicht bei ihr gewesen.«

»Sind Sie den ganzen Tag über zu Hause, Mrs. Spiegler?«

»Die meiste Zeit.«

»Und heute?«

»Bis auf eineinhalb Stunden heute vormittag. Ich war beim Einkaufen, Lebensmittel für die Woche.«

»Wann war das?«

Sie kniff die Augen zusammen. »Halb zehn bis halb elf oder elf.«

Haydon war ungefähr von zehn bis elf dagewesen.

»Bitte überlegen Sie gut: Können Sie mir sagen, wen Sie in Alices Haus gehen sahen, von der Zeit, als Sie nach Hause kamen, bis zu der Zeit, als Sie sie gefunden haben?«

Mrs. Spiegler schaute ihn an. Sie dachte einen Moment lang nach, dann trank sie wieder einen Schluck aus der Bierdose.

»Warum?«

»Das Gesetz des Staates erfordert es, daß immer dann, wenn

eine Person Selbstmord begeht oder die Umstände des Todes so sind, daß ein Verdacht auf Selbstmord besteht, der Leichnam der Person einer routinemäßigen Obduktion unterzogen wird und die Umstände untersucht werden, um diesen Verdacht zu bestätigen. Wie gesagt, es ist reine Routine.«

Sie schien das für plausibel zu halten.

»Sie meinen, jeden, der in der Nähe war?«

»Richtig. Der Postbote, Lieferanten, andere Nachbarn. Jeden.«

Sie überlegte eine Minute lang. Der alte Ventilator vibrierte rhythmisch und mischte die muffige Luft mit einer Julihitze, die gewöhnlich erst in den frühen Morgenstunden zu weichen begann.

»Der Postbote war um halb zwei da. Das war ziemlich früh für ihn. Erinnern Sie sich an die Zeiten, als man die Post noch am Morgen bekommen hat? Dann ist ein Lastwagen von der Heilsarmee vorbeigekommen und hat einen alten Sessel abgeholt, den sie seit einem Monat auf ihrer hinteren Veranda stehen hatte. Ich glaube, das war um zwei, halb drei. Ein Negerjunge war da und hat Zeitungsabonnements verkauft, um davon sein Studium zu bezahlen. Ich glaube den Jungs kein Wort, aber ich habe *Field & Stream* und *Cosmopolitan* abonniert. Die Frau von der Volkszählung ist um drei dagewesen. Sonst kann ich mich an nichts erinnern.«

»Der Briefträger wirft einfach die Post ein und geht dann weiter?«

»Ja.«

»Wie war es mit den Leuten von der Heilsarmee? Sind die hineingegangen?«

»Nein. Sie sind über die Auffahrt bis zum Haus gefahren, haben den Sessel abgeholt, und weg waren sie.«

»Das haben Sie gesehen?«

Mrs. Spiegler entschloß sich, nicht empört zu sein wegen der Andeutung, sie könnte geschnüffelt haben. »Ja, das hab' ich gesehen«, sagte sie etwas verteidigend. Dann trank sie ihre Bierdose aus.

»Und der schwarze Student?«

»Stand an ihrer Tür, genau wie hier. Sie hat ihm auch etwas abgekauft. Ich habe ihn schreiben sehen, und wie er ihr eine von diesen Quittungen gegeben hat. Ich selbst konnte die Handschrift des Jungen kaum lesen. Außerdem dauert es sechs Monate, bis man die Zeitschriften kriegt.«

»Aber er ist nicht hineingegangen?«

»Nee.«

»Und die Frau von der Volkszählung?«

»Die war natürlich drinnen, genau wie hier.« Mrs. Spiegler stand auf und ging in die Küche. »Wollen Sie wirklich kein Blue Ribbon?«

»Nein, danke.«

Sie kam zurück und legte eine Papierserviette um den Boden der Dose. »Alles schwitzt bei diesem Wetter. Die Dosen. Die Menschen. Alles.«

»Ist die Frau von der Volkszählung, nachdem sie von Ihnen weggegangen ist, in das Nachbarhaus gegangen, zu Alice Parnas?«

»Nein. Sie ist von drüben gekommen.«

»Sie hat also zuerst mit Alice Parnas gesprochen?«

»Ja. Genau gesagt, sie hat vor ihrem Haus geparkt. Ich hab' gesehen, wie sie vorgefahren ist, ihr Schreibbrett aus dem Wagen geholt hat und zur Tür gegangen ist. Sie hat kurz mit Alice gesprochen und ist dann hineingegangen.«

»Wie lange ist sie geblieben?«

»Fast eine Stunde.«

»Ist sie hier auch so lange geblieben?«

»Nein. Sie sagte, bei Alice hätte es ein paar schwierige Familienfragen zu klären gegeben. Vermutlich meinte sie den Tod ihrer Eltern seit der letzten Zählung. Ich weiß es nicht, und ich hab' auch nicht danach gefragt.«

»Warum hat sie es dann erwähnt?«

»Sie wollte damit nur erklären, warum sie so lange drüben war, vermute ich.«

»Und wie lange ist sie bei Ihnen geblieben?«

»Vielleicht eine Viertelstunde.«

»Was für einen Wagen hat sie gefahren?«

»Ein sportlich aussehendes Ding. Ausländisch. Ich hab' es nicht erkannt.«

»Welche Farbe?«

»Weiß. Ein ziemlich kleines Auto.«

»Und wie hat die Frau ausgesehen?«

»Schick. Sie war eigentlich ein Mädchen, keine Frau. Frauen sind nach meinem Begriff älter. Rötlichblondes Haar. Helle Haut. Nicht ausgesprochen dünn. Und sehr gut gekleidet.«

»Was für Fragen hat sie Ihnen gestellt?«

»Die typischen Volkszählungsfragen. Alter, Anzahl der Personen im Haus, Familienfragen.«

»Hat sie dabei ein Formular ausgefüllt?«

»Ja.«

»Haben Sie das gesehen?«

»Ich habe gesehen, daß sie alles aufgeschrieben hat. Vermutlich auf ein Formular. So genau hab' ich nicht hingeschaut.«

»Hat sie eine Visitenkarte oder etwas hiergelassen?«

»Nein.«

»Woher wußten Sie überhaupt, daß die junge Frau von der Volkszählung war?«

Mrs. Spiegler betrachtete Haydon eine Weile, und ihre Unterlippe hing noch etwas lockerer als zuvor.

»Das ist eine gute Frage«, erwiderte sie. »Ich hab' ihr einfach geglaubt. Sie schien – okay zu sein. Sie war wirklich sehr gut gekleidet. Ich hab' ihr einfach geglaubt. Es war nichts Verdächtiges an ihr.«

»Würden Sie sie wiedererkennen, wenn Sie ein Foto von ihr sähen?«

»Klar. Sie hat da gesessen, wo Sie jetzt sitzen, und ich habe eine Viertelstunde mit ihr geredet.«

»Ist sie danach weiter die Straße entlanggefahren, als sie von Ihnen wegging?«

»Nein. Sie ist zurück zum Wagen und stieg ein, ist dann aber ganz weggefahren. Wahrscheinlich hat sie ihr Soll an Befragungen für einen Tag hinter sich gebracht«, sagte Mrs. Spiegler hilfsbereit. »Wissen Sie, eine wirklich nette Frau. Sie war...«

Haydon hörte ihr nicht zu; seine Augen hatten sich auf den halboffenen Mund gerichtet. Er stellte sich fast gegen seinen Willen vor, wie das dunkle, arterielle Blut aus ihrer Nase lief. Es kam erst aus dem rechten Nasenloch und lief ihr über die Oberlippe. Er dachte, dabei würde es aufhören, und bemühte sich wieder, ihr zuzuhören, aber dann begann auch das andere Nasenloch zu bluten. Das Blut suchte die Falten und Grübchen um ihren Mund, und als sie einen Schluck aus der Bierdose trank, geriet das Blut auch auf die Dose und wurde rosa, dort, wo es sich mit dem Bier am Rand der Dose mischte. Dann verschwand es innerhalb ihrer abstehenden Unterlippe.

»Ich bin Ihnen dankbar, daß Sie sich die Zeit genommen haben, mit mir zu reden«, sagte er und stand schnell auf. »Hier ist meine Karte. Wenn Ihnen noch etwas einfällt, sind Sie so nett und rufen mich an? Alles, was Ihnen in den Kopf kommt, könnte uns helfen.«

»Klar«, sagte sie und wunderte sich über seine Abruptheit, stand aber ebenfalls auf. »Wie lange dauert denn von Ihrer Seite aus so eine Routineuntersuchung?«

»Meistens ist sie in ein paar Tagen erledigt.« Haydon merkte, daß ihm etwas schwindlig geworden war.

Sie nickte und warf einen Blick auf die Karte. »Hier steht ›Morddezernat‹.« Er stellte sich vor, daß etwas Blut von ihrer Unterlippe auf die Bluse tropfte. Sie hätte es gar nicht bemerkt.

»Wir machen das alles in unserer Freizeit«, erklärte er.

Sie nickte wieder. »Es wird hier komisch werden, jetzt, da sie weg ist, wissen Sie. Schätze, jetzt kriege ich neue Nachbarn. Wahrscheinlich Mexikaner oder Neger; die machen sich hier ja überall breit. Minderheiten. Natürlich, die Parnas' waren ja auch griechisch. Ich hab' nix gegen Minderheiten. Es gibt nur allmählich nicht mehr so viele Leute von der Mehrheit als früher.« Sie hob ihre Bierdose und prostete Haydon damit zu, als trinke sie auf den Gedanken. »*Tempus fugit*«, sagte sie und lächelte bedauernd.

Sie ging mit ihm zur Tür, redete noch auf ihn ein, als er auf den kleinen Vorhof mit Betonboden getreten war. Er sagte ihr gute Nacht und drehte sich um, ging über den Gehsteig, als er hörte, wie das Schloß der Fliegengittertür wieder einschnappte. Als er an ihrem Haus vorbeifuhr, stand sie unter der Haustür.

29

Haydon senkte die Fenster des Vanden Plas und fuhr über den Heights Boulevard.

Wenn er sich immer wieder das Blut vorstellte, würde er es bald nicht mehr ertragen können. Er konnte mit den Alpträumen leben, mit der Spannung, die ihn ergriff, immer wenn er sich ein bißchen elend fühlte und fürchtete, daß es das langsame, gefährliche Vorspiel zu einer ausgewachsenen Depression sein könnte. An das alles konnte er sich gewöhnen, wie man sich an chronische Schmerzen gewöhnte. Aber nicht an das Blut. Es war rätselhaft und zerrte an den Nerven. Es war, als ob sich die Vorstellung von fließendem Blut in seinen Gedanken festgesetzt hätte, wie schreckliche und erschreckende Szenen zum Trauma werden und sich in die Gehirne derjenigen einbrennen, die sie erlebt haben, um ungebeten und unerwünscht bei völlig unerwarteten Gelegenheiten in ihr Bewußtsein zurückzukehren. Mächtige Erinnerungen. Szenen, die man unterdrücken, aber nie vergessen konnte.

Als Haydon nach längerer Fahrt feststellte, wohin er sich hatte treiben lassen, fand er sich wieder einmal in der Straße mit dem kleinen Holzhaus – dort, wo er früher am Tag den kleinen Jungen im Vorgarten gesehen hatte. Die Haustür war weit geöffnet. Durch die Fenster des vorn liegenden Schlafzimmers konnte er weiter in das Haus schauen. Stumme Bewegungen. Nackte Bewegungen. Er wußte, daß es ein hinteres Schlafzimmer gab und eine Hintertür, die in die Küche führte. *Blitz-blitz-blitz-blitz-blitz!* Nicht die Schönheit einer Zeitlupenbewegung im Film.

Ganz und gar nicht. *Blitz-blitz-blitz!* Keine Zeit zum Denken... Und dann eine unerwartete Sekunde der Klarheit, Zeit zum Denken... Und zum Handeln. BLITZ! Und alles war vorbei. Und war doch nicht vorbei und würde es niemals sein.

Er konnte keineswegs gut damit leben, obwohl er es zunächst gedacht hatte. Andererseits war es jetzt elf Jahre her, fast lang genug für ihn, daß er sich einreden konnte, es sei nie geschehen, nur daß er es einfach nicht schaffte. Er hatte es, weiß Gott, versucht. Er hatte seine Gedanken, hatte die Ohren davor verschlossen, hatte gebetet, daß die dröhnende Erinnerung ihn nicht taub machen würde, daß es nicht aus der Peripherie seines Bewußtseins auftauchen würde wie irgendein schreckliches Wesen aus einem Gemälde von Hieronymus Bosch. Er rannte, lief davon, und manchmal war er auch der Sieger, aber es war gnadenlos und kam unermüdlich zurück. Es gab nur Zeiten der Erleichterung, nie den Trost einer Absolution.

Während er im Wagen saß, betrachtete er das Haus. Er hatte seine Anzugjacke ausgezogen und über den Sitz geworfen. Wischte sich jetzt mit dem Taschentuch den Schweiß von der Stirn. Die Straße war still bis auf das ferne und stetige Brummen des North Freeways. Er konnte das abgestandene Wasser des Little White Oak Bayous riechen, der sich durch das Viertel und durch den Friedhof schlängelte wie ein morastiger Bandwurm.

Der Geruch hatte sich nicht verändert, würde sich wohl nie verändern. Auch damals war es eine Julinacht gewesen. Ein ungewöhnlich feuchtes Frühjahr hatte den Bayou unter üppiger Vegetation versteckt: Gräser und Schößlinge hingen schwer von neuen Trieben über das schwarze Wasser, auf dem die Moskitos schwirrten. Er rannte und jagte den Teufel, der ihn jagte, in das schwüle Dunkel der Straßen mit den Blumennamen, Jessamine, Marigold, Lilac und Goldenrod, in die schicksalhafte Hyacinth Street, über die Cosmos und dahinter in die stille Welt der Grabmäler und Gruften und Heiligen, Geister über Geister, soweit man sehen konnte, fast wieder bis zum Bayou und zum Moody Park weit draußen in der Nacht. *Ich kann selbst nicht verstehen, was ich tue. Denn ich tue nicht das, was ich möchte, sondern was ich am meisten hasse.*

Und dann ging er nicht weiter, stellte sich ihm, dem Atemlosen, wie er sich voller Angst fünf Gräber von ihm entfernt an einen sich neigenden Grabstein lehnte, geduckt die Luft einsaugend, die drückende Luft vom Bayou. Er konnte seine Augen sehen, weiß wie die Grabsteine, die überall herumstanden, Augen, die eben noch glasig waren vom Entsetzen der Hyacinth Street und jetzt das Entsetzen von der anderen Seite auf sich zukommen sahen. Auch er selbst lehnte da und schaute und wartete, während das Nichtglaubenwollen seine Augen hervortreten ließ. Und während der andere wartete, ging er auf ihn zu, kam näher, damit er keinen Fehler machte, stolperte über die Gräber, verringerte den Abstand zwischen dem Jetzt und seiner schwarzen Sekunde. *Denn ich tue nicht das Gute, das ich tun will, nein, es ist das Übel, das ich nicht will und das ich dennoch tue.*

Er war froh, Ninas Wagen in der Auffahrt zu sehen. Hielt dahinter an, sperrte den Vanden Plas ab und betrat dann das Haus durch den Vordereingang. Um drei Uhr morgens war das Haus so still, wie es nur sein konnte. Seine Schritte echoten in beiden Hallen, als er sie durchquerte und dann die Steintreppe hinaufging. Auf halbem Weg zum oberen Treppenabsatz sah er schon das Licht auf dem Marmorboden des breiten Korridors, das aus dem Schlafzimmer kam. Nina wartete auf ihn. Sie war vielleicht eingedöst, aber sie hatte den Wagen wohl schon am Tor gehört, und nun schaute sie auf die Tür, wartete darauf, daß er sie öffnete, warf dann besorgt einen Blick auf sein Gesicht, um zu sehen, was es ihr über ihn sagen würde... Unbewußt massierte er die beiden vertikalen Falten zwischen seinen Augenbrauen, die ihm ihrer Meinung nach einen angespannten Ausdruck verliehen, auch dann, wenn er es gar nicht war, und ihn älter aussehen ließ, als er in Wirklichkeit war.

Sie lag im Bett, ein Buch gegen die hochgestellten Knie gelehnt, und schaute ihm entgegen.

»Wenn du ›spät‹ sagst, meinst du es auch.« Sie lächelte, aber ihr Blick verfing sich mit dem seinen und entdeckte alle seine Züge, als wären sie die sensitiven Finger einer Blinden, die wissend die Konturen seines Gesichts betasteten.

»Entschuldige«, sagte er. Er kam herum auf ihre Bettseite und küßte sie, freute sich schon im voraus auf den Duft ihres Badeöls. »Es drängt jetzt alles ein bißchen, und ich halte die Dinge nicht gern auf, wenn es so weit gekommen ist.«

»Ich weiß.«

Er ging zu seinem Garderobenschrank und begann sich auszuziehen. »Und wie war es bei dir?«

»Ach, es war ein Spaß. Bei Tony's ist es eigentlich immer nett. Ich war überrascht, daß du nicht gekommen bist.«

Er schaute sie an. Sie grinste. »Ich wette, Race war zutiefst enttäuscht«, sagte er, während er sich die Schuhe auszog.

»Nein, Race nicht. Er war auch nicht amüsant. Aber ich habe viel Spaß mit den Nordstroms gehabt.«

»Wie ist sie eigentlich?« Haydon nahm die Stäbchen aus seinem Hemdkragen. Das Hemd war in der Bayou-Hitze gedämpft worden und hatte davon tausend Falten bekommen.

Nina klemmte einen Einmerker in ihr Buch und legte es dann auf den Nachttisch. »Sie ist Anfang Dreißig. Scharfe, deutliche Züge, aber zierlich. Keine große Frau, obwohl sie einem das Gefühl vermittelt, größer zu sein, als sie ist. Auf einer Photographie wäre sie kein ›hübsches, kleines Ding‹. Naturblond. Ich mag sie. Bisher hatte ich nur einmal mit ihr gegessen, aber diesmal kam sie mir nicht vor wie die Opportunistin, für die sie der Gesellschaftsklatsch hält. Die beiden scheinen eines der vernünftigsten Paare zu sein, die ich seit langer Zeit erlebt habe. Sie ist wesentlich jünger als er, aber keiner von beiden fällt unter die negative Kategorie, an die man bei einer solchen Situation meistens denkt. Sie waren wirklich sehr nett, und sie machten mir den Eindruck, außerdem sehr gutherzig zu sein.«

»Mit anderen Worten, ganz fabelhafte Leute«, sagte Haydon und nahm den ausgebeulten, weißen *calzones* von seinem Haken im Schrank, während er ins Bad ging.

»Ja, es waren lauter nette Leute«, bestätigte sie ihm.

Er nahm rasch eine Dusche, wusch sich das Haar und massierte es dann mit dem Handtuch trocken. Er putzte sich die Zähne, zog seinen *calzones* an und ging zurück ins Schlafzimmer, wobei er den Gürtel um die Taille knotete.

»Und dein Tag?« fragte sie.

»Ich hab' auch viele nette Leute kennengelernt«, sagte er in sarkastischem Ton.

Sie lachte. »Der Zettel im Lampenschirm war in Eile geschrieben. Fahrige Schrift.«

»Ich war in Eile.«

Er hielt inne, steckte die Schuhspanner in seine Schuhe und stellte sie dann in den Garderobenschrank. Den Gürtel hängte er an den dafür vorgesehenen Haken, dann nahm er die Manschettenknöpfe von der Kommodenplatte und legte sie in ihre Schatulle; danach trat er einen Moment ans Fenster und schaute auf die Terrasse. Die frühen Morgenstunden waren bläulich.

Er mußte länger dortgestanden haben, als ihm klar war.

»Warum war er in Eile geschrieben?« fragte sie.

»Ed hatte am frühen Abend angerufen. Eine Frau, die für Langer arbeitete und die ich am Vormittag gesprochen hatte, war tot in ihrem Haus aufgefunden worden. Ich mußte hin.«

»Ist sie ermordet worden?«

»Es sieht nach Selbstmord aus.«

»Sieht aus...?«

»Tabletten. Sie war sehr deprimiert, als ich am Vormittag mit ihr sprach.« Er wandte sich vom Fenster ab und ging zum Lichtschalter. »Kann ich?«

Sie nickte.

Er schaltete das Licht aus, ging hinüber zu seiner Seite des Betts und legte sich hin. Nina schlug ihre Bettdecke zurück und legte sich mit ihm auf das Laken.

»Kommst du voran?« fragte sie.

»Ich glaube, ja.«

»Ist Langer aus dem Schneider?«

»Ganz und gar nicht.«

Haydon lag da und fühlte, wie sich die Funktionen seines Körpers allmählich verlangsamten. Sein Herzschlag kehrte zu einem langsameren, leichteren Rhythmus zurück. Er hätte nicht mit dem Joggen aufhören sollen. Vor nicht allzulanger Zeit war die Erholungsphase kürzer gewesen. Aber er kam rasch wieder in Fahrt. Obwohl er erschöpft war, freute es ihn, zu fühlen, daß er eigentlich ziemlich gut in Form war.

Nina rollte auf ihre Seite hinüber und legte einen Arm über seine Brust.

»Und du? Bist du aus dem Schneider?

Die Frage machte ihn augenblicklich wütend, aber er sagte nichts. Lag nur da, ließ ihre Worte in der Luft hängen, unsicher, abwartend. Was war los mit ihm? Wollte er nicht, daß sie sich darum sorgte? Wäre er glücklicher, wenn sie es nicht täte? Was verlangte er eigentlich von ihr? Daß sie sich um ihn sorgte, wenn er es wünschte, und sich nicht um ihn kümmerte, wenn ihm das lieber war? Konnte er ihr nie gestatten, ihm gegenüber auch nur menschlich zu empfinden? Er mußte sich zusammenreißen, damit er nicht etwas sagte, was er zwei Minuten danach bereute. Aber warum? Er verstand nicht, warum er immer wieder ihre Sorge mit Bitterkeit erwiderte. Warum, in Gottes Namen, kostete es ihn so viel, völlig aufrichtig zu ihr zu sein?

»Es ist rasch wieder wie früher«, hörte er sich sagen.

Sie machte eine kleine Bewegung mit ihrer Hand auf seiner Brust, dann lag sie still.

»Es gefällt mir«, fügte er hinzu. »Aber ich stecke zu schnell wieder ganz ernsthaft drin. Man wird von fremdem Leben gefangengenommen. Von dem Schlamassel, das sie sich selbst angerichtet haben. Man schaut sich dieses Schlamassel genauer an, muß es ja tun, und dann stellt man fest, daß man eigentlich gar nicht so anders ist. Ich halte mich für sehr heuchlerisch, wenn ich sie unter dem Mikroskop der Ermittlung betrachte.«

Er schaute auf die blauen Fenster, auf die schwarzen Wipfel der Bäume, die sich jenseits der Scheiben allmählich vor dem Blau abzeichneten.

»Was meinst du damit?« fragte sie. Ihre Stimme war ganz

leise, fast nur ein Flüstern. Es war, als wollte sie nicht weiter in seine Gedanken eindringen, als diese Frage reichte.

»In gewisser Weise«, sagte er, »verleiht ein unerklärter Tod einem untersuchenden Detektiv außergewöhnliche Rechte. Das Privatleben vieler Leute wird in die Öffentlichkeit gezerrt, zumindest möglicherweise und immer auch de facto, soweit es den Detektiv selbst betrifft. Als Fremder darfst du mitten ins Herz der persönlichsten Dinge gehen, kannst in Bereiche eindringen, in denen du normalerweise keine Fragen stellen dürftest, und du würdest sie auch jetzt nicht stellen, wenn da nicht die Notwendigkeit wäre, alles zu erfahren, was du deiner Meinung nach wissen mußt. Plötzlich hast du die Freiheit, in die hintersten Ecken des Lebens von fremden Leuten zu schauen, zu studieren, was du dort findest, und ein Urteil abzugeben über das, was du entdeckt hast. Du siehst Dinge, die du nie hättest sehen dürfen und nicht einmal mit dem Fall in unmittelbarer Beziehung stehen, sondern einfach private, persönliche Dinge, die dich eigentlich gar nichts angehen, die du nicht entdecken solltest, und wenn du es tust, dann tut es dir leid.«

Er wartete, aber sie sagte nichts. Er fragte sich, was sie dachte und ob sie überlegte, worauf er mit all dem hinauswollte. Er war schon dabei, zu sagen: ›Einen Penny für das, was du gerade denkst‹, aber er sagte es nicht. Sie kuschelte sich an ihn, als wäre sie ein Teil von ihm. Sie gehörte hierher, atmete mit ihm, tauschte einen Atemzug nach dem anderen, hielt ihn am Leben. Er stellte sich vor, daß er, wenn man sie ihm plötzlich wegnähme, in ein Vakuum gesogen würde, mit so gewaltiger Kraft, daß er es nicht überleben würde.

Nichts anderes schien jetzt noch wichtig zu sein. Er hielt sie im Arm, und der Schlaf überraschte ihn schnell.

30

Am nächsten Morgen verschliefen sie beide. Als der Wecker klingelte, schaltete ihn Haydon automatisch aus, bevor er sie beide völlig geweckt hatte. Eine Stunde später kam Gabriela mit einer Kanne heißen Kaffees und weckte sie, und als sie nach unten kamen, stand das Frühstück bereit. Nina fuhr rasch ins Studio, wo sie wieder Francis Nordstrom treffen wollte, und Haydon rief Dystal an und verabredete sich mit dem Lieutenant, Lapierre und Mooney für elf Uhr. Dann ging Haydon auf die Terrasse, um Cinco zu streicheln, der bereits sein Vormittagsschläfchen hielt, mit dem Rücken an den kühlen Stein der Balustrade gelehnt. Nach einer Weile ging Haydon in die Bibliothek, nahm ein Photo aus der Langer-Akte und fuhr in die Bayland Street.

Mrs. Spiegler kam an ihre Gittertür und betrachtete Haydon, der auf ihrer kleinen betonierten Veranda stand. Sie hatte einen Hausmantel an und hielt einen weißen Glasbecher mit Kaffee in der einen Hand und die Zeitung, aufgeschlagen auf der Kreuzworträtselseite, in der anderen. Ihre Stimme war rauh vom Schlaf und mußte es mit dem Geschnarre der Stare aufnehmen, die schon wieder in den Baumwollbäumen nebenan saßen.

»Großer Gott, und mir fällt nicht einmal mehr Ihr Name ein.«

»Haydon.«

»Stimmt. Der Detektiv«, sagte sie. »Sie sind aber fleißig am Ackern in Ihrem Beruf, was?«

»Ich bitte Sie, sich ein Photo anzuschauen und mir zu sagen, ob Sie diese Person schon einmal gesehen haben«, erklärte er ohne Umschweife.

»Wollen Sie keinen Kaffee? Ich gebe immer Zichorie hinein.«

»Nein, danke.«

Er hielt ihr die Photographie hin, und Mrs. Spiegler schaute sie mit zugekniffenen Augen durch die Gittertür an. Sie brauchte nur einen Moment, dann sagte sie: »Ja, die Lady von der Volkszählung. Hübsches, adrettes Ding, was?«

»Ja. Sind Sie sicher, daß sie es ist?«

Mrs. Spiegler schaute noch einmal darauf, neigte dann den Kopf nach hinten, als ob sie eine Zweischärfenbrille trage, was nicht der Fall war. Sie trug überhaupt keine Brille.

»Klar ist sie es. Ich kenne sonst niemanden, der auch nur annähernd so aussieht.«

»Danke«, sagte Haydon. »Sie waren eine große Hilfe.«

»Die Stare machen vielleicht einen Lärm«, schalt sie. »Werden Sie auch mit der Lady von der Volkszählung reden?«

»Wahrscheinlich«, antwortete Haydon. Er ließ sie hinter der Gittertür stehen wie in der Nacht zuvor. Sie schaute zu den Staren in den Baumwipfeln.

»Die Überprüfung der Wagennummer hat bisher gar nichts ergeben«, sagte Lapierre. »Aber die Fahndung läuft erst vierundzwanzig Stunden. Jetzt gerade fangen die zweiten Schichten an. Vielleicht, daß sie etwas bringen.«

Die vier Männer saßen in Haydons Bibliothek. Gabriela hatte ihnen eine Kanne Kaffee und Gebäck gebracht.

»Vielleicht sollten wir ihnen nicht sagen, daß sie die Augen offenhalten nach den zwei Wagen«, meinte Haydon, »sondern sie richtig danach *suchen* lassen. Haben wir die Informationen von der Zulassungsstelle?«

Lapierre nickte. »Modell, Farbe und so weiter.«

»Gut. Sonst was in dieser Hinsicht?«

»Autoverleiher – negativ; Flughäfen – negativ; Charterflüge – negativ; Busbahnhöfe – negativ. Aber wir haben sein Konto gefunden, bei Intel Bancshares. Er hat etwas über sechzigtausend auf verschiedenen Sparkonten und ein Girokonto, das um die Fünftausend schwankt. Am Freitag hat er davon viertausend abgehoben.«

»Aber die Sparkonten hat er nicht angetastet?«

»Nein.«

»Okay. Setzen Sie sich mit der Bank in Verbindung, und wenn er von seinem Konto etwas abhebt, soll sie uns anrufen, und sie sollen ihn so lange wie möglich hinhalten.«

»Okay.«

»Und die Nachbarn, die zuvor nicht dagewesen waren?«

»Sie wußten über nichts Bescheid. Das heißt, einer konnte mir wenigstens die Farben der Wagen angeben. Wir haben sie mit denen der Zulassungsbehörde verglichen.«

»Ed, Sie haben nichts Brauchbares in der Eigentumswohnung gefunden?«

Mooney schüttelte den Kopf. »Gar nichts. Toy hat gründlich aufgeräumt. Bei dem gibt es keine losen Enden.«

Haydon berichtete ausführlich über sein Gespräch mit Frank Siddons, nachdem er sie tags zuvor bei Grif's getroffen hatte. Er berichtete ihnen von seinem Besuch bei Philip Greiner, von seiner Rückkehr nach Hause, wo er den Brief und die Kassette vorgefunden hatte, von seinem Gespräch mit Mrs. Spiegler, von dem erneuten Besuch bei ihr und dem zweiten Gespräch an diesem Vormittag.

»Bevor ich Ihnen jetzt aber verrate, was ich heute morgen erfahren habe, gehen wir nach nebenan und schauen uns die Videokassette an.«

Sie schauten sie, genau gesagt, zweimal an, bevor Haydon das Licht ausschaltete und das Band zurückspulte.

»Jesus«, sagte Mooney.

»Kennt jemand den Schwarzen im Anzug?« fragte Haydon. »Ich hab' ihn schon irgendwo gesehen.«

»Ja, ich auch«, bestätigte Lapierre. »Ich glaube, er ist Anwalt. Vielleicht hat er am Rande mit Stadtpolitik zu tun oder so.«

»Und die anderen Männer?«

»Ich möchte wetten, einer davon ist Roeg«, sagte Mooney. »Sie sollten das Band Greiner vorspielen. Mal sehen, was er sagt. Wenn diese Kerle Manager von Roeg sind, kann Greiner ihnen allen Namen geben, mit denen wir weiterarbeiten können.«

»Gute Idee.«

»Es sah wie in einem Lagerhaus aus«, bemerkte Lapierre.

»Ja, ein Lagerhaus«, sagte Mooney. »Großartig, nicht wahr? Das engt in dieser Stadt die Möglichkeiten genauso ein wie ein Apartment, also gar nicht.«

»Ich wette, die Burschen haben sich da breitgemacht, etwas anzuschauen, was nichts mit ihren Geschäften zu tun hat«, bemerkte Dystal. »Vielleicht irgendeine verdammte Nackedei-Sache. Da Roeg die Gewalt liebt, vielleicht einen S-und-M-Film.«

»Ich habe keine Frauen gesehen«, erklärte Mooney. »Nur diese drei Schwarzen. Einer von ihnen schien den anderen Anweisungen zu geben oder so.«

»Verdammt komischer Film«, sagte Dystal. »Was danach kommt, muß wie Dynamit sein. Schließlich hat sich Powell große Mühe gegeben, zu zeigen, wer alles dabei war.«

»Was meinen Sie geht da vor, Stuart?« fragte Lapierre.

»Wenn Roeg tatsächlich einer der Männer ist, die wir in dem Film gesehen haben, dann ist das, was er sehen wollte, ganz bestimmt keine leichte Unterhaltung – angesichts der Art, wie er sich sonst zu unterhalten pflegt.«

Das Band war zurückgelaufen, und Haydon ließ die Kassette aus dem Gerät gleiten. Sie kehrten in die Bibliothek zurück und bedienten sich mit Kaffee, während Haydon zu seinem Schreibtisch ging, den braunen Briefumschlag nahm, das Photo herausholte und es hochhielt.

»Das hier ist die ›Lady von der Volkszählung‹«, sagte er.

Dystal gab ein knurrendes Geräusch von sich.

»Leck mich«, sagte Mooney.

Lapierre stellte seine Tasse ab. »Ist Mrs. Spiegler sicher, oder glaubt sie nur, daß sie so ausgesehen hat?«

»Sie war ganz sicher«, antwortete Haydon. »Jennifer Quinn war vermutlich die letzte, die Alice Parnas lebend gesehen hat.«

Alle dachten darüber eine Minute lang nach.

»Ich weiß nicht, ob wir uns davon zu sehr verwirren lassen sollten«, erklärte Dystal nach der längeren Pause. »Es scheint alles, was dieses Mädchen sagt, in die Gegend des Zweifelhaften zu schieben, Stu. Wenn sie in die Sache verwickelt ist, dann hat sie sie in die Wüste geschickt. Es gibt folgende Möglichkeiten: Erstens, Roeg und/oder Langer werden erpreßt; zweitens, vermutlich von Toy; drittens, das Band oder die in Frage kommenden Bänder befinden sich noch in Toys Besitz; viertens, auf den

Bändern ist vermutlich eine Straftat zu sehen. Welche von diesen Nüssen können von uns am leichtesten geknackt werden, wo können wir einen Keil ansetzen?«

»Sie glauben, Jennifer Quinn ist nicht wichtig?« fragte Mooney.

»Sie könnte möglicherweise wichtig sein«, betonte Dystal. »Wir wissen aber, daß diese anderen vier Punkte wichtig *sind*. Ich weiß nicht, vielleicht kommen wir auch zum Kern, wenn wir uns auf die Quinn konzentrieren, aber es kann auch sein, daß wir dabei eine Menge Zeit vergeuden. Vielleicht hat Powell ihr einmal gesteckt, was er tat, und sie hat eins und eins zusammengezählt und gedacht, sie könnte ein paar Filmrollen bekommen, die Powell bei seiner Freundin deponiert hatte. Vielleicht wollte sie der Parnas auch aus einem anderen Grund ein paar Fragen stellen, vielleicht dachte sie, daß die Parnas ein paar Photos besaß, die für sie peinlich werden könnten. Ich weiß es nicht. Das ist meine Meinung: Bei Jennifer Quinn haben wir nichts Hartes, nichts Greifbares, um weiterzumachen. Wir wissen aber, daß uns die anderen erwähnten Punkte zum Ziel bringen, falls es uns gelingt, sie zu knacken.«

»Ich glaube, ich stimme Bob zu«, sagte Haydon. »Aber es interessiert mich trotzdem, wieso die Quinn überhaupt etwas von der Parnas wußte. Sie sagte mir, daß sie das Mädchen auf dem Photo nicht kannte. Und soviel ich weiß, gibt es nur eine einzige Person außer uns, die von dem Verhältnis Powell/Parnas wußte.«

»Langer«, ergänzte Lapierre.

»Richtig. Er ist dahintergekommen, als er das Photo der Parnas für mich identifiziert hat. Als ich zur Mrs. Spiegler gefahren bin, um mit ihr zu sprechen, rechnete ich damit, daß sie meinen Verdacht, daß Langer bei Alice Parnas zu Besuch war, bestätigen würde. Sei es, daß er nach den Bändern suchte oder irgendwelche Informationen über sie einholen wollte oder daß er vermutete, die Parnas wisse viel mehr, als sie tatsächlich wußte. Statt dessen habe ich herausgefunden, daß die Quinn bei ihr gewesen ist.«

»Vielleicht hat die Quinn gelogen, als sie Ihnen sagte, daß sie die Parnas nicht kannte«, meinte Lapierre. »Das wäre eine einfache Erklärung.«

»Aber warum hätte sie das tun sollen?«

»Vielleicht, um Zeit zu gewinnen und Ihnen bei der Parnas zuvorzukommen. Oder aus allen möglichen Gründen«, gab Mooney zu bedenken.

»Aber ich habe mit ihr am Dienstagvormittag gesprochen. Wenn sie es eilig gehabt hätte, mit der Parnas zu reden, warum hat sie dann bis Mittwochnachmittag mit ihrem Besuch gewartet? Die Parnas war schon seit mehreren Tagen zu Hause.«

»Also, was denken Sie?« fragte Dystal. Er grinste, denn er wußte die Antwort.

»Wenn wir den Zeitablauf betrachten, glaube ich, daß wir auf ein Verhältnis zwischen der Quinn und Langer gestoßen sind.«

Mooney verzog sein Gesicht. Lapierre wartete auf die Erklärung, und Dystal fuhr fort zu grinsen.

»Jack Feltner sagte mir, daß die Person, die wahrscheinlich den stärksten Druck auf Langer ausübt, seine Frau ist. Er schien zu glauben, daß sie keine sehr glückliche Ehe führen. Langer braucht nicht diese Art von Antrieb, um eine Affäre zu haben, ich weiß, aber es ist eine Sache, die wir in Betracht ziehen sollten. Ich glaube nicht, daß die Quinn mich belogen hat, als sie sagte, daß sie die Parnas nicht kannte – zumindest als ich das Photo von der Wand nahm, wußte sie nicht, wer das Mädchen ist.

Aber ich halte ihre Geschichte von ihrer Beziehung zu Powell für eine Lüge. Es erscheint mir einfach nicht sinnvoll, daß ein so anspruchsvolles Mädchen wie sie mit einem Kerl wie Powell zusammenlebte, wenn es für sie keinen Vorteil in dieser Beziehung gab. Beruflich gab es keinen. Powell konnte ihr auch nicht bei jemand anderem in irgendeiner Weise helfen. Sie hatten keine gemeinsamen Freunde, und auch ihre Charaktere paßten alles andere als gut zusammen. Sie brauchte sich nicht mit ihm die Miete zu teilen, um Geld zu sparen. Sie zieht sich gut an und fährt einen Porsche. Er hatte ihr nichts zu bieten, und dennoch ist sie mit ihm zusammengeblieben.«

»Sie hat mit Powell zusammengelebt, um im Auftrag von Langer ein Auge auf ihn zu werfen«, meinte Mooney.

»Das ist sehr wahrscheinlich. Langer hielt Powell für einen unsicheren Kantonisten, ein schwaches Glied in der Kette dieser Operation. Toy war ein lebender Beweis seiner Fähigkeiten als echter Profi. Powell hatte nicht diese persönliche Stabilität aufzuweisen.«

»Aber Langer brauchte keine Affäre mit der Quinn zu haben, um sie für eine solche Arbeit zu gewinnen«, bemerkte Lapierre.

»Nein, da haben Sie recht, Pete. Und sie hat höchstwahrscheinlich gelogen, als sie erzählte, wie sie Powell kennengelernt hat. Ich bezweifle stark, daß er ein Freund aus Kalifornien war. Ich bin sicher, Langer hat das irgendwie arrangiert.«

»Das halte ich für eine sehr gute Rekonstruktion«, erklärte Dystal. Er saß in einem der grünen Ohrensessel, und das Leder knarrte, als er sich bewegte. »Aber was können wir tun, um die Sache ein bißchen in Bewegung zu bringen?«

Haydon schaute einen nach dem anderen an. Sie warteten auf seine Anweisungen.

»Also schön«, sagte Haydon. »Wie wär's mit folgendem: Pete, tun Sie, was immer Sie tun müssen, um die Spur dieses Schwarzen aufzunehmen. Versuchen Sie, etwas Hintergrundmaterial zu beschaffen, damit wir mit ihm sprechen können. Bringen Sie das Videoband zu Murray, und lassen Sie sich Kopien davon machen, sagen wir, vier Stück. Und Ausschnittsphotos von jedem der Männer, die in dem Band auftauchen. Vielleicht kann man das Band Stück für Stück durchgehen und jede Markierung auf den Kisten notieren, die in dem Lagerhaus gestapelt sind, oder sonst etwas, das uns auf den Ort des Geschehens hinweist. Wenn Murray damit angefangen hat, stellen Sie fest, welche Lagerhäuser in der Stadt zu Roeg International gehören. Ich weiß, es werden viele sein. Aber stellen Sie sie einfach fest, und tragen Sie sie auf einem Stadtplan ein.

Ed, Sie bringen eine Kopie zu Greiner und hören, was er darüber zu sagen hat. Lassen Sie sich von ihm alles sagen, was Sie über diese Kerle erfahren können.«

Er wandte sich an Dystal. »Können wir den GB noch vierundzwanzig Stunden verlängern? Jetzt, wo die Leute mit Hintergrundmaterial arbeiten können?«

Dystal nickte.

»Ich hoffe, wir können das Band benützen, um sie in Panik zu treiben. Diesen Schwarzen, die anderen, wenn Greiner sie identifizieren kann, Langer und die Quinn. Alle. Einer verliert vielleicht die Nerven und spuckt alles aus. Möglicherweise könnte man auch einen von ihnen überzeugen, daß er als Kronzeuge auftritt. Aber die Nachteile liegen auf der Hand. Wenn wir unsere Trümpfe zeigen, wissen sie, daß es eigentlich nur sehr schlechte Karten sind, und dann machen sie uns fertig. Keiner ist dann bereit, auszupacken, und wir sind gezwungen, mit wirklich handfesten Beweisen aufzuwarten. Vielleicht gelingt uns das nie.

Überlegen wir das noch einmal, wenn wir diese Männer identifiziert haben. Sobald Sie etwas wissen, kommen Sie auf mich zurück. In der Zwischenzeit, glaube ich, sollte ich noch einmal Jennifer Quinn einen Besuch abstatten.«

31

Ricky Toy stand im durchsichtigen Plastikwürfel einer Telephonzelle an der Bissonnet Road und hörte auf das Rufzeichen.

»Langer Media. Bitte bleiben Sie am Apparat.«

Er fragte sich, warum sie darum baten. Denn ob man ja oder nein sagte – man vernahm eine besonders reich instrumentierte Version von *Raindrops Keep Fallin' on My Head.* Die Telephonzelle stand an der Seitenwand eines Gemischtwarenladens. Zehn Meter entfernt war eine Mülltonne, und ihr schwerer Metalldeckel stand offen. Ein Penner saß in dem Müll und schaute heraus. Er erinnerte Toy an einen Affen, der mit blinzelnden, erstaunten großen Augen den vorbeifließenden Verkehr betrachtete.

»Wir danken für Ihre Geduld. Kann ich Ihnen helfen?«

»Hier spricht Mr. Toy, bitte Mr. Langer.«

»Erwartet er Ihren Anruf?«

Toy grinste. »Ich wette.«

»Danke...«

Sie legte ihn wieder auf Eis, aber diesmal dauerte es nicht lange.

»Langer hier.« Die Stimme klang fast brüsk, so, als ob ihr die Identität des Anrufers nicht vertraut wäre.

»Und hier ist Toy.«

Langer zögerte für den Bruchteil einer Sekunde, als er die Stimme mit der in seiner Erinnerung verglich.

»Wo sind Sie?«

»Hat Roeg mein Band bekommen?«

»Wovon reden Sie?«

»Hören Sie, wie ich mich auskenne, verfügen Sie über eine Möglichkeit, meinen Anschluß, von dem aus ich dieses Gespräch führe, in kurzer Zeit zu orten, also vergeuden Sie keine Zeit mit gescheitem oder weniger gescheitem Gerede, ja? Hat er das Band bekommen?«

»Ja.«

»Ich möchte mit ihm sprechen.«

»Sie müssen sich mit mir abfinden, wie immer.«

»Nein. Ich spreche nur mit Roeg persönlich.«

»Er denkt nicht daran.«

»Das ist komisch. Warum lassen Sie den Mann nicht selbst entscheiden? Ich hänge jetzt ein und rufe in genau fünfzehn Minuten zurück, dann teilen Sie mir mit, was er denkt. Das heißt, wann und wo wir uns sprechen.«

Toy hängte ein. Er schaute auf seine Uhr.

Der Penner kroch aus der Mülltonne. Es gelang ihm nur langsam; er hatte Mühe, auf dem Boden nicht auszugleiten. Mit vorsichtig gespreizten Beinen ging er an die Seite der Mülltonne und knöpfte seine Hose auf, um zu urinieren. Er brauchte eine ganze Weile dazu, daher waren alle Autofahrer, die am Rotlicht hielten, in der Lage, die Aktion zu beobachten. Endlich war er fertig, schüttelte seinen Penis mit größerer Sorgfalt, als unbedingt nötig gewesen wäre, machte schließlich eine Serie von sich duckenden und hüpfenden Bewegungen, um den Penis wieder in die Hose zu stecken und den Reißverschluß zuzuziehen. Dann ging er zur Vorderseite der Tonne und kroch wieder hinein.

Toy hatte gute Laune. Er hatte an Langers Stimme erkennen können, daß der Mann Angst hatte. Mein Gott, er hatte Angst, seit Toy ihn kannte. Ein großer Macker wie er! Er hatte Angst, daß irgend etwas in seinem kostbaren Job schieflaufen könnte, daß jemand seine Verbindung zum CIA herausfand, Angst, daß man von Toys filmischen Beutezügen erfuhr, Angst, daß Roeg ihn eines Tages feuern würde. Wenn er irgend etwas gegen den Willen seines Bosses tat, würde er einen tödlichen Unfall haben.

Bei Roeg war das etwas anderes. Es machte Toy natürlich Spaß, dem Mann die Daumenschrauben anzuziehen. Leute wie er hielten sich für unverwundbar. Toy hatte ihn und seine Umgebung lange Zeit beobachtet, und alles lief so, wie er es geplant hatte. Die Sache mit Powell hätte beinahe alles zum Scheitern gebracht, aber jetzt war alles wieder in Ordnung. Er war wieder genau im Zeitplan. Er war imstande, die Sache durchzuziehen. Er fühlte es in seinem Saft. Es würde klappen.

Toy schaute auf seine Armbanduhr, dann warf er wieder einen Quarter in den Schlitz des Telephons und rief Langer noch einmal an.

»Langer Media.«

»Mr. Toy für Mr. Langer.«

»O ja, *Sir!*« Langer hatte ihr offenbar ein bißchen Dampf gemacht.

»Langer hier.«

»Wann und wo?«

»Im River Oaks-Einkaufszentrum gibt es ein kleines Restaurant, die Wine Press. Es ist am Nordteil der Straße, auf der östlichen Seite des Einkaufszentrums, wo der Portiko des Laufbands auf den Gehsteig herauskommt. Ich parke unter der Reihe von Palmen gegenüber dem Restaurant. Sie kennen meinen Wagen. Kommen Sie einfach darauf zu, und steigen Sie ein. Zwei Uhr.«

»Ich bin da«, sagte Toy. »Ach ja, noch eines, Langer. Sie sollten wissen, daß ich mich nach allen Seiten und hundert verschiedenen Methoden abgesichert habe. Wenn mir etwas passiert, ist bei euch die Scheiße im Ventilator. Klar?«

»Zwei Uhr«, sagte Langer und unterbrach die Verbindung.

Toy kam eine Stunde zu früh im Einkaufszentrum an. Er richtete sich an einem Fenstertisch im Birraporetti's ein und trank ein mexikanisches Bier. Er wurde ein paarmal auf gutgekleidete Frauen aufmerksam, die an seinem Fenster vorbeikamen, lang und schlank in ihren modischen Sommerkleidern, hochmütig und liebestoll hinter ihren Sommersonnenbrillen. Was immer er zu sehen erwartete, und weswegen er so früh hergekommen war, er sah es nicht, und erst um Viertel vor zwei glitt Langers auffallender Lincoln durch die Gray zur Duffie Street, bog dort nach links ab und ordnete sich in den Verkehr zum Einkaufszentrum ein. Im Schrittempo fahrend, fand er schließlich einen Parkplatz genau gegenüber dem Portico und stellte den Wagen dort ab.

Toy ließ ein größeres Trinkgeld als üblich auf dem Tisch, ging hinaus, blieb eine Minute an der Ecke des Birraporetti's stehen und beobachtete den Lincoln. Er mußte lachen. Auch Langer dachte, früh genug gekommen zu sein, um die Umgebung filzen zu können. Eine Viertelstunde zu früh. Was für ein verrückter Vogel! Toy warf einen Blick auf seine Armbanduhr. Um fünf vor zwei ging er um die Ecke und über den Gehsteig zur River Oaks-Buchhandlung. Er schaute in das Fenster, sah in der Spiegelung den Lincoln hinter sich. Pünktlich um zwei drehte er sich um, sprang mitten durch den Verkehr und öffnete die Tür des Lincoln.

»Fahren wir«, sagte er, während er einstieg und die Tür zuzog.

Langer hatte sich ihm zugewandt und starrte ihn an. Er trug eine dunkle Sonnenbrille, nicht die modernen, die sich selbst verdunkeln oder aufhellen, sondern eine mit gleichbleibend dunklen Gläsern, die ihn aussehen ließen wie eine der drei blinden Mäuse. Er schaute Toy an, machte aber keine Anstalten, den Wagen zu starten.

»Ich hoffe, Sie wissen, was Sie da tun«, sagte er.

Toy gab keine Antwort. Es war ja auch keine Frage gewesen.

»Haben Sie eine Vorstellung, wie blöd Sie sein müssen, zu glauben, daß Sie das schaffen, was Sie vorhaben?«

Das war nun eine Frage, aber keine sehr nette. »Ich habe immerhin eine Vorstellung davon, wieviel Geld ich daraus machen werde.« Toy grinste.

Langers dunkle Brillengläser bewegten sich nicht.

»Warum fahren wir nicht?« fragte Toy.

»Er hat mich beauftragt, Ihnen einen Vorschlag zu machen. Einen einzigen, und es gibt keine weitere Gelegenheit.« Dabei schaute er tiefernst drein, richtig beschissen, und es hörte sich an, als hätte er Mühe, seine Stimme zu beherrschen. »Sie übergeben uns die Bänder, er gibt Ihnen fünfhunderttausend, und wir vergessen die Sache. Wir sehen nichts mehr von Ihnen, wir hören nichts mehr von Ihnen, und wenn Sie einen Fehler machen, werden Sie dafür büßen. Es ist ein gutes Angebot, und es ist das letzte Angebot. Es ist nur fünf Minuten gültig. Wenn ich den Wagen anlasse, sind Sie erledigt – für immer.«

Toy warf einen Blick auf die Skyline von Houston hinter Langers Kopf. Milliarden und Abermilliarden. Roeg steckte mittendrin, er hatte ein großes Stück davon. Milliarden. Toys Bänder würden ihn das alles kosten, alle seine Milliarden. Alles. War es wirklich ein fairer Wettkampf?

»Fahren wir«, sagte er.

Sie verließen das Einkaufszentrum und fuhren zwischen den Steinsäulen auf beiden Seiten durch die Zufahrt nach Inwood. Der Wagen machte ein paar schnelle Kurven, die sie weiter in die bewaldeten Besitztümer brachten, die hochmütig von der Straße zurückgesetzt in großen Rasenflächen standen. Toy wußte, wohin sie fuhren. Die Neugier hatte ihn vor langer Zeit hierhergelockt, und er war oft daran vorbeigefahren, hatte in die dichten Wälder geschaut, um einen Blick auf das gewaltige Anwesen des Mannes zu werfen, dem er jetzt begegnen würde. Er fühlte das gleiche, zittrige Verlangen, eine Vorfreude wie bei seinen Raubzügen mit der Kamera, auf denen er nie wußte, was er sehen würde, nur daß es der Tod war, und bei denen er sich fragte, wie es diesmal geschehen würde und wann und wo dieser Tod aus dem Niemandsland auftauchen würde wie ein Teufel, der seine Beute fordert.

An der Einfahrt traten zwei Männer in Geschäftsanzügen und mit Piloten-Sonnenbrillen aus dem klimatisierten Häuschen neben dem Tor. Einer von ihnen blieb lässig vor dem großen Wagen stehen, während der andere Langer mit seinem Namen ansprach, in den Wagen schaute, eine Liste auf einem Schreibbrett kontrollierte und dann zurücktrat und den Wagen durch das Tor winkte. Beide Männer trugen Maschinenpistolen. Ein schmiedeeiserner Zaun erstreckte sich in beiden Richtungen vom Tor und verschwand in einer abgeflachten Kurve an der Avenue. Toy hatte eine Bank mit elektronischen Geräten und Fernseh-Monitoren hinter den Fenstern des Wachhauses am Tor gesehen und wußte, daß der Zaun elektronisch gesichert war. Sie fuhren ein kurzes Stück über eine gepflasterte Auffahrt, die sich durch dichten Wald und Unterholz erstreckte; das Haus war nur gelegentlich und kurz zu sehen.

Es war ein dreistöckiges Gebäude, das früher einmal aus graubraunem Backstein gewesen sein mußte, den die Zeit dunkel aprikosenfarben hatte werden lassen. Der Stil wies eine Neigung zum England aus der Zeit König Georgs IV. auf, wenn er auch nicht streng eingehalten wurde, mit Sandsteinnischen und verzierten Fensterstürzen und einem Dach aus ambrafarben gebackenen Schindeln. Den mittleren Teil des Hauses flankierten zwei Flügel, die ebenfalls dreistöckig waren und sich im rechten Winkel nach vorn erstreckten, so daß ein auf drei Seiten eingefaßter Hof entstand. Die kleinen, verfilzten Ranken des Efeus hatten in den unteren Stockwerken den größten Teil der Ziegelmauer überwuchert und waren um die Fenster und Türen sorgfältig gestutzt. Der Rasen, der das Haus umgab, bestand aus feinstem Zoysia-Gras, das oft auf den Greens von Golfplätzen gepflanzt wird und einen tiefen smaragdgrünen Ton aufweist.

Langer fuhr auf den Hof und parkte den Lincoln neben mehreren anderen Wagen, die bereits dort standen. Er stieg aus, schaute sich kurz um, als er die Tür schloß, und ging auf den

Haupteingang zu. Toy sah einen weiteren Wachmann in Zivil, der mit einem Funkgerät unter dem überdachten Eingang von einem der Flügel stand. Als sie das Pflaster überquerten, war das gedämpfte Geräusch einer elektrischen Heckenschere das einzige Zeichen von Leben, abgesehen von ihren eigenen Schritten.

Langer betätigte nicht die Klingel, sondern öffnete selbst die schwere Tür und betrat eine ziemlich dunkle, große Halle, in der es gut fünfzehn Grad Celsius kühler war als draußen. Er zog die Tür hinter Toy zu und ging durch die Halle des südlichen Flügels, wobei er Toys Gegenwart völlig ignorierte. Er war sauer, stocksauer. Toy stellte sich vor, daß ihn das zu einem gemeinen Hund gemacht hätte, damals, als er noch im Football-Team der Rice-Universität gespielt hatte, doch jetzt war er doch wesentlich älter, und das Ganze brachte seiner ohnehin gestreßten Pumpe nur noch zusätzliche Anstrengungen. Sie kamen zu einer weiß getäfelten Holztür auf der linken Seite der Halle, und Langer blieb stehen. Er klopfte zweimal, zögerte, dann drehte er den Knopf, stieß die Tür auf und trat zur Seite, damit Toy vor ihm den Raum betreten konnte.

32

Der Raum mußte einen großen Teil des Erdgeschosses im Südflügel einnehmen. Er war lang, wies aber auch eine durchaus komfortable Breite auf und hatte hohe Fenster, die auf eine Rasenfläche und dahinter den Wald zeigten. Links befand sich ein großer, halbrunder Schreibtisch, der an beiden Seiten von Computereinheiten samt Keyboards und Monitoren flankiert wurde. Einer der Monitoren zeigte ständig die neuesten Börsennotierungen. Der Schreibtisch selbst war ein chaotisches Durcheinander. Und jeder freie Fleck an den Wänden zwischen den Fenstern war mit harten Kriegsphotos besetzt. Manche davon waren körnige Riesenvergrößerungen, darunter auch viele ›Klassiker‹.

Toy erkannte das berühmte Photo eines spanischen Soldaten,

den Capa photographiert hatte in dem Augenblick, als ein Geschoß in seinem Kopf explodierte, während er über ein Feld rannte; das Photo eines US-Soldaten, Opfer eines Heckenschützen, in einer Pfütze seines eigenen Bluts auf dem Balkon einer Villa in Frankreich sterbend; Adams' erstaunliches Photo, das Brigadier General Loan bei der Exekution eines vermutlichen Vietkong-Kommandoführers im Cholon-Viertel von Saigon mit gezücktem Revolver zeigt; ›Nick‹ Uts Photo des südvietnamesischen Mädchens, das nackt und schreiend in der Mitte der Route 1 dahinläuft und beide Arme vom Körper abstreckt, der schwere Napalm-Verbrennungen zeigt; Prices Photo von der Hinrichtung der liberischen Kabinettsmitglieder des Präsidenten William Tolbert durch Sergeant Samuel Does Befreiungstruppen beim Staatsstreich von 1981.

Und so weiter, Hunderte in dieser Art. Toy kannte die meisten.

In der Mitte des Raums summte ein Projektor und spulte einen Film zurück, den er gerade auf die riesige Leinwand am anderen Ende des Raums projiziert hatte.

»Kommen Sie herüber, Mr. Toy.«

Die Stimme war leise, kaum hörbar beim Klappern des Projektors im schnellen Rücklauf. Toy schaute sich um, sah aber niemanden. Als ob er Toys Überraschung fühlte, hob sich ein Arm mit weißem Ärmel über die Rückseite von einem der Sofas, die in Richtung auf die Leinwand aufgestellt waren, und winkte ihn her. Toy ging an dem Projektor vorbei und umrundete das Ende des großen Sofas.

Josef Roeg hatte sich auf einem mit Seide bezogenen Sofa ausgestreckt, das groß genug war, daß er dort bequem hätte schlafen können. Er trug einen Smoking ohne das Jackett und die Fliege, und seine kleinen Füße in den Slippern vergruben sich in die Plüschpolster und die Kissen. Es sah aus, als ob er in dem Anzug geschlafen hätte. Toy brauchte einen Moment, um seinen eigenartigen Körper zu registrieren.

Roeg saß unbewegt da, schaute Toy an und schien zu warten, bis Toy sich an seinen Anblick gewöhnt hatte.

»Ich habe Ihre Arbeit bewundert, Mr. Toy. Wir arbeiten nun schon eine ganze Weile zusammen... Ohne daß wir uns je persönlich kennengelernt hätten. Vielleicht hätten wir damit nicht so lange warten sollen.«

Toy zeigte keinen Sinn für diese Art von Humor. »Ich kann es nicht bedauern«, sagte er grob.

»Nein, natürlich nicht«, antwortete Roeg. Die Aufnehmerspule hatte endlich den ganzen Film abgespult, und das Vorlaufband klapperte laut, woraufhin Langer mit einem Satz bei der Maschine war und sie abschaltete. Roeg wartete, bis das alles erledigt war, bevor er weitersprach.

»Vielleicht wollen Sie sich setzen, äh, Mr. Toy. Wo Sie wollen.«

Toy setzte sich auf ein anderes Sofa, das schräg gegenüber von Roeg stand und Blick auf die Fenster und die Wände mit den Photographien bot.

»Ich bedauere es aufrichtig, ein solches Ende unserer Beziehungen erleben zu müssen, Mr. Toy. Sie besitzen ein unwahrscheinliches Talent, das Sie... das Sie befähigt, das aufregendste Material mit Ihrer Kamera einzufangen.«

»Es hilft auch, wenn man dafür die richtigen Kontakte hat«, sagte Toy etwas unbestimmt. Er lächelte nicht dazu.

»Waren Ihnen unsere Leute hilfreich?«

»Natürlich. Sie hatten da unten mit einigen der schlimmsten Dinge zu tun. Oder sie wußten, wo sie sich ereignen würden.«

Es gab eine Bewegung von Langer, der sich ans Ende von Roegs Sofa gesetzt hatte.

Roeg lächelte über die unbeabsichtigte, vielleicht auch beabsichtigte Anklage, die darin steckte.

Toy betrachtete das Lächeln von Roeg. Es hätte ihn interessiert, Roeg zu photographieren. Noch nie hatte er eine solche Kombination aus maskuliner, kraftvoller Männlichkeit und Kindhaftigkeit gesehen. Was versuchte dieser kleine Scheißkerl mit seinem blöden Grinsen zu erreichen? Wollte er ihn damit in Angst und Panik treiben? Toy traf eine Entscheidung. Er dachte nicht daran, selbst einen Vorschlag einzubringen. Wenn Roeg vorhatte, ihn in die Verteidigung zu drängen, würde er viel mehr aufwenden müssen, als nur auf seinem Arsch zu sitzen und dämlich zu grinsen. Mit solch einem Kerl brauchte man nicht deutlich zu werden. Wenn er zum Geschäft bereit war, würde er es Toy schon wissen lassen. Also saß er da und betrachtete ausdruckslos den grinsenden Roeg.

»Was fühlen Sie, wenn Sie... Wenn Sie den Tod filmen?« fragte Roeg.

»Nichts«, sagte Toy rasch. Eine solche Frage hatte er eigentlich nicht erwartet. In seinem Bemühen, ungerührt zu erscheinen, hatte er zu schnell geantwortet.

Roeg nickte langsam. Sein Grinsen war zu etwas wie stillem Amüsement verblaßt.

»Warum tun Sie es dann?« fragte er. »Ich weiß, wie ihr Kameraleute bezahlt werdet. Es ist nicht genug, um das Leben dafür zu riskieren.«

»Sie haben mich wesentlich besser bezahlt«, gab Toy zu bedenken.

»Aber es war offensichtlich nicht genug«, sagte Roeg.

»Was?« Toy neigte sich ein bißchen in Roegs Richtung. Warum, zum Teufel, flüsterte er eigentlich dabei?

»Es war offensichtlich nicht genug«, wiederholte Roeg nicht sehr viel lauter.

»Niemand bekommt jemals genug«, sagte Toy. »Finden Sie, daß Sie genug Geld besitzen?«

Roeg grinste und schüttelte langsam den Kopf.

Toy zuckte mit den Schultern; das war der Beweis für seine Behauptung.

»Sie fühlen also überhaupt nichts, wenn Sie den Tod filmen?« kam Roeg wieder zu seiner ursprünglichen Frage zurück. »Ich habe gehört, daß sich dabei... Daß sich während des Filmens der Adrenalinspiegel stark erhöht.«

Toy schaute Roeg an. Was sollte das? Als nächstes würde er ihn fragen, wie es war, wenn man eine Asiatin vögelte. Roeg versuchte, ihn durcheinanderzubringen. Das funktionierte nicht.

»Ja, sicher, man wird schon ein bißchen *high* dabei.«

»Reuter hat Sie gehen lassen, weil Sie sich auf Filmmaterial spezialisiert hatten, das zu viele Gewalttätigkeiten zeigte. Was haben Sie gemacht?«

Das hatte Toy auch nicht erwartet. Machte sich der Kerl keine Sorgen über das Geld, das er verlieren würde? Wozu wollte er all den Quatsch wissen?

»Ich bin der Heuchelei überdrüssig geworden. Sie wollten nur GI-Joe-Comicbuch-Filme zeigen. Das macht mir keinen Spaß.«

»Also haben Sie den Krieg gefilmt, wie er ist.«

»Stimmt. Sie wissen das. Sie haben alles alte Material gekauft, das ich aufgehoben hatte.«

»Sie haben die Aufregung geliebt, die Gefahr?«

Toy schaute Roeg an. Er kaute an der Innenseite seiner Wangen. »Wenn man sich daran gewöhnt hat, beginnt man, sich darauf zu freuen.«

»Haben Sie jemals etwas so Entsetzliches gesehen, daß Sie es nicht filmen wollten?«

»Nein.«

»Was ist das Entsetzlichste, das Sie jemals gefilmt haben?«

Toy disponierte um. Er machte es nicht gern, aber er wollte nicht, daß der andere glaubte, er würde weich werden. Wenn es so weiterging, befand er sich demnächst in einer defensiven Position. Also brach er die Sache an dieser Stelle ab.

»Vermutlich das Entsetzlichste, was ich jemals gefilmt habe, war das, was Sie in diesem Lagerhaus arrangiert haben.« Er schaute Roeg direkt in die schwarze Iris seiner Augen. »Das war das Entsetzlichste, ja.«

Augenblicklich schwand alles aus Roegs Gesicht: die Neugier, der Humor, das Amüsement. Der dunkle Schatten des glattrasierten Barts war nicht mehr schwarz, sondern aschgrau. Aber er war ein Mann, der seine Mittel beherrschte; er verlor nicht die Fassung.

»Was sind Ihre – äh – Ihre Bedingungen, Mr. Toy?«

»Ich verlange zwei Millionen Dollar.«

Etwas ereignete sich in der Iris seiner Augen. Toy begriff nicht ganz, was es war.

»Und Ihr Angebot, Mr. Toy?«

»Als Gegenwert für das Geld händige ich Ihnen sämtliche Originalfilme aus. Ich habe zum Filmen einen zweiten Kameramann gebraucht. Wir haben die Filme mit der neuen Hitachi SR-1 geschossen, also mußten wir Acht-Minuten-Kassetten verwenden. Wir haben sieben Kassetten gedreht, also insgesamt fast eine Stunde. Aus verschiedenen Blickwinkeln.«

Das ließ er so nebenbei fallen, ohne weiter darauf einzugehen. Es war ihm egal. Langers Spannung war fast greifbar. Es gefiel Toy, dieses aufgeblasene Arschloch mit dem Rücken zur Wand zu erleben.

»Also gut«, fuhr er fort. »Ich übergebe Ihnen sämtliche Originale. Aber ich brauche natürlich auch eine gewisse Sicherheit.« Bei dieser Bemerkung überzogen sich Roegs Augen mit einem Schleier. »Ich will leben, um die zwei Millionen ausgeben zu können. Ich bin zu Scurlock, Meins und Collins gegangen und habe dort ein Testament aufgesetzt. In diesem Testament habe ich Anweisungen hinterlassen, daß meine Testamentsvollstrekker, die nur im Testament namentlich erwähnt werden und ansonsten unbekannt bleiben, für den Fall, daß ich auf ungewöhnliche oder ungeklärte Weise verschwinde und daß innerhalb von einhundertzwanzig Tagen keine ausreichende Erklärung dafür zu finden ist, bei Scurlock, Meins und Collins einen versiegelten Umschlag anfordern werden. In diesem Umschlag ist die Nummer eines Banksafes.«

Toy drehte sich zur Seite und schaute Langer an, der jetzt neben Roeg stand. Langer sah aus wie eine Kleiderpuppe.

»Dieser Banksafe befindet sich in einer der Großbanken dieser Stadt. Er enthält eine einzige Kopie der Originalbänder, die ich Ihnen übergeben werde, zusammengeschnitten wie das Band, das ich Ihnen mit der Post geschickt habe. Bei dieser Kopie liegt ein Dokument, das berichtet, worum es sich bei dem Film handelt, wie er aufgenommen wurde, wie ich dazukam, den Film herzustellen. Es berichtet über die Umstände meines Arrangements mit Ihnen, und daß Sie mir für mein Stillschweigen zwei Millionen Dollar bezahlt haben. Alles. Es sagt auch, daß meine Vollstrecker, wenn sie so weit gekommen sind, davon ausgehen müssen, daß Sie beide verdächtig sind, meinen Tod verursacht zu haben. Ich habe mich vor wenigen Tagen ausführlich untersuchen lassen. Alle meine Untersuchungsergebnisse, die Berichte des Zahnarzts und so weiter, liegen in diesem Safe. Außerdem der Name meines Arztes und meines Zahnarzts.«

»Ich nehme an, Sie befinden sich bei bester Gesundheit«, sagte Roeg.

»Bei allerbester«, bestätigte Toy.

»Aber wenn Sie aus völlig normalen Gründen sterben?« fragte Roeg leise. »Dieser Banksafe stellt für mich eine ständige Bedrohung dar.«

»Nein«, entgegnete Toy. »Wenn mein Tod unter nicht verdächtigen Umständen stattfindet – und meine Vollstrecker sind berechtigt, darüber zu entscheiden –, dann haben sie die Anweisung, das Päckchen in dem Banksafe abzuholen und es zu vernichten, ohne es zuvor zu öffnen.«

Alles schwieg für einen Augenblick. Roeg nahm mit seinem kleinen Körper eine andere Stellung auf dem Sofa ein, warf einen Blick auf Langer, lächelte ein bißchen und schaute Toy an.

»Und was ist, wenn die Vollstrecker, die Sie genannt haben – wenn sie vor Ihnen sterben?«

»Ich habe sechs Vollstrecker benannt. Es wäre ein unglaublicher Zufall. Genau gesagt, handelt es sich um sozusagen handverlesene Personen. Sie gehören nicht zu denen, die sich leicht kaufen lassen. Ich würde Ihnen liebend gern sagen, wer sie sind, nur um Ihnen zu beweisen, wie gut alles geplant ist, aber in diesem Fall scheint mir Diskretion doch das klügste zu sein.«

»Wie immer, Mr. Toy, wie immer«, antwortete Roeg. Er dachte eine Minute nach. »Wie wollen Sie das Geld?«

»Ich habe ein Konto bei einer Bank in Panama. Ich nenne Ihnen die Nummer. Sobald mein Banker mich benachrichtigen, daß auf das Konto ein Betrag über zwei Millionen Dollar von Ihnen eingegangen ist, überreiche ich Ihnen das einzige existierende Bandmaterial, natürlich abgesehen von dem Zusammenschnitt im Banksafe, der als meine Lebensversicherung dienen muß.«

»Und woher soll ich wissen, daß es keine weiteren Kopien gibt?« fragte Roeg. »Sie hätten Dutzende davon anfertigen und überall verteilen können. Sie könnten nach einer Weile wieder zu mir kommen, um weitere – äh – Beiträge zu Ihrem finanziellen Wohlergehen zu fordern.«

»Darüber habe ich auch nachgedacht«, sagte Toy. »Über die Frage, wie ich Ihnen hundertprozentig sicher glaubhaft machen kann, daß ich das tue, was ich sage. Die einzige Antwort ist, daß Sie mir vertrauen müssen. Ich meine, das sind nun mal die Dinge, mit denen Sie leben müssen. Alles in der Welt ist ein Geschäft. Sie wollen Ihre sonderbaren Leidenschaften stillen, dafür müssen Sie gewisse Risiken eingehen.«

Roeg nickte und dachte wieder etwas nach.

»Sie sagten zuvor, Sie hätten einen zweiten Kameramann gebraucht, um die Filme zu drehen«, sagte Roeg dann. »Wie kann ich sicher sein, daß Sie immer für diese – diese andere Person eintreten? Was, wenn diese Person sich entschließt, unabhängig von Ihnen zu arbeiten? Dann bin ich genauso in Gefahr wie durch Sie selbst.«

»Sie werden keinerlei Scherereien bekommen mit der Person, die mit mir zusammengearbeitet hat«, erwiderte Toy. »Aber es ist, wie ich sagte. Ich kann es Ihnen nicht hundertprozentig glaubhaft machen. Es ist nicht *meine* Schuld, daß Sie in diese Position geraten sind. Ich schildere Ihnen nur das Arrangement, das ich mit Ihnen zu treffen bereit bin. Wie ich es sehe, stehen Sie ohnehin immer vor diesem Problem, zum Beispiel wegen Ihrer Angestellten, die hiergewesen und Ihre Filme gesehen haben, sogar mit Mr. Langer hier, sollte er sich eines Tages entschließen, sich gegen Sie zu wenden.«

Roeg lächelte. »Sie haben wirklich sehr gut nachgedacht.«

»Es ist nichts Persönliches«, sagte Toy. »Sie haben mich gut bezahlt, aber ein Mann kann so etwas nicht ein Leben lang tun, also habe ich diesen Plan ausgearbeitet. Es ist eine rein geschäftliche Abmachung. Ich kann mir vorstellen, daß Sie schon öfter auf diese Weise Geld verloren haben, weil Sie eine falsche Fusion eingegangen sind oder in schlechte Firmen investiert haben.

Außerdem sind zwei Millionen für Sie keine große Sache. Für mich dagegen bedeuten zwei Millionen, daß ich nicht mehr arbeiten muß. Das ist meine Pensionsversicherung. Und Ihnen wird es nicht einmal fehlen.«

Roeg neigte den Kopf zur Seite und lachte leise. »Mir fehlt immer das Geld, das ich verliere, Mr. Toy.« Er schüttelte langsam den Kopf. »Wann wollen Sie den Austausch vornehmen?«

»Jetzt gleich, wenn Sie wollen. Sie können meinem Banker in Panama ein Telex schicken.«

»Geben Sie mir die Nummer«, sagte Roeg.

Toy langte in seine Jackettasche, zog ein Stück Papier heraus und reichte es Roeg. Roeg betrachtete es und nickte dann.

»Und wann bekomme ich die Bänder? Ich kann von hier aus telexen.« Er wandte seinen schönen, charaktervollen Kopf den Computern zu.

»Sobald ich die Bestätigung von Chamaco erhalten habe.«

»Darum sollen sich die Logistiker kümmern«, sagte Roeg. »Ich schlage vor, Sie gehen jetzt dorthin, wo Sie meine Originalbänder abholen müssen, und morgen um zehn Uhr vormittags treffen Sie Mr. Langer in der Halle der Inland Trust im Zentrum. Sie beide gehen dann in den Privatbereich von einem der Bankdirektoren, der ein Freund von uns ist. Dort haben Sie Zugang zu einem Videorecorder. Mr. Langer wird sich davon überzeugen, daß es die richtigen Bänder sind, mich hier anrufen, und ich leite die Transferierung des Geldes ein. Ich werde Mr. Chamaco sagen, wo er Sie erreichen kann, um Sie von der erfolgten Transaktion zu unterrichten. Sie warten dort auf die Bestätigung. Sobald sie erfolgt ist, können Sie beide gehen: Mr. Langer mit den Kassetten, und Sie mit den zwei Millionen auf Ihrem panamesischen Konto. Irgendwelche Einwände?«

»Es klingt, als wäre es okay«, sagte Toy.

»Dann sind wir mit unserer Besprechung am Ende, Mr. Toy«, sagte Roeg leise. Er nahm einen hellblauen Umschlag, der auf dem Boden neben dem Sofa gelegen hatte, und begann in den grünen Seiten des Computerausdrucks zu blättern.

Toy stand auf und folgte Langer, der schon auf die Tür zuging.

Sie schritten durch die Halle zum Eingang und durch die schwere Tür. Im Freien war es wie in einem Backofen. Sie überquerten den Hof. Gerade als Langer den Lincoln aufsperren wollte, sagte er: »Ach, einen Moment noch«, und ging zu dem Mann, der unter der Tür des Südflügels gestanden hatte, als sie hergekommen waren. Sie sprachen ein paar Minuten miteinander, während Toy in die Helle des Himmels schaute und blinzelte. Plötzlich hörte er ein hohes Jaulen, das bald zu einem mächtigen Donnern wurde, einem schweren, pulsierenden *whump-whump-whump.* Toy grinste und schüttelte den Kopf. Das kleine Arschloch hatte doch tatsächlich einen Hubschrauberlandeplatz irgendwo hinter dem Haus.

Schließlich kam Langer herüber. Sie stiegen in den Lincoln und fuhren die Auffahrt zurück zum Tor. Die beiden Geheimdienstleute kamen nicht aus ihrem Häuschen mit der Klimaanlage, sie winkten ihnen auch nicht zu, beobachteten sie nur.

Langer fuhr den Lincoln den gleichen Weg zurück, den sie gekommen waren. Er hielt genau da, wo Toy in den Wagen eingestiegen war. Er drückte auf einen Knopf, der die Türen entriegelte. Toy stieg aus, knallte die Tür zu und hörte, wie sie wieder verriegelt wurden. Langer fuhr in Richtung Innenstadt los. Er hatte kein Wort mehr mit Toy gesprochen, seit dieser in den Wagen gestiegen und den ersten ›Vorschlag‹ abgelehnt hatte. Und niemand war auch nur mit einer Silbe auf Wayne Powell eingegangen.

Toy ging zurück über die Gray und betrat wieder das Birraporetti. Er telefonierte, verließ das Lokal durch die Hintertür und überquerte die Straße hinter dem Einkaufszentrum. Dort ging er ein paar Blocks weit in Richtung Innenstadt, überquerte wieder die Gray und betrat die Herrentoilette einer Tankstelle. Er war keine fünf Minuten in der Kabine, als er hörte, wie jemand zweimal kurz an die Tür klopfte. Er ging hinaus und stieg in den Fond eines Gelben Taxis, das zwischen der Toilette und der Straße geparkt hatte. Er legte sich auf den Boden des Taxis und schaute Lais Fußknöchel an, während Yue, ihr langes Haar hochgesteckt unter der Taxifahrermütze, auf die Montrose zufuhr.

Nach der Westheimer Road bog Yue in das vierstöckige Parkhaus eines Bürogebäudes ein. Im dritten Stock hielt sie an und ließ Lai und Toy aus dem Wagen steigen, bevor sie wendete, die Rampe hinunterfuhr und draußen in Richtung Sharpstown abbog. Zwanzig Minuten später steckte sich auch Lai das Haar hoch, setzte eine Mütze darüber und legte Make-up auf, um ihr feminines und asiatisches Gesicht zu verändern. Toy legte sich in einem Leihwagen auf den Boden des Fonds, und Lai warf eine Decke über ihn. Minuten später folgten sie zwei anderen Wagen in den allmählich anschwellenden Verkehr.

33

Wieder einmal stand Haydon auf der kleinen Veranda vor dem verputzten Holzbungalow und lauschte auf das Summen der Klimaanlage, die sich in einem der Schlafzimmerfenster auf der Seite des Hauses befand und heftig klapperte. Die Häuser rechts und links von Powells Bungalow hatten auch Kühlaggregate in den Fenstern, und ihre Jalousien und Vorhänge waren dicht zugezogen gegen die Nachmittagshitze. Neben der Tür eierte ein gelber Sprinkler in einer schlechten Fassung und spritzte Wasser in zufälligen, verrückten Mustern, die eigentlich ein Kreis hätten sein sollen.

Er erinnerte sich an den Artikel, den er im *Wall Street Journal* gelesen hatte. In der letzten Nacht hatten die Bewohner Houstons fast dreieinhalb Milliarden Dollar für kalte Luft ausgegeben, mehr als das Bruttosozialprodukt von zweiundvierzig afrikanischen Staaten.

Hitze und Feuchtigkeit. Feuchtigkeit und Hitze.

Er drückte wieder auf den Klingelknopf. Wußte, daß sie da war, weil er in die Zufahrt hinuntergeschaut und den weißen Porsche in der Garage hatte stehen sehen.

Als sie die Tür öffnete, stand sie hinter der Gittertür und trug eine hellgelbe Shorts in der Farbe von Sonnenblumen und eine grüne Baumwollbluse mit kurzen Ärmeln. Die Bluse war ordentlich in die maßgeschneiderten Shorts gesteckt. Sie stemmte den Fuß des einen nackten Beins gegen den Knöchel des anderen Fußes und schaute ihn an. Ihr erdbeerblondes Haar war lässig auf ihrem Kopf hochgesteckt, was ihr einen kühlen, überlegenen Eindruck verlieh. Haydon konnte ihre grünen Augen sogar im Halbdunkel des Türrahmens erkennen.

»Da sind Sie wieder«, stellte sie fest und schien weder besonders überrascht noch allzu glücklich über die Tatsache zu sein.

»Darf ich reinkommen?« fragte er.

Sie sagte nichts, stieß aber die Gittertür auf. Er folgte ihr in den Wohnraum, der in das gedämpfte Licht der Dachfenster gebadet war. Kartons lagen überall herum, einige halb gepackt, andere bereits mit Klebstreifen verschlossen. »Suchen Sie sich einen Platz«, sagte sie und machte eine hoffnungslose Geste mit den Händen. »Kann ich Ihnen etwas anbieten?«

»Nein, danke. Sie haben sich also doch entschlossen, auszuziehen?«

»Richtig. Das Haus jagt mir jetzt Schrecken ein.« Sie pflanzte sich auf einen Barhocker, von dem aus sie in die Küche schauen konnte.

»Wohin ziehen Sie?«

Sie sah ihn an. »Als Detektiv müssen Sie das wissen, oder?«

»Stimmt.«

»Nicht weit. Nur ins Tanglewood-Viertel.«

»Hübsch«, sagte Haydon. »Ein bißchen teurer als hier, nicht wahr?«

Sie hatte ihre langen Beine übereinandergeschlagen und wirkte immer noch völlig entspannt.

»Ja. Ein bißchen. Ein Schritt nach oben, habe ich mir gedacht. Ich habe ein bißchen Glück gehabt. Obwohl das hier auch nicht schlecht war für zwei.«

»Wann werden Sie ganz umgezogen sein?«

»Heute abend. Ich hab' in den letzten Tagen schon das eine oder andere rübergebracht. Das ist jetzt der Rest. Ich bin froh, hier rauszukommen, das können Sie mir glauben.«

»Sicher, das verstehe ich«, sagte Haydon. »Sie arbeiten hart und werden gut dafür bezahlt. Das ist in Ordnung. Aber ich könnte mir vorstellen, daß Sie jetzt doch ziemlich erschöpft sind.« Er warf einen Blick auf den Stapel von Packkartons.

»Eigentlich nicht. Das Umziehen nach und nach war nicht so schlimm.«

»Ich meinte eher die beiden Jobs«, sagte Haydon. »Aber es scheint sich ja gelohnt zu haben. Es hat Sie von hier rausgebracht.«

Sie lächelte, aber es war kein ganz sicheres Lächeln.

»Sie haben doch zwei Jobs momentan, oder?«

»Nein, wieso?«

»Arbeiten Sie denn nicht nebenher für die Volkszählung?«

Einen hinreißenden Augenblick lang zeigte ihr Gesicht erschreckte Verletzlichkeit, und Haydon dachte schon, sie würde die ganze komplizierte Geschichte ausspucken, die hinter dem Tod von Wayne Powell und dem von Alice Parnas steckte. Aber vielleicht hatte er sich das nur eingebildet, denn sobald diese Miene verschwunden war, fragte er sich schon, ob es sich nicht nur um eine Wunschvorstellung gehandelt hatte.

»Nein«, wiederholte sie.

»Ich hatte eine längere Unterhaltung mit William Langer«, sagte Haydon. »Er hat das Mädchen auf dem Photo, das ich aus Powells Schlafzimmer mitgenommen hatte, als Alice Parnas identifiziert, eine Angestellte im Photolabor, in dem Powell arbeitete. Ich habe mit ihr gesprochen, und sie hat mir unter anderem mitgeteilt, daß sie und Powell ineinander verliebt waren. Sie hatte sich furchtbar aufgeregt über seinen Tod. Gestern abend hat sie Selbstmord begangen. Ich habe mit ihrer Nachbarin gesprochen, einer Mrs. Spiegler. Ich wollte von ihr wissen, ob sie jemanden gesehen hatte, der das Haus von Alice Parnas an diesem Tag besuchte. Sie hat ein Photo von Ihnen eindeutig identifiziert als eine Frau, die erst zu Alice Parnas und danach auch in ihr Haus gekommen ist und einen Volkszählungsbogen ausgefüllt hat.«

Jennifer Quinn schüttelte den Kopf. »Das war ich nicht. Die

alte Lady irrt sich. So etwas passiert oft, wenn man blond ist. Für manche sehen wir Blondinen alle gleich aus.«

»Dann macht es Ihnen nichts aus, Mrs. Spiegler notfalls persönlich zu sehen?«

»Nein, sicher nicht, wenn es notwendig ist.« Sie zögerte, legte die Stirn in Falten. »Wenn Sie dachten, daß ich das war, was hätte ich dann Ihrer Meinung nach dort getan? Sie haben doch nicht angenommen, daß ich für das Büro der Volkszählung arbeite, oder?«

Haydon schüttelte den Kopf. »Nein.«

»Verdächtigen Sie mich einer Straftat – habe ich ein Recht darauf, es zu erfahren? Brauche ich einen Anwalt, der mich über meine Rechte in dieser Sache aufklärt?« Ihre helle Haut war gerötet. Er konnte nicht sagen, ob sie wütend oder verängstigt war.

»Miss Quinn, an diesem Punkt ist jeder, der irgendwie mit diesem Fall zu tun hat, mehr oder weniger verdächtig. Wir haben eine ganze Zahl von Leuten in vielen Situationen überprüft. Wer auch immer die Blondine war, die mit Mrs. Spiegler und Alice Parnas gesprochen hat, sie war zugleich die letzte, die Alice Parnas lebend gesehen hat. Wir sind dabei, sicherzustellen, daß Sie es nicht waren.«

»Jesus Christus!« sagte sie ungläubig. Ihre Augen wurden rot an den Rändern, als ob sie weinen wollte. »Das war ein besonders schlaues, kleines Gespräch über die beiden Jobs, nicht wahr? Hielten Sie das wirklich für nötig? Sie denken...« Jetzt war sie entschieden wütend. Sie riß die Hände in einer Geste der Verzweiflung hoch. »Können Sie jemanden nicht einfach und geradeheraus fragen? Müssen Sie solche Umwege machen? Ich finde, das ist beleidigend.«

Haydon betrachtete sie. Sie funkelte ihn an und machte eine ärgerliche Handbewegung nach oben, zu einer Strähne ihres Haars, die sich gelockert hatte und ihr ins Gesicht gefallen war.

»Als wir das letzte Mal miteinander sprachen, sagten Sie, Sie hätten William Langer getroffen. Unter welchen Umständen?«

»Die Umstände?« Sie schaute Haydon verständnislos an, vielleicht auch ein bißchen verwirrt.

»Ich erinnere mich nicht, daß ich… Ich habe Langer bisher nie getroffen.«

»Aber zuvor sagten Sie, Sie hätten ihn getroffen. Erinnern Sie sich nicht?«

»Das habe ich nie gesagt. Was wollen Sie damit bezwecken?«

»Können Sie nachweisen, wo Sie gestern zwischen zwei und fünf Uhr nachmittags gewesen sind?«

»Ja, bei Gott, das kann ich.«

»Wo?«

»In der Dunkelkammer im Büro von Langer Media. Ich habe mit einem Mann namens Grant Sutton zusammengearbeitet.«

Haydon schaute sich um und sah das Telephon auf einem Karton auf einem Stuhl stehen. Er ging hin und nahm den Hörer ab.

»Die Nummer Ihres Büros?«

Sie blinzelte und nannte sie ihm.

Er wählte sie, wartete auf eine Antwort und fragte nach Grant Sutton. Als ihm die Telephonistin sagte, Sutton sei übers Wochenende weggefahren, schaute er die Quinn an, die sofort Erinnern und Zorn signalisierte. Sie kam herüber und riß Haydon den Hörer aus der Hand, bedeckte dann die Sprechmuschel.

»Verdammt, das hab' ich vergessen.« Ihr Gesicht war rosa. Sie sprach ins Telephon. »Sara? Hier ist Jennifer. Ich habe vergessen, daß er übers Wochenende wandern gegangen ist. Weißt du, wohin? Wo kann ich ihn erreichen?« Sie hörte zu, nickte. »Okay. Danke, danke.«

Dann legte sie auf.

»In Colorado. Im Shadow Mountain – Nationalpark. Er übernachtet in einer Lodge in Granby. Es kann nicht sehr viele Lodges in Granby geben.« Sie schaute ihn an, behielt nur mit Mühe ihre Fassung. »Ich kann ja auch nichts dafür«, fuhr sie ihn an.

»Er ist doch sicher nicht der einzige, der Sie gesehen hat«, sagte Haydon.

»Doch, zufällig war er es. Ich bin hier gewesen und habe gepackt, und ich war völlig verschwitzt. Ich hatte noch zwei Stunden an einer Entwicklung zu arbeiten. So, wie ich ausschaute, wollte ich nicht am Empfang vorbeigehen. Ich habe das Gebäude durch einen Seiteneingang betreten, gearbeitet, bis alles fertig war, und bin wieder gegangen.«

»Wir sprechen mit ihm, wenn er zurück ist«, sagte Haydon.

»Ich weiß, wie es aussieht«, zischte sie ihn wieder an.

»Machen Sie sich darüber keine Sorgen«, beschwichtigte sie Haydon. »Sie werden das schon hinkriegen.«

»Und was wollen Sie noch von mir wissen?« Sie hatte eine Hand in die Hüfte gestemmt.

»Nichts«, sagte Haydon. »Ich störe Sie jetzt nicht mehr beim Packen.«

»Wann soll ich der alten Lady gegenübertreten? Sie wird alles aufklären, wenn Sie mich persönlich sieht.«

»Ich komme auf Ihr Angebot zurück«, sagte Haydon und bahnte sich einen Weg durch die Kartons zur Haustür. »Ach ja, kann ich Ihre neue Adresse haben?«

Sie nannte sie ihm. »Ich präge sie mir ein«, sagte er.

Als er an der Haustür war, sagte sie: »Hören Sie, ich habe wirklich vergessen, daß Grant übers Wochenende weggefahren ist. Ich versuche, ihn in dieser Lodge zu erreichen, und bitte ihn, daß er Sie anruft. Ich habe ja Ihre Karte.«

»Das ist nicht nötig. Wir können warten, bis er zurück ist.«

»Nein«, widersprach sie ihm. »Ich möchte es. Ich komme mir jetzt wie eine Idiotin vor. Ich möchte, daß er es Ihnen sagt. Ich werde ihn schon finden.«

Haydon nickte, öffnete die Tür und trat hinaus. Sie stand unter der Haustür und blinzelte in die Helligkeit.

Er verabschiedete sich und ging zum Wagen. Das Lenkrad war so heiß, daß es rutschte wie geölt. Er ließ die Tür offen, bis sich die Klimaanlage abgekühlt hatte, dann erst fuhr er los. Er schaute sich nicht mehr um, und das war auch gar nicht nötig.

Jennifer Quinn log ziemlich gut – aber nicht gut genug. Haydon glaubte ihr sogar die Geschichte über Grant Sutton. Er hatte auch keinen Zweifel, daß der Mann ihre Behauptung bestätigen würde. Sie hatte es wirklich übersehen, daß er übers Wochenende weggefahren war. Erst hatte sie kein Alibi gehabt, dann hatte sie eines und doch wieder keines. Haydon schätzte die Ironie, die darin lag. Ein einziger Versprecher wog schwerer als eine Zahl von kleinen Fehlkalkulationen in einem gut ausgedachten Plan. Zweimal hatte die Quinn sich im Hinblick auf Mrs. Spiegler als ›die alte Lady‹ bezogen. Haydon hatte jedoch absichtlich mit keiner Silbe ihr Alter erwähnt.

Boney Walker lehnte über dem alten Ausguß mit den Nikotinflecken auf dem gesprungenen Porzellan, wo unzählige Kippen bis zum Filter abgebrannt waren, und steckte sich langsam das hölzerne Zündholz in die Nase. Er tastete vorsichtig, zuckte zusammen, als er gegen die Blutklumpen stieß, und blinzelte sich die Tränen aus den Augen. Er betrachtete sich in dem gezackten Rest des alten Spiegels, wo das Quecksilber noch nicht ganz abgeblättert war. Die Nase dominierte in seinem Gesicht. Augen wie die von Billy Whistle, ganz aufgeschwollen. Die Lippen traten hervor, als würde an dieser Stelle ein Geschwür wachsen und keine Lippe.

Er war müde gewesen, völlig erschlagen, aber in der Nacht hatte er nicht viel schlafen können. Seine Muskeln, so empfindlich wie Beulen, hatten seinen ganzen Körper pochen und pulsieren lassen, und er hatte durch den Mund atmen müssen wegen der Blutklumpen in seiner Nase. Er mußte sie herauspopeln. Dann erst würde die Schwellung zurückgehen, und außerdem waren sie ausgesprochen unangenehm. Man hatte ständig das Gefühl, in der Nase bohren zu müssen. Er berührte eine empfindliche Stelle, und der Schmerz schoß ihm so heftig durch den Körper, daß seine Knie fast nachgaben. Er lehnte seinen Arm auf den Rand des Spülbeckens. Dann drehte er das Wasser auf, packte dazu einen Franzosen, weil das Rädchen längst verschwunden war, und ließ das Blut seiner Nase ins rostige Wasser tropfen.

Er stand da und betrachtete die schwarzen Flecken im Spiegel. Er nahm die braunen Papierhandtücher, die er aus der Toilette einer Tankstelle geklaut hatte, machte eines naß, knetete es weich, so weich, wie man ein braunes Papierhandtuch kneten konnte, gab ein kleines Stück davon auf das Streichholz und steckte es sich in die Nase. Es war, wie wenn er mit dem Messer hineingestochen hätte. Er wollte sich setzen, konnte dazu aber nicht die Waschkommode verwenden, weil die keinen Deckel hatte, also ging er rückwärts ein paar Schritte vom Ausguß weg und setzte sich neben der Tür auf den Boden. Er lehnte den Kopf gegen den Türrahmen, und der Schweiß strömte ihm aus dem Haar, strömte aus seinen Achselhöhlen und fühlte sich glitschig an den Seiten an. Er hatte ein nasses geknetetes Papierhandtuch zwischen den Fingern und rieb sich jetzt damit seinen Körper ab, dabei drückte er nach und nach das Wasser heraus wie bei einem Schwamm. Er schloß die Augen, wobei er nicht viel zu schließen brauchte, und seufzte.

Einen Moment danach merkte er, daß Fliegen über das Stück Papier krochen, das mit dem anderen Ende in seiner Nase steckte. Er scheuchte sie weg, glitt langsam vom Türrahmen nach unten und auf die Seite auf den Boden. Er war so müde. Er rollte sich auf den Rücken, auf das abgetretene Linoleum. Auf dem nackten Boden war es etwas kühler. Er zog sich das zerfetzte Unterhemd über den Kopf, um die Fliegen von seiner Nase fernzuhalten.

Dreckskerl. Das würde er diesem weißen Nigger nicht vergessen. Er würde daliegen und nachdenken, was er diesem beschissenen weißen Nigger antun konnte. Wenn er einschlief, würde er vielleicht im Traum etwas sehen, das besser war als alles, was er sich im Wachen ausdenken konnte. Etwas ganz Gutes.

34

Es war später Nachmittag, und Haydon war in der Galerie, um dem vorabendlichen Stoßverkehr zu entgehen. Er kam gelegentlich her und blieb meistens bis nach Geschäftsschluß. Der rundliche und gemütliche Anton Busch sperrte dann einfach ab und ging in seine Büros, wo er die Buchungsarbeiten des Tages zu Ende brachte, während Haydon langsam von Raum zu Raum schlenderte. Er hatte schon mehr als ein Kunstwerk in diesen Stunden am Ende des Tages gekauft. Busch hatte nichts gegen die etwas seltsamen Gewohnheiten seiner Kunden, vor allem dann nicht, wenn es kaufende Kunden waren.

»Sie schauen sich noch einmal die Klimts an«, sagte Busch, als er aus seinem Büro kam.

Haydon nickte.

»Wollen Sie den Akt nicht kaufen?« fragte Busch. Er hatte die Hände hinter dem Rücken verschränkt und betrachtete die Blaustiftzeichnungen ›Profil einer lächelnden Dame‹.

»Wenn ich mich erinnere, haben Sie von mir in den vergangenen eineinhalb Jahren drei Rötelakte erworben.« Eine Augenbraue zuckte unschuldig. »Und ich weiß nicht, was Sie anderswo gekauft haben.« Er nahm eine Hand nach vorn, strich seinen Bart damit nach unten und ließ sie dann wieder hinter dem Rükken verschwinden. »Ich weiß es nicht. Aber wenn Sie Ihr Heim, das ein wundervoller Besitz mit vielen guten Plätzen für gute Kunstwerke ist, ich meine, wenn Sie es nicht – sagen wir, etwas eintönig werden lassen wollen, sollten Sie der Abwechslung halber die Blaustiftzeichnung nehmen.«

»Sie haben gesehen, daß ich mir die Blaustiftzeichnung besonders genau angeschaut habe«, sagte Haydon, ohne sich umzudrehen.

»Ja, das habe ich gesehen.«

»Sie ist teurer.«

»Das ist richtig. Aber sie ist signiert. Und wie er das Haar gezeichnet hat... Es ist ein sehr schönes Blatt.«

Haydon nickte. »Ich ziehe die Blaustiftzeichnung vor. Ich möchte sie gleich mitnehmen.«

Busch machte eine kleine Verbeugung von der Taille aus, ging hin und nahm die Zeichnung von der Wand. Als sie zusammen die Treppe hinaufgingen, sagte er: »Als Händler bin ich abgehärtet, zusehen zu müssen, wie die Dinge, die ich liebe, kommen und gehen. Manchmal komme ich mir vor wie der Verwalter eines Waisenhauses; ich muß Distanz halten und darf die Werke nicht zu liebgewinnen. Die Kinder müssen nun einmal früher oder später das Heim verlassen. Und das ist auch gut so – für die Kinder und für mich.« Er lachte leise.

Haydon setzte sich in Buschs Büro und schrieb den Scheck aus, während der Kunsthändler die Zeichnung nach nebenan brachte, wo sein Assistent sie einpacken sollte. Als er zurückkam, reichte er Haydon das kleine Paket, das jetzt das Goldwaffel-Siegel der Galerie trug, und lächelte breit.

»Eine neue Ära für Sie, Stuart. Von Rötelakten zu Blaustiftporträts. *Bonne vue.*«

Es dämmerte schon, als Haydon zu Hause eintraf, und er war überrascht, nicht nur Ninas Wagen in der Einfahrt zu sehen, sondern auch den von Mooney. Er parkte und ging, die Zeichnung unter dem Arm, ins Haus. Von der Eingangshalle aus wandte er sich direkt in die Bibliothek, von wo er Mooneys Stimme hörte.

Als er an der Schwelle stand, sah er, daß Mooney von seinem Schreibtisch aus telephonierte. Nina saß in einem der bequemen Sessel.

»Was ist das?« fragte sie, lächelte und schaute auf das Päckchen, das er unter dem Arm hatte. »Oh-oh, du warst bei Busch.«

Haydon neigte fragend den Kopf in Richtung auf Mooney, während er zu Nina ging und ihr die Zeichnung gab.

»Er sagt, er hat etwas für dich«, flüsterte sie. »Er ist erst zehn Minuten hier. Dann hat sich sein Funksignal gemeldet, und er hat die Zentrale angerufen.« Sie begann das Paket auszuwickeln, hielt dann den Atem an. »Stuart, mein Gott, du bist verrückt. Es ist viel zu teuer...« Sie hielt inne, warf einen Blick auf Mooney, schaute dann wieder Haydon an und flüsterte: »Aber es ist fabelhaft.«

Er lächelte sie an und wandte sich dann an Mooney.

»...Ich spreche jetzt von dort«, sagte Mooney in den Hörer. »Sieh nur zu, daß die Jungs da bleiben, wo sie sind. Wir wollen nicht, daß sie irgend etwas tun. Wir sind auf dem Weg.«

»Was gibt's?« fragte Haydon, als Mooney aufgelegt hatte.

»Die Einheit eines Streifenwagens glaubt, daß sie Toys Wagen in einem Apartmentkomplex drüben in Sharpstown entdeckt hat. Sie haben die Nummernschilder überprüft; sie gehören einem Mann in Bellaire. Sie haben mit seiner Frau telephoniert, und die ist hinausgegangen – tatsächlich, die Nummernschilder an ihren Wagen fehlten.«

»Sie haben aber noch keine Ermittlungen in dem Apartmentkomplex aufgenommen?«

»Nichts. Sie warten auf uns.«

»Großartig.« Haydon drehte sich wieder um und gab Nina einen Kuß. »Ich ruf' dich an.«

»Haben Sie ein neues Bild gekauft?« fragte Mooney. Er schaute hinüber, und Nina hielt es ihm hin. »Blau?«

»Fahren wir«, sagte Haydon. Nina lächelte.

Als sie den Lichterketten entlang dem Southwest Freeway folgten, berichtete Mooney, was er bei Philip Greiner herausgefunden hatte.

»Den Schwarzen kennt Greiner nicht. Aber alle anderen. Sie gehören sämtlich zu Roegs innerem Kreis. Der Kerl, der zuletzt mit Langer gekommen ist, das ist Roeg selbst.« Er lehnte seinen Kopf gegen das Fenster des Vanden Plas, um das Licht der Schnellstraßenbeleuchtung auf sein Notizbuch fallen zu lassen.

»Der erste, der mit dem Schwarzen hereingekommen ist, war Gerald Kemper; er ist für Roegs Fusionen in den Staaten zuständig. Er macht sozusagen die Laufarbeit und steht an der Spitze der juristischen Abteilung. Er ist gelernter Anwalt. Der zweite, der mit Langer hereingekommen ist, war Harvey Gage, Roegs persönliches Faktotum. Er begleitet Roeg auf den Reisen, kümmert sich darum, daß er über die Unterbringung nicht zu klagen hat, überprüft die Leute, die ihn besuchen, und koordiniert seine Termine. Wenn man Zugang zu Roeg haben will, richtet man sich in der Regel an ihn, auch wenn man zu dem privilegierten inneren Kreis gehört. Und der letzte, der wieder mit dem Schwarzen hereinkam, ist Victor Landa, der Koordinator von Roeg International, der Roeg direkt untersteht.«

Mooney richtete sich wieder auf und klappte das Notizbuch zu.

»Sind das alle?«

»Ja. Nachdem ich das Band mehrmals mit Greiner angesehen hatte, wurde mir klar, daß es nicht so viele Leute waren. Die drei Schwarzen, ganz am Anfang, die unter dem Licht am Eingang beisammenstanden. Der Schwarze mit dem Schnurrbart, der mit einem Weißen hereingekommen ist. Langer mit jemand. Der Schwarze, wieder mit einem Weißen. Und zuletzt Langer mit Roeg.«

»Konnte Ihnen Greiner helfen, was den Hintergrund dieser Männer betrifft?«

»Nein, kaum. Er war in sehr schlechter Verfassung, als ich mit ihm gesprochen habe, Stuart. Der Junge mit den vielen Muskeln sorgte sich, daß ich ihn überanstrengen würde, als wir das Band immer wieder laufen ließen, damit Greiner sich die Gesichter betrachten könne. Greiner sagte, daß diese drei Männer wahrscheinlich länger bei Roeg sind als jeder andere vom inneren Kreis. Sie machten mit bei seinem Spiel – Ja-Sager.«

Sie fuhren schweigend ein paar Minuten dahin, und es wurde taghell, als sie die Kreuzung des Freeways mit der Ausfahrt Loop 610 überquerten.

»Was hält Greiner von dem Band, Ed? Hat er etwas darüber gesagt?«

»Er war fasziniert davon. Hat sich wirklich darauf konzentriert. Er wollte selbst, daß ich es noch zweimal durchlaufen ließ, abgesehen von den kurzen Stopps und Rückläufen, als er versuchte, einzelne Gesichter genauer zu studieren. Ich fragte ihn, was da seiner Meinung nach vor sich ging, und er schüttelte nur den Kopf. Sagte, es brauche nicht unbedingt etwas Schlimmes zu sein. Roeg mache manchmal auch ganz normale Dinge auf ungewöhnliche Weise. Es könnte im wahrsten Sinne des Wortes alles mögliche sein.«

»Aber wenn es nichts als eine geheime geschäftliche Besprechung mit seinen leitenden Angestellten war, in der sie einen größeren Schritt diskutierten, den er geheimhalten wollte, warum sollte dann Toy der Meinung gewesen sein, es sei eine Sache, die für eine Erpressung geeignet ist?« fragte Haydon.

»Ja, das ist genau der Punkt, den ich bei Greiner angesprochen habe. Er sagte nichts dazu. Ich hatte den Eindruck, daß er bestimmt nicht glaubte, es handelte sich dabei um irgendeine harmlose Zusammenkunft, aber er wollte es mir nicht sagen.«

»Haben Sie von Pete gehört?«

»Nein.«

»Der Schwarze in dem Geschäftsanzug ist also bisher die einzige Person, die noch nicht identifiziert werden konnte«, sagte Haydon. »Abgesehen von den drei Männern am Beginn des Films. Wenn er irgendwie in der Politik steckt, ist er, glaube ich, der beste Ansatzpunkt für uns, ein bißchen Druck auszuüben. Vielleicht ist er so ehrgeizig, daß er sich in etwas hat hineinziehen lassen, jetzt aber dringend wieder heraus möchte. Vielleicht könnte man ihn überreden, daß er mit uns zusammenarbeitet.«

»Vielleicht«, sagte Mooney.

Sie sahen den Streifenwagen bei den Eiswürfelmaschinen vor dem Gemischtwarenladen und parkten in einer Bucht ein paar Meter daneben. Die Streifenbeamten erkannten nicht gleich, wer sie waren, bis Haydon und Mooney aus dem Vanden Plas ausstiegen und Haydon seine Plakette zückte, als er das Geschäft betrat. Einer der Streifenbeamten folgte ihm, während der andere draußenblieb, um den Apartmentkomplex nicht aus den Augen zu lassen.

Sie machten sich bekannt und stellten sich an den Kühlschrank mit kalten Getränken am hinteren Ende des Geschäfts, wo der junge Streifenbeamte kurz berichtete, wie sie die Wagen gefunden hatten. Während sie sprachen, schauten sie über die Lebensmittelregale und durch die Schaufenster des Ladens nach draußen.

»Die Wagen stehen links um die Ecke«, schloß der Streifenbeamte. Er hieß Sublette und trug ein kurzärmeliges Uniformhemd, das den kräftigen Hals und die muskulösen Unterarme eines Gewichthebers sehen ließ. »Sie können Sie nicht von hier aus sehen, aber Sie sehen die einzige Einfahrt und die einzige Ausfahrt. Der Komplex ist im Quadrat gebaut, mit einem großen Hof in der Mitte. Es gibt einen offenen Durchgang vorn und einen hinten, durch die man in den Hof kommt. Da die Wagen auf der linken Seite stehen, nehme ich an, daß sie auch dort wohnen. Die Wagen sind nebeneinander geparkt.«

»Okay«, sagte Haydon. »Fordern Sie noch zwei Einheiten an; sie sollen an den beiden Enden des Blocks parken, aber so, daß sie von hier aus nicht zu sehen sind. Wenn Sie sie an Ort und Stelle haben, kommen Sie und Ihr Partner zu uns; wir warten beim vorderen Durchgang.«

Der Streifenbeamte ging hinaus, um von seinem Wagen aus die zwei anderen Einheiten anzufordern und seinen Wagen in den Schatten zu fahren, außerhalb der Sicht vom Apartmentblock.

Haydon und Mooney gingen über die Straße und die Einfahrt nach links zu Toys beiden Wagen. Sie ließen bei jedem an einem vorderen Reifen die Luft aus und schlenderten dann zu dem Durchgang zum Hof, wo die zwei Streifenbeamten warteten.

Mooney und die zwei Streifenbeamten blieben in dem Durchgang, während Haydon den roten Pfeilen folgte, die zum Büro und Apartment des Verwalters führte. Dort klopfte er an die Tür und wartete. Als die Frau an die Tür kam, zeigte ihr Haydon seine Plakette, stellte sich vor und fragte, ob er hereinkommen könne. Das erschreckte Gesicht der Frau verriet ihr Gefühl, daß sie gleich etwas sehr Unangenehmes erfahren würde, und sie wich wie vor einer gezückten Handfeuerwaffe in ihr Apartment zurück und ließ Haydon die Tür hinter sich schließen.

»Sie brauchen keine Angst zu haben«, erklärte er. Haydon haßte diesen Ausdruck einer dumpfen, unberechtigten Angst. Es waren meistens Warnsignale für Menschen, die leicht durchdrehten. »Auf Ihrem Parkplatz stehen zwei Wagen, die unserer Meinung nach Leuten gehören, nach denen wir suchen. Haben Sie einen Mieter namens Ricky oder Richard Toy?«

Die Frau schüttelte den Kopf. Sie war mager, und ihr Haar war so schwarz gefärbt, daß es aussah, als sei es in Teer getaucht worden. Sie trug eine ausgefranste Jeans, die so kurz abgeschnitten war, daß die hellen Taschen fast fünf Zentimeter weit auf ihre Schenkel heraushingen. Auf ihrem Baumwoll-BH stand *TITTEN FÜR TEXAS.*

»Er ist ein Asiat, und er dürfte vor etwa einer Woche hier eingecheckt haben. Er hat zwei asiatische Frauen bei sich.«

Die Frau begann an einem Fingernagel zu kauen und zog dabei die Brauen hoch, als hätte ihr Haydon gerade die Vierundsechzigtausend-Dollar-Frage gestellt. Dann begann sie zu nikken.

»Ja, ja, die zwei Mädchen haben oft am Pool gesessen. Die haben eine Schau abgezogen, sage ich Ihnen. Aber sie heißen nicht Toy.«

»Welchen Namen benützen sie denn?«

»Er fängt mit einem Ka an. Ich weiß nicht. Lassen Sie mich nachschauen.«

Sie ging zu einer Aktenbox aus Plastik, die auf dem Tisch in der Kochnische stand, schaute die einzelnen Akten durch und fand schließlich die richtige.

»Richard M. Kaun. Apartment einszweiunddreißig. Das ist auf dieser Seite, fast am Ende der Reihe. Wie die Mädchen heißen, weiß ich nicht.« Sie schluckte und fragte sich, was er als nächstes sagen würde.

»Sie haben doch einen Universalschlüssel, nicht wahr?«

Die Frau nickte und riß die Augen weit auf.

»Ich wäre Ihnen sehr dankbar, wenn Sie mir den Schlüssel für dieses Apartment borgen würden.«

Wie ein Roboter langte sie auf den Boden der Aktenbox, kramte ein bißchen herum und zog dann einen Pappdeckelanhänger mit einem daran baumelnden Schlüssel heraus. Sie reichte ihn Haydon wortlos.

»Wissen Sie, ob sie zu Hause sind?«

Sie schüttelte den Kopf.

»Ich bringe den Schlüssel in ein paar Minuten zurück«, sagte Haydon.

Sie nickte, und er öffnete die Tür, ging hinaus und ließ sie bei ihrer offenen Aktenbox aus Plastik stehen.

35

Haydon ging zum Durchgang, wo Mooney und die beiden Streifenbeamten warteten.

»Okay«, sagte er. »Sie sind in hundertzweiunddreißig, auf der linken Seite, fast ganz am Ende. Die Frau des Verwalters weiß nicht, ob sie da sind oder nicht.« Er schaute über das Viereck des Hofes auf den Pool. Ein Mann und eine Frau schwammen. »Ed, ich glaube, Sie sollten die zwei in ihre Wohnung schicken. Das wäre mir lieber.«

»Hundertzweiunddreißig.« Mooney drehte sich um und schaute auf die Folge der Nummern. »Das ist fast gegenüber vom Swimmingpool. Glauben Sie nicht, daß es im Apartment auffällt, wenn ich die da drüben aus dem Pool scheuche?«

»Ich weiß es nicht, aber wir können diese Leute nicht dort lassen.« Er schaute Sublette an. »Ich schlage vor, Sie beide gehen auf die Vorderseite und bewachen die Tür zu hundertzweiunddreißig. Wir lassen Ihnen genug Zeit, bevor Ed hinausgeht zum Pool, für den Fall, daß sie ihn sehen und versuchen, abzuhauen. Aber seien Sie vorsichtig. Halten Sie sich weit genug von der Tür entfernt. Wenn wir durch die Tür vom Innenhof hineingehen und alles okay ist, melde ich mich. Geben Sie uns ein Signal, wenn Sie an Ort und Stelle sind.«

Die beiden Streifenbeamten gingen, und Mooney dämpfte das Funkgerät mit der Hand, als sie auf den Ruf warteten. Das Paar im Pool lachte. Die kehlige Stimme der Frau wurde deutlich bis zu ihnen getragen über die Oberfläche des Wassers. Ein paar Minuten danach krächzte das Funkgerät. Die Streifenbeamten waren an ihrem Posten.

Haydon hielt das Funkgerät, als Mooney über das fleckige Gras des Vierecks auf den Pool zuging. Haydon schaute zu, wie er sich den beiden Badenden näherte, sich am Rand des Beckens auf seine Fersen hockte und wiederholt seine Dienstmarke zeigte, während er zu sprechen begann. Die beiden bewegten sich nicht im Wasser, zwei dunkle Köpfe in dem flüssigen Türkis. Haydon versuchte sich die Folge und das Ausmaß ihrer Gefühle vorzustellen, als ihnen klarwurde, was da vor sich ging. Nach ein paar Sekunden waren sie aus dem Pool gestiegen, und die Frau stand in ihrem tropfenden Bikini da und sprach mit Mooney, während der Mann um die ramponierten Gartenmöbel herumging und ihre Handtücher holte. Alle drei verließen gemeinsam die Gegend des Swimmingpools, wobei Mooney dem Mann in einer kumpelhaften Weise den Arm um die Schulter legte, bevor sie hinter einem Geißblattbusch auf der anderen Seite des Innenhofs verschwanden.

Haydon lief auf der Seite unter den Treppen auf die Nummer hundertzweiunddreißig zu, wobei er einem Burger Boy Grill und einer Sammlung von Angeln ausweichen mußte. Er sah, wie Mooney ihm von der anderen Richtung entgegenkam. Sie näherten sich der Tür von beiden Seiten und hatten ihre Schußwaffen gezückt. Mooney nickte zum Zeichen, daß er bereit war, und Haydon streckte den linken Arm aus, um anzuklopfen, hielt dann aber inne.

Mooney schaute ihn an, und Haydon zeigte auf den Türknopf. Im Schloß steckte ein Messingschlüssel. Beide Männer wichen zurück, während Haydon sich langsam näherte und an die Tür klopfte. Er klopfte zweimal. Als sich nichts rührte, drehte er den Türknopf und stieß die Tür auf. Mooney tastete um den Türrahmen herum und schaltete das Licht ein. Als nichts geschah, beugte sich Haydon langsam in die Öffnung. Das Licht kam aus der Frühstücksnische neben der Küche und fiel bis an das eine Ende des Wohnraums. Aber es reichte aus.

»Verdammt«, sagte er und ging geduckt hinein, dann schaltete er ein weiteres Licht im Eßbereich der Küche ein, das die untere Hälfte des Körpers einer nackten Frau in hartes Licht tauchte, während ihr Oberkörper im dämmerigen Zwielicht auf dem Boden des Wohnzimmers lag.

»Verdammt! Passen Sie auf die Vordertür auf, Ed.«

Haydon trat in die Dunkelheit.

»Mein Gott, Stuart«, zischte Mooney.

Das Deckenlicht im Wohnraum wurde eingeschaltet, und Haydon sperrte die Vordertür auf, woraufhin die beiden Streifenbeamten hereinplatzten.

»Helfen Sie ihm, die Schlafzimmer zu kontrollieren«, sagte Haydon und deutete auf Mooney, der noch immer geduckt vor dem Vordereingang kauerte.

Die beiden Streifenpolizisten blieben mitten im Satz stehen und starrten auf Haydon, der neben der Toten kniete. Sie lag da, mit dem Gesicht nach unten, ihr langes, schwarzes Haar war verklebt in einer Pfütze dunklen Sirups, der aus ihrem Schädel gekommen war; einen Arm hatte sie unter sich abgewinkelt, den anderen auf dem Teppich ausgestreckt. Im hellen Licht des beinahe leeren Raums lenkte die Blutspur, die eine Wand hinauf verlief und wie die Blüten einer Fuchsie endete, ihr Interesse auf sich; es sah aus wie die Explosion einer Feuerwerksrakete.

»So helfen Sie ihm doch, verdammt«, brüllte Haydon, und die Streifenbeamten liefen an ihm vorbei, während er seine Hand an das Haar des Mädchens in Höhe des Halses legte. Mit der Hälfte seines Bewußtseins war er bei Mooney und den Streifenbeamten, die den Korridor entlanggingen und Türen öffneten und schlossen, mit der anderen sammelte er den Mut, die Tote umzudrehen. Er wußte, daß es eine Austrittswunde in dem zerwühlten Haar auf der Rückseite des Schädels geben mußte.

»Alles klar«, rief Mooney, und Haydon hörte sie zurückkommen. Sachte, als ob sie schliefe, legte er seine Hand auf ihre linke Schulter und begann sie umzudrehen. Er hatte sie schon fast auf der anderen Seite, ehe sich ihr Gesicht vom blutgetränkten Teppich löste und der Schädel auf die andere Seite rollte. Er legte sie flach auf den Rücken und zupfte ihr mit den Fingerspitzen das Haar aus dem Gesicht. Sie hatte eine einzige kleine Einschußwunde über ihrer linken Augenbraue, welche die heftige Explosion im Inneren ihres Schädels Lügen strafte, eine Explosion, die ihr eines Auge fast aus der Höhle getrieben hätte und das Gesicht in einer grotesken, schiefen Weise aufblähte. Sie hatte tief purpurne Blutergüsse um die Brüste und den Brustkorb, und ein einziger, großer bedeckte fast die ganze rechte Seite ihres Unterleibs. Er schaute ihre Hände an. Die Handrücken und die Unterseite ihrer Knöchel waren mit kleinen Schürfspuren bedeckt.

Haydon erhob sich. Mooney und die beiden Streifenbeamten schauten auf das Mädchen.

»Sublette, gehen Sie zum Funkgerät im Wagen und machen Sie Meldung«, sagte Haydon. »Der Wagen des Coroners und ein Sanitätswagen sollen auf der Vorderseite parken. Ich möchte nicht, daß man sie durch den Innenhof tragen muß. Wir werden sowieso eine Menge Leute als Zuschauer bekommen, also dirigieren Sie die beiden anderen Einheiten hierher.« Er warf einen Blick auf das Namensschild des anderen Streifenbeamten. »Moreno, bringen Sie ein Laken aus einem der Schlafzimmer.«

»Sieht so aus, als hätten sie sie verhört, bevor sie sie erschossen haben«, sagte Mooney.

Haydon nickte. »Ich frage mich, ob sie ihnen etwas gesagt hat. Gibt es da hinten Anzeichen für einen Kampf?«

»Schwer zu sagen. Aber die Wohnung ist durchsucht worden.«

Sie schauten sich im Wohnraum um.

»Würde sagen, sie hat sich zumindest gewehrt«, erklärte Mooney und zeigte auf die Videoausrüstung, die in dem fast leeren Raum auf dem Boden lag, und auf das Blut, das an der Unterseite der Wände zu sehen war. »Hier ist zuviel Blut verspritzt, als daß es aus dieser einen Schußwunde stammt. Vermutlich haben sie sie gegen die Wand gestellt und erschossen.«

Er schaute auf die rote Spur, die in der Explosion der Feuerwerksrakete endete, und ging darauf zu.

»Ja, hier ist der Einschuß in der Wand. Die Burschen vom Labor werden sich darum kümmern müssen.«

»Man hatte sie an den Händen gefesselt«, sagte Haydon.

Mooney kam zurück und schaute zur Küche.

»Sie hatte Essen zubereitet«, sagte er. »Gemüse auf der Arbeitsfläche, ein Wok mit Öl darin.«

»Haben Sie Ihre Kleidung gefunden?« fragte Haydon.

»Nein, aber man kann es nicht sagen. Da drinnen ist ein furchtbares Durcheinander.«

»Ihre Sachen müssen ja hier irgendwo sein«, sagte Haydon.

Moreno kam mit dem Laken und breitete es über das tote Mädchen.

»Danke«, sagte Haydon. »Warten Sie vor der Tür, und schikken Sie Neugierige weg. Aber lassen Sie die Tür offen, ja? Wir brauchen ein bißchen Durchzug hier.«

Sie standen neben der Toten. Haydon fühlte sein Herz schlagen. Seine Nacken- und Schultermuskeln waren verspannt und schmerzten. Er hatte den moschusartigen Blutgeruch eingeatmet, seit er das Mädchen von der Hintertür aus gesehen hatte. Jetzt hatte er ihn sogar auf den Lippen, konnte ihn schmecken.

Mooney schaute sich im Wohnraum um und wartete, während Haydon auf das Laken starrte, das jetzt mehrere scharlachrote Flecken bekam, dort, wo das Blut durchsickerte. Sie lag so still da, doch er erwartete fast, daß sich das Laken heben und senken würde, ein Zeichen dafür, daß sie noch nicht tot war. Er fragte sich, welche Wendung des Schicksals es so bestimmt hatte, daß sie es war, die sterben mußte. Warum sie und nicht einer von den anderen? Wenn sie zum Gemischtwarenladen gegangen wäre, um ein Büschel Sellerie zu kaufen... Wenn sie fünf oder zehn Minuten später von dort zurückgekommen wäre, wo sie gewesen war... Wenn der Streifenbeamte die beiden Wagen eine halbe Stunde früher entdeckt hätte... Wenn... Wenn... Wie wenig hätte es gebraucht, um sie vor der bewegungslosen Stille unter dem Laken zu bewahren?

»Und was denken Sie?« fragte Mooney schließlich.

Haydon zuckte zusammen. »Der Rest des Bandes muß etwas ganz Besonderes enthalten.« Er schaute hinunter. »Sie meinen das da. Ich weiß nicht. Ich würde gern denken, daß Langer es nicht getan haben konnte. Aber er kann es getan haben.«

Er hörte das erste Jaulen der Sirenen auf dem Loop, mehrere Sirenen, deren Laut allmählich zittrig wurde.

»Zuvor hätten wir vielleicht eine Chance gehabt, Toy zu finden.« Er schüttelte den Kopf. »Jetzt wohl nicht mehr.«

»Ich nehme an, das andere Mädchen ist bei ihm«, sagte Mooney.

»Wahrscheinlich. Ich frage mich, wie er darauf reagieren wird. Vielleicht reicht ihm nun die Erpressung nicht mehr.«

Die Sirenen waren in der Nähe. Er schaute durch die offene Vordertür hinaus und sah, wie die blauen und roten Blitze sich verstärkten und von den Wänden der gegenüberliegenden Häuser reflektiert wurden.

»Glauben Sie, daß er es schon weiß?«

Haydon zuckte mit den Schultern. Er warf wieder einen Blick auf die Gestalt unter dem Laken, hörte, wie die Türen der Wagen zugeschlagen wurden, hörte Männerstimmen, das Klappern, als verschiedenes Gerät ausgeladen wurde. Stan Gibbs, einer der Untersuchungsbeamten des Coroners, kam mit den zwei Männern vom kriminaltechnischen Labor herein. Sie warfen einen Blick auf das Laken, auf die Blutspritzer an der Wand, dann auf die beiden Kriminalbeamten.

»Haydon? Wußte gar nicht, daß Sie zurück sind«, sagte Gibbs. Er ging zu der Toten, hockte sich hin und schaute unter das Laken. Als er sah, daß es eine nackte Frau war, hob er es ein bißchen höher, schaute noch einmal, zog dann das Laken ganz weg. »Kleine Asiatin«, sagte er. »Mann«, sagte er, »die ist aber gebaut.«

Haydon drehte sich um und ging aus dem Raum und in das Viereck des Innenhofs. Mehrere Mitbewohner waren bereits auf ihre Balkone herausgekommen, andere standen um den beleuchteten Pool herum und schauten auf die offene Tür von Apartment hundertzweiunddreißig.

Haydon nahm seine Zigaretten aus der Jackentasche und bot Moreno eine an. Der junge Mann zögerte, faßte dann Mut und nahm sie. Er murmelte »Danke«. Haydon zündete beide an. Ohne zu sprechen, ging er ein paar Schritte auf das Gras und blieb allein dort stehen.

Als Haydon seine zweite Zigarette halb zu Ende geraucht hatte, kam Mooney aus dem Apartment, schaute sich nach ihm um und kam über das Gras auf ihn zu.

»Gibbs meint, es ist etwa zwei Stunden her. Sublette und Moreno können sie nicht lange verpaßt haben.«

Haydon rauchte. Ein Mädchen in einem einteiligen Badeanzug trennte sich von der Gruppe am Pool und ging auf Moreno zu, um festzustellen, was überhaupt los war. Moreno beugte sich hinunter, hörte ihr zu und zuckte dann mit den Schultern. Danach deutete er mit dem Kopf auf die offene Tür. Das Mädchen redete weiter auf ihn ein.

»Ich bin vorausgegangen und habe die Szene skizziert, habe die Maße genommen und alles notiert«, sagte Mooney. »Die Jungs vom Labor überprüfen den Schlüssel auf Fingerabdrücke.« Er schaute Haydon an.

»Wie, zum Teufel, haben sie gewußt, wo sie sie finden können?« fragte Haydon. »Entweder hat es ihnen jemand gesagt, oder sie sind ihnen hierhergefolgt. Wenn jemand sie informiert hat – wer könnte das gewesen sein? Wer außer den beiden Mädchen wußte, wo Toy war? Mit wem hätte er dieses Wissen geteilt? Und wenn sie ihnen gefolgt sind, warum haben sie Toy verpaßt, und wie sind sie vor allem erst einmal auf sie gestoßen?«

»Vielleicht sind sie dem Mädchen gefolgt«, meinte Mooney.

»Von wo? Wie hätten sie ihre Spur aufnehmen können?«

Zwei andere Leute von der Gruppe am Pool kamen näher und traten zu Moreno und dem Mädchen im einteiligen Badeanzug, ein paar andere schlenderten über den Innenhof, und zwei Frauen gingen über den Plattenweg. Schließlich hatte sich eine kleine Schar versammelt. Eine Frau drückte sich um Moreno herum und versuchte, durch die offene Tür hineinzuschauen. Als Moreno sich umdrehte und sie sah, scheuchte er sie alle vom Gehweg auf das Gras.

Haydon begann geistesabwesend seine Zigarette zu zerbröseln; dabei blickte er auf das, was er tat, war aber in Gedanken nicht dabei. Plötzlich hatte er nur noch den Filter in der Hand.

»Ich wette, Toy hat seine Forderung erhoben, hat versucht, das Geld zu kassieren und dabei seine Mädchen benutzt. Dann haben sie dieses Mädchen verfolgt. Vielleicht sollte sie das Geld abholen, und sie haben sie geschnappt.«

»Das glaube ich nicht. Vergessen Sie nicht, daß sie das Abendessen zubereitet hat.«

»Woher wollen Sie wissen, daß es dieses Mädchen war? Vielleicht war es das andere oder Toy selbst. Als Roegs Leute mit ihr hereinkamen, sind Toy und das andere Mädchen abgehauen. Also versuchten sie, alles aus der einen herauszubringen, die sie in ihrer Gewalt hatten, und zuletzt haben sie sie umgebracht.«

»Warum gehen Sie eigentlich davon aus, daß Toy verschwunden ist?« fragte Mooney. »Vielleicht haben sie ihn irgendwo geschnappt. Und jemand findet das, was noch von ihm übrig ist, morgen früh in einer Mülltonne.«

»Okay.« Haydon seufzte. »Fangen Sie doch gleich bei den Leuten da drüben an. Stellen Sie fest, ob jemand etwas gesehen oder gehört hat.«

Er drehte sich um und ging über den Hof zum Büro des Verwalters. Die Frau war eine der wenigen, die nicht vor ihren Apartments standen oder wenigstens durch die Vorhänge schauten. Er klopfte an, und sie öffnete vorsichtig die Tür.

»Ich muß Ihnen ein paar Fragen stellen«, sagte Haydon.

Sie nickte.

»Darf ich hereinkommen?«

Sie hakte die Gittertür aus und stieß sie auf. Als er drinnen war, setzte er sich nicht, sondern blieb in der winzigen Frühstücksecke stehen. Er legte den Schlüssel mit dem Pappdeckelanhänger auf den Tisch. Sie schaute ihn an, und ihre mageren Arme waren vor dem schmalen Streifen zwischen ihrem BH und der abgeschnittenen Blue Jeans verschränkt.

»Können Sie mir sagen, wem Sie den anderen Schlüssel gegeben haben?« fragte er.

Sie schaute ihn an, und ihre Augen wirkten zu groß für die knochige Struktur ihres Gesichts. Seit er zuvor mit ihr gesprochen hatte, war ihr Make-up durch ein bißchen Mascara verbessert worden.

»Mein Mann arbeitet in Nachtschicht bei der Telephongesellschaft«, begann sie.

Haydon wartete.

Sie setzte sich auf den grünen Plastiküberzug von einem der Stühle in der Eßecke, sank dabei zusammen, als könnte sie keine

Minute mehr auf den Beinen bleiben. Sie massierte sich mit ihrer mageren Hand die linke Schläfe.

»Vor ein paar Stunden sind Männer an die Tür gekommen und haben nach dem Chinesen und seinen zwei Mädchen gefragt. Sie sagten, sie müßten mit ihnen über die Rückführung von einem der beiden Wagen reden. Fragten, in welchem Apartment sie wohnen, und baten mich um den Schlüssel. Ich habe gefragt, wozu sie den Schlüssel brauchen, und da erklärten sie mir, das sei ihre Angelegenheit. Ich habe gesagt, Moment mal, und da ist einer der Kerle hergekommen, hat mir seine Hand auf die Schulter gelegt und ganz fest zugedrückt und gesagt, daß sie den Schlüssel haben möchten.«

Jetzt blickte sie zu Haydon auf, ihre Augen waren feucht, und die Tränen verschmierten die Mascara.

»Sie haben mich bedroht, meine ich. Verdammt.« Ein Schauder lief ihr über den Körper. »Er hat mit befohlen, daß ich niemandem etwas über sie sagen soll, verstehen Sie? Also hab' ich ihnen den Schlüssel gegeben, und sie sind weg, und das ist alles, was ich weiß.«

»Sie haben sie nicht wegfahren sehen?«

»Natürlich nicht. Aber bei Leuten wie diesen Chinesen gibt es immer Probleme, und es geht mich nichts an, genau wie der Mann gesagt hat. Man kann schließlich nicht in alles seine Nase stecken, und ich will keinen Ärger haben. Die Hausverwaltung ist auch nur ein Job, aber kein Babysitterdienst. Es ist, wie wenn man einen Laden hat. Ein Räuber kommt herein, und ich denke nicht daran, mich über der Kasse meines Bosses abknallen zu lassen. Mein Leben ist mehr wert als ein schlechtbezahlter Job, das kann ich Ihnen sagen. Nein, ich habe nicht gesehen, wie sie weggefahren sind, und ich weiß auch nicht, wann.«

»Waren es zwei oder drei?«

»Hier drinnen waren zwei.«

»Wie haben sie ausgesehen?«

»Wie Geschäftsleute. Mit Anzügen, so wie Sie.«

»Würden Sie sie erkennen, wenn Sie sie wiedersehen?«

»Kann ich mir vorstellen.«

»War einer von ihnen ein großer Kerl mit sandfarbenem Haar? Mitte Vierzig? Könnte er früher auf dem College Footballspieler gewesen sein?«

»Ich glaube kaum. Es waren ganz normale Kerle. Nichts Bemerkenswertes.«

Haydon überlegte ein paar Sekunden. »Okay, ich bin Ihnen für Ihre Hilfe dankbar. In zwei, drei Stunden sind unsere Leute hier fertig. Wir wollen nicht, daß jemand in das Apartment einzieht, bis wir Ihnen die offizielle Genehmigung erteilt haben, es säubern zu lassen. Wir versiegeln die beiden Türen mit unseren eigenen Schlössern.«

»Säubern?«

»Eine der Asiatinnen ist in den Kopf geschossen worden. Ich lasse Ihnen eine meiner Visitenkarten hier.«

»Ist sie tot?« Die Lippen der Frau zitterten.

Haydon nickte.

»Was soll ich jetzt tun?« Sie schaute ihn an, und ihre Augenbrauen waren vor Besorgnis ganz zusammengezogen.

»Fragen Sie Ihren Mann, wenn er heimkommt«, antwortete Haydon. »Er wird es schon wissen.«

Draußen stand Mooney am Rand des Schwimmbeckens und sprach mit einem Mann, der einen Cowboyhut trug. Mooney winkte Haydon, und sie kamen auf ihn zu.

»Haydon, das ist Sandy Buckner. Er hat eines der Mädchen am früheren Nachmittag gesehen.«

Haydon schüttelte ihm die Hand. Buckner war Anfang Dreißig und trug ein Cowboyhemd, eine Levis und Stiefel. In seiner Hemdtasche drückte sich die Rundung einer Skol-Dose ab, und seine Unterlippe war ausgebuchtet von einem großen Stück Kautabak. Er wandte sich an Mooney.

»Er wollte wissen, ob jemand was Ungewöhnliches hier in der Gegend gesehen hat« – er machte eine Kopfbewegung auf das Apartment –, »oder mit den Leuten, die da wohnen. Ich hab' die kleinen Chinksmädchen die ganze Zeit gesehen« – jetzt neigte er den Kopf in Richtung Swimmingpool –, »wenn sie beim Schwimmen gewesen sind. Ich hab' nie gesehen, daß sie irgendwas getan haben außer im Wasser liegen oder mit ihrem Freund ausgehen.«

Er bückte sich ein wenig zur Seite und spuckte aus.

»Heute abend komm' ich von der Arbeit heim – ich fahre einen Lastwagen. Ich war ein paar Tage in Odessa. Als ich hier auf der Vorderseite des Blocks stehenbleibe, sehe ich eines von den kleinen Mädchen aus einem Gelben Taxi aussteigen. Ich meine, sie hat es selbst gefahren. Ich hab' gar nicht gewußt, daß sie Taxifahrerin ist. Sie hat eine Männerhose angehabt und ein Hemd, und ihr Haar hat sie unter die Taxifahrermütze gesteckt. Vielleicht hat sie erst damit angefangen, dachte ich mir, ich weiß ja nicht, aber ich hab' sie jedenfalls bis dahin noch nie Taxi fahren gesehen.«

Er schaute Haydon an. Niemand sagte ein Wort.

Dann wandte sich Buckner an Mooney und zog die Schultern hoch. »Na ja, das war das Ungewöhnliche, was ich gesehen habe.«

»Steht das Taxi noch draußen?« fragte Haydon

»Ja, verdammt«, erwiderte Buckner. »Ich hab's vorhin noch gesehen.«

Haydon bedankte sich und ging zurück zum Apartment.

»Wir kommen wahrscheinlich auf Sie zurück«, sagte Mooney und ging dann hinter Haydon her.

»Hören Sie, ich hab' die Kleinen öfter gesehen«, sagte Buckner. »Ich hab' auch mit ihnen geredet. Die eine heißt Lai und die andere Yue. Soll ich die Tote anschauen, damit ich Ihnen sagen kann, welche es ist? Es macht mir nichts aus. Ich war in Vietnam. Ich hab' ne Menge von dem Scheiß gesehen.«

»Später vielleicht«, sagte Mooney. Er wollte Haydon einholen. »Aber wir haben nicht gewußt, wie sie heißen«, sagte Mooney und zog sein Notizbuch heraus. »Danke. Wir melden uns bei Ihnen.«

Haydon war bereits in dem Apartment.

36

Der Lincoln stand als einziger Wagen auf dem Parkplatz des botanischen Gartens von Houston, des ›Arboretum & Nature Center‹. Die Scheinwerfer waren abgeschaltet, aber der Motor lief, um die Klimaanlage in Gang zu halten, die vor der stickigen Feuchtigkeit des Memorial Parks schützte. Bill Langer wartete und schaute durch die Windschutzscheibe auf die Mauer aus Bäumen, die sich vor dem Wagen erhob, die Gedanken betäubt durch die erschütternden Ereignisse des Tages. Er war zu müde, um zu denken, und zu entmutigt. Im Rückspiegel sah er das Scheinwerferlicht, das erst über die Baumstämme schwenkte und ihn dann direkt beleuchtete, als sich der Wagen über den Parkplatz näherte. Als er neben ihm anhielt, strahlte er ein Schild an, auf dem WILLOW OAK TRAIL stand. Die Scheinwerfer des Porsches erloschen, und die Innenbeleuchtung ging an, als Jennifer Quinn die Tür aufmachte und ausstieg. Einen Moment lang herrschte schwarze Nacht, dann öffnete sie die Tür des Lincoln, und sie sahen sich für ein paar Sekunden, bis sie auf den Beifahrersitz gerutscht war und die Tür zugezogen hatte.

Ein Schwall warmer, klebriger Luft von den Brackwassern des Bayous kam mit ihr in den Wagen, eine Geruchsmischung aus verfaulenden Piniennadeln und dunklem Schlamm. Die Klimaanlage hatte zu tun, um sie wieder zu beseitigen.

Langer schaltete die Beleuchtung des Armaturenbretts ein, was sie beide in einen blaßgrünen Schein tauchte. Jennifer Quinn trug ein seidenes Hemdkleid, smaragdfarben wie ihre Augen und weit aufgeknöpft, so daß er die Rundungen ihrer blassen Brüste sehen konnte. Das Haar, natürlich gescheitelt in der Mitte des Kopfes, fiel ihr über die Schultern. Er hatte das Bedürfnis, sie zu umarmen und festzuhalten, wollte sein Gesicht im Duft ihres Kleids vergraben, sie so fest an sich drücken, daß er ihr Herz gegen das seine klopfen spürte. Er wollte nichts fühlen außer dem zeitlosen Vergnügen, sie zu lieben.

»Was ist passiert?« fragte sie, lehnte sich gegen ihre Tür und schaute ihn an.

Er empfand tiefe Enttäuschung. Er hätte wissen müssen, daß er sich nicht den Luxus leisten konnte, seine verletzlichsten Gefühle auszuleben, und sei es auch nur innerhalb der Grenzen seiner Gedanken.

»Toy hat heute sein Angebot gemacht«, sagte er.

»Das kann nicht wahr sein!«

»Ich habe ihn selbst zu Roeg gebracht.«

»Wieviel verlangt er?«

»Zwei Millionen.«

»Jesus Christus!« Sie schaute ihn noch immer an. »Und – was ist passiert?«

»Nichts. Roeg hat so getan, als ob er mit Toys ausgeklügeltem System von Kontrollen und Sicherheitsmaßnahmen bei der Auszahlung mitmachen würde, dann habe ich Toy wieder weggebracht. Ich soll ihn zum Austausch morgen bei der Inland Trust treffen.«

»Die Bänder gegen das Geld.«

»Mehr oder weniger.« Er drehte die Beleuchtung etwas dunkler. »Denn dazu kommt es nicht. Als wir bei Roeg abfuhren, ist gleichzeitig einer der Hubschrauber hinter dem Haus losgeflogen. Sie haben Toy von der Luft aus verfolgt. Und zusätzlich mit zwei Wagen.«

»Und?«

»Ich bin wieder ins Büro gefahren. Sie sollten mich anrufen, sobald sie wußten, wo er war.« Er schüttelte den Kopf. »Bis jetzt habe ich nichts von ihnen gehört.«

»Was hat das zu bedeuten?«

»Ich weiß es nicht.«

»Glaubst du, daß sie ihn gefunden haben – oder haben sie ihn verpaßt?«

»Ich weiß es nicht.«

Sie schlug ein Bein über das andere und streckte sie beide in Richtung auf Langer aus, wobei sie darauf achtete, daß der Saum ihres Kleides nicht über die Knie nach oben rutschte.

»Glaubst du, er wirft dich raus?«

»Vermutlich. Ich habe die Sache nicht zu seiner Zufriedenheit durchgeführt. Es hätte nie so weit kommen dürfen.«

»Und du hast nichts erfahren von diesem Schwarzen, diesem Walker?«

Langer stieß einen Laut des Unmuts aus. »Nein. Toy hat mit *ihm* Kontakt aufgenommen. Ich weiß nicht, wie er wissen konnte, was da vor sich ging. Jedenfalls war Walker keine Hilfe. Ellis hat ihn bedroht, verprügelt und dann laufenlassen.«

»Das ist es also? Du bist weg vom Fenster?«

»Ich weiß es nicht sicher, aber ich könnte es mir denken, ja.« Er legte einen Arm auf die Lehne des Vordersitzes und einen auf das Lenkrad, dann schaute er durch die Windschutzscheibe in die dunklen Wälder. Dabei war er ihr halb zugewandt. »Aber das ist noch die geringste meiner Sorgen. Haydon hat den Fall übernommen. Für mich steht mehr auf dem Spiel, als daß mich Roeg in die Wüste schickt.«

Danach war es einen Moment lang still.

»Er hat mich gestern besucht«, sagte sie.

»Haydon?« Langer starrte weiter durch die Windschutzscheibe nach draußen. An diesem Punkt konnte ihn nichts mehr überraschen.

»Die alte Frau, die neben der Parnas wohnt, hat sich an mich erinnert. Er hat ihr mein Photo gezeigt. Er weiß, daß ich dort war, bevor sie starb.«

»Verdammt! Was hat er gesagt?«

»Nichts. Ich bestand darauf, daß sie sich täuschen müsse, aber er möchte mich ihr persönlich gegenüberstellen. Ich muß mir etwas ausdenken, eine Erklärung.«

»Wenn ich nur wüßte, wieviel ihm dieses verdammte Mädchen gesagt hat.« Langer schüttelte den Kopf. »Ich kann es mir einfach nicht vorstellen, daß sie eine Affäre hatten. Und nun wird man nicht mehr erfahren, wieviel sie wußte und wieviel sie Haydon gesagt hat. Ich muß mir etwas ausdenken, um meine Beteiligung an dieser Lagerhaus-Sache zu erklären. Ich muß damit rechnen, daß er mich darauf anspricht.«

»Vielleicht hast du ja wirklich das einzige Band«, meinte die Quinn. »Vielleicht weiß Haydon noch nicht, was zwischen Roeg und Toy vor sich geht. Ich habe nichts im Haus der Parnas gefunden. Toy selbst ist verschwunden. Was kann Haydon wissen? Er weiß gar nichts.«

»Alice kann ihm alles gesagt haben.«

»Du gehst davon aus, daß sie etwas wußte. Wieso vermutest du, daß Wayne mit ihr überhaupt darüber gesprochen hat? Wieso glaubst du, daß er ihr sagte, in was für eine Sache er verwickelt war?«

»Es sind genau die verrückten Dinge, die nun mal passieren«, sagte Langer. »Etwas, das man nicht vorhersehen kann. Es kommt aus dem blinden Punkt und trifft dich so unerwartet und heftig, daß dir die Spucke wegbleibt.«

»Worauf wartet er dann? Warum hat er nicht schon längst etwas unternommen?«

Langer schüttelte den Kopf. Er wußte es nicht, und er konnte auch nur sehr sporadisch darüber nachdenken, weil er vor allem mit der Frage beschäftigt war, wie Roeg ihn loswerden würde. Er konnte ihn nicht gut pensionieren, in seinem Alter. Bisher hatte Roeg noch niemanden aus dem inneren Kreis loswerden müssen, der zu jung war zum Pensionieren. Es würde sehr unangenehm werden. Alles fiel auseinander, stetig und unausweichlich, wie die Türme aus Bauklötzen, die er als Kind gebaut hatte. Er hatte sie sorgfältig konstruiert und einen Klotz präzise auf den anderen gesetzt. Aber dann, an einem bestimmten Punkt, gab er einen zuviel dazu, und der Turm bekam eine leichte, aber verderbliche Schlagseite. Von diesem Augenblick an wußte er, daß der Turm einstürzen würde. Unwiderruflich. Keine Macht der Erde konnte es verhindern, und er war fasziniert von dem Anblick, wie die Teile noch zusammenhielten in dem weiten Bogen des Stürzens, ihre Zerstörung bestätigend, lange vor dem eigentlichen Augenblick der Vernichtung. So fühlte er sich jetzt. In diesem Augenblick, wo er bereits den weiten Bogen des Stürzens sah, war er fasziniert, daß noch alles zusammenhielt, obwohl der Zusammenbruch bereits beschlossene Sache war.

»Was wirst du jetzt tun?« fragte sie.

»Ich werde mir etwas ausdenken.«

Er konnte nichts tun. Es war vorbei. Roeg würde ihn ohne große Zeremonie verstoßen. Irgendwie würde er ihn loswerden. Es kam nicht darauf an, wie. Sein Dienst für Roeg war zu Ende, und mit ihm verlor er das Prestige, das Geld, die Macht der letzten fünf Jahre. Er besaß nicht genügend Anteile bei Langer Media, daß er auf die Vorstandsmitglieder Einfluß ausüben konnte. Vielleicht hatte man noch einen Sitz im Aufsichtsrat, ja. Eine Vize-Präsidentschaft, ein alberner Spielzeug-Manager, Gegenstand geflüsterten Spottes. Ja, vielleicht eine Vize-Präsidentschaft. Ihm das anzutun war Roeg ohne weiteres bereit, denn Langer hatte ja nicht nur bei seiner Aufgabe versagt, er hatte auch noch das gesamte Imperium in höchste Gefahr gebracht. Roeg würde ihm alles wegnehmen und ihn erniedrigen.

Und wenn er das überlebte, mußte er erst noch die Anklage des Staatsanwalts überstehen. Sicher, er würde sich die besten Anwälte zu seiner Verteidigung nehmen. Seine Familie würde sie bezahlen, wenn er es nicht mehr konnte. Sie würden ihn freibekommen oder ihm wenigstens ein Urteil über ein paar Jahre kaufen. Jahre der schlimmsten Publicity, die man sich in seinem Beruf vorstellen konnte. Louise würde das nicht ertragen. Doch das machte nichts. Sie kümmerten sich schon lange nicht mehr umeinander. Aber da war die Familie: seine Familie und seine Kinder. Wieviel konnte er ihnen zumuten?

Er glaubte keinen Augenblick lang, daß Roeg selbst irgendwie in Gefahr geraten konnte. Dieser Mann war jenseits der Reichweite der Polizei. Es gab Männer, die außerhalb dieser Reichweite waren. Auch wenn es nur wenigen klar war – es gab solche Männer.

»Und an was denkst du?« bohrte sie.

Einen Moment lang wußte er nicht, was sie meinte, dann wurde es ihm bewußt. Inzwischen tauchte der Schein eines weiteren Wagens auf, schwenkte über die Baumstämme und kam auf den asphaltierten Parkplatz, bis der Wagen hinter dem seinen anhielt.

Er drehte sich um und sah die Insignien der Parkpolizei an der Seite der Tür. Niemand stieg aus dem Wagen, aber er blieb eine Minute hinter ihnen stehen, dann fuhr er wieder weiter auf die andere Seite des Parkplatzes und auf dem Weg zurück, den er gekommen war.

Er hörte, wie Jennifer etwas schwerer atmete.

»Glaubst du, daß er dir alles wegnehmen wird?« fragte sie.

Plötzlich überkam ihn ein Gefühl von Übelkeit, ein Erschlaffen seiner Muskeln. Sie hatte nicht gefragt: ›Willst du mich immer noch heiraten?‹, nicht ›Laß uns zusammen abhauen und alles, was hinter uns liegt, vergessen‹, nicht ›Halte mich, Bill, ich liebe dich, was immer auch geschieht.‹ Sie sagte nichts von alledem oder etwas ähnliches. Nein, sie sagte: »Glaubst du, daß er dir alles wegnehmen wird?«

»Ja, das glaube ich.« Er sagte es in absichtlich hoffnungslosem Ton. Sie hatte ihn seit fast zwei Jahren gedrängt, sich von seiner Frau scheiden zu lassen, aber er hatte sie hingehalten, hatte die Unannehmlichkeiten einer teuren Scheidung vermieden, dabei den hohen Wert der Ehe und die knisternde Erotik einer geheimen, verbotenen Affäre gewahrt. Sie hatte ihn so feurig begehrt, und er hatte sie genommen, überall und auf jede erdenkliche Weise, hatte dabei das Aphrodisiakum seiner eigenen Bedeutung und Macht und ihrer Jugend und Schönheit voll ausgekostet. Er hatte sich vorgestellt, daß es immer so weitergehen könnte: Sie begehrte ihn, er begehrte sie – die unglaubliche Energie, die in ihrer gemeinsamen Sexualität steckte. Er war verrückt danach wie ein Satyr, gab sich hin, als wäre er halb so alt und als fände sie ihn so wundervoll, wie er sie fand. Kein Ende, niemals ein Ende in Sicht.

Und dann, nach und nach, hatte er die Affäre aus einem anderen Blickpunkt zu sehen begonnen, dem bewölkten Blickpunkt eines Mannes, dessen Lust und Egoismus und Machtgefühl sich in völlig gegenteilige Emotionen verwandelten. Typischerweise erkannte er diese Entwicklung nicht, bevor sie abgeschlossen war, die Erkenntnis, daß aus seiner Lust etwas Tieferes und Dauerhafteres geworden war und daß sein Egoismus am

Schwinden war angesichts der Freude, die er dabei empfand, es ihr recht zu machen, ja, daß das Gefühl seiner eigenen Bedeutung dahinschwand im Licht dessen, was er aus ihr gemacht, wie hoch er sie eingestuft hatte. Er hatte es nicht im Entstehen erlebt, denn zum erstenmal in seinem Leben hatten sich seine Interessen von sich selbst auf eine andere Person gelenkt. Er hatte begonnen, *für sie* zu leben.

Sie schaute ihm fest in die Augen.

»Würdest du, nach dem, was du weißt, sagen, daß sie mir irgend etwas nachweisen können?«

Die Klimaanlage kühlte nicht so, wie sie sollte. Sie funktionierte nicht so gut, wenn der Wagen im Leerlauf drehte. Er fühlte, daß die Luft allmählich stickig wurde.

»Wahrscheinlich«, antwortete er. »Du weißt Bescheid über kriminelle Machenschaften und hast mitgeholfen, sie zu verbergen. Das ist bestimmt ein Verbrechen oder mindestens ein Vergehen. Zurückhalten von Beweismaterial. Irgend etwas in der Art.«

Sie fuhr sich mit den Fingern durch das blonde Haar, strich sich die Strähnen aus dem Gesicht. Es fiel gleich wieder zurück.

»Aber du könntest Kopf und Kragen retten, wenn du zur Polizei gehst und auspackst«, sagte er. »Vielleicht solltest du es tun.«

Sie funkelte ihn wütend an, aber sie sagte nichts.

»Das mit Alice Parnas können sie dir nicht anhängen. Nach den eigenen Feststellungen der Polizei hat sie Selbstmord begangen. Es macht nichts, daß sie deine Anwesenheit eine Stunde vor ihrem Tod beweisen können.« Er zog sich die Anzugjacke aus und warf sie auf den Rücksitz. Dann lockerte er sich die Krawatte. »Aber du weißt Bescheid über Powell und über die Sache mit dem Lagerhaus. Ich hätte es dir nicht sagen dürfen. Wenn ich es dir nicht gesagt hätte, wärst du aus dem Schneider.«

Sie schaute auf den Rücksitz. Sie schaute ihn an. Sie schaute hinunter auf ihren Schoß, auf ihre Hände, von denen eine nervös die Ringe an der anderen drehte.

»Und was wirst du nun unternehmen?« fragte sie laut und schaute auf. »Bei dir hört es sich an, als ob es eine aussichtslose

Sache sei. Du hast gesagt, du würdest dir etwas ausdenken. Ich will es hören. Du bist mir das schuldig.«

In ihrer Stimme waren Tränen zu erkennen. Wenn das noch lange so weiterging, würde sie etwas sagen, was er nicht hören wollte. Sie würde ihn verletzen. Er fühlte es jetzt schon ganz nahe an der Oberfläche, in ihrer Kehle, spürte, wie es hinter dem ersten Schluchzen lauerte.

»Dir wird gar nichts passieren«, sagte er. Ihm wäre es lieber gewesen, wenn sie gesagt hätte, daß sie zu ihm stehen, ihn unterstützen, auf ihn warten würde. Aber tief in seinem Inneren kannte er die Wirklichkeit, und er wollte sich den Anblick dessen ersparen, was er am meisten fürchtete: daß sie ihn nicht mehr wollte, daß sie – daß sie ihn verließ.

»Sie können dir nicht nachweisen, daß du auch alles andere weißt«, sagte er. »Ich werde es ihnen nicht sagen – wie sollten sie es da herausfinden? Dir können sie gar nichts tun. Gegen dich können sie keine Anklage erheben. Wenn alles andere herauskommen sollte, sag ihnen einfach die Wahrheit. Es ist kein Verbrechen, nach weiteren Bändern gesucht zu haben.«

»Und die Tabletten?«

»Ihr wart nur zu zweit dort – du und Alice. Ich werde niemandem sagen, daß du sie gezwungen hast, sie zu schlucken. Wenn das alles erst einmal hinter uns liegt, wird das das einzige Geheimnis bleiben.«

Sie schaute ihn weiter an, und er konnte den Mechanismus ihrer Gedanken hinter ihren Augen erkennen. Es würde keinen abrupten Bruch geben, aber sie würde sich im Hintergrund halten. Würde sie auch nur bekannt werden lassen, daß sie eine Affäre miteinander hatten? Oder würde sie versuchen, es mit allen Mitteln zu vertuschen? Würde sie so tun, als ob sie überhaupt nichts mit ihm zu tun gehabt hätte? Was würde seine Familie über die Affäre denken? Seine Kinder? Es war alles unwiderruflich. Er würde alles verlieren, und als erstes würde er sie verlieren.

Sie war jetzt ruhiger, aber er wußte, daß sie vor allem erleichtert war. Er hatte sie von allen weiteren Verpflichtungen befreit. Sie brauchte nicht mit ihm bis ans bittere Ende zu gehen. Ohne wirkliches Risiko konnte sie noch einmal die Rolle spielen, die er ihr zugedacht hatte. Augen zu und durch. Er wollte nicht darüber nachdenken, was sie in ihrem Inneren empfand. Er wollte nur, daß sie noch eine Weile bei ihm blieb.

Sie rutschte ein bißchen auf ihrem Platz hin und her, und diesmal achtete sie nicht auf ihren Rocksaum.

»Was wirst du tun, Bill?« Ihre Stimme war ruhig, aber mit einem rauhen Unterton. Sie wollte es einfach wissen. Sie war besorgt. »Bill?«

Er schaute ihr in die Augen. Glaubte, daß er in dem schwachen grünen Nebel der Armaturenbrettbeleuchtung das vertiefte Grün ihrer Augen sehen konnte.

»Ich habe eine Idee«, sagte er. »Ich glaube, ich bin auf etwas gekommen.«

37

Mooney hatte die Registrationsnummer von der Identifikationskarte des Taxis und war wieder hineingegangen, um die Taxigesellschaft anzurufen und festzustellen, ob die Nummer noch existierte. Das Photo und die Karte lauteten auf einen Vietnamesen namens Hoang Lam.

Haydon hatte den Kofferraum des Taxis durchsucht, hatte unter den Rücksitz geschaut, in die Schlitze zwischen den Vordersitzen, unter die Vordersitze, unter die Bodenmatten, hatte die Aschenbecher, das Handschuhfach und das Zeug im Plastikkörbchen auf dem Armaturenbrett durchgesehen und schließlich die Papiere, die mit Gummibändern unter den Sonnenblenden festgehalten wurden. Jetzt saß er hinter dem Lenkrad, hatte die Fahrertür offen und schaute durch die Windschutzscheibe auf die blinkenden Lichter der Streifenwagen und des Sanitätswagens. Polizeibeamte standen vor der offenen Vordertür des Apartments und warteten darauf, daß die Untersuchungen der Gerichtsmediziner und der Laborleute beendet würden und das

Mädchen abtransportiert werden konnte. Eine kleine Menge Neugieriger hatte sich vor dem Apartment versammelt und starrte auf die Polizeibeamten und die beleuchtete Tür, in der Hoffnung, einen Blick auf den mit einem Laken bedeckten Leichnam auf der Bahre zu erhaschen oder auf das Blut, das angeblich über sämtliche Wände verspritzt war.

Es gab eine Bewegung auf der entgegengesetzten Seite der Schaulustigen, und es öffnete sich eine Gasse, durch die Dystal und Lapierre sich dem Taxi näherten.

Dystal blieb vor dem Taxi stehen, beugte sich hinunter, legte die Unterarme auf den Fensterrahmen der offenen Tür und schaute zu Haydon hinein.

»Hier drinnen irgend etwas von Interesse?« fragte er.

Haydon schüttelte den Kopf. »Mooney überprüft den Besitzer. Ein Vietnamese.«

Lapierre kam um den Wagen herum, öffnete die Tür auf der anderen Seite und setzte sich neben Haydon, wobei er ebenfalls die Tür offenließ.

»Der Schwarze ist Grover Ellis«, sagte er. »Er hat für zwei Stadtpolitiker gearbeitet und sich viel Anerkennung bei der schwarzen Gemeinde verschafft. Er gilt als kommender Mann. Man rechnet damit, daß er sich bei den nächsten Wahlen um einen Sitz im Stadtrat bemüht. Er besitzt ein Mietshaus in East Houston, ist verheiratet, hat Kinder, ist beliebt und gebildet. Er hat mit Bill Langer an der Rice-Universität Football gespielt. Es gibt eine Akte über ihn, wenn Sie sie lesen wollen.«

Haydon schaute Dystal an, der die Augenbrauen hochzog und schwieg.

»Und was ist mit dem Videoband?« fragte Haydon. »Kann Murray etwas damit anfangen?«

»Er meint, es sei ziemlich schwierig. Immer wenn die Kamera nahe genug an den Kisten war, daß man die Aufschrift hätte erkennen können, war das Licht schlecht. Als sie an der Tür standen, brannte nur die eine Glühbirne. Wenn das Licht besser war, dort, wo die Männer saßen, war die Kamera zu weit weg von den Kisten, und die Aufschrift war zu klein, als daß man sie entziffern könnte. Er bemüht sich aber weiter. Inzwischen hat er recht gute Standphotos von allen Männern ausgearbeitet. Immer an der Stelle, wo sie unter der Glühbirne an der Tür durchgekommen sind.«

»Wann wird er uns etwas liefern können?«

»Ich schätze, morgen im Lauf des Vormittags.«

»Und die Liste der Lagerhäuser?«

»Auch morgen früh. Sie sind in Computern gespeichert. Wir werden einen Ausdruck der Adressen samt einer Beschreibung der Eigentumsverhältnisse erhalten. Das könnte uns helfen. Danach werde ich mir ihre Lage auf einem Stadtplan anschauen.«

Haydon nickte. Er konnte durch die offene Apartmenttür ein Stück des Wohnraums sehen. Ein elektronisches Blitzgerät leuchtete wiederholt auf. Der Photograph des kriminaltechnischen Labors würde den Tod aus allen erdenklichen Blickwinkeln im Bild festhalten. Das Mädchen lag jetzt ohne Laken da. Jeder konnte sie betrachten. Es gab Leute, denen es nie zuviel wurde, etwas Gruseliges anzuschauen.

»Wenn Sie momentan nichts mit mir vorhaben«, sagte Lapierre, »dann gehe ich hinein und helfe Mooney, das Apartment zu durchsuchen.«

»Gehen Sie, Pete. Und – vielen Dank.«

Lapierre stieg aus dem Taxi aus und ging auf das Apartment zu, mitten durch die Menge. Gleich danach war er verschwunden.

»Haben Sie schon einen Blick hineingeworfen?« Haydon hatte sich an Dystal gewandt.

»Ja, haben wir. Wir haben auch mit Ed gesprochen.« Mehrere Schweißbächlein liefen aus seinen sauber gestutzten Koteletten über die runden Wangen nach unten und funkelten im roten und blauen Blinklicht.

»Ich glaube, wir müssen uns jetzt erst einmal mit diesem Ellis beschäftigen«, sagte Haydon. »Wir müssen unbedingt wissen, was Toy da aufgezeichnet hat. Die anderen Männer in dem Film sind alte Kämpen; aus denen wird nicht viel herauszubringen sein. Sie sind an solche Spielchen gewöhnt und lassen sich nicht so leicht ins Bockshorn jagen. Vielleicht unterschätze ich Ellis, aber er hat wenigstens nicht diesen Hintergrund und diese Erfahrung.«

»Da können Sie recht haben. Ich würde ihn erst einmal ausführlich grillen.« Dystal fummelte unbewußt am Außenspiegel der Wagentür herum. »Glauben Sie nicht, daß sie Toy und das andere Mädchen erwischt haben?«

»Nein. Sonst hätten wir sie alle drinnen gefunden, oder zumindest die beiden Mädchen.«

»Sollen wir Langer in Haft nehmen?«

»Erst nachdem wir mit Ellis gesprochen haben.«

»Und was ist mit Toy? Wo hält sich der Ihrer Meinung nach auf?«

»Kann sein, daß Toy in der Zwickmühle sitzt. Er fährt vermutlich in einem Leihwagen durch die Gegend. Hat nichts anzuziehen, weil alles dort drinnen ist. Vielleicht hat er nicht mehr viel Geld bei sich, nur das, was in seiner Brieftasche war. Sicher, er hat den Viertausend-Dollar-Scheck eingelöst, aber das war vor fast einer Woche. Wir wissen nicht, wie schnell sie ihr Geld ausgegeben haben. Ed und Pete finden vielleicht einen großen Teil davon noch irgendwo in dem Apartment, aber vielleicht hat Toy auch immer alles bei sich gehabt, für den Fall, daß etwas passierte. Es kann auch sein, daß der – oder diejenigen, die das Mädchen umgebracht haben, Geld fanden und es mitgenommen haben. Wenn also kein Geld da ist, heißt das noch lange nicht, daß Toy es hat. Ich weiß nicht, ob er sich die Mühe macht, ein weiteres Apartment zu mieten. Er reist ja jetzt mit leichtem Gepäck. Wahrscheinlich taucht er in einem Hotel oder Motel unter. Oder bei einem Freund. Möglicherweise kann uns da Mr. Hoang Lam weiterhelfen.«

»Da drinnen liegt eine Menge teurer Videogeräte herum«, sagte Dystal. »Ich nehme an, Toy hat Kopien dieses verdammten Bandes inzwischen in Verstecken überall in der Stadt deponiert. Ich wette, daß er sich, was diesen Punkt angeht, bestens geschützt hat.«

Haydon nickte.

»Unter welchem Namen hat er sich hier registriert?«

»Richard M. Kaun. K – A – U – N.«

»Dann hat er wahrscheinlich einen Ausweis, der auf diesen Namen lautet. Wette, er hat damit einen Wagen gemietet. Ich veranlasse, daß unsere Leute die Leihwagenfirmen überprüfen. Und die Banken. Wer weiß, wie viele Bankkonten er unter verschiedenen Namen unterhält.«

»Wenn er einen Wagen unter diesem Namen gemietet hat, dürfte er ihn inzwischen stehengelassen haben.«

»Vielleicht.«

Haydon sah, wie Sublettes stämmige Gestalt durch die Menge auf sie zukam. Schweiß tränkte inzwischen das hellblaue Uniformhemd. Das kräftige Fleisch, das er sich mit Gewichtheben im Sportraum des Departments erworben hatte, litt in der stehenden Hitze der Hochsommernacht. Er näherte sich dem Taxi.

»Entschuldigen Sie«, sagte er, an die beiden Männer gewandt, »Detective Mooney bittet Sie beide, daß Sie sich etwas ansehen.«

Dystal erhob sich und warf einen Blick auf den jungen Beamten. Sublette hatte einen Schweißtropfen auf der Nasenspitze.

»Heiß da drinnen, was, mein Junge?«

»Yessir. In den Schlafzimmern steht die Luft.«

»Sie sind ganz schön verschwitzt«, sagte Dystal.

»Ich schwitze leicht.« Sublette grinste etwas verlegen und wischte sich dann achselzuckend die Nase mit einem Taschentuch ab.

Die drei Männer gingen ins Apartment. Der Leichnam des Mädchens war wieder zugedeckt, und die Helfer von Gibbs brachten die Bahre herein, um die Tote wegzuschaffen. Die Männer des kriminaltechnischen Labors waren noch an verschiedenen Stellen der Wohnung an der Arbeit. Und jeder von ihnen war völlig durchgeschwitzt.

»Ihr könnt sie mitnehmen«, sagte Gibbs zu Haydon, als er zurücktrat und zusah, wie seine beiden Assistenten die mitgebrachte Plane unter dem Mädchen falteten und das ganze Bündel dann auf die Bahre aus Aluminium hievten. »In ein paar

Stunden kann man es hier drinnen nicht mehr aushalten, es sei denn, es macht gleich jemand sauber. Die nächsten, die hier einziehen, bekommen einen neuen Teppich und frisch getünchte Wände. Sie werden denken: ›Glück gehabt.‹ Und der erste, mit dem sie hier reden, wird sagen: ›Ihr wißt doch, warum ihr einen neuen Teppich und frisch getünchte Wände habt?‹« Er lachte. »Glauben Sie, die legen sich danach noch auf den Boden und schauen fern?«

Wieder lachte er und folgte dann seinen Männern, als sie die Bahre hinausrollten, um der Menge den kurzen Blick auf den eingehüllten Leichnam zu gönnen, nach dem sie schon so lange gierte.

Haydon und Dystal folgten Sublette zum Schlafzimmer auf der linken Seite. Der Raum war ein einziges Durcheinander. Alles, was nicht niet- und nagelfest war, hatte man auseinandergenommen und umhergeworfen. Mooney und Lapierre standen mitten in diesem Chaos und betrachteten etwas, das Mooney in der Hand hatte.

»Diese Leute haben wirklich ganze Arbeit geleistet«, sagte Mooney und blickte auf, als die beiden hereinkamen. »Pete und ich haben überall nachgeschaut, und bei allen möglichen Verstecken sind sie uns zuvorgekommen. Überall.« Er grinste. »Oder zumindest beinahe.« Er gab Haydon einen Gegenstand in die Hand.

Haydon erkannte ihn augenblicklich: eine kleine elfenbeinweiße Plastikbox mit einer falschen Vorderfront, die wie eine elektrische Unterputz-Steckdose aussah. Drinnen in der Box waren drei Schlüssel.

»Ich sehe überall Anzeigen für dieses Ding«, sagte Mooney. »In *Parade* ist immer ein kleines Heft, das herausfällt, wenn man das Magazin in die Hand nimmt. In dem Heft sind lauter solche praktischen und unpraktischen Dinge angezeigt, wie die Zahnpaste für garantiert weiße Zähne oder der fünfzigteilige Werkzeugkasten für fünf Dollar.« Er zeigte auf die Plastikbox, die Haydon in der Hand hatte. »Wenn man seine Wertsachen darin aufbewahrt, wird kein Einbrecher sie finden. Leicht zu installieren. Man entdrahtet nur die ursprüngliche Steckdose, umwikkelt die bloßen Enden der Drähte mit Isolierband, stopft sie nach hinten und steckt das Ding hier davor. Die Sache ist so bekannt – Ich weiß gar nicht, wie ich auf die Idee gekommen bin, überhaupt nachzuschauen.«

Haydon betrachtete die Schlüssel. »Drei verschiedene Nummern. Also gehören sie zu drei verschiedenen Safes? Es sind alles Mosler-Schlüssel. Jeder Banksafe, den ich gesehen habe, ist mit einem Mosler-Schloß gesichert. Die Safes könnten ebensogut bei einer einzigen wie bei drei verschiedenen Banken sein.« Er gab alles an Lapierre weiter. »Pete, Sie sollten gleich morgen früh zu Intel Bancshares gehen.«

»Sie hatten ihn nicht mit einem Safe auf ihrer Liste«, sagte Lapierre. »Er hat dort nur das Girokonto.«

»Dann sollten Sie sich morgen mit allen Banken in Verbindung setzen.«

»Es gibt auch mehrere kommerzielle Sicherheitsgesellschaften. Meines Wissens sind einige von ihnen rund um die Uhr geöffnet«, fügte Dystal hinzu. »Ich könnte mir denken, daß ihm die besser liegen – falls er mal in Eile etwas braucht.«

»Das Telephonbuch ist im Eßzimmer«, sagte Lapierre, trat über das herumliegende Zeug und verschwand auf dem Korridor.

»Sonst noch was?« fragte Haydon.

»Bis jetzt nicht. Entweder Toy war ein pedantischer Haushaltsvorstand, was seine persönlichen Dinge betrifft, oder derjenige, der uns zuvorgekommen ist, hat alles verschwinden lassen. Wir haben nicht einmal Rechnungen vom Lebensmittelladen im Küchenmüll gefunden. Toy hat nicht die geringste persönliche Spur hinterlassen.«

Haydon stand im Schlafzimmer und betrachtete die aufgeschlitzten Matratzen, das Gewirr der Kleiderbügel, Kleidungsstücke und Schuhe, die zerbrochenen und ausgeräumten Kommoden. Wer auch immer hier gewesen ist, er hat nichts als unbrauchbare Dinge hinterlassen, dachte er. Und auch das Mädchen. Nichts, was irgendeinen Hinweis auf den Benützer gegeben hätte.

Lapierre stand an der Tür. »Es gibt nur eine einzige kommerzielle Sicherheitsfirma mit vermietbaren Safes in der Gegend, die vierundzwanzig Stunden geöffnet hat. Sie ist weit draußen im Town and Country Village. Man wollte mir am Telephon keine Informationen geben. Ich muß da schon rausfahren.«

»Gut«, sagte Haydon. »Nehmen Sie einen der Streifenwagen mit, die da draußen herumstehen. Falls Toy dort wirklich einen Safe haben sollte und er Ihnen noch nicht zuvorgekommen ist, dann nehmen Sie, was in der Box ist, und lassen die Firma überwachen. Der Streifenwagen soll unauffällig bleiben und Sie nur im Notfall unterstützen. Warten Sie die ganze Nacht, wenn nötig. Und teilen Sie mir mit, was sich in dem Safe befindet, sobald Sie dazu Gelegenheit haben.« Er wandte sich an Dystal. »Bob, können wir jemanden abstellen, der sich um die beiden anderen Safes kümmert, gleich morgen früh? Vielleicht haben wir ja Glück. Inzwischen werden Ed und ich mit Hoang Lam und Grover Ellis reden.«

Als er die beiden Streifenwagen sah, die vor ihm bei der Fondren Street abbogen, wurde er nervös. Aber er sagte nichts. Lai fummelte an ihrem Walkman herum und versuchte, eine andere Station hereinzubekommen. Er verlangsamte die Fahrt und bog in die Clarewood ein, weil er von hinten zur Bonhomme fahren wollte. Nach ein paar weiteren Abbiegemanövern erreichte er die Kreuzung, von der aus er einen Blick auf den Apartmentblock werfen konnte. Er sah die roten und blauen Blinklichter, die von den Wänden gegenüber reflektiert wurden. Seine Ohren begannen zu dröhnen. Er bog um die Ecke und näherte sich der Auffahrt zum Apartmentkomplex. Am Beginn der Auffahrt stand ein Streifenwagen, und ein Polizeibeamter, die Mütze von der verschwitzten Stirn nach hinten geschoben, winkte den langsamer werdenden Verkehr weiter. Als er an der Einfahrt vorbeikam, schaute er die Reihe von Wagen entlang, sah die Wagen der Polizei, die Menge, den Sanitätswagen unter den anderen stehen. In diesem Moment schaute Lai hoch, starrte eine Sekunde lang verständnislos hinaus, dann begann sie zu schreien.

Er schlug mit der offenen Hand nach ihr, verfehlte sie, packte dann ihr Handgelenk mit seiner Rechten und zerrte sie von der halboffenen Tür weg, durch die sie hatte hinausspringen wollen. Mit der Linken riß er das Lenkrad herum und stieß mit dem Wagen in eine Einfahrt hinter einem anderen, ähnlichen Apartmentkomplex. Er wendete zweimal kurz nacheinander, beschleunigte auf den geraden Stücken, während Lai schrie und auf ihn losging, bis er den Wagen mit quietschenden Reifen nahe der Einmündung einer anderen Straße zum Stehen brachte. Er zog Lai zu sich herüber und hielt sie fest, drückte sie an sich, begrub ihre wimmernden Lippen an seiner Brust und hielt sie fest, um zu verhindern, daß es ihn vor Schmerz und Entsetzen zerriß, und um sie zu trösten.

Jesus Christus, wie hatten sie es nur geschafft? Sie hatten sie gefunden und versucht, sie zum Sprechen zu bringen. Das war die einzige Erklärung, die es dafür gab. Er zweifelte nicht mehr daran, *was* geschehen war, vielmehr war er unsicher, was geschehen *würde*. Es hätte ja gar nicht so zu laufen brauchen. Es hätte andere Möglichkeiten gegeben, um mit Roeg ins Geschäft zu kommen. Wenn er nicht einstieg, gab es immer noch einen anderen Weg. Er hätte es keineswegs auf diese Weise versuchen müssen.

Lai fiel in ein rhythmisches, unaufhörliches Schluchzen. Sie klammerte sich, so fest sie konnte, an sein Hemd, und er konnte die Nässe ihrer Tränen durch den dünnen Baumwollstoff spüren. Er ließ sie weinen, eine Zeit, die ihm endlos lange vorkam, dann, als sie sich ein wenig beruhigt hatte, legte er sie sachte neben sich auf den Sitz. Sie lag auf der Seite, eingerollt in einer fetalen Stellung, den Kopf an seinen Schenkel gepreßt. Ihr Weinen war herzzerreißend, ein Geräusch aus einer längst vergangenen Zeit und einem weit entfernten Ort. Er hatte Frauen so weinen gehört, in einem Dutzend Ländern auf der ganzen Welt. Es war immer der gleiche Laut. Für Emotionen wie diese gab es nur eine Sprache.

Langsam fuhr er aus der Seitenstraße, lenkte den Wagen zum Bellaire Boulevard und bog dort nach Westen ein. Jetzt zählte jeder Augenblick. Alles war durcheinander, und er mußte die Truppen neu sammeln. Aber dazu brauchte er seine Werkzeuge.

38

Beide Männer schwiegen, als sie zu Haydons Haus fuhren, wo Mooney den neutralen Wagen des Polizeidepartments abholen sollte, damit er, wenn sie die Aufgaben dieser Nacht hinter sich hatten, direkt nach Hause fahren konnte. Es war kurz nach zehn Uhr, als sie in die Auffahrt einbogen. Haydon fuhr vor den Wagen der Polizei und hielt an.

»Wohin wollen Sie als erstes?« fragte Mooney und öffnete die Tür. »Gelb oder schwarz?«

»Ich habe meine Absicht geändert«, entgegnete Haydon.

Mooney schaute ihn an.

»Ich möchte mit Josef Roeg sprechen.«

»Jetzt?« Mooney zog die Stirn in Falten und schaute auf seine Armbanduhr. »Einfach so, ohne angemeldet zu sein? Wie wollen Sie das schaffen? Mit einer überraschenden Eröffnung des Tatverdachts?«

»Ich gehe allein«, sagte Haydon. »Grover Ellis kann warten, aber Sie sollten sich um Hoang Lam kümmern. Vielleicht gibt er uns einen Hinweis auf Toy. Wenn es Ihnen nicht koscher vorkommt, lassen Sie Verstärkung kommen.«

»Und Pete?«

»Ich nehme das Funkgerät mit. Wir bleiben in Verbindung.«

»Okay.« Mooney gab einen Seufzer von sich, der darauf hindeutete, daß er Haydons Anweisungen befolgen würde, aber die Zeiteinteilung kam ihm offenbar ziemlich merkwürdig vor. »Passen Sie gut auf sich auf.«

Mooney stieg aus dem Vanden Plas und fummelte in seinen Taschen nach den Autoschlüsseln. Er fand sie, stieg in den Polizeiwagen ein und ließ den Motor an. Haydon konnte sehen, wie er an der Klimaanlage herumschaltete. Als Mooney dann losfuhr und am Ende der Auffahrt wendete, folgte ihm Haydon und drückte auf die Fernbedienung des Tors. Auf der Straße bogen sie in verschiedene Richtungen ab.

Die Tore von Roegs Besitz waren geschlossen, und als Haydons Scheinwerfer über die Fenster des Sicherheitsgebäudes schwenkten, konnte er sehen, wie zwei Männer in Geschäftsanzügen von ihren Monitoren hochschauten. Sie standen auf und traten hinaus. Einer näherte sich dem Wagen, während der andere zurückblieb.

»Yessir, kann ich Ihnen behilflich sein?«

Haydon hatte bereits seine Brieftasche herausgenommen und zeigte seine Dienstmarke.

»Stuart Haydon von der Kriminalpolizei; ich möchte Mr. Roeg sprechen«, sagte er.

Der Wachmann zog die Stirn in Falten, nahm die Brieftasche und neigte sie gegen die Scheinwerfer, die an den Toren montiert waren. Haydon betrachtete seine Krawatte, den hellgrauen Anzug mit fast unsichtbarem Karomuster, das kurzgeschnittene, mit Haarspray festgebackene Haar.

»Haben Sie einen Termin vereinbart?« fragte der Mann. »Auf unserer Liste steht für heute abend kein Name.«

»Ich habe keinen Termin, aber ich glaube, Mr. Roeg wird mich sprechen wollen. Sie sollten sich davon vergewissern.«

»Einen Moment.« Der Wachmann nahm die Brieftasche, ging zu seinem Partner und sagte etwas, dann betrachteten beide eingehend die Dienstmarke; der erste ging schließlich hinein, um zu telephonieren, während der andere draußen stehenblieb und Haydon musterte.

Haydon betrachtete den Mann hinter den Fenstern. Er schaute auf die Plakette, las etwas davon vor. Nickte. Schüttelte den Kopf. Blickte hoch auf die Reihe von Monitoren und schüttelte wieder den Kopf. Schließlich nickte er noch einmal, legte den Hörer auf und kam wieder zum Wagen.

»In Ordnung, Sir«, sagte er und gab Haydon die Brieftasche mit der Dienstplakette zurück. »Tragen Sie eine Handfeuerwaffe?«

»Ja.«

»Dann muß ich Sie bitten, sie hierzulassen, während Sie das Haus besuchen, Sir.«

Haydon schaute ihn an. Das Schweigen dauerte lange genug, daß der Mann begann, sich unbehaglich zu fühlen.

»Ich bin Polizeibeamter«, sagte Haydon, und seine Stimme klang weich. »Ich denke nicht daran, meine Dienstwaffe bei irgend jemandem abzuliefern. Öffnen Sie jetzt das Tor, oder ich rufe genügend Streifenwagen her, daß die Zeitungen einen Monat lang Stoff für Schlagzeilen haben, und dann lasse ich Sie festnehmen wegen Behinderung meiner amtlichen Tätigkeit.«

Er drückte auf den Knopf des Fensterhebers, und das Glas trennte ihn von den beiden Männern, die sich bedeutungsvoll anschauten. Haydon legte den Gang ein.

Der Mann vor dem Fenster schaute ihn noch eine Sekunde lang an, dann drehte er sich auf dem Absatz um und ging mit schnellen Schritten auf das Häuschen zu. Die Tore öffneten sich, und als Haydon hindurchfuhr, sah er, wie der Mann wieder ans Telephon ging. Vermutlich, um im Haus mitzuteilen, daß Haydon schlechte Manieren und schwere Artillerie mitbrachte.

Er folgte der Auffahrt, die sich durch dichtes Waldgelände wand und von verdeckten Bodenleuchtern erhellt wurde, und sah bald durch das Unterholz das Haus schimmern. Als der Wagen auf den Parkbereich des Hofes kam, standen schon zwei Männer bereit, die ihn anwiesen, wo er den Wagen abstellen sollte.

Haydon schaltete den Motor ab und stieg aus.

»Hier entlang, Sir.«

Haydon folgte einem der Männer über das Pflaster zur großen Tür im Mittelteil des Hauses. Die Tür ging auf, während sie näher kamen, und ein Mann in mittleren Jahren und Freizeitkleidung lächelte Haydon entgegen.

»Detective Haydon?« Der Mann ging einen Schritt zurück in die Halle und ließ Haydon eintreten. »Harvey Gage.« Er streckte die Hand aus, und Haydon schüttelte sie. Er erkannte den Mann von Toys Videoband.

»Ich hoffe, Sie entschuldigen unsere Vorsichtsmaßnahmen am Tor«, sagte Gage und lächelte unbegründet. »Mr. Roeg verfügt über ein sehr umfangreiches Sicherheitssystem. Manchmal irren sich die damit befaßten Leute und übertreiben bei Besuchern, die keine Gefahr für das Haus darstellen. Wir kritisieren sie nicht deswegen. Ja, ich frage mich, ob man heutzutage übervorsichtig sein kann. Die Mittel des Terrorismus werden immer raffinierter.«

Das alles sagte er, während er dastand und die Hände lässig in den Taschen seiner sportlichen Leinenhose vergraben hatte. Er lächelte immer noch. Haydon schaute ihn an, lächelte aber nicht und machte auch keine Bemerkung.

Gages Ausdruck blieb unverändert. Er nahm nur die Hände aus den Taschen und ging durch die Halle in einen Korridor.

»Mr. Roeg geht früh zu Bett, obwohl er meist erst spät einschläft. Er ist daher in seinem Hausmantel und im Pyjama.«

Den Rest des Weges legten sie schweigend zurück.

Gage führte ihn in Roegs Allerheiligstes, und Haydon registrierte rasch die Möbel, den halbrunden Schreibtisch, der von den Monitoren und Computern flankiert wurde, die Wände mit Fenstern und Photographien, die Projektoren, die Leinwand, die Sofas, die zwei Türen, die zusätzlich zu der einen, durch die sie gekommen waren, von dem Raum abgingen.

Er folgte Gage zu dem Arrangement von Sofas.

»Bitte, setzen Sie sich. Kann ich Ihnen etwas anbieten?«

»Nein, danke.«

»Ich hole jetzt Mr. Roeg.« Gage ging zur letzten Tür am Ende des Raumes in der Nähe der Leinwand und verschwand. Haydon nahm Platz und sah sich um. Die Tür öffnete sich sofort wieder, und Gage kehrte mit Roeg in einem burgunderfarbenen Hausmantel mit Seidenkragen und Seidenmanschetten zurück.

Haydon stand auf.

»Mr. Haydon«, sagte Roeg. Er bot ihm nicht die Hand, sondern setzte sich auf ein Sofa, das gegenüber von Haydon stand. Gage ging zur Tür, die auf den Korridor führte, und schloß sie hinter sich.

»Es tut mir leid, daß ich Sie zu so später Stunde noch stören muß«, begann Haydon und setzte sich wieder. »Aber ich untersuche einen Fall, der mehrere Personen betrifft, die bei Ihnen angestellt sind, und ich bin der Ansicht, daß es an der Zeit ist, mit Ihnen darüber zu sprechen.«

»Sie meinen den Todesfall bei Langer Media.«

»Ja.«

Roeg nickte, schleuderte die Slipper von den Füßen, drehte sich seitwärts auf dem Sofa und begrub seine nackten Füße unter den Kissen.

»Fangen Sie an«, sagte er so leise, daß Haydon ihn kaum hörte.

Er skizzierte rasch die Folge der Ereignisse: den Mord an Wayne Powell im Labor von Langer Media, die Entdeckung, daß Powell nachts Extra-Arbeiten für Langer verrichtete, Langers vorrangige Position in Roegs Konzern, Powells Beziehung zu einem gewissen Ricky Toy, der wiederum für Roeg arbeitete, den Selbstmord von Powells Freundin, Toys geheimnisvolles Verschwinden und der Mord an einer der Freundinnen von Toy am selben Abend. Er zählte die Ereignisse ohne die geringste Verbindung auf, erklärte nie, wie er eine der Beziehungen entdeckt hatte, über die er berichtete. Als er fertig war, ließ er eine Pause entstehen. Roeg gab keinen Kommentar ab.

»Wir haben also drei Todesfälle, von denen einer möglicherweise ein Selbstmord ist. Personen, mit denen Sie zusammenarbeiten, stehen darüber hinaus in enger Verbindung mit den beiden anderen Opfern. Wenn man es graphisch darstellen will, ist es ein Dreieck: Sie an der Spitze, Bill Langer und Ricky Toy an den beiden unteren Winkeln. Andere Personen stehen mit der Sache durch diese beiden Männer in Verbindung. Aber Sie bleiben an der Spitze.«

Er ließ wieder eine Pause entstehen, dann fuhr er fort: »Gestern vormittag habe ich mit Bill Langer gesprochen. Ich habe ihn gefragt, ob er Toy kennt, und er hat es verneint. Ich habe ihm ein Photo von Toy gezeigt, und er hat es immer noch abgeleugnet. Warum, glauben Sie, hat er das getan?«

Während Roeg dem Vortrag von Haydon zugehört hatte, waren seine Blicke über die Galerie von Photos auf der Wand links von Haydon gestreift. Als Haydon jetzt seine Frage stellte, senkten sich Roegs Augen und richteten sich direkt auf Haydon. Er lächelte milde und nachdenklich.

»Es ist eine manchmal überflüssige Gewohnheit von Mr. Langer, den Ahnungslosen zu spielen«, sagte Roeg. »Man erkennt es schon daraus, daß er oft handelt, bevor er etwas mündlich bestätigt.« Er gestattete sich ein kleines Lächeln. »Ich kann Ihre Frage nicht beantworten. Ich – ich kann schließlich nicht für Mr. Langer sprechen.« Er bewegte seine Füße und wandte sich Haydon ein bißchen mehr zu. »Aber Sie sind nicht hergekommen, um mir diese Frage zu stellen. Sie deuten an, daß ich – als der Mann an der Spitze des Dreiecks, wie Sie es formulierten – ein integraler Bestandteil dieser – dieser Situation bin. Können Sie sich, was das betrifft, etwas deutlicher ausdrücken?«

Haydon schaute ihn nur an, dann stand er auf. Es war eine unerwartete Bewegung, und Roegs Augen zeigten, daß er vorsichtig war. Haydon ging zu der Wand von Photographien, verschränkte die Arme und betrachtete sie mit gelassener Ruhe. Einige waren ihm vertraut, wie einem eine Persönlichkeit aus Film und Fernsehen vertraut ist, einfach weil sie durch ständiges Auftreten vor dem Zuschauer bekannt oder berühmt geworden ist. Diese Bilder jedoch waren berühmt wegen ihrer schockierenden Brutalität.

Er wandte sich an Roeg. »Können Sie mir erklären, warum Sie so etwas fasziniert?«

Auch Roegs Reaktion war unerwartet. Haydon hatte mit einem weiteren albernen Lächeln gerechnet, dann, vielleicht, mit einer schnippischen Erwiderung. Statt dessen drehte sich Roeg auf dem Sofa so, daß er Haydon und die Wand mit den Bildern direkt vor sich hatte. Er steckte die Füße wieder in die Slipper und lehnte sich dann zurück. Von einem Lächeln keine Spur. In seinem Gesicht war gar nichts zu erkennen, aber er betrachtete die Bilder.

»Faszination.« Roeg überlegte einen Moment, den Blick auf

die Photos gerichtet. »Ich glaube nicht, daß das in diesem Fall der richtige Ausdruck ist. Faszination.« Er sagte die vier Silben, als hätten sie für ihn keine Bedeutung. Dann stand er auf, steckte die Hände in die Taschen seines Hausmantels und trat näher. Er betrachtete schweigend die Photos, und seine Züge nahmen einen beinahe ehrfürchtigen Ausdruck an.

»Wie fängt man ein Gespräch über Gewalttaten an?« fragte er leise. »Sie hätten ebensogut fragen können, wieso jemand von der Liebe fasziniert ist. Die Bedeutung der Frage ist mindestens ebenso groß, nein, größer. Denn die Gewalt ist größer als die Liebe. Die Gewalt ist zugleich das primitivste und raffinierteste Attribut der Menschheit. Wir verstehen es kaum, aber jede Generation verbessert die Möglichkeiten ihrer Anwendung. Es ist der einzige rote Faden, der durch unsere Geschichte läuft, und er bedroht unsere Zukunft bis hin zum Ende allen Lebens in einer sich ausbreitenden, roten, pilzförmigen Wolke.

Wie soll man darüber reden? Es gibt so viele Perspektiven, aus denen man sich dem Thema nähern könnte: die historische, die anthropologische, die wissenschaftliche, die philosophische, die psychologische, die politische, die religiöse und so weiter. Ein alles durchdringendes Thema. Obwohl es fast jeder menschlichen Emotion zugrunde liegt, hat sie der Mensch als Idee bis vor kurzem ignoriert. Die Gewalt war so sehr ein integraler Bestandteil seiner Psyche, daß er sie nicht trennen und unabhängig betrachten konnte.«

Roeg lächelte herablassend.

»Vielleicht ist der Mensch als erstes durch die Religion mit der Gewalt in Kontakt gekommen. Man hat die Götter dafür verantwortlich gemacht. Die Götter haben den Menschen die Gewalttätigkeit eingegeben. Mit der Entwicklung der dualistischen, jüdisch-christlichen Philosophie hat der Mensch Gott die Verantwortung abgenommen und sie an Satan abgegeben, an den Teufel, aber immer weit von sich selbst gewiesen. Später, als man begann, einen Schritt zurückzutreten und sich als Teil eines historischen Fachwerks zu betrachten, sprach man über Gewalt in Begriffen von Gesellschaften und Regierungen, von bewaffneten Konflikten zwischen Staaten – man sprach vom Krieg. Krieg – eine Aggression, die Hunderte, Tausende, Millionen ergriff, und die Motivation dazu wurde getarnt als ein Konflikt, der aus der Gier entstand, aus Expansionismus, aus Ideologien, die miteinander unvereinbar waren, aus Vorurteilen, religiösen Ursachen oder einfach aus der Notwendigkeit, sich zu verteidigen. Wenn der Mensch über Gewalt sprach, wandte er die Augen ab; er trat ihr nie direkt entgegen, hat sie nie isoliert, sondern immer nur im Zusammenhang gesellschaftlicher Formen betrachtet.

Dann stolperte der Mensch über die Entdeckung des Unbewußten, seines eigenen Unbewußten. Freud, nach einem Fehlstart, bei dem er der Libido unangemessene Bedeutung zubilligte, kam schließlich zu der Erkenntnis, daß der Mensch von dualistischen Kräften beherrscht wird: dem Selbsterhaltungstrieb und dem Todestrieb. Der Mensch funktionierte laut Freud nur unter dem übermächtigen Impuls zu zerstören, sei es sich selbst oder die anderen. Er konnte wenig tun, um dem zu entkommen. Dann verlieh Konrad Lorenz diesem Gedankengerüst eine neue Dimension, indem er behauptete, daß die menschliche Aggressivität ein instinkthafter Impuls ist, der sich kontinuierlich in den Nervenzentren aufbaut. Wenn genügend davon angesammelt ist, explodiert diese Aggression in Form des Willens zur Zerstörung. Meistens wird diese Explosion durch äußere Anregungen ausgelöst, aber selbst wenn diese ausbleiben, kommt es früher oder später zu einer solchen Eruption des aggressiven Instinkts. Und jetzt im Beginn der heute vorherrschenden psychologischen Theorien, der Verhaltensforschung, wird die Ursache nur von der Biologie auf die Soziologie verschoben. Man sieht Gewalt an als die Reaktion des Menschen auf verheerende soziale Bedingungen, auf kulturelle Faktoren, auf die Frustrationen gegenüber seinem Allgemeinzustand.«

Roeg zuckte mit den Schultern.

»Es ändert nichts. Daß der Mensch von Gewalttaten angezogen wird, ganz gleich, unter welcher Motivation, ist eine der großen Wahrheiten des Lebens. Ob er ein Barbar ist oder ein kulturell verfeinertes Wesen, ein armer Teufel oder ein Millionär, ein

Jammerlappen, der niemandem etwas bedeutet, oder eine der führenden Persönlichkeiten dieser Erde, die Millionen von Menschen beeinflußt – jeder Mensch ist in irgendeiner Form von der Gewalt, von den Gewalttaten fasziniert.«

Roegs Blicke strichen in liebevoller Weise über die Photos. Haydon beobachtete ihn dabei, bemerkte die seltsamen, schwarzen Höhlen seiner Augen, ließ sich diesmal Zeit, seinen ungewöhnlichen Körper zu betrachten. Plötzlich riß Roeg seinen Blick von den Photos los und richtete ihn auf Haydon.

»Wollten Sie das hören? Sie haben eine Frage gestellt, und ich habe Ihnen eine Dissertation geliefert. Aber es war ja auch keine einfache Frage, oder?«

Haydon schüttelte den Kopf. »Nein, das war es nicht. Machen Sie weiter.«

39

Haydon wartete schweigend darauf, daß Roeg fortfuhr. Er wollte ihn nicht ablenken von den düsteren Kanälen seiner Gedanken. Welche Wege Roegs Gedanken auch gehen würden, Haydon wollte ihnen folgen. Er wollte alles sehen, was Roeg ihm von seiner seltsamen Psyche zeigen würde.

Roeg drehte sich um und ging zu einem weiteren Abschnitt der Wand, die mit Photos bedeckt war. Er betrachtete auch sie mit großem Interesse und viel Konzentration, so als ob er sie zum erstenmal sehen würde. Dabei wurde er so sehr von ihnen in Anspruch genommen, daß er Haydon vergessen zu haben schien. Haydon wartete.

Dann, abrupt, wandte sich Roeg von der Wand mit den Photos ab. Er ging, die Hände noch in den Taschen seines Hausmantels, auf den Filmprojektor zu.

»Ich habe die Gewalt und die Gewalttaten lange Zeit studiert, Mr. Haydon. Und ich gestehe es, ich – ich bin ein Genießer geworden. Wie alle echten Genießer umgebe ich mich mit meinen

Besessenheiten. Sie wissen davon.« Er nahm eine Hand aus der Tasche und legte sie auf den Projektor. »Es ist, zugegeben, eine esoterische Kollektion. Sie wird später einmal in den Besitz einer größeren Universität übergehen. Ein umfassendes Archiv über Gewalttaten im Film.

In dem Maß, wie mein Verständnis für die Gewalt zunahm, verfeinerte sich auch mein Geschmack. Während ich weiterhin alle Art von Film sammelte, auf dem die Gewalt in ihren Variationen zu sehen ist, habe ich mich darauf spezialisiert, die selteneren Formen zu suchen und zu erwerben. Der Krieg zeigt die allgemeine Gewalt in großer Breite. Mich interessiert das kleinere Format, die konzentrierteren Darstellungen. Ich wollte buchstäblich alles aus größter Nähe sehen. Aber wie konnte ich das schaffen? Ihr Beruf, Mr. Haydon, wäre eine Möglichkeit gewesen. Eine Zusammenarbeit mit dem Morddezernat. Aber das war unmöglich.«

Er lächelte und hielt zwei Finger hoch.

»Zwei Zeitungsartikel aus neuerer Zeit. Beim ersten Ereignis hätte ich jede Summe bezahlt, um es auf Film zu besitzen. Ein älterer Mann, ein pensionierter Buchhalter, der sich um seine Gesundheit Sorgen machte, hatte erst seine Frau getötet und dann anscheinend versucht, Selbstmord zu begehen, indem er sich die Pulsadern aufschnitt. Er wurde gefunden, bevor er tot war, und man konnte sein Leben retten. Die merkwürdige Sache dabei, das Faszinierende war, daß der Mann vier Stunden gebraucht hatte, um seine Frau zu töten. Er hat einen Vorschlaghammer dazu benützt und siebzehnmal zugeschlagen. Er hat zur Polizei gesagt: ›Ich habe gegen acht Uhr morgens angefangen, und um Mittag war ich fertig damit.‹ Das hat er wirklich gesagt. Siebzehn Hiebe in vier Stunden! Bemerkenswert.

Der zweite Artikel war ein ziemlich langer Erguß über die Sorge der Verwaltung in den größeren Universitäten des Landes im Hinblick auf die ›Akte privater Brutalitäten‹, ›Gewalt‹ und ›menschlicher Grausamkeit unter den Studenten‹, die sich, wie es hieß, in den Colleges ›in wahnwitzigen und unendlichen Variationen‹ breitmache.«

Roeg wartete ein paar Sekunden, um das wirken zu lassen. »Und Sie fragen mich, was mich an den Gewalttaten so fasziniert? Ich bin nur im Gegensatz zu allen anderen bereit, offen zuzugeben, daß sie mich fasziniert. Freud hat uns aufgeklärt über die Macht der Sexualität in unserem Leben und hat die Art, wie wir damit umgehen, revolutioniert. Von sexueller Freizügigkeit zu sprechen ist jetzt passé, wir setzen sie voraus. Aber wer wird das gleiche für die Gewalt tun? Auch sie durchdringt unser Leben, und doch tun wir heuchlerischerweise so, als ob wir davon abgestoßen würden, obwohl unsere Unterhaltung, die Literatur und die Kunst nur so davon strotzen. Wir genießen sie und tun so, als fänden wir das abstoßend. Angesichts unserer Haltung gegenüber der Gewalt sind wir die reinsten Pharisäer.«

Roeg hielt inne, streckte gedankenversunken eine Hand aus und legte einen Finger auf die leere Spule des Projektors, in den bereits ein Film zur Vorführung eingespult war. Sehr überlegt drehte er sie einmal um und löste dadurch eine Schlinge, die von der Spule herunterhing wie eine schwarze Gefahr, die sich in diesem Raum auszubreiten drohte. Dann drehte er die Spule wieder zurück und ließ die Filmschleife verschwinden. Seine Augen, die so seltsam schwarz waren, betrachteten die weiße Leinwand am anderen Ende des Raums, als sähe er, ein Bild nur für ihn allein, die unzähligen Szenen der Gewalt, die so oft darübergehuscht waren. Dann gab Roeg mit dem Handrücken der Spule eine scharfe Rückwärtsdrehung, und der schwarze Polyesterfilm schoß von der vollen Spule, wurde ausgespuckt in glänzenden Locken, die wie Eingeweide über den Boden zuckten, Gedärme seiner Besessenheit, die sich um seine Füße schlangen.

Als die Spule schließlich ruckartig stehenblieb, schaute Roeg den Kriminalbeamten mit einem angespannten Ausdruck an, der zugleich verächtlich und herausfordernd war.

Haydon erwiderte den Blick und sagte dann: »Nachdem Sie der oberste Punkt in meiner graphischen Darstellung sind, Mr. Roeg, sind Sie für mich auch der Mittelpunkt all dessen, was geschehen ist. Alles führt in irgendeiner Weise zu Ihnen. Alle Verwirrung, alle Geheimnistuerei, alle Todesfälle.«

Roeg nahm die Hände aus seinen Taschen und begann, ohne einen Schritt zu gehen, den Film von Hand aufzuspulen. Es war eine völlig natürliche, entspannte und gelassene Bewegung.

»Heißt das, Sie beschuldigen mich, in irgendeiner Weise verantwortlich für einen oder für alle diese Todesfälle zu sein, die Sie mir vorhin geschildert haben?« fragte er.

»Ich beschuldige Sie nicht. Ich sammle nur Beweismaterial, und wenn ich genügend beisammenhabe, nehme ich Sie fest und übergebe das Material dem Staatsanwalt.«

»Das heißt, ich bin festgenommen?«

»Nein. Sie sind gewarnt.«

»Gewarnt?« Roeg blickte auf. »In welcher Hinsicht bin ich gewarnt?«

»Wie ich es sehe, hat Ricky Toy lange genug für Sie gearbeitet, um dahinterzukommen, daß Sie mit fragwürdigen Dingen zu tun haben. Er hat eine dieser Aktivitäten gefilmt und versucht, eine große Geldsumme von Ihnen zu erpressen, dafür, daß er mit seinen beweisbaren Erkenntnissen nicht an die Öffentlichkeit oder zur Polizei geht. Jemand hat inzwischen eine seiner Freundinnen ermordet, und ich nehme an, daß Mr. Toy Sie für ihren Tod verantwortlich macht. Wenn das der Fall sein sollte, bin ich davon überzeugt, daß Ihr Leben in Gefahr ist. Ich glaube, daß Ricky Toy durchaus in der Lage ist, an Rache zu denken und sie auch zu verwirklichen. Das ist die Warnung, von der ich gesprochen habe.«

Roeg spulte den Film schneller zurück. Er drehte die Spule mit den Zeigefingern seiner rechten Hand, den er in eines der kleinen Löcher der Spule gesteckt hatte. Seine linke Hand führte den Film in die Spule ein.

»Ich habe ein sehr gutes Sicherheitssystem, Mr. Haydon, danke Ihnen aber dennoch für Ihren Hinweis. Ich werde ihn an meine Leute weitergeben.«

Er spulte den Film weiter auf.

»Sie können Ihren Männern auch gleich weitergeben, daß Toy für diese Operation ein sehr raffiniertes System ausgearbeitet hat«, sagte Haydon. »Vielleicht komplizierter, als sie es für möglich halten, und bestimmt nicht mit tölpelhaften Taktiken zu besiegen.«

Haydon verließ endlich die Stelle vor der Wand mit den Photographien, wo er gestanden hatte, seit Roeg mit seinem langen Diskurs über Gewalt begonnen hatte, und ging um den Projektor herum, um sich vor Roeg aufzubauen. Als er sprach, klang seine Stimme vernünftig und völlig frei von Emotionen.

»Sagen Sie ihnen auch, falls sich auch nur noch ein einziger weiterer Mord in diesem Fall ereignet, werde ich seinem roten Faden folgen, bis ich das Ende erreicht habe. Ich arbeite nicht in einem Beruf, Mr. Roeg, der mit Gewalt zu tun hat. Ich sehe die Ausübung von Gewalt nur selten, weil ich meist erst nach der Tat auf der Bildfläche erscheine. Ich habe es mit dem Abfall der Gewalt zu tun. Ich sehe den Dreck, den die Gewalt hinter sich herzieht, und das Bild ist scheußlich. Aber ich habe Glück, Mr. Roeg, denn früher oder später komme ich dem Urheber der Gewalt auf die Spur, finde die Quelle, und nicht selten zeigt sich, daß die noch scheußlicher ist als alles andere.«

Roeg wandte sich nicht Haydon zu, sondern fuhr fort, den Film aufzuspulen. Der Saum seines dunkelroten Hausmantels reichte bis zum Boden und bedeckte die Locken des Films, der jetzt unter Roegs Mantel hervorzudringen schien wie Gedärme, die aus seinem Leib kamen.

Haydon erinnerte sich nicht mehr, wie er sich umgedreht und hinausgegangen war; er erinnerte sich nicht mehr an den langen Korridor und die lauernde Gestalt von Harvey Gage, der neben der Tür in der Halle stand und zusah, wie Haydon sich bemühte, die schwere Tür zu öffnen, bis er das automatische Schloß betätigte und Haydon in die lastende Hitze der Sommernacht hinausließ. Er wußte nur noch, daß er am Ende des Pflasters stehengeblieben war und sich eine Zigarette angezündet hatte, die irgendwie zwischen seine Lippen gekommen war. Er inhalierte den Rauch, merkte, daß seine Hand zitterte und daß ihm der Schweiß aus sämtlichen Poren drang, als er dastand und über den weiten Hof schaute.

Roegs Sicherheitsleute waren nirgends zu sehen. Der Vanden

Plas war sechs Meter entfernt, dort, wo der Waldrand an das Pflaster grenzte. Ein Laternenpfahl stand etwas seitlich neben dem Wagen. Haydon zog noch ein paarmal an seiner Zigarette, warf sie dann zu Boden, trat sie aus und ging auf den Wagen zu. Dann schaute er zu der Lampe hinauf. Der leuchtende Ball war fast verborgen in einem Schwarm von nächtlichen Insekten, die die Hitze im Inneren des Glases suchten und mit dem wilden Flattern ihrer Flügel bläulichen Staub rings um das Licht verteilten.

Niemand kam, um Haydon in seinen Wagen zu helfen; niemand stand dort, wo die Auffahrt in den Wald einbog, niemand winkte ihm zu, als er durch die bereits geöffneten Tore fuhr und in der Dunkelheit verschwand.

Haydon hatte vergessen, ein Handfunkgerät mitzunehmen, wie er es Mooney versprochen hatte, und es dauerte ein paar Minuten, bis er das rote Blinklicht an seinem Piepser bemerkte, den er in dem Konsolenfach zwischen den Sitzen liegengelassen hatte. Er schaute auf die Uhr. Bei Roeg war er etwas länger als eine Stunde gewesen. Es war fast Mitternacht.

Er hielt an einer Tankstelle und rief von einem öffentlichen Telephon aus in der Zentrale an.

Für ihn waren zwei Nachrichten hinterlassen worden. Ed Mooney wartete auf ihn bei ›Primo's‹. Anrufen oder hinkommen. Pete Lapierre bat ihn, die Nummer einer anderen Telephonzelle anzurufen. Haydon hängte ein und rief als erstes Mooney an.

Die Kassiererin im ›Primo's‹ legte den Hörer neben die Kasse und ließ Mooney ausrufen. Haydon hörte zu, wie sie sich mit den zahlenden Gästen unterhielt, hörte das Klingeln der Registrierkasse, das Klimpern, wenn sie Wechselgeld abzählte. Dann nahm Mooney den Hörer auf.

»Bei mir gibt's nichts zu berichten«, sagte er. »Lam war unterwegs und wird erst nach Mitternacht erwartet. Ein Junge war da, ungefähr zehn Jahre alt. Ich sagte ihm, daß ich ein Freund von Mr. Hoang bin, daß ich ihn seit langem nicht gesehen habe und ihn überraschen wollte. Ich versprach ihm zwei Dollar, wenn er ihm nicht sagt, daß ich nach ihm gefragt habe.«

»Aber der Junge wußte nicht, wohin er gegangen ist?«

»Nein, er hatte keine Ahnung. Und was war mit Ihrer Sache?«

»Das erzähle ich Ihnen, wenn ich bei Ihnen bin.«

»Haben Sie schon mit Pete gesprochen?«

»Ich rufe ihn jetzt gleich an. Schätze, ich bin in zwanzig Minuten im ›Primo's‹.«

Haydon hängte ein und rief dann die Nummer an, die Lapierre bei der Zentrale hinterlassen hatte.

»Pete Lapierre.«

»Haydon hier.«

»Ich habe einen Volltreffer, Stuart. Wir sind Toy bei seinem Versteck zuvorgekommen, aber keine Aufregung: Es waren keine Videobänder drinnen. Statt dessen habe ich zwei falsche Ausweise gefunden. Haben Sie einen Bleistift? Zwei Reisepässe und zwei Führerscheine des Staates Kalifornien, jeweils einer auf den Namen Richard M. Kaun und einer auf den Namen Richard K. Malik. Mit seinem Photo auf allen vier Dokumenten. Und zwölfhundert Dollar in Hundertern, Fünfzigern und Zwanzigern. Ich würde sagen, wir haben damit seine Bewegungsfähigkeit stark eingeschränkt.«

»Hervorragend. Wo sind Sie jetzt?«

»In einer Drogerie, die rund um die Uhr geöffnet hat. Ich kann den Eingang zur Sicherheitsfirma von hier aus sehen und habe eine zusätzliche Einheit um die Ecke stationiert.«

»Sie sollten die Aliasnamen an jemanden im Büro durchgeben, damit sie Fluggesellschaften, Mietwagenfirmen und alles andere überprüfen können. Und morgen früh muß man alle Banken überprüfen, mit den drei Namen. Bob wollte uns in dem Punkt behilflich sein.«

»Ich habe es schon durchgegeben. Soll ich an der Sache dranbleiben?«

»Ja. Es besteht eine Chance, daß Toy versucht, diese Dinge abzuholen. Wenn er es nicht schafft, geht es ihm schlecht.«

»Und wie war es bei Ihnen?«

Haydon berichtete ihm, was geschehen war. »Ich treffe jetzt Ed, dann versuchen wir, Hoang zu erreichen. Lassen Sie es uns wissen, wenn sich bei Ihnen etwas ereignet.«

Er war nur zwanzig Blocks von ›Primo's‹ entfernt, einem kleinen Tex-Mex-Restaurant am Rande des Zentrums, in dem es die besten Hühner-Enchiladas und die beste Guacamole der Stadt gab. Mooney hatte von beidem eine Portion vor sich stehen, als Haydon zu ihm an den kleinen Ecktisch trat. Haydon bestellte sich eine Guacamole und eine Tasse Kaffee. Er rieb sich die Augen, die zu brennen begannen, und informierte Mooney über die neuesten Ereignisse.

»Das Gespräch mit Roeg war längst fällig«, sagte er und gab eine Menge Sahne in seinen Kaffee. »Ich wollte, ich hätte früher mit ihm gesprochen. Es hätte vielleicht etwas in Gang gesetzt.«

»Das ist eine unheimliche Geschichte, Stuart«, sagte Mooney. Er knabberte an den Tostadas. Haydon fand, daß sein Sonnenbrand schlimmer geworden war. »Höchste Zeit, daß diese Kerle auffliegen. Glaubt Roeg, wir wissen mehr, als es der Fall ist?«

»Ich nehme es an. Das heißt, ich hoffe es.«

»Und sichert uns das einen Vorteil?«

»Ich hoffe, er wird seine Suche nach Toy verstärken. Und dabei ist die Chance groß, daß er einen Fehler macht. Vielleicht bietet er uns sogar eine Möglichkeit zum Eingreifen.«

»Meinen Sie?«

»Irgendwie muß es ja dazu kommen.«

»Ich möchte dieses Videoband sehen. Glauben Sie, es wird Roeg aus seiner Sicherheit katapultieren? Glauben Sie, daß es wirklich eine große Sache ist?«

Haydon nickte. Er kippte den Kaffee hinunter und gab dem Kellner ein Zeichen zum Nachfüllen. Er trank den Kaffee wie Medizin, brauchte das Koffein, um seine nachlassende Energie zu stärken.

»Wo wohnt denn Hoang?«

»Am Allen Parkway.«

Haydon begann seine Guacamole zu essen und dippte dabei die Salatcreme mit den Chips aus dem Körbchen mit den frischen Tostadas. Als er fertig war, ließ er sich noch Kaffee nachschenken und rauchte zwei Zigaretten. Zeit töten. Als es fast ein Uhr war, verließen sie das Lokal.

40

Haydon ließ den Vanden Plas stehen und fuhr mit Mooney in dem neutralen Dienstwagen.

Mooney hielt in der Nähe vom Allen am Randstein.

»Von hier aus gehen wir besser zu Fuß«, sagte er.

Sie stiegen aus, schlossen den Wagen ab und gingen über eine mit Schlaglöchern übersäte Straße, die zugleich als Parkplatz und als Gehsteig diente. Die Türen und Fenster der Apartments standen offen, und das Aroma der asiatischen Küche trieb in der klebrigen Nachtluft dahin, zusammen mit den Lauten der gelispelten, einsilbigen vietnamesischen Dialekte. In den Lichtschäften, die aus den Türen fielen, sah Haydon, daß einige der nackten Vorgärten in kleine Gemüsegärtchen verwandelt worden waren, und ihre ordentlichen Pflanzenreihen zeigten eine gesunde Ordnung in der traurigen Unordnung der verfallenen Häuser.

Sie kamen an zwei Jungen vorbei, die rauchend auf der Motorhaube eines Wagens saßen, und gingen durch einen Garten zwischen zwei Häusern, um den Weg abzukürzen. Dabei kamen sie an einem kaputten Kühlschrank vorbei; Mooney duckte sich unter einer Wäscheleine und ging auf eine ausgefranste Fliegengittertür zu. Dahinter spielte ein Radio, und Dolly Parton und Kenny Rogers sangen *›Island in the Stream‹*.

Mooney klopfte an den Türrahmen. Ein kleiner Junge kam aus dem dämmerigen Inneren.

»Hey, Buddy – erinnerst du dich?« fragte Mooney und bückte sich hinunter. Der Junge grinste breit. »Ist dein Vater jetzt da?« Der Junge nickte und verschwand. »Ich weiß gar nicht, ob der Kerl sein Daddy ist oder nicht«, sagte Mooney leise nebenbei.

Ein Mann erschien an der Tür.

»Hoang Lam?« fragte Mooney. Der Mann nickte. »Gut, gut«, sagte Mooney und grinste. »Ich bin ein Freund von Ricky. Er sollte mich heute abend in einem Taxi treffen, aber er ist nicht aufgetaucht. Jemand hat mir gesagt, daß das Taxi Ihnen gehört und daß Sie vielleicht wissen, wohin Ricky gefahren ist.«

Der Mann schaute Mooney nüchtern an. Der kleine Junge kam wieder, stellte sich neben ihn, und der Mann legte seinen Arm um den Hals des Jungen.

»Warum wollen Sie mich reinlegen?« fragte Hoang. »Ich habe nichts von der Polizei zu fürchten.«

Selbst im schwachen Licht sah Haydon, wie peinlich Mooney die Szene war.

Mooney nahm seine Plakette heraus und zeigte sie dem Mann. »Okay, Sie haben gewonnen. Wie haben Sie erkannt, daß ich von der Polizei bin?«

Der Mann hob die Schultern, ließ sie wieder sinken. Dazu lächelte er schwach.

»Sie suchen Mr. Toy? Er hat mein Taxi. Das ist alles, was ich weiß.«

Haydon ging zu der kleinen Veranda und hielt ihm ebenfalls seine Plakette hin. »Ich bin auch von der Polizei, Detective Haydon, Mr. Hoang. Warum fährt Mr. Toy Ihr Taxi?«

Hoang öffnete die Gittertür ein wenig weiter und schaute den Innenhof hinauf und hinunter.

»Kommen Sie bitte herein, Sirs«, sagte er dann und sprach ein paar scharfe Worte zu dem kleinen Jungen, der hineinrannte und das Radio ausschaltete. Der Raum hatte einen nackten Estrich, auf dem ein Sofa und zwei Holzstühle standen. Auf der einen Seite lag eine rote Matte, und davor standen mehrere umgedrehte Farbeimer, die als zusätzliche Stühle dienten. Ein handgemaltes Bild einer tropischen Mondlichtszene hing über dem Sofa – klein und verloren auf der nackten Wand.

Hoang deutete Haydon und Mooney an, sie sollten sich auf die Holzstühle setzen. Er selbst setzte sich auf das Sofa, auf die Kante, und sein kleiner Junge stand neben ihm und hatte die dunklen Augen auf Mooney gerichtet.

»Wir sind jetzt sehr arm«, sagte Hoang beiläufig. »Aber wir arbeiten schwer, und alles ist okay. Wir werden nicht immer arm sein.«

Mooney rutschte auf seinem Stuhl hin und her.

»Die Mitglieder meiner Familie wollen gute Houstoner Bürger sein. Wir wollen der Polizei helfen. Aber wir müssen vorsichtig sein. Ist mein Freund Mr. Toy in Schwierigkeiten?«

»Wir glauben, daß sein Leben in Gefahr sein könnte«, sagte Haydon. »Er ist außerdem verschwunden. Wir versuchen, ihn zu finden.«

Hoang nickte ernst und schaute sie an.

»Wieso hat er Ihr Taxi?« wiederholte Haydon.

»Das Taxi gehört mir und meinen Brüdern Danh und Du. Wir fahren es abwechselnd, jeder für acht Stunden. Das Taxi steht nie still. Das ist sehr gut. Ricky To hat mich gefragt, ob er mein Taxi für heute nacht haben kann. Er zahlt mehr Dollars, als ich mit Fahren mache. Das ist alles.«

»Wann hat Mr. Toy Ihr Taxi abgeholt?«

»Eine seiner Freundinnen ist gekommen und ist damit weggefahren, ungefähr um drei Uhr.«

»Wie hat sie geheißen?«

»Yue.«

»Haben Sie mit ihr gesprochen?«

»O ja.«

»Sie hat aber nicht gesagt, was sie mit dem Taxi vorhat?« fragte Mooney.

»Nein.«

»Wo waren Sie heute abend?«

Hoang schaute Mooney neugierig an, bevor er antwortete.

»Ich habe einen Wagen ausgeliehen, um meinen Sohn und eine Freundin in ein Chinatown-Kino zu fahren.«

»Seit wann kennen Sie Mr. Toy?« fragte Haydon.

Hoang riß die Augen auf, während er nachdachte, und schaute dabei durch die Gittertür ins Leere. »Ein Jahr.«

»Wie haben Sie ihn kennengelernt?«

»Er ist auf dem Flughafen Hobby in mein Taxi eingestiegen. Er sieht, daß ich Vietnamese bin. Sagt mir, daß er oft dort gewesen ist, in Vietnam. Wir stellen fest, daß wir manchmal zur gleichen Zeit am gleichen Ort waren. Das hat uns das Gefühl der Freundschaft gegeben. Wir haben lange miteinander geredet. Jetzt ruft er immer mich an, wenn er ein Taxi braucht.«

»Wie oft ist das der Fall?«

Hoang lächelte. »Mr. Toy braucht kein Taxi. Er hat zwei sehr gute Wagen. Aber manchmal nimmt er ein Taxi, ich glaube, um mir Arbeit zu geben.«

»Wohin bringen Sie ihn dann?« fragte Mooney.

»Ach, vielleicht nach Chinatown.« Hoang war zurückhaltend, und seine Blicke drifteten wieder ins Leere.

»Wohin in Chinatown?«

»Mal hier, mal da. Zum Essen. Und zu anderen Dingen.«

»Geht Ricky Toy dort in die illegalen Spielklubs?«

Hoang zog die Augenbrauen hoch, ohne die beiden anzusehen. »Ich glaube, ja«, sagte er leise.

»Fährt er allein hin?«

Hoang wurde die Befragung immer unangenehmer.

»Manchmal«, sagte er.

»Kommen die Mädchen mit ihm?«

Hoang zog die Schultern hoch, ein halbes Achselzucken.

»Manchmal«, sagte er.

»Beide Mädchen?«

Diesmal schaute Hoang sie nur an, ohne eine Reaktion zu zeigen; er schien höflich auf die nächste Frage zu warten.

»Haben Sie ihn jemals mit einem Anglo, einem Weißen gesehen, ich meine, mit jemandem, der nicht aus Asien stammte?«

Hoang schüttelte den Kopf.

»Wann haben Sie ihn zuletzt gefahren?« fragte Haydon.

»Vor einer Woche. Ja.«

»Und wohin haben Sie ihn gebracht?«

»Chinatown.«

»Wohin in Chinatown?«

Hoang schüttelte den Kopf. »In kein Lokal.«

»War es ein altes Gebäude? Vielleicht ein Lagerhaus?«

Hoang nickte. »Ich glaube ja.«

»War Toy allein?«

»Nein.«

»Wer war bei ihm?«

»Eines seiner Mädchen.«

»Hatte er Kameras bei sich?« fragte Haydon.

Hoangs Augenbrauen fuhren wieder in die Höhe. »O ja.«

»Erinnern Sie sich, wohin Sie ihn gefahren haben, Mr. Hoang? Können Sie die Stelle wiederfinden?«

»Ich glaube.«

»Können Sie uns dort hinbringen?«

»Heute abend?«

»Jetzt gleich.«

Hoang überlegte einen Moment, dann sagte er: »Entschuldigen Sie mich.« Er stand auf und verließ den Raum. Mooney nahm rasch seine Brieftasche heraus und aus dieser zwei Dollar, die er dem Jungen reichte. Er zwinkerte mit den Augen. Der Junge nahm das Geld und schaute ihn an, ohne seine Miene zu verziehen, als rechnete er damit, daß es noch einen Pferdefuß an der Sache gäbe, den er nicht kannte, und daß Mooney aus irgendeinem Grund das Geld zurückfordern könnte.

»Es ist sehr okay«, sagte Hoang, als er wieder hereinkam. Er hatte jedoch einen besorgten Ausdruck auf dem Gesicht, so als ob gar nicht alles okay wäre.

Sie fuhren durch die Dallas Street und dann über die Südspitze des Zentrums auf der Clay, bis sie unter dem Highway 59 hindurchkamen und in Chinatown waren.

Es gab drei zweispurige Gleise, umgeben von Lagerhäusern in dem Gebiet zwischen der Clay Street, der Dowling Street und der Schnellstraße. Als Hoang vor der Frage stand, welches von zwei Lagerhäusern es gewesen sein konnte, war er zunächst nicht ganz sicher, zu welchem sich Toy hatte fahren lassen. Sie mußten um beide herumfahren, bis Hoang irgend etwas wiedererkannte und Mooney von der Straße auf eine mit Muschelsplit bedeckte Zufahrt eines Backstein-Lagerhauses abbiegen ließ. Es schien verlassen zu sein, befand sich aber direkt gegenüber einer der Laderampen, die jedes der drei Gleise flankierten. Nach einem Blick durch die Windschutzscheibe vom Rücksitz aus erklärte Hoang, er sei ganz sicher, daß es hier gewesen sei.

Haydon und Mooney nahmen ihre Taschenlampen unter den Sitzen hervor, und die drei Männer stiegen aus dem Wagen und sperrten ihn ab. Haydon und Hoang gingen zum Vordereingang, während Mooney um das Gebäude herumging, um zu sehen, ob es auf der Rückseite irgend etwas Verdächtiges gab. Als er zum Vordereingang zurückkam, hatte Haydon eine Brechstange aus dem Werkzeug des Wagens geholt und hebelte damit das Vorhängeschloß auf, das durch die Metallschlaufe über dem Türknopf gezogen war. Er stieß die Tür auf, und sie gingen hinein.

Es war dunkel, außer einem von Spinnweben gedämpften Schimmer, der durch eine Reihe kleiner, verrußter Fenster auf beiden Seiten unterhalb des Dachs des riesigen Lagerhauses hereinfiel. Das flache Teerdach des Gebäudes hatte die tödlichen Temperaturen des langen Sonnentages gespeichert, und die Hitze im Inneren des Lagerhauses war erstickend. Es roch nach dem Holz der Stützbalken und Transportkisten, nach altem Mörtel, vergilbten Zeitungen und noch etwas anderem.

Haydon richtete seine Taschenlampe nach oben, auf die nackte Glühbirne, die an einem Draht nach unten hing. Daneben war eine Schnur angebracht; er langte nach oben und zog daran, und ein schwacher, gelblicher Schein fiel auf ihre Gesichter und auf die Stapel und Reihen von Holzkisten und Packkartons. Schatten zitterten hin und her von der schwingenden Glühbirne.

Mooney schaute sich um und ging dann fünf oder sechs Schritte vom Licht weg. Er drehte sich um und schaute zurück.

»Verdammt, Stuart. Hier ist es.«

Die Reihen der Packkisten bildeten einen unregelmäßigen Durchgang in Richtung auf den Mittelpunkt des Lagerhauses. Das schwache Licht der nackten Glühbirne reichte nicht sehr weit. Haydon schaltete wieder seine Taschenlampe ein und ging auf den Korridor zu. An einigen Stellen zweigten kurze, schmale Gänge ab, aber sie waren viel zu eng und unbequem, als daß sich ein halbes Dutzend Männer dort hätte hindurchzwängen können. Haydon blieb also beim breiteren Durchgang, der sich mehrmals wand und die Richtung änderte. Da der Boden des Lagerhauses völlig mit Stapeln von Packkisten belegt war, die weit über seinen Kopf nach oben reichten, konnte Haydon seinen jeweiligen Standort in dem Gebäude nur ermitteln, wenn er das Licht an die Decke richtete. Hier und da kam er an Abfallhaufen vorbei, wo es stark und stechend nach Urin stank; offenbar hatte ein ›Durchreisender‹ hier ein Bett für die Nacht gefunden. Je tiefer sie in das Gewirr von Gängen kamen, desto mehr verstärkte sich die Hitze. Der Schweiß durchtränkte ihre Kleidung.

Sie hörten das Geräusch, bevor sie die freie Stelle erreichten. Es war erst nur ein entferntes Flüstern, fast nur die Erinnerung an ein Geräusch, aber sie hatten es alle gehört. Als sie weitergingen und sich, ohne daß sie es wußten, dem Ziel ihrer Suche näherten, wurde das Geräusch immer stärker, wie die Vibrationen von einer Million kleiner Flügel.

Sie kamen um die Ecke, als Haydon den Geruch identifizierte.

»Blut«, sagte er, und ihre Taschenlampen beleuchteten eine offene Fläche, auf der ein unbeschreibliches Blutbad stattgefunden haben mußte. Ganze Schwaden getrockneten Bluts, über das Schwärme schwarzer Fliegen hergefallen waren, sich übereinander schiebend und drängend, um zu der Stelle zu kommen. Haydon hatte nie zuvor soviel getrocknetes Blut gesehen, auf dem Boden und auf den Packkisten, die die drei Seiten des Korridor-Endes in der Mitte des Lagerhauses bildeten. Inmitten dieser Fläche war der Gestank unerträglich.

»Jesus Christus«, sagte Mooney. »Ich kann es nicht glauben.«

Haydon ging weiter hinein. Ein Teil des Blutes war alt und geschwärzt; das verschmähten die Fliegen. Aber in anderen Gegenden, vor allem auf dem Betonboden, waren solche Mengen davon vergossen worden, daß die Pfützen zwar in der Hitze des Lagerhauses getrocknet, aber für die Fliegen noch so attraktiv waren, daß sie dort ihre Eier ablegen konnten. Ein wimmelnder Haufen wächserner Maden arbeitete hinter der Kruste aus glänzenden, schwarzen Fliegen.

»Was, um alles in der Welt, ist hier geschehen?« fragte Mooney. Er hatte ein Taschentuch herausgenommen und hielt es sich vor Mund und Nase.

Haydon richtete den Strahl seiner Taschenlampe auf die entgegengesetzte Seite der freien Fläche und schwenkte dann langsam im Kreis; dabei folgte er der Kante, wo die Kisten auf dem Boden standen. Der Lichtstrahl hatte den Halbkreis etwa zur Hälfte ausgeleuchtet, als Haydon ein kleiner Gegenstand auffiel, und er richtete seine Taschenlampe darauf.

»Was ist das?« fragte Mooney. Er ging an Haydon vorbei in Richtung auf den Gegenstand; dabei achtete er nicht auf das getrocknete Blut des Betonbodens. Ohne zu denken, bückte er sich und langte danach, um ihn aufzuheben. Noch während er sich bückte und dem Gegenstand näherte, stieß er einen Schrei des Entsetzens aus, fuhr zurück, rutschte aus und stürzte gegen die Kisten. Bevor er wieder stand, würgte er, hustete, kam an Haydon vorbei und versuchte, von der freien Fläche wegzukommen.

»Nase«, sagte er mit erstickter Stimme. »Eine Nase!« Er drängte sich vorbei an Haydon und dem überraschten Hoang. Dann hörten sie, wie er sich in der Dunkelheit der Gänge hinter ihnen übergab.

Haydon betrachtete das schwarze Objekt in der Mitte seines Lichtstrahls und beobachtete mit klinischer Objektivität, wie ein kalter Luftzug zwischen seinen Schulterblättern einsetzte und an den Seiten seines Halses nach oben stieg.

41

Ein halbes Dutzend Funkstreifenwagen parkten kreuz und quer auf der Zufahrt aus Muschelsplit, zusammen mit dem Lastwagen des Labors, einem Kastenwagen von der Technik, der die riesigen Ventilatoren und Scheinwerfer sowie die dafür nötigen Elektrokabel gebracht hatte, einem Kastenwagen des Veterinärs und zwei neutralen Wagen der Polizei, mit denen Dystal und

Captain Mercer hergekommen waren. Auch die Ü- und die Lieferwagen der Presse waren da, und ihre Teams wurden von der Polizei zurückgedrängt. Und die Leute. Mengen von Zuschauern standen auf den Gleisen, den Laderampen, in den Schilfstreifen und am Rand der Straße.

Jemand hatte schließlich den Schalter entdeckt, mit dem man die sechs kleinen Lichter an der Decke des Lagerhauses einschalten konnte, aber da die Stapel der Kisten so hoch waren, brachte das Licht unten auf dem Boden wenig Effekt. Mehreren Teams von uniformierten Beamten war die Aufgabe übertragen worden, auf die Berge von Kisten zu klettern und die Fenster entlang den Wänden unter der Decke entweder zu öffnen oder einzuschlagen. Gleich danach hallte das Geräusch von splitterndem Glas zwischen den Reihen der Lagerhäuser wider.

Erst wurden die Scheinwerfer hereingebracht, die den Weg zu der blutigen Fläche im Mittelpunkt des Lagerhauses beleuchteten und auf das getrocknete Blut schienen. Die Techniker von der Montageabteilung, die die elektrischen Kabel legten und die Scheinwerfer montierten, lösten sich bei der Arbeit ab und gingen zwischendurch immer wieder hinaus, um frische Luft zu schöpfen. Danach wurden die riesigen Ventilatoren aufgebaut. Die Hitze hatte schon ein wenig nachgelassen; inzwischen herrschte ein natürlicher Luftzug durch die zerbrochenen oder geöffneten Fenster nahe der Decke, doch die Ziegel des Lagerhauses hatten so lange die Sommerhitze in sich aufgesogen, daß sie so etwas wie Fiebertemperaturen erreicht hatten, als wäre das Gebäude ein lebender, aber kranker Riese.

Als die Scheinwerfer und die Ventilatoren montiert waren, verließen alle das Gebäude, und der Veterinär machte sich an seine Aufgabe. Er trug eine Gasmaske und auf dem Rücken einen Tank mit einem Mittel, das die Insekten zwar vertreiben, aber nicht töten sollte. Wenn die Fliegen drinnen umkamen, gab es für die Techniker des Labors nichts mehr zu tun. Der Veterinär wurde von einer Assistentin begleitet, ebenfalls mit Gasmaske, eine junge Frau, der die Jeans wie eine zweite Haut paßte.

Draußen wartete alles in tiefem Schweigen: der grauhaarige

Captain Mercer, Dystal, der nüchtern aussah, nachdem er aus einem gesunden Schlaf geweckt worden war und sich fragte, was, zum Teufel, das alles mit dem Fall zu tun hatte, und Haydon und Mooney, blaß, aber einigermaßen erholt. Es gab nicht viel zu sagen, bis man wußte, was dort drinnen wirklich zu finden war. Aber allen war klar, daß sie eine ganz besondere Art von Schlachthaus entdeckt hatten.

Plötzlich entstand ein deutliches Dröhnen, und dann hörten sie, wie die Ventilatoren eingeschaltet wurden.

»Scheiße, schau dir das an«, sagte ein Polizeibeamter.

Die Scheinwerfer der Fernsehkameras wurden eingeschaltet und richteten sich auf die Fenster des Lagerhauses, wo dunkle Wolken von Fliegen herausdrängten, in gewaltigen Wellen, fett und vollgefressen von dem Blut, das sie da drinnen vorgefunden hatten. Sie drängten länger und in größeren Scharen heraus, als man gedacht hatte.

Nach einer Weile ließ die Welle der fliehenden Insekten nach, aber noch immer umschwärmten sie in unzähligen Mengen die Fenster, wollten wieder hinein, wurden aber von dem Gift, das dort gesprüht wurde, zurückgedrängt. Schließlich kamen der Veterinär und seine Assistentin heraus und nahmen die Gasmasken ab. Dann stellten sie ihr Gerät ab und gingen auf Haydon zu.

»Okay, jetzt sind Sie dran. Ich bleibe noch in der Nähe und sprühe vielleicht noch mal was von dem Zeug, falls nötig. Wenn Sie mit allem fertig sind, sollten Sie vielleicht die Gesundheitsbehörde verständigen. Die muß unbedingt herkommen und das Lagerhaus desinfizieren. Das Ganze hier ist ein gewaltiges Gesundheitsrisiko.«

Mooney ging hinüber und sagte den Labortechnikern, daß sie jetzt anfangen konnten, und erinnerte sie daran, daß Haydon viele Photos brauchte. Mercer fuhr nach Hause und sagte, er erwarte einen Bericht am folgenden Morgen, und Dystal schickte ein paar Wachleute in eine Imbißbude in der Nähe und ließ Kaffee und Krapfen bringen. Dann setzte er sich in den geöffneten Wagen, hatte die Füße draußen auf dem Boden und trank einen Becher Kaffee.

Um zwei Uhr dreißig kam ein Labortechniker aus dem Lagerhaus und trat zur Seite, um sich zu übergeben. Niemand sagte ein Wort oder trat zu ihm hin, um zu helfen. Nach einer Weile ging er wieder hinein.

Kurz nach drei kamen zwei Labortechniker heraus, Jake Klein, der Leiter des Teams, und Dorothy Lea, die in beiden Händen mehrere Plastikbeutel trug. Sie schauten sich um und kamen dann auf Haydon zu, der sich ihnen bereits näherte.

Klein arbeitete seit fünfzehn Jahren beim Polizeilabor, und nichts, was er sah, konnte ihn überraschen. Für ihn waren die Tatorte von Verbrechen Variationen eines Themas, und das Thema war so alt, daß sich die Variationen stets wiederholten. Klein sah nicht allzu intelligent aus. Seine Augen wirkten ein bißchen irre und lauerten hinter einer Brille mit Plastikrahmen, der sich an den äußeren Ecken ein wenig nach oben zog. Sein langes Gesicht war immer unrasiert, und er trug mit Vorliebe Nylonhemden, die so dünn waren, daß das schwarze Haar, das seinen Rücken und die Brust bedeckte, deutlich zu sehen war. Er roch immer nach starkem, abgestandenem Tabak.

»Haben Sie eine Zigarette?« fragte er Haydon.

Haydon gab ihm eine, bot auch der Lea eine an und nahm schließlich selbst eine aus dem Päckchen.

»Es scheint verschieden altes Blut zu sein«, sagte Klein. »Aber es ist schwer zu sagen. Manches scheint älter, vielleicht eine Woche. Einiges nur ein paar Tage. Es ist so viel, daß man es schwer sagen kann. Entweder sind da viele Leute gestorben, oder ein paar, die sich gewehrt haben bis zuletzt. Darauf deutet die Menge des Blutes hin. Wir haben Dutzende von Proben genommen. Das Zeug, das sich gemischt hat, wird uns nicht viel nützen. Hoffentlich haben wir auch Spritzer dabei, die nicht mit anderem Blut gemischt sind.«

Er zupfte sich geistesabwesend ein Haar aus dem Nasenloch. Dann wandte er sich an die Frau, nahm ihr die Plastikbeutel ab und legte sie in den Kofferraum seines Wagens. Dystal und Mooney waren herbeigekommen, und Mooney hatte sie mit seiner Taschenlampe angeleuchtet.

»Die Maden haben das meiste gefressen.« Er nahm einen Beutel heraus, der ein kurzes Stück knorpeliges Material enthielt. »Das ist ein kleiner Finger einer linken Hand. Es ist gerade noch genügend Fleisch übrig, daß das Ganze zusammenhält. Er ist abgeschnitten worden, oder eher abgehackt.« Er nahm einen anderen Beutel mit etwas Schwarzem, Geschrumpftem. »Eine Nase. Vermutlich männlich. Ein ganzes linkes Nasenloch, aber ein Teil des rechten fehlt.« Ein anderer Beutel mit einem konkaven Knochenfragment von der Größe eines Vierteldollars: »Wissen Sie, ich halte das für ein Stück Kniescheibe. Und hier ist noch das Stück von einem Finger, nur ein Gelenk. Ein Zahn. Ein kleines Fetzchen vom Skalp, negroid. Ich habe auch mehrere Gewebemuster. Dann einige negroide Haarmuster. Etwas Sägemehl. Und das ist ungefähr alles.«

»Wonach sieht das in Ihren Augen aus, Jake?« fragte Haydon.

Klein zuckte mit den Schultern. »Es sieht so aus, als ob da jemand regelrecht geschlachtet worden wäre. Einer oder wahrscheinlich mehrere Schwarze.«

In einer weiteren halben Stunde waren alle fertig, und Haydon, Dystal und Mooney begaben sich noch einmal hinein. Sie gingen die freie Fläche am Ende des Korridors zwischen den Kisten ab und versuchten, sich etwas aus den Blutspritzern zusammenzureimen, die an den Seiten der Holzkisten nach oben gerichtet waren. Dickbäuchige Fliegen taumelten in der Luft unter dem hellen Licht, stießen dabei immer wieder gegen die drei Männer, die um die ekelerregenden Haufen in der Mitte herumgingen, wo die Maden sich in der Hitze der Scheinwerfer krümmten und wanden.

Als sie zur rechten Seite des Eingangs auf die offene Fläche kamen, blieb Haydon stehen. Er erinnerte sich aus Toys Band, daß alle Männer sich auf dieser Seite aufgestellt hatten. Dabei stellte er fest, daß auf eine Strecke von ein paar Metern die Türme der Kisten niedriger waren und in einem regelmäßigen Halbrund angeordnet waren.

»Ed, sehen Sie sich das hier an. An was erinnert Sie das?« Die drei Männer betrachteten die Anordnung der Kisten.

»Verdammt, die Tribüne!« sagte Dystal. »Die Kerle haben hier gesessen und zugeschaut.«

»Aber was haben sie gesehen?«

»Wie Klein sagte: Sie haben beobachtet, wie jemand geschlachtet wurde.«

Sie standen am Rand der Kisten zwischen dem Blut und den Sitzen, der ›Tribüne‹.

»Und das Licht?« fragte Mooney.

Haydon blickte nach oben. »Nur dieses hier«, sagte er. Eine der sechs Deckenlampen war genau über der freien Fläche installiert.

»Es ist schwer zu glauben«, sagte Mooney. Er verscheuchte die Fliegen. »Ein paar Verrückte schlachten hier ein paar Menschen, und diese Männer haben dagesessen und zugeschaut.«

»Wir werden morgen jeden einzelnen von ihnen verhaften«, erklärte Haydon. »Wir bringen sie ins Präsidium. Keiner von ihnen kommt frei, bevor wir wissen, was hier geschehen ist. Auch Roeg. Alle.«

Haydon hatte wieder zu zittern begonnen. Er wußte, daß Dystal ihn beobachtete.

Jemand kam durch den Gang in den Schein der hellen Lichter. Es war ein uniformierter Beamter.

»Detective Mooney? Für Sie ist ein Anruf draußen im Wagen, Sir.«

Sie folgten alle dem Uniformierten, waren froh, hinausgehen zu können, wo selbst die feucht-schmierige Julinacht angenehm schien im Vergleich zu der Atmosphäre in dem Lagerhaus.

Mooney ging mit dem Uniformierten zu einem Streifenwagen, sprach eine Minute und kam dann mit entschlossenen Schritten zurück.

»Sie werden es nicht glauben. Langer und Jennifer Quinn sind gefunden worden. Erschossen, drüben im Memorial Park.«

Es war vier Uhr, noch Nacht und doch schon Morgen, als Haydons Knochen sich wie Blei anfühlten und er sich danach sehnte, die Sonne am Himmel zu sehen, um zu wissen, daß diese unendlich grauenvolle Nacht zu Ende war. Aber sie war noch nicht zu Ende.

Ihre Wagen parkten nebeneinander. So hatte die Parkpolizei sie gefunden. Sie saßen beide im Lincoln, der Motor lief und die Klimaanlage war auf volle Kraft gestellt. Die Parkpolizei hatte nichts berührt. Als sie in das Fenster geschaut hatten, gaben sie es per Funk durch und ließen die Zulassungsnummern der Wagen überprüfen.

Die Quinn saß mit dem Rücken zur Beifahrertür und schaute zu Langer hinüber; sie hatte ein Loch oben an der Stirn. Das austretende Geschoß hatte Blut und Glassplitter bis auf den Asphalt des Parkplatzes und auf die weiße Flanke ihres Porsches geschleudert. Sie sah aus, als ob sie schlafe, und ihre Hände lagen auf dem Schoß ihres smaragdgrünen Kleids.

Langer war zwischen Lenkrad und Tür eingeklemmt. Er hatte die Quinn angeschaut. Seine Einschußwunde war genau an der Schläfe, wobei die austretende Kugel die Windschutzscheibe zerfetzt hatte. Er hielt noch den 38er Charter Arms in der Hand, und die Wucht des Rückstoßes hatte seinen Arm nach hinten gerissen, so daß er jetzt auf seinem Schenkel lag.

Die Hilfsscheinwerfer der Funkstreifeneinheit erhellten den Wald, als Haydon, Mooney und Dystal um den Wagen auf dem leeren Parkplatz herumgingen. Nach einer Minute nahm Haydon das Brecheisen aus dem Polizeiwagen und schlug damit das Fenster der hinteren Tür auf Langers Seite ein. Er langte hinein und drückte auf den Knopf der automatischen Verriegelung. Dann öffnete er die Fahrertür, vorsichtig, damit Langers Leichnam nicht herausglitt, während Mooney über den Toten hinweglangte und den Motor abschaltete.

Sie traten ein paar Schritte zurück und betrachteten den großen Lincoln. Er erinnerte Haydon an einen Leichenwagen aus dem neunzehnten Jahrhundert mit Fenstern. Dann betrachtete er den schlafenden Langer und die schlafende Quinn. Tragische Liebende? Romeo und Julia? Antonius und Cleopatra? Tristan und Isolde? David und Bethseba, Lancelot und Guinevere, Orpheus und Eurydike, Bill und Jennifer? Nein, das war nicht ihr

Niveau, nicht einmal annähernd. Es war jämmerlich und geschmacklos. Ein schlechtes Ende.

»Haben Sie das Labor angerufen?« fragte Haydon.

Mooney nickte. »Und die Leute des Coroners.«

»Hat sich jemand mit Pete in Verbindung gesetzt?«

»Ich habe die Einheit angerufen, die bei ihm um die Ecke wartet«, sagte Dystal. »Bis jetzt hat sich nichts getan. Wahrscheinlich ist Toy verscheucht worden. Er ist nicht ganz so begriffsstutzig wie diese Helden da. Er denkt nicht daran, den Köder mitsamt dem Haken zu schlucken wie sie.«

»Dann schicken wir Pete doch nach Hause«, sagte Haydon. Er starrte über den Parkplatz.

»Gute Idee«, antwortete Dystal. Er warf einen Blick auf Mooney und machte eine Bewegung mit dem Kopf.

»Ich rufe ihn an«, sagte Mooney und ging zu seinem Wagen.

Nachdem Mooney außer Hörweite war, fragte Dystal leise: »Und Sie, Stu? Wie halten Sie sich? Glauben Sie, daß Sie das durchstehen?«

»Ja«, sagte Haydon. Er starrte immer noch geradeaus und dachte nach. »Wann werden wir sie morgen abholen?«

»Das liegt bei Ihnen.«

»Erst brauche ich etwas Schlaf. Und ich will dabeisein, wenn man sie ins Präsidium bringt. Sie werden nach ihren Anwälten schreien. Es wird ein echtes Tollhaus werden. Diesen Roeg möchte ich mir persönlich vorknöpfen. Wir sollten sie möglichst gleichzeitig festnehmen lassen, sonst geht uns der eine oder andere durch die Lappen.«

»Und Toy? Ich habe einen Mann eingeteilt, der gleich morgen früh die Banken überprüft.«

»Gut. Das hat Vorrang.«

Dystal fühlte sich ein wenig unbehaglich. Haydon wurde launisch. Das war gefährlich für ihn selbst, aber es störte ihn nicht bei der Arbeit. Es schien ihn sogar anzustacheln. Fast hatte es den Anschein, als ob seine emotionelle Agitation und sein Scharfsinn in einer direkten Beziehung ständen, und wenn sein Zustand in seinem empfindlichen Stadium war, dann wurde er, wie in diesem Fall, immer mutiger und entschlossener. Nach der Meinung von Dystal war er einfach hart zu sich selbst, aber er konnte sehr gut damit fertig werden.

Immerhin machte sich Dystal Sorgen, weil Haydon so rasch in seine melancholische Stimmung abglitt. Es war eben noch zu früh für ihn, und Dystal fühlte sich mehr als nur ein wenig verantwortlich für diesen Zustand. Er hatte Haydon zu seiner Arbeit zurückführen wollen, er fand, daß es Zeit war und daß es ihm guttun würde. Aber der Streß war doch um einiges größer, als Dystal erwartet hatte. Statt sich zu einem Routine-Rätsel zu entwickeln, das, wie er gehofft hatte, Haydons Interesse an der Arbeit stimulieren würde, zeigte die unerwartete Brutalität dieses Falles möglicherweise die umgekehrte Wirkung.

Dystal vergrub die Hände in den Taschen seiner ausgebeulten Hose, sog die feuchte Waldluft in großen, die Lunge aufblähenden Zügen ein und ließ sie dann langsam aus. Schließlich warf er wieder einen Blick auf Haydon. Sie warteten auf den Leichenwagen des Coroners.

42

Bob Dystal hatte sie aufmerksamerweise kurz nach Mitternacht angerufen und ihr gesagt, daß Haydon vermutlich die ganze Nacht ausbleiben würde. Er erklärte, bei Haydon sei eines zum andern gekommen, und Dystal glaube, er habe nicht einmal genug Zeit dazwischen gehabt, um sie anzurufen. Er hatte recht. Nina ging gegen eins zu Bett, nachdem sie noch etwas gelesen und alle Kanäle im Fernsehen durchgeschaut hatte, ohne etwas zu finden, was sie interessierte. Danach schlief sie unruhig, wachte einmal auf, als sie glaubte, den Vanden Plas in der Auffahrt gehört zu haben, ein andermal, als sie dachte, Haydon durch die Tür ins Haus kommen zu hören, und ein drittes Mal, als sie vermutete, er wäre im dunklen Schlafzimmer und versuche, sich auszuziehen, ohne sie zu wecken.

Dann, gegen sechs Uhr morgens, kam er wirklich nach Hause, aber sie wachte erst auf, als sie ihn in der Dusche hörte. Sie lag eine Weile wach im Bett und fragte sich, was er durchgemacht haben mochte, und konnte sich erst wieder richtig entspannen, als er aufgehört hatte, zu zucken, wie immer, wenn er an einem anstrengenden, die ganze Nacht erfordernden Fall gearbeitet hatte. Als er schließlich in einen tiefen Schlaf sank, döste auch sie wieder ein, wobei sie allerdings immer wieder aufwachte, merkte, daß der Raum von der aufgehenden Sonne erhellt wurde, die langen Morgenschatten sah und spürte, wie sich das Schlafzimmer erwärmte. Als nächstes fühlte sie Gabrielas weiche Hand, die ihren Arm berührte, und als sie die Augen aufschlug, hielt die alte Frau eine Hand ans Ohr, und ihr kleiner Finger und der Daumen stellten ein Telephon dar. Nina nickte, schlüpfte unter Haydons Arm hervor und zog sich den Morgenmantel an, während sie die Treppe hinunterging.

Wieder war es Dystal. Ob Haydon schon wach sei? Nina verneinte und deutete an, daß sie ihn nur sehr ungern wecken würde. Dystal erwiderte, daß das in Ordnung wäre – jeder hätte heute etwas länger geschlafen, aber sie müßten das, was er als ›ein Treffen‹ bezeichnete, vereinbaren. Ob sie Haydon bestellen könne, daß sie gemeinsam zum Lunch gehen wollten. Sie versprach es ihm.

Es war elf Uhr, als Nina die Treppe hinaufging, um nach ihm zu sehen. Sie öffnete die Tür des Schlafzimmers, stand da und schaute auf den sonnigen Raum, auf seine nackte Brust und die Schultern auf dem weißen Laken, den Deckenfächer, der sich gerade schnell genug drehte, um die Luft in Bewegung zu setzen. Er konnte nicht in einem Zimmer ohne Luftzirkulation schlafen.

Und dann meldete sich der Summer der Sprechanlage am Tor von der Gegensprechanlage neben der Haustür. Sie zog die Stirn in Falten. Ihres Wissens wurde niemand erwartet. Sie schloß die Tür und eilte die Treppe hinunter. Gabriela stand am Lautsprecher und zeigte eine fragende Miene. Nina ging zum Lautsprecher, der noch eingeschaltet war.

»Ja?«

»Mr. Haydon, bitte.«

Eine Frauenstimme, weich. Nina konnte den Akzent nicht erkennen.

»Entschuldigen Sie«, erwiderte sie, »aber er schläft noch. Darf ich fragen, wer ihn zu sprechen wünscht?«

»Wecken Sie ihn, bitte. Sagen Sie, ich bringe Nachricht von Ricky Toy. Er weiß schon. Sehr wichtig. Okay? Sehr wichtig. Bitte machen Sie schnell.«

»Nur einen Moment – können Sie solange warten?«

»Ja, bitte.«

Nina schaltete die Sprechanlage ab, drehte sich um, lief die Treppe hinauf und ins Schlafzimmer. Selbst dabei wachte er nicht auf. Sie schüttelte ihn sanft. Er rollte sich herüber und öffnete mit Mühe die Augen.

»Draußen am Tor ist eine Frau«, sagte sie. »Ich glaube, sie spricht mit asiatischem Akzent. Sie sagt, sie hat eine Nachricht von Ricky Toy, und es ist sehr eilig.«

Haydon schlug die Decke zurück und schnappte sich seinen Morgenmantel von der Lehne eines Armsessels. Dann lief er die Treppe hinunter, während Nina ihm folgte.

Er drückte auf die Sprechtaste. »Hier spricht Stuart Haydon.«

»Nachricht von Ricky Toy.«

»Wer spricht denn?«

»Lai.«

Haydon drückte auf den Knopf, der das Tor öffnete.

Er wartete in der Bibliothek, fuhr sich gedankenverloren mit den Fingern durch sein zerwühltes Haar, zündete sich eine Zigarette an. Als Nina das Mädchen durch die Tür in die große Halle führte, war er keineswegs überrascht von ihrer Schönheit. Ihr langes Haar war so schwarz, daß es einen Kobaltschimmer hatte, und sie bewegte sich mit natürlicher Eleganz. Sie trug eine Segeltuchhose mit militärisch-quergeschnittenen Taschen und ein langärmeliges Hemd aus demselben Material, wobei sie die Ärmel bis zu den Ellbogen hochgekrempelt hatte. Die Hose saß eng genug, daß Haydon sich an die schlanken, langen Beine der zwei Mädchen auf dem Photo mit Toy erinnerte.

Haydon nickte.

Die Augen des Mädchens waren traurig.

»Ricky Toy möchte mit Ihnen sprechen«, sagte sie.

»Fein«, antwortete Haydon. »Wann und wo?«

»Ich bringe Sie hin.«

»Jetzt gleich?«

»Ja, bitte.«

»Wohin?«

»Entschuldigen.« Sie schüttelte den Kopf.

Haydon warf rasch einen Blick auf Nina, die daraufhin den Raum verließ.

»Ich muß mich erst anziehen.«

»Bitte, machen schnell.«

Er drückte seine Zigarette aus und wollte die Bibliothek verlassen.

»Ich muß bei Ihnen sein.«

Er zögerte, dann verstand er. »Kommen Sie«, sagte er.

Lai folgte Haydon nach oben und stand dann mitten im Zimmer, als er sich im Bad das Gesicht wusch und anschließend einen Anzug mit Krawatte anzog. Er wartete darauf, daß sie ihn stoppen würde, als er in eine Schublade langte und seine Beretta herausnahm, aber sie sagte nichts.

Sie gingen wieder die Treppe hinunter, Lai jetzt voraus, und unten wartete Nina in der Eingangshalle. Haydons Blick traf sich mit dem ihren, sie küßten sich, dann folgte er Lai nach draußen zum Leihwagen, der in der Auffahrt wartete.

Der Tag war bereits heiß, und die unsichtbaren Zikaden sirrten in den Bäumen wie die Vögel des Dschungels.

Sie fuhr auf dem Boulevard zum Shepherd Drive, in den sie nach Norden einbog, wobei sie den Wagen mit erfahrener Sicherheit und aufmerksamer Vitalität fuhr. Haydon warf rasch einen Blick auf den Rücksitz. Dort lagen eine Handtasche, ein paar zerknitterte Kleidungsstücke, ein paar Landkarten, Plastikbeutel, in denen Toilettenartikel steckten. Sie hatte mit Ricky Toy im Wagen gelebt und vermutlich nicht riskiert, eine Moteleinheit zu mieten. Aber wo, zum Teufel, wartete Toy auf sie?

»Wie ist Toy auf mich gekommen?« fragte Haydon. Sie hatten an der Ampel angehalten, wo sie die Westheimer überquerten.

»Man hat es ihm gesagt.«

»Wer hat es ihm gesagt?«

Diese Frage ignorierte sie und fuhr bei Grün los; dabei warf sie einen Blick in den Rückspiegel. Obwohl die Klimaanlage den Wagen kühlte, stellte Haydon einen dünnen Schweißfilm auf Lais Stirn fest. Er fragte sich, ob das richtig war, was er da machte.

Als die Kreuzung mit der West Gray nur noch einen Blick entfernt war, schaltete Lai den linken Blinker ein, fuhr also nach River Oaks. Großer Gott. Er war bei Roeg. Einer von ihnen hatte den anderen mit einer Schußwaffe mattgesetzt, und ihm, Haydon, würde man höchst unvernünftige und undurchführbare Forderungen stellen. Er versuchte, die Sache von allen Seiten zu betrachten, überlegte sich, ob er Lai jetzt stoppen, mit dem Wagen zurückfahren und Dystal anrufen sollte. Er versuchte sich vorzustellen, wie es war, wenn er sich nicht mehr in der Lage sah, aus eigener Entscheidung zu handeln.

Sie brachten die Strecke an der Avenue schnell hinter sich, die zur Einfahrt des Anwesens führte, und näherten sich den Toren von Roegs nach allen Regeln der Kunst gesichertem Grundstück. Er erinnerte sich an den Mann, mit dem er erst tags zuvor gesprochen hatte. Er kam mit seinem Schreibbrett zum Wagen her, bückte sich auf Lais Seite zum Fenster hinunter und schaute hinein.

»Hallo, Mr. Haydon«, sagte er freundlich. Dann warf er einen Blick auf seine Liste. »Miss Lai Chung?«

Sie nickte.

»Sehr gut.« Er trat vom Wagen zurück, die Tore öffneten sich, und sie fuhren hindurch.

Haydon warf einen Blick auf Lai. Er ordnete seine Gedanken neu. Immerhin hatte er erwartet, daß das hier einem Belagerungszustand ähnlich war, aber er fand alles normal. Als sie auf den Parkplatz kamen, erkannte er an ihrem Zögern, daß Lai noch nie hier gewesen war. Wie bei seinem ersten Besuch kam ein Sicherheitsmann in Zivil aus einer der Türen und winkte sie in einen Parkplatz ein. Er öffnete ihr höflich die Tür, und sie stiegen aus und wurden zur Haustür gebracht, aber nicht weiter.

Als sich die schwere Holztür öffnete und Harvey Gage ihn anschaute, wußte Haydon, daß sein erster Eindruck der richtige gewesen war.

Gages Gesicht zeigte eine Mischung aus Angst und Unwohlsein. Er betrachtete Lai, als wäre sie eine Schlange, und wich zurück in die große Halle.

»Verdammt, Haydon, er ist verrückt«, sagte er, sobald sie drinnen waren. »Er hat eine Schußwaffe an Roegs Nacken befestigt. Ich weiß nicht, wie er hereingekommen ist. Ich kann auch niemandem die Schuld geben. Er würde ihn auf der Stelle umlegen. Verdammte Scheiß-Sicherheitseinrichtungen. Ich weiß gar nicht, wie –«

»Wo sind sie?« fragte Haydon.

»In seinem Büro, da unten. Ich sollte mit Ihnen zurückkommen.« Er drehte sich um, und sie gingen mit raschen Schritten auf Roegs Büro zu. »Ich habe alle weggeschickt. Habe die Nachricht hinterlassen, daß Mr. Roeg heute nicht gestört werden will, und gab der Wache am Tor die Anweisung, Sie beide einzulassen.«

»Was will Toy von mir?«

»Er sagt, er will den Mann, der für den Fall verantwortlich ist – für die Langer-Sache. Und er macht Roeg für – für den Tod des Mädchens verantwortlich.«

»Haben Sie von Langer gehört?« fragte Haydon.

»Gehört, was denn gehört?«

»Ach, nichts.«

Sie standen vor der Tür zu Roegs riesigem Büro.

»Warten Sie, ich habe bestimmte Anweisungen zu befolgen«, sagte Gage. Er trat zur Tür und klopfte an. »Toy, sie sind hier.«

Drinnen hörte man ein Rascheln, ein schweres Klopfen.

»Ich öffne die Tür«, sagte Toy. »Schicken Sie Lai herein.«

Die Tür öffnete sich langsam. Roeg stand direkt dahinter, etwa drei Meter im Raum. Seine Hände waren auf dem Rücken gefesselt, und der Lauf eines automatischen Gewehrs war mit Klebeband an seinem Nacken befestigt. Haydon konnte nur die Hälfte der Waffe sehen, in der er einen HK94, einen Neun-Millimeter-Karabiner, erkannte. Er war so mit dem Klebeband an Roegs Hals befestigt, daß Toy entweder direkt hinter ihm oder auch in einem Winkel von neunzig Grad auf seiner rechten Seite sein und abdrücken konnte. Toy selbst war von der Tür aus nicht zu sehen, er hatte sich dahinter postiert.

Lai kam herein und sagte sofort etwas zu Toy auf chinesisch, während sie sich zu einer Seite bückte und dann eine Waffe in der Hand hatte, die mit der von Toy identisch war. Sie richtete sie auf Roeg, aber ihre Blicke hingen an Haydon.

»Haydon«, sagte Toy hinter der Tür, »nehmen Sie Ihre Beretta heraus und leeren Sie das Magazin. Legen Sie das Magazin und die Waffe auf den Boden. Dann kicken Sie beides mit dem Fuß in den Raum.«

Haydon tat, was Toy befohlen hatte.

»Okay, jetzt können Sie reinkommen.«

Haydon und Gage traten in den Raum, und Toy stieß hinter ihnen die Tür mit dem Fuß zu.

Toy trug verschwitzte Jagdkleidung mit den Leinenstiefeln, wie sie das Militär in tropischen Gegenden benützt. Er sah sonnengebräunt und gesund aus, so als gehörte er in diese Kleidung. Haydon bemerkte, daß die Vorhänge vor den hohen Fenstern zugezogen worden und daß sämtliche Lichter im Raum angeschaltet waren. Die Monitoren hinter Roegs Schreibtisch sendeten ihre Aktiennotierungen von der New Yorker und den anderen amerikanischen Börsen. Die Kameras der Sicherheitseinrichtung, die in den vier Ecken der Decke eingebaut waren, schienen außer Betrieb zu sein.

Toy ging zu Roeg an seinen Schreibtisch, beugte sich darüber und drückte auf einen Knopf. Haydon hörte, wie die schweren Riegel des elektrischen Sicherheitssystems geschlossen wurden.

»Okay«, sagte Toy. »Diese Situation macht mich kribbelig; um also dieses Kribbeln ein wenig zu reduzieren, werde ich Ihre Beweglichkeit reduzieren müssen. Ich möchte mir bei keinem von Ihnen beiden Gedanken über plötzliche, unerwartete Bewegungen machen müssen, und ich habe auch keine Lust, ständig eine Pistole auf jeden von ihnen gerichtet zu halten.« Er warf Lai die Rolle mit dem Klebstreifen zu. »Binde seine Hände hinter dem Rücken fest.«

Als sie damit fertig war, sagte Toy: »Gehen wir jetzt alle zu den Sofas hinüber.«

Sie umrundeten den Projektor und kamen zu den Sofas, die in Richtung auf die Leinwand aufgestellt waren. Toy nahm ein Messer aus der Tasche, langte nach oben und schnitt das Klebeband durch, mit dem der HK94 an Roegs Hals befestigt war. Er schubste Roeg auf das Sofa, kniete sich nieder und fesselte Roegs Beine mit dem Klebeband. Dann schubste er Gage auf eines der anderen Sofas und fesselte erst seine Füße, dann wand er ein paar Streifen Klebeband um seinen Mund.

Er schaute Haydon an. »Setzen Sie sich hier hin.«

Haydon setzte sich auf das dritte Sofa, gegenüber von Gage, Roeg zu seiner Linken, die Leinwand rechts.

»Ich fessle nur noch Ihre Füße. Ich möchte, daß Sie reden können.«

Lai stand an der Seite mit ihrem HK, während Toy sich niederkniete und Haydons Knöchel mit dem Band fesselte. Dann erhob er sich, dachte eine Sekunde lang nach, ging schließlich zu Roeg hinüber und baute sich vor ihm auf.

»Es gibt einen Psychologen in Amsterdam, der sich auf Verhandlungen mit Terroristen spezialisiert hat. Er reist auf der ganzen Welt herum. Er sagt, die ersten paar Stunden, nachdem die Terroristen Geiseln genommen haben, sind die gefährlichsten, denn dann fließen in ihnen noch die Säfte der Revolution, und sie können jederzeit, wenn sie sich erregen, eine Geißel abknallen. Das heißt, Sie und Gage befinden sich hier momentan in einer krisenhaften Situation. Also denken Sie nicht daran, mich irgendwie aufzuregen. Natürlich gibt es eigentlich nur eine Möglichkeit, wie Sie mich nicht aufregen, nämlich wenn Sie tot sind. Es sieht im Grunde nicht besonders gut für Sie aus – so oder so.«

Toy stieß ganz lässig mit der Stiefelspitze gegen Roegs Füße in den Hausslippern, wie man durch einen Fußtritt feststellt, ob ein Tier schon tot ist oder noch lebt.

»Dieser Psychologe sagt auch, daß er es gern hat, wenn die Terroristen mit den Geiseln eine Art von Beziehung herstellen, damit sie sich gegenseitig als menschliche Wesen und nicht als Symbole betrachten. Das kann natürlich am besten durch Reden bewerkstelligt werden. In Ihrem Fall ist das ungünstig, Roeg, da ich Ihnen den Mund verklebt habe, weil ich befürchten muß, daß Sie andernfalls wie ein Affe nach Ihren Sicherheitsleuten kreischen würden. Das also ist ein negativer Punkt auf Ihrem Überlebenskonto. Aber der Psychologe sagt auch, daß es lebenswichtig ist für den oder die Terroristen und ihre Geiseln, Blickkontakt zu halten. Es fällt den Terroristen schwerer, jemanden abzuknallen, wenn sie sich in die Augen schauen. Das ist ein Punkt auf der positiven Seite, da ich Ihnen nicht die Augen verbinden möchte. Es gibt ein paar Dinge, die Sie sehen sollten.«

Wieder stieß Toy nach Roegs Fuß.

»Sei's drum. Sie haben zwei Hauptpunkte auf der negativen Seite Ihrer Überlebenschancen, die alles, was man auf der positiven Seite finden könnte, bei weitem überwiegen. Der erste Punkt: Dieser Psychologe sagt, daß es in solchen Situationen von erstrangiger Priorität ist, daß der Verhandelnde Kontakt mit den Terroristen aufnimmt. Daß er einen Dialog einleitet. Ohne Dialog ist die Situation aussichtslos. Nun, Sie sehen, da sieht es schlecht für Sie aus, denn es gibt nichts, was ich von Ihnen will. Es gibt nichts zu verhandeln, keinen Anlaß für einen Dialog. Ich habe bereits, was ich will.«

Toy hockte sich auf die Fersen vor Roeg, näherte sein Gesicht dem von Roeg und schaute ihm direkt in die pechschwarzen Augen.

»Der zweite Punkt: Ich hasse Sie so sehr, Roeg, daß ich Sie in jeder Stunde der nächsten zehn Jahre abknallen könnte, ohne je genug davon zu bekommen. Können Sie so etwas überhaupt verstehen, Sie kleines Arschloch? Das einzige Objekt des Hasses, das ich jemals in meinem Leben aufgebaut habe, sitzt hier vor meinen Augen, in diesem albernen, zerknitterten Smoking! Wirklich abscheulich.«

Toy ließ seine Worte wirken, das Gesicht immer noch nahe vor dem von Roeg, und dann stand er auf und wandte sich an Haydon.

»Okay. Das war der Hintergrund. Nur damit Sie diese Operation in der richtigen Perspektive sehen: Ich habe mich gestern abend hier hereingeschlichen, weil ich ein ununterbrochenes und längeres Gespräch mit Roeg führen wollte. Ich glaube nicht, daß es auf irgendeine andere Weise dazu hätte kommen können. Ich habe mich versteckt, bis Gage an mir vorbeigestolpert ist und mir einen Weg in Roegs Allerheiligstes wies, ohne die Alarmanlage auszulösen.«

»Und die Sicherheitswache?« fragte Haydon. »Wie sind Sie an der vorbeigekommen?«

Toy grinste. »Eines habe ich in Südostasien gelernt. Ein Mann kann in jedes noch so gesicherte Areal eindringen. Er kommt vielleicht nicht mehr lebend heraus, aber er kommt immer hinein. Ich wäre nicht hereingekommen, wenn diese fabelhaften High-Tech-Trottel nicht eines vergessen hätten: einen Hund. Jeder alte Köter hätte mich erwischt. Aber High-Tech hat keinen Geruchssinn.«

Toy drehte sich um, trat neben die Leinwand zu einer Kamera, die auf einem Stativ montiert war.

»Zu Ehren von Joey Roeg, meine Damen und Herren, erlauben wir uns, dieses kleine Gespräch auf Videoband aufzunehmen. Alle Greueltaten werden wahrheitsgetreu aufgezeichnet werden.«

43

Toy nahm nicht wieder seinen HK-Karabiner, aber Lai hatte sich in einem Sessel niedergelassen, von dem aus sie die Männer mit der Waffe auf dem Schoß beobachten konnte. Toy nahm einen Stuhl mit gerader Lehne und brachte ihn zu dem offenen Ende der Hufeisenform, die durch die drei Sofas gebildet wurde. Er drehte den Stuhl herum, setzte sich mit der Lehne nach vorn darauf, den Rücken zur Leinwand, und zündete sich eine Zigarette an.

»Wollen Sie rauchen?« fragte er Haydon.

»Nein.«

»Ich möchte Ihnen die Dinge ein bißchen entwirren«, sagte Toy zu Haydon. »Ich habe den armen, alten, dummen Powell nicht umgebracht. Ich weiß nicht sicher, wer es war, aber entweder Langer oder eine von Roegs Kreaturen. An dem Abend, als Powell umgebracht wurde, hatte ich ihm ein paar Videobänder gegeben, die er für mich verstärken und umschneiden sollte. Er hat es oben in Langers Labor gemacht. Das wissen Sie ja sicher alles.«

Haydon nickte.

»Okay. Das war, schätze ich, um halb eins. Wayne sollte, wenn er mit seiner Arbeit fertig war, bei mir anrufen. Es hätte nicht länger als eine Stunde dauern dürfen, allerhöchstens zwei. Gegen halb drei hatte ich noch immer nichts von ihm gehört. Ich rief im Labor an, aber es meldete sich niemand. Ich wurde nervös und fuhr hin. Ich hatte einen Schlüssel, den mir Wayne gegeben hatte. Ich ging hinein und fand ihn. Das Band war verschwunden. Ich ging wieder, und ich nahm an, derjenige, der ihn getötet hatte, hätte das Band an sich genommen. Es handelte sich allerdings nur um den ersten Teil eines längeren Bandes, mit dem ich Roeg um große Summen erpressen konnte. Ich dachte, daß die Burschen das erkannten, was auf dem Band zu sehen war. Sie wußten wahrscheinlich, daß Powell es für mich bearbeitet hatte, und zählten zwei und zwei zusammen. Ich war sicher, daß das eine Sache war, die Roeg direkt berührte, also konnte ich mir denken, daß das Leben für mich ziemlich heiß geworden war. Gleich am nächsten Morgen zogen wir aus unserer Eigentumswohnung aus und in einen dieser verdammten Apartmentkomplexe auf der anderen Seite des Southwest Freeway, wo Roegs Gorillas dann Yue fanden und umbrachten.«

Toy nahm den letzten Zug aus seiner Zigarette. Dann ließ er sie auf den Perserteppich fallen und trat sie mit dem Absatz aus. Für Haydon eine berechnete Geste – nicht das, was Toy normalerweise tun würde.

»Ich hatte schon seit langer Zeit die Absicht, einmal bei Roeg tüchtig abzusahnen, aber ich brauchte eine Weile, bis mir die beste Möglichkeit dazu einfiel. Die Filme, die ich auf der ganzen Welt für dieses Arschloch schoß oder sammelte, waren ihm nicht genug. Das meiste war Dokumentarmaterial. Es ist ja nicht verboten, so etwas zu besitzen, oder? Am nächsten an die kriminelle Grenze kam ich vielleicht, wenn ich die Todesschwadronen filmte. Roeg steht in direkter Verbindung mit einer von ihnen, im Zuge seines Finanzierungsprogramms. Natürlich rechtsradikal. Aber er hat dort unten eine lange Lohnliste. Was gut ist für die Rechtsradikalen, ist auch gut für Roegs Investitionen. Er steht mit alledem in geschäftlichem Kontakt. Er unterstützt sie, er finanziert die Schwadronen mitunter sogar direkt, er und ein paar andere, reiche Salvadorianer, die in Miami leben.

Jedenfalls hatte ich alle Möglichkeiten, die ich brauchte, um diese Todesschwadronen bei der Arbeit zu filmen. Ich habe ein paar Filme von hochnotpeinlichen Verhören aufgenommen. Er hat sie in seinem Tresorraum. Er liebt das Scheißzeug. Da ist Material darunter, Sie würden es nicht für möglich halten. Aber dieses kleine Arschloch liebt solche Scheußlichkeiten.

Immerhin, bis dahin gab es nur meine Aussage, die das Material mit Roeg in Verbindung brachte. – Na wenn schon, hätte man gesagt. Also habe ich mich weiter umgehört und soviel wie möglich über den kleinen Verrückten rausgekriegt. Es hat mich ein paar Monate Zeit gekostet. Dann, auf einer meiner Reisen nach San Salvador, hab' ich mal ein Bierchen mit einem Hauptmann der salvadorianischen Armee getrunken. Er verdient sich nebenher Geld, indem er einer der verschiedenen Todesschwadronen vorsteht, die Roeg direkt finanziert. Wir haben uns unterhalten, und der Mann fängt zu lachen an über etwas, das er gesehen hat, als er hier in Houston war. Er trainiert übrigens Roegs Sicherheitsleute, was eine Menge erklärt über diese beschissenen Sadisten in den teuren Anzügen von Brooks Brothers. Er hat mir erzählt, was er in alten Lagerhäusern und an anderen Orten hier in der Gegend gesehen hat. Kleine Unterhaltungsabende, die Roeg hier und da arrangiert. Wirklich *Mondo bizarro*. Ekelhaft. Blutig. Er hat mir davon erzählt. Ha-ha. Ich habe gesagt, Mann, das ist aber sehr komisch. Ha-ha. Reizend. Ich hab' ihm noch eine Menge Fragen gestellt, so ganz nebenbei, im Gespräch über ein paar Bierchen. Ha-ha, die ganze Zeit. Vielleicht filme ich das mal, sagte ich. Noch mehr beiläufige Fragen, noch zwei Bier.

Der Kerl ist nicht blöd. Ich habe nicht besonders viel Informationen bekommen, aber genug, daß ich mich auf eine ernsthafte Suche machen konnte, als ich zurückkam. Und es hat ganze drei Wochen gedauert, bis ich auf einen Schwarzen gestoßen bin, der der Schlüssel zu allem war. Bang! Ich brauchte nur noch auf die nächste Abendunterhaltung zu warten. Ich war bereit: Lai und ich haben es gefilmt. Das war meine Fahrkarte.«

Toy zündete sich noch eine Zigarette an. Als er den Rauch in die Luft blies, warf er einen beiläufigen Blick zu Gage und Roeg, dann wandte er sich wieder an Haydon.

»Also habe ich die Bänder bearbeitet und zugleich ein System ausgearbeitet, durch das ich geschützt war. Ich arrangierte das Treffen über Langer und warf Roeg den Ball zu. Das war gestern gegen Mittag. Er war einverstanden, zu zahlen – das sagte er zumindest. Wir haben verschiedene Vereinbarungen getroffen. Irgendwann zwischen dieser Besprechung und gestern fanden sie heraus, wo wir wohnten, und Roegs Gangster haben Yue ›verhört‹. Vergessen Sie nicht, das waren Kerle, die von diesem schmierigen Dreckskerl der Todesschwadronen von San Salvador ausgebildet worden waren. Ich bin froh, daß ich es nicht war, der sie gefunden hat.«

Toys Gesicht lief rot an, als er das sagte. Er paffte an der Zigarette und schaute Roeg an. Dann warf er den Zigarettenstummel wieder auf den Teppich und trat ihn aus wie zuvor.

Jetzt stand er auf und hob seinen HK-Karabiner auf, der neben Lais Stuhl gelegen hatte. Er nahm den zurückziehbaren Kolbenstock heraus und ging zu Roeg. Dann kniete er sich auf eine Seite, hielt den HK mit der linken Hand und richtete die Mündung des Laufs gegen Roegs rechtes Ohr. Roeg lehnte sich nachdenklich zurück, und Toy packte eine Handvoll von Roegs dichtem, schwarzem Haar und riß seinen Kopf nach oben; zugleich rammte er mit der anderen Hand den Lauf des Karabiners heftig gegen Roegs Ohr. In Roegs Augen traten sofort Tränen. Toy hob den Daumen vom Griff und schob den Sicherheitsriegel nach unten. Jeder im Raum hörte das Klicken.

»Es ist ja nur ein Neun-Millimeter-Kaliber«, sagte er zu Roeg. »Das mischt wahrscheinlich nur Ihr Hirn ein bißchen durcheinander, ohne große Zerstörungen außerhalb anzurichten. Sie werden immer noch gut aussehen, wenn Sie im Sarg liegen.«

Haydon glaubte nicht, daß er es tun würde, jedenfalls nicht so. Und er tat es auch nicht. Er sagte nur *»Bäng-bäng!«* und stand auf. Aber Haydon beobachtete ihn weiterhin. Toy hatte sich unter gewaltigen Druck gesetzt. Haydon zweifelte nicht daran, daß Toy immer wieder den toten Körper von Yue vor sich gesehen hatte, seit er wußte, was geschehen war – vor diesem inneren Auge, das von den Gewalttaten eigentlich genug haben müßte.

Toy legte das HK wieder neben Lai auf den Boden.

»Ich zeige Ihnen jetzt das Video, das wir in dieser Nacht gefilmt haben«, sagte Toy zu Haydon, wobei er wieder Gage und Roeg ignorierte. Er ging zum Projektor und drückte erst auf einen Knopf, um die Filmleinwand hochzuziehen, dann auf einen anderen, um die Lichter zu verdunkeln. Hinter der Leinwand befand sich ein großer Bildschirm eines Fernsehgeräts. Es gab ein paar Blitze der Statik, dann begann das Band, das Haydon bereits gesehen hatte.

»Diese zwei Schwarzen kommen erst später dran. Der Schwarze, der mit ihnen redet, ist Boney Walker, der Kerl, der mich auf das Lagerhaus hinwies, wenn auch nicht ganz freiwillig.«

Auf dem größeren Bildschirm konnte Haydon sehen, daß Walker ein ausgebeultes, weißes Hemd anhatte mit Manschetten an den Ärmeln. Die Manschetten waren zurückgekrempelt, und darunter sah man zehn Zentimeter schwarze Haut. Vorne hatte Walker das Hemd bis zum Nabel offen und ließ eine goldene Kette mit einer Art Medaillon sehen, das daran baumelte.

Als Roegs Leute in das Lagerhaus kamen, ein jeder entweder von Langer oder Grover Ellis begleitet, nannte Toy ihre Namen und berichtete Haydon, in welcher Beziehung sie zur Organisation standen. Er hatte wirklich seine Hausarbeiten gemacht. Als das Video den Punkt erreicht hatte, wo alle Männer sich gesetzt hatten – das war die Stelle, die Haydon bereits als Ende der ihm übergebenen Spule kannte –, stoppte Toy das Band und ließ die Bewegungen einfrieren.

»Ich kann Ihnen vielleicht am besten an dieser Stelle sagen, wie wir das geschafft haben. Lai und ich haben ganz exzellente, neue Kameras von Hitachi benützt, die SR-1. Sie wurde entwikkelt für Nachrichtenreportagen. Leicht, auch kinderleicht zu handhaben. Sie hat nur einen Nachteil: ihre Bänder laufen nur acht Minuten, das heißt, man muß pausieren und eine neue Kassette einlegen. Dabei verliert man, sogar wenn man sich sehr geschickt anstellt, mindestens fünf Sekunden von der Aufnahme. Jeder von uns war mit sieben Kassetten ausgerüstet. Lai und ich filmten aus verschiedenen Blickwinkeln. Sie konzentrierte sich auf die freie Fläche in der Mitte, wo die Aktion stattfand. Ich versuchte, sowohl die freie Fläche als auch die Männer, die dieser Veranstaltung beiwohnten, abzuschwenken. Es sollte kein Zweifel entstehen, daß diese Männer wirklich dabeisaßen und es beobachteten. Bedauerlicherweise ist mir keine einzige Einstellung gelungen, bei der die Aktion und die Männer gleichzeitig zu sehen waren. Außerdem ist die Tonaufzeichnung nicht viel wert. Die Akustik im Lagerhaus war sehr schlecht. Aber dieses Einstundenband ist eine Komposition aus Lais und meinem Material, so geschnitten, daß es eine fortlaufende Geschichte ergibt. Ich habe also noch eines, von dem Roeg nichts weiß.«

Toy drückte auf den PLAY-Knopf, und die Aktion begann wieder. Er kam herüber und schob seinen Sessel neben Haydon. Er hatte eine Fernbedienung in der Hand.

Nach der Einstellung auf die Männer, die auf den Packkisten saßen, kam eine helle Einstellung auf die freie Fläche. Walker stand in der Mitte und hatte ein Seil in der Hand, während sich die zwei Schwarzen auf seinen beiden Seiten auszogen. Sie zogen alles bis auf ihre Unterwäsche aus und warfen ihre Sachen auf die Kisten, damit sie aus dem Weg waren, dann kamen sie auf Walker zu, der je ein Ende seines Seils an das linke Armgelenk eines Mannes knotete. Er prüfte die Knoten, ließ die beiden Männer zurücktreten, bis das Seil gespannt war, das etwa einen Meter lang zu sein schien. Dann verschwand Walker aus dem Bild und kam mit zwei kurzen, gebogenen Messern zurück, die wie gekrümmte Macheten aussahen.

»Das sind Gurkha-Kukri-Messer«, erklärte Toy. »Sie sind dreißig Zentimeter lang und wiegen eineinhalb Pfund. Diese beiden Männer hatten nie zuvor ein solches Messer gesehen.«

Walker gab jedem der Schwarzen ein Messer und redete noch ein bißchen auf sie ein. Sie nickten, und er verschwand von der freien Fläche. Die beiden Männer spannten augenblicklich das Seil zwischen sich an und begannen, langsam um einen imaginären Punkt zu kreisen. Instinktiv halten sie die Messer an den Seiten und ein wenig nach hinten. Ihre Körper glitzern vom Schweiß, von der erstickenden Hitze und von der Angst, die sie beherrscht. Einer der Männer ist schwerer und muskulöser als der andere und beginnt an dem Seil zu zerren, um seinen Gegner aus dem Gleichgewicht zu bringen. Der andere widersteht, obwohl er nicht weiß, wie er dieser Technik begegnen soll. Er versucht nur zu vermeiden, daß er in die Reichweite der Waffe seines Gegners gerät. Die ganze Sache scheint ihm ausgesprochen gefährlich zu sein, und seine Augen treten hervor, als er merkt, daß er eindeutig der Unterlegene sein wird.

Plötzlich verringert der größere Mann die Spannung des Seils und macht einen Satz in Richtung auf den Gegner, der durch das Manöver aus dem Gleichgewicht gerät und nach hinten taumelt. Während er fällt, läßt der größere Mann das Gurkha-Messer auf ihn sausen. Beim ersten Hieb ist er noch zu weit weg, und nur die Spitze der Klinge kratzt über den Brustkasten des kleineren Mannes, aber der Schwung des großen Schwarzen reißt ihn mit dem anderen zu Boden, bevor er noch einmal mit seinem Messer ausholen kann. Im Bruchteil einer Sekunde hebt der kleinere Schwarze abwehrend sein Messer, und der größere spießt sich durch die Wucht seines eigenen Gewichts auf. Das Mikrophon der Kamera nimmt seinen Schrei auf.

Beide Männer sind wie erstarrt. Der Kleinere ist vom sicheren Tod zum Sieg gekommen, innerhalb weniger Sekunden, und ist völlig benommen. Aber als der Größere versucht, das Messer herauszuziehen, mehr in Agonie als in dem Versuch, sich zu retten, kommt sein Gegner wieder zu Sinnen, reißt selbst das Messer aus der Brust des Großen und zieht es ihm über den Hals. Mit dem zweiten Streich enthauptet er ihn und setzt damit eine Fontäne von Blut frei, die auf den Boden schießt. Der Große zuckt noch ein paarmal im Sterben, und der Gewinner gibt ihm den Gnadenstoß mit einem Hieb über den unteren Teil des Rückens, der seine Nieren heraustreten läßt. Das Ganze ist in zwei Minuten vorbei.

Danach blickt der Sieger auf und schaut ins Dunkel. Er hört zu, als ob ihm etwas gesagt würde. Dann nickt er blöde und beginnt seinen kopflosen Gegner am Seil zu ziehen, das noch an beiden Armen befestigt ist. Er zerrt ihn außer Sicht, hinter einen Turm von Kisten, wobei er eine Spur von allmählich trocknendem Blut hinterläßt. Walker kommt heraus, versucht, sich die Schuhe nicht mit Blut zu beschmutzen, nimmt vorsichtig den Kopf und geht damit hinter die Kisten, wo der Leichnam liegt. Die Kamera bleibt auf der Ecke, hinter der sie verschwinden, und filmt im schwachen Licht, wie die beiden Männer den großen Kerl weiter in die dunkleren Bereiche des Lagerhauses schleppen.

Toy stoppte das Band.

»Walker versucht, dafür richtige Kraftprotze zu bekommen«, sagte er. »Aber es gelingt ihm nicht immer, sie so auszusuchen, daß sie gleich stark sind. Er holt diese Kerle aus den schlimmsten Rattenlöchern der Stadt. Man kann leicht einen Killer anheuern, das wissen Sie, aber jemanden, der sich auf einen solchen Zweikampf einläßt – das ist eine andere Sache. Denn damit setzt er ja sein eigenes Leben aufs Spiel. Das Verlieren ist in diesem Spiel mit einem sehr großen Verlust verbunden. Dennoch, es gibt immer welche, die verzweifelt genug sind, um darauf einzugehen. In solchen Dingen kennt sich Roeg aus: verzweifelte Menschen. Man kann sie billig haben, und man braucht sie nicht wie Menschen zu behandeln. Manchen dieser armen Teufel ist ihr Leben ohnehin nicht mehr viel wert.«

Toy drückte wieder auf die Taste, und die Videoaufzeichnung wurde fortgesetzt. Erst räumte Walker oberflächlich auf und säuberte ein wenig den Boden – Walker, der Ringmeister, Trainer, Schiedsrichter und Wächter in einer Person zu sein schien. Sägemehl wurde auf das Blut gestreut. Und dann kamen zwei weitere Männer, bereits bis auf die Unterwäsche ausgezogen, auf die freie Fläche. Walker band sie mit dem Seil zusammen, das jetzt blutig, steif und schwer zu binden war. Einer der Männer schaute nach unten und sagte etwas über den Boden. Walker verschwand, kam wieder mit mehr Sägemehl und streute es aus. Dann sprach er mit ihnen wie bei dem ersten Paar. Er verschwand wieder und kehrte mit den Gurkha-Messern zurück. Er gab sie den Männern, sagte noch ein paar Worte und verschwand aus dem Bild.

Das Seil spannte sich, und die beiden begannen. Aber diesmal war der Kampf nicht so schnell vorbei. Die Männer gingen aufeinander los wie Amateurboxer ohne technische Kenntnisse, stachen und stießen aufeinander ein – wild entschlossen, als erster den Todesstoß zu landen. Fleischstücke flogen buchstäblich von ihren Körpern, während sie mit ihren rasiermesserscharfen Klingen herumfuchtelten; Blut und Schweiß mischte sich und glänzte im schwachen Licht. Das Schlachten wurde schneller, als Panik und der Selbsterhaltungstrieb ihre Adrenalindrüsen zur Höchstproduktion anstachelten. Sie wanden und drehten sich in einem Schauer ihres Blutes wie Derwische, wie Hähne im Kampf, die buchstäblich vom Wahnsinn ergriffen waren. Einen Augenblick sah der Kampf so aus, als wollte jeder den tödlichen Hieben entkommen, im nächsten schienen sie sich mit äußerster Kraft zu bemühen, den anderen fertigzumachen, völlig blind gegenüber der Gefahr der blitzenden Klinge in der Hand des Gegners. Manchmal taumelten sie benommen in das Messer des anderen, manchmal gelang ihnen selbst, ohne es zu wissen, ein gefährlicher Stich, nur in dem Bemühen, einen Hieb abzuwehren, der gar nicht kam. Sie stürzten zu Boden, wälzten sich in ihrem Blut und hieben aufeinander ein, versuchten, aufzustehen, quiekten wie Schweine, bis plötzlich ein Strahl hellen, arteriellen Blutes mit gewaltiger Kraft nach oben schoß, einmal, zweimal, und die beiden Männer in einem einzigen Haufen zusammenbrachen.

Diesmal konnte der Sieger nicht mehr aufstehen. Der schwer arbeitende Walker schnitt das Seil durch und zerrte den Verlierer weg. Dann kehrte er zurück und half dem ›Sieger‹. Haydon bezweifelte, daß er mit dem Leben davonkommen würde.

Der nächste Kampf wurde vorbereitet.

»Ich will nichts mehr sehen«, sagte Haydon.

»Aber sicher, Sie müssen. Es sind schließlich *Morde,* ist Ihnen das nicht klar? Bei der nächsten Runde benützten sie Stahlrohre. Einer schlägt den anderen zu Brei.«

»Ich will es nicht sehen«, wiederholte Haydon.

Toy drückte auf die Zwischenstop-Taste und drehte sich um.

»Es kommen noch zwei. Sie haben an dem Abend vier Menschen getötet, vielleicht auch sechs. Ich nehme an, zwei von den Siegern sind auch gestorben.« Er war sehr erregt.

»Ich werde es mir nicht ansehen«, sagte Haydon.

»Sie *werden* es sich ansehen!« schrie Toy. Er war wütend. Sprang auf, stieß seinen Stuhl mit dem Fuß durch den Raum, so daß er gegen die Wand krachte. »Ich will, daß Sie es glauben. Ich will, daß sich diese Morde in Ihr Gehirn einbrennen. Sehen Sie, was das für ein Mann ist?« Er drehte sich um und zeigte auf die Wände mit den Photographien. »Sehen Sie das? Er ist ein Tier. Ein gottverdammter Kannibale!«

Haydon schüttelte den Kopf.

Toy schaute ihn an. Seine Augen funkelten vor Zorn. Er blinzelte und starrte auf Haydon. Dann ließ die Spannung ein wenig nach, noch ein wenig, bis sie sich ganz löste. Er wandte sich dem Bildschirm zu. Das Bild stand, und man sah Walker, der aufräumte. Er betrachtete das Bild lange Zeit, und das einzige, was man in dem Raum hörte, war das Summen des Videoprojektors. Dann drückte Toy auf den Rückspulknopf.

»Sie haben recht«, sagte er müde.

Er ging um die Projektorkonsole herum und drehte langsam das Licht wieder heller. Dann ging er dorthin, wo er gesessen hatte, zündete sich eine Zigarette an und starrte zu Boden.

Haydon war völlig betäubt. Er schaute an Toys Schulter vorbei auf Lai, die in ihrem Sessel saß, die Hände auf dem Karabiner. Sie schien in so weiter Ferne zu sein wie Toy. Keiner von ihnen deutete an, was sie als nächstes tun würden. Haydon fragte sich, ob das nicht bereits alles war. Wenn Toy die Absicht hatte, Roeg zu töten, warum machte er es nicht jetzt? Warum wollte er, daß Haydon dabei war? Toy war sicher nicht unschlüssig, er schien auch nicht zu zögern. Er war offenbar lediglich erschöpft und in Gedanken versunken. Sein Jagdhemd war dunkel vom Schweiß, obwohl die Klimaanlage hier drinnen vorzüglich funktionierte. Haydon versuchte, sich zu überlegen, worauf das alles hinauslaufen würde.

Als das Telephon klingelte, bewegte sich nichts außer ihren Augen.

44

Toy ging hinüber und packte Gage an seiner Mähne. Er schüttelte ihn. »Hör zu, du Arschloch. Du sagst, daß sie noch bei einer Besprechung sind. Und daß sie in Ruhe gelassen werden wollen.« Er riß noch einmal an Gages Haar, um seine Forderung zu bekräftigen. »Vergiß nicht – solange ich eine Chance habe, hier lebendig rauszukommen, hast du auch eine. Wenn die meine vorbei ist, geht es dir genauso.«

Er riß brutal das Klebeband von Gages Mund und nahm dann den Karabiner in die Hand. Die Schnur des Telephons reichte bis zum Projektor, und Toy gab Lai einen Wink, Gage den Hörer ans Ohr zu halten, während Toy zu Roegs Schreibtisch ging. Das Telephon klingelte zum fünftenmal, als Toy Lai zunickte und sie den Hörer abnahm.

»Hal-hallo«, stotterte Gage.

»Mr. Gage, hier ist Bearden.« Die Stimme des Mannes füllte den Raum. Toy hatte den Lautsprecher am Telephon eingeschaltet. »Ist bei Ihnen alles okay?«

»Klar, klar«, sagte Gage. »Warum fragen Sie?«

»Nur eine Routinenachfrage, Sir. Danke.« Bearden legte auf.

»Routine, von wegen«, fluchte Toy. »Aber macht nichts. Ich brauche jetzt nicht mehr so viel Zeit. Lai, kleb ihm den Mund wieder zu.«

Toy ging wieder um die Sofas herum und hockte sich vor Roeg.

»Joey«, sagte er und schaute Roeg an. »Joey, glauben Sie, daß Sie jetzt sterben werden?« Er wartete auf eine Antwort, aber Roeg reagierte nicht. Auf seinem Gesicht war keine Reaktion zu sehen gewesen, seit Haydon den Raum betreten hatte. Seine schwarzen Augen waren nicht dazu geeignet, über seine Gefühle Auskunft zu geben.

»Ich werde Ihnen etwas sagen«, erklärte Toy. »Es gibt so viele Möglichkeiten, jemanden sterben zu lassen, daß es mir schwerfällt, mich für eine zu entscheiden. Ich selbst habe so viele verschiedene Methoden gesehen. Natürlich wissen Sie darüber genausogut Bescheid wie ich. Vielleicht sollte ich Sie entscheiden lassen.«

Dann fiel ihm etwas ein. »Einen Moment mal«, sagte er. Er erhob sich, ging zur Videokamera und legte eine neue Kassette ein. »Bald hätte ich es vergessen: Es wäre doch wirklich schade, wenn Roegs Finale nicht auf Band aufgenommen würde, nach allem, was er zu diesem Gebiet der Unterhaltung beigetragen hat.«

Als Toy zurückkam, sagte Haydon: »Toy, ich habe mehr als genug, um ihn verurteilen zu lassen. Sie brauchen ihn nicht umzubringen. Was für Verbrechen Ihnen als Ergebnis dieses Falles angelastet werden könnten, Sie würden nicht verfolgt, wenn Sie als Kronzeuge gegen ihn auftreten. Es ist vorbei. Machen Sie – auch für sich – nicht eine größere Tragödie daraus, als die Sache ohnehin ist.«

Toy achtete nicht darauf, sondern hockte sich wieder vor Roeg auf den Boden.

»Wie hätten Sie's denn gern? Nicken Sie einfach, wenn ich Ihnen Ihren Lieblingstod nenne. Eine Kugel in den Kopf?« Pause. »Die Kehle durchgeschnitten?« Pause. »Erschlagen?« Pause. »Erdrosseln, mit bloßen Händen oder mit einer Garotte?« Pause. »Durch Erstechen? Durch Erhängen? Oder wie wär's mit Foltern? Ich kenne Ihre Vorliebe für Folterungen. Vielleicht ein Potpourri von Methoden, wie sie Ihre Jungs in El Salvador anwenden... Ich habe nicht alle nötigen Ausrüstungen zur Hand, aber wir könnten improvisieren. Die Folterung ist immer irgendwie improvisiert. Außerdem ist sie eine primitive Kunstform, nicht wahr? Wir könnten Krieg spielen, so tun, als ob Sie ein Gefangener wären. Wir stellen Sie vor die weiße Filmleinwand und leeren eines von diesen Neunmillimeter-Magazinen auf Sie, so daß schöne rote Muster auf dem Weiß erscheinen. Mein Gott, wie machen wir es denn? Wie bewerkstelligen wir Ihren Abgang, Mann?«

Toy stand auf und holte die Rolle mit dem weißen Klebeband.

»Denken Sie doch, Toy«, sagte Haydon. »Es besteht keine Notwendigkeit dazu.«

Toy riß einen Streifen ab und klebte ihn über Haydons Lippen.

Ohne zu sprechen warf er die Rolle auf den Boden, dann ging er wieder zu Roeg. Er nahm ein Jagdmesser aus dem Messertäschchen seiner Tarnstoffhose und stieß Roeg zurück, so daß er flach auf dem Sofa lag. Dann setzte er die Klinge am Kragen des Hemds an und drückte langsam darauf. Die Klinge war so scharf, daß sie den Stoff kaum ausfranste. Er zog Roeg das Hemd aus. Anschließend setzte er die Spitze des Messers an Roegs Smokinghose an und schlitzte sie bis hinunter zu dem einen Bein auf. Er zog die Hose nach unten, bis sie sich um Roegs Knöchel ballte.

Roeg lag in einer Jockey-Unterhose auf dem Sofa. Seine Arme und Beine waren blaß wie die Tentakeln eines Tintenfischs, weich, muskellos und von blauen Äderchen durchzogen.

»In der Morgenzeitung hieß es, daß Yue nackt war«, sagte Toy.

Er packte den Gummizug an Roegs Unterhose und schnitt ihn durch, dann trennte er den Stoff des einen Beins auf und zog ihn weg. Roeg lag nackt da, völlig haarlos am ganzen Körper. Unbeschnitten. Klein. Er begann Geräusche zu machen hinter dem Klebeband, die Adern an seiner Stirn traten hervor, sein Adamsapfel rutschte auf und ab. Er versuchte, sich von den anderen abzuwenden, um sein Geschlechtsteil zu verbergen, aber Toy packte ihn und riß ihn zurück. Roegs Augen richteten sich auf die seinen, Tränen standen jetzt in ihnen. Er grunzte und bäumte sich auf. Toy stellte einen Fuß auf Roegs gefesselte Beine, und mit der Linken drückte er Roegs magere Brust nach unten. Roegs Genitalien waren entblößt, absurd präputertär und blaß.

»Sie haben sie angeschaut«, sagte Toy, und jeder im Raum wußte, daß alle Roeg in seiner Nacktheit betrachteten, und jeder wußte, wie groß die Scham war, die er empfand, weil das zur Schau gestellt wurde, was er am liebsten für immer verborgen gehalten hätte.

Toy senkte die Spitze des Jagdmessers auf Roegs Genitalien. Roeg schien den Atem anzuhalten, als Toy sie berührte.

»Sie haben ihr schreckliche Dinge angetan«, sagte er. »Hat man Ihnen die Details berichtet, Roeg? Haben Sie danach gefragt?« Toy bewegte mit der Klinge Roegs schlappen Penis von der einen auf die andere Seite, betrachtete ihn, als hätte er nichts Besseres zu tun, als wecke dieses Amüsement die Lust zu weiteren – auf Roegs Kosten.

»Sie haben sie hier aufgeschnitten«, sagte er und drückte die kalte Klinge gegen den Ansatz von Roegs Hodensack.

Roegs Augen rollten langsam nach hinten, und er begann unkontrollierbar zu urinieren. Er konnte seine Blase nicht mehr beherrschen, und auch der Darm entleerte sich.

Toy trat zurück und beobachtete ihn. Er wartete, bis Roeg fertig war. Wartete, bis seine Augen wieder nach unten gerichtet waren, sich wieder auf ihn einstellten. Wartete, bis Roeg verstand, was er da getan hatte, worin er lag, und was ihm noch nicht geschehen war. Weinend versuchte Roeg, auf das Sofa zurückzuklettern, von dem er gerutscht war, aber dabei verschmierte er sich nur das Gesicht mit seinen Fäkalien.

»Hast du jetzt Angst, Joey?« fragte Toy, während er sich vor ihm aufbaute. »Wie fühlt man sich in einer solchen Situation? Dabei ist eigentlich noch gar nichts passiert. Wie entsetzlich, glaubst du, wird es erst sein, wenn wirklich etwas passiert?«

Er schwieg, als ob er eine Antwort erwartete, aber was man hörte, war nur ein gedämpftes Jaulen, das nicht aufhören wollte. Roeg hatte ein Stadium totaler Hysterie erreicht – er hatte sein Gleichgewicht verloren. Es war ein seltsames, nervtötendes Geräusch in dem stillen Raum, das Geräusch der Erniedrigung, der Entwürdigung, einer vollkommenen Niederlage. Aber es war mehr als das: Es war auch das Geräusch einer geistigen Erhebung, der Offenbarung des Josef Roeg. Denn im freien Raum weniger, unsicherer Augenblicke hatte er seine Sonne von der anderen Seite ihres Umlaufs gesehen.

Toy drehte sich um und schaute Haydon an. Er ging hinüber, nahm Lais HK und trat dann wieder vor Roeg hin.

»Ich möchte Ihnen etwas zeigen«, sagte er. Er nahm das Magazin heraus und drückte auf die Nachsetzfeder. Das Magazin war leer. Er nahm seinen Karabiner und machte dasselbe damit. Auch diese Waffe war ungeladen.

»Ich hatte nie die Absicht, Ihnen etwas anzutun«, sagte er. In seiner Stimme war kein Groll. Es war, als spreche er einen Nachruf. »Ich wollte nur, daß Sie wissen, wie es sich anfühlt, wenn man darauf wartet, daß es passiert. Ihr solltet alle wissen, was eure Vergnügungen für die Opfer in Wirklichkeit bedeuten. Um ehrlich zu sein, ich hätte gern noch eine Weile weitergemacht. Trotz allem, was ich Ihnen angetan habe, kann nicht so schlimm gewesen sein wie die anderen Grausamkeiten.

Seit Jahren habe ich zuviel davon gesehen. Ich dachte, wenn ich einmal genug gesehen, wenn ich das Allerschlimmste erlebt hätte, dann würde ich verstehen. Aber dazu ist es nie gekommen. Nicht, bis ihr eure Köpfe aus dem Dreck erhoben und eure Hände nach mir ausgestreckt habt. Sie, Roeg, sind der Kern, das Herz und die Seele aller Scheußlichkeiten und Gewalttaten, und wenn alles gesagt und getan ist, sind Sie nicht anders als wir alle. Sie sind nur ein Konzentrat unserer schlimmsten Impulse, die bis zum Punkt völliger Korruption getrieben wurden. Also werde ich, obwohl ich große Lust gehabt hätte, Ihnen die Eier abzuschneiden, darauf verzichten. Ich werde es nicht tun, weil ich weiß, daß es genau das ist, was Sie so gern bei jemand anderem gesehen hätten. Ich schlage Ihnen respektvoll diese Ehre aus, Roeg, und dabei komme ich wenigstens mit einem Fuß aus dem Gully.«

Der Raum war ein Vakuum. Gage hatte die Augen geschlossen, sein Kopf war nach hinten auf das Sofa gefallen. Lai saß stoisch in ihrem Sessel. Roeg versuchte das Unmögliche. Sich windend und drehend auf dem mit Kot und Urin verdreckten Sofa versuchte er sich zu verstecken, obwohl es kein Versteck gab.

Toy nahm Haydons Beretta und steckte das Magazin hinein. Dann ging er zu Haydon, schnitt das Band an seinen Händen und Füßen durch und ließ ihn selbst das Klebeband von seinen Lippen entfernen.

»Er gehört Ihnen. Und wie entschärfen wir jetzt diese Situation?«

Haydons Herz schlug so heftig, daß es seinen ganzen Körper erschütterte. Er konnte nicht glauben, daß Roeg noch nicht tot war. Er schaute Toy an, wollte etwas sagen und hielt inne. Statt dessen sagte er: »Ich telephoniere«, und ging auf Roegs Schreibtisch zu.

Während er wählte, hörte er das Summen der Vorhänge, die automatisch zurückgezogen wurden, und sein Blut erstarrte. Als er sich herumdrehte, sah er, wie Toy auf das Licht zuging, dem düsteren Raum den Rücken zukehrte und sich bereits in seine eigenen Gedanken zurückgezogen hatte. Haydon machte den Mund auf, aber es war zu spät. Die Kugel, die Toy traf, hob ihn vom Boden und schleuderte ihn einen Meter rückwärts, ehe er über das Parkett bis vor Roegs Schreibtisch rutschte. Sein Kopf war nicht mehr auf dem Rumpf. Lai hatte gerade noch genügend Zeit, um aufzustehen, bevor die zweite Kugel sie an ihrer rechten Schläfe traf, über den Sessel katapultierte und in den riesigen Fernsehbildschirm schmetterte.

Die Scharfschützen von Roegs Sicherheitsmannschaft waren schon lange an Ort und Stelle.

Haydon stand da wie angewurzelt. Es war vorüber.

45

»Fahren wir. Ich möchte dir etwas zeigen und etwas sagen.«

Es waren die ersten Worte, die Haydon gesprochen hatte in der halben Stunde, seit sie auf der dunklen Terrasse saßen und geeiste Tanquerays mit Limonenscheiben tranken. Er war in düsterer Stimmung gewesen und hatte auf die nächtlich-schwarzen Bäume hinter dem Gewächshaus geschaut. Er war erst am späten Abend aus Roegs Haus gekommen und hatte danach noch einige Stunden im Präsidium verbracht, um mit Mooney und Lapierre den Papierkram in die Wege zu leiten. Als er schließlich nach Hause kam, war er müde gewesen und tief in Gedanken versunken. Nina hatte sich schweigend zu ihm gesetzt; sie wußte, daß er irgendwann zu sprechen anfangen würde und daß es nutzlos war, ihm etwas zu entlocken, bevor er bereit war.

Sie fuhren lange Zeit durch die flackernden Lichter der Stadt. Nina hatte keine Ahnung, wo sie sich befand. Sie stellte keine Fragen, und Haydon erklärte nichts.

Schließlich hielt er den Vanden Plas am Randstein gegenüber einem kleinen Holzhaus. Wie immer waren Türen und Fenster der Sommernacht geöffnet. Er konnte durch eines der dunklen Schlafzimmerfenster einen schwachen, safrangelben Schimmer aus einem der weiter hinten liegenden Räume erkennen. Das Licht über der Haustür warf einen bleichen, flackernden Schein nach unten. Es war spät. Wahrscheinlich schliefen der kleine Junge und sein Hund längst.

»Das ist das Haus«, sagte er. »Es war ein, vielleicht zwei Jahre, bevor wir heirateten. Ich hatte die Uniform noch nicht lange ausgezogen. Man hatte mich als Köder zu einer Scheinarbeit beim Sittlichkeitsdezernat gesteckt, und als ich damit fertig war und man mich als Aushilfe zum Morddezernat holte, klebte ich am Leim und bin dabeigeblieben. An dem Abend war ich beim Team, obwohl ich eigentlich gar nichts dabei zu suchen gehabt hätte.

Ich hatte als uniformierter Streifenbeamter über ein Jahr hier in den Heights gearbeitet, bevor ich zur Sitte kam, und war mehrmals in diesem Haus gewesen. Anrufe wegen familiärer Streitigkeiten und Kindsmißhandlungen. Die Frau, die hier wohnte, war geschieden; sie lebte mit einem Mann zusammen, der starker Alkoholiker war und regelmäßig sie und die Kinder verprügelte. Dazu brauchte er übrigens nicht einmal betrunken zu sein. Die Frau arbeitete tagsüber, und er blieb bei dem kleinen Mädchen und dem Jungen. Sie waren noch klein, sechs und sieben. Als ich hier arbeitete, war ich zweimal zu ihnen geschickt worden: einmal, als er die Kinder mit erhitzten Drahtkleiderbügeln verbrannte. Er sagte, sie seien zufällig auf den Ofen gefallen, oder so ähnlich. Einmal nahmen die Leute von der Fürsorge das Mädchen für eine Weile aus dem Haus, aber die Mutter hat sie zurückgeholt. Es war eine schlimme Situation, die nur noch schlimmer werden konnte. Man sieht so etwas kommen, aber es ist schwer, etwas dagegen zu unternehmen.«

Während er sprach, schaute Haydon über die Straße auf das Haus. Nina hatte fast aufgehört zu atmen.

»Es war eine langweilige Nacht für uns. Mein Partner und ich fuhren herum, um die Zeit totzuschlagen, als wir einen Funkspruch über einen Familienstreit in der Hyacinth Street empfingen. Wir waren in der Nähe. Ich nannte meinem Partner die Adresse und sagte, daß ich es gern erledigen würde. Wir sind gut miteinander ausgekommen. Als wir dort ankamen, war der Funkstreifenwagen noch nicht eingetroffen, also stiegen wir aus und gingen zur Haustür. Ich konnte die Kinder schreien hören, und die Frau von nebenan lief aus dem Haus und sagte, daß er sie alle töten würde und wir uns beeilen sollten.

Ich rannte zur Haustür. Die Mutter lag mitten auf dem Boden im Wohnzimmer und versuchte, aufzustehen. Er hatte sie geschlagen, bis sie bewußtlos geworden war, und nun kam sie allmählich zu sich. Inzwischen kamen spitze, schrille Schreie aus dem hinteren Schlafzimmer. Du kannst es von hier aus nicht sehen; es ist vermutlich da, wo das gelbliche Licht herkommt. Ich bin nach hinten gelaufen, und der Kerl feuerte einen Schuß ab, der den Türrahmen des Schlafzimmers traf. Ich duckte mich, zog meine Waffe und hörte, wie er durch das Fenster sprang.«

Haydon räusperte sich und hielt einen Moment lang inne, die Augen auf das Haus gerichtet.

»Im Schlafzimmer stand ein altes Sofa. Es war der Raum, in dem die Kinder schliefen. Aus dem Sofa hing die Polsterung heraus, und es gab ein Loch, wo die Sprungfedern gebrochen waren. Der kleine Junge, er war ein Jahr älter als das Mädchen, saß in diesem Loch und schrie wie am Spieß; seine Nase blutete, und er war am ganzen Körper voller Blut. Dieser Kerl muß ein ausgesprochener Sadist gewesen sein. Der kleine Junge starb übrigens später an seinen inneren Verletzungen. Aber jetzt schrie er und schaute dabei auf seine Schwester hinunter.

Sie… Sie lag auf dem Boden. Nackt. Auf dem Rücken. Ihre Augen waren glasig. Geistig war sie völlig hinüber. Der Kerl hatte sie vergewaltigt. Ich weiß nicht, wie die Kakerlaken sie so schnell erwischen konnten. Ich weiß es nicht; vielleicht war er schon eine Weile fertig und hatte sie danach nicht mehr berührt. Aber das konnte nicht sein. Sie hatten ja beide geschrien. Ich selbst hatte sie gehört, alle zwei, also war er wahrscheinlich noch dabeigewesen, als wir eintrafen. Jedenfalls erinnere ich mich an die Kakerlaken. Vor allem an eine ganz große. Ich erinnere mich an den verwüsteten kleinen Körper des Mädchens, und ich erinnere mich an ihre glasigen Augen.«

Haydon nahm sich eine Zigarette und drückte auf das Feuerzeug. Dann zündete er sich die Zigarette an, ließ das Fenster ein Stück herunter und blies den Rauch in die stickige Nacht. Der Motor des Wagens drehte im Leerlauf, die Klimaanlage war eingeschaltet.

»Ich schrie nach meinem Partner. Ich glaube, er war eine Sekunde im Wohnzimmer stehengeblieben, um nach der Frau zu sehen, und ich brüllte ihm zu, er sollte zu mir kommen und einen Notarztwagen rufen. Ich weiß nicht, warum ich auf die Idee kam, er könnte beides zugleich tun. Ich erinnere mich, daß auch ich durch das Fenster ins Freie gesprungen bin, und als ich auf dem Boden ankam, sah ich einen Feuerstoß aus einer Schußwaffe, aber der Mann war im Laufen, und der Schuß ging irgendwo in die Luft. Ich weiß noch nicht einmal, ob er zu hoch oder zu niedrig gezielt hatte; trotzdem rannte ich hinter ihm her.«

Haydon legte den Gang des Vanden Plas ein und fuhr langsam die Straße entlang.

»Er hat etwas Sonderbares gemacht. Dieses Haus ist keine hundert Meter vom Holy Cross-Friedhof entfernt, in die andere Richtung, und ich nahm an, daß er darauf zulaufen würde. Aber weit gefehlt. Statt dessen lief er hier, in Richtung auf die Marigold. Genau den Weg, den wir jetzt fahren. Er überquerte sie, ging durch Hinterhöfe und zwischen Häusern hindurch, überquerte die Lilac, dann die Jassemine Street. Dann dachte ich, er würde von hier aus zum Ende des Hollywood-Friedhofs laufen, vielleicht den Bayou entlang in den Moody Park. Jedenfalls war ich sicher, daß er unter den Bäumen Deckung suchen würde, aber dann tat er wieder etwas Merkwürdiges.«

Haydon hielt den Wagen an und schaute über einen kleinen Hügel des Hollywood-Friedhofs und durch die Bäume hinunter zum Bayou.

»Ich weiß nicht, warum er sich nicht an den Grüngürtel hielt. Da drinnen hätte ich ihm nicht folgen können. Ich hätte ihn im Nu verloren. Es war zu töricht, er hätte nur weiterzulaufen brauchen, aber statt dessen drehte er sich auf der Goldenrod Street um, feuerte noch zwei Schüsse auf mich, und wir liefen beide zurück, diesmal einen Block weiter dort drüben.«

Die Lichter des Wagens schwenkten über die Häuser und folgten derselben Route, die Haydon vor elf Jahren zu Fuß gelaufen war, zurück über die Lilac, Marigold und Hyacinth.

»Ehe es mir klargeworden war, befanden wir uns fast dort, wo unsere Jagd begonnen hatte. Er überquerte die Cosmos Street und stolperte in den Friedhof, über eine niedrige Mauer, die sich vom Eingang aus nach beiden Seiten erstreckt, wobei dieser Teil nur einen Block von der Main Street entfernt ist.«

Haydon fuhr durch das massive, schmiedeeiserne Tor des Friedhofs, das immer offen war. Die Hauptwege, die sich durch den Friedhof wanden, waren gepflastert und von alten, riesigen Eichen überschattet. Jetzt bei Nacht bildeten sie ein zusammenhängendes Dach, das die Sterne verdeckte. Haydon fuhr ein Stück in den Friedhof hinein, dann bog er auf einen grasbewachsenen Wege ab, der an den Grabreihen entlang verlief, so weit man sehen konnte. Das hintere Ende des Holy Cross-Friedhofs grenzte an das südliche Ende des Hollywood-Friedhofs.

Haydon hielt den Wagen an und stieg aus. Nina folgte ihm, sagte nichts – sie war völlig im Bann von Haydons Erzählung. Er begann ein paar Schritte zu gehen.

»Inzwischen waren wir beide erschöpft, wenngleich ich mich in besserem Zustand befand und ja auch nicht getrunken hatte. Trotzdem wurde es hier auf dem Friedhof gefährlicher für mich.

Es gab viele Stellen, wo er sich verstecken und mich beobachten konnte. Schließlich versteckte er sich hinter einem Grabstein, und ich tat das gleiche, aber kaum war ich dahinter, wußte ich nicht mehr, hinter welchem er sich versteckt hatte. Ich hatte keine Ahnung, wie es weitergehen sollte.«

Haydon verließ den Weg und ging zwischen den Gräbern hindurch, wobei er sich umschaute, bis er die genaue Stelle fand, wo es vor elf Jahren geschehen war.

»Ich bin hier stehengeblieben. Er war fünf oder sechs Gräber entfernt. Ich konnte ihn sogar atmen hören. Es klang so, als würde er gleich explodieren. Plötzlich vergaß ich alles, was ich vom Anpirschen und vom Verstecken gelernt hatte. Ich wollte ihn mir einfach schnappen. Also stand ich auf. Genau hier.«

Haydon erhob sich von seinem Platz hinter dem Stein und begann zu gehen, Schritt für Schritt.

»Er mußte mich gehört haben, denn auch er trat hinter seinem Stein hervor. Es war genügend Licht, der Widerschein der Stadt, die Sterne, ich weiß nicht, aber ich konnte sein Gesicht genau erkennen. Ich könnte auch deines sehen, wenn du da drüben wärst.«

Er blieb stehen.

»Siehst du diesen Sandsteinblock, der sich ein bißchen neigt? Er hatte sich daran gelehnt. Er schnappte so verzweifelt nach Luft, daß er sich nicht aufrecht halten konnte. Er hielt seine Schußwaffe in der Hand, aber er hob sie nicht an. Ich weiß nicht, ob er zu müde war oder einfach keine Angst hatte. Ich hatte bisher keinen Schuß abgefeuert und hielt meine Dienstwaffe an der Seite. Vielleicht hat er sie nicht gesehen. Ich weiß es nicht. Das alles habe ich überhaupt nicht registriert.«

Haydon ging ein Grab näher auf den geneigten Sandstein zu.

»Ich bin hier stehengeblieben; zwischen uns waren noch zwei Gräber. Er schaute mich an, rang nach Luft. In meinen Gedanken hörte ich noch den kleinen Jungen und das Mädchen schreien. Ich sah das Mädchen auf dem Boden liegen, mit den Kakerlaken auf ihr. Ich hob meine Beretta, stützte sie mit meiner Linken und zielte zwischen seine Augen. Ich feuerte zweimal, traf ihn beide Male ins Gesicht. Ich erinnere mich an das Blut, das nach allen Seiten spritzte, eine gewaltige, schwarze Fontäne.«

Haydon trat zu dem großen, schiefen Stein.

»Er ist hier draufgefallen. Bei Tageslicht kann man jetzt noch die Blutflecken sehen. Die Jahre haben sie rostbraun verfärbt, aber sie sind immer noch auf dem Stein zu erkennen.«

Er schaute über den Friedhof, wo die großen Eichen tiefe Schatten warfen, während die Grabsteine bleich das Licht der Stadt reflektierten.

»Es gab natürlich eine Untersuchung. Die Spezialabteilung für Schußwaffen, die interne Aufsichtsbehörde, der Staatsanwalt des Harris Countys. Ich wurde nicht angeklagt. Ich habe niemandem erzählt, was ich getan habe. Aber ich habe diesen Mann ermordet.«

»Und dein Partner hat es nicht gewußt?« Ninas Stimme war ruhig und natürlich. Er freute sich, das zu hören, und er war froh, daß sie auch nicht nervös klang.

»Ich habe es keinem lebenden Menschen erzählt. In der Nacht ist Dystal mein Partner gewesen. Als er kam, saß ich auf einem der Grabsteine und hatte dem Toten den Rücken zugekehrt. Ich habe ihm nie gesagt, wie es wirklich war, und er hat mich nie danach gefragt. Aber er weiß es.«

Eine polierte Marmorbank stand neben einer kleinen Gruppe von Büschen wilden Weins, nur ein paar Meter entfernt. Nina ging darauf zu und setzte sich. Sie schwiegen. Die Nacht roch nach feuchtem Gras, und von irgendwo kam ein Schwall Gardenienduft herüber. Der zirpende Ruf einer einzelnen Zikade erhob sich, verstummte dann wieder.

»Der Junge ist gestorben«, sagte er und wandte sich halb von ihr ab. »Das Mädchen kam schließlich in ein Heim. Sie ist jetzt siebzehn. Die Mutter ist vor etwa acht Jahren ausgezogen. Ich weiß nicht, wo sie jetzt ist.«

Sie lauschten beide wieder auf die Zikade. Eine zweite fiel ein, dann hörte sie wieder auf, nur die erste machte weiter mit ihrem Gesang.

»Ich bin froh, daß du es mir erzählt hast«, sagte Nina.

»Ich wollte es dir schon von Anfang an sagen«, erklärte Haydon. »Aber je schwerer es für mich wurde, damit zu leben, desto schwerer wurde es auch, es einzugestehen. Das ist die Heuchelei, die darin steckt. Ich hätte ihn nicht zu erschießen brauchen, Nina. Es war keineswegs notwendig. Aber ich wollte es, und ich habe es getan. Das ist alles, was man dazu sagen kann.«

»Warum hast du dich entschlossen, es mir *jetzt* zu sagen?« fragte Nina. »Was wirst du tun?«

Haydon wandte sich ihr zu, schaute ihr in die Augen.

»Ich werde gar nichts tun«, sagte er. »Ich werde mein Geheimnis wahren, und ich werde damit leben. Genau wie immer, nur daß ich etwas Besseres daraus machen muß. Das kann ich nicht ohne dich, aber ich darf einfach nicht deine Unterstützung akzeptieren, ohne daß du weißt, worum es in Wirklichkeit geht. Ich habe nur bis jetzt nicht gewußt, was schlimmer ist: dir die Wahrheit zu verheimlichen oder sie dir als Last aufzubürden.«

Keiner von beiden sprach ein Wort. Sie waren Gefangene ihrer eigenen Gedanken, wobei jeder versuchte, die Bedeutung der Geschichte für sie beide und für sich selbst zu begreifen. Haydon atmete tief die Nachtluft ein, und sie trug die Geräusche und Gerüche einer Welt mit sich, die zugleich uralt und neugeboren war, eine Welt, die nicht besser und nicht schlechter war, als die besten und die schlechtesten Menschen sie machen konnten.